Ce livre est dédié à mon mari, George,
avec tout mon amour.

Note sur l'orthographe et la prononciation

Tous les mots en kikuyu et swahili se prononcent en principe comme ils s'écrivent, à ceci près que le *u* est toujours prononcé *ou,* le *th* à l'anglaise et le *g* toujours dur. Pour faciliter la lecture en français nous avons ajouté des accents aigus aux *e* lorsqu'ils ne sont pas muets — par exemple le nom de la famille africaine : *Mathenge* est devenu Mathengé et se prononce Ma-*then*-gay avec l'accent tonique sur la syllabe médiane.

Jusqu'en 1963, Kenya se prononçait Kinya. Après l'indépendance, la prononciation est devenue officiellement Kènya.

Avant-propos

Le Kenya n'existe que par pur hasard.

En 1894, les Anglais décidèrent de pénétrer en Ouganda, territoire stratégique sur le cours supérieur du Nil, au cœur de l'Afrique. De la côte orientale du continent noir, ils construisirent une voie ferrée de près de mille kilomètres dans les terres, jusqu'au lac Victoria, clé de l'Ouganda. Le destin voulut que ce chemin de fer traversât une étendue de terres habitées par des animaux sauvages et des tribus guerrières, un pays susceptible de plaire uniquement à des explorateurs et des missionnaires intrépides. Or, à la fin des travaux, l'Uganda Railway s'avéra une faillite financière et le gouvernement britannique chercha un moyen quelconque de rentabiliser l'entreprise. On s'aperçut vite que la réponse consistait à encourager l'installation de colons le long de la voie.

Les premiers à qui l'on offrit ce territoire « vacant » furent les Juifs sionistes, justement à la recherche d'une patrie permanente. Mais ils refusèrent, les yeux tournés vers la Palestine. On lança donc une campagne pour attirer des immigrants de tout l'Empire Britannique. On conclut des traités avec les tribus locales — qui avaient sur la notion même de « traité » des idées imprécises, et se demandaient ce que les Blancs fabriquaient par là. Puis le gouvernement offrit, à bas prix, d'immenses étendues de désert « inutilisé » à toute personne qui viendrait s'y installer et les mettre en valeur. Les hauts plateaux du centre du pays, frais, fertiles et luxuriants par suite de leur altitude, attirèrent plus d'un sujet britannique d'Angleterre, d'Australie et de Nouvelle-Zélande, en quête d'un endroit où prendre un nouveau départ et bâtir une nouvelle vie.

Le *Colonial Office* affirmait haut et fort qu'il s'agissait d'un simple protectorat, qui serait rendu à ses habitants noirs le jour où on leur aurait appris à le gouverner ; mais en 1905, alors qu'il n'y avait que deux mille Blancs pour quatre millions d'Africains, le Commissaire britannique au Protectorat d'Afrique-Orientale le proclama « territoire de Blancs ».

PROLOGUE

— Docteur Treverton ?

Deborah s'éveilla en sursaut. L'hôtesse de l'air de la Pan Am se penchait vers elle en souriant. Elle sentit la trépidation annonçant que l'avion amorçait sa descente vers Nairobi.

— Oui ? demanda-t-elle à la jeune femme en s'efforçant de sortir du sommeil.

— Nous avons reçu un message pour vous. On vous attend à l'aéroport.

Deborah fut suffoquée.

— Merci, dit-elle.

Elle referma les yeux. Elle était lasse. Le vol avait été interminable — vingt-six heures, avec seulement un changement d'avion à New York et une escale technique au Nigeria. On l'attendait. *Qui* l'attendait ?

Dans son sac à main, il y avait la lettre qu'elle avait reçue la semaine précédente à l'hôpital et qui l'avait bouleversée. Elle était envoyée par la Mission Notre-Dame-de-Grâce, au Kenya, et demandait à Deborah de venir parce que Mama Wachéra était mourante et la réclamait.

— Pourquoi retourner là-bas si tu n'en as pas envie, lui avait dit Jonathan. Jette donc cette lettre. Fais comme si tu ne l'avais pas reçue.

Deborah n'avait pas répondu. Elle s'était blottie dans les bras de Jonathan, incapable de parler. Jamais il ne comprendrait pourquoi il fallait qu'elle revienne en Afrique, ni pourquoi cela l'effrayait tellement. En était cause le secret qu'elle lui avait dissimulé, à lui, l'homme qu'elle allait épouser.

Elle récupéra sa valise, franchit la douane puis vit dans la foule de l'autre côté de la sortie surveillée un homme qui tenait à la main une ardoise portant son nom : *Dr Deborah Treverton.*

Elle l'examina. Un Africain de grande taille, bien habillé. Un Kikuyu, conclut Deborah, l'homme que la Mission avait envoyé à sa rencontre. Elle passa devant lui et appela un des taxis garés au-dehors le long du trottoir. Pour gagner du temps — du moins l'espérait-elle —, le temps de décider si elle irait vraiment jusqu'au bout... jusqu'à la Mission pour affronter Mama Wachéra. Le chauffeur de la Mission annoncerait que le Dr Treverton n'était pas arrivée par cet avion et on ne l'attendrait pas. Pas encore.

— Qui est donc cette Mama Wachéra ? lui avait demandé Jonathan tandis qu'ils suivaient des yeux les volutes de la brume envahissant la baie de San Francisco.

Deborah ne le lui avait pas expliqué. Elle n'avait pu se résoudre à dire : « Mama Wachéra est une vieille sorcière africaine qui a lancé un sort sur ma famille il y a des années. » Jonathan aurait éclaté de rire, et il aurait grondé Deborah d'en parler avec une telle gravité !

Mais ce n'était pas tout. Mama Wachéra était la raison pour laquelle Deborah vivait en Amérique, la cause de son départ du Kenya. Tout était lié au secret qu'elle dissimulait à Jonathan, au chapitre de son passé dont elle ne parlerait jamais, même après leur mariage.

Le taxi filait dans la nuit. Il était deux heures du matin, il faisait noir et frisquet et la lune équatoriale apparaissait entre les branches des acacias à la cime horizontale. Dans le ciel, les étoiles ressemblaient à des grains de poussière. Deborah s'absorba dans ses réflexions. *Une chose à la fois,* se recommanda-t-elle. Depuis le moment où elle avait reçu la lettre qui lui demandait de venir, elle avait procédé par étapes, en s'efforçant de ne pas songer à ce qui l'attendait au-delà de chacune d'elles.

En premier, elle s'était arrangée avec Jonathan pour qu'il prenne ses malades en charge. Ils partageaient le même cabinet médical ; ils s'étaient associés en affaires avant de décider d'associer leurs vies. Ensuite Deborah avait annulé sa conférence à l'École de Médecine, puis s'était trouvé un remplaçant pour présider le colloque médical annuel, à Carmel. Elle n'avait pas annulé les rendez-vous du mois suivant, certaine de rentrer bien avant.

Enfin elle avait obtenu un visa de l'ambassade du Kenya — devenue citoyenne américaine elle ne possédait plus de passeport kenyan. Elle avait acheté des comprimés contre le paludisme, s'était fait vacciner à la dernière minute contre le choléra et la fièvre jaune, et miraculeusement, vingt-huit heures auparavant, elle avait fini par s'embarquer à l'aéroport de San Francisco.

— Téléphone-moi dès que tu arriveras à Nairobi, lui avait dit Jonathan en la serrant dans ses bras, près de la porte de départ. Et appelle-moi tous les jours pendant ton absence. Reviens vite, Deb.

Il l'avait embrassée longuement, passionnément, devant les autres passagers — ce qui était bien peu dans son caractère — comme pour lui donner une raison de revenir.

Sur la route sombre et déserte, le taxi prit un virage à grande vitesse, ses phares balayant un grand panneau publicitaire et éclairant brièvement les mots :

BIENVENUE À NAIROBI,
VILLE VERTE SOUS LE SOLEIL

Deborah eut un coup au cœur. Cela dissipa brusquement l'état d'hébétude dans lequel le vol interminable l'avait plongée. Elle songea : *Je suis rentrée chez moi.*

Le Hilton de Nairobi semblait une colonne de lumière dorée qui surgissait de la ville endormie. Quand le taxi s'arrêta dans l'entrée brillamment éclairée, le portier (un Africain en redingote et haut-de-forme marron) se hâta d'accourir pour aider Deborah à descendre. Quand elle sortit dans la nuit fraîche de février, il dit : « Bienvenue madame » et Deborah s'aperçut qu'elle était incapable de proférer un mot.

Soudain, les souvenirs affluaient. Encore adolescente, elle avait accompagné sa tante Grace quand elle allait faire des courses dans les magasins de Nairobi et Deborah était restée plantée sur le trottoir à regarder bouche bée les taxis s'arrêter devant la façade d'hôtels de rêve. De ces voitures descendaient des *touristes,* êtres stupéfiants venus d'endroits lointains, bardés d'appareils photographiques sur leurs vestes de toile kaki ayant la raideur du neuf, entourés de monceaux de bagages, riant, surexcités. La jeune Deborah les avait observés fascinée, se posant plus d'une question à leur sujet, les enviant, regrettant de ne pas appartenir à leur monde merveilleux. Et voilà qu'elle était là à son tour, payant un chauffeur de taxi, gravissant l'escalier de marbre à la suite du portier, vers les portes de verre étincelantes qu'il tenait ouvertes pour elle.

Et Deborah se sentit prise de pitié pour cette jeune fille. Qu'elle avait donc eu tort.

Les employées de la réception étaient toutes des Africaines, jeunes, vêtues d'élégants uniformes rouges et parlant un anglais parfait. Deborah remarqua que toutes portaient leurs cheveux coiffés en tresses fines et serrées, formant comme des cages à oiseaux très élaborées sur leur tête. Elle vit aussi ce qu'elles ne voulaient pas voir : leur front qui se dégarnissait. À quarante ans, ces jeunes femmes seraient presque chauves — le prix à payer pour suivre la mode en vogue au Kenya.

Elles accueillirent le Dr Treverton avec chaleur. Deborah leur rendit leur sourire mais parla peu, s'abritant derrière l'apparence qu'elle offrait. Deborah ne voulait pas qu'elles sachent la vérité sur son compte, elle ne voulait pas se trahir par son accent anglais. Les réceptionnistes voyaient une personne svelte d'un peu plus de trente ans, à l'air très américaine avec son blue-jean et sa chemise de cow-boy. Ce qu'elles ignoraient, c'est qu'elle n'était pas une Américaine mais une pure Kenyane comme elles, qui parlait leur langue maternelle avec autant de facilité qu'elles-mêmes.

Une corbeille de fruits frais attendait dans sa chambre et la couverture avait été faite ; sur l'oreiller il y avait un chocolat à la menthe dans du papier d'argent. Une carte de la direction lui souhaitait « *lala salama* », bonne nuit.

Pendant que le portier lui montrait la salle de bains, le mini-bar, la télévision, Deborah jeta un coup d'œil aux billets que le caissier lui avait remis, en bas, en essayant de se rappeler le taux du change. Elle donna à l'homme un pourboire de vingt shillings et comprit à son sourire que c'était trop.

Puis elle fut seule.

Elle se dirigea vers la fenêtre, regarda au-dehors. Il n'y avait pas grand-chose à voir, rien que les formes sombres d'une ville repliée sur elle-même pour la nuit. C'était silencieux, avec peu de circulation et pas un piéton en vue. La Nairobi à laquelle Deborah avait dit adieu quinze ans plus tôt.

Ce jour-là, une Deborah pleine de colère et de terreur, juste âgée de dix-huit ans, s'était juré de ne jamais remettre les pieds dans ce pays et était montée dans l'avion, décidée à se faire un nouveau foyer, une nouvelle place au soleil. Au cours des années suivantes elle avait travaillé dur à se créer une autre personnalité et à oublier cette Afrique qu'elle avait dans le sang. Elle avait fini par aboutir à San Francisco, avec Jonathan. Elle avait trouvé là un endroit où elle pourrait plonger ses racines, un homme qui pourrait être son refuge.

Puis la lettre était arrivée. Comment les religieuses l'avaient-elles découverte ? Comment avaient-elles appris dans quel hôpital elle travaillait ? Et même qu'elle habitait San Francisco ? Les sœurs de la Mission avaient dû se donner beaucoup de mal et dépenser beaucoup d'argent. Pour quelle raison ? Parce que cette vieille femme allait enfin mourir ?

Pourquoi m'appeler, *moi ?* demanda Deborah en silence à son reflet sur la fenêtre. Tu m'as toujours détestée, Mama Wachéra, tu m'en as toujours voulu parce que j'étais une Treverton.

Qu'ai-je à voir avec tes derniers moments sur terre ?

Urgent, disait la lettre. *Venez tout de suite.*

Deborah appuya le front contre la vitre froide. Elle se remémorait ses dernières journées au Kenya, la chose affreuse que la sorcière lui avait apprise. Avec le souvenir afflua l'ancienne douleur, l'ancien écœurement dont Deborah croyait s'être débarrassée.

Elle passa dans la salle de bains et alluma la lumière vive. Elle fit couler de l'eau chaude dans la baignoire et la parfuma avec les sels de bains fournis par le Hilton, puis se retourna pour se regarder dans le miroir.

C'était le dernier visage de Deborah — après tant d'autres — et elle en était satisfaite. Quinze ans plus tôt, à son arrivée en Amérique, sa peau était hâlée, ses cheveux bruns courts bouclaient au ras des oreilles et ses vêtements étaient une simple robe sans manches en coton kenyan, avec des sandales. À présent, elle avait la peau claire, un teint aussi blanc qu'elle avait pu l'obtenir après des années passées à éviter systématiquement le soleil, et ses cheveux étaient lisses et lui tombaient dans le dos, réunis par une barrette d'or. La chemise et le blue-jean portaient des étiquettes de créateurs de luxe, ainsi que ses coûteuses chaussures de jogging. Elle avait tout fait pour paraître Américaine, pour paraître blanche.

Parce qu'elle était réellement de couleur blanche, se rappela-t-elle aussitôt.

Puis elle songea à Christopher. La reconnaîtrait-il ?

Après le bain, Deborah enveloppa ses longs cheveux mouillés dans une serviette et alla s'asseoir au bord du lit. Elle s'aperçut qu'elle n'avait pas envie de dormir ; elle avait bien assez dormi dans l'avion.

Elle prit son sac de voyage, qu'elle n'avait pas quitté des yeux depuis son départ de San Francisco. Outre son passeport, son billet de retour et ses chèques de voyage, il renfermait quelque chose de plus précieux, que Deborah retira et posa à côté d'elle sur le lit.

Un petit paquet enveloppé de papier marron serré par une ficelle. Elle le déballa et en tria le contenu : une enveloppe avec des photos jaunies, une liasse de vieilles lettres attachées avec un ruban et un journal intime.

Elle les contempla longuement.

C'était son héritage, tout ce qu'elle avait emporté à son départ d'Afrique, tout ce qu'il restait de la famille Treverton, naguère fière — et méprisée. Des photos qu'elle n'avait pas regardées depuis qu'elle les avait rangées dans cette enveloppe quinze ans plus tôt ; des lettres qu'elle n'avait pas relues depuis le jour affreux où Mama Wachéra lui avait parlé ; et un journal intime qu'elle n'avait jamais ouvert, un vieux volume de cuir éraflé commencé soixante-huit ans auparavant, et qui portait le nom de TREVERTON en lettres d'or sur la couverture.

Un nom magique au Kenya. Deborah avait reconnu les expressions des jeunes Africaines en bas, à la réception, la stupeur quand elle avait prononcé son nom, puis l'instant où elles l'avaient contemplée, visiblement sous le charme, aussitôt suivi par l'inévitable visage qui se fermait, la retraite derrière un sourire figé pour masquer la haine et la rancœur suscitées par les autres choses que les Treverton avaient incarnées. Deborah était habituée à ces regards-là depuis l'enfance ; elle n'avait pas été vraiment étonnée de les retrouver ce soir-là.

Il y avait eu un temps où le nom de Treverton était honoré au Kenya. L'hôtel de Deborah se trouvait non loin d'une large rue qui portait autrefois le nom d'Avenue Lord Treverton. C'était à présent la Rue Joseph Gichéru — le nom d'un Kikuyu martyr de l'indépendance. Et le taxi était passé devant ce qui avait été le Lycée Treverton, où Deborah avait pu lire la nouvelle appellation : LYCÉE MAMA WANJIRU.

Comme s'ils essayaient d'effacer le souvenir de notre existence de la face de la terre, songea Deborah.

Mais aucune « kenyanisation » ne pouvait annihiler la marque des Treverton sur ce pays, et Deborah le savait. Ils y étaient trop enracinés, ils faisaient trop partie de son âme, de sa destinée. La Mission où Mama Wachéra était en train de mourir se nommait Mission Notre-Dame-de-Grâce, nom que les religieuses catholiques lui avaient donné quand elles l'avaient reçue des mains de la tante de Deborah, des années plus tôt. Mais auparavant, c'était simplement la Mission Grace, d'après le prénom de sa fondatrice, Grace Treverton, la célèbre pionnière de la santé publique au Kenya.

Le Dr Grace Treverton, aussi légendaire que son frère le Comte Magnifique, avait fondé la Mission soixante-huit ans plus tôt dans le désert de la Province Centrale. C'était Grace Treverton qui avait élevé Deborah à la place de sa mère, et elle était descendue dans la tombe avec de redoutables secrets enfermés dans son cœur. Tante Grace avait tout vécu, avait assisté et participé à tous les triomphes des Treverton et à toutes leurs hontes, elle avait été le témoin de l'ascension du Kenya, de sa chute et de sa renaissance.

Deborah allongea la main pour effleurer les objets sur le lit ; elle en avait presque peur. Les photographies — elle se rappelait à peine les personnes qu'elles représentaient. *Christopher dans sa jeunesse. Mais pas à l'âge adulte. Je le regrette.* Et les lettres — elle ne se souvenait que de quelques phrases accablantes. Enfin le journal, tout ce qu'il restait de l'héritage de Tante Grace.

Deborah n'avait jamais lu le journal. Au moment de la mort de Grace, son chagrin était trop profond pour qu'elle songe à l'ouvrir ; plus tard, elle avait tourné le dos à la famille et au passé que ces pages représentaient et contenaient.

Elle le ramassa à présent et le tint entre ses mains.

Elle crut sentir de l'énergie en émaner. Les Treverton ! En public des êtres beaux, riches au-delà de toute imagination, membres de la noblesse, joyeux animateurs de la vie sociale, joueurs de polo, des pionniers énergiques de l'Afrique-Orientale ; mais en privé, tourmentés par des secrets, par un pauvre garçon qui était la honte de la famille, par un procès à sensation qui avait fait les manchettes de la presse mondiale, par des amours et des désirs interdits, par des secrets encore plus sinistres — même des rumeurs de sacrifices humains et de meurtre.

Sans parler des superstitions — Mama Wachéra et sa malédiction.

Et Christopher, songea Deborah. *Mon beau, mon doux Christopher. Étions-nous, aussi, victimes du destin de la famille Treverton ?*

Deborah ouvrit l'enveloppe et retira les photographies. Sept. Celle du dessus prise en 1963, juste avant l'indépendance du Kenya et la fin du monde tel qu'elle l'avait connu. C'était un instantané de groupe, pris avec un vieux Brownie. Quatre enfants avaient été alignés par rang de taille : Christopher était le plus grand, car il était l'aîné — onze ans. Puis il y avait Sarah, sa petite sœur, du même âge que Deborah, huit ans, qui se tenait au milieu. Et après Deborah, Terry Donald, dix ans et déjà un petit garçon robuste en tenue de chasse kaki.

Des larmes brouillèrent le regard de Deborah tandis qu'elle étudiait les visages souriants. Quatre gamins aux pieds nus, sales et heureux, au milieu de chèvres et de poulets, apparemment sans un souci au monde, inconscients de l'orage de changements qui s'amoncelait autour d'eux et allait détruire leur univers. Quatre enfants — deux noirs, deux blancs, et les meilleurs amis du monde.

Sarah, ma plus chère amie, se dit Deborah tristement. *Nous avons grandi ensemble, joué à la poupée ensemble, découvert les garçons ensemble.* Sarah, noire et belle, avait partagé ses rêves avec Deborah. Elles avaient été aussi proches que des sœurs, elles avaient bâti ensemble des projets d'avenir — qu'avait anéantis la vieille sorcière. Qu'était-il advenu de Sarah ? Se trouvait-elle encore ici, au Kenya ?

Deborah prit un autre cliché. Tante Grace, dans les années trente. Son doux visage ovale, ses cheveux légèrement ondulés au fer formant comme un halo de lumière autour de sa tête. Comment, se demanda Deborah, avait-on pu accuser Grace Treverton d'être « masculine » ? Cette femme extraordinaire était renommée, en dehors de la fondation de la Mission, pour une autre œuvre remarquable. Elle avait écrit un livre intitulé *Quand c'est à vous d'être médecin.* Publié pour la première fois cinquante-huit ans plus tôt, périodiquement révisé et mis à jour, ce manuel de médecine était encore très largement utilisé dans le Tiers Monde.

La photo suivante représentait un bel homme brun sur un cheval de polo. Valentin, comte de Treverton, le grand-père de Deborah, qu'elle n'avait pas connu. Même sur ce petit cliché légèrement flou, elle pouvait voir ce que tout le monde avait vu en lui : un homme extrêmement séduisant, ressemblant un peu à Laurence Olivier. Au dos de la photo, quelques mots : « Juillet 1928, le jour où nous avons déjeuné avec Son Altesse Royale Édouard, prince de Galles. »

La quatrième photographie ne portait aucune date, aucune inscription, mais Deborah savait de qui il s'agissait : Rose, comtesse de Treverton. C'était probablement un instantané ; Rose regardait par-dessus son épaule d'un air surpris. La photo possédait un caractère intemporel par la simplicité de la robe de mousseline blanche, la façon insouciante de tenir l'ombrelle, les cheveux dénoués sur les épaules, comme ceux d'une enfant bien qu'à l'époque de la photo Rose dût avoir la trentaine. Les yeux frappèrent Deborah, un regard hanté, une étrange mélancolie qui vous invitait à vous demander quel chagrin avait accablé cette femme.

Deborah ne put se résoudre à regarder les trois dernières photographies. La chambre commençait à se peupler de fantômes — et certains étaient des fantômes de personnes qui n'étaient même pas mortes. Où se trouvait Sarah, par exemple, en cet instant ? Sarah et ses beaux rêves, Sarah et sa dévorante ambition ! Douée d'un talent artistique qui avait suscité l'étonnement et l'envie de Deborah, elle rêvait de concevoir toute une nouvelle ligne de vêtements : la « mode du Kenya ». Elle rêvait de gloire et de richesse, et Deborah l'avait quittée, brusquement, sur ce tremplin fragile.

Sarah Wachéra Mathengé, songea Deborah. *Ma sœur...*

Puis ses pensées se tournèrent vers Terry Donald, le beau garçon hâlé dont la lignée remontait aux premiers aventuriers et explorateurs du Continent noir — le dernier d'une souche de blancs nés au Kenya, avec dans la moelle de leurs os les savanes, les jungles et la chasse.

Et, finalement, vers Christopher...

Deborah rangea les clichés dans l'enveloppe.

Christopher était-il encore au Kenya ? Quinze ans auparavant, elle l'avait quitté sans lui expliquer pourquoi, sans même lui annoncer qu'elle partait. Ils projetaient de se marier ; ils s'aimaient. Mais elle l'avait abandonné, comme Sarah, sans un regard en arrière.

Soudain, Deborah comprit qu'elle était retournée en Afrique non pas parce qu'une vieille femme à l'agonie avait réclamé sa présence mais dans l'espoir de se retrouver elle-même — elle et les siens.

Tout devint clair. Jonathan l'attendait à San Francisco. Mais Deborah savait qu'au fond elle avait hésité à prendre un engagement définitif, envers lui et envers les enfants qu'ils espéraient avoir ensemble, avant d'avoir préalablement concilié présent et passé. Jonathan ne connaissait presque rien du passé de Deborah, de sa recherche d'une identité, il ne savait rien de Christopher ni des douloureuses vérités que Deborah avait apprises sur lui. Et Deborah n'avait pas non plus parlé à Jonathan de sa découverte datant maintenant de quinze ans, le jour où elle avait compris que Mama Wachéra, la sorcière africaine, était en réalité sa grand-mère.

Deborah reprit le journal intime de tante Grace, soudain impatiente de le lire. Elle se sentait attirée par ces pages. La pensée des révélations qu'elle risquait d'y lire la fit frissonner, mais peut-être y trouverait-elle aussi des réponses — et, pour elle, la paix de l'esprit.

Comme ses yeux se fixaient sur la première page, sur l'encre pâlie et la date, *10 février 1919,* Deborah se dit : *Peut-être ces années lointaines étaient-elles la belle époque ; le Kenya était alors jeune et innocent, tout paraissait d'une limpidité de cristal, chacun savait où il allait, et les cœurs étaient résolus. Les hommes et les femmes qui venaient au Kenya étaient hardis et aventureux, ils n'avaient rien d'ordinaire ; c'était des gens qu'un esprit de pionnier poussait à créer un pays neuf pour eux-mêmes et leurs enfants.*

Ils font partie de moi-même, quels qu'aient été mes efforts pour les fuir ; ils vivent encore en moi. Mais il y a aussi les autres, ceux qui se trouvaient déjà là, sur leurs terres ancestrales, à l'arrivée des étrangers blancs. Ils font partie de moi eux aussi.

PREMIÈRE PARTIE

1919

1

— Au secours ! Un médecin ! Y a-t-il un médecin dans le train ?

À ces cris, Grace Treverton baissa la glace de son compartiment. Elle vit aussitôt la raison de l'arrêt imprévu : un homme gisait près de la voie.

— Que se passe-t-il ? demanda Lady Rose tandis que Grace, sa belle-sœur, saisissait sa trousse de médecin.

— Un blessé.

— Mon Dieu !

Grace marqua un temps avant de descendre du wagon. Rose n'avait pas bonne mine. Au cours de l'heure précédente son teint avait pris une pâleur inquiétante. Les deux femmes n'avaient parcouru que cent vingt kilomètres depuis le port de Mombasa où elles avaient pris le train, et il y avait encore plusieurs dizaines de kilomètres avant qu'elles atteignent Voï, où le train faisait un arrêt-buffet.

— Vous devriez manger un peu, Rose, conseilla Grace en lançant un regard appuyé à Fanny, la femme de chambre de Rose. Et boire quelque chose. Je vais jeter un coup d'œil à ce malheureux.

— Je me sens très bien, répondit Rose d'une voix légèrement haletante.

Elle se tamponna le front avec un mouchoir parfumé, puis reposa ses deux mains sur son ventre.

Grace hésita encore. De toute manière, même si Rose ne se sentait pas bien, en particulier à cause du bébé, jamais elle ne l'avouerait. Grace adressa à Fanny un autre regard qui signifiait *Veillez sur votre maîtresse,* puis descendit en hâte du wagon.

Aussitôt le soleil et la poussière du désert l'assaillirent. Après des semaines de réclusion à bord du bateau et les heures précédentes où elle était restée confinée dans le minuscule compartiment Grace se sentit momentanément étourdie par l'immensité du ciel d'Afrique.

Quand elle arriva près de l'homme étendu sur le sol, un groupe s'était formé, parlant un mélange d'anglais, d'hindi et de swahili.

— Pardon, laissez-moi passer, dit Grace en essayant d'avancer.

— Écartez-vous, miss. C'est pas un spectacle pour une dame.

Un des spectateurs s'était retourné pour l'arrêter. Il haussa les sourcils.

— Je puis être utile, dit-elle en passant outre. Je suis médecin.

Les autres badauds lui lancèrent des regards surpris et, quand elle s'agenouilla près du blessé, tous firent silence.

Jamais ils n'avaient vu une femme habillée de façon aussi bizarre.

Grace Treverton portait une chemise blanche avec une cravate noire, une veste tailleur noire, une jupe bleu nuit qui descendait jusqu'à ses chevilles et, plus étrange encore, un tricorne de velours noir à larges bords. Ces coloniaux qui vivaient à l'écart de tout aux confins de l'Empire Britannique ne reconnurent pas l'uniforme d'un officier des Services d'Auxiliaires Féminines de la Marine Royale.

Ils la regardèrent avec stupeur examiner les blessures de l'homme sans broncher, sans donner le moindre signe de pâmoison. Le type était littéralement couvert de sang, pensaient-ils, et voilà que cette curieuse bonne femme demeurait aussi calme que si elle servait le thé.

Des murmures s'élevèrent. Grace n'en tint pas compte, préoccupée par les soins qu'elle pouvait prodiguer à l'homme inconscient, un indigène vêtu de peaux et paré de perles qui avait sans doute été attaqué par un lion. Tandis qu'elle s'affairait avec les antiseptiques et les pansements de sa trousse, Grace entendit les voix basses des hommes autour d'elle, et elle comprit le sens de ce qu'ils disaient.

Certains étaient choqués, scandalisés par son comportement, d'autres s'en amusaient mais tous étaient sceptiques. Aucune dame bien élevée ne s'abaisserait à faire des choses aussi déplaisantes — elle avait entendu cette rengaine depuis son entrée à l'école de Médecine de Londres. Oui, son comportement était carrément inconvenant ! Mais ces hommes ne pouvaient guère se douter que les blessures de ce pauvre Africain n'étaient rien comparées à celles que Grace avait soignées à bord de son bateau-hôpital, lors de l'évacuation de Gallipoli pendant l'offensive alliée dans les Dardanelles en 1915.

— Il faut le mettre dans le train, dit-elle après avoir fait tout ce qui était en son pouvoir.

Personne ne bougea. Elle leva les yeux.

— Il a besoin d'être soigné convenablement. Il faut suturer ces plaies. Il a perdu du sang. Alors, bon Dieu, ne restez pas plantés comme ça !

— Il est fichu, ce type, grommela une voix.

— On sait pas qui c'est, d'ailleurs, lança un autre.

— Un Masaï, dit quelqu'un, comme si cela expliquait tout.

Grace se redressa.

— Deux d'entre vous, soulevez-le et déposez-le dans le train. Tout de suite !

Ils se dandinèrent d'un pied sur l'autre. Quelques-uns se détournèrent et s'éloignèrent. Les autres s'entre-regardèrent. Qui donc était-elle pour leur donner des ordres ? Ils la dévisagèrent de nouveau : elle était vraiment très jolie ; et elle avait tout d'une grande dame.

Finalement, deux se décidèrent à prendre en charge l'indigène et l'allongèrent dans le fourgon de queue. Comme Grace retournait à son compartiment elle entendit quelques ricanements et deux hommes la toisèrent sans dissimuler leur mépris.

Mais près du wagon un autre homme, hâlé par le soleil, l'attendait le sourire aux lèvres pour l'aider à se hisser sur le marchepied d'une hauteur invraisemblable.

— Ne faites pas attention à eux, dit-il en effleurant le bord de son chapeau. Ils ont dix ans de retard.

Grace lui sourit avec reconnaissance et s'attarda sur la dernière marche pour le regarder s'éloigner à grands pas vers le wagon de deuxième classe.

Quand elle revint à sa place, Rose, la tête à la portière, était en train de s'éventer.

Grace prit le poignet délicat de sa belle-sœur. Elle compta un pouls fort et régulier. Puis elle palpa le ventre sous la mousseline de la robe d'été de Rose.

Alarmée, Grace s'adossa à la banquette. Le bébé était engagé dans le bassin.

— Rose, dit-elle d'une voix neutre, quand le bébé est-il descendu ?

Lady Rose détourna les yeux de la portière et ses paupières battirent, comme si elle arrivait de très loin sur la plaine peuplée d'arbres épineux et de buissons desséchés.

— Pendant que vous étiez là-bas.

Grace essaya de ne pas trahir son inquiétude soudaine. Avant tout, il fallait que Rose reste calme, sans tracas. Et ce voyage n'y contribuait guère !

Elle ouvrit la bouteille d'eau minérale et en versa dans une timbale d'argent, qu'elle tendit à sa belle-sœur. Tandis que Rose buvait, la secousse du train qui démarrait et commençait à rouler lui faisant renverser un peu d'eau, Grace essaya de réfléchir.

Le bébé était descendu trop tôt. Ce n'était pas encore le moment. Rose ne serait à terme que dans un mois, sinon davantage. Cela signifiait-il des complications ? Dans combien de temps surviendrait la naissance ? *Nous avons sûrement le temps !* se dit-elle en songeant à ce lamentable petit train à compartiments individuels qui séparaient les voyageurs les uns des autres. Une fois le train en route, il n'existait aucun moyen de l'arrêter pour obtenir de l'aide.

Grace s'en voulait : elle n'aurait pas dû autoriser Rose à voyager. Elle aurait dû faire preuve d'autorité. En premier lieu, Rose n'était pas forte, et les rigueurs de la traversée depuis l'Angleterre avaient lourdement pesé. Mais Rose n'avait rien voulu entendre.

— Je veux que mon fils naisse dans notre nouveau foyer, avait-elle insisté avec son illogisme affolant.

Du jour où Valentin, le mari de Rose et le frère de Grace, avait envoyé des lettres éloquentes décrivant la maison magnifique qu'il avait fait construire dans les montagnes de l'Afrique-Orientale britannique, l'idée d'avoir le bébé là-bas avait obsédé Rose. Et comme pour affaiblir plus encore la position de Grace, qui recommandait à Rose d'attendre que le bébé soit né pour voyager, Valentin leur avait écrit avec insistance de venir, d'accord avec sa femme pour que son fils naisse dans leur nouveau pays.

Grace avait répliqué par des lettres furieuses mais son frère et sa belle-sœur avaient préféré faire abstraction de tout bon sens pour réaliser leur rêve déraisonnable.

Les deux femmes avaient donc quitté l'Angleterre et Bella Hill, le manoir ancestral du Suffolk, avec tous leurs biens et la compagnie de six domestiques, pour affronter les mers paisibles de l'après-guerre et s'installer dans le Protectorat britannique d'Afrique-Orientale, récemment démilitarisé, exotique et fascinant.

Lady Rose se pencha pour s'occuper pendant un instant de ses rosiers. Les cinq autres domestiques et les chiens de la famille voyageaient derrière dans un wagon de deuxième classe, mais ces rosiers accompagnaient la Comtesse comme s'ils étaient ses enfants. Grace leur lança un regard agacé — ces plantes avaient provoqué plus d'un problème depuis leur départ d'Angleterre ! Puis elle s'adoucit en voyant les soins que sa belle-sœur leur prodiguait.

Bientôt, se dit-elle, *elle aura un bébé à qui se consacrer.* Le bébé que Rose avait si intensément désiré, même après que les spécialistes de Londres eurent diagnostiqué qu'elle serait incapable d'avoir des enfants. Le bébé, se rappelait Grace, dont elle espérait qu'il amène son frère à se ranger.

Elle soupira et se tourna vers la fenêtre. Valentin avait l'âme turbulente ; ce pays sauvage lui convenait. Grace voyait à présent pourquoi l'Afrique-Orientale l'avait séduit, elle comprenait sa décision de confier Bella Hill à leur frère cadet pour venir ici bâtir un nouvel empire dans le désert.

Peut-être ce pays va-t-il le discipliner, se dit Grace tandis que le bercement du train l'endormait. *Peut-être Valentin deviendra-t-il un autre homme...*

C'est encore des hommes qui occupaient les pensées de Grace quand le train s'arrêta dans la gare de Voï et que les passagers se précipitèrent vers la cabane où l'on servait le dîner. Elle avait rêvé de nouveau du vaisseau-hôpital et de Jérémie.

Étant donné l'état de sa belle-sœur, il n'aurait pas été convenable que les deux femmes dînent avec les autres voyageurs, et un vieil Africain à l'air respectable servit le repas dans le compartiment privé. Grace toucha à peine au bœuf bouilli et aux choux, tandis qu'elle regardait par la fenêtre le bungalow-restaurant, brillamment éclairé dans la nuit du désert. Elle observait les hommes qui mangeaient à des tables couvertes ainsi que ce doit de nappes blanches, dans des assiettes de porcelaine et avec des couverts d'argenterie, servis par des sommeliers et des garçons en veste blanche. Le brouhaha des conversations et des rires, la fumée de leurs cigares emplissaient l'air de la nuit. Grace les enviait.

Rose buvait à petites gorgées du bordeaux dans un verre à pied en cristal, en évoquant à mi-voix ses projets pour la nouvelle maison.

— Je planterai mes rosiers à un endroit où je pourrai les

voir à chaque instant. Et je recevrai le mercredi. J'inviterai toutes les dames comme il faut du voisinage.

Grace sourit à sa belle-sœur avec indulgence. Inutile de priver déjà Rose de ses illusions. Elle apprendrait bien assez tôt les réalités de sa nouvelle vie quand elle verrait la plantation et découvrirait que son voisin le plus proche était à des lieues de là, et que les « dames » dont elle parlait étaient des paysannes dures au labeur, disposant de peu de temps pour prendre le thé à cinq heures.

Quelque chose derrière la vitre attira l'attention de Grace. C'était l'homme qui l'avait aidée à remonter dans le wagon. Il surveillait le transbordement de colis du train vers des chariots. Ces colis, remarqua Grace, étaient des fusils et du matériel pour camper. *Tiens, c'est un chasseur,* pensa-t-elle, *et il quitte le train ici à Voï.*

Sa curiosité éveillée à son sujet, Grace l'observa. Il avait très belle allure dans sa tenue kaki, avec son casque colonial. Quand il se retourna subitement et que leurs regards se croisèrent, le cœur de Grace fit un bond. L'inconnu sourit puis monta à cheval, salua et s'en fut.

Elle le regarda disparaître dans la nuit. Il en était toujours ainsi entre elle et les hommes, songea-t-elle, et il en serait toujours de même. Ou bien elle les remplissait de confusion comme autour du blessé dans l'après-midi, et ils ne savaient quelle attitude prendre ; ou bien elle suscitait en eux une explicable rancœur, ou enfin, comme dans le cas de ce chasseur, elle recevait d'eux le compliment suprême : ils lui accordaient autant de valeur qu'à un homme, et la traitaient donc en camarade.

Grace se rappela les hommes sur le vaisseau-hôpital, les blessés qui arrivaient à bord chaque jour. Comme ils étaient merveilleux avec elle au début : ils flirtaient, la prenant pour une infirmière. Puis brusquement, quand ils découvraient qu'elle était médecin *et* officier, leur attitude changeait. Soudain, cette déférence, ce respect exagéré, cette barrière invisible qu'elle ne savait pas franchir.

Le jour où elle avait été admise à l'École de Médecine, neuf ans plus tôt, une femme médecin déjà âgée l'avait avertie :

— Vous vous apercevrez que votre nouveau titre sera pour vous une malédiction autant qu'un privilège, lui avait dit la doctoresse Smythe. Nombreux seront ceux qui vous en voudront de votre intrusion dans leur confrérie jalousement gardée, et plus d'un malade vous jugera incapable de pratiquer la médecine. Vous n'aurez pas une vie sociale normale parce que vous n'entrerez dans aucun des rôles féminins admis. Certains hommes vous placeront sur un piédestal et vous estimeront hors d'atteinte. D'autres vous considéreront comme une curiosité, un phénomène de foire. Vous en intimiderez certains, vous en amuserez d'autres. Vous allez entrer dans un monde d'hommes sans y être acceptée comme membre à part entière, et vous ne bénéficierez guère des privilèges de ce monde.

Le Dr Alice Smythe, soixante ans passés et jamais mariée, avait dit la vérité. Grace Treverton avait maintenant vingt-neuf ans... et elle était célibataire.

Elle s'adossa à la banquette et ferma les yeux.

Tel était le « prix » à payer contre lequel on l'avait mise en garde des années auparavant, quand elle avait annoncé son intention de faire des études de médecine. Son père, le vieux comte, lui avait coupé les vivres et ses frères lui avaient ri au nez, en prédisant qu'elle devrait renoncer à sa féminité. Une partie de leur prophétie s'était réalisée. Oui, elle avait fait des sacrifices. Il lui restait désormais peu de chances de se marier et d'avoir des enfants ; à la veille de la trentaine, malgré deux années passées en mer au milieu de milliers de soldats, elle était encore vierge.

Mais tous les hommes ne ressemblaient pas à ses frères, ni aux hommes rudes de la cabane-restaurant. Le chasseur l'avait remarquée ; et en Égypte, où elle avait été affectée pendant la guerre, Grace avait fait la connaissance d'officiers, de gentlemen cultivés qui avaient respecté les galons sur sa manche et le « docteur en médecine » à la suite de son nom sur ses cartes de visite.

Puis il y avait eu Jérémie.

À vrai dire, la prédiction du Dr Smythe lui avait paru excessive le jour où Jérémie avait glissé la bague de fiançailles à l'annuaire gauche de Grace. Mais le rêve avait sombré avec le bateau torpillé et avec Jérémie dans les eaux froides et sombres de la Méditerranée.

On desservit les plats du dîner et l'on demanda aux dames de se rendre sur la petite plate-forme, au bout du wagon, pendant qu'on faisait leurs lits. Grace prit sa belle-sœur par le coude pour la soutenir et elles s'appuyèrent au garde-fou dans l'air frais de la nuit, sous ses étoiles. Bientôt la pleine lune allait se lever au-dessus du mont Kilimandjaro.

L'Angleterre paraissait appartenir à une autre galaxie, presque comme si elle n'avait jamais existé. Ô combien lointain semblait le départ de Southampton. Et les trois semaines en mer, cap à l'est, chaque journée entraînant plus loin de l'horizon familier, et plongeant plus profondément dans l'inconnu. Grace n'avait pas reconnu Port-Saïd, maintenant que la guerre était finie et que les touristes recommençaient à affluer : des paysans montèrent à bord avec leurs babioles et leurs antiquités « garanties » ; des marchands ambulants proposaient de la nourriture et du vin égyptien capiteux. Ensuite il y avait eu le canal de Suez, au milieu d'un désert hostile et aride ; et Port-Soudan, avec ses majestueuses caravanes de chameaux et ses Arabes en burnous. Après Aden, morne oasis dans un pays sauvage, le paquebot leur avait fait longer la côte exotique de la Somalie, dans l'Océan Indien torride, où les couchers de soleil jetaient dans le ciel des traînées d'écarlate et d'or. Enfin Mombasa, sur la côte de l'Afrique-Orientale britannique, avec ses bâtiments d'un blanc éclatant, ses cocotiers, ses manguiers, ses arbustes aux fleurs somptueuses et ses Arabes qui vous proposaient tout ce que vous pouviez désirer. Où était donc la brume du Suffolk, les vieilles pierres nobles de Bella Hill, les pubs de style élisabéthain le long des chemins de campagne ? Ils appartenaient à un autre monde et à une autre époque.

Grace regardait les hommes assis sur la véranda de la halte-restaurant, avec leurs cognacs et leurs cigares, attendant que l'on fasse leur couchette et que le voyage reprenne. Quels rêves les avaient-ils conduits dans ce territoire sauvage et vierge ? Lesquels survivraient ? Lesquels échoueraient ? Qu'adviendrait-il de chacun d'eux à la fin de ce voyage ? Ils passeraient encore presque une journée entière sur les rails avant d'atteindre Nairobi. Ensuite, la comtesse Treverton et sa suite affronteraient pendant plusieurs jours, dans un char à bœufs, la piste de terre conduisant à Nyéri, dans le Nord.

Grace en tremblait rien que d'y penser. Son rêve se trouvait au bout de cette route sauvage, le rêve partagé avec Jérémie pendant le temps douloureusement bref qu'ils avaient vécu ensemble. C'était Jérémie qui lui avait mis en tête la vision exaltante d'un paradis d'espoir et de charité dans le désert ; Jérémie projetait de se rendre en Afrique après la guerre pour apporter la parole de Dieu aux païens. Ils travailleraient côte à côte : Jérémie soignerait l'âme et Grace le corps. Tout au long de leurs nuits en mer ils avaient parlé de la mission qu'ils établiraient en Afrique-Orientale britannique ; et le moment était proche. Grace allait construire cet hôpital, pour Jérémie ; elle apporterait sa belle lumière aux ténèbres africaines.

— Oh là là, murmura Lady Rose en s'appuyant à sa belle-sœur je crois qu'il faut que je m'allonge.

Grace sursauta. Le visage de Lady Rose était devenu aussi blanc que sa robe de mousseline.

— Rose ? Est-ce que vous souffrez ?

— Non...

Grace hésita. Fallait-il continuer ou rester ? Mais cette gare du désert n'était guère un endroit pour accoucher et Nairobi ne se trouvait plus qu'à une journée.

Seigneur, accorde-nous du temps, pria Grace tandis qu'elle aidait Fanny à mettre Rose au lit. *Que cela ne se passe pas ici ! Je n'ai ni chloroforme ni eau chaude.*

Le visage de Rose ne trahissait aucun signe de détresse ; elle semblait rêver, très loin du présent.

— Mes rosiers sont-ils à leur place ? demanda-t-elle seulement.

Grace attendit que sa belle-sœur s'endorme, puis ôta son uniforme de la marine, le brossa et le suspendit. On accusait souvent les femmes médecins d'adopter des attitudes masculines, et le fait que Grace continuait de porter son uniforme un an après sa démobilisation de la Marine était considéré avec suspicion. Préjugé ridicule. Grace était simplement une femme dotée de sens pratique. Le tailleur était de bonne qualité, elle avait enlevé les galons des manches, pourquoi ne l'aurait-elle pas porté pendant quelques années ?

Valentin l'avait surnommée « notre petit matelot ». Bien que leur père ait combattu pendant la guerre de Crimée et que Valentin se soit engagé pour combattre les Allemands en Afrique Orientale et ait servi comme officier de ligne, l'engagement de Grace dans la marine avait suscité une intense désapprobation. Cela ne l'avait pas empêchée de suivre la voix de sa conscience — elle avait hérité de l'entêtement Treverton. Et elle la suivait encore, ici en Afrique, bien déterminée à réaliser un rêve né à bord d'un bateau de guerre en Méditerranée.

Valentin n'approuvait pas son projet de construire un hôpital en brousse, car il éprouvait un mépris bien enraciné pour les missionnaires en général ; il avait bien précisé à sa sœur qu'il ne l'assisterait en rien pour une telle folie. Mais Grace n'avait pas besoin de l'aide de Valentin ; elle disposait par héritage d'un petit revenu, bénéficiait d'une petite subvention accordée par des églises du Suffolk et possédait autant de caractère que n'importe quel homme.

Un gémissement s'éleva de la couchette de Lady Rose. Grace se retourna brusquement. Sa frêle belle-sœur respirait par à-coups, les mains posées sur son ventre.

— Vous allez bien ? demanda Grace.

Rose sourit.

— Nous allons bien tous les deux.

Grace lui rendit son sourire, pour la réconforter, pour dissimuler ses craintes. Encore tellement de kilomètres, tellement de *journées* de route — et le pire restait à faire.

— Est-ce qu'il donne des coups de pied ? demanda-t-elle.

Rose acquiesça d'un signe de tête.

On avait décidé que le bébé s'appellerait Arthur — comme le frère cadet de Grace et de Valentin, tué en France pendant la première année de la guerre : l'Honorable Arthur Currie Treverton, l'un des premiers jeunes patriotes qui s'étaient engagés à l'entrée en guerre de l'Angleterre.

Un coup de sifflet et le train s'ébranla. Grace regarda s'éloigner par la portière les lumières rassurantes de la gare de Voï ; bientôt il n'y eut plus que la nuit. Le train ahanait dans un paysage sinistre et stérile, le long d'une ancienne piste d'esclaves desservant le lac Victoria. Cette année moderne de 1919 n'était guère éloignée de l'époque des caravanes arabes où des Africains enchaînés avaient suivi à pied ce chemin vers les navires négriers de la côte et leur destin. La propagande du gouvernement britannique avait même justifié en partie, par la nécessité de supprimer le trafic des esclaves, la construction de ce chemin de fer qui avait coûté si cher et ne semblait aller nulle part. Des étincelles d'or crachées par la locomotive passaient devant la portière, et Grace imagina les campements des négriers sous les étoiles, tandis que leurs prisonniers hébétés gémissaient sous leurs chaînes. Qu'avaient ressenti des Africains innocents, emportés sur des bateaux dans des conditions inhumaines et contraints de servir des maîtres à l'autre bout du monde ?

Grace s'assura que les glaces étaient bien fermées. Elle avait entendu raconter des histoires de lions mangeurs d'hommes qui happaient les gens par les portières des trains. C'était un pays sauvage, encore plus dangereux la nuit que le jour. Jamais elle ne s'était sentie aussi vulnérable, aussi isolée. Il n'existait aucune communication possible entre les compartiments de première classe, pareils à de petites boîtes lancées sur la même trajectoire dans la nuit, sans aucun moyen d'entrer en rapports avec les wagons voisins, aucun moyen d'arrêter le train. Grace pria pour qu'ils arrivent à Nairobi à temps.

Elle essaya de se détendre, sans quitter des yeux sa belle-sœur qui semblait endormie, et elle songea au lendemain, *Nous nous arrêterons à Nairobi,* décida-t-elle. *Nous continuerons notre route seulement après la naissance du bébé.*

Valentin piafferait d'impatience, bien entendu, car cet arrêt à Nairobi impliquerait peut-être un retard de trois mois ou davantage, car la saison des pluies allait bientôt commencer et tout déplacement dans la Province Centrale deviendrait impossible. Mais Grace tiendrait tête à son frère. Elle n'était pas moins impatiente que lui de voir Lady Rose installée dans la grande maison qu'il avait construite, mais pour la sécurité de la mère et de l'enfant, Grace insisterait.

Incapable de trouver le sommeil, Grace décida de commencer son nouveau journal intime, cadeau d'un de ses professeurs de l'École de Médecine — un beau volume relié en maroquin, doré sur tranche. Elle avait attendu jusqu'à cet instant pour le commencer. Attendu le premier jour de sa nouvelle vie.

Elle venait d'écrire *10 février 1919* sur la première page lorsque Rose poussa un cri.

Le bébé arrivait.

2

Elle était furieuse contre son frère.

Des nuages noirs planaient au-dessus des collines, menaçants, pareils à des vautours. Et les voilà — deux femmes, six domestiques et quatorze Africains — gravissant avec une lenteur désolante une piste dangereuse dans cinq chariots chargés de toutes leurs possessions terrestres. Quelle protection allaient offrir les bâches de toile contre une averse de pluie torrentielle ? Que dirait Valentin en voyant le tapis d'Aubusson déteint, les tableaux de Bella Hill trempés ? Comment consolerait-il Rose quand elle découvrirait sa nappe de dentelle et ses robes de soie à jamais gâtées par la pluie ? Quelle entreprise absurde d'apporter tout ce bric-à-brac inutile en plein désert ! Valentin était fou.

Grace regarda sa belle-sœur emmitouflée dans un manteau de fourrure, les yeux fixés droit devant comme si elle pouvait voir ce qui l'attendait au bout de la piste.

Rose demeurait très faible ; d'une pâleur effrayante. Mais elle avait refusé de rester à Nairobi, surtout après avoir reçu de Valentin le message qui lui demandait de continuer sa route. Grace avait essayé de s'y opposer mais, dès le lendemain matin, Rose avait donné à ses domestiques anglais l'ordre de charger les chariots. Grace n'avait pu la dissuader de partir et maintenant elles se trouvaient en plein pays sauvage, au milieu des manguiers et des bananiers, assaillies à toute heure par les insectes et maintenues éveillées la nuit sous leurs tentes par les rugissements des lions et des guépards. Avec les pluies sur le point d'éclater.

Les pleurs du bébé firent retourner Grace vers le chariot derrière elle. Mme Pembroke, la nourrice, prit un biberon et calma l'enfant.

Grace fronça les sourcils. C'était un miracle que l'enfant ait survécu. Quand la petite forme inerte était apparue sur les draps, Grace l'avait cru mort. Pas un battement de cœur, le visage tout bleu. Mais elle avait cependant soufflé dans sa bouche et... l'enfant avait vécu ! Une petite fille faible mais bien vivante, et qui se renforçait de jour en jour.

Grace songea à la jeune femme assise à son côté. Sauf pendant l'épisode de l'Hôtel de Norfolk, où elle avait insisté pour continuer vers Nyéri, Lady Rose avait gardé le silence depuis la naissance du bébé. Non, se rappela Grace soudain, il y avait eu une autre exception : priée de donner un nom à l'enfant, Rose avait simplement répondu « Mona ». Grace n'avait su que penser jusqu'à ce qu'elle voie le roman que Rose lisait pendant le voyage. Le prénom de l'héroïne était Mona.

Grace s'était donc conformée au désir de sa belle-sœur, car son frère n'avait rien prévu pour le cas où l'enfant serait une fille. Dans sa vanité et son obsession forcenée de fonder une dynastie, Valentin n'avait jamais imaginé qu'il puisse engendrer autre chose qu'un fils. Grace avait fait baptiser le bébé puis avait annoncé la nouvelle à son frère.

Son unique réaction avait été : « Venez tout de suite ! Tout est prêt ! »

Depuis dix jours entiers qu'elles avaient quitté Nairobi, Lady Rose n'avait pas prononcé un seul mot. Ses yeux, grands et sombres, au regard fiévreux, restaient fixés droit devant elle tandis que ses petites mains blanches s'agitaient dans le manchon d'hermine. Sur le banc du chariot, elle se tenait penchée vers l'avant, comme pour presser les bœufs d'avancer. Quand on lui parlait, elle ne répondait pas ; quand on posait le bébé dans ses bras, elle le regardait d'un œil vide. En dehors de sa détermination à voir la nouvelle maison, elle n'avait témoigné d'intérêt que pour ses rosiers, posés à côté d'elle dans le chariot.

C'est le choc de la naissance qui a provoqué cet état, conclut Grace. Et le choc de trop de changements en même temps. Elle ira mieux dès qu'elle arrivera dans sa nouvelle maison.

Avant sa rencontre avec Valentin trois ans plus tôt, le jour de ses dix-sept ans, Rose avait vécu une existence protégée.

Et même après ses fiançailles avec le jeune comte, elle avait peu participé à la vie mondaine ; elle l'avait épousé trois mois plus tard et s'était installée à Bella Hill où les ombres du vieux manoir datant des Tudor l'avaient engloutie.

Nul n'avait vraiment compris pourquoi Valentin avait élu la timide, la rêveuse Rose, alors qu'il pouvait choisir parmi toutes les jeunes filles à marier d'Angleterre. Valentin était brillant, beau, riche et venait d'hériter un titre de noblesse. Certes Rose était très belle, dans le genre éthéré : elle rappelait à Grace les vierges tragiques chantées par Edgar Poe. Mais elle avait tendance à vivre dans un autre monde et Grace craignait qu'elle ne soit pas de taille en face d'une force de la nature comme Valentin.

Mais il l'avait choisie, elle l'avait accepté aussitôt, et elle avait éclairé de sa jeunesse les salles sombres et austères de Bella Hill.

Grace était impatiente de voir ce que Valentin avait accompli au cours des douze mois précédents. Bien des gens s'étaient montrés sceptiques, assurant qu'il avait entrepris l'impossible. Mais elle jugeait son frère à même de réaliser des choses incroyables.

Valentin Treverton était quelqu'un de passionné, quelqu'un qui par nature était incapable de rester inactif, quelqu'un possédé d'un tel appétit de vivre qu'il avait décrété l'Angleterre étouffante. Il aspirait à un monde vierge qu'il puisse faire sien, où il incarnerait la loi, où aucune tradition, aucun précédent ne lui imposerait une conduite.

Personne ne rencontrait Valentin sans être ébloui par lui. Il marchait à grandes enjambées et accueillait les gens à bras ouverts comme pour leur donner l'accolade. Il avait un rire grave, franc, spontané. Et sa beauté charmait même les hommes. Mais Grace connaissait le revers de la médaille : ses colères, ses sautes d'humeur et son extrême prétention, sa conviction que tout un chacun ou presque lui était inférieur. Grace n'en doutait pas : il allait écraser sous sa botte ce pays sauvage.

Aux premières gouttes de pluie, tous les regards se tournèrent vers le ciel. En un instant, les Africains se mirent à s'interpeller dans leur kikuyu rapide et gesticulant. Grace n'avait pas besoin de comprendre la langue pour savoir ce qu'ils disaient : s'il se mettait vraiment à pleuvoir, la piste se transformerait en marécage infranchissable. Elle appela le chef kikuyu.

— Ché-Ché !

Il revint vers son chariot.

— Oui, memsaab ?
— A quelle distance sommes-nous de la propriété ?
Il haussa les épaules et tendit cinq doigts.
Grace lui jeta un coup d'œil impatient. Que voulait-il dire ? Cinq kilomètres ? Cinq heures ? A Dieu ne plaise, cinq *jours ?* Elle regarda le ciel. Les nuages étaient bas, couleur de charbon ; un vent de mauvais augure agitait les feuilles des bananiers.
— Il faut nous dépêcher, Ché-Ché, dit-elle. On ne peut pas aller plus vite ?
Le chariot de tête lui semblait avancer à une allure d'escargot ; les deux hommes porteurs de fusils qui chevauchaient en éclaireurs pour chasser les bêtes sauvages paraissaient somnoler ; et les indigènes vêtus de peaux de chèvres et armés de sagaies suivaient le convoi au pas de promenade.
Le chef acquiesça et partit aussitôt vers le premier chariot, où il cria des ordres en kikuyu au conducteur. Mais le chariot n'avança pas plus vite.
Grace refréna son désir de sauter du chariot et d'aiguillonner les bœufs elle-même ; elle regrettait à présent de n'avoir pas écouté les conseils d'un homme rencontré à l'hôtel *Blue Posts* de Thika. Il lui avait expliqué qu'en kikuyu « Ché-Ché », le nom du chef, signifiait « lent » : ce n'était probablement pas sans raison qu'on l'appelait ainsi. Mais Grace n'avait pas été d'avis de changer de chef au beau milieu d'un voyage. Résultat : elle se trouvait encore entre la ville de Nyéri et la propriété de son frère, alors qu'un orage s'annonçait.
Elle se retourna et vit que Mme Pembroke avait vaguement battu en retraite sous la bâche du chariot, le bébé dans ses bras, avec Fanny, la femme de chambre de Rose, assise à côté d'elle, l'air malheureux. Tous les hommes marchaient le long des chariots et étaient armés de fusils — même le vieux Fitzpatrick, le maître d'hôtel qui était venu avec elles de Bella Hill, en tenue kaki et casque colonial, ne se ressemblait plus.
Grace se dit qu'elle aurait presque pu trouver ce cortège risible si elle n'avait pas été si inquiète, si furieuse.
Quand elle regarda de nouveau sa belle-sœur, elle fut surprise de voir un vague sourire sur ses lèvres pâles. Elle se demanda à qui Lady Rose songeait.
En fait, Lady Rose se concentrait sur le refuge qui l'attendait au bout de cette horrible piste : Bella Deux, la maison que Valentin avait construite pour elle.

Notre propriété est située dans une vallée de soixante-cinq kilomètres de large, entre le mont Kenya et la chaîne des

Aberdares, à seulement quarante-cinq kilomètres au sud de l'équateur, avait-il écrit cinq mois plus tôt. *Nous sommes à plus de quinze cents mètres au-dessus du niveau de la mer et il y a sur notre domaine une gorge pleine de végétation luxuriante où courent les eaux tumultueuses de la rivière Chania. La maison est exceptionnelle. Je l'ai dessinée moi-même, selon une conception nouvelle, adaptée à ce pays neuf. J'ai décidé de l'appeler Bella Deux ou Bella Aussi, vous choisirez*[1]. *C'est une véritable maison, avec tout ce qu'il faut : bibliothèque, salle de musique et chambre d'enfant pour notre fils.*

Valentin n'avait pas eu à en dire plus ; Rose s'était représenté aussitôt la nouvelle maison, celle qui allait devenir son foyer, et non une résidence où elle se sentait une étrangère, au milieu des lugubres portraits des ancêtres Treverton. Une maison dont elle serait enfin l'unique maîtresse, avec les clés suspendues à sa ceinture.

Depuis la naissance du bébé, quatre semaines plus tôt, Rose n'avait songé qu'à la nouvelle maison. Elle s'était aperçue que si elle se concentrait avec application et orientait toute son énergie sur Bella Deux, elle pouvait éviter de penser à l'« autre chose ».

Elle imaginait les heures qu'elle passerait à diriger l'installation des rideaux, la disposition des chaises et des tables, les arrangements floraux. Et surtout, Rose veillerait à ce que l'étiquette la plus stricte soit respectée pour ses réceptions : astiquage du service à thé offert à sa grand-mère par la duchesse de Bedford, cuisson de petits fours et de gâteaux de Savoie, préparation de caillebotte. Elle enseignerait au personnel la bonne manière de confectionner des canapés et elle veillerait à ce qu'ils sachent couper le concombre en tranches *exactement comme il faut.* Rose garderait elle-même la clé de la réserve de thé et mesurerait avec soin l'Earl Grey et l'Oolong.

Le fait de se trouver en Afrique ne justifiait pas que l'on tourne le dos à la civilisation, avait-elle décidé. Il fallait au contraire s'accrocher au décorum à tout prix. Elle savait que sa belle-sœur n'approuvait pas « le monstrueux amoncellement de bagages », selon l'expression de Grace, que Rose avait emportés, mais Grace n'entendait rien aux obligations sociales. C'était simplement parce que Grace ne serait ni la maîtresse d'une plantation de deux mille hectares, ni la comtesse de Treverton, qui avait la responsabilité de mainte-

1. En anglais : Bella Two (Bella Deux) ou Bella Too (aussi). (N.d.T.)

nir au plus haut niveau les bonnes manières. Grace était venue en Afrique avec seulement deux malles, la première pour ses vêtements et ses livres, l'autre pleine de médicaments !

Rose se mit à arpenter en esprit les pièces de la nouvelle maison, les voyant telles que Valentin les avait décrites, avec leurs parquets cirés et leurs colonnes de pierre, les plafonds aux poutres apparentes, la cheminée vaste comme une scène de théâtre. Elle vit la salle de musique où elle jouerait sur le piano à queue qui voyageait en ce moment dans le dernier chariot. Les pieds avaient été démontés pour être expédiés séparément de Londres. Elle vit la salle de billard avec son tapis de la Savonnerie, tout comme celle de la Famille Royale. Et, emballé avec soin, il y avait même dans le premier chariot un lustre de cristal pour la salle à manger.

Mais quand l'imagination de Rose la conduisit à la porte de la chambre à coucher, elle s'arrêta brusquement.

Grace, assise à côté d'elle dans le chariot, ne remarqua pas la contraction soudaine de tout le corps de sa belle-sœur ; le changement du sourire en une ligne mince. Elle ne perçut pas le battement de cœur violent, l'angoisse sans cesse renouvelée. Rose gardit tout cela pour elle-même, car c'était une chose que personne ne devait savoir.

Elle songea à Valentin et frissonna. Rose savait déjà comment il allait réagir en présence du bébé — il ferait comme si rien ne s'était passé, comme si la petite Mona n'était même pas née. Il adresserait à Rose ce regard qu'elle connaissait trop bien, ce regard de *désir*, puis il commencerait à imposer de nouveau ses exigences sur son corps.

Quelle allégresse elle avait éprouvée, l'an passé, en apprenant qu'elle était enceinte ! Comme l'exigeaient les convenances, Valentin avait fait aussitôt chambre à part et Rose avait joui de sept mois de liberté. Si le bébé avait été un garçon, Valentin aurait été satisfait. Mais à présent il allait renouveler ses efforts pour engendrer un héritier et elle frissonna rien que d'y penser.

Rose était venue à Valentin vierge et ignorante de la façon dont les hommes se conduisaient avec les femmes. Sa nuit de noces lui avait été un choc puis la répulsion s'était installée. Elle était devenue telle que Rose demeurait immobile dans le lit, tendue, respirant à peine, guettant le bruit de ses pas. Et il venait, sous le couvert de l'obscurité, et se servait d'elle comme d'un animal. Mais Rose avait appris à s'abstraire de l'acte. Quand elle sentait que ce serait une de ces nuits, elle prenait du laudanum avant de se coucher et elle se réfugiait dans ses rêves pendant qu'il s'activait. Jamais ils ne parlaient de ça, même aux moments décisifs, mais, un jour, Rose avait envisagé de s'en ouvrir à Grace. Puis elle avait changé d'avis. Quoique docteur en médecine, sa belle-sœur était encore fille, s'était dit Rose, elle n'entendrait donc rien à ces choses-là. Alors Rose avait renoncé à soulever la question, supposant qu'il en allait de même entre tous les époux.

A l'avant s'éleva un brouhaha subit; des hommes en tête de la caravane poussaient des cris d'excitation et Ché-Ché arriva en courant — c'est sûrement la première fois de sa vie, pensa Grace — pour annoncer qu'ils avaient atteint la rivière Chania.

Le cœur de Grace fit un bond. La Chania! La frontière extrême du territoire kikuyu. Et de l'autre côté, la plantation de son frère!

Chacun pressa le pas, même les animaux, comme s'ils se sentaient proches du terme de leur long voyage. Les hommes poussèrent les chariots au passage de la rivière aux eaux basses en ces derniers jours de la saison sèche —, puis les passèrent sur la pente herbue marquant la limite de la propriété de Valentin.

Rose s'anima. Elle serra la main de sa belle-sœur et sourit. Grace débordait d'allégresse. Le bout de la piste, enfin! Après des semaines d'océan, de trains, de chariots, de sommeil sous la tente, de piqûres d'insectes, leur destination se trouvait juste de l'autre côté de cette colline. Une vraie maison, des lits dignes de ce nom, des repas civilisés... Mais surtout, la fin de toutes ses errances, de tous ses voyages; l'endroit où elle et Jérémie avaient projeté de commencer leur vie de couple. Peut-être que s'il n'était pas mort — comme elle l'espérait encore sans trop y croire — il viendrait la retrouver ici, enfin.

Quand une pancarte clouée au tronc d'un châtaignier annonça DOMAINE TREVERTON, tout le monde poussa des acclamations. Même le vieux Fitzpatrick, l'imperturbable maître d'hôtel, lança en l'air son casque colonial. Le bébé se mit à pleurer; les chariots craquèrent et cahotèrent; les Africains incitèrent de la main et de l'aiguillon les bêtes à avancer.

Ils franchirent le sommet de la colline et virent un paysage saisissant : le mont Kenya dans toute sa majesté, émergeant d'une couronne de brume. Exactement comme Valentin l'avait décrit! Et là-bas, vers le sud-ouest, à la lisière de la forêt déboisée, exactement à l'endroit où il avait dit qu'il l'avait construite, sur une colline aux lignes douces dominant une vue de la montagne et de la vallée...

Tout le monde se tut. Un vent froid descendait en sifflant des pics enneigés, heurtant les jupes et casques, faisant claquer dans le silence les bâches de toile des chariots. Le seul bruit qu'on entendait tandis que chacun regardait était celui des pleurs de la petite Mona.

Grace cligna des paupières, incrédule. Et Rose dit dans un murmure :

— Mais... il n'y a rien ici! Pas de maison, pas de bâtiments... rien du tout...

3

— Ohé, là-bas!

Tout le monde se retourna pour voir Valentin qui arrivait à cheval. Il portait des bottes à l'écuyère, un jodhpur, une chemise blanche au col déboutonné et aux manches retroussées et il était tête nue. *Comme s'il ne faisait pas froid,* songea Grace, agacée. *Comme s'il n'allait pas pleuvoir.*

— Enfin arrivés ! s'écria-t-il et, sautant à bas de son cheval, il se dirigea à grands pas vers sa femme.

Valentin saisit Rose dans ses bras et lui appliqua un baiser appuyé sur la bouche.

— Bienvenue chez nous, ma chérie.

Il se tourna vers Grace, les bras tendus.

— Ah, et voici la sacrée petite doctoresse !

Mais quand il voulut l'embrasser, Grace le repoussa.

— Valentin, dit-elle sèchement. Où est la maison ?

— Allons ! Elle est là ! Tu ne la vois donc pas ?

Il montra d'un geste large la colline qui venait d'être déboisée et débroussaillée.

— En tout cas, elle *sera* là, ajouta-t-il. Venez maintenant. Vous faites une tête de jour de pluie.

— C'est un jour de pluie, Val. Et nous sommes épuisées, nous avons faim. Cela signifie-t-il que la maison n'est même pas *construite ?*

— Tout va lentement en Afrique, ma vieille. Tu ne tarderas pas à t'en rendre compte. Nous avons un campement de tentes près de la rivière.

— Valentin ! Tu ne t'attends tout de même pas à ce que nous...

— Allons, dit-il en lui prenant le bras. Permets-moi de te présenter à notre plus proche voisin. Il joue fort bien au polo. Un handicap de six. Grace, voici Sir James Donald. James, ma sœur Grace Treverton.

Arrivé à cheval avec Valentin, Sir James portait une tenue plus pratique : pantalon de grosse toile et veste saharienne, casque colonial sur la tête. Quand il mit pied à terre, Grace remarqua qu'il boitait légèrement.

Sir James souriait déjà quand il s'avança vers elle ; un sourire timide, presque embarrassé. Il ne devait pas être beaucoup plus âgé qu'elle, peut-être trente et un ou trente-deux ans. Il la surprit en lui tendant la main, geste qu'aucun gentleman anglais n'aurait eu avec une dame. Puis il dit, d'une voix cultivée :

— Val m'a appris que vous étiez médecin...

— Oui, répondit Grace, sur la défensive.

— Merveilleux. Nous avons diablement besoin de médecins par ici.

Et Grace remarqua soudain qu'il était très bel homme.

Ils restèrent un instant silencieux, les yeux dans les yeux, leurs mains toujours unies. Puis Valentin déclara :

— Viens faire le tour du nouveau domaine.

Grace regarda Sir James retourner vers son cheval. Grand et mince, il se tenait très droit, presque raide, comme pour compenser sa claudication.

Lady Rose était demeurée près du chariot, l'air perdu. Quand son mari l'appela, elle lui demanda d'une voix timide :

— Valentin, mon chéri, ne voulez-vous pas voir le bébé ?

Une ombre passa sur le beau visage de Valentin, puis il s'écria avec exubérance :

— Venez donc ! Venez voir votre nouveau chez-vous !

Mme Pembroke monta à la suite de Lady Rose dans une charrette tirée par un poney et s'assit entre les deux belles-sœurs. Grace écarta la couverture du visage de Mona et vit que le bébé était étrangement tranquille.

La charrette, conduite par l'un des Africains de Valentin, se dirigea vers la colline qui s'élevait au milieu de la forêt. En posant le pied sur la terre rouge, Grace demanda de nouveau à son frère pourquoi la maison n'était pas construite.

— La main-d'œuvre dont je dispose est limitée. Il m'a fallu établir des priorités. Repiquer mes plants avant les pluies était plus important que bâtir la maison. En fait, la pépinière est passée avant tout le reste. Quand la plantation sera terminée dans les champs, je mettrai les ouvriers au travail sur la maison.

— Pourquoi nous as-tu raconté que la maison était terminée ?

— Parce que je voulais ma femme ici, avec moi. Si je lui avais dit qu'il lui faudrait vivre encore un an sous la tente, elle ne serait pas venue.

Lorsqu'ils parvinrent en haut de la colline, Grace reçut un choc. La forêt avait disparu ; un magnifique panorama se déployait devant elle. Après des semaines de progression lente au milieu de végétation dense, Grace avait le souffle coupé de voir autant de ciel. Elle avait l'impression de flotter dans l'espace. La vallée au-dessous qui s'étendait jusqu'au pied du mont Kenya avait été nettoyée de tous les arbres et broussailles.

Valentin passa la main dans ses épais cheveux noirs.

— Qu'en penses-tu, ma vieille ? Tu le vois ? Des hectares et des hectares à perte de vue de caféiers couverts de fleurs blanches comme si un cortège de noces venait de les traverser. Et des baies rouge vif qui attendent qu'on les cueille !

Grace était impressionnée. Son frère avait accompli un petit miracle dans ce désert éloigné de tout. La forêt s'achevait brusquement à la lisière des terres nouvellement défrichées, et de grandes rangées de trous s'étiraient dans un alignement parfait jusqu'aux confins embrumés de la vallée — des trous d'une dimension surprenante, songea Grace, à hauteur de genou et assez vastes pour contenir un homme, escortés dans leur grande parade par de belles files de bananiers.

— Il y aura douze cents plants de caféiers à l'hectare, expliqua Valentin, la voix vibrante de fierté. Et nous avons deux mille cinq cents hectares, Grace ! Dans trois ou quatre ans, nous rentrerons notre première récolte. Ces bananiers servent à donner de l'ombre — les caféiers ont besoin d'ombre, vois-tu. J'ai également planté des jacarandas d'importation, en bordure, ajouta-t-il avec un geste du bras. Dans quelques années, ils porteront de belles fleurs bleu pervenche. Voilà ce qu'on verra depuis la façade de la maison.

Il montra de la main une énorme zone plate le long de la rivière.

— Voilà là-bas la pépinière. Il y a une tranchée qui part de la Chania pour l'irriguer. Ces garçons, là-bas, sont en train d'arracher les plants faibles. C'est le secret de la réussite, Grace. Certains planteurs commettent l'erreur de laisser les plants faibles un an de plus en pépinière, persuadés qu'ils vont forcir, mais la bonne tactique c'est de les arracher et d'en semer d'autres. Le monde ne le sait pas encore, Grace, mais un jour on se disputera le café de Nairobi et tout viendra du Domaine Treverton.

— Comment peux-tu en savoir si long sur la plantation du café, Val ?

— Les pères de la mission où j'ai acheté les semences m'ont beaucoup aidé. Puis j'ai rencontré à Nairobi quelques braves types prêts à partager les tuyaux. Et Karen m'a enseigné bien des choses.

— Karen ?

— La baronne von Blixen. Elle a une plantation de café près de Ngong. Nous utilisons la variété aux pointes mordorées, par ici. Les meilleures graines d'arabica existant sur terre, Grace. Je les ai plantées il y a un an, à mon retour d'Afrique-Orientale allemande.

Il leva les yeux vers le ciel gris perle avant de conclure :

— Dès que les pluies commenceront, nous transplanterons les jeunes caféiers.

Grace regarda, fascinée, la cohorte d'Africaines dans les champs, vêtues de peaux souples, avec souvent un bébé dans le dos, penchées sans plier les jambes pour tasser la terre de l'intérieur des trous avec leurs mains.

— Pourquoi y a-t-il surtout des femmes et des enfants qui travaillent, Val ? Pourquoi si peu d'hommes ?

— Les types que tu vois sont ceux qui ont envie de travailler. Le reste est sans doute assis sous un arbre près de la rivière, en train de boire de la bière. C'est diablement difficile de les tenir au travail. Il faut rester tout le temps sur leur dos. Dès que je tourne la tête, ils filent dans la brousse. Tu comprends, dans la tradition des Kikuyus, seules les femmes travaillent la terre. Un homme y perdrait sa dignité. C'étaient des guerriers, ils se battaient entre eux.

— Se battent-ils encore ?

— Nous avons mis fin à tout ça. Les Kikuyus et les Masaïs étaient constamment en guerre. Ils pillaient mutuellement leurs villages et se volaient le bétail et les femmes. Nous leur avons enlevé leurs sagaies et leurs boucliers. Maintenant, ils ne font plus *rien*.

— Voyons, tu ne peux pas les forcer à travailler.

— En fait, nous pouvons.

Grace avait eu des échos de la Loi sur le Travail des Indigènes, en Angleterre, lorsque l'archevêque de Canterbury avait violemment attaqué ces pratiques à la Chambre des Lords. « Une forme moderne d'esclavage », avait-il dit. On contraignait à travailler sur les plantations des colons blancs les anciens guerriers kikuyus devenus oisifs, sous prétexte que le travail les occupait et que leur tribu bénéficiait de la nourriture, des vêtements et des soins médicaux reçus en échange.

— La guerre contre l'Allemagne a failli nous ruiner, Grace. L'Afrique-Orientale anglaise est condamnée à une banqueroute certaine si nous ne trouvons pas un moyen de créer des revenus. Ce ne sera possible que par l'agriculture et l'exportation. Le planteur blanc ne peut rien faire seul, mais si nous travaillons de concert, indigènes et Européens, nous en bénéficierons tous. Je vais me battre pour que ce pays neuf survive, Grace. Je ne suis pas venu ici avec l'intention d'échouer. D'autres raisonnent comme moi : Sir James, par exemple. Nous nous bagarrons diablement pour sortir l'Afrique-Orientale du Pléistocène et l'introduire dans le monde moderne. Et nous entraînons ses habitants avec nous à coups de pied et coups de gueule s'il le faut.

Grace baissa les yeux vers les champs défrichés, vers les centaines de rangées de trous qui attendaient les plants et dit :

— Il y a davantage d'indigènes par ici que je ne m'y attendais. D'après le Bureau du Cadastre, je croyais que nous avions acheté des terres inoccupées.

— Effectivement.

— Mais alors, d'où viennent toutes ces femmes, tous ces enfants ?

— De l'autre côté de la rivière.

Valentin tendit le bras, et Grace se retourna. Sur la rive opposée, au milieu de cèdres et d'oliviers, elle aperçut des clairières, de petits champs indigènes avec des cases rondes couvertes de chaume et des jardins potagers.

— Mais la terre nous appartient également, précisa Valentin. Notre domaine s'étend assez loin dans cette direction.

— Des gens vivent sur nos terres ?

— Des squatters. C'est un système mis au point par le ministère des Colonies. Les Africains peuvent établir leur *shambas* — c'est le nom qu'ils donnent à leurs champs — sur nos terres s'ils travaillent pour nous en retour. Nous prenons soin d'eux, nous réglons leurs querelles, nous faisons venir un docteur s'ils en ont besoin, nous leur donnons à manger et de quoi se vêtir, et ils travaillent la terre pour nous.

— Cela me paraît très féodal.

— Pour tout dire, c'est exactement ça.

— Mais... — Grace fronça les sourcils. — N'étaient-ils pas déjà ici, avant que tu achètes ces terres ?

— Rien ne leur a été volé, si c'est le fond de ta pensée. Le gouvernement de Sa Majesté a proposé au responsable du village une offre qu'il ne pouvait pas refuser. Elle le transformait en chef — les Kikuyus ne connaissent pas les chefferies — et lui conférait toutes sortes de pouvoirs. En échange, il a vendu la terre pour des perles et du fil de cuivre. Une opération parfaitement légale. Il a placé l'empreinte de son pouce sur un acte de vente.

— Tu t'imagines qu'il comprenait ce qu'il faisait ?

— Écoute, ma vieille. Ne me bassine pas avec l'histoire du « noble sauvage », hein ? Ces gens-là sont comme des enfants. Avant notre arrivée, ils n'avaient jamais vu de roue. Ils portaient les bûches sur leurs têtes. Je me suis débrouillé pour dénicher des brouettes et je leur ai expliqué comment transporter des bûches avec. Le lendemain, je les ai vus qui avaient bien mis les bûches dans les brouettes, mais les brouettes étaient sur leur tête. Et ils n'ont aucune notion de la propriété privée, de ce qu'ils peuvent faire de la terre. Un vrai gaspillage. Il fallait que quelqu'un intervienne pour sortir quelque chose de tout ça. Si nous ne l'avions pas fait, nous les Anglais, les Allemands s'en seraient chargés ; ou les Arabes. Ces gens ont de la chance d'être tombés sur nous et non sur des Boches ou des négriers musulmans.

Il s'éloigna d'elle à grands pas en direction du mont Kenya, les mains sur les hanches, comme s'il allait apostropher la montagne.

— Oui, dit-il d'un ton uni implacable, je vais faire quelque chose de ce pays.

Les yeux noirs de Valentin étincelaient dans le vent qui fouettait ses cheveux et traversait sa chemise. Il avait une expression farouche et provocante, comme s'il mettait l'Afrique au défi de le battre. Grace sentit en son frère quelque chose d'à peine contenu, une énergie tout juste contrôlée, une obsession et une folie qu'il fallait constamment refréner. Une flamme étrange l'animait, elle le savait, une force qui l'avait entraîné de la morne et vieille Angleterre prise dans le carcan des réglementations vers ce continent noir indompté et sans loi. Il était venu ici pour conquérir ; il allait poser la main sur cet éden encore vierge et y laisser sa marque.

— Est-ce que tu vois, maintenant ? cria-t-il dans le vent. Comprends-tu à présent, Grace, pour quelle raison je suis resté ici ? Pourquoi je n'ai pas pu retourner en Angleterre quand l'Armée m'a démobilisé ?

Il serra les poings.

Féodal, avait dit Grace. Et cela lui avait plu. Lord Treverton, un vrai comte sur un fief créé de ses propres mains, pas comme Bella Hill, où des paysans obséquieux, toujours prêts à saluer, vivaient sur des fermes médiocres et béaient en regardant le manoir comme devant un gâteau de Noël. Le Suffolk le révoltait par ses traditions irritantes, ses conventions, sa sempiternelle monotonie — où jamais l'imagination n'allait au-delà de l'heure du dîner. À son arrivée en Afrique-Orientale anglaise pour combattre les Allemands, Valentin s'était enfin senti vivre. Il avait regardé autour de lui et il avait *vu* : ce qu'il avait à faire ; où était sa place. Il connaissait soudain son destin, il se sentait animé par un but. Comme si l'Afrique l'attendait, lui et ses pareils, tel un géant malhabile endormi attendant qu'on l'éveille et qu'on le pousse sur la voie d'une vie productive.

Valentin frissonna dans le vent, sous l'effet non du froid mais de sa vision. Il leva ses yeux sombres vers les nuages menaçants et brandit mentalement une épée. Il se sentait comme sur un destrier face à une armée. Il avait l'impression d'être revêtu d'une armure à la tête d'une ost de millions de vassaux. L'antique sang guerrier s'était réveillé dans ses veines ; les ancêtres des Treverton criaient silencieusement dans son cerveau. *Va conquérir. Va subjuguer...*

Il se retourna brusquement et regarda Grace comme s'il avait oublié sa présence. Puis un sourire chaleureux se peignit sur ses traits et il dit :

— Viens, je vais te montrer ton petit coin d'Afrique à toi.

Depuis le sommet de la colline, une piste taillée en pleine forêt conduisait à la crête dominant la rivière. Valentin conduisit sa sœur jusqu'au bord herbu à peu de distance de l'endroit où l'on déchargeait ses chariots et tendit le bras vers les berges plates de la Chania.

— Voici ton domaine, dit-il en dessinant ses limites d'un geste. Il commence là-bas, juste derrière ce bosquet d'eucalyptus, et descend jusqu'ici au bord de l'eau. Douze hectares, réservés à toi et à Dieu.

Grace contempla longuement les cèdres, les gueules-de-loup éclatantes, les orchidées mauves et jaunes. C'était un paradis. Et il lui appartenait.

Je suis arrivée enfin, Jérémie, murmura en elle la voix secrète de son cœur. *L'endroit dont nous avons rêvé. J'y construirai exactement ce que nous projetions ensemble et je n'en partirai jamais, parce que si, grâce à Dieu, tu es encore en vie, c'est ici que que tu me retrouveras peut-être un jour.*

— Là, en bas, est-ce aussi à toi, Val ? demanda-t-elle en montrant un emplacement à une trentaine de mètres en contrebas.

— Oui, et attends donc de savoir ce que je projette d'y faire !

— Mais... il y a des gens qui habitent là.

Grace compta sept petites cases autour d'un viel arbre.

— Ils déménageront. C'est la famille du Chef Mathengé. Ses trois épouses et sa grand-mère vivent là. En réalité, elles ne sont pas chez elles de ce côté-ci de la rivière. Tu comprends, toute la région a été érigée en zone-tampon entre les Masaïs et les Kikuyus pour essayer de mettre fin à leurs guerres. C'est un no man's land en quelque sorte. Aucune tribu n'est autorisée à s'y installer.

— Mais le Blanc peut le faire ?

— Eh, bien entendu... Il y a quelques années, je ne sais quelle épidémie s'est déclarée de l'autre côté de la rivière, où vit le gros de la tribu. Ce groupe s'est détaché et s'est installé ici pour fuir les mauvais esprits ou quelque chose du même genre. Mathengé m'a promis de les faire retraverser.

Valentin se tourna vers Rose. Il la vit qui était retournée sur la colline, où elle se tenait immobile, pareille à une statue au milieu de l'espace déboisé comme si elle attendait calmement que sa maison se construise autour d'elle. Il se dirigea vers elle.

— Valentin m'a dit que ces terres-là vous appartiennent.

Grace leva les yeux. Sir James l'avait rejointe. Il avait ôté son casque colonial et le vent avait hérissé ses cheveux châtain foncé, qu'ici et là les gouttes de pluie faisaient briller.

— Oui, répondit-elle. Je vais y bâtir un hôpital.

— Et apporter la parole de Dieu aux païens ?

Elle sourit.

— Occupons-nous des corps, Sir James, et les âmes suivront.

— James tout court, je vous en prie. Nous sommes en Afrique.

Oui, en Afrique, songea-t-elle. *Où les gentlemen échangent des poignées de main avec les dames et où un comte se promène la chemise déboutonnée.*

— Vous vous êtes fixé une énorme tâche, disait Sir James qui, tout près d'elle, regardait le vaste ravin. Ces gens sont accablés par le paludisme, la grippe, le pian, les parasites et toute une armée de maladies qui n'ont pas encore reçu de nom !

— Je ferai de mon mieux. J'ai emporté des livres de médecine et beaucoup de médicaments.

— Je dois vous prévenir, ils ont leurs propres guérisseurs et ceux-ci n'aiment pas que les *wazungus* se mêlent de leurs affaires.

— Les *wazungus* ?

— Les Blancs. Cette famille, par exemple, juste en dessous, dans ces cases autour du figuier. C'est la famille d'une sorcière très puissante qui dirige pratiquement le clan installé de l'autre côté de la rivière.

— Je croyais qu'ils avaient un chef.

— Oui, bien sûr. Mais c'est la grand-mère de sa femme, Wachéra, qui exerce réellement le pouvoir dans cette région.

— Je vous remercie de m'avertir.

Grace leva les yeux vers son visage séduisant.

— Val m'a parlé de vous dans ses lettres. Il disait que votre ranch se trouve à une dizaine de kilomètres vers le nord. J'espère que nous deviendrons amis.

— Je n'en doute pas.

Un coup de vent montant de la rivière fit s'envoler le casque colonial de Grace. Sir James le rattrapa et, quand il le lui tendit, il aperçut l'éclat de l'or sur la main gauche de la jeune femme.

— Votre frère ne m'avait pas dit que vous étiez fiancée.

Elle baissa les yeux vers la chevalière que Jérémie lui avait donnée le soir où le bateau avait été torpillé. Les sauveteurs l'avaient repêchée dans les eaux glacées et elle s'était réveillée, après une pneumonie, dans un hôpital militaire du Caire. On lui avait appris que l'aspirant Jérémie Manning était porté disparu.

Jamais elle n'abandonnerait l'espoir de le retrouver un jour. Leur amour à bord du bateau avait été bref mais intense, le genre de passion qu'engendre la guerre, où les années se résument en minutes. Et elle avait refusé de croire à sa mort. Personne, même pas Valentin ou Rose, n'était au courant des messsages que Grace avait laissés pour Jérémie au cours de l'année précédente : d'abord en Égypte où elle avait confié une lettre au Colonial Office, puis d'autres en Italie, en France, dans toute l'Angleterre. Pendant son voyage vers l'Afrique, elle avait laissé ses coordonnées à Port-Saïd, à Suez, à Mombasa et pour finir à l'Hôtel Norfolk de Nairobi. Elle semait les lettres comme une piste de miettes de pain, dans l'espoir que Jérémie avait survécu, avait été sauvé, vivait en cet instant même et la recherchait…

— Mon fiancé a été perdu en mer pendant la guerre, répondit-elle à mi-voix.

Sir James remarqua l'agitation de la jeune femme, sa tentative maladroite pour dissimuler, protéger la bague, et il réprima son impulsion de lui offrir le réconfort de son bras.

« Ma sœur est docteur en médecine, lui avait expliqué Valentin, mais elle n'a pas du tout l'air hommasse comme certaines. » James n'en croyait pas ses yeux. Cette femme à la voix douce, aux traits fins et charmants, au sourire chaleureux ne pouvait être le médecin qui écrivait de longues lettres courageuses à son frère. Grace avait exposé ses projets d'hôpital à grands traits décidés ; on aurait dit une amazone ou presque. Sir James ne savait pas trop à quoi s'attendre, mais sûrement pas à cette séduisante jeune femme aux yeux enchanteurs.

De retour au sommet de la colline, secoué par le vent qui avait forci, Lord Treverton s'avança à grands pas vers son épouse en la scrutant attentivement. Pourquoi diable ne lui répondait-elle pas ?

— Rose ? répéta-t-il plus fort.

Elle avait les yeux fixés dans la direction d'un curieux groupe d'eucalyptus, en bas de l'autre versant de la colline. Ils tranchaient sur la forêt de châtaigniers et de cèdres qui les entourait ; au cœur du bosquet, il semblait y avoir une éclaircie, une clairière abritée peut-être, un endroit où l'on serait en sécurité.

Ce monde nouveau effrayait Rose. Il était si sauvage, si primitif. Où étaient donc les dames qui viendraient lui rendre visite ? Où, les autres maisons ? Valentin avait écrit que le ranch Donald se trouvait à une douzaine de kilomètres — Rose s'était représenté un chemin de campagne et d'agréables promenades dominicales. Mais il n'y avait pas de route, juste une piste traversant un paysage de sauvages nus et d'animaux dangereux. Rose avait peur des Africains. Jamais elle n'avait rencontré de gens de couleur. Dans le train, elle avait évité les stewards souriants ; à Nairobi, elle avait laissé Grace s'occuper de tout avec les employés indigènes de l'hôtel.

Mais Lady Rose désirait tant se rendre utile dans ce nouveau pays. Elle souhaitait de toute son âme rendre Valentin fier d'elle. Elle méprisait sa fragilité, son inaptitude à attaquer la vie de front comme sa belle-sœur. Pendant la guerre, Rose avait timidement suggéré de s'engager dans les Volontaires Médicales pour soigner les blessés. Mais Valentin n'avait pas voulu en entendre parler. Alors, elle avait roulé des bandes Velpeau dans son salon et tricoté des cache-nez pour les hommes des tranchées.

Elle était venue dans le continent noir avec l'espoir que la vie africaine lui donnerait plus de substance, que les exigences de la vie coloniale formeraient une charpente d'acier dans sa coquille molle. Elle avait cru naguère que son mariage avec

Valentin colorerait ses transparences mais elle ne semblait au contraire que s'estomper à côté de l'aura resplendissante de Valentin. Puis elle avait pensé : *pionnière.* Elle aimait la sonorité du mot, il résonnait comme une cloche de bronze. Il évoquait une femme qui apportait la civilisation dans la brousse, une femme qui établissait des précédents et traçait le chemin. Rose avait également beaucoup compté sur la *maternité,* condition qui semblait si assurée, si importante. Elle acquerrait enfin de la force dans cette Afrique-Orientale anglaise, et personne ne regarderait plus dans sa direction sans la voir.

— Rose ? dit Valentin en se rapprochant.

Valentin, je t'aime tant ! Je voudrais tellement te rendre fier de moi. Je suis navrée que le bébé n'ait pas été un fils.

— Chérie ? Vous ne vous sentez pas bien ?

Il tenterait encore d'avoir un fils, et à cette pensée Rose frissonna. Leur amour mutuel était si beau, pourquoi fallait-il que Valentin le gâche avec ces dégoûtantes pratiques de chambre à coucher ?

— Ces eucalyptus, murmura-t-elle. Ne les faites pas couper, je vous en prie, mon ami.

— Pourquoi ?

— Ils ont un air... spécial, pour ainsi dire.

— Très bien. Ils sont à vous.

Il l'examina. Rose était tellement pâle et mince qu'elle donnait l'impression que le vent allait l'emporter. Puis il se rappela l'épreuve qu'elle avait vécue dans le train et se rapprocha pour lui faire un paravent de son corps.

— Chérie, dit-il, vous n'êtes pas encore remise. Vous avez besoin de récupérer vos forces. Attendez de découvrir notre camp ! Nous avons un vrai cuisinier et nous nous habillons toujours pour le dîner. La maison sera magnifique, vous verrez. Dès que les caféiers auront été repiqués, nous nous mettrons à construire.

Il lui posa la main sur l'épaule et sentit qu'elle se raidissait.

Allons bon ! songea-t-il avec humeur. Cela allait recommencer. Ses nuits solitaires alors qu'il était fou de désir pour sa propre femme. Quand il la possédait, il fermait les yeux pour ne pas voir l'expression de Rose. Ensuite, elle gisait là comme une biche blessée, lui reprochant silencieusement le viol de son corps et le chargeant du fardeau d'une culpabilité imméritée. Il avait cru qu'elle finirait par surmonter cela, qu'elle apprendrait à retirer du plaisir de leurs rapports sexuels ; au contraire, elle semblait les détester chaque fois davantage, et il ne savait que faire.

— Venez, ma chérie, dit-il. Allons retrouver les autres.

Rose se dirigea d'abord vers Mme Pembroke et lui prit le bébé. Elle nicha Mona entre son manchon d'hermine et la fourrure douce de son manteau, puis suivit son mari jusqu'à la pente herbue où les autres bavardaient.

Du haut de ce belvédère, Rose aperçut, à trente mètres en contrebas, un groupe de cases sur la large berge plate de la rivière. Une fillette gardait un petit troupeau de chèvres ; une femme enceinte trayait une vache ; d'autres femmes, dans le petit potager, préparaient les semailles. *Quelle scène charmante,* pensa Rose.

— Jamais vous ne devinerez ce que je compte faire de ce coin de terre, déclara Valentin. C'est là que sera le terrain de polo.

— Oh, Val ! s'écria Grace en riant. Tu ne seras pas heureux tant que tu n'auras pas changé l'Afrique en une deuxième Angleterre.

— Y a-t-il assez de place pour un terrain de polo ? demanda Sir James.

— Il faudra faire disparaître ces cases, bien entendu, et arracher l'arbre.

Ils se turent et écoutèrent la pluie fine qui commençait à crépiter sur le feuillage autour d'eux. Chacun imaginait la grande plantation de café qui allait couvrir la vallée et l'hôpital que Grace construirait près de la rivière ; Lady Rose, tenant son bébé au chaud et au sec dans son manteau d'hermine, contemplait le village indigène.

Une silhouette sortit d'une des cases — une jeune femme vêtue de peaux, avec de grands colliers de perles. Elle traversa l'espace entre les cases et Rose vit qu'elle portait un bébé dans une bande d'étoffe sur son dos. L'Africaine s'arrêta soudain, comme si elle se sentait observée, et leva les yeux. Là-haut sur la crête au-dessus d'elle, une apparition en blanc la regardait.

Les deux femmes se dévisagèrent pendant ce qui parut un long moment.

4

Quand la jeune femme entra dans la hutte, elle dit avec respect : « *Né nié Wachéra* » (C'est moi, Wachéra) et tendit à sa grand-mère la gourde pleine de bière de canne à sucre.

Avant de boire, la vieille femme versa pour les ancêtres quelques gouttes de bière sur le sol de terre battue puis dit :

— Aujourd'hui, je te parlerai de l'époque où les femmes gouvernaient le monde et où les hommes étaient nos esclaves.

Elles s'assirent dans la lumière glauque qui entrait par la porte ouverte de la hutte ronde — il n'y avait pas de fenêtres dans le mur en terre pétrie avec de la bouse de vache — et elles écoutèrent le clapotis de la pluie sur le toit de papyrus. Selon la tradition kikuyu, Wachéra l'Ancienne transmettait l'héritage de ses ancêtres à la fille aînée de son fils — et cela durait depuis des jours. L'enseignement avait commencé par la magie et les pratiques de guérison, car la grand-mère était la guérisseuse et la sage-femme du clan ; c'était elle également qui veillait sur les ancêtres et conservait l'histoire de la tribu. Un jour sa petite-fille, une jeune femme qui portait son premier enfant sur son dos, remplirait à son tour ces fonctions.

Comme les Kikuyus ne connaissaient aucune forme d'écriture, leur histoire se transmettait par la tradition orale.

Tout en écoutant les paroles de sa grand-mère, récitées dans l'air enfumé de la hutte comme les précédentes grand-mères l'avaient fait de génération en génération, la jeune Wachéra luttait contre son impatience. Elle avait envie de poser une question — mais interrompre une ancienne était impensable. Elle voulait demander quel était l'esprit blanc apparu sur la colline.

L'âge avait mis comme de la poussière dans la voix de la vieille femme ; elle parlait sur le ton de la psalmodie, oscillant sur elle-même, de sorte que les grandes boucles de perles de chaque côté de sa tête rasée cliquetaient légèrement. De temps à autre, elle se penchait en avant pour remuer la soupe qui mijotait sur le feu.

— De nos jours, dit-elle à sa petite-fille, nous appelons notre mari seigneur et maître selon la coutume kikuyu. Nous appartenons aux hommes. Nous sommes leur bien, dont ils disposent à leur gré. Mais n'oublie jamais, fille de mon fils, que les nôtres s'appellent les Enfants de Mumbi, la Première Femme, et que les neuf clans des Kikuyus portent chacun le nom d'une des neuf filles de Mumbi. Ceci pour nous rappeler que nous les femmes avons été puissantes et qu'il y a eu une époque perdue dans les brumes où nous commandions et où les hommes nous craignaient.

La jeune femme écoutait et fixait chaque parole dans sa mémoire tandis que ses mains vives s'affairaient adroitement à confectionner un nouveau panier. Son mari, Mathengé, lui avait apporté l'écorce du buisson *mogio,* puis s'était éloigné aussitôt car, pour un homme, tresser un panier était tabou.

La jeune Wachéra n'éprouvait que fierté pour son mari. C'était l'un des nouveaux « chefs » désignés récemment par les blancs. Avoir des chefs ne semblait pas dans les mœurs des Kikuyus — les clans étaient gouvernés par des conseils d'anciens — mais pour quelque raison dépassant l'entendement de Wachéra, les *wazungus* avaient jugé nécessaire de nommer certains Kikuyus chefs parmi leur peuple. Ils avaient choisi Mathengé parce qu'il avait été naguère un célèbre guerrier qui avait lutté dans de nombreux engagements avec les Masaïs. Cela se passait avant que l'homme blanc dise que les Kikuyus et les Masaïs ne devaient plus se battre.

— Dans les brumes, poursuivait la voix vieillie, les femmes gouvernaient les Enfants de Mumbi et un jour les hommes en devinrent jaloux. Ils se rencontrèrent en secret dans la forêt pour discuter d'un moyen de renverser la domination des femmes. Mais les femmes étaient rusées, les hommes le savaient, et elles ne se laisseraient pas facilement vaincre. Puis ils se souvinrent qu'il existe une période où les femmes sont vulnérables, c'est leur grossesse. Et ils conclurent que leur révolte serait couronnée de succès s'ils la déclenchaient quand la majorité des femmes seraient enceintes.

La jeune Wachéra avait entendu ce récit bien des fois. Les hommes avaient conspiré pour mettre enceintes en même temps toutes les femmes de la tribu, puis, quelques mois plus tard, quand la plupart de leurs épouses, de leurs sœurs et de leurs filles étaient alourdies par la grossesse, ils avaient lancé leur attaque. Et ils avaient triomphé, renversant les vieilles lois matriarcales et se proclamant les seigneurs des femmes passées sous leur joug.

Si cette histoire honteuse suscitait quelque amertume dans le cœur de la vieille femme, elle ne la laissait jamais paraître, à cause du code tribal de l'étiquette et des bonnes manières : les femmes kikuyu étaient dressées dès l'enfance à se montrer dociles, timides, et à ne jamais se plaindre.

C'était à cause de cette éducation que la jeune Wachéra n'avait jamais remis en question la décision de son mari de collaborer avec l'homme blanc, ni le choix de ses frères de se précipiter dans le nord avec leurs boucliers et leurs sagaies pour demander un emploi dans la *shamba* d'élevage de l'homme blanc. En vérité, les femmes des quelques Kikuyus qui travaillaient pour l'homme blanc faisaient maintenant l'envie des autres dans le village, parce que leurs époux ramenaient à la maison des sacs de farine et de sucre, ainsi que des coupons d'un tissu très convoité appelé *américani*. C'est ainsi qu'à cause de Mathengé les deux Wachéra se trouvaient riches ; elles possédaient davantage de chèvres que toute autre femme du clan.

Son mari manquait terriblement à Wachéra maintenant qu'il était « Chef » sur la *shamba* du blanc. Elle était tombée amoureuse de Mathengé Kabiru parce qu'il jouait de la flûte. Pendant la saison où le millet mûrit et où il faut le protéger des oiseaux, les jeunes hommes parcouraient les champs en jouant de leurs flûtes de bambou, et Mathengé, grand pour un Kikuyu à cause de son ascendance Masaï, beau dans sa *shuka* avec ses longs cheveux tressés, allait de village en village, enchantant tout le monde par ses mélodies. Mais à présent, la flûte de Mathengé demeurait silencieuse, parce que les affaires de l'homme blanc l'appelaient au loin.

— Maintenant, reprit la grand-mère en remuant la soupe de bananes, il est temps que tu connaisses l'histoire de notre célèbre ancêtre, la grande Dame Waïrimu, réduite à l'esclavage par les blancs.

Dès le plus jeune âge, on enseignait à tous les enfants les listes des générations et on leur demandait de les réciter. La jeune Wachéra connaissait l'histoire de sa famille remontant jusqu'à la Première Femme « La plus ancienne génération s'appelait Ndémi, disait-elle, parce qu'elle était indisciplinée et guerrière, la suivante fut la génération Mathathi, parce qu'elle vivait dans des grottes ; ensuite vint la génération appelée Maïna parce que ses membres dansaient au son des chants kikuyus ; puis ce fut la génération Mwangi, ainsi nommée parce qu'elle s'en est allée errer... » Et les années n'étaient pas indiquées par des chiffres mais par des descriptions, de sorte que lorsque la grand-mère expliqua que Dame Waïrimu avait vécu pendant la *Murima wa Ngaï,* « la maladie tremblante d'origine céleste », Wachéra sut aussitôt qu'il fallait situer son ancêtre l'année de l'épidémie de paludisme, cinq générations auparavant.

Elle écouta suffoquée d'émerveillement le récit des exploits héroïques de Waïrimu qui, volée à son mari, enchaînée puis conduite jusqu'à « un grand champ d'eau sur lequel flottaient des huttes géantes », avait échappé aux négriers blancs et était retournée au pays kikuyu, se battant contre des lions et se nourrissant de pousses de bananier bouillies. C'était Waïrimu qui avait appris aux Enfants de Mumbi l'existence d'une race d'hommes à la peau couleur de navet, et c'est ainsi que le mot *muthungu,* en était venu à désigner « l'homme blanc », parce qu'en ces temps-là il signifiait : « étrange et inexplicable ».

La jeune Wachéra se souvint de la première fois où elle avait vu un *mzungu.* Cela se passait deux récoltes auparavant, alors qu'elle était encore enceinte de son fils. L'homme blanc était entré dans le village et les femmes terrorisées s'étaient enfuies, Wachéra se réfugiant dans la hutte de sa grand-mère. Mais Mathengé n'avait pas eu peur. Il s'était avancé et il avait craché par terre en signe de bienvenue. Sous les regards des femmes, depuis leurs cachettes, les deux hommes avaient conclu une étrange affaire qui impliquait que Mathengé reçoive des perles et de l'*américani,* et qu'en échange il appuie son pouce sur ce qui ressemblait à une grande feuille d'arbre toute blanche. Plus tard, autour du feu, en buvant la bière de canne à sucre, Mathengé avait parlé à Wachéra et à ses deux autres épouses d'une chose appelée « vente de terres » et d'un « acte » qu'il avait signé de son pouce.

Les blancs déconcertaient la jeune Wachéra. Depuis ce premier contact, elle n'en avait vu que rarement — ils défrichaient la forêt sur la colline dominant la rivière — mais ce matin, elle avait assisté à l'arrivée de tout un nouveau groupe et cela l'avait surprise. Puis elle avait vu l'apparition en blanc, qui la regardait, et tout en écoutant la fin de l'histoire étonnante de Waïrimu, Wachéra commença à se demander si plutôt qu'un esprit ce n'était pas une *femme* blanche. Elle dit : « *Ee-oh* ! » (Bravo), quand le récit s'acheva. Mais la vieille Wachéra tempéra son enthousiasme par des paroles tristes :

— Malheureusement, Waïrimu fut capturée une seconde fois et emportée sur le champ d'eau qui s'étend jusqu'au bout de la terre. Jamais elle n'est revenue en pays kikuyu.

La jeune femme était fascinée. Qu'était-il advenu de la pauvre Waïrimu ? Quel étrange destin avait été le sien de l'autre côté de la grande eau ?

Sentant son fils remuer dans son dos, Wachéra posa le panier qu'elle tressait et tendit la main pour le prendre et lui donner le sein. Il se nommait Kabiru. Selon la tradition kikuyu, les âmes des ancêtres continuaient de vivre dans les enfants, et l'on donnait donc toujours au fils aîné le nom de son grand-père. De même, la grand-mère et la petite-fille s'appelaient toutes les deux Wachéra. Ce nom signifiait Celle-qui-visite-les-gens, et il s'était transmis toutes les deux générations depuis la première Wachéra qui visitait les gens en temps que guérisseuse du clan.

La grand-mère sourit au spectacle de la jeune mère en train d'allaiter. La vieille femme savait que les ancêtres étaient satisfaits de cette jeune Kikuyu qui recevait les secrets du clan et accumulait les connaissances, car elle se montrait vive d'esprit, intelligente et respectueuse. Le fils de la vieille Wachéra avait bien élevé sa fille ; la jeune Wachéra était devenue une épouse kikuyu modèle : elle tenait propre la hutte de Mathengé, son jardin potager produisait en abondance, et quoique toujours de bonne humeur elle ne parlait que si on l'interrogeait. Tout le monde appréciait la douce Wachéra ; les mères la citaient en exemple à leurs filles. Quand elle avait eu seize ans, leur disaient-elles, le jour de son initiation en présence de toutes les femmes du clan, la jeune Wachéra n'avait pas bronché sous le couteau. Nul n'avait donc été surpris que le beau et brave Mathengé Kabiru soit venu trouver la vieille Wachéra pour lui acheter sa petite-fille. Il l'avait payée soixante chèvres, un prix dont on parlait encore dans la tribu.

Le cœur de la grand-mère se gonfla de joie. La jeune Wachéra s'était trouvée enceinte presque aussitôt. Sans doute allait-elle engendrer de nombreux enfants pour la perpétuation des ancêtres. Une famille kikuyu possédant moins de quatre enfants était bien triste, car alors l'une des grands-mères ou l'un des grands-pères n'obtiendrait pas l'immortalité.

La vieille Wachéra se tut et se plongea dans ses réflexions, tandis que la pluie crépitait sur le toit. L'atmosphère de la hutte s'épaissit des senteurs de la terre mouillée, des bananes cuites, de la fumée et des chèvres. Les deux femmes parurent sortir du temps. Elles formaient le même tableau que jadis leurs ancêtres, parce que les Kikuyus étaient soumis à la tradition, aux us et coutumes établis par Ngaï, leur dieu qui vivait sur le mont Kenya, et tout changement leur faisait horreur. Près des pieds nus de la vieille Wachéra se trouvait sa gourde de divination : une sorte de courge creusée, séchée et garnie d'objets magiques à une époque si lontaine qu'elle ne savait même plus laquelle de ses ancêtres l'avait faite. Cette gourde constituait le symbole du pouvoir de Wachéra ; avec elle, elle lisait dans l'avenir, soignait les malades et communiquait avec les ancêtres. Un jour, la gourde serait transmise à la jeune Wachéra et de cette manière la grand-mère continuerait de vivre, comme sa propre grand-mère vivait encore en elle.

La pluie continuait à tomber et les pensées de la vieille Wachéra se portèrent vers le reste du clan, de l'autre côté de la rivière.

Quarante récoltes auparavant, une malédiction terrible était tombée sur les Enfants de Mumbi. D'abord la sécheresse, puis la famine et enfin la maladie s'étaient répandues parmi les Kikuyus et les Masaïs, tuant une personne sur trois. À l'époque, la vieille Wachéra vivait avec son mari et les autres épouses de celui-ci dans un grand village, sur l'autre berge. Wachéra n'avait pas pu sauver le clan de la maladie, mais les ancêtres lui avaient parlé et lui avaient dit qu'elle pouvait sauver sa propre petite famille en s'installant de l'autre côté de la rivière, où le terrain était béni par Ngaï et où il n'y avait pas de mauvais esprits de maladie.

Le reste du clan s'était moqué d'une décision aussi folle. Rester en groupe augmente la sécurité, avaient-ils fait observer, mais Wachéra était veuve à ce moment-là, la maladie ayant appelé son mari auprès de ses ancêtres, aussi avait-elle tourné le dos au village qu'elle savait maudit par Dieu, et elle avait amené les autres épouses et leurs enfants sur ce nouveau terrain. Elle y avait trouvé un *mugumo,* le figuier sacré, et cela lui avait confirmé la justesse de ses visions. Alors que toutes les tribus du pays se souvenaient de cette année-là comme de *Ngaa Néré,* l'année de la Grande Faim (et l'homme blanc l'appelait l'épidémie de variole de 1898), les survivants de l'ancien village et leurs descendants s'y référaient comme à l'année Où-Dame-Wachéra-a-traversé-la-rivière.

Elle songeait à eux maintenant. Il y avait sa sœur, la pauvre Thaata sans enfants, dont le nom signifiait « infertile », qui survivait avec ce qu'elle gagnait en fabriquant de la poterie. Et il y avait Nahaïro, qui devait sûrement approcher de son terme. Les femmes kikuyus ne préparaient rien avant la naissance d'un enfant, car elles pensaient que cela portait malheur — et aussi que c'était une perte de temps au cas où le bébé ne vivait pas —, néanmoins Wachéra avait son couteau d'accoucheuse aiguisé et prêt à servir.

Enfin, la guérisseuse songea à Kassa, son frère, l'un des anciens de la tribu. Elle avait appris qu'il était parti dans le nord, vers le mont Kenya, et avait obtenu un emploi sur la *shamba* d'élevage d'un blanc. Kassa était maintenant un compteur de vaches, et Wachéra était grandement troublée. Elle sentait qu'un changement effroyable allait bientôt bouleverser le monde des Enfants de Mumbi. Des changements s'étaient déjà produits, mais toujours d'une façon vague et subtile. La vie tribale se poursuivait en fait comme au temps des ancêtres. Peut-être quelques femmes portaient-elles leurs bébés dans de l'*américani* et il y avait le vieux Kamau qui avait accepté le dieu des blancs et s'appelait à présent Salomon. Mais dans l'ensemble on continuait d'observer strictement les antiques traditions.

Le regard de Wachéra devint tout intérieur.

Et pourtant, elle avait la preuve des changements jusque dans sa propre famille. Mathengé était en principe un guerrier mais, parce que l'homme blanc avait interdit aux Kikuyus de porter des sagaies, il ne dirigeait plus de raid contre les Masaïs. Wachéra se rappela, non sans quelque nostalgie, le bon vieux temps où les Masaïs faisaient des incursions en pays kikuyu pour enlever du bétail et des femmes. Certaines femmes ne s'en plaignaient pas, car les guerriers Masaïs avaient la réputation d'être des amants magnifiques...

Wachéra sentit son cœur se durcir. Elle avait su que les blancs surviendraient avec leurs changements longtemps avant leur arrivée en pays kikuyu.

Cela s'était passé de nombreuses récoltes plus tôt, avant la naissance de la jeune Wachéra. La vieille Wachéra avait été visitée dans son sommeil par Ngaï, le Dieu de Lumière : il l'avait emportée dans son royaume des sommets pour lui montrer l'avenir. Quand elle avait révélé cet avenir au clan, tout le monde avait pris peur, parce que Wachéra parlait d'hommes qui allaient sortir de la Grande Eau, dont la peau serait pareille à la grenouille claire et dont les vêtements seraient aussi fins que des ailes de papillon. Ces *muthungus* porteraient des sagaies crachant le feu et chevaucheraient à travers le pays sur un gigantesque mille-pattes de fer.

On avait réuni un conseil d'urgence pour examiner la prophétie de Wachéra, et l'on avait décidé que les Enfants de Mumbi ne partiraient pas en guerre contre les nouveaux venus mais les traiteraient avec courtoisie et les étudieraient avec méfiance.

Effectivement, les blancs n'avaient pas tardé à venir. Les Enfants de Mumbi les avaient trouvés pacifiques et dénués d'intentions mauvaises, seulement désireux de traverser le pays kikuyu. De nombreux membres du clan crurent que les *wazungus* allaient à la recherche d'une patrie où ils se fixeraient et que bien avant de nombreuses récoltes, ils auraient quitté le pays kikuyu et l'on n'en entendrait plus parler.

Wachéra avait calmé ses inquiétudes personnelles en se répétant le proverbe : « Le monde est comme une ruche : nous entrons tous par la même porte mais nous vivons dans des cellules différentes. »

Un coup de tonnerre tira les deux femmes de leurs pensées. Elles ne levèrent pas les yeux, ni ne se tournèrent vers l'entrée de la hutte, car regarder le Dieu à l'œuvre est tabou. La vieille Wachéra se mit à remuer sa soupe et la jeune plaça le bébé dans l'écharpe sur son dos.

Quand le tonnerre se tut, la jeune Wachéra, à travers la pluie, regarda la hutte de son mari, à deux longueurs de sagaie de la hutte de sa grand-mère et la terrible souffrance l'étreignit de nouveau. C'était un désir pareil à une faim insatiable : se blottir dans les bras de Mathengé, sentir la chaleur de son corps de guerrier, se laisser consoler par son rire grave. Mais qu'un mari dorme avec sa femme pendant qu'elle allaitait était tabou et Wachéra devait donc s'armer de patience. Elle reprit son panier et recommença à tresser, s'occupant l'esprit à faire des projets pour son champ de maïs, à contempler la pluie, à imaginer son avenir, quand un jour elle serait assise dans une hutte exactement comme celle-ci et transmettrait son savoir à sa petite-fille.

Ironie du sort, les réflexions sur l'avenir la ramenèrent soudain au présent, comme s'il existait un lien mystique entre les deux, et de nouveau Wachéra songea à la femme blanche sur la colline.

5

En entendant le murmure, Grace crut que la pluie s'était remise à tomber.

Elle était sous sa tente en train de déballer et de ranger ses affaires. Dans la tente-salle à manger, les hommes prenaient « le verre du coucher de soleil » bien que la dernière clarté du crépuscule fût éteinte et la nuit installée depuis longtemps. Grace se préparait pour aller dîner, ayant enfilé son uniforme de la Marine, quand elle s'était arrêtée pour regarder la Distinguished Service Cross dans son écrin de velours, décoration qui lui avait été conférée pour sa bravoure pendant la guerre — faible compensation, se dit-elle, pour la vie de Jérémie.

En entendant le chuintement léger de l'autre côté de la toile de tente, persuadée que la pluie recommençait, Grace se dirigea vers la portière de toile et passa la tête au-dehors. Il n'y avait pas de pluie, seulement un épais brouillard. Elle parcourut des yeux le campement, voyant les formes fantomatiques des tentes, le halo de lumière des lanternes, et tendit l'oreille. Avec le coucher du soleil la forêt s'était animée de cris d'oiseaux, de chants de grillons, du gazouillis des grenouilles arboricoles. Puis elle comprit :

ce qu'elle avait pris pour la pluie était en réalité quelqu'un qui pleurait. Le bruit provenait de la tente voisine.

Après avoir enfilé son épais manteau de marin, elle se hâta sur les planches posées à terre en prévision de la boue et s'arrêta devant la tente de sa belle-sœur.

— Rose ? Vous n'êtes pas souffrante ?

Elle trouva Rose assise à sa coiffeuse, la tête enfouie dans ses bras.

— Qu'y a-t-il, Rose ? Pourquoi pleurez-vous ?

Rose se redressa et se tamponna les yeux avec un mouchoir de dentelle.

— C'est si affreux, Grace. Ces campements... après que nous avons quitté le train à Thika, j'avais cru que c'en était fini de tout ça. Je me faisais une telle joie d'avoir une vraie maison.

Grace parcourut des yeux la tente de Rose, meublée avec plus d'élégance que la sienne, avec un miroir doré au-dessus de la coiffeuse et des coussins de satin sur le lit. Les draps eux-mêmes, au lieu d'être simplement blancs, avaient des nuances vieux rose et bleu sarcelle — les couleurs des Treverton. Grace vit que son frère s'était donné beaucoup de mal pour faire plaisir à son épouse.

Puis elle remarqua que la femme de chambre personnelle de Rose n'était pas là.

— Où est Fanny ?

— Dans sa tente. Elle dit qu'elle veut rentrer en Angleterre.

— La voix de Rose se réduisit à un murmure.

— Grace, je vous en prie, dites-*lui* de s'en aller.

Grace se tourna vers l'Africain, qui se tenait près de l'entrée de la tente, avec une bouteille d'eau et une serviette de toile. Il portait un long *kanzu* blanc qui tombait jusque sur ses pieds nus, et était coiffé d'un fez à la turque.

— Qu'est-ce qu'il a, Rose ?

— Il me terrifie !

L'homme prit la parole.

— Je m'appelle Joseph, memsaab. Je suis chrétien.

— Veuillez nous laisser, s'il vous plaît, dit Grace.

— Bwana Lordy m'a dit de m'occuper de la memsaab.

— J'expliquerai à Lord Treverton. Vous pouvez disposer, Joseph.

Quand elles furent seules, Rose se tourna vers sa belle-sœur avec un regard suppliant et murmura :

— Grace, il faut que vous fassiez quelque chose pour moi !

Grace examina le visage de Rose. Les joues au teint

d'ivoire étaient empourprées ; les lèvres tremblaient. Quelques mèches de cheveux couleur de clair de lune avaient échappé aux peignes et encadraient le visage de Rose.

— Que voulez-vous que je fasse ? demanda Grace.

— C'est... Valentin. Vous comprenez, je ne peux pas... Je ne suis pas prête à...

Rose se détourna et chercha à tâtons sa brosse à cheveux d'argent.

— Vous êtes médecin, Grace. Il vous écoutera. Expliquez-lui que c'est trop tôt après la naissance...

Grace garda le silence. Elle ne savait que dire.

— Aidez-moi, Grace. Je ne pourrai pas le supporter. Pas encore. Il faut d'abord que je m'habitue — elle eut un geste des mains — *à tout ceci.*

— Soit. Je lui parlerai. Ne vous tourmentez pas à ce sujet, Rose. Venez, maintenant. Les hommes nous attendent.

Les deux femmes reçurent un choc lorsqu'elles passèrent de la nuit froide dans la tente-salle à manger.

— Valentin ! dit Grace. Comment es-tu parvenu à réunir tout ça ?

— Assez coton, ma vieille, avec la guerre et le reste. Mais il est parfois tellement commode d'être affreusement riche ! lança-t-il, traversant la tente à grands pas, en smoking noir et chemise blanche empesée.

Lord Treverton posa un baiser sur la joue de sa sœur, puis accueillit sa femme avec un sourire éclatant.

— Eh bien, ma chérie, qu'en pensez-vous ?

Le regard de Rose passa des fauteuils Chippendale à la nappe en dentelle de Malines, aux chandeliers d'argent et aux assiettes de porcelaine. Un phonographe jouait une valse ; la lumière des lampes faisait scintiller les cristaux et les flûtes à champagne ; l'air embaumait le jasmin sauvage.

— Oh, Valentin, soupira-t-elle. C'est ravissant...

— Permettez-moi de vous présenter notre invité, enchaîna-t-il.

Il s'agissait du commissaire de district Briggs, un homme d'une soixantaine d'années, bedonnant, vêtu d'un uniforme kaki impeccablement repassé, avec ceinturon et baudrier luisants. Valentin servit les apéritifs et ils portèrent un toast à l'Afrique-Orientale britannique.

— J'avais espéré faire la connaissance de votre femme, Sir James, dit Grace en prenant place près de ce dernier.

Elle le trouva vraiment séduisant dans son smoking blanc d'excellente coupe.

— Lucille aurait adoré venir. Il y a des mois qu'elle n'a pas vu de femme blanche. Mais son état rendait le voyage impossible. Elle attend notre troisième enfant dans quelques semaines.

— Mesdames, dit Briggs en s'asseyant de l'autre côté de la table, vous êtes une bénédiction pour les yeux. Tous les hommes blancs de la région vont se précipiter ici pour vous regarder.

Lady Rose rit et eut un mouvement de tête. Le bandeau de strass encerclant ses cheveux scintilla ; l'unique aigrette balaya l'air. La femme de Valentin était vêtue à la dernière mode de l'après-guerre : une robe fourreau de Paul Poiret avec de longs cordons de perles et un décolleté carré audacieusement profond.

Le dîner fut apporté en huit services réglementaires par des Africains silencieux vêtus de longs *kanzus* blancs qui s'avançaient du fond de la tente avec les plats d'argent.

— Pas aussi bon que j'aurais souhaité, avoua Valentin en servant le champagne. À cause de la guerre, nous souffrons de graves difficultés d'approvisionnement dans le Protectorat.

Le commissaire Briggs attaqua son potage comme si ce devait être le dernier qu'il aurait dans sa vie.

— Maudits Allemands ! Ils se sont jetés sur nous comme une meute sur la piste d'un renard. Des fermes abandonnées, des récoltes laissées sur pied, le chemin de fer coupé, et pas de médicaments. Nous avons perdu cinquante mille hommes, Docteur Treverton. Vous n'avez pas été les seuls à souffrir, en Europe.

— Je n'étais pas en Europe pendant la guerre, monsieur Briggs, répondit Grace calmement. J'ai servi sur des navires-hôpitaux en Méditerranée.

Soudain tout fut silencieux, à part les bruits de la forêt, dans la brume froide. Puis James dit :

— Nous ne pouvons qu'espérer que les pluies sont enfin arrivées. Nous sommes en pleine Crise ; nous ne pouvons pas nous permettre en plus une famine.

— Mais je croyais qu'il pleuvait déjà, dit Rose.

— Vous pensez à ce qui est tombé cet après-midi ? répondit le commissaire Briggs. Une goutte d'eau dans le seau ! S'il ne pleut pas davantage, nous pouvons dire adieu à toutes les fermes de la région. En Afrique-Orientale, Lady Rose, quand nous parlons de pluie, nous pensons à de la *pluie*.

— Voyez-vous, expliqua James, nous n'avons pas de saisons par ici, uniquement des périodes de pluie et des périodes de sécheresse. En Europe, on sème puis on récolte. En Afrique-Orientale anglaise, on sème mais on n'est jamais sûr de récolter.

— Vous en savez long sur ce pays, Sir James. Vous y êtes depuis longtemps ?

— J'y suis né. A Mombasa, sur la côte. Ma mère était missionnaire, mon père une sorte d'aventurier. Ils étaient aussi différents que le jour et la nuit. La façon dont ils se sont courtisés est quasi légendaire, à ce qu'on m'a dit.

Grace le regarda. Sir James avait un profil remarquable, avec un long nez droit et des joues creuses carrées.

— Cela semble romanesque, dit-elle.

— Mon père était explorateur. Il avait connu Stanley au Soudan et il se trouvait à Londres pour les obsèques de David Livingstone. Ces deux hommes l'avaient, si je puis dire, contaminé. Il est venu en Afrique avec le rêve d'ouvrir au monde le Continent noir.

— L'a-t-il réalisé ?

Sir James prit sa flûte à champagne.

— À certains égards, oui. Il a été l'un des premiers blancs à mettre le pied dans ce pays. Il y a de cela guère plus de trente ans. Quand les indigènes l'apercevaient, ils prenaient la fuite, affolés. Jamais ils n'avaient vu personne avec une peau qui n'était pas noire.

— Comment votre père a-t-il surmonté ça ?

— Il était astucieux. En 1902, il est venu en safari dans cette région et les Kikuyus de l'endroit lui ont barré la route, en disant qu'il n'irait pas plus loin s'il n'apportait pas de la pluie. Il a répondu par le truchement de son interprète qu'il considérait la requête comme raisonnable, puis il s'est retiré sous sa tente. Peu de temps après, les pluies sont arrivées et mon père en a obtenu tout le crédit.

Grace rit.

— L'avez-vous accompagné dans ces expéditions ?

— Pas dans mon enfance. Il était trop occupé par sa quête d'immortalité pour s'embarrasser d'un gamin. Mon père soutenait qu'il avait découvert la Rift Valley, mais cet honneur fut attribué à un autre. Il rêvait de voir son nom donné à quelque chose de grand, mais la gloire s'est toujours dérobée. Alors il s'est fait chasseur, et c'est à ce moment-là que je l'ai accompagné en safari.

Lady Rose demanda :

— Sir James, pourquoi appelle-t-on cela *safari ?* Qu'est-ce que cela signifie ?

— C'est le terme swahili pour dire *voyage*.

On servit les côtelettes de gazelle, et Grace se surprit à penser à l'homme assis à côté d'elle. Sir James l'intriguait ; il représentait un monde mystérieux et passionnant.

— Êtes-vous allé hors d'Afrique-Orientale, Sir James ?

Il lui adressa un de ses sourires timides, comme s'il se sentait gêné par quelque chose.

— Je vous en prie : appelez-moi James, dit-il.

Et Grace se rappela une des lettres de Valentin dans laquelle il mentionnait que James Donald, le propriétaire d'un ranch d'élevage du côté de Nanyuki, avait été anobli pour faits de guerre.

— Je ne suis allé en Angleterre qu'une fois, ajouta-t-il. C'était en 1904 et j'avais seize ans. Mon père venait de mourir et je suis parti habiter chez un oncle à Londres. J'y suis resté six ans, mais je suis revenu. L'Angleterre était trop domestiquée, trop sûre et trop prévisible.

— Une vraie chance qu'il soit revenu, commenta Briggs en essuyant son assiette avec du pain. C'est à cause de sa connaissance de la brousse et des indigènes que Sir James a rendu des services inestimables au cours de la campagne contre les Allemands.

— Oh, pas d'histoires de guerre, s'il vous plaît ! dit Valentin subitement.

Ce qui n'empêcha pas Briggs d'ajouter :

— Toute histoire où un homme sauve la vie d'un autre mérite d'être contée. De sorte que Grace se souvint d'une autre lettre de son frère, dans laquelle il avait écrit : « J'ai décidé d'acheter des terres à côté du ranch de James. C'est le type avec qui je me suis lié pendant la Campagne. »

Grace ne connaissait rien du rôle joué par son frère dans la phase de la guerre qui s'était déroulée en Afrique-Orientale : il était allé là-bas comme officier sous les ordres du général Smuts, était tombé amoureux du pays et avait décidé de s'y établir. Sentant une sorte de gêne autour de la table, Grace comprit que l'amitié entre Valentin et Sir James se fondait sans doute sur un épisode de courage et de sacrifice. Comme les deux hommes se refusaient à en parler, elle en fut réduite à s'interroger sur l'agacement inexplicable de son frère en voyant aborder le sujet. Serait-ce parce qu'il avait horreur qu'on lui rappelle l'immense dette contractée envers Sir James ?

— Ainsi donc, vous êtes médecin, mademoiselle Treverton, reprit le commissaire Briggs. Vous trouverez de quoi vous occuper, je vous le garantis. Votre frère m'a dit que vous projetiez une sorte de mission. À mon avis, nous avons bien assez de ce genre de chose dans le district. Jamais pu comprendre pourquoi tout le monde se bouscule pour éduquer ces moricauds.

Grace lui adressa un sourire et se tourna vers Sir James.

— Si je comprends bien, vous connaissez parfaitement les indigènes de la région. Peut-être pourrez-vous m'aider à gagner leur confiance.

Valentin répondit à la place de son ami.

— Personne ne connaît les Kikuyus aussi bien que James. Son père était frère de sang de la tribu du chef Koïnangé, et il devait assister à des cérémonies secrètes. Ils l'appelaient Bwana Mkubwa, ce qui signifie Grand patron. Ils ont même donné un surnom à James.

— Quel est-il ?

— Ils l'appellent Murungaru. Cela signifie : droit. Sans aucun doute à cause de sa stature *et* de son caractère. Donc les indigènes le connaissent aussi bien qu'il les connaît, ajouta-t-il en faisant signe à un serviteur de desservir.

— Sont-ils amicaux par ici ?

— Nous n'avons aucun ennui avec eux, répondit Sir James. Les Kikuyus étaient un peuple très batailleur, mais nous les Anglais, nous avons mis fin à tout cela.

— Cette sagaie, là-bas, dit Valentin en désignant la paroi de la tente, m'a été offerte par Mathengé, le chef de cette région. Il est devenu pour ainsi dire mon régisseur.

— Sont-ils vraiment pacifiés ?

Sir James pencha la tête.

— Je ne saurais le dire. Extérieurement, ils semblent bien accepter notre autorité. Mais on ne sait jamais ce que pense un Africain. Quand les hommes comme mon père sont arrivés ici, les tribus indigènes vivaient encore comme à l'âge de pierre. Pas d'alphabet, pas de roue, des techniques agricoles rudimentaires. Ils continuaient la même existence que leurs ancêtres il y a des siècles. C'est stupéfiant, mais ils n'avaient même pas inventé la lampe sous sa forme la plus simple, qu'utilisaient déjà les Égyptiens dans l'Antiquité. À présent, les missionnaires essaient de les faire basculer à toute allure dans le vingtième siècle. L'Africain apprend subitement à lire, à écrire, à porter des chaussures, à se servir d'un couteau et d'une fourchette. On attend de lui qu'il se comporte et qu'il pense comme un Européen ayant deux mille ans de progrès derrière lui. Qui sait ce qui en sortira ? Peut-être que dans cinquante ans, nous regretterons d'avoir soumis les Africains à une éducation aussi accélérée. Il se peut qu'un jour des millions d'Africains instruits se rebellent subitement contre la domination d'une poignée de blancs et alors s'ensuivra une guerre atroce, avec beaucoup de sang versé.

Sir James se tut, tournant lentement son verre sur la nappe de dentelle. Puis il ajouta d'une voix plus sourde :

— À moins que cela ne se produise plus tôt.

Tous les yeux se posèrent sur le verre qui tournait, ses facettes scintillant à la lumière des bougies, le champagne, jaune pâle, ondulant.

Puis Valentin déclara d'un ton brusque :

— Cela ne se produira jamais.

Et d'un geste de la main il fit signe de présenter les desserts.

On apporta des corbeilles de fruits et un plateau de fromages. Le commissaire Briggs fut le premier à se servir, en disant :

— De drôles de gens, ces moricauds. Ils n'ont pas les mêmes idées que nous sur la souffrance et sur la mort. Rien ne les tracasse. On leur enseigne dès la naissance à ne jamais montrer la moindre faiblesse. Et ils sont diablement résignés à tout accepter. La maladie, la mort, la famine, tout est *shauri ya mungu,* la volonté de Dieu.

— Croient-ils en Dieu ? demanda Grace, adressant sa question à Sir James.

— Les Kikuyus sont un peuple très religieux. Ils vénèrent Ngaï, le créateur du monde. Il vit sur le mont Kenya et ne diffère guère de certaines versions de Jéhovah.

— Blasphème, murmura Valentin.

Sir James sourit.

— Les Kikuyus ne sont pas polythéistes. Devenir chrétien ne change presque rien pour eux, et ils ont sans doute beaucoup à y gagner. C'est la raison du succès des missionnaires.

— Les Kikuyus ont l'air très simples.

— Bien au contraire. Et c'est une erreur que commettent beaucoup de blancs. Les Kikuyus sont complexes dans leur mode de pensée et la structure de leur société. Simplement énumérer leurs tabous prendrait des heures.

— Alors ne te donne pas cette peine, dit Valentin en prenant la troisième bouteille de champagne.

Ses yeux semblaient brûlants, et ils se posaient souvent sur Lady Rose.

— James, vous m'avez parlé cet après-midi de la guérisseuse de cette tribu, Wachéra. Est-elle un chef ? demanda Grace.

— Grands dieux, non. Les femmes ne commandent pas. C'est à peine si on les considère comme des êtres humains.

Elles font partie des biens des hommes. Leurs pères les vendent et leurs maris les achètent. Dans la langue kikuyu, le mot que l'on utilise pour « mari » signifie en réalité « possesseur ». Et *murumé,* qui désigne l'homme, veut dire « puissant », « objet de grand prix », « seigneur et maître ». Alors que le mot kikuyu pour « femme » est *muka,* dont les sens réels sont : « tenu en sujétion », « pleurnichard » et « qui perd facilement la tête ». *Muka* signifie aussi « lâche » et « objet sans valeur ».

— C'est affreux.

— Attention ! s'écria Valentin. Ma sœur va vouloir les changer toutes en suffragettes !

— Les femmes kikuyus ne trouvent pas leur sort affreux, dit Sir James. Elles considèrent que servir les hommes est un honneur.

— Une bonne leçon, ma chère sœur, conclut Valentin. Tu devrais en prendre de la graine.

Il posa les mains sur la table avant de poursuivre.

— Et maintenant, je suis sûr que les dames nous pardonneront de prendre notre café ici. Nous n'avons malheureusement pas de fumoir où les messieurs puissent se retirer avec des cigares.

— Oh, mon dieu, vous n'allez tout de même pas fumer ! dit Lady Rose.

Il lui prit la main et la serra doucement.

— Nous ne sommes pas des sauvages, mon amour. En Afrique, il faut s'attendre à des sacrifices. Nous nous passerons de cigares.

Depuis sa place de l'autre côté de la table, Grace remarqua la réaction de Rose au contact de Valentin. Pupilles dilatées, joues rouges. Quand Valentin commença à s'écarter, Rose posa la main sur celle de son mari et il y avait du désir dans ses yeux.

— Chéri, dit-elle, un peu excitée par le champagne, croyez-vous que nous pourrions retourner à Nyéri et nous installer dans ce drôle de petit hôtel ?

— Au Rhino Blanc ? Jamais de la vie, mon amour. Les cloisons sont si minces qu'on entend le type de la chambre voisine changer d'idée !

— Mais si vous saviez à quel point j'aimerais *tant* rester plutôt là-bas jusqu'à ce que Bella Deux soit terminé...

— Impossible, chère amie. Il faut surveiller ces babouins à chaque minute, sinon ils ne fichent rien. Dès que je tourne le dos, ils filent dans les bois se gorger de bière.

L'expression mi-figue mi-raisin s'estompa du visage de

Lady Rose quand on apporta le samovar d'argent et les tasses de porcelaine. Elle approuva d'un sourire les gants blancs que portait le serviteur africain et la déférence avec laquelle il l'appelait memsaab. La table était maintenue immaculée, les petites cuillères qu'il fallait avaient été apportées, et le phonographe jouait du Debussy. Le champagne avait tourné la tête de Rose. Elle avait été avertie des effets de l'altitude, mais elle avait oublié et avait bu trop de verres. Cela lui était égal. Rose aimait cette chaleur en elle, cette délicieuse agitation de son corps. Invraisemblables, à présent, ses craintes de la chambre à coucher. Elle espérait que Valentin lui rendrait visite sous sa tente ce soir même.

Son mari disait :

— Savez-vous que le mot « café » vient du mot arabe *qahweh,* qui signifiait à l'origine « vin » ?...

Cependant Sir James se tournait vers Grace :

— Quand pourrez-vous venir au ranch ? Lucille est impatiente de faire votre connaissance.

— Quand vous voudrez, James. Je vais tout de suite entreprendre la construction de ma maison près de la rivière.

— Nous verrons si le temps se maintient. Je viendrai peut-être vous chercher la semaine prochaine.

— Je serais enchantée de mettre le bébé au monde, si vous envoyez quelqu'un me prévenir.

— Vous pouvez y compter ! — Il adressa à Grace un long regard songeur, puis ajouta : — Je regrette d'être obligé de filer demain matin avant le jour. Rencontrer quelqu'un de nouveau est toujours un immense plaisir, par ici. Mais je suis inquiet pour plusieurs vaches, et je ne parviens pas à trouver de quelle maladie elles souffrent.

— N'y a-t-il pas de vétérinaire ?

— À Nairobi, mais je ne l'ai pas vu depuis des semaines. Il doit couvrir un territoire terriblement vaste. Il faudra que j'envoie des échantillons de sang à Nairobi pour une analyse bactériologique.

— J'ai apporté un microscope. Est-ce que cela peut vous aider ?

Sir James la regarda avec surprise :

— Vous avez un microscope ? Ma chère dame ! — Il lui saisit la main. — C'est Dieu qui vous envoie ! Puis-je vous l'emprunter pendant quelques jours ?

— Bien entendu, répondit-elle en baissant les yeux vers

la main hâlée qui tenait la sienne, recouvrant l'anneau de Jérémie.

Un hurlement déchira la nuit, et la forêt explosa en une cacophonie de cris et de piaillements.

— Que diable était-ce ? s'exclama Valentin en se dressant brusquement.

Un autre hurlement lugubre glaça tout le monde dans la tente salle à manger. Valentin sortit comme une flèche, Briggs et James sur ses talons. Les deux femmes, restées à table, écoutèrent les chiens aboyer, les Africains crier et, à peine audible, un bébé pleurer.

— Mona ! dit Grace en se levant.

Elle alla vers l'entrée de la tente mais quand elle regarda au-dehors, elle se rendit compte que l'action se déroulait dans une partie du campement diamétralement opposée à l'endroit où étaient cantonnées Mona et sa nourrice.

Elle essaya de percer le brouillard. Des hommes couraient, on allumait des lanternes. Et toujours les chiens jappaient avec une frénésie effrayante.

— Que se passe-t-il ? demanda Rose derrière elle.

— Je ne sais pas...

Puis elle vit Valentin se diriger à grands pas vers sa tente, avec une expression menaçante. Il entra et ressortit avec un fouet.

— Valentin ! appela-t-elle.

Il fit comme s'il ne l'avait pas entendue.

Grace essaya de voir à travers la brume, essaya de comprendre ce qui se passait. Les chiens semblaient fous ; les ordres lancés d'une voix sèche ne parvenaient pas à les faire taire. En contrepoint, la voix de Lord Treverton, grave et forte, donnait des ordres.

Grace sortit de la tente. Les voix d'hommes se turent peu à peu et il ne resta que les gémissements des chiens. Elle s'avança, frissonnant dans la brume, son haleine condensée en jet de vapeur devant elle. Puis elle entendit un claquement, pareil à un coup de fusil. Elle comprit que c'était le son du fouet.

Elle hâta le pas, sans s'apercevoir que Lady Rose la suivait. Quand Grace eut contourné la tente des réserves, elle s'immobilisa.

Les hommes — des Africains en short kaki, des serviteurs en *kanzus* et les trois blancs — formaient un cercle et au centre, attaché à un arbre, un jeune Kikuyu, le dos nu offert à la lanière qui s'abattait. Il ne tressaillit pas, ni ne poussa le moindre cri quand le fouet traça un sillon rouge dans sa chair.

Grace regardait avec horreur.

Le visage de Valentin était de pierre tandis qu'il brandissait de nouveau le fouet. Grace vit les muscles de ses épaules tendre le tissu de sa chemise de soirée. Il avait enlevé sa veste ; son dos était trempé par le brouillard et la sueur. Le fouet s'abattit avec force. Le garçon étreignait l'arbre, aussi immobile que s'il était sculpté dans son bois noir. Valentin écarta les pieds, leva le bras et pendant une fraction de seconde la lueur des lanternes éclaira ses yeux sombres. Grace découvrit une passion inconnue dans son regard, une volonté de puissance qui lui fit peur.

Au moment où le fouet s'abattit, elle hurla.

Il n'en tint aucun compte.

Le *kiboko* monta puis descendit en sifflant pour tracer une autre raie rouge.

Grace s'élança.

— Valentin ! Arrête !

Elle lui saisit le bras mais il se dégagea d'une secousse. Sir James l'empoigna et elle s'adressa à lui.

— Comment pouvez-vous supporter une chose pareille ?

Ce fut Briggs qui répondit.

— Ce gamin était chargé de monter la garde près de l'enclos des chiens. Mais il s'est enivré et s'est endormi. Un léopard est entré et s'est emparé d'une des bêtes.

— Mais... Ce n'était qu'un *chien* !

— Ce n'est pas la question. S'il avait été chargé de veiller sur vous, ou sur la nourrice et le bébé, que se serait-il passé ? Une leçon à donner. Sans discipline, autant plier bagage et retourner en Angleterre.

Le dernier coup claqua dans l'air et Valentin enroula la lanière de son fouet. Il prit la veste que Sir James lui tendait et il dit à sa sœur :

— C'est ce qu'il fallait faire, Grace. Nous crèverons tous dans ce maudit pays si nous ne maintenons pas la loi et l'ordre. Et si tu n'es pas capable d'accepter ça, tu n'as rien à faire en Afrique.

Comme il s'éloignait, un serviteur se précipita vers le jeune noir avec une cuvette d'eau et des serviettes et le cercle se dissocia. Grace dit :

— La brutalité et la cruauté ne sont pas nécessaires.

— C'est la seule langue qu'ils comprennent, répondit Sir James. Ces gens prennent la gentillesse pour de la faiblesse et ils méprisent la faiblesse. Votre frère a agi en homme fort, viril, et à cause de son attitude, ils le respecteront.

Furieuse, Grace se détourna et fut surprise de voir une

silhouette dans la brume près de la tente aux provisions. Lady Rose était figée comme une statue, ses yeux formant deux taches sombres sur son visage.

— Rentrez, Rose, dit Grace en lui prenant le bras. Vous grelottez.

La chaleur du champagne s'était envolée. Le visage avait repris sa froideur d'ivoire.

— N'oubliez pas votre promesse, Grace, murmura Rose. Il ne faut pas qu'il me touche... Valentin ne doit pas venir près de moi...

6

Qu'avaient fait les Enfants de Numbi pour mettre Ngaï dans une telle colère ? Le Dieu de Lumière avait retenu les pluies et la sécheresse régnait au pays kikuyu et bientôt il y aurait la famine qui amènerait les mauvais esprits de la maladie.

La journée était d'une chaleur exceptionnelle pour la saison, et la jeune Wachéra transpirait en s'affairant dans la forêt. Elle ne travaillait pas seule. À un jet de sagaie d'elle, la vieille Wachéra, penchée vers le sol, ramassait elle aussi des herbes et des racines médicinales, son corps créant de la musique avec ses centaines de colliers de perles, de bracelets de cuivre et de bracelets de cheville.

Les deux femmes récoltaient des feuilles de lantanier et de l'écorce de robinier. On utilisait les premières pour arrêter les saignements et la seconde contre les maux d'estomac. La grand-mère avait enseigné à sa petite-fille comment reconnaître ces plantes magiques, comment les récolter et les préparer et comment les administrer. La méthode était exactement la même qu'au temps de leurs ancêtres quand les sorcières-guérisseuses allaient les chercher et ramasser dans les forêts comme ces deux-là le faisaient aujourd'hui. La vieille Wachéra avait enseigné à la jeune que la terre est la Grande Mère et que d'elle provient tout ce qui est bon : la nourriture, l'eau, les remèdes, même le cuivre qui ornait leur corps. Il fallait vénérer la Mère, et c'était pour cette raison que tout en travaillant les deux Wachéra psalmodiaient des incantations bénéfiques adressés à la terre.

Extérieurement, la grand-mère paraissait calme. C'était une gracieuse Africaine d'un certain âge, vêtue de souples peaux de chèvre, la tête rasée luisant sous le soleil brûlant, ses doigts bruns agiles s'activant parmi les feuilles et les rameaux, rejetant, cueillant. Ses vieux yeux sages reconnaissaient instantanément une bonne « médecine » d'une mauvaise. Ses chants sacrés ressemblaient à un air fredonné distraitement qui aurait incité un simple curieux à la prendre pour une femme sans un souci au monde, sans une préoccupation en tête.

Mais à la vérité, les pensées de Wachéra l'Ancienne suivaient un cours complexe, examinant et déracinant des problèmes exactement comme ses doigts le faisaient au milieu des plantes : comment soigner la stérilité de Gachiku ; quelle recette employer pour le philtre d'amour de Wanjoro ; les préparatifs des prochains rites d'initiation ; l'organisation de la cérémonie pour appeler la pluie... Quand tout allait bien, on remerciait et on louait le Dieu de Lumière, mais quand tout allait mal, un chemin se traçait jusqu'à la hutte de sa guérisseuse à la case de la rivière.

Pas plus tard que le matin même, Dame Nyagudhii, la maîtresse potière du clan, était venue se plaindre que ses pots se brisaient, inexplicablement. Wachéra avait sorti son Sac de Questions et avait jeté les bâtons divinatoires aux pieds de la femme. Elle avait lu sur ces bâtons qu'un tabou avait été brisé, qu'un *homme* s'était rendu à l'endroit où Nyagudhii moulait ses pots. La fabrication de poterie était un travail strictement féminin, parce que la Première Femme se nommait Mumbi, qui signifie Celle-qui-fait-les-pots. Du début à la fin, le ramassage de l'argile, le moulage, le séchage, la cuisson des pots puis leur mise sur le marché, tout demeurait entre les mains des femmes. La loi kikuyu interdisait à tout homme de toucher les matériaux associés à ce travail et même d'assister à l'une des opérations de fabrication. Les accidents mystérieux survenus aux pots de Nyagudhii ne pouvaient signifier qu'une chose : un homme, intentionnellement ou sans le vouloir, avait posé le pied sur le lieu tabou. Il faudrait donc sacrifier une chèvre à l'arbre sacré et purifier selon les rites l'atelier de poterie.

Mais la pensée qui pesait le plus lourd dans l'esprit de Wachéra demeurait la sécheresse. Quelle en était la cause ? Comment concilier Ngaï et faire venir les pluies ?

Elle regarda la maigre cueillette dans son panier : quelques feuilles cassantes ; de l'herbe sèche comme de la paille. Leur « médecine » serait faible, et la maladie frapperait de nouveau le pays des Kikuyus. Sous ses pieds le sol était desséché et poussiéreux. La Grande Mère semblait mourir de soif. Au village, les champs de maïs s'étaient fanés puis desséchés, les céréales des greniers tombaient en poudre, les branches perdaient leurs feuilles et s'affaissaient sous le poids du chagrin. La vieille Wachéra pensa de nouveau au travail incessant qui s'effectuait sur la crête dominant la rivière. De grands monstres de métal abattaient des arbres et arrachaient les souches ; des bœufs tiraient d'énormes griffes de métal qui blessaient la terre ; l'homme blanc sur son cheval montrait son fouet aux fils de Mumbi qui s'éreintaient sous le ciel sans pluie ainsi que des femmes ! Wachéra pouvait entendre les ancêtres pleurer.

Elle avait songé que son peuple subissait un *thahu*.

Thahu signifie « mauvaiseté » ou « péché ». C'est une malédiction qui souille le sol et l'atmosphère ; un *thahu* peut rendre un homme malade et le tuer ; un *thahu* peut détruire des récoltes, rendre stériles des vaches et des brebis, donner de mauvais rêves à des femmes. La forêt était peuplée d'esprits et de fantômes ; les Enfants de Mumbi savaient se garder d'offenser un esprit des arbres ou l'esprit de la rivière. Ils savaient que les diables s'accrochent au manteau noir de la nuit et que les manifestations bienfaisantes de Ngaï volent sur les ailes du matin. Il y avait de la magie partout, dans chaque feuille, chaque branche, dans le cri de l'oiseau tisserand, dans les brumes, qui cachent le Dieu de Lumière. Et parce qu'il y avait ce second Monde Invisible avec ses propres lois et châtiments, les Enfants de Mumbi avaient soin de l'honorer. On ne récoltait jamais le dernier tubercule du champ, jamais on ne puisait le dernier seau d'eau d'un puits, jamais on ne cassait du bois ou ne retournait un caillou par malice. Si l'on se rendait coupable d'une transgression envers le royaume des esprits, on s'excusait ou on apaisait par une offrande. Mais si quelqu'un agissait sans précaution et offensait sans s'excuser convenablement cela engendrait un *thahu*, et son fléau frappait les Enfants de Mumbi.

Mais qu'est-ce qui avait provoqué la « mauvaise chose » ?

Pour les Kikuyus, le *thahu* était la force la plus puissante de la terre, et lancer une malédiction à un membre du clan dépassait en gravité le meurtre même. Les auteurs d'un *thahu* étaient brûlés vifs sur un bûcher ; et les victimes d'un *thahu* avaient peu d'espoir d'y échapper. Wachéra l'Ancienne avait vu un membre de sa propre famille sombrer dans la démence à la suite d'un *thahu* lancé par un homme jaloux du troupeau de chèvres de son oncle. Wachéra, encore fillette, avait assisté aux rites complexes célébrés par le sorcier pour tenter de lever la malédiction. Sans effet. Les *thahus* étaient plus puissants que la médecine des hommes ; une fois lancée, la malédiction échappait le plus souvent à toute tentative pour l'annihiler, voilà pourquoi les Enfants de Mumbi ne prenaient pas les malédictions à la légère.

Quand elles cessèrent de chercher des simples, les deux femmes ramassèrent du bois, réunissant les branches sèches en d'énormes fagots qu'elles hissèrent sur leur dos et attachèrent avec une courroie passant sur leur front. Le fardeau était si lourd que la grand-mère et la petite-fille étaient presque pliées en deux, le visage penché vers le sol. L'aînée ouvrant la marche, son fardeau maintenu en équilibre par soixante-dix ans d'expérience, les deux femmes reprirent en sens inverse la piste poussiéreuse conduisant au village, situé à de nombreux jets de sagaie de là, une distance que l'homme blanc appelait « huit kilomètres ».

Chemin faisant, la jeune Wachéra pensait à son mari. Mathengé viendrait-il au village ce soir ? Elle ne l'avait vu que quand Troisième Épouse avait accouché. Selon la loi kikuyu, un homme ne pouvait pas faire connaissance avec son enfant avant d'avoir offert une chèvre à sa femme. Mathengé était venu, grand et svelte dans sa couverture rouge nouée sur une épaule. Il n'avait plus de sagaie parce que maintenant la loi de l'homme blanc interdisait aux guerriers de porter des armes ; à la place, il avait une canne, qui lui donnait un air d'importance.

Tout en s'affairant à ses tâches journalières — aller chercher de l'eau dans de lointains trous de la rivière à sec, récolter dans son jardin des oignons chétifs et des épis de maïs desséchés, traire les chèvres, tanner les peaux, balayer les cases, réparer le toit — Wachéra avait épié son mari là-haut sur la colline. Il était souvent assis dans l'ombre d'un arbre à bavarder avec d'autres membres du clan ; parfois elle l'entendait rire avec l'homme blanc. Et quand Mathengé rentrait au village, il s'installait dans sa case de célibataire, où aucune femme n'avait le droit d'entrer, et il régalait ses frères et ses cousins de ses récits sur la nouvelle *shamba* du *mzungu*.

La curiosité de Wachéra à l'égard des étrangers ne cessait d'augmenter. À plusieurs reprises, elle avait interrompu son travail pour observer l'étrange *mzunga* qui construisait un bâtiment mystérieux, plus loin en suivant le cours de l'eau. C'était seulement quatre poteaux avec un toit de chaume. Et la femme blanche portait une tenue stupéfiante. Pas un centimètre de peau n'était exposé à l'air et au soleil ; elle semblait sanglée dans son vêtement, tel un bébé dans l'écharpe qui le maintient sur le dos de sa mère, avec seulement sa jupe noire s'étalant librement et traînant dans la poussière. Un vêtement pas pratique surtout par cette chaleur, songeait la jeune kikuyu.

La *mzunga* donnait des ordres aux hommes qui travaillaient pour elle — des membres du même clan que Wachéra, des hommes qui avaient été naguère des guerriers mais qui construisaient maintenant la case de la femme blanche et l'appelaient « Memsaab Daktari », Maîtresse Docteur.

Wachéra se demanda à quel groupe d'âge appartenait la *daktari*. Le groupe d'âge de Wachéra s'appelait Kithingithia, parce que son initiation avait eu lieu l'année de la Maladie du Nez Coulant, que les blancs appelaient grippe et qu'ils disaient être survenue en 1910. Comme elles paraissaient à peu près du même âge, Wachéra se demanda si la *daktari* avait été initiée la même année. Dans ce cas, cela faisait-il d'elles des sœurs de sang ?

La memsaab intriguait aussi Wachéra parce qu'elle était manifestement l'une des épouses de l'homme blanc et pourtant elle n'avait pas d'enfant. Tout le village se répandait en commentaires sur la richesse qui devait être celle de Bwana Lordy, étant donné l'immensité de la shamba qu'il défrichait, et le fait qu'il n'avait pas moins de sept épouses. Les Kikuyus, dans leur compte, attribuaient à Lord Treverton sa propre sœur, la femme de chambre de son épouse, la nourrice de Mona, deux servantes, une couturière et une cuisinière, toutes amenées d'Angleterre. Tant de femmes, disaient les Africains, mais seulement un *toto,* un bébé à elles toutes. Et pas un seul ventre prometteur chez aucune des femmes ! Les épouses étaient-elles stériles ? Dans ce cas, pourquoi ne les avait-il pas revendues à leur père ? Des êtres aussi inutiles ! Il y avait sans doute un mauvais sort là-dessous. Bwana Lordy ferait bien de se trouver une autre sorcière.

Une autre chose concernant le nouveau bwana intriguait encore plus la jeune Wachéra. Elle savait qu'il y avait eu une grande guerre entre deux tribus *wazungus,* et qu'elle avait duré huit récoltes. Bwana Lordy était revenu de la guerre pour planter ses cases de toile et défricher la forêt avec des monstres de métal. À présent, ses épouses étaient arrivées à leur tour, très probablement certaines étaient des femmes capturées au cours de raids pendant la guerre. Mais... où était le bétail ? Quel guerrier revenait de guerre *sans* le bétail de l'ennemi ?

Finalement les pensées de Wachéra se détournèrent de l'homme blanc pour se fixer de nouveau sur son mari.

Comment pourrait-elle l'inciter à revenir vers elle ? Bien

que la récolte fût modeste et les chèvres squelettiques,, Wachéra lui préparerait un festin. Elle lui offrirait ce qui restait de sa bonne bière, ne se plaindrait pas, se montrerait soumise. Si seulement il revenait ! Elle songea à demander à sa grand-mère un philtre d'amour qu'elle donnerait à Mathengé en secret, mais elle savait que l'ancienne avait des occupations plus importantes.

Un sacrifice pour la pluie allait être célébré devant l'arbre sacré.

Wachéra se rappelait la dernière fois où cette cérémonie s'était déroulée, parce qu'elle avait été choisie pour y prendre part. Seuls des membres du clan purs et irréprochables pouvaient y participer : des anciens qui s'étaient défaits des désirs temporels et qui ne songeaient plus qu'au spirituel ; des femmes trop âgées pour avoir des enfants et qui par conséquent ne commettraient plus d'actes de luxure ; et des enfants de moins de huit ans, parce qu'ils avaient le cœur pur, pas encore souillé de péchés.

La cérémonie avait eu lieu au pied même de l'arbre qui constituait le cœur du petit hameau de Wachéra. Il était considéré comme un arbre très ancien et il avait prouvé sa sainteté en sauvant la famille de la maladie et de la faim l'Année-où-Wachéra-avait-traversé-la-rivière. Wachéra la Jeune ne doutait pas que, dès que la cérémonie de la pluie serait célébrée cette fois-ci, les ancêtres qui vivaient dans l'arbre vénéré enverraient la pluie.

Les deux femmes parvinrent à la rivière et suivirent son lit où coulait un mince filet d'eau jusqu'à leur village, sur la berge nord. Quand elles parvinrent à l'orée de la forêt, Wachéra l'Ancienne poussa un cri. Un monstre de fer gigantesque, chevauché par un homme, était en train d'abattre la case de Troisième Épouse.

Wachéra l'Ancienne cria à l'adresse de l'homme chevauchant le monstre — un Masaï en short kaki qui ne tint aucun compte de la vieille femme mais dévisagea la jeune avec intérêt. Quand la bête de fer hoqueta, cracha et écrasa la case sous ses pattes, la grand-mère se plaça sur son chemin jusqu'à ce que le conducteur masaï arrête l'animal et apaise son rugissement.

— Que faites-vous ? demanda-t-elle avec autorité.

Il répondit d'abord en masaï, puis en swahili et enfin en anglais, mais les deux femmes ne comprenaient aucune de ces langues. Alors il dit simplement en levant le bras vers la crête :

— Mathengé.

Le grand et beau guerrier se trouvait là-haut, observant la scène. À côté de lui, regardant aussi, se tenait le bwana blanc.

7

— Que Memsaab Daktari me pardonne, dit le contremaître kikuyu, une maison *carrée* porte malheur. Les esprits mauvais vivent dans les coins. On n'est en sécurité que dans une maison *ronde*.

Grace regarda la clairière où l'on commençait enfin, au bout de sept mois, les travaux de construction de sa maison.

— Merci, Samuel, répondit-elle avec patience. Je préfère une maison carrée.

Il s'éloigna en secouant la tête. Samuel Wahiro avait beau être un Kikuyu devenu chrétien et l'un des rares à porter le costume européen et à parler anglais, il était complètement dérouté par les façons de faire de l'homme blanc.

Grace le regarda s'éloigner en songeant que ces Africains convertis étaient des paradoxes ambulants. Extérieurement, ils semblaient totalement occidentalisés ; mais leur esprit et leur âme demeuraient enracinés dans les superstitions kikuyus.

Elle regarda les premiers éléments de sa petite maison et ressentit un élan d'allégresse. Elle ne se doutait guère, quand elle s'était installée en mars sous sa tente dans le campement de Valentin, qu'autant de temps s'écoulerait avant qu'elle ne dispose de son propre toit. Mais tout avait apparemment conspiré contre ses projets : la sécheresse, qui avait mobilisé toute la main-d'œuvre pour s'occuper des champs de café de Valentin ; les fêtes fréquentes des Kikuyus et les beuveries de bière qui retenaient les travailleurs parfois plusieurs jours d'affilée, puis quand ils travaillaient, leur lenteur exaspérante, si peu britannique. Mais son petit dispensaire était enfin là — quatre poteaux avec un toit de chaume, plus une grande case carrée en pisé pour les malades qu'elle désirait suivre — et maintenant on pouvait commencer sa maison.

Elle avait dessiné un plan simple à suivre pour les ouvriers et elle descendait du camp tous les matins afin de veiller à ce qu'ils se mettent au travail. Résultat, la paix matinale de la rivière était troublée par le tintamarre incessant des marteaux et des scies cependant que des poutres étaient coupées et équarries, des fondations creusées, des portes briquées. Sur la colline, le rez-de-chaussée de Bella Deux était déjà terminé et une équipe travaillait presque jour et nuit au premier étage. Le vacarme des deux chantiers de construction était tel que Grace était prête à croire que les deux équipes rivalisaient à qui ferait le plus de bruit.

Elle se tourna vers la piste qui descendait de la crête. Sir James avait promis de passer la prendre peu après le lever du jour avec son camion neuf, et il était maintenant presque sept heures.

Grace allait à Nairobi voir le responsable du service de santé afin de réfléchir à ce qu'on pouvait faire pour inculquer aux Africains des principes d'alimentation et d'hygiène. Sept mois plus tôt, à son arrivée avec Rose et le bébé, Grace était allée visiter les gens du pays avec un interprète. Ce qu'elle avait découvert — la mauvaise santé, l'habitude de dormir avec les chèvres, les mouches omniprésentes — l'avait bouleversée et accablée. Elle était venue en Afrique-Orientale avec une cantine pleine de médicaments, de pansements et de catgut pour les sutures, mais cela ne servait pas à grand-chose, elle s'en rendait compte, étant donné le degré de sous-alimentation, les maladies endémiques et les conditions de vie en général épouvantables de la population.

C'était par là que devait commencer son travail parmi les Kikuyus — non pas dans son dispensaire avec ses abaisse-langue et ses thermomètres, mais dans les petites exploitations autour des feux de cuisine. Il fallait enseigner aux Africains que la cause de leurs maladies et de leurs souffrances n'était pas les mauvais esprits mais leur mode de vie.

Bien que le Chef du Service de Santé eût notifié par lettre à Grace qu'il ne disposait pas d'un personnel qualifié suffisant pour faire des tournées en brousse et qu'elle devait se débrouiller seule dans cette région, elle se rendait à Nairobi pour essayer d'obtenir de l'aide.

Elle entendit un bruit de moteur et vit la traînée de poussière derrière le camion de Sir James. Quatre Africains étaient sur le plateau — ils devaient dégager un passage à la hache pour le camion, le désembourber dans les fondrières et lui faire franchir les obstacles, puis le surveiller dans les rues sans loi de Nairobi. Avec un peu de chance ils atteindraient Nairobi, qui se trouvait à près de cent cinquante kilomètres, au coucher du soleil.

Au moment où elle montait dans la cabine à côté de Sir James, Grace remarqua la jeune Africaine — la petite-fille de la sorcière — qui l'observait, debout à la lisière de la nouvelle clairière.

Les chevaux franchirent au triple galop la crête de la colline, leurs sabots martelant le sol dans un bruit de tonnerre, leurs cavaliers décrivant un arc au-dessus de la selle et gardant leur assiette par un habile usage des rênes et des étriers. Lord Treverton se trouvait presque en tête, silhouette d'une élégance parfaite en veste rouge coupée par un grand tailleur de Savile Row à Londres, culotte de cheval blanche et haut-de-forme noir. Il avait l'impression d'être le maître du monde. L'air de la matinée était frais et vif ; la rosée recouvrait l'herbe couleur de pain brûlé comme un voile scintillant. Son pouls battait à toute allure ; il *vivait*. Il se sentait invincible.

Le général Norich-Hastings, qui dirigeait la chasse, était en tête, derrière la meute de quarante chiens ; à côté de lui, le veneur, un Kikuyu nommé Kipanya qui, bien que portant chemise rouge et cape de chasse en velours noir, crispait ses pieds nus dans les étriers. Kipanya dirigeait les chiens de la voix, car Norich-Hastings lui avait enseigné les « cris » en usage dans ce sport, et aussi en sonnant de son cor de cuivre. Trois piqueurs maintenaient les chiens groupés ; c'étaient également des Africains, qui portaient le prestigieux uniforme rouge et blanc de la chasse et montaient pieds nus. Derrière eux venaient les invités du général Norich-Hastings, le « beau monde » d'Afrique-Orientale anglaise qui chevauchait à courre sur la plaine d'Athi, non loin de Nairobi, comme s'il s'agissait de la campagne anglaise. De fait, la chasse respectait les traditions jusque dans le moindre détail, y compris les laquais, les veneurs, les piqueux, les valets de chiens, chargés des chiens de terrier et d'arrêt, avec cette petite variante qu'ils couraient non pas le renard mais le chacal.

Ils étaient partis à l'aube, du rendez-vous fixé sur la pelouse du général Norich-Hastings — où l'on avait servi du thé brûlant et des scones. Sur l'ordre du maître, les chiens s'étaient élancés à la recherche de la proie. Ils avaient donné de la voix dès qu'ils avaient dépisté le chacal et Norich-Hastings avait crié « Taïaut ! » La fine fleur de la société d'Afrique-Orientale était partie au galop derrière la meute, certains en maudissant la bouteille de champagne de trop vidée la veille, mais tous d'excellente humeur et parfaitement confiants dans leur suprématie sur la création entière.

Valentin montait Excalibur, l'étalon arabe qu'il avait importé. Près de lui, Son Excellence le gouverneur, suivi par le comte Dustchinski, un expatrié polonais. Rose ne participait pas à la chasse, elle n'était même pas descendue à Nairobi cette fois-ci, elle avait demandé qu'il lui soit permis de rester à la maison où elle pouvait éviter, avait-elle dit, les chaleurs torrides de septembre. Valentin aurait de beaucoup préféré qu'elle l'accompagne mais n'avait pas insisté. Même en Angleterre, Rose n'avait pas apprécié la chasse à courre — sa sympathie allant toujours au pauvre renard. La tendresse excessive de Rose pour les animaux commençait à s'étendre aux orphelins de la forêt, comme les damans[1] et les singes, qu'elle avait apprivoisés.

Les chevaux et les poneys prirent de la vitesse sur la plaine. L'excitation de la chasse augmenta ; l'élément de danger devint intense. Le dimanche précédent, les chiens avaient acculé dans un arbre un léopard furieux, et celui qui dirigeait la chasse, toujours armé d'un revolver, avait dû l'abattre. Et bien qu'il n'y eût pas de haies ou de ruisseaux pleins de traîtrise à franchir comme dans le Suffolk, la chasse au renard d'Afrique n'allait pas sans risques ; au mois de mai précédent, le cheval du colonel Mayshed avait trébuché dans un trou invisible creusé par un cochon et avait projeté à terre, tête la première, son cavalier qui s'était tué.

Il devait être près de neuf heures, à présent ; le soleil montait de plus en plus brûlant sur la plaine jaunie et desséchée. Le manque de pluie avait transformé le Protectorat en une sinistre contrée abandonnée de Dieu, jonchée de squelettes blanchissants, de bétail famélique, de récoltes grillées. Mais la chasse était bonne, la compagnie animée et spirituelle, et un petit déjeuner magnifique les attendait ensuite.

Soudain, les chiens s'arrêtèrent et firent demi-tour. Quand les chevaux les rejoignirent, ruant et hennissant au milieu de la meute désorientée, les cavaliers virent une grande autruche mâle sortir de la brousse desséchée. Elle ouvrit les ailes et s'élança vers les chiens, qui reculèrent en jappant de frayeur. Kipanya et le général tentèrent de leur faire reprendre la voie, mais l'autruche, avec ses attaques feintes contre la meute, les tenait en respect.

— Regardez ! s'écria Lady Anne Bolson.

Un petit troupeau d'autruchons sortait maladroitement des buissons. Le vicomte Bolson fouilla dans la poche de sa veste et en sortit un petit Kodak pliant avec lequel il prit aussitôt une photo.

1. Hyrax ou daman ou marmotte du Cap : petit mammifère rongeur de la taille d'un lapin, aux doigts entourés d'une sorte de sabot, sauf un qui est griffu.

Quelques secondes plus tard, la femelle apparut. Les deux autruches adultes réunirent les petits, puis la famille s'éloigna au petit galop, laissant derrière elle un groupe de chiens qui tournaient en rond et de cavaliers qui riaient. La chasse était terminée.

Des tables avaient été installées sur la véranda de la vaste demeure du général Norich-Hastings qui possédait une plantation de sisal ; la porcelaine, le cristal, les nappes blanches attirèrent, comme les phares attirent les bateaux, les cavaliers épuisés mais heureux. Le personnel de Norich-Hastings, sous la surveillance de son épouse Lady Margaret, attendait de servir, tous des Africains vêtus de longs *kanzus* blancs serrés à la taille par de larges ceintures rouges. Dès que les invités montèrent les quelques marches de la véranda, s'essuyant le front et riant encore de la rencontre avec les autruches, les serviteurs écartèrent les chaises, présentèrent les serviettes, servirent le thé. La nourriture fut alors apportée de la maison — plateaux d'argent chargés de papayes et de bananes en tranches, bols de porridge fumant, assiettes d'œufs au plat avec bacon croustillant — et la compagnie entama une conversation animée.

— La semaine dernière, j'ai été chargé par un buffle, s'écria d'une voix tonnante le capitaine Draper, des Fusiliers Africains. À en croire un de mes Wakambas, cela signifiait que ma femme avait un amant. Je lui ai répondu que cela devait être sacrément dangereux d'aller en safari pendant la semaine des Courses à Nairobi, car alors tout le pays doit être plein de buffles furieux !

À sa table, tous éclatèrent de rire, mais à la table suivante, les propos étaient plus graves.

— Toutes ces pressions pour accorder le droit de vote aux Asiatiques. Et le sacré culot qu'ils ont de réclamer l'autorisation de s'installer dans les montagnes ! Je prétends que le Protectorat est une fille blanche de la Couronne et non une petite-fille asiatique. Ils ont l'Inde. Qu'ils y retournent s'ils ne sont pas contents de la façon dont les choses se passent ici. À mon avis, l'Afrique-Orientale anglaise est exactement ça : un endroit où doivent prévaloir les idéaux, la civilisation, les traditions et le mode de vie anglais. Moi, je dis : gardons blanches les hautes terres.

Valentin n'écoutait que d'une oreille. Son pouls ne s'était pas ralenti depuis l'ardente chevauchée ; il pouvait à peine tenir en place. Il était impatient de se lancer sur le chemin du retour, impatient d'apporter sa surprise à Rose. La fraction de la population arrivée en 1896 pour construire le chemin de fer de l'Ouganda — des ouvriers importés des Indes qui s'étaient installés ensuite comme petits commerçants et employés de bureau — n'intéressait guère le comte. Ces Asiatiques exerçaient des pressions sur le gouvernement de Sa Majesté pour obtenir le droit de vote au même titre que les blancs dans le Protectorat, ainsi que le droit de s'installer dans les hauts plateaux qui s'étendaient de Nairobi jusque bien au-delà du domaine Treverton et offraient les meilleures terres d'Afrique-Orientale. La poignée d'Européens se battait pour les en exclure.

— La meilleure solution serait d'obtenir un statut de colonie, lança un jeune homme qui portait un teraï, un feutre de brousse, dont le bord relevé sur un côté était fixé en place par un insigne officiel. Lord Delamere a raison. Si nous devenions une colonie, nous serions annexés officiellement à la Grande-Bretagne, ce qui conférerait à la Couronne le pouvoir légal de disposer des terres à son gré. En tant que Protectorat, nous sommes pour ainsi dire orphelins. Mais en tant que colonie, il faudrait bien qu'on nous écoute.

Valentin se servit de marmelade qu'il étala généreusement sur son toast. Il y avait sur la table du beurre frais, de la crème et du fromage ; et même du café de Nairobi et du thé de Darjeeling ! L'Angleterre demeurait encore strictement rationnée en ces lendemains de guerre ; ici, dans le Protectorat, les prix étaient montés en flèche, les produits importés restaient rares et le planteur moyen avait du mal à assurer sa subsistance quotidienne. Mais la plantation de sisal du général Norich-Hastings marchait bien, et l'officier à la retraite pouvait se permettre de garnir abondamment ses tables.

Valentin regrettait que Sir James ne soit pas venu avec lui. Son ami avait grand besoin d'un congé et d'une occasion de manger un repas convenable. La vie à Kilima Simba, le domaine des Donald, était simple et dure. Lucille s'occupait des deux garçonnets et du bébé, une petite fille, et s'échinait du lever du jour à la nuit tombée, fabriquant son propre levain, cuisant des confitures qu'elle vendait pour gagner quelques roupies de plus et ravaudant des vêtements que Valentin jugeait bons à servir de chiffons, tandis que son mari passait la journée en selle à inspecter son vaste troupeau, combattant la diminution dramatique des réserves d'eau, surveillant les mares d'abreuvoir pour les bêtes, se méfiant constamment des maladies transmises par les tiques, et s'assurant que ses hommes travaillaient au lieu de s'éclipser pour boire de la bière. Sir James n'était pas riche (selon les normes de Lord Treverton), mais jamais Valentin n'avait rencontré quelqu'un d'aussi honnête et travailleur. Si la mort avait emporté James au cours de cet épouvantable épisode près de la frontière de l'Afrique-Orientale allemande — et les médecins militaires déclaraient qu'il avait vraiment survécu par miracle —, si James était mort, la perte aurait été vive pour l'Afrique-Orientale. Un titre de chevalier avait été la récompense reçue par James Donald pour une bravoure exceptionnelle. Valentin estimait que cela ne suffisait nullement.

— Ce type était capitaine de l'équipe de cricket d'Eldoret, voyez-vous, expliquait Norich-Hastings. Et il y a eu un match d'une journée contre Kisumu. Il a gagné le tirage au sort, a choisi de prendre la batte et s'est mis en place pour commencer la course. À l'heure du thé, il était encore en train de marquer des points.

Valentin écouta l'histoire et rit avec tout le monde. Il était d'excellente humeur à cause de son rendez-vous avec le docteur Hare à Nairobi en fin d'après-midi. Le médecin avait accepté de grand cœur d'ouvrir son cabinet pour une consultation privée bien que ce fût dimanche, et Valentin était certain que le docteur trouverait une solution au problème de Rose.

Il se servit de rognons sautés et d'œufs brouillés tout en écoutant distraitement les bavardages. Et il se répéta qu'en réalité c'était de sa propre faute si les relations sexuelles entre lui et Rose étaient difficiles.

Après tout, conclut-il, ce n'avait pas dû être facile pour une dame aussi délicate et aussi bien élevée d'abandonner une existence de confort et une haute situation sociale pour un campement de tentes en pleine brousse ! À la différence de Grace qui semblait apprécier chaque défi lancé par l'Afrique, Rose avait peur de tout ce qui concernait ce pays. Et il n'existait aucune autre dame de son espèce pour la soutenir. Lucille Donald n'avait guère de temps pour le genre de relations mondaines qui aurait plu à Rose ; d'ailleurs les deux femmes ne se ressemblaient pas plus que le jour et la nuit. Rose se moquait pas mal des incursions de hyènes dans le poulailler, ou de recettes pour fabriquer de la colle avec des sabots de buffle. Et Lucille n'éprouvait pas le moindre intérêt pour la mode ou les règles de la bienséance, et n'avait aucune envie de connaître la dernière hauteur des ourlets ni l'endroit où la famille royale irait en vacances.

Rose restait seule la plupart du temps puisque Valentin était obligé de passer la journée dans la plantation pour s'assurer que l'on soignait bien ses jeunes plants de café, et que Grace avait fort à faire pour essayer d'attirer les Africains du pays dans son dispensaire, mais elle semblait s'y être fort bien adaptée. En fait, tout en riant d'une autre histoire drôle, Valentin s'avisa soudain que Rose semblait presque contente d'être laissée seule.

— J'ai cinq cents arpents de café en production, dit un planteur de Limuru. Mais faute de pluie, les grains sont minuscules, il y a trop de baies inutilisables et les plants eux-mêmes ont l'air vraiment tristes. Comment se présente votre récolte ? demanda-t-il à Valentin.

— Pas trop mal, en fait.

Personne autour de la table ne s'en étonna. Tout le monde en Afrique-Orientale parlait de la chance insolente du comte et de sa prospérité. Tout ce qu'il touchait se changeait en or.

— J'ai appris que vous avez construit un barrage sur la Chania.

— Oui. En mars, quand il s'est avéré que les pluies ne viendraient pas. Puis j'ai creusé une tranchée, alors mes champs sont irrigués !

— Les négros ont dû en faire une tête en vous voyant toucher à leur rivière ! Ils sont incapables de prévoir, vous comprenez, ils n'ont aucune notion du lendemain. Jamais ils ne font pousser plus de choses qu'ils ne peuvent en manger le jour même, jamais ils ne se demandent ce qu'ils feront si la sécheresse les frappe. C'est tout *shauri ya mungu* pour eux.

— Ces maudits moricauds ! intervint un homme au visage rougi par le soleil entouré d'une barbe blonde en broussaille. On ne peut pas les faire travailler ni pour or ni pour argent ! Ils s'assoient sur leur cul noir et attendent qu'on leur distribue de l'*américani,* du sucre et de l'huile sans penser un instant qu'il faut travailler pour les gagner.

— On peut faire sortir le singe de la jungle, dit le planteur de Limuru, mais non faire sortir la jungle du singe !

Valentin, tout en remuant son thé, lança un coup d'œil à sa montre. Ses longues jambes remuèrent avec impatience sous la table.

— Avez-vous aimé la chasse, my lord ?

Il leva les yeux et vit le visage souriant de Lady Margaret. Elle faisait penser à un pékinois, mais avait bien meilleur caractère.

— Et comment va la comtesse, votre charmante épouse ? ajouta-t-elle sans lui laisser le temps de répondre. Nous aimerions voir Lady Rose plus souvent à Nairobi.

C'étaient les moments où elle revenait à la vie, ces rares occasions où Rose se rendait à Nairobi. Il y avait eu le grand bal au Club Muthaïga, donné en l'honneur du roi de Suède ;

puis cette cérémonie solennelle de plantation devant le Palais du Gouverneur à qui Rose avait fait don d'une bouture de ses précieuses roses. À Nairobi, Rose était gaie, pleine d'animation, le centre d'une attention admirative ; n'eût été le long voyage depuis la Province Centrale, en chariot avec un arrêt chaque soir pour camper, Valentin savait qu'elle serait venue plus souvent.

— Veuillez la remercier pour le thé, dit Lady Margaret. J'ai trouvé ce mélange d'arômes captivant.

Rose avait ramené d'Angleterre un mélange spécial de thés de Mysore et de Ceylan qu'utilisait sa famille depuis plusieurs générations. Mais quand elle eut épuisé sa réserve, au lieu d'en commander d'autre à son fournisseur de Londres, elle avait demandé à une maison de Nairobi de remplacer le Ceylan par un thé cultivé dans les régions plus froides près du Lac Victoria. Elle avait découvert qu'il produisait un arôme agréable. Rose en avait fait la remarque lors de son dernier séjour à Nairobi, au cours d'un dîner de gala à l'occasion de l'anniversaire du roi ; Lady Margaret s'était montrée intéressée et Rose lui avait envoyé un paquet de thé.

— Cela ennuierait-il la comtesse que je commande ce mélange pour moi ? demanda la femme du général. Je crois que je vais abandonner complètement le thé de Lady Londonderry.

Il s'apprêtait à répondre quand elle reprit vivement :

— J'ai un petit cadeau pour Lady Rose en retour. J'ai *enfin* reçu mon coton à broder belge. Je l'avais commandé il y a près d'un an ! Et il y a du vert absolument délicieux qui ira parfaitement dans sa tapisserie, je le sais.

En avril, pour offrir à Rose une distraction et la changer de la vie du camp, Valentin l'avait emmenée en safari sur les pentes du mont Kenya proche de chez eux. Il avait essayé de lui rendre le trajet aussi agréable que possible, arrimant un hamac sur deux perches et la faisant porter par des Africains, et sa réaction avait été de tomber amoureuse de la forêt tropicale. Elle avait été tellement captivée qu'elle était revenue à la plantation avec le paysage parfaitement gravé dans l'esprit. Elle avait aussitôt tiré de son coffre de cèdre un métrage de toile d'Irlande, déballé ses aiguilles et ses écheveaux et s'était lancée dans ce qui promettait d'être une tapisserie remarquable. Elle n'était encore qu'à l'état embryonnaire mais on voyait déjà avec quelle habileté la forêt serait transposée sur la toile : les riches nuances de vert rehaussées par l'orange, le jaune et le bleu éclatants des fleurs sauvages ; les longues lianes cascadant d'arbres tordus et moites ; la mousse couleur d'émeraude, les fougères géantes et les palmes en oreille d'éléphant ; même la brume basse de la montagne était figurée par un fil de soie d'un bleu perlé délicat et, sur le côté, Rose avait laissé un espace d'où épierait un léopard imaginaire aux yeux d'or.

Voilà ce qu'elle faisait de son temps. Travailler à sa tapisserie et rien d'autre. Assise dans la petite clairière au centre du bosquet d'eucalyptus, dans un belvédère que Valentin avait fait construire pour elle et où elle était protégée, à l'abri du soleil tropical, en compagnie de ses singes apprivoisés et de ses perroquets, avec Mme Pembroke et la petite Mona.

— Pouvons-nous vous offrir un toit pour la nuit, Lord Treverton ? demanda Lady Margaret.

Comme les distances entre voisins étaient très grandes et les hôtels quasi inexistants, la difficulté des voyages en Afrique-Orientale avait engendré la coutume d'offrir un asile au visiteur, ami ou inconnu.

Mais Valentin était pressé. Il lui restait deux choses à faire à Nairobi — voir le docteur Hare et s'occuper de la « surprise » de Rose. Aussitôt après, il prendrait la route du nord, pour rentrer chez lui.

8

— La répugnance de votre épouse a peut-être une cause physique, my Lord... Le terme médical qui la désigne est *dyspareunie*. Cela veut dire que... — le docteur Hare se mit à pianoter avec son stylo sur la table — euh... la femme éprouve de la douleur pendant les rapports sexuels. Est-ce que Lady Rose souffre ?

Valentin regarda le médecin d'un air déconcerté. De la douleur ? Il n'y avait pas pensé. Était-ce possible ? Était-ce pour cela qu'elle fuyait ses étreintes ? Souffrait-elle vraiment ? Valentin se renfonça dans le fauteuil, sans plus voir le soleil magnifique dont les rayons obliques pénétraient par la fenêtre et illuminaient le cabinet aux dimensions restreintes du docteur Hare. Grace ne lui avait pas dit que Rose souffrait. Elle s'était exprimée avec délicatesse, avait évoqué les fatigues de la naissance de Mona, l'inconfort du wagon de chemin de fer, le manque d'installation.

Ce fut pour Valentin comme une bouffée d'espoir. Serait-ce

la réponse ? Était-ce aussi simple ? Était-ce seulement que Rose avait peur de souffrir ? Parce que, dans ce cas, si c'était dû à un problème physique et non, comme il l'avait craint, à leurs relations personnelles, il y aurait sûrement moyen de trouver un remède !

— Qu'est-ce qui provoque la douleur, docteur Hare ?

Celui-ci haussa les épaules.

— Il me faut examiner votre femme pour le déterminer.

Cela demandait réflexion. Valentin avait lui-même trouvé difficile de venir consulter cet homme, comment pourrait-il soumettre Rose à l'examen d'un inconnu ? Valentin avait choisi le docteur Hare parce que les rares médecins d'Afrique-Orientale faisaient partie de la « bande » et que le risque de ragots était grand. Le docteur Hare était un nouveau, juste arrivé d'Amérique, et pas encore enclin à bavarder.

— Elle a eu un bébé il y a six mois, dit Valentin.

Il refusait de se rappeler que la répugnance de Rose avait commencé longtemps avant la naissance de Mona ; il ne se rendait pas compte qu'il essayait de se raccrocher à des fétus de paille.

— C'est peut-être la cause, répondit le médecin qui examinait le visage du comte.

Il y voyait de la peur — évidente — et de l'inquiétude. Le docteur Hare avait donné bien des consultations privées de ce genre au cours de ses vingt années d'exercice. Ils étaient tous pareils, de vrais exemples de manuel : l'épouse qui ne réagissait pas ou même résistait aux avances sexuelles, le mari plongé dans un bourbier d'autocritique et de doutes soudains concernant sa virilité.

Foutaises ! avait envie de dire le docteur Hare. Les femmes d'aujourd'hui ! Avec leurs prétentions au contrôle des naissances et au droit de vote. Pourquoi s'obstinaient-elles ainsi à refuser la seule fin de leur existence sur cette terre : mettre des enfants au monde ? Elles en faisaient un tel plat, de la maternité, alors qu'elles avaient justement été créées pour ça !

— Pouvez-vous faire quelque chose pour elle ? demanda Valentin, en priant pour que la réponse soit simple.

Le docteur se mit à griffonner sur un bloc. Il aurait aimé dire au comte ce que *lui* ferait si c'était de sa femme qu'il s'agissait : exercer son droit légal de mari sans tenir compte de ses protestations. À la place, il expliqua :

— Je prescris une dose légère de bromure. Pour la détendre. La plupart de ces cas sont liés à une tension dans le... euh... pubis. En général, une ou deux doses règlent le problème.

Il arracha la feuille et la tendit à Valentin.

Quand Valentin sortit du bâtiment de bois recouvert de tôle ondulée et s'arrêta un instant pour se protéger les yeux du soleil équatorial éclatant, il respira à pleins poumons. Il avait envie de crier de joie.

Il se pénétra de la lumière exceptionnelle de l'Afrique-Orientale, un éclairage qui, pour Valentin, avivait les contours, les détails et les couleurs. À cause de l'altitude — Nairobi se trouvait à quinze cents mètres au-dessus du niveau de la mer — l'air avait une pureté de cristal et aucune pollution industrielle ne le souillait.

Lors de son arrivée dans le pays avec le 25e régiment de Fusiliers pour combattre les Allemands sur la frontière sud, la lumière d'Afrique-Orientale l'avait émerveillé. Elle n'était pas seulement éclatante, il s'en était rendu compte, elle semblait n'avoir aucun poids. La luminosité pouvait avoir de la densité comme n'importe quel objet, à son avis. Les rayons du soleil anglais, par exemple, étaient alourdis par la fumée, les brumes des rivières, le brouillard et l'air salé venu de la mer, mais le soleil d'Afrique-Orientale demeurait pur et léger, sans poids, prêtant aux formes et aux textures une netteté surnaturelle. Même l'objet le plus banal en acquérait un certain éclat. Les vieux prospecteurs grisonnants sur leurs ânes étiques, les Africains couverts de poussière attendant que la chaleur passe, les vieux bâtiments prosaïques en bois et tôle ondulée, patinés par le temps et couverts de suie, semblaient transfigurés par une inexplicable splendeur.

Valentin Treverton adorait Nairobi. Aveuglé dès le premier jour par la lumière de cette ville naissante sous le soleil, il avait senti que jamais il ne pourrait retourner vivre en Angleterre.

Mais Nairobi ne se réduisait pas seulement à sa lumière. C'était une ville vivante, vibrante, animée, qui était vouée, Valentin en avait la certitude, à un brillant avenir. Les soldats du roi étaient rentrés chez eux une fois la guerre terminée, ce qui avait mis fin à quatre ans d'expansion continue, mais une nouvelle vague de peuplement déferlait sur les côtes de l'Afrique-Orientale : des anciens combattants s'établissaient dans les montagnes, sur des concessions de terres de la Couronne accordées par le nouveau décret d'Assistance aux Soldats ; des Boers arrivaient d'Afrique du Sud dans leurs chariots bâchés, avec de longues files de mules ; des arnaqueurs à l'œil vif et des gogos, tous à l'affût d'un moyen pour faire fortune rapidement ; les Indiens enturbannés avec leurs femmes à la peau sombre et leur kyrielle d'enfants qui les suivaient ; les colons blancs à la recherche d'une nouvelle vie ; les jeunes fonctionnaires plastronnant en uniformes kaki aux plis impeccables, coiffés de grands casques de liège avec des insignes brillants par-devant, le bord rallongé à l'arrière en forme de queue de loutre ; enfin, au milieu d'eux tous, sereins, dénués d'expression, sans rien d'autre à faire apparemment que de rester accroupis dans la poussière, le regard vide, les Africains, installés là longtemps avant que les autres songent même à venir.

Nairobi était une ville de violence où presque tous les hommes étaient armés, où des incendies éclataient constamment, où le bazar indien, surpeuplé et crasseux, constituait une source d'épidémies. C'était une ville rude, encombrée de chariots à bœufs, d'hommes à cheval, de rickshaw et de quelques Ford Modèle T. Mais c'était la seule ville où Valentin, le comte de Treverton, se sentait vraiment chez lui.

Il prit un cigare à bouts coupés dans la poche de sa chemise et l'alluma. Où trouver une *duka la dawa,* une pharmacie, ouverte le dimanche ? Valentin regarda un convoi de safari se former dans la rue.

C'était une de ces caravanes à l'ancienne mode, que l'automobile remplaçait peu à peu et qui disparaîtrait bientôt d'Afrique-Orientale. Une centaine d'indigènes recevaient leurs fardeaux. Dans moins d'une heure, la colonne quitterait Nairobi comme un mille-pattes noir ; à l'arrière suivraient le chasseur professionnel blanc et ses clients milliardaires, couverts de sueur. Les porteurs plaçaient leur ballot sur la tête parce que les mettre sur le dos les aurait humiliés. Car c'est ainsi que les femmes portaient leurs fardeaux. Et il y avait une limite de poids : un peu moins de trente kilos. Il existait même une limite pour la charge d'un âne : un peu moins de soixante kilos. Mais pour une femme africaine il n'y avait pas de restriction concernant le poids de son fardeau.

En se détournant pour se diriger vers l'hôtel du Roi Édouard, Valentin songea que c'était étonnant de se dire que quinze ans plus tôt il y avait seulement ici des tentes et un marécage. Et avant cela, une rivière banale et çà et là quelques Masaïs. Nairobi était née juste quelques années après Valentin ; il était certain qu'ils vieilliraient ensemble.

Miranda West posa sa cuillère, s'essuya les mains à son tablier et s'avança vers la fenêtre pour regarder au-dehors. Lord Treverton avait dit qu'il passerait aujourd'hui avant de repartir pour sa plantation, dans le nord.

Elle se trouvait dans la cuisine de son petit hôtel, en train de préparer le thé du dimanche après-midi, ce qui lui prenait presque la demi-journée étant donné le soin qu'elle y apportait. Miranda West était renommée jusqu'en Ouganda et nombreux étaient les colons qui parcouraient des kilomètres en chariot à bœufs pour s'asseoir à l'une de ses tables. Aujourd'hui sa salle serait encore pleine à craquer : elle ferait servir sur la véranda et même dans la rue. Si le comte n'arrivait pas assez tôt, elle n'aurait pas la moindre occasion d'être seule avec lui. Et Miranda West ne vivait que pour ces instants.

En Afrique-Orientale, les rêves et les ambitions étaient aussi nombreux que les immigrants qu'ils hantaient. Chacun arrivait avec un projet. Gagner de l'argent dans l'agriculture, gagner de l'argent dans les mines, gagner de l'argent avec l'ivoire des éléphants, gagner de l'argent en rendant des services spéciaux aux autres — l'idée de base demeurait toujours de faire fortune. La diversité et l'ingéniosité de ces entreprises étaient infinies. Par exemple, les jumeaux irlandais Paddy et Sean étaient parvenus à une brève prospérité en élevant des autruches pour leurs plumes, vendues en Angleterre et en Amérique. Puis, tout d'un coup, avec la vogue de l'automobile, il ne fut plus possible pour les femmes de porter de grands chapeaux à plume quand elles conduisaient, et la mode des petits bonnets ajustés s'installa, si bien que Paddy et Sean durent renvoyer à la vie sauvage leurs oiseaux sans valeur. Il y avait aussi Ralph Sneed. Il s'était vanté à qui voulait l'entendre des monceaux d'or qu'il allait récolter en produisant des amandes dans la vallée du Rift. Il avait dépensé toutes ses économies pour acheter et planter des amandiers, mais à cause de l'absence de saisons ses arbres fleurissaient toute l'année sans jamais donner de fruits. Ralph Sneed, déconfit et sans le sou, était retourné en Afrique du Sud. Enfin, il y avait Jack West, le bon à rien de mari de Miranda qui avait été vu pour la dernière fois muni d'un sac de couchage, de vêtements de rechange et d'un flacon de quinine, allant en direction du lac Victoria où il voulait, disait-il, trouver des squelettes d'hippopotames qu'il avait l'intention de broyer pour en faire de la poudre d'or et revendrait comme engrais aux planteurs avec un bénéfice colossal. Il y avait de cela six ans et personne ne l'avait revu depuis.

Tout le monde à Nairobi avait donc un projet. Celui de Miranda West, jusqu'à ce jour, consistait à exploiter le mal du pays.

En 1913, Miranda Pemberton avait répondu à une annonce d'un journal de Manchester. L'annonce avait été insérée par un homme résidant en Afrique-Orientale anglaise, qui recherchait en mariage une femme de bonne éducation pour l'aider dans ses diverses « entreprises financièrement prometteuses ». Miranda, cuisinière et bonne à tout faire d'un grippe-sou du Lancashire, avait aussitôt écrit sur une feuille de papier à lettres élégant chapardée à son employeur. Elle avait soustrait cinq ans à son âge et multiplié par trois le montant de son compte en banque. L'annonceur, un prospecteur du nom de Jack West, avait choisi sa lettre parmi soixante autres et lui avait envoyé son billet pour la traversée.

Il l'attendait au port de Mombasa où, après le premier choc — il était plus petit et plus jeune qu'elle —, ils avaient décidé tout de même de se marier et de voir ce que cela donnerait.

Mais l'entreprise avait échoué. Miranda avait été consternée en voyant la ville de sac et de corde qu'était alors Nairobi, et la tente dans laquelle son mari tout neuf comptait la voir habiter et Jack s'était senti dupé quand elle lui avait remis ses maigres économies. Ils avaient fait des efforts pendant quelques mois en essayant d'acheter des produits aux paysans africains pour les revendre avec bénéfice à des groupes de riches touristes qui s'équipaient pour des safaris, puis Jack avait filé en pleine nuit avec ce qui restait de leur argent et les boucles d'oreilles de Miranda, en imitation de jade.

Par un grand coup de chance, Miranda apprit qu'un Écossais du nom de Kinney avait besoin d'une Européenne pour « aider » dans sa pension de famille, à côté de la gare, et s'il entendait par là qu'elle abatte toute la besogne, cela représentait en tout cas pour elle un toit au-dessus de sa tête et dix roupies par mois. L'atout de Miranda était sa peau blanche, raison pour laquelle Kinney l'avait engagée. Il avait une clientèle d'immigrants de la classe moyenne qui descendaient dans sa pension en attendant de trouver une bonne affaire ou de recevoir du cadastre leur titre de propriété. Les femmes de ces clients préféraient une serveuse blanche à une Africaine, et quand il s'avéra qu'elle savait préparer des scones et des clafoutis pour lesquels ces colons nostalgiques étaient prêts à payer le prix fort, Miranda devint indispensable.

Dans une ville où les femmes demeuraient extrêmement moins nombreuses que les hommes, où presque tous les hommes étaient célibataires et s'arrachaient les nouvelles venues même si elles n'étaient ni jeunes ni jolies, Miranda fit bientôt figure d'oiseau rare. Elle était mariée, mais à un mari absent et même si elle se montrait aimable et ne refusait pas de partager un whisky ou une blague, elle repoussait gentiment les avances fréquentes des clients de la pension Kinney.

Les mois passant, le vieux Kinney se prit de sympathie pour Miranda et lui abandonna de plus en plus la gestion de la maison. Elle supprima le gaspillage ; elle tint plus serrés les cordons de la bourse, elle rogna partout où les clients ne pouvaient pas le remarquer et elle eut l'audace de doubler le prix des chambres, en déclarant que les blancs devaient payer pour bénéficier de la propreté anglaise, et elle prouva qu'elle avait raison. La valeur de la maison augmenta.

Puis la guerre éclata. Kinney s'engagea dans la cavalerie d'Afrique-Orientale et fut tué presque aussitôt. À sa surprise, Miranda découvrit que n'ayant ni famille ni amis, il lui avait légué la maison, alors elle fit un emprunt à la banque et se mit en devoir de la transformer en un hôtel digne de ce nom. Presque aussitôt, des soldats ne tardèrent pas à arriver d'Angleterre en flot continu et Nairobi se mua en camp militaire. Les soldats accoururent à l'hôtel de Miranda, à qui elle avait donné le nom assez pompeux d'Hôtel du Roi Édouard, pour dévorer ses scones et parler de chez eux.

La guerre était venue et s'était achevée sans que Miranda reçoive la moindre nouvelle de son mari. Astucieuse et opportuniste, l'hôtelière étudia donc la situation et comprit ce qu'elle devait faire pour assurer sa survie.

Une femme avait besoin de protection, mais Miranda ne s'intéressait plus au mariage. Elle avait vu le beau comte de Treverton dans son uniforme des Fusiliers Royaux et elle l'avait choisi comme objectif de son ambition suivante. Elle n'avait pas l'intention de travailler comme une esclave dans cet hôtel pour le restant de ses jours, à transpirer dans la cuisine pour tenter de satisfaire les caprices de femmes de colon susceptibles qui étaient venues dans le Protectorat en croyant qu'elles y atteindraient un rang social plus élevé. Miranda allait prendre le comte au piège et se faire entretenir par lui.

Une ambition de ce genre eût été impensable en Angleterre, où les classes sociales restaient nettement séparées, avec des barrières à tous les niveaux. Mais en Afrique-Orientale, il y avait des échelles pour qui possédait le cran et la volonté d'y monter. La première démarche de Miranda avait été d'adopter le style qui convenait. Le mot « veuve » possède des échos de respectabilité. Elle pouvait se parer de ce titre comme d'un chapeau et le porter sans que personne ne lui pose de questions. On connaissait plus d'un faux pedigree à Nairobi : le colonel Waldheim, le laitier allemand, n'avait jamais fait de service militaire ; et le professeur Frederiks, le directeur de l'école, n'avait pas de diplômes universitaires —

et être la « veuve West » constituait une tricherie bien innocente. Combien de titres plus ronflants avaient été adoptés dès l'arrivée à Mombasa, le port où tous ceux qui voulaient une nouvelle vie rejetaient leur ancienne identité et les contraintes de classe — Miranda West, ci-devant bonne à tout faire dans la ville noire de suie de Manchester, devint donc la digne veuve d'un homme qui avait perdu la vie sur les rives du lac Victoria ; elle s'arrangea pour que son nom ne figure pas dans la colonne de ragots de l'*East African Standard* et pour éviter le lit des hommes ; elle avait fixé un œil calculateur sur Lord Treverton et espérait que Jack West ne réapparaîtrait jamais.

Et voilà maintenant qu'elle apercevait le comte qui entrait dans la boutique du pharmacien indien, juste en face. Miranda sentit sa gorge se nouer : Lord Treverton était le plus bel homme qu'elle avait jamais vu. Quel contraste avec les paysans et les vachers en casque de liège et vêtements kaki fripés ; il avait l'air d'un jeune dieu dans son jodhpur de bonne coupe, sa chemise de soie blanche et la lanière de peau de léopard autour de la coiffe de son chapeau.

Miranda devait se dépêcher. Elle lui avait promis une fournée de sablés qu'elle glissa à présent entre une plaque de chaussons en train de dorer et des gimblettes déjà prêtes à sortir du four. Miranda n'ignorait pas que les sablés seraient pour Lady Rose. Valentin Treverton n'était jamais reparti de Nairobi sans une friandise à offrir à son épouse. La comtesse aimait aussi les macarons, en train de refroidir sur une grille.

Miranda se tourna vers la caillebotte qu'elle avait laissée au frais pendant la nuit. Elle en ôta la peau avec une cuillère. Elle ne la donnerait pas au comte pour qu'il l'emporte ; jamais la caillebotte ne supporterait les cent cinquante kilomètres du voyage. Elle l'avait faite dans l'espoir qu'il resterait quelques minutes pour goûter ses croquets au cognac avec de la caillebotte. Le meilleur chemin vers le cœur d'un homme se disait-elle...

Les clients commençaient à s'installer dans la salle à manger qui avait été décorée avec soin et bon goût : des nappes blanches et une petite théière brune sur chaque table. C'était l'attention que Miranda accordait aux détails que ces expatriés appréciaient le plus : le gâteau à la mélasse avec les justes proportions et le gâteau de Savoie saupoudré par l'exacte quantité de sucre qu'il fallait. On racontait que Miranda West avait été cuisinière d'un marquis réputé pour sa bonne table. Mensonge, bien entendu, mais le résultat était le même. Qu'elle s'inspirât d'un cuisinier français employé par des aristocrates ou de recettes découpées dans le *Times* de Londres, le talent de Miranda pour la pâtisserie était presque surnaturel. Et, bien entendu, la propreté de la salle à manger était extrêmement appréciée. Toutes les memsaabs obligées de recommencer le travail d'une servante africaine pouvaient en témoigner.

Après avoir recouvert la caillebotte, elle se hâta vers la desserte où un garçon de cuisine coupait la croûte d'un pain pour confectionner des canapés et, en jetant de nouveau un coup d'œil par la fenêtre, elle aperçut Valentin en train de sortir de la pharmacie avec une petite enveloppe qu'il glissait dans la poche de sa chemise. Il allait venir là ensuite. Miranda enleva vraiment son tablier, monta quatre à quatre l'escalier de service jusqu'à son appartement et se coiffa d'une main nerveuse.

Valentin s'arrêta pour inspecter la rue d'un bout à l'autre. Devant une *duka,* une épicerie tenue par un Indien, ses Africains étaient en train de charger les ânes en prévision du voyage vers le nord. Un gros paquet était fixé par des courroies sur le dos du dernier animal, il contenait les pieds du piano de Rose, enfin arrivés avec le dernier bateau d'Angleterre. Ce serait sa première surprise. La deuxième serait la boîte des excellents gâteaux de Miranda West, que Rose avait déclarés aussi bons que ceux servis à Ascot. La troisième surprise, qui donnait envie à Valentin d'enfourcher sur-le-champ Excalibur et de rentrer au galop chez lui, se trouvait dans l'enveloppe au fond de sa poche. Une cuillerée à café de la poudre blanche dans le chocolat que Rose prenait tous les soirs, avait dit le docteur Hare, et le tour serait joué.

Valentin vit un camion garé derrière la caravane de ses ânes. C'était l'un des nouveaux Chevrolet, si rares à obtenir dans le Protectorat, et il appartenait à Sir James. Il ne datait que de deux mois mais avait déjà l'air usagé. L'argument contre l'introduction des voitures en Afrique-Orientale anglaise était qu'elles ne duraient pas longtemps ; l'argument en leur faveur était qu'elles étaient immunisées contre la mouche tsé-tsé et la fièvre aphteuse. Sir James était fier de sa nouvelle acquisition et Valentin se plaisait à le taquiner en lui demandant pourquoi alors le constructeur s'était donné le nom de « chèvre à lait ».

Et voilà que Grace sortait de la *duka* indienne. Valentin ne s'étonna pas de voir sa sœur ; elle passait de plus en plus de temps avec la famille Donald, en particulier avec Sir James. Une des raisons était le microscope, que Grace partageait avec lui pour dépister les maladies du bétail. L'autre raison était que Grace s'était liée d'amitié avec Lucille. Elles appartenaient toutes les deux à la Ligue des Femmes d'Afrique-Orientale et s'occupaient de projets comme la distribution de sacs de maïs aux Africains touchés par la famine. Valentin savait pourquoi Grace se trouvait à Nairobi ce jour-là ; elle devait rencontrer le directeur du service de santé afin de plaider une fois de plus pour obtenir que soit nommé un deuxième médecin de district dans la région de Nyéri. Grace était partout : elle faisait campagne pour le vote des femmes en Afrique-Orientale anglaise, soutenait Lord Delamere dans sa requête pour que le gouvernement de Sa Majesté donne au protectorat le statut de colonie, organisait des collectes d'aliments et de vêtements dont les colons, eux-mêmes touchés par la sécheresse et la crise économique, pouvaient disposer pour les Africains, dont la situation était pire. Valentin n'aurait jamais cru que sa sœur puisse se montrer si active, si *capable.* Depuis quelques mois, il la considérait sous un nouveau jour ; pour tout dire, il commençait à l'admirer.

D'où, se demanda-t-il, Grace tenait-elle cette énergie ? Valentin se rappela leur mère la comtesse, Lady Mildred, dont l'énorme poitrine contrebalançait une « tournure » de mêmes proportions. Souveraine despotique de la famille, elle sillonnait Bella Hill comme une locomotive à vapeur et sa mort avait laissé un grand vide dans les vieilles murailles. Grace ressemblait à leur mère ; Valentin s'en rendait maintenant compte. Ce qui voulait dire qu'elle lui ressemblait, à lui aussi. Et il en éprouva de la satisfaction.

Cela faisait un drôle d'effet à Valentin de voir Grace dans la tenue qu'elle s'était confectionnée et qui provoquait des haussements de sourcils : jupe kaki pudiquement divisée en pantalon à jambes amples pour monter à cheval, chemisier blanc et casque colonial au diamètre plus large que ses épaules, drapé d'un long voile blanc qui cascadait dans son dos jusqu'à la taille. Curieux de se rappeler que cette femme avait été une jeune fille timide qui avait fait ses « débuts » à Londres onze ans auparavant et avait été présentée à la Cour par leur tante, la comtesse de Longford, dame de compagnie de la reine. Grace avait eu un air si solennel dans sa robe blanche à longue traîne, si réservé et distingué, lorsqu'elle avait timidement accepté le bras d'un jeune officier de la Garde qui avait galamment relevé le bout de sa traîne avec la pointe de son épée. Trois ans plus tard, elle disséquait des cadavres à l'école de Médecine !

On voyait maintenant Grace si souvent dans Nairobi qu'on

pouvait presque la croire née ici. Le voyage de huit jours pour venir de la plantation ne la rebutait pas ; elle s'était faite à la brousse et à la vie de camp comme une indigène. Et elle n'avait aucun mal à trouver où loger le long de la piste de Nyéri à Nairobi. Elle partait avec deux Kikuyus, et trois mules, et s'arrêtait pour la nuit dans des fermes isolées. On l'accueillait à bras ouverts parce qu'elle était médecin et ne se déplaçait jamais sans sa trousse. Le mois précédent, elle s'était arrêtée dans une ferme à des kilomètres de la piste et s'était retrouvée exécutant une appendicectomie d'urgence sur la table de la cuisine.

L'unique chose qui surprenait Valentin chez sa sœur demeurait son indifférence apparente pour les hommes. À ce moment même, sous ses yeux, un officier des Fusiliers Africains de fort belle allure dans sa tunique impeccable aux boutons brillants, sa badine sous le bras, s'arrêta pour saluer la jeune femme. Comme toujours, Grace se montrait polie et amicale, mais elle décourageait les avances. Le seul homme avec qui elle avait noué une amitié réelle demeurait Sir James.

Un courtier en thé de Nairobi tirait profit du nom de Treverton. Le bruit s'étant répandu que Lady Rose se faisait préparer un mélange spécial et que Lady Margaret Norich-Hastings en commandait, tous ceux qui pouvaient s'offrir ce luxe en demandaient. De même que le célèbre *Earl Grey* portait le nom du mélange personnel de Sir John Grey depuis 1720, le *Comtesse Treverton* devenait à la mode dans le Protectorat. Une petite affiche calligraphiée dans la vitrine de l'Hôtel du Roi Édouard annonçait que le mélange était servi dans l'établissement.

Valentin ôta son chapeau en entrant dans la salle. Toutes les têtes se tournèrent. L'établissement de Miranda West avait comme clientèle les colons respectables de la classe moyenne. Il y avait un coin réservé aux enfants où étaient servis des sandwichs à la banane et à la crème, et une longue table accueillait les planteurs célibataires venus déguster des galettes au saindoux fourrées de fruits secs et de la croûte aux œufs et au lard. Mais l'aristocratie fréquentait le Club Muthaïga ou l'Hôtel Norfolk.

— My lord, dit Miranda en s'avançant sans hâte — elle portait sa plus belle robe et avait fixé un brin de lilas au bas de son cou — comment allez-vous, aujourd'hui ?

— Je suis dans une forme éblouissante, Miranda ! Pour un peu je vous achèterais tout votre stock, si je m'écoutais.

Elle le regardait sans parvenir à rassasier ses yeux. Lord Treverton semblant incapable de rester bien coiffé ; une boucle brune tombait sur son front, et cela le rendait merveilleusement séduisant.

— J'ai de la caillebotte aujourd'hui, My lord. Si vous voulez vous donner la peine de...

— Pas le temps maintenant, Miranda. Vous savez ce que c'est. Je suis parti depuis plus d'une semaine, et il va me falloir presque une semaine pour rentrer. Comment savoir si mes gens ont travaillé pendant mon absence ? Il me faudra sans doute deux jours pour aller les récupérer dans la forêt.

Miranda essaya de ne pas montrer sa déception. Toutefois, elle était réaliste. Elle ne nourrissait pas l'illusion que lorsque Lord Treverton la regardait, il voyait autre chose que la domestique payée qu'elle était en réalité. Mais Miranda avait son plan. Toute l'Afrique-Orientale savait que le ménage du comte battait de l'aile ; on chuchotait que sa femme était incapable de lui donner un fils et que Treverton en désirait un à tout prix. Miranda West avait décidé qu'elle lui donnerait ce fils. En retour, il prendrait soin d'elle pour le restant de ses jours.

Le comte ne se formalisait pas d'entrer dans sa cuisine, ce qui prouvait à quel point il était humain. Lord Treverton n'avait nul besoin de se donner de grands airs ou de jouer les snobs ; il était noble jusqu'à la moelle des os et gentleman jusque dans le moindre clin d'œil. Un homme comme lui saurait sûrement entretenir une maîtresse en grand style, se dit Miranda en le précédant, pareille à une duchesse, la tête haute sous le regard béat de ses clients. Elle n'avait besoin que d'une seule nuit avec lui et elle lui donnerait un fils. Plus d'un lord en Angleterre entretenait une maîtresse et un enfant illégitime ; Treverton n'agirait pas différemment, Miranda en était certaine.

— Faites-moi savoir quand vous inaugurerez votre maison, dit-elle en lui tendant les cartons à gâteaux et les boîtes en fer-blanc des biscuits. Je préparerai pour la circonstance mon meilleur gâteau noir à la façon des Cornouailles !

— En décembre, j'espère. Les ouvriers travaillent au premier étage en ce moment, et la terrasse dallée est déjà en place.

— En décembre ! répéta-t-elle. Jamais vous n'avez goûté un gâteau de Noël pareil au mien. Pâtes d'amandes et glaçage royal tout autour !

Miranda se tourna vers le plan de travail, prit plusieurs gaufrettes triangulaires, les enveloppa dans du papier et les tendit à Valentin.

— Pour votre petite fille. Mona, n'est-ce pas ?

— Je ne vous oublierai pas, pour le dîner de l'inauguration, Miranda. J'ai prévu un gala. Notre première soirée dans la grande maison. Il y aura au moins deux cents invités : vous pouvez déjà commencer.

— J'écrirai le nom de la nouvelle maison sur le gâteau.

— Bella Deux, dit-il. Un Swahili de Mombasa est en train de sculpter la pierre que l'on posera au-dessus de l'entrée. Il a promis de me la livrer pour Noël.

En fin de compte, Valentin goûta un des biscuits au cognac de Miranda, avec de la caillebotte, puis en mangea deux autres. Il avait de la sympathie pour Miranda West et se demanda pourquoi elle ne s'était pas remariée. Ce n'était sûrement pas faute d'occasions. Ni à cause de son âge : si une femme de trente-cinq ans était considérée comme vieille dans le reste du monde, en Afrique-Orientale anglaise c'était presque un atout ; cela prouvait qu'elle était « amarinée » et ne pleurnicherait pas pour rentrer en Angleterre. Et ce ne pouvait pas être à cause de son physique ; elle était jolie, estima Valentin, dans le genre fleur de serre, avec tous ces cheveux roux et ce visage rond séduisant que le soleil équatorial n'avait pas abîmé. Et elle faisait la meilleure cuisine d'Afrique-Orientale. Miranda West ne tarderait pas à être enlevée par un heureux gaillard. Valentin n'en doutait pas.

Il quitta enfin l'Hôtel du Roi Edouard, impatient de prendre la route. Quand Valentin enfourcha son étalon arabe, Miranda West était à sa fenêtre et le regardait.

9

Le guépard se tapit, les oreilles rabattues et la queue battant l'air doucement. Il leva des yeux d'or vers la fenêtre ; dans la lumière bleu-gris de l'aube, il distinguait le châssis soulevé, le rideau qui flottait. À l'intérieur, dans l'ombre paisible du cottage, Grace Treverton dormait profondément.

Un grondement racla la gorge du guépard. Ses muscles étaient bandés comme des ressorts, le félin bondit et se retrouva sur l'appui de la fenêtre, où il resta juché un instant avant d'atterrir sans bruit de l'autre côté. Il se figea pour humer l'air, pour écouter la respiration régulière de la femme dans le lit. Sa queue battait sans arrêt. Dans la nuit noire qui était encore prisonnière de ces murs alors que le ciel prenait déjà de la couleur au-dehors, le fauve distingua les formes anguleuses des tables et des chaises. Ses narines notèrent les odeurs : peaux d'animaux sur le sol, nourriture en conserve et l'être humain dans le lit.

L'énorme chat attendait, observait, écoutait, muscles contractés sous un pelage jaune tacheté de noir. Sa petite tête s'élargissait en un cou puissant ; une courte crinière tombait entre ses oreilles et sur la courbe du dos, ensellé entre les pointes osseuses des épaules et des hanches. C'était une jeune femelle. Et elle avait faim.

Soudain elle sauta. Elle traversa l'espace en décrivant un arc parfait et atterrit sur le lit avec un feulement.

Grace poussa un cri, puis s'écria :

— Oh, Sheba !

Et elle passa les bras autour du cou de l'animal.

Sheba donna à sa maîtresse quelques coups de langue puis sauta sur le parquet en ronronnant pour obtenir son petit déjeuner.

— Mais ce n'est pas encore l'heure de se lever. Grace soupira. — J'étais en train de rêver...

Elle resta allongée sur le dos et regarda le plafond en chaume, troublée. Le rêve était érotique, et il concernait sir James.

Ce n'était pas la première fois que Grace rêvait de lui, mais jamais le rêve n'avait été aussi troublant. Et il lui avait paru bien *réel.* En se remémorant les détails précis — ils faisaient l'amour dans un camp sans tente, à la belle étoile — Grace sentit son corps réagir. Cela la bouleversa, cette trahison de Jérémie, dont elle devait conserver la mémoire vivante, et de Lucille, l'épouse de Sir James, dont Grace était devenue l'amie. Le contenu pittoresque du rêve était fâcheux, mais ce qui l'inquiétait davantage était que les effets continuent après son réveil : le désir, l'indescriptible sensation de manque.

Je ne dois pas, se dit-elle en se forçant à s'asseoir et à affronter l'air glacé du matin. *Je ne peux pas permettre une chose pareille. C'est un ami, rien de plus.*

Grace fit sa toilette avec soin, sans gaspiller l'eau de son *débé,* un bidon de seize litres qui avait contenu autrefois du pétrole. Plusieurs mois auparavant, Valentin avait fait construire un barrage sur la rivière pour créer un petit réservoir que lui et les Kikuyus du voisinage utilisaient, pendant la sécheresse. Mais même cette réserve commençait à baisser. Si les pluies ne venaient pas bientôt...

Au début, Grace s'était étonnée qu'il fasse si froid sous l'équateur. Alors même que la température demeurait torride à Nairobi, à seulement cent cinquante kilomètres plus au nord, il fallait s'habiller chaudement. Sir James lui avait expliqué que c'était dû à l'altitude élevée et au fait qu'il y avait des montagnes aux cimes enneigées et des forêts humides. La Province Centrale était plus froide et humide que toute autre région du Protectorat, avec d'épais brouillards en « été », et des averses quotidiennes pendant les deux saisons des pluies. C'est du moins ce qu'on lui avait dit. Grace n'avait pas encore connu une vraie pluie, la sécheresse continuant de sévir en Afrique-Orientale. Elle s'était aussi émerveillée de l'uniformité de la longueur du jour. D'un bout à l'autre de l'année elle ne variait jamais : douze heures de clarté, douze heures de nuit.

Grace se lava avec le savon de sa fabrication, puis enfila des vêtements propres. La vie dans cette nature sauvage obligeait à un combat permanent pour la propreté du corps et une allure nette. Surtout quand l'eau manquait. Aussi beaucoup de femmes semblaient-elles abandonner la lutte. Elles venaient à Nairobi portant des robes qui avaient perdu leur empois et leur blancheur pour devenir molles et grises, avec des casques en liège couverts de poussière rouge. Grace nettoyait son casque tous les soirs ; elle lavait et repassait ses corsages avec soin. C'était un rite qui lui prenait une bonne partie de ses soirées, mais elle s'était imposé des normes. Le résultat était qu'elle tranchait au milieu de la foule et faisait l'envie de tous, aussi fraîche et impeccable que dans un salon de thé anglais.

Pourtant elle n'avait guère de temps à perdre. Les restrictions existant encore dans le Protectorat obligeaient Grace, comme toutes les femmes de colon, à fabriquer la plupart de ses produits d'usage courant. Lucille Donald lui avait enseigné à faire du beurre dans d'anciennes bouteilles de sauce tomate, des bougies avec du suif de mouton et une pompe à bicyclette, et la levure de patate à la manière des Kikuyus. L'ingénieuse Lucille lui avait même appris à garder les vieilles feuilles de thé pour astiquer le verre et le bois. Toutes ces corvées occupaient le temps qu'elle ne passait pas à arroser et désherber son potager, à chasser les antilopes et les hyènes de ses champs, à surveiller Mario, son homme de peine, pour lui inculquer le sens de la propreté et de l'ordre britanniques et enfin à arpenter les villages des Kikuyus dans l'espoir de gagner leur confiance et leur amitié. Grâce essayait en outre de sauver quelques instants pour ses occupations personnelles : écrire son journal, lire des numéros datant de six mois du *Times* de Londres, et envoyer d'interminables lettres à des amies en Angleterre, à la Société des Missions du Suffolk, au gouvernement. La leçon la plus précieuse que lui avait donnée sa formation médicale, pensait-elle maintenant, demeurait l'art de faire plusieurs choses à la fois.

Le chant des oiseaux animait déjà la journée. Grives et rouges-gorges emplissaient de leur chant l'air du matin, alouettes et fauvettes avaient trouvé une raison de saluer le soleil, l'étrange coucou à gorge rouge posé sur sa branche répétait sans fin « Pipistrelle, pipistrelle ». C'était à cause d'eux que Grace avait nommé sa maison Chantoiseau.

Elle en avait choisi le site avec le soin qu'elle apportait à tout. Sachant qu'un terrain bas exposait au danger du paludisme et qu'un terrain élevé obligeait à remonter l'eau de la rivière, Grace avait choisi à la lisière de ses quinze hectares, dont la plupart étaient encore couverts de forêt dense, un endroit où la berge plate de la rivière se relevait en une pente à peine perceptible. C'était du terrain bien drainé et d'accès facile à la Chania. Et là elle avait construit un bungalow qui ressemblait à un hybride de case africaine et de cottage du Suffolk : long et bas, avec un toit de chaume et une véranda qui en faisait tout le tour. Sur le devant il y avait une petite pelouse bordée de pâquerettes, de pavots et de sauges. À l'intérieur se trouvaient les quelques meubles qu'elle avait apportés avec elle d'Angleterre — un beau dressoir, un lit à colonnes, une table de cuisine et deux fauteuils Morris devant l'énorme cheminée de pierre. Le sol, en terre battue aspergée de crésyl pour décourager les termites et les chiques[1], était recouvert de peaux de zèbre et d'antilope. Sur le mur au-dessus de la cheminée, était suspendue la peau d'un léopard que Valentin avait tué — le félin, il en était persuadé, qui lui avait volé ses chiens de chasse.

Autour de la table où elle lisait un livre de grammaire kikuyu en prenant son petit déjeuner, les « chaises » étaient des caisses d'emballage. Derrière elle était placé le placard à pharmacie aux étagères garnies de pots, de flacons et de boîtes soigneusement étiquetés — dont elle n'avait guère eu l'occasion de se servir pour le moment.

C'était une vie paisible, d'un calme à certains égards affolant. Grace n'était pas venue en Afrique-Orientale pour passer ses journées à pétrir du pain ou à confectionner du savon. Elle était là pour soigner, enseigner, allumer un flambeau dans ces ténèbres de l'âge de pierre. Mais pour

1. Ou *puce pénétrante :* puce des pays tropicaux qui s'introduit sous la peau de l'homme et de certains animaux. (N.d.T.)

pouvoir soigner, il lui fallait des malades ; pour enseigner, des élèves ; et on ne saurait éclairer les ténèbres sans combustible pour la lampe.

Pourquoi les indigènes l'évitaient-ils ?

— Ils acceptent de travailler pour mon frère, avait-elle dit à Sir James. Pourquoi refusent-ils de venir à mon dispensaire ?

— Valentin est le bwana, lui avait expliqué James. C'est un statut qu'ils comprennent. Et il a su gagner leur respect en les battant. Mais pour les Kikuyus, Grace, vous n'avez pas fait vos preuves : vous n'avez ni mari, ni enfants. À leurs yeux, à quoi êtes-vous bonne ?

— Ils vont bien aux missions de Nyéri.

— Pour obtenir de nouveaux noms. Les Africains se sont aperçus que, dans ce pays, le pouvoir va à des hommes portant des noms comme George et Joseph. Ils ont découvert qu'ils peuvent recevoir ces noms en allant se faire baptiser par les chrétiens. Dans leur désir de devenir les égaux des blancs, les indigènes font donc la queue pour des noms *mzungu*. Mais vous ne prêchez pas, Grace, ni ne baptisez. Vous n'avez pas de croix sur votre toit et ne leur donnez pas de nouveaux noms. Ils ne voient aucune raison de venir à vous.

Les sermons et les baptêmes, ce devait être la partie de la mission dont se serait chargé Jérémie. Grace et lui auraient fait équipe : le médecin et le prédicateur. Grace se rendit compte que sans Jérémie elle était perdue.

— Le meilleur conseil que je puisse vous donner, avait ajouté James, c'est de faire la conquête du chef Mathengé. Quand vous y serez parvenue, le reste suivra.

Mathengé ! Un homme parvenu à un niveau à peine supérieur à celui des bêtes sauvages de la forêt sur l'échelle de l'évolution ! Un guerrier qui considérait avec mépris le monde en train de changer pendant qu'il était assis à l'ombre et regardait ses femmes s'échiner sous le soleil brûlant.

— Si je faisais la conquête de Mathengé, avait rétorqué Grace, alors je devrais être capable d'obliger la pluie à venir !

James avait éclaté de rire, la peau hâlée autour de ses yeux se plissant en rides. Il avait une belle voix, avait songé Grace. Elle était cultivée et harmonieuse, de genre que l'on s'attend à entendre sur une scène où l'on joue Shakespeare.

James...

Sheba était un cadeau de lui. Il avait trouvé l'animal en chassant un guépard qui tuait son bétail. Son coup de fusil avait rendu le bébé guépard orphelin et il l'avait offert à Grace comme animal de compagnie.

Elle baissa les yeux vers la page de la grammaire kikuyu

qu'elle était censée étudier et se rendit compte que son esprit avait encore battu la campagne. Toutes ses pensées la conduisaient-elles donc inévitablement à James ? se demanda-t-elle. Les choses s'étaient passées de façon bien différente avec Jérémie. Ils s'étaient rencontrés dans la salle d'opération du bateau-hôpital et étaient tombés amoureux presque au premier regard. La guerre ne permettait pas de traîner les idylles en longueur. Il n'y avait pas eu de rêveries éveillées à son sujet. Ils étaient tout de suite devenus amoureux et quelques jours après ils avaient établi des projets pour leur vie entière.

Mais en fin de compte, se demanda Grace, avait-elle bien connu Jérémie ? Pendant les trois semaines côte à côte sur le bateau, ils avaient parlé, parlé sans arrêt, mais parlé de *quoi ?*

Grace fronça les sourcils en essayant de se souvenir. Les traits de Jérémie eux-mêmes devenaient de plus en plus flous dans sa mémoire. Alors qu'avec Sir James elle se rappelait chacune de ses paroles, se représentait nettement son visage séduisant. Et elle en connaissait bien davantage sur lui que sur Jérémie Manning.

La première fois que Grace s'était rendue à Kilima Simba, le ranch des Donald, à une quinzaine de kilomètres au nord, c'était en mai, quand elle avait mis au monde la fille de Lucille, Gretchen. Sir James était venu chercher Grace dans une charrette tirée par un poney somali, et les deux garçons, Ralph et Geoffrey, l'avaient accompagné. Grace avait découvert ce matin-là que la forêt de Nyéri s'achevait peu après la limite du domaine Treverton et laissait graduellement la place à de vastes étendues de savane déferlant comme un océan jusqu'aux contreforts du mont Kenya. Ces plaines infinies, couleur de lion, étaient mouchetées d'arbres à larges feuilles et de buissons toujours verts ; l'air était sec et poussiéreux, et le ciel d'un bleu plus foncé, plus profond. La piste passait près de petits troupeaux de bétail indigène, surveillés par de jeunes hommes appuyés à de longs bâtons, dont les cheveux luisants de graisse étaient coiffés en centaines de minuscules tresses serrées. Ils portaient des *shukas,* des couvertures nouées sur une épaule, et les lobes de leurs oreilles, percés, étaient étirés par les cylindres en bois qui y étaient insérés. Au-dessus de leurs têtes, des éperviers et des vautours tournaient en cercle ; des nuages de plomb se pressaient autour des sommets de la vieille montagne avide qui refusait d'envoyer la pluie ; et tout était silence...

Grace avait jeté de fréquents coups d'œil à son compagnon de voyage qui effleurait de son fouet les oreilles du poney.

James avait un physique d'une robuste maigreur très séduisante et un teint hâlé de façon permanente. Il était coulé dans le même moule que les pionniers de la brousse australienne ou de l'ouest des États-Unis, aussi africain que les guerriers appuyés sur leur bâton mais possédant une douceur inconnue du cœur belliqueux des indigènes.

Kilima Simba, avait-il expliqué, voulait dire Colline du Lion — *simba* signifiant lion et *kilima* petite colline. Un terme swahili très répandu pour les noms de lieu en Afrique-Orientale, le plus célèbre étant celui de la plus haute montagne du continent : « Petite colline Njaro », le Kilimandjaro.

Le ranch des Donald était encore plus isolé que Bella Deux qui, du moins, se trouvait à proximité de l'avant-poste qu'était la petite ville de Nyéri. Il était situé en pleine savane jaunie, au cœur de trois mille hectares de terrain sans un point d'eau et d'herbe desséchée avec un grand troupeau de vaches — des ayrshire croisées de boran — trois cents moutons mérinos importés et un bâtiment de ferme solitaire au centre.

Dès que Grace descendit de la charrette, elle comprit à quel point Lucille avait besoin de la compagnie d'une femme blanche. Lucille — pour lui donner son titre exact, Lady Donald depuis que son mari avait été anobli — tenait la porte ouverte tout en appuyant la main sur son abdomen en proie à une contraction.

Sir James ne cessa d'entrer et sortir de la maison tout l'après-midi pour surveiller les innombrables travaux du ranch, tandis que Grace prenait soin de Lucille. Ralph et Geoffrey, sept et quatre ans, jouèrent dans le jardin avec les chiens, puis rentrèrent bruyamment pour engloutir un dîner de jambon en boîte, de pain de maïs et de confiture. Puis James entra, lavé et changé, et resta auprès du lit de sa femme jusqu'à ce que la petite Gretchen fasse son apparition, à minuit. À l'instant où le bébé arriva dans ses mains prêtes à le saisir, Grace se dit : *Ce sera une amie pour Mona.*

Pendant que Lucille dormait avec Gretchen dans le creux de son bras, Grace et James s'étaient installés dans la confortable salle de séjour où un feu de bûches de pin chassait la fraîcheur nocturne. Ils avaient parlé de bien des choses cette nuit-là, du retard des pluies, de l'économie chancelante du Protectorat, des problèmes avec les indigènes ; James lui avait posé des questions sur ses études de médecine, sur la guerre, sur ses projets d'avenir en Afrique-Orientale ; et à son tour, il avait évoqué son enfance à Mombasa, les safaris avec son père dans des régions inexplorées, le choc d'être obligé de partir pour l'Angleterre à seize ans, et son poignant désir de revenir ici qui l'avait rongé comme une maladie.

À cause de l'intimité du feu de bois et de la nuit froide, avec le silence de l'Afrique derrière les fenêtres closes, Grace avait eu envie de l'interroger sur sa claudication, sur la blessure reçue pendant la guerre, et sur la façon dont il avait sauvé la vie de son frère. Puis elle s'était souvenue de la nuit où son bateau avait coulé, des heures passées à dériver pendant lesquelles elle avait entendu dans le noir les hommes en train de se noyer qui appelaient au secours, et elle avait compris que de même que jamais elle ne pourrait parler de cet épisode à personne, de même Sir James devait désirer garder pour lui ce chapitre de sa vie.

Elle continuait néanmoins à se poser des questions sur lui et sur l'épreuve terrible que Valentin et James avaient traversée près de la frontière du Tanganyika.

Grace contempla son livre sur lequel le soleil matinal avançait peu à peu. Les scones de son petit déjeuner avaient refroidi ; sa leçon de kikuyu n'était pas apprise. Ce n'était pas dans le tempérament de Grace Treverton de s'abandonner à ses songeries. Aucune femme ne fait sa médecine ni ne réussit dans un univers d'hommes sans de la discipline. Or elle se trouvait à présent dans un coin sauvage d'Afrique où elle escomptait se lier d'amitié avec une tribu guerrière qui n'avait déposé ses sagaies que la veille, et au lieu de se concentrer sur ses leçons vitales de grammaire elle rêvait à un homme qui ne pourrait jamais être pour elle qu'un ami.

Elle étudiait les noms kikuyus de la catégorie II. « Le lion, expliquait la grammaire, se trouve dans une catégorie à laquelle il ne devrait pas appartenir, la catégorie juste au-dessous des humains mais au-dessus des autres animaux. La raison en est la suivante : les Kikuyus craignent que si le lion entendait parler de lui dans la catégorie III, à laquelle il devrait normalement appartenir, il s'en offense et tue l'homme qui aurait osé insinuer qu'il était inférieur. »

Grace sourit et feuilleta les pages. Quelle langue paradoxale ! Complexe à l'extrême pour les temps des verbes — il y avait approximativement cinq présents et plusieurs futurs et une série énigmatique de passés sans équivalent en anglais. Le kikuyu surpassait aussi toutes les autres langues par sa simplicité. Trois mots seulement désignaient les couleurs : clair, foncé et bistre. Si on désirait dire que quelque chose était bleu, on disait « couleur du ciel ». Et le système numérique reposait tellement sur la magie et la superstition qu'il n'y avait rien d'étonnant à ce que les bouviers noirs de James soient incapables de compter leurs vaches. Pour un Kikuyu, il était tabou de travailler plus de six jours d'affilée ; travailler le septième jour, journée traditionnelle de repos, aurait attiré sur lui un *thahu*. Et comme le septième mois de la grossesse était celui où ils craignaient le plus que se produise une fausse couche, le nombre sept était grandement redouté des Kikuyus. On ne plantait jamais exactement sept graines mais six ou huit. On ne s'arrêtait jamais après le septième pas, on en faisait un de plus. Même le mot *sept* ne devait jamais être prononcé. C'était bien ce que James avait dit : un bon moyen de comprendre la psychologie des Kikuyus était d'apprendre leur langue.

James, encore.

Grace referma le livre et se leva. Avant de quitter le cottage, elle s'arrêta un instant devant le miroir pour inspecter sa tenue.

Sa jupe-culotte avait provoqué des commentaires dans tout le Protectorat. Une femme en pantalon ! Mais plus d'une épouse de colon avait reconnu les avantages pratiques de la jupe divisée et en avait commandé pour elle. Grace regarda son visage : des traits réguliers, un teint qu'elle protégeait du soleil, des cheveux épais et sains. Que pensait James quand il la regardait ? se demanda-t-elle.

Finalement, Grace fixa à son col une broche de turquoise, cadeau d'une doctoresse américaine, nommée Samantha Hargrave.

Célèbre pour ses attaques en Amérique contre les spécialités pharmaceutiques, le docteur Hargrave rendait visite à des victimes de la guerre dans un hôpital militaire de Londres, où elle avait rencontré Grace Treverton, encore convalescente après son épreuve en mer. Elles avaient longuement bavardé ensemble, la praticienne chevronnée de cinquante-sept ans et le médecin tout neuf sorti depuis trois ans seulement de l'école. Avant de partir, le docteur Hargrave avait ôté le pendentif qu'elle portait, une turquoise de la taille d'une tranche de citron, et l'avait donnée à Grace. Comme porte-bonheur, avait-elle dit. La pierre était très bleue ; quand la chance diminuerait, la couleur s'estomperait et il faudrait donner la pierre à quelqu'un d'autre.

Au centre, une curieuse veine ressemblait à deux serpents enroulés à un arbre — symbole universel de la médecine — ou bien à une femme tendant les bras. À l'instant où la pierre avait touché sa paume, Grace avait eu une vision rapide comme l'éclair ; c'était comme si elle voyait par les yeux d'une autre et ce qu'elle avait vu était l'étrave d'un navire et une ville avec des dômes et des colonnes de marbre dans le lointain. Grace se demanda si elle n'avait pas, en quelque sorte, été brièvement influencée par l'esprit de cette femme.

Elle sortit sur la véranda et aspira l'air revigorant de l'aube. Chaque matin, elle avait le sentiment de se réveiller près du soleil — d'être plus près de Dieu. Par cette piquante matinée d'octobre, l'air était transparent et humide d'une promesse de pluie. Droit devant, à travers les camphriers et les grands cèdres, Grace pouvait voir le mont Kenya, où résidait l'ancien dieu des Kikuyus. De nouveau, il se montrait chiche pour la pluie et retenait ses nuages noirs près de lui. De temps à autre, l'un d'eux se détachait de la masse pour traverser le ciel, on avait l'impression qu'il allait pleuvoir, puis le nuage se dissipait, disparaissait. Chaque fois, les espoirs redoublaient ; Africains et Européens levaient vers le ciel des visages impatients, unis dans la même pensée désespérée : la pluie.

Les longues pluies, censées commencer en mars, n'étaient pas arrivées. Maintenant, on priait pour les pluies courtes, qui survenaient normalement le mois suivant. Grace regarda la montagne escarpée comme s'il s'agissait vraiment d'un vieillard irascible qui refusait par mauvaise humeur sa bénédiction. C'était lui son ennemi. Le mont Kenya. Symbole de tous les maux et de l'ignorance du Protectorat. La montagne tenait son peuple dans un état de superstition aveugle, et Grace comprit que pour sauver les hommes elle serait obligée de combattre cette montagne.

En attendant l'arrivée de Mario, Grace parcourut d'un œil amoureux sa petite *shamba.* Au-dessus de sa tête pépiaient des oiseaux-tisserands, perchés sur les branches comme de gros citrons et des étourneaux d'un bleu nacré jouaient avec de petits bengalis gris souris sur tout le corps hormis la tête et le bec, rouge vif. Le parfum du jasmin sauvage flottait dans l'air, mêlé à la fumée des feux de cuisine africains. Sur la colline au-dessus d'elle, les travaux de la grande maison continuaient. Elle entendait les marteaux et les burins résonner dans le silence.

Comme Grace resserrait sa veste de laine sur sa poitrine, son œil remarqua quelque chose qui n'était pas normal : les coussins des quatre fauteuils de la véranda avaient disparu, une fois de plus ! Probablement l'œuvre des amis de Sheba. La nuit, de jeunes guépards venaient se livrer à des espiègleries, arrachant le linge qui séchait sur la corde, emportant les coussins de la véranda. Le paillasson de Grace avait disparu quelques semaines auparavant et on l'avait retrouvé dans un arbre.

La vie à Chantoiseau exigeait une vigilance constante si l'on voulait conserver un certain style de vie. Il serait trop facile, Grace s'en rendait compte, de baisser les bras et de relâcher les règles de la civilisation, de permettre aux animaux de faire la loi dans la maison, d'abandonner le toit de chaume aux termites, de laisser ses vêtements tomber en lambeaux, de renoncer à se coiffer, de négliger le bain du soir ; certains colons isolés l'avaient fait. Il ne s'en fallait peut-être que d'un balai et d'une fourchette pour ne pas retourner à l'Âge de Pierre, Grace le savait.

Mario sortit de la maison. Il portait une marmite chaude, un sac de céréales et, sur une épaule, un chapelet d'oignons. C'était un jeune Kikuyu intelligent qui avait été instruit par les Pères italiens de la mission catholique et avait reçu, au moment de sa conversion, selon une pratique largement répandue, le prénom du prêtre qui l'avait baptisé. Quand il eut participé à la cérémonie kikuyu traditionnelle de la circoncision, qui marquait l'arrivée à l'âge d'homme, il s'était mis en quête d'un emploi chez les blancs — comme la plupart des Africains maintenant qu'il n'existait plus de caste de guerriers dans laquelle entrer. Ils choisissaient d'abord des ranchs d'élevage, car la surveillance des troupeaux avait de tous temps constitué une occupation honorable pour les hommes ; James ne manquait jamais de bouviers. Ils rechignaient aux travaux agricoles, comme planter et récolter, parce que c'était une occupation de femme, et donc dégradante. Mario n'avait pas pu se faire engager dans l'équipe de construction de Valentin du fait qu'il appartenait à un autre clan et était par conséquent un étranger, aussi Grace l'avait-elle pris à son service. Elle ne pouvait pas le payer cher, seulement deux roupies par mois, mais il mangeait bien et dormait dans une hutte de terre, une *nondavel,* derrière la maison.

Il parlait anglais avec l'accent italien, ce jeune Kikuyu appelé du nom d'un prêtre romain, et il portait un short et une chemise kaki, exactement comme les recrues indigènes d'un régiment de Fusiliers Africains.

— C'est prêt, Memsaab Daktari, dit-il en lui montrant la marmite.

Elle avait mijoté toute la nuit, soupe de légumes rabougris épaissie à la farine de maïs. Il n'y avait pas de viande dedans, car les Kikuyus n'auraient pas mangé de gibier et Grace ne pouvait pas sacrifier une seule de ses chèvres. Il n'y avait pas de poulet non plus parce que jamais un homme ne touchait au poulet, nourriture de femme. Mais ce que Grace y avait ajouté la veille au soir, c'était un fer à cheval rouillé, préventif traditionnel contre l'anémie.

Elle avait commencé à distribuer de la nourriture aux gens du village un mois plus tôt, quand leurs réserves de céréales s'étaient épuisées et que leurs potagers avaient cessé de produire. Ils étaient maintenant réduits à la famine — parce que les Kikuyus ne voyaient pas la nécessité de préparer l'avenir. Ils plantaient juste assez pour manger et avoir de quoi faire du troc, persuadés que le lendemain prendrait soin de lui-même. Pour cette même raison, jamais ils n'auraient eu l'idée de construire un barrage sur la rivière, comme Valentin l'avait fait, pour s'assurer une réserve d'eau en temps de sécheresse et même maintenant qu'ils disposaient de ce réservoir, ils n'essayaient pas de trouver un moyen d'amener l'eau jusqu'à leurs *shambas* en train de dépérir. Chaque matin, les femmes et les fillettes prenaient le chemin de l'étang artificiel, remplissaient leurs calebasses et rapportaient l'eau au village, le corps plié en deux. Creuser un canal pour supprimer cette corvée quotidienne aurait signifié un changement et le changement était tabou.

Grace et son serviteur quittèrent la véranda et s'engagèrent dans le sentier qui partait du cottage. Sur leur droite se trouvait la rivière réduite à un filet d'eau ; sur leur gauche se dressait la colline herbue à présent totalement déboisée. Depuis la sente, en levant les yeux, Grace pouvait juste apercevoir le toit de Bella Deux.

L'arrivée de Grace et de Rose en Afrique datait maintenant de huit mois, et Valentin tenait absolument à ce que la maison soit terminée à Noël. Il maintenait ses Africains au travail jour et nuit, parcourant le chantier le fouet à la main, criant, relevant d'un coup de botte quiconque il trouvait assis. La maison était devenue le centre de toute sa vie, une obsession : finir Bella Deux à temps pour le gala qui en marquerait l'inauguration. Et ce devait être un véritable événement. Ils continueraient tous de vivre dans le campement jusqu'au grand soir, où plus de deux cents invités venus de tous les coins du Protectorat participeraient à un fabuleux festin. Il y aurait de la musique et un bal ; ensuite, quand les invités seraient tous confortablement installés dans des cases et des tentes dressées pour la circonstance, Valentin escorterait pour la première fois son épouse jusqu'à leur nouvelle chambre à coucher, au premier.

À la limite sud des quinze hectares de Grace se trouvait la

clairière où Mathengé et sa famille vivaient naguère et que Valentin était en train de convertir en terrain de polo. Le chef avait ordonné à ses épouses de retraverser la rivière pour s'installer avec le reste du clan, mais deux d'entre elles n'avaient pas obéi : Wachéra l'Ancienne, grand-mère révérée de son épouse, et Wachéra la Jeune, qui faisait son apprentissage auprès de la vieille guérisseuse. Des sept huttes existant à l'origine il n'en restait que deux.

Quelques semaines auparavant, Grace avait été témoin d'une étrange confrontation entre Mathengé et la grand-mère de son épouse. Wachéra l'Ancienne avait poliment informé le jeune chef que quelqu'un abattait les huttes et il avait respectueusement expliqué pourquoi, lui disant de se joindre aux autres, de l'autre côté de la rivière. D'une voix douce, presque timide, la grand-mère lui avait rappelé le caractère sacré des lieux à cause de l'antique figuier, et le jeune guerrier, non sans embarras, lui avait courtoisement demandé d'obéir à ses désirs.

Un dialogue bizarre. De toute évidence, deux sortes de pouvoir, également respectées, se trouvaient face à face. Les Kikuyus âgés étaient tellement vénérés dans la tribu que prononcer leur nom était tabou, surtout quand il s'agissait d'une guérisseuse parlant au nom des ancêtres. Mais les jeunes guerriers, en particulier un guerrier qui était maintenant un chef et possédait presque le statut d'un *mzungu*, devaient aussi être obéis. Résultat : ni l'un ni l'autre n'avait cédé. Wachéra retourna dans sa case, pour y demeurer à jamais, déclara-t-elle, tandis que Mathengé était resté fièrement campé, le visage indéchiffrable.

Néanmoins Valentin avait juré que ses projets seraient réalisés et qu'il ferait évacuer la vieille femme par la force si nécessaire.

Grace et Mario traversèrent un bosquet de bambous bruissants pour rejoindre la piste du village, de l'autre côté de la rivière. L'apparition soudaine de Mathengé les figea. Sans les voir, il se dirigeait vers la plantation d'un pas résolu.

Grace retint son souffle. Voilà que passait son adversaire, l'homme qu'elle devait gagner à sa cause, l'homme qui avait le pouvoir de faire de sa vie en Afrique un succès ou un échec. Un homme qui lui faisait peur.

Et c'était le plus bel être humain qu'elle avait jamais vu.

Mathengé était très grand, avec de larges épaules rondes et une taille et des hanches d'une étroitesse surprenante. Il portait une *shuka* faite d'*américani* noué sur une épaule, de sorte que lorsqu'il marchait ses flancs minces et ses fesses galbées apparaissaient. Sa chevelure était coiffée à la mode masaï, en deux séries de tresses, devant et derrière, plaquées à l'ocre rouge. Cette coiffure qui prenait des heures à réaliser trahissait sa vanité. Son visage aussi révélait une suffisance extrême. On reconnaissait au premier regard l'ascendance masaï de Mathengé à ses pommettes hautes et son nez étroit, à sa façon de relever fièrement la mâchoire. Son attitude était distante, son expression celle d'un homme non pas tant dédaigneux que détaché des petites choses de la vie.

Grace le regarda passer, la démarche fluide, ses longs bras se balançant avec une souplesse gracieuse; elle s'aperçut qu'elle retenait son souffle.

Les Kikuyus n'aimaient pas les pistes droites, car ils se sentaient plus en sécurité dans les méandres. Leur esprit fonctionnait de même : jamais ils n'énonçaient un fait carrément, en laissant à l'interlocuteur le soin de tirer ses conclusions. De même qu'ils craignaient toute expression directe autant qu'une flèche empoisonnée, ils évitaient les routes droites ; voilà pourquoi Grace et Mario suivaient maintenant un sentier qui menait par des tours et détours au village.

Il suivait un tracé parallèle à une ancienne piste d'animaux, où les traces récentes d'un hylochère et d'un élan indiquaient que les bêtes sauvages se risquaient jusqu'au barrage de Valentin pour boire. Par suite de la sécheresse, beaucoup d'animaux s'enhardissaient à sortir de la forêt ; de nouveaux oiseaux étaient apparus parmi les roseaux et les bambous — des grues couronnées, des cigognes et des oies d'Égypte. Mario assurait qu'il avait entendu un rhinocéros foncer en écrasant les buissons pendant la nuit.

Tandis qu'elle avançait au milieu des genévriers et des mimosas, apercevant l'envol d'un perroquet rouge et jaune, Grace avait l'impression de marcher sur une terre qui possédait une âme. Il y avait ici une pulsation qu'elle n'avait jamais perçue dans le Suffolk : le paysage respirait, la terre battait comme un cœur, les plantes semblaient chuchoter, se pencher vers elle. Dans l'air planait un sentiment d'espérance, d'attente...

L'entrée du village était dissimulée par des arbres et des lianes pour tromper les esprits du mal et ainsi les tenir à l'écart. Au-delà de ce portail naturel s'étendait une clairière avec une trentaine de cases, toutes rondes, construites en bouse de vache, et recouvertes de chaume. Des spirales de fumée bleue s'élevaient des toits pointus pour indiquer que la hutte était habitée ; les feux de cuisine devaient brûler nuit et jour, car s'ils s'éteignaient c'était signe de malchance et il fallait détruire la hutte. C'était un village simple et banal. Les Kikuyus ne possédaient ni art ni architecture, ils ne gravaient aucun motif décoratif ni ne sculptaient. En dépit de l'absence de récolte et de la grippe espagnole qui avait affaibli le clan, le village bourdonnait d'activité. Tout le monde travaillait. Depuis les toutes petites filles qui surveillaient les chèvres jusqu'aux femmes mariées qui pilaient de maigres poignées de millet et aux grands-mères en train de tresser des paniers, les jambes allongées au soleil. La scène démontrait bien la maxime selon laquelle on ne voyait jamais une femme kikuyu dans l'oisiveté.

Avec leurs tabliers de cuir raidis par la poussière et la graisse, les bras tout cliquetant de perles et de cuivre, elles tannaient des peaux de chèvres, remuaient leurs maigres concoctions, fabriquaient leur poterie primitive, sans utiliser de tour et la faisant sécher au soleil. Hormis quelques jeunes femmes portant une touffe laineuse de cheveux sur la tête pour indiquer qu'elles n'étaient pas mariées, toutes avaient le crâne rasé, brillant comme une boule de billard brune.

Il n'y avait pas d'hommes au village. Ou bien ils travaillaient pour Valentin sur l'autre rive, ou bien ils dégustaient une bière à l'ombre d'un arbre. Comme Sir James l'avait dit un jour à Grace : « Les femmes peinent, les hommes traînent. »

Quand des enfants aperçurent Grace, ils abandonnèrent leur occupation pour se diriger vers elle d'un pas hésitant. Être entouré de mouches constituait une preuve de standing, parce que cela indiquait que l'on possédait des chèvres. Plus il y avait de mouches plus il y avait de chèvres et donc davantage de fortune et un statut plus élevé dans la tribu ; chasser les mouches constituait par conséquent un terrible manquement à l'étiquette. Mais Grace ne se souciait guère d'étiquette quand elle vit s'approcher ces enfants avec le visage noir de mouches. Elle chassa les mouches de la main.

Il fallait se conformer à un certain protocole avant de commencer la distribution de nourriture. Toutes les femmes adressèrent à Grace des sourires timides et attendirent que Wachéra l'Ancienne s'avance. Le vieux corps vénérable de la guérisseuse était presque entièrement dissimulé sous des cordons de coquillages et des rangs de perles. Elle se présenta avec dignité et son sourire révéla des vides à l'endroit où l'on avait extrait ses incisives, dans son enfance, comme signe de beauté. Elle tendit à Grace une calebasse. Elle contenait un mélange verdâtre de lait aigre et d'épinards que Grace but sachant que son refus serait considéré comme une offense.

Wachéra dit « *Mwaïga* », un long mot kikuyu signifiant « Tout va bien, venez ou allez en paix », le salut et l'adieu par lequel débutait et s'achevait toute conversation kikuyu. La guérisseuse parlait avec modestie mais dignité, car c'était la femme la plus âgée et la plus honorée du village. Elle ne regarda pas Grace dans les yeux, car cela aurait été impoli.

Le dialogue se mit alors à tourner en tous sens, comme le sentier du village, faisant allusion à la sécheresse, évoquant la famine, Grace se débrouillant tant bien que mal, aidée parfois par Mario. Elle ne pouvait pas aborder directement la question de la nourriture qu'elle avait apportée car cela aurait été grossier. Grace était obligée de refréner son impatience. Les enfants mouraient littéralement de faim. Leurs petits membres pareils à des allumettes et leurs ventres gonflés étaient inclinés dans la direction de la marmite comme des fleurs vers le soleil.

Finalement, Wachéra insinua qu'on pouvait soulever le couvercle et que si un peu de soupe quittait le pot elle n'y verrait aucun mal. Même à ce moment-là, les enfants ne se précipitèrent pas. Les mères approchèrent, pouffant derrière leurs mains car elles n'étaient pas habituées à la présence d'une personne blanche, et s'assurèrent que la distribution se passait poliment et dans l'ordre. Aucune adulte ne se servit avant les enfants, puis Grace dit à Mario de donner le sac de céréales à Wachéra. En recevant le sac de trente kilos et le jetant sans effort sur son dos, la vieille Kikuyu lança à Mario un regard de mépris pour avoir porté lui-même le sac jusqu'au village.

Grace était à présent accueillie officiellement au village et libre d'aller et venir. Elle se rendit d'abord dans les cases des femmes qu'elle avait vues comme patientes. Elle ne pouvait presque rien pour elles : elles avaient la grippe espagnole contre laquelle il n'existait pas de remède. Mais elle leur parlait, vérifiait leur pouls et s'assurait que la famille veillait sur elles. Les cases étaient sombres et enfumées, l'air épais empestait l'urine de chèvre, parce que les chèvres étaient toujours rentrées dans les cases pour la nuit, et les mouches envahissaient tout. Grace s'agenouillait près de chaque patiente, l'examinait de son mieux et lui murmurait quelques paroles d'encouragement. L'air vicié et le sentiment de son impuissance lui faisaient monter les larmes aux yeux. Si seulement ces femmes acceptaient de venir à son dispensaire ! Elle les mettrait dans des lits propres, calmerait leur fièvre et veillerait à une bonne hygiène alimentaire.

Une femme était couchée devant sa case, ce qui signifiait qu'elle allait mourir.

Grace s'agenouilla et tâta son front sec. Dans une heure ou

deux ce serait la fin. Comment l'avaient-elles su, ces femmes du village ? Les Kikuyus possédaient une prescience fantastique de la mort. Elles semblaient toujours savoir quand elle surviendrait et elles pouvaient ainsi transporter le mourant au-dehors. C'était tabou de laisser une personne mourir dans une case ; et il était également *thahu* de toucher un cadavre, les mourants étaient donc emportés alors qu'ils étaient encore en vie. Dès qu'ils étaient dehors, ils étaient laissés seuls en attendant que les hyènes viennent les achever, car les Kikuyus n'enterraient pas leurs morts.

Grace se garda bien d'aider la femme. Elle avait essayé un jour de s'interposer et cela avait provoqué de tels remous dans le clan qu'on lui avait interdit l'accès du village pendant des jours.

— Portons-la tout de même à l'ombre, dit-elle.

Mais le tabou tribal retint Mario.

— Mario ! chuchota Grace. Prenez-lui les jambes, je la prendrai sous les bras. Nous la déposerons sous cet arbre.

Mario ne bougea pas.

— Bon sang, Mario ! Souvenez-vous de Jésus et de la parabole du Bon Samaritain.

Son visage noir grimaça d'indécision. Puis à la fin, se rappelant qu'il s'agissait de Kikuyus de rien du tout, pas encore convertis au christianisme et donc méprisables, il démontra qu'il ne les craignait pas, surtout la vieille sorcière, en soulevant la femme tout seul et en la portant à l'ombre.

Devant une autre case, Grace trouva une jeune mère en train de sucer le haut du crâne de son bébé. Comme l'enfant n'absorbait pas assez de liquides, son cerveau avait diminué de volume et « l'endroit mou », la fontanelle, s'était affaissé. La jeune mère en savait assez pour se rendre compte que c'était un mauvais signe, mais ses efforts pour le corriger ne rimaient à rien.

— Expliquez-lui que le bébé a besoin d'eau, dit Grace à Mario. Recommandez-lui de donner au bébé plus de lait, plus de *liquides*.

Mario traduisit et la jeune femme sourit et hocha la tête comme si elle comprenait, puis reposa sa bouche sur le crâne du bébé.

Grace se redressa et parcourut le village des yeux. Sa marmite était vide ; tout le monde s'était remis au travail. On donnait aux chèvres les céréales qu'elle avait apportées. Ces animaux étaient pour les Kikuyus un étalon de richesse et de noblesse. Une femme avec trente chèvres regardait de haut une femme qui en avait seulement cinq. Le bruit courait que la vieille Wachéra possédait plus de deux cents chèvres, ce qui lui conférait pratiquement un statut de reine. Mais les céréales avaient été apportées pour les gens, pas pour les chèvres !

— Comme un Anglais sauverait son or avant sa propre vie, murmura Grace.

— Memsaab ?

— Allons voir Gachiku, maintenant. Elle doit être près de son terme.

Mais comme elle se dirigeait vers la case suivante, une voix cria son nom.

Elle se retourna. C'était Sir James.

10

James Donald dut ôter son teraï et se baisser pour passer sous l'arche de verdure qui formait l'entrée du village.

— Bonjour, lança-t-il à Grace en brandissant une poignée d'enveloppes.

Le cœur de Grace bondit. Le rêve lui revint. Le campement sous les étoiles, le corps ferme de James contre le sien, sa bouche...

— Le courrier est arrivé, déclara-t-il en souriant. Je me suis dit que j'allais vous apporter le vôtre.

Il portait un short de toile kaki et des souliers de marche avec des chaussettes montant jusqu'au genou. Sa saharienne entrouverte révélait un triangle de peau bronzée sur sa poitrine.

— Je savais où vous trouver, bien sûr, dit-il.

Grace sentit ses joues rougir et espéra qu'elles étaient assez dissimulées dans l'ombre projetée par son large casque colonial pour que James ne s'en aperçoive pas. Derrière James, Lucille, en grand chapeau mou à bande en peau de zèbre couvert de poussière, portait un sac de toile sur une épaule. Grace crut remarquer, sans en être sûre, qu'elle fronçait les sourcils. Une moue de déplaisir ? Ou peut-être de la désapprobation ? Mais les traits de Lucille se détendirent dans un sourire. Et elle dit :

— Bonjour, Grace. J'ai quelque chose pour vous.

James regarda Grace prendre son courrier. Toujours les mêmes gestes : le tri rapide des enveloppes, les mains s'activant avec ardeur, les yeux pleins d'espoir de la jeune femme, puis la déception, le courrier serré dans ses doigts, oublié. Comme si elle attendait quelque chose. Une lettre peut-être. De qui ?

— Comment ça va, Grace ? demanda-t-il à mi-voix.

Elle parcourut le village des yeux. Tout travail avait cessé ; les femmes regardaient : un homme était entré parmi elles.

— Je ne sais que faire, James, dit Grace. J'ai l'impression que je n'aboutirai jamais à rien avec elles. Elles me laissent venir et me permettent de les examiner si je leur apporte à manger, mais elles refusent de prendre mes médicaments et ne veulent pas de mes soins. Les seuls remèdes qu'elles conçoivent sont les horribles poisons que prépare Wachéra.

James regarda, à l'autre bout du village, la redoutable vieille femme qui le regardait avec un visage fermé.

— C'est une vieille puissante, dit-il. Jamais vous ne pourrez la gagner à votre cause. C'est Mathengé qu'il vous faut convaincre.

Grace n'avoua pas à James qu'elle espérait de tout son cœur ne jamais rencontrer le jeune chef face à face. À la place, elle dit :

— Le gouvernement accorde aux missions la somme de trois cents livres sterling par an si elles promettent de travailler avec les indigènes. Jusqu'ici le Directeur du Service Sanitaire du District a estimé que je ne méritais pas cet argent parce que mon dispensaire reste vide. Il m'a accompagnée une fois, mais il y avait une sorte de cérémonie, et l'on ne m'a pas laissée entrer. Cela a jeté un froid. Il m'a expliqué que pour recevoir les trois cents livres, il faudrait que j'obtienne un peu plus de résultat. Et j'ai besoin de cet argent, James !

Grace était soucieuse. Son héritage diminuait. Bientôt elle ne pourrait plus compter que sur la subvention de la Société des Missions du Suffolk.

— J'aimerais pouvoir vous aider, répondit James. En ce moment, nous survivons grâce au découvert que nous consent la banque, comme tout le monde !

Elle sourit.

— Je me débrouillerai. Mais dites-moi, avez-vous fait quinze kilomètres seulement pour me remettre le courrier ?

— J'ai rapporté votre microscope. Il est chez vous.

— Vous a-t-il aidé ?

Le visage de James s'assombrit, ce qui le rendit plus beau que jamais.

— En un sens, sans aucun doute. Il a confirmé mes pires craintes. C'est la fièvre de la côte orientale. J'ai isolé les bêtes malades et je traite le reste du troupeau. Pour comble de malheur, un de ces maudits puits forés s'est tari. Un de plus.

Il leva les yeux vers le ciel.

— Si nous n'avons pas de pluie d'ici peu, nous serons amenés à tout liquider.

Pendant un instant ils écoutèrent tinter les clochettes des chèvres, puis Lucille dit :

— Je vous ai apporté un cadeau, Grace.

— Oh, vous n'auriez pas dû... commença Grace, mais sa voix s'étouffa quand le livre fut mis entre ses mains.

— C'est une traduction de la Bible en kikuyu. Sensationnel, non ?

Grace contempla la couverture de cuir noir et le titre en lettres d'or.

— Merci, répondit-elle d'une voix mal assurée. Mais je ne crois pas que cela m'aidera beaucoup.

— Prêchez la parole du Seigneur, Grace. Vous ne gagnerez pas ces gens-là autrement.

— Mathengé ne veut pas entendre parler du christianisme, il ne laisse entrer aucun prédicateur dans le village.

Soudain, un hurlement rompit la paix du matin. Grace se retourna vivement. Le cri provenait de la hutte de Gachiku. Elle y courut, suivie par James et Lucille, mais Mario resta en arrière car il s'agissait d'une hutte d'accouchement : tabou pour les hommes.

Grace entra trouver la jeune femme et, dès que ses yeux se furent adaptés à l'obscurité de la hutte, vit le gros abdomen convulsé par les contractions.

— Tout va bien, dit-elle en kikuyu d'une voix apaisante. Votre bébé arrive.

Elle ressortit de la hutte et appela la *muciarithia*, la sage-femme — en l'occurrence, la vieille Wachéra. Mais la guérisseuse ne bougea pas.

— Gachiku est sur le point d'accoucher, lui cria Grace. Elle a besoin de votre aide. Mario, expliquez-lui.

Mais avant qu'il eût proféré un son, Wachéra leva la main pour qu'il se taise. Son mépris pour ce jeune homme qui n'était pas guerrier et qui avait renié le dieu de Lumière pour adopter le dieu chrétien l'empêchait d'échanger des paroles avec lui. À Sir James qui, elle le savait, connaissait sa langue et qu'elle respectait, Wachéra déclara :

— Il y a des ennuis avec l'enfant de Gachiku. Il ne veut pas sortir. Elle est en travail depuis trois jours mais le bébé ne sort pas. C'est un *thahu*. Les ancêtres ont décrété que l'enfant ne devait pas naître.

James traduisit.

— Vous ne pensez tout de même pas une chose pareille !

s'écria Grace. Vous n'allez pas laisser Gachiku mourir comme ça ?

Wachéra répondit et James traduisit de nouveau :

— Elle dit que c'est la volonté de Dieu.

— Mais c'est monstrueux ! Nous devons tenter quelque chose.

— Oui, bien sûr, répondit Sir James. Mais c'est très délicat. Quand les ancêtres ont décidé que quelqu'un devait mourir, les défier constitue le pire des tabous. Ces femmes croient que Gachiku a reçu une malédiction, et rien ne peut briser une malédiction kikuyu.

— Je n'ai peur d'aucune malédiction. Mario, courez à la maison chercher mon nécessaire stérile d'obstétrique.

Le jeune noir hésita.

— Allez-y !

Mario se tourna vers Sir James qui dit :

— Faites ce qu'elle dit, mon garçon.

— Oui, bwana.

— Et de l'éther, cria Grace. Et mes draps de lit de rechange.

Elle rentra dans la case. Jusqu'ici, elle avait examiné les femmes du village uniquement de façon sommaire — la main sur le front, une prise de pouls. Les femmes kikuyus étaient pudiques et fuyaient le regard des inconnus. Mais comme Gachiku n'était pas en position de protester, Grace put poser la main sur le ventre gonflé et tâter la position du bébé. Il s'agissait d'une présentation transversale, autrement dit l'enfant se trouvait en travers du passage naturel. Pour pouvoir le mettre au monde — et il faudrait aller vite — Grace devrait retourner le bébé avec la main. Elle souleva les tabliers de cuir de Gachiku.

Elle regarda, médusée.

Elle retomba sur ses talons et sentit la hutte chavirer autour d'elle. Puis elle se leva d'un bond et sortit.

— Mon Dieu ! chuchota-t-elle quand James lui prit le bras pour l'empêcher de tomber.

— Qu'y a-t-il ?

— Je n'ai jamais rien vu de tel ! Gachiku est... *malformée.*

À sa surprise, James répondit :

— Oui, mais ce n'est pas une malformation congénitale.

— Comment ? Que voulez-vous dire ?

— Vous n'êtes pas au courant ? L'initiation ?

— L'initiation ?

— L'épreuve que tous les jeunes subissent pour accéder à l'âge adulte. Les garçons sont circoncis et les filles...

Elle le regarda, horrifiée.

— On lui a fait *ça !*

— Toutes les jeunes filles subissent l'initiation au cours de l'adolescence. Cela marque leur entrée dans la tribu. C'est également une épreuve de courage et de résistance à la douleur. Toute jeune fille qui se dérobe ou qui crie se trouve bannie du clan, maudite.

Grace porta la main à son front. Puis elle sentit la poigne solide de James sur son bras et réussit à se reprendre.

— Pas étonnant qu'elle soit incapable d'accoucher. Elle ne peut pas avec cette...

— Beaucoup de femmes kikuyus meurent en couches à cause de la mutilation. Les missionnaires tentent d'abolir cette pratique, mais les Africains la perpétuent depuis des centaines d'années.

— Il va falloir que je fasse quelque chose pour l'aider, James. Et je n'ai pas beaucoup de temps. M'aiderez-vous, Lucille et vous ?

— Que pouvez-vous faire ?

— Une césarienne. J'opérerai pour enlever le bébé par le ventre.

James laissa tomber la main posée sur son bras.

— Vous avez promis de m'aider !

— Il y a des limites à nos interventions, Grace. Vous allez avoir tout le clan sur le dos si vous entreprenez quelque chose d'aussi radical.

— Je vais essayer, James.

Lucille dit :

— Je vous aiderai, Grace.

Et elle fit glisser de son épaule le sac de toile.

— Vous êtes en train de commettre une erreur grave, insista James.

— Dites à quelqu'un de me trouver le mari de cette femme. J'obtiendrai sa permission. Et le clan ne pourra pas me faire quoi que ce soit.

James se rapprocha d'elle, avec colère.

— Ne vous mêlez pas de ça, Grace.

— Je ne vais pas la laisser mourir sans lever le petit doigt, bon sang !

— D'accord, supposons que vous obteniez la permission du mari. Si vous tentez l'opération et que Gachiku meure, il vous *tuera,* Grace. Et je vous certifie que les autorités ne pourront rien pour vous sauver.

— Mais si je n'interviens pas, elle mourra à coup sûr !

— Personne ne pourra vous le reprocher. Laissez-la tranquille et le clan vous fichera la paix. Sinon, jamais vous ne gagnerez leur confiance, et votre dispensaire demeurera toujours vide.

Elle lui lança un regard noir.

— Veuillez leur demander qui est son mari. Je lui parlerai. Je le convaincrai. James, demandez à ces femmes à qui appartient Gachiku.

Il posa la question à Wachéra et, quand la vieille guérisseuse répondit, Grace n'eut nul besoin de traduction. Gachiku était la seconde femme du chef du clan.

Mathengé.

Grace aurait préféré transporter Gachiku dans son dispensaire où elle aurait disposé d'une table d'opération satisfaisante et d'un bon éclairage, mais Wachéra refuserait qu'on déplace la jeune femme et de toute manière le temps pressait. Grace décida de tenter l'intervention dans la hutte. Ses réflexes du temps de guerre lui vinrent en aide : elle avait procédé à des opérations chirurgicales sur un bateau en plein bombardement, avec des lumières vacillantes et comme unique assistant un correspondant de presse torturé par le mal de mer.

James resta devant la hutte pendant que Grace et Lucille s'activaient à l'intérieur. Par le mystérieux « téléphone de brousse », les femmes des villages voisins apprirent ce qui se passait et commencèrent à apparaître en grand nombre. Mathengé aussi l'avait appris, et voici qu'il franchissait l'arche d'entrée.

La foule de femmes et d'enfants s'écarta comme une marée devant le jeune chef, puis se referma derrière lui. Il n'y avait aucune hâte dans sa démarche ; son visage exprimait l'indifférence. Néanmoins James se prépara au pire. Mathengé ne ressemblait pas aux paisibles Kikuyus qui fréquentaient les écoles des missions.

Les deux hommes se saluèrent selon les rites complexes habituels, parlant des ancêtres et des récoltes comme deux vieux amis flânant ensemble. De l'intérieur de la hutte provenaient les gémissements et les cris intermittents de Gachiku, mais Mathengé n'avait pas l'air de s'en apercevoir.

Finalement, il s'accroupit sur la terre battue et invita James à l'imiter. Les femmes regardaient leur chef et le bwana blanc aborder progressivement le vrai sujet de la discussion.

— Vous êtes assis devant la hutte d'une dame à moi, dit Mathengé.

— C'est un fait, répondit James en kikuyu.

De la sueur coulait entre ses omoplates.

— Il y a quelqu'un dans la hutte avec la femme qui m'appartient.

Zut, pensa James. *Tu sais diablement bien ce qui se passe dans cette hutte.*

— La mère de la mère de première épouse a dit que les ancêtres ont jeté un *thahu* sur deuxième épouse. Peut-être la Memsaab Daktari l'ignore.

James ramassa un peu de poussière qu'il laissa glisser entre ses doigts. Affecter la nonchalance était vital. Mathengé offrait à Grace une porte de sortie qui permettrait à chacun d'eux de sauver la face, mais James savait que la jeune femme la refuserait.

Ils continuèrent à rester assis en silence sans même qu'un tintement de cloche de chèvre n'ébranle l'air. Le soleil devint ardent. Les yeux des nombreuses femmes restaient rivés sur les deux hommes... Mathengé était aussi immobile qu'une statue, James écoutait les pulsations de son sang gronder dans ses oreilles.

Lucille se trouvait dans cette hutte.

— C'est mon épouse favorite, dit Mathengé.

Étonné, James leva les yeux. Pendant un instant, le regard du fier guerrier fixa le sien, puis Mathengé se détourna, comme gêné d'être surpris dans un instant d'émotion, et il dit à mi-voix :

— Cela me chagrine qu'il y ait un *thahu* sur Gachiku.

James ressentit un faible espoir.

— Wachéra pourrait-elle faire erreur au sujet des ancêtres ? risqua-t-il. Peut-être n'y a-t-il pas de *thahu ?*

Mais Mathengé secoua la tête. Malgré l'amour qu'il éprouvait au fond du cœur pour sa seconde épouse, sa peur de la sorcière s'avérait la plus forte.

— La Memsaab Daktari doit s'arrêter.

Mon Dieu, se dit James. *Et il veut que ce soit moi qui l'en empêche !*

— Je n'ai pas le pouvoir de l'arrêter, répondit-il.

Le chef lui jeta un coup d'œil de dédain.

— Le Bwana ne peut pas obtenir obéissance de ses femmes ?

— La Memsaab ne m'appartient pas. Elle appartient au Bwana Lordy.

Mathengé réfléchit à ces paroles. Puis il se retourna, lança sèchement un ordre à la foule, et l'on entendit des pieds nus courir vers la sortie du village.

À James, il dit :

— Deuxième épouse ne doit pas être touchée. Elle est sous *thahu*.

— Le *thahu* kikuyu ne peut rien contre la Memsaab Daktari.

— Un *thahu* fait du mal à n'importe qui, bwana. Vous le savez. Le *thahu* kikuyu détruira la Memsaab.

James avala sa salive. L'ordre donné par Mathengé était d'aller chercher les guerriers qui travaillaient à la maison de Lord Treverton. La tension dans l'air monta au point qu'il eut l'impression de l'entendre crépiter, et James se demanda si Grace n'allait pas déclencher un incident.

Soudain Mathengé se leva. Les femmes reculèrent. James se leva aussi et, étant aussi grand que le chef, il le regarda droit dans les yeux.

— Mathengé, je jure par Ngaï que la Memsaab essaie seulement de sauver la vie de votre femme et de votre bébé. Si vous la forcez à sortir, Gachiku mourra.

— Les ancêtres ont dit qu'elle doit mourir. Mais si elle meurt de la main de la Memsaab, ce ne sera pas une mort honorable, et j'en réclamerai vengeance.

— Et si Gachiku survit ?

— Elle ne vivra pas.

— La médecine de la Memsaab est très forte. Peut-être plus forte que celle de Wachéra.

Mathengé plissa les yeux. Il passa devant James et entra dans la hutte. Tout le monde regardait en retenant sa respiration ; même la hutte était plongée dans un silence étrange. James fronça les sourcils. Il n'entendait ni Grace ni Lucille. Non plus, d'ailleurs, que Gachiku. Que s'était-il passé ?

Le chef ressortit enfin de la hutte et dit à la foule :

— La femme qui m'appartient est morte.

— Quoi !

Sir James se retourna et alla à l'intérieur. Ce qu'il vit le figea sur place.

Lucille, près de la tête de Gachiku, tenait un cône à éther au-dessus de son visage endormi tandis que Grace était agenouillée à côté de la jeune femme. Elle avait déjà procédé à l'incision ; les draps étaient trempés de sang.

— Vous me cachez la lumière, dit Grace.

James s'écarta. Il avait déjà vu du sang, il avait regardé des chirurgiens militaires effectuer des opérations pendant la guerre, il avait même assisté à des accouchements, mais rien ne l'avait préparé à cela.

Les mains de Grace volaient littéralement. Ses gants de

caoutchouc claquaient quand elle prenait des instruments, s'en servait, les lâchait, saisissait des serviettes, des éponges, coupait et cousait. L'air dans la hutte était étouffant, renfermé, empli de vapeurs d'éther entêtantes. Lucille, calmement, réglait le goutte-à-goutte de l'anesthésique sur le visage de Gachiku, tandis que Grace travaillait avec une telle concentration que sa blouse était trempée de sueur.

Cela parut durer des heures à James et pourtant c'était une opération menée à toute vitesse. Il le fallait. Dès que le bébé serait sorti, il faudrait arrêter l'écoulement du sang pour que Gachiku survive. James regarda, fasciné, les deux femmes travailler avec la même rapidité que si elles l'avaient fait cent fois ensemble, têtes penchées au-dessus de la jeune femme, mains vives aux gestes prestes pour soigner, remettre en état. Quand le dernier point de suture eut été cousu sur l'abdomen et que Lucille tapota le visage de Gachiku pour la réveiller, James s'aperçut qu'il était collé contre la paroi de pisé et qu'il avait le dos douloureux.

Grace se retourna finalement et leva la tête vers lui. Il y avait des larmes dans ses yeux, provoquées il ne comprit pas par quoi.

— James... murmura-t-elle.

Et il se pencha pour l'aider à se relever.

— Va-t-elle vivre ?

Grace acquiesça d'un signe de tête et s'appuya contre lui. Elle tremblait dans ses bras ; sa peau sentait la teinture d'iode et le Lysol. Puis elle se ressaisit et sortit au soleil. Les assistants ne purent retenir un murmure d'horreur : tabou des tabous, elle avait sur ses vêtements le sang d'une autre personne.

— Vous avez une fille, dit Grace à Mathengé. Et votre femme est vivante.

Il se détourna.

— Écoutez-moi ! cria-t-elle.

Il pivota brusquement.

— Vous mentez !

— Allez voir vous-même !

Les yeux de Mathengé se tournèrent un instant vers la hutte, puis revinrent se poser sur son visage. Il n'y avait aucune politesse chez lui, à présent, aucune affectation de bonnes manières. Il fallait qu'il démontre sa supériorité sur cette *mzunga* qui se mêlait de ce qui ne la concernait pas et avait manifestement besoin d'un mari pour la battre. Il dévisagea Grace, qui lui arrivait à peine à l'épaule, et la menaça de toute sa puissance physique. À l'époque des grands raids, son père avait enlevé de nombreuses femmes masaïs et les avait soumises comme Mathengé aimerait dompter cette memsaab.

À sa fureur, elle lui rendit regard pour regard.

À l'intérieur de la hutte, Lucille finissait de laver le bébé et l'enveloppait dans une petite couverture. Quand elle se dirigea vers la porte, James l'arrêta.

— Mais pourquoi ne pas montrer le bébé au père ? Quand Mathengé verra...

— Il le tuera. Nous devons attendre qu'il entre lui-même dans la case. C'est la façon de faire des Kikuyus.

Lucille emporta le bébé vers Gachiku endormie et le posa près de son sein.

Quand James et Lucille sortirent de la case, ce fut à temps pour voir une file d'hommes entrer dans le village, la plupart ayant encore un marteau ou une scie à la main.

James sentit un picotement sur sa nuque.

— Mon Dieu, murmura-t-il. Il faudrait nous débrouiller pour prévenir la police du district.

Il y eut un mouvement dans la foule, et les assistants les plus proches s'écartèrent pour laisser Wachéra entrer dans le cercle. Elle s'avança à pas lents, son regard chargé de haine fixé sur Grace.

— Cette hutte est maudite ! s'exclama-t-elle. Elle a été profanée et elle doit être brûlée.

— Quoi ? dit Grace. Vous n'allez tout de même pas...

— Il y a un *thahu* ici ! Apportez du feu !

Au mari de sa petite-fille, la vieille femme ordonna :

— Tu dois brûler la hutte avec les cadavres de ta femme et de ton enfant morts à l'intérieur. Puis tu dois abattre ces deux memsaabs qui ont provoqué ce sacrilège.

— Attendez ! cria James en s'avançant. La femme et l'enfant ne sont pas morts ! Allez voir par vous-même, Dame Wachéra. Vous verrez que je ne mens pas.

— Comment seraient-ils vivants ? Le bébé ne pouvait pas sortir. Cela je l'ai senti de mes propres mains.

— J'ai fait sortir le bébé, dit Grace.

— Personne n'a le pouvoir de le faire.

— La médecine de l'homme blanc en est capable. Écoutez !

Tous se tournèrent vers la hutte. Un vagissement en sortait. Le cri d'un nouveau-né.

— Mais Gachiku était morte ! dit Mathengé. Je l'ai vue de mes propres yeux. Elle avait le ventre ouvert !

— Elle n'était pas morte, simplement endormie. Allez voir. Elle s'éveillera. Votre femme préférée, Mathengé !

Il demeura indécis.

— Vous n'avez pas le pouvoir de ramener les morts à la vie.

Mais Grace répliqua :

— Je le possède et je l'ai fait.

— Ngaï lui-même n'a pas ce pouvoir, dit-il, mais sur un ton circonspect.

Lucille prit alors la parole, d'une voix vibrante.

— *Notre* Dieu possède ce pouvoir ! Notre Seigneur est mort puis il est revenu à la vie !

Mathengé médita cette déclaration, l'air soupçonneux. Puis il se tourna vers Mario.

— Tu vénères le Dieu blanc, crapaud. Disent-ils la vérité ? Est-ce que leur Dieu fait revivre les morts ?

— Les pères de la mission me l'ont enseigné.

Mathengé se tourna vers Grace.

— Prouvez-le.

— Entrez dans la case et voyez par vous-même.

Mais le jeune chef ne se laissa pas prendre au piège. Il savait qu'entrer dans la case serait admettre que la sorcellerie de l'homme blanc était plus forte que la sienne.

— Nous allons tuer quelqu'un, dit-il. Et vous le ramènerez à la vie.

Devant la foule passionnée, Mathengé fit signe à Mario d'avancer et, comme le jeune homme ne bougeait pas, deux hommes se saisirent de lui et le jetèrent au sol.

— Tuez-le, dit Mathengé.

L'un des hommes leva un marteau. Grace cria :

— *Arrêtez !* C'est moi qui vais le tuer.

— Vous ?

— C'est *ma* sorcellerie que vous mettez en question. C'est moi qui ai plongé Gachiku dans le sommeil-pareil-à-la-mort et qui lui ai redonné la vie. C'est de mon pouvoir à moi que vous voulez la preuve, Mathengé.

Leurs regards s'affrontèrent pendant un instant. Puis il acquiesça d'un hochement de tête et Grace retourna dans la hutte chercher le cône et la bouteille d'éther.

Mario se mit à trembler comme une feuille, roulant des yeux terrifiés.

— N'ayez aucune crainte, dit-elle en anglais, en souriant pour le réconforter. Vous allez seulement dormir, puis je vous réveillerai.

— J'ai peur, Memsaab Daktari.

— Faites confiance au Seigneur, Mario, dit Lucille. Il ne vous abandonnera pas.

Elle lui mit la Bible en kikuyu entre les mains ; il resta étendu, les doigts crispés dessus.

Un silence étrange s'appesantit sur le village. Grace s'agenouilla près de la tête de Mario, déboucha la bouteille, plaça le cône au-dessus du nez et de la bouche du jeune homme, et versa lentement. Quand les vapeurs piquantes s'élevèrent, tout le monde battit en retraite avec frayeur.

Ils virent les yeux de Mario se fermer, son corps se détendre, le livre tomber de ses mains. Puis Grace se redressa et dit :

— Il est endormi. Exactement comme Gachiku.

Mathengé examina le corps gisant. Puis il donna un ordre et un tison fut apporté. Avant que Grace ait le temps de s'interposer, Mathengé posa la braise ardente sur le cou de Mario et la maintint jusqu'à ce que la chair grésille. Le jeune homme ne bougea pas.

Un murmure parcourut la foule. Mathengé demanda un couteau.

— Non, dit Grace. Rien de plus. Vous avez eu votre preuve. Il ne ressent aucune douleur. Il dort plus profondément que pendant le sommeil de la nuit.

— Maintenant, éveillez-le, dit le chef.

Grace se mordit la lèvre. Sa main tremblante n'avait pas contrôlé le dosage de l'éther avec la précision nécessaire. Quelques gouttes de trop étaient tombées...

— Pourquoi ne s'éveille-t-il pas ?

— Il s'éveillera, dit-elle.

Quelques minutes passèrent ; Mario ne bougea pas.

— Je ne le vois pas revenir à la vie.

— Il le fera.

Grace se pencha pour poser l'oreille contre la poitrine de Mario. Il y avait des battements de cœur, mais lents et faibles. Avait-elle administré trop d'éther ? Les Africains, pour une raison quelconque, avaient-ils besoin de doses plus faibles ?

Mathengé réclama une torche et Wachéra sourit, triomphante.

— Attendez, dit James. Cela prend du temps. Il doit traverser le monde des esprits avant de revenir dans celui-ci.

Mathengé réfléchit à cette idée. Quand on lui apporta la torche enflammée, il la garda dans la main droite, prêt à agir.

Mario ne bougeait toujours pas.

James s'agenouilla à côté de Grace.

— Va-t-il s'en sortir ? demanda-t-il en anglais à mi-voix.

— Je ne sais pas. Peut-être ces gens sont-ils extrêmement sensibles à l'anesthésie...

— Réveillez-le tout de suite ! lança Mathengé d'un ton sec.

Grace tapota la joue du jeune homme et l'appela par son nom.

— Voyez donc le pouvoir de l'homme blanc ! cria Wachéra et elle reçut en réponse un grondement d'approbation de la part des spectateurs.

Un vagissement de bébé leur parvint de l'intérieur de la hutte, et quand Mathengé se tourna dans cette direction, la sorcière lança :

— Une supercherie ! C'est le cri d'un esprit mauvais pour t'attirer dans le *thahu*. Ton enfant est mort, mon fils !

— Son enfant est vivant.

— Et le garçon à vos pieds ?

Grace baissa les yeux vers le visage de Mario. *Je t'en supplie, réveille-toi,* pria-t-elle. *Ouvre les yeux. Montre-leur le pouvoir que nous possédons.*

— Mario ! dit-elle à haute voix. Réveillez-vous !

James prit le jeune homme par les épaules et le secoua. Ses yeux restèrent fermés.

— Mon Dieu, qu'ai-je fait ? murmura Grace.

— Allez, Mario ! lança James en le giflant avec vigueur. Réveillez-vous ! La sieste est finie !

Mathengé, écœuré, se détourna et s'avança vers la hutte, la torche levée.

Grace bondit.

— Non ! cria-t-elle. Votre femme est vivante ! Allez donc voir vous-même !

— Vous avez menti. Votre médecine est sans pouvoir. Les ancêtres ont lancé un *thahu* sur nous.

Grace réagit sans réfléchir. Sa main fonça et expédia la torche loin de la hutte. Mathengé la regarda fixement, stupéfait. Une femme avait frappé un homme, un *chef*...

— Memsaab Daktari, murmura une voix faible.

Tous les regards se tournèrent vers Mario. Sa tête roulait de gauche à droite.

— À la bonne heure, mon garçon, lui dit James en continuant de le secouer. Réveillez-vous maintenant. Montrez aux gens que nous ne mentons pas.

Les paupières de Mario battirent et s'ouvrirent. Il fixa des yeux sur Mathengé. Puis il se roula brusquement sur le côté et vomit dans la poussière.

— Vous voyez ? s'écria Grace. Je n'ai pas menti ! Mon pouvoir est plus fort que le vôtre.

Le regard du jeune chef passa de Grace à la vieille

guérisseuse, puis revint vers Grace. Pour la première fois, ses beaux traits exprimaient de l'incertitude.

Quand il se mit enfin en route vers l'entrée de la hutte, Wachéra s'élança pour lui barrer le passage.

— N'écoute pas les *wazungus,* mon fils. Ce serait *thahu* !

— Si leur dieu est capable de faire ça, ma nouvelle fille est vivante et il n'y a pas de *thahu.*

Wachéra redressa lentement son corps vieilli, se tint toute droite dans une posture pleine de dignité, puis s'écarta. Mathengé entra dans la hutte.

Tous regardaient et attendaient.

Le jeune chef ressortit enfin et dans ses mains il y avait le corps nu de sa fille nouveau-née.

— Elle est vivante ! cria-t-il en la levant très haut. Et mon épouse est vivante elle aussi. Elle est revenue d'entre les morts !

Des cris de joie s'élevèrent de la foule.

Mathengé s'avança vers Grace, le visage à nouveau empreint de fierté. Il tendit le bébé à la jeune femme, puis se pencha pour ramasser sur le sol la Bible poussiéreuse.

— Vous m'enseignerez votre dieu, dit-il en soupesant le livre.

Et la vieille Wachéra, la guérisseuse, se retira dans l'ombre d'une hutte.

11

La maison était prête.

Quand Rose piqua ses derniers points de la matinée, elle ne se tenait plus d'excitation. Aujourd'hui était une *belle* journée parce que demain elle emménageait dans la maison !

Elle fredonnait en pliant le cadre de sa tapisserie et en le tendant à la jeune Africaine, qui s'en chargea. Mme Pembroke, la nourrice, installa Mona qui avait maintenant dix mois dans sa voiture et borda ses couvertures autour d'elle. Les autres membres du groupe étaient deux petits Africains, l'un pour porter la panière du pique-nique et l'ombrelle de la Memsaab, l'autre pour s'occuper du singe et des deux perroquets. Rose prit son sac d'écheveaux et s'engagea la première sur le chemin qui revenait au campement.

Il y avait de la musique dans la clairière : le bruissement des branches sèches et cassantes des eucalyptus ; le soupir du vent dans les grands arbustes ; et les oiseaux, tout là-haut dans les feuillages, voltigeant comme des éclairs de couleurs éclatantes s'appelant, chantant ou jacassant. D'ordinaire, Rose quittait toujours à regret sa clairière personnelle, qui était dissimulée et protégée par la forêt — Valentin lui avait fait construire un joli petit belvédère blanc — mais ce jour-là, peu lui importait de le quitter. Elle était impatiente de commencer les derniers préparatifs du déménagement.

Valentin avait une telle passion pour le cérémonial ! La maison était prête depuis une semaine, les meubles en place, les rideaux accrochés, les tapis posés ; l'odeur de peinture fraîche donnait du piquant à l'air de décembre. Mais Valentin tenait à une inauguration solennelle. Les domestiques avaient répété leur rôle toute la semaine ; des Africains souriants en longs *kanzus* blancs et jaquettes rouge vif avaient appris à se ranger de chaque côté des marches conduisant à la porte d'entrée. On déroulerait un tapis rouge jusqu'en bas ! Rose entrerait la première, portant un bouquet de fleurs, escortée par Valentin. Puis Grace et les Donald suivraient, avec tous les invités réunis sur l'allée circulaire pour les regarder et applaudir.

Rose frissonna de plaisir anticipé. Sa robe de chez Doeullet, de Paris, était arrivée deux semaines plus tôt, à la *toute* dernière mode, que portait la Reine en personne. Leurs deux cents invités allaient écarquiller les yeux, à n'en pas douter, quand ils la verraient arriver dans la charrette décorée tirée par un poney et gravir les marches du perron.

Elle n'avait pas encore vu l'intérieur de la maison, et était folle de joie à la perspective d'y entrer pour la première fois. C'est ce qui l'avait séduite chez Valentin quand il lui avait fait la cour ; il avait le don du spectacle, un sens merveilleux de la *surprise*[1], et savait si bien les organiser.

Rose regarda par-dessus son épaule et lança à la nourrice :

— Venez donc, Mme Pembroke. Que vous êtes donc lente !

— Désolée, milady, répondit la femme plus toute jeune en s'efforçant de manœuvrer la voiture d'enfant sur le sentier.

Malgré les cahots et les à-coups, Mona se tenait assise bien droite sans se plaindre, contemplant de ses grands yeux la forêt autour d'elle. C'était une enfant calme qui jamais ne faisait de caprices, au grand soulagement de Mme Pembroke, et jolie aussi dans sa robe à volants, avec le bonnet assorti. Et intelligente, songeait la nourrice. Mona prononçait déjà

1. En français dans le texte.

quelques mots et commençait à marcher sans aide. À dix mois ! Non pas que ses parents y attachent grande importance. Les rares fois où Lady Rose prêtait attention à sa fille, elle le faisait d'une manière puérile, jouant avec Mona comme si c'était une poupée. Quant à Mylord — ma foi, à voir comment il se comportait, on n'aurait pas dit qu'il y avait un enfant dans la famille !

Tant de choses restaient encore à faire. Les plus grandes malles de Rose avaient déjà été transportées dans la maison, mais il y avait toujours à emballer ses effets personnels : objets de toilette, produits de beauté, vêtements de nuit. Bien entendu, il fallait aussi planter les rosiers. Et coiffer ses cheveux. Grace lui avait proposé de le faire pour elle, en s'inspirant d'une photographie publiée par une revue américaine. Elles adopteraient le nouveau style audacieux, avec ondulations artificielles, dit à la « Marcel »[1].

— Dépêchez-vous donc, Mme Pembroke, répéta-t-elle.

Rose portait une robe de mousseline rose pâle au décolleté arrondi avec une grande berthe qui semblait flotter autour d'elle. Les cheveux couleur de clair de lune, qui allaient bientôt être coupés court et ondulés au fer, étaient massés sur le haut de sa tête et s'échappaient en mèches folles. Chaque fois que Rose passait dans un rayon de soleil, elle avait l'air d'un esprit de la forêt, translucide et éphémère.

Quand le curieux petit groupe sortit de la forêt pour s'avancer sur la crête déboisée qui dominait la rivière à sec, il put voir en contrebas le cottage de Chantoiseau, le dispensaire primitif auquel aboutissait maintenant un sentier puis, au-delà, la clairière avec sa hutte solitaire et l'antique figuier.

Rose appela sa belle-sœur et lui adressa de grands signes mais Grace n'entendit pas. Il y avait foule sous le chaume du dispensaire, entre les quatre poteaux : des femmes enceintes, des bébés malades, des hommes souffrant de maux de dents. Depuis cette remarquable opération dans le village, deux mois plus tôt, la réputation de Grace s'était répandue en pays kikuyu comme un feu de brousse. Chaque matin à son réveil, elle trouvait des Africains qui l'attendaient. Et Lucille Donald venait trois fois par semaine enseigner la Bible aux enfants.

Tout allait si merveilleusement bien ! Rose avait l'impression de ne pas toucher terre. Fini le choc du mois de mars, lors de son arrivée. Les pluies avaient beau ne pas se décider

1. Du nom de son inventeur, le coiffeur français Marcel Grateau, mort en 1936. (N.d.T.)

à tomber et tout le monde se plaindre de la situation économique désespérée, Rose ne voyait aucune raison de se chagriner.

En haut de la crête, Rose ralentit le pas. Elle n'en croyait pas ses yeux. Les voilà qui recommençaient, la vieille Africaine et sa petite-fille. Elles reconstruisaient encore leur hutte ! Cela faisait combien de fois ? La quatrième ? Valentin avait fait abattre toutes les autres, et la famille de Mathengé avait traversé la rivière. Seules la sorcière et sa jeune disciple s'entêtaient à rester et reconstruisaient leur hutte chaque fois que le tracteur l'abattait. Pour Rose, cette obstination était un mystère.

Elle se rappela la dernière fois où les deux femmes étaient venues au campement. La grand-mère marchait la première, tête haute comme une impératrice douairière, parée de toutes ses perles, cuivres et coquillages ; derrière elle, la plus jeune portait le petit garçon sur sa hanche. Comme elles s'étaient montrées polies toutes les deux ! S'inclinant, souriant timidement, parlant d'une voix si douce qu'on les entendait à peine. Mario, le boy de Grace, avait servi d'interprète. Elles ne désiraient offenser personne, simplement prévenir le bwana que pour quelque raison leur hutte ne cessait de tomber ; elles auraient aimé que la hutte reste debout car c'était là qu'elles vivaient et là qu'elles devaient rester parce qu'elles avaient le devoir sacré de servir les ancêtres habitant dans le figuier.

Et il s'agissait de leur quatrième visite ! La patience et l'énergie latente des deux femmes kikuyus avaient fait une forte impression sur Rose. Les quatre fois, elles s'étaient présentées humblement, apportant en cadeau des chèvres et des perles, et elles avaient assuré à Valentin qu'elles n'accusaient personne et ne cherchaient pas d'histoires ; elles désiraient seulement rappeler aux esprits du vent que la hutte s'élevait sur un terrain sacré et qu'on ne devait donc pas permettre sa destruction.

Les deux femmes étaient de vraies curiosités pour Rose. Presque identiques, sauf que la grand-mère était plus petite et plus sombre, comme cela se produit souvent chez les vieilles Kikuyus. Elles avaient une dignité tranquille ; même l'enfant sur la hanche de sa mère avait gardé un silence respectueux, comme s'il percevait la gravité de la situation. Valentin leur avait rappelé que la terre lui appartenait, puisqu'il l'avait achetée légalement au chef Mathengé, et les avait renvoyées avec des sacs de céréales et un précieux sac de sucre.

Mais les voilà qui s'étaient remises à l'œuvre. Rose les voyait de là-haut, la vieille guérisseuse et sa petite-fille, édifiant la hutte toutes seules, patiemment, en silence. Elle se demanda si elles savaient que Valentin avait ordonné d'arracher le figuier le lendemain, pour dégager le nouveau terrain de polo.

Un peu plus loin en aval de la rivière, au-delà des tentes du campement, se dressait un symbole de l'optimisme inébranlable de Valentin. C'était une décortiqueuse toute neuve qui venait d'arriver des Antilles. Il ne l'utiliserait pas avant la première récolte de café, dans deux ou trois ans, mais elle était là, attendant le moment où elle enlèverait la tendre chair rouge des premières baies et libérerait les graines de café [1] qu'elles contenaient.

Pendant que Mme Pembroke couchait Mona pour sa sieste dans la tente-chambre d'enfant, Rose alla chercher dans la serre improvisée les boutures qu'elle avait apportées d'Angleterre. Non seulement elles avaient survécu mais elles s'étaient développées et donnaient des fleurs. Après tout le chemin parcouru depuis le Suffolk jusqu'au cœur d'une Afrique en proie à la sécheresse. Elle les déposa dans une brouette et précéda le jardinier kikuyu vers la maison.

À l'endroit où l'allée d'honneur débouchait sur la route se trouvait une grande arche de pierre imposante, où étaient sculptés le blason des Treverton et le nom de la propriété.

Un sourire monta aux lèvres de Rose quand elle se rappela l'expression de Valentin lors de la livraison de la pierre, le mois précédent. Le tailleur de pierre swahili de Mombasa avait travaillé avec amour et assiduité, veillant à assortir exactement les lettres, ajoutant des empliures aux angles. C'était une œuvre d'art, tout le monde en convenait, et qui valait certainement davantage que Valentin ne l'avait payée. Elle n'avait qu'un défaut : le nom était mal orthographié.

— Bella Deux [2], avait commandé Valentin, en souvenir de Bella Hill, sa demeure ancestrale en Angleterre, ajoutant : Pas T.O.O. attention, comme dans « aussi », mais Bella Two, qui veut dire « la deuxième maison ». Vous avez compris ?

L'homme avait répondu qu'il comprenait parfaitement puis s'était lancé dans un travail de quatre mois qu'il avait exécuté de travers.

L'expression de Valentin... Puis tout le monde avait éclaté de rire. Sir James avait promptement sauvé la situation, en lançant :

1. Le caféier est un arbrisseau donnant des drupes rouges, fruits charnus à l'intérieur desquels les graines sont enfermées deux par deux.
2. En anglais : *Bella Two*.

— Très subtil, Val ! Qu'est-ce qui t'a donné cette idée-là ?

Sculpté pour la postérité dans la pierre, il y avait BELLATU. Et cela signifiait en swahili, s'était hâté d'expliquer Sir James, « totalement et complètement Bella ».

Valentin avait fait planter de chaque côté de la longue allée des poinsettias géants, si bien que l'arrivée jusqu'à la maison était spectaculaire. En dépit de leur diminution constante les précieuses réserves d'eau avaient été mises à contribution pour assurer qu'ils seraient en fleur lors du gala d'inauguration. Des pétales pareils à des langues de feu jaillissaient de chaque branche et jonchaient le sol aride, comme un tapis rouge. C'est par cette allée qu'arriveraient les invités le lendemain, après avoir été conduits à leur logement dans les nombreuses tentes et huttes temporaires que Valentin avait fait dresser dans un champ voisin. L'ensemble formait un village, un petit campement propre qui disparaîtrait après le départ des invités mais qui, pendant quelques jours, s'animerait de bals, de rires, de chasses au renard et de champagne à volonté. C'était ainsi qu'on faisait les choses dans le Protectorat, quand les invités avaient de longues distances à parcourir pour aller à une fête et arrivaient avec domestiques et animaux.

Rose réprima son envie de jeter un coup d'œil dans la maison. Metteur en scène consommé, Valentin avait fait tirer tous les rideaux, de sorte que Bellatu demeurait un secret bien gardé. Il n'avait même pas permis à Rose de voir la couleur de la peinture pour l'intérieur.

De dehors, la demeure était magnifique et bien différente des manoirs massifs d'Angleterre.

Bellatu était une maison à pignon d'un étage, construite en pierre brute avec une vaste véranda tout autour et donnait une impression de luxe tropical, d'élégance. C'était un style nouveau et novateur, créé spécialement pour l'Afrique-Orientale, annonciateur d'une ère nouvelle. La salle à manger, à l'arrière, avait de hautes portes-fenêtres qui s'ouvraient sur une terrasse dallée, à plusieurs niveaux. Les plates-bandes venaient d'être garnies de plantes en fleur ; Rose savait qu'avec la sécheresse, elles avaient dû coûter une fortune à Valentin. Mais elle ne planterait pas ses rosiers de ce côté-là ; ils devaient être placés devant la maison.

Au mois de juin précédent, s'était déroulée à Nairobi une cérémonie où Lady Rose avait officiellement offert plusieurs de ses rosiers à la ville. Il y avait eu de la musique, puis un banquet, et une fête bruyante.

Une plaque avait été érigée au milieu des rosiers :

ROSA GALLICA OFFICINALIS

Ces rosiers, qui proviennent des jardins de Bella Hill, comté de Suffolk, Angleterre, passent pour avoir été plantés là-bas après la Guerre des Deux Roses, lorsque Henry Tudor, en 1485, accorda des terres à un soldat fidèle pour le récompenser de son dévouement à la cause des Lancaster. En l'honneur de son roi, le nouveau comte de Trever's Town planta sur la propriété des roses rouges, symbole de la Maison de Lancaster.

Lady Rose, comtesse de Treverton, a apporté ces boutures en Afrique-Orientale britannique au mois de février 1919.

C'est à des occasions de ce genre que Rose — comme ses fleurs — s'épanouissait : quand il y avait de la pompe et du cérémonial, qu'étaient servis les plats qu'il fallait selon le protocole établi, en présence des gens qui comptaient. Alors elle s'ouvrait et resplendissait, elle se sentait vivre, aimer et être aimée.

Valentin n'avait convié à l'inauguration de leur maison que la fine fleur de la société d'Afrique-Orientale. Certains invités viendraient d'aussi loin que l'Ouganda, le Soudan, et même du Tanganyika, qui était devenu anglais depuis qu'il avait été conquis sur les Allemands. Il y aurait des officiers du roi portant l'élégant uniforme de leur régiment, avec des dames à leur bras ; il y aurait des personnages titrés ; des gens qui possédaient une fortune et une situation dans le Protectorat ; et d'autres qui en étaient dépourvus mais qui n'étaient pas moins prodigieux : le chasseur blanc auréolé de légendes, les frères qui avaient exploré le Congo, un écrivain célèbre et deux actrices de cinéma. Ce serait l'Événement de l'Année, peut-être de la décennie. Rose, trouvant enfin sa place dans cet étrange pays, allait régner sur tout cela.

Elle se hâtait maintenant. Elle creusa la terre avec ses mains nues. La maison ! pensait-elle. Une vraie maison enfin ! Plus de tentes, plus d'insectes et de lézards. Un *vrai* lit, dans une *vraie* chambre. Une chambre pour Rose, une chambre pour Valentin. Ces derniers mois, il avait fini par respecter ses désirs ; cette chose déplaisante était oubliée. Il ne s'était pas approché de son lit et très probablement ne le ferait pas à l'avenir.

Elle planta le premier rosier.

Le tracteur avançait vers le figuier.

— Coupez-moi ce satané machin, avait dit le bwana, et nous serons débarrassés de ces enquiquineuses.

Deux Africains musclés avaient scié le vieux tronc ; le tracteur allait le pousser de côté puis arracherait la souche. Bwana Lordy voulait que le travail soit terminé dans l'après-midi — les *wazungus* arrivaient déjà dans leurs chariots et leurs automobiles, ou bien à cheval ; il voulait que le terrain de polo soit prêt.

L'esprit de la rivière était en colère. Voilà pourquoi la jeune Wachéra et sa grand-mère avaient accompli un long trajet pour chercher leur eau, se levant avant l'aube pour s'enfoncer au cœur d'une forêt inconnue, parcourant de nombreuses longueurs de sagaie avant d'atteindre les pentes des montagnes, où quelques ruisseaux avaient encore un filet d'eau. Elles se trouvaient à présent dans le pays des bêtes sauvages. Les deux Kikuyus étaient des hôtes et n'avaient aucune intention d'offenser les esprits des animaux, ni les esprits des rochers et des arbres de cet endroit si éloigné de leur demeure ; elles avançaient donc en chantant et laissaient sur leur passage des offrandes de maïs et de bière.

L'esprit de la rivière était en colère à cause du mur que le bwana avait construit en travers de sa gorge, ce qui l'étouffait, faisant reculer et monter les eaux, qui s'étaient gonflées en un étang, là où il n'y avait jamais eu d'étang. C'était pour servir aux gens pendant la sécheresse, avait dit le bwana. Alors que les autres clans mouraient de soif, la famille du chef Mathengé avait de l'eau. Mais ce n'était pas bien, avait dit la guérisseuse à sa disciple. Les Enfants de Mumbi ne doivent pas offenser les esprits de la nature pour satisfaire leurs besoins égoïstes. On avait étranglé la rivière, et telle était la raison du *thahu* sur le pays kikuyu.

Elles avaient apporté de grosses calebasses et attendirent, patiemment assises, que chaque récipient s'emplisse lentement. La jeune Wachéra songea à son mari et la tristesse l'envahit.

Après la naissance de la fille de Gachiku, Mathengé avait suivi la route jusqu'à la mission de l'homme blanc, où il avait écouté des légendes sur un dieu miraculeux nommé *Jésu,* qui était mort et revenu à la vie et qui avait promis le même retour à la vie pour quiconque le vénérait. À la mission, Mathengé avait été ensorcelé. Il avait vu la chose qu'on appelle

« bicyclette » et avait désiré en posséder une. Il était monté dans une « tomobile » et il était tombé sous le charme de cette machine. Il avait reçu des amulettes appelées « pièces de monnaie » et avait découvert qu'elles avaient plus de prix que les chèvres. On lui avait montré comment « parler » des symboles qui étaient tracés sur du papier, et on lui avait dit que cet art contenait tout le pouvoir du monde. Dans le village de l'homme blanc, Mathengé s'était laissé tourner la tête : il avait constaté la puissance du *mzungu* dans ses armes, ses bottes et ses boîtes de conserves. Et Mathengé était revenu chez les siens au bord de la rivière en homme changé.

— Le blanc possède de meilleures façons de faire, dame mienne, avait-il dit à la jeune Wachéra le soir où il l'avait quittée pour toujours.

Mathengé était arrivé à la hutte avec des vêtements d'homme blanc, parce que les pères de la mission lui avaient raconté que la nudité était une abomination pour le dieu *Jésu.*

— Nous vivons une nouvelle ère. Le monde est en train de changer. Sur sa montagne, Ngaï est mort ; il y a un nouveau dieu. Faut-il que les Enfants de Mumbi périssent, faute de vénérer le nouveau dieu et d'apprendre ses voies ? Souviens-toi du proverbe : la jolie fille passe devant la maison du pauvre. Veux-tu que les autres tribus du monde passent devant la porte des Kikuyus ?

Wachéra avait écouté dans un silence respectueux, en retenant ses larmes pour plus tard, pour ne pas se couvrir de honte devant son mari. Le petit Kabiru, leur fils, trottinait autour d'eux à pas chancelants, sans se rendre compte des grands adieux qui se prononçaient.

— J'ai été nommé chef, dame mienne, et j'ai le devoir de veiller sur notre peuple. Rappelle-toi le proverbe qui dit que le bétail dont le chef boite n'atteint jamais la bonne herbe du pâturage. J'apprendrai la lecture de l'homme blanc et je sacrifierai au dieu *Jésu*. Les pères de la mission m'ont montré une image du mauvais dieu qu'ils appellent Satan, et sa peau est de la couleur des Kikuyus. Ils m'ont montré que noir est mauvais et je ne veux pas être mauvais. Ils m'ont lavé le front et appelé Salomon, qui est mon nouveau nom. Je suis comme l'homme blanc, à présent, je suis son égal. Et mon fils, qui est appelé Kabiru, d'après son grand-père, ira à la mission, aura le front lavé et recevra un nouveau nom, et deviendra ainsi l'égal de l'homme blanc.

Mathengé était parti pendant six passages du soleil, puis était revenu avec l'enfant, et avait dit :

— À présent, son nom est David et il est chrétien. L'homme blanc le traitera comme un frère.

Puis Mathengé avait ajouté :

— Dieu *Jésu* dit que je commets un péché en possédant plus d'une épouse. Tu as défié mon autorité, dame mienne, en refusant d'aller sur l'autre rive quand je l'ai ordonné. Donc tu n'es plus mon épouse. Je vais vivre désormais en chrétien avec Gachiku, et avec Njéri, ma fille à qui *Jésu* a rendu la vie. Et quand le temps de mourir viendra pour moi, la vie me sera rendue, comme *Jésu* le promet.

Ensuite Wachéra avait serré Kabiru contre sa poitrine et s'était lamentée comme si Mathengé était mort. Pour une épouse kikuyu, être répudiée par son mari était la pire des calamités, car elle était bannie du clan et n'avait plus de famille. Wachéra pleurait donc non seulement la perte de son compagnon bien-aimé mais le vide de son ventre pendant les années à venir. Elle avait étreint Kabiru et gémi, elle l'avait baigné de ses larmes comme pour le purifier du baptême de l'homme blanc mais, finalement, parce que c'était le désir de l'homme qu'elle aimait follement, elle avait appelé son fils David. Et lorsque sa hutte avait été abattue pour la cinquième fois, elle ne l'avait pas reconstruite, elle s'était installée dans la hutte de sa grand-mère où ils vivaient tous les trois en se consolant mutuellement.

Les calebasses étaient pleines ; il était temps de rentrer. Comme la jeune Wachéra portait le fardeau supplémentaire de David, à califourchon sur sa hanche, la grand-mère avait pris davantage de calebasses et sa charge était plus lourde — ce que l'homme blanc aurait mesuré comme étant quarante-cinq kilos. Courbées vers le sol, avec des courroies de cuir, qui s'imprimaient sur leur front, pour maintenir en place les calebasses pesantes, les deux femmes revinrent en silence à travers la forêt inconnue vers leur hutte près du réservoir de Valentin.

L'air de cette fin d'après-midi était enfumé, car les hommes faisaient brûler ce qui restait du tronc géant du figuier. Le silence de la rivière était troublé par le grincement des chaînes et le bruit de moteur du tracteur.

Wachéra et sa grand-mère parvinrent à l'orée du bois au moment où les antiques racines, pareilles aux doigts noueux d'une main qui protestait, s'élevaient du sol au milieu d'un nuage de poussière. Les deux femmes s'arrêtèrent et regardèrent avec stupeur. Dix hommes traînaient la souche à l'écart et comblaient le trou. Du tronc massif et des grandes branches déployées de l'arbre sacré, il ne subsistait que des tas de bûches fraîchement coupées.

La vieille Wachéra déchargea lentement les calebasses de son dos.

— Ma fille, dit-elle, emmène-moi tout de suite dans la forêt. Il est temps que je meure.

La jeune Wachéra la dévisagea.

— Es-tu malade, grand-mère ?

La guérisseuse répondit d'un ton calme, mais avec dans la voix une note de lassitude et de vieillesse que sa petite-fille n'avait jamais entendue auparavant.

— La demeure des ancêtres a été détruite. Le sol sacré est profané. Il y a un grand *thahu* sur ces lieux. Mon temps dans ce monde est achevé. Emmène-moi tout de suite, petite-fille.

Le bras qu'elle lui tendit ne tremblait pas. Wachéra posa ses calebasses à terre, fit glisser David sur l'autre hanche et prit la main de sa grand-mère. Elles tournèrent le dos aux Kikuyus en vêtements de l'homme blanc qui débitaient et brûlaient l'arbre sacré, et retournèrent dans la forêt.

Elles avançaient en silence ; seul le petit David, âgé de quatorze mois et inconscient de la catastrophe qui les frappait, gazouillait et babillait. La jeune Wachéra n'avait nulle envie de l'admettre, mais elle savait que sa grand-mère allait mourir. C'était la façon de faire kikuyu, de ne pas enterrer un mort mais de l'abandonner pour que les hyènes le dévorent. On ne devait jamais laisser quelqu'un mourir dans une hutte, car la hutte était souillée et devait être brûlée ; il ne fallait jamais toucher un cadavre, parce que c'était tabou. Quand une personne était très malade ou à l'agonie, elle s'en allait mourir seule — ou bien on l'emportait tant qu'elle était en vie — afin de ne pas infliger un *thahu* à sa demeure.

Elles parvinrent en un lieu inhabité. La grand-mère s'assit sur le sol poussiéreux, jonché de brindilles et de feuilles sèches et, pour la première fois, ses gestes étaient ceux d'une vieille femme. Ce vieillissement soudain de sa grand-mère stupéfia la jeune Wachéra : les articulations fatiguées craquaient, les bras et les jambes avaient des mouvements raides alors que peu de temps auparavant, sous le poids des calebasses, la sorcière semblait aussi alerte et vive que sa petite-fille qui avait cinquante ans de moins qu'elle.

La vieille Wachéra s'assit sur le sol et allongea les jambes devant elle :

— Le Dieu de Lumière viendra bientôt me prendre, dit-elle à mi-voix. Et je retournerai vivre avec nos Premiers Parents, Kikuyu et Mumbi.

Posant David par terre, la jeune Wachéra s'assit en face de sa grand-mère et attendit. Il s'était produit quelque chose de terrible, quelque chose dont la jeune femme concevait mal la portée mais qu'elle était certaine de comprendre un jour.

— Il y a de la douleur au pays kikuyu, dit enfin la vieille Wachéra, dont la respiration devenait oppressée. Le moment est venu de disparaître pour les anciennes traditions. Je sais maintenant que je suis née pour assister au crépuscule des Kikuyus. Les Enfants de Mumbi tourneront le dos à Ngaï, à leurs ancêtres, aux lois des tribus. Ils chercheront à ressembler à l'homme blanc. Les façons d'autrefois vont mourir et seront oubliées.

« Mathengé ne reviendra jamais à toi, ma fille. L'homme blanc lui a jeté un sort. Mais l'homme à qui tu as appartenu ne sera pas heureux dans sa nouvelle vie, car le proverbe dit : une fois aiguisé, le couteau coupe son propriétaire. Aucun reproche à lui faire pourtant, car un autre proverbe assure : le cœur d'un homme se nourrit de ce qu'il aime.

Elle se tut. Le soleil commença à glisser hors de la forêt en laissant de longues ombres pareilles à des serpents prêts à s'emparer des deux Kikuyus.

— Tu sais, ma fille, que nous vivons dans nos descendants. Un homme doit posséder de nombreuses femmes et avoir de nombreux enfants pour que nos ancêtres vivent éternellement. Mais l'homme blanc nous enseigne que c'est mal. Déjà les Kikuyus répudient leurs épouses. Il n'y aura plus assez d'enfants pour recueillir les âmes des grands-parents trépassés, et les esprits de nos ancêtres erreront sur la Terre sans demeure. Bientôt, il n'y aura plus de figuiers et il ne restera personne pour communiquer avec nos pères et nos mères du passé. Ils seront perdus.

D'une main tremblante, la sorcière ôta un bracelet de son poignet — il était fait en cils d'éléphants tressés et contenait donc une magie puissante. Elle le tendit à sa petite-fille. Quand elle reprit la parole, sa voix était plus ténue, sa respiration plus saccadée. Comme si la vie suintait déjà de ses vieux os, exactement comme la vie désertait les racines du figuier mourant.

— Tu vas manger un serment maintenant, petite-fille. Puis tu me quitteras.

La forêt devenait de plus en plus sombre et menaçante. Aucun Kikuyu ne s'écartait jamais du village la nuit, à cause des nombreux dangers que faisaient courir les animaux et les esprits. Mais la jeune Wachéra désirait rester avec sa grand-mère jusqu'à ce que la mort la réclame.

— Je ne partirai pas tant que tu vivras, dit-elle d'une voix nouée, en songeant aux hyènes qui étaient déjà arrivées et rôdaient aux alentours.

La vieille Wachéra secoua la tête.

— Peu importe qu'elles se repaissent de moi avant ma mort. Il faut honorer et respecter les hyènes, ma fille. Je ne crierai pas. Tu dois partir. Mais d'abord le serment.

Wachéra la jeune était terrifiée. Manger un serment est la forme de magie la plus puissante des Kikuyus : elle lie l'âme à la parole donnée. Rompre un serment mangé provoque une mort instantanée et terrible.

— Tu vas me promettre maintenant, petite-fille, par la terre qui est notre Grande Mère, que tu protégeras les vieilles traditions et les observeras à jamais.

La vieille femme prit un peu d'humus dans sa main qu'elle étendit devant elle. Traçant des signes magiques au-dessus de la terre, elle ferma les yeux et dit :

— Un jour, les Enfants de Mumbi se retourneront contre l'homme blanc et le chasseront du pays kikuyu. Quand ce temps viendra, ils voudront reprendre les traditions de leurs pères. Mais qui sera là pour les leur enseigner ?

— J'y serai, murmura la jeune Wachéra.

La sorcière plaça la terre dans les mains de sa petite-fille.

— Jure par la terre, notre Grande Mère, que tu conserveras les traditions des tribus et que tu communiqueras toujours avec les ancêtres.

Wachéra porta les mains à sa bouche et posa la langue sur la terre. Elle avala et dit :

— Je le jure.

— Jure aussi, Wachéra, que tu seras sorcière pour notre peuple, et pratiqueras les rites et la magie de nos mères.

De nouveau, Wachéra mangea de la poussière et prononça le serment.

— Et promets-moi, ma fille par l'âme...

La vieille femme avait du mal à respirer. Son corps parut se contracter, se réduire sous les yeux de sa petite-fille.

— Promets-moi de tirer vengeance de l'homme blanc de la colline.

Wachéra mangea le serment, promit de se venger du *mzungu* et regarda sa grand-mère mourir.

12

Elle avait traversé la forêt sans crainte malgré la nuit, car elle savait que l'esprit de sa grand-mère marchait à son côté. Wachéra avançait d'un pas décidé, les yeux aveugles aux formes noires de têtes et de flancs autour d'elle, les oreilles sourdes aux bruits des hyènes en train de se repaître de chair humaine. Elle se frayait un chemin entre les arbres et les arbustes, David blotti contre son corps jeune et fort, le courage et la détermination s'affirmant en elle à chaque pas comme si le pouvoir de sa grand-mère montait dans ses veines. À chaque arbre dépassé, la timidité, l'humilité de Wachéra s'estompait ; à chaque pierre qu'elle foulait, à chaque branche qui craquait, les peurs et les doutes de sa jeunesse se trouvaient brisés et rejetés. Wachéra grandissait en marchant — grandissait en esprit et en stature. Elle avait retenu chaque parole prononcée par Wachéra l'Ancienne ; elle s'en souviendrait jusqu'à sa mort.

Elle sortit enfin de la forêt dans la clairière où se dressait naguère l'arbre sacré et où il n'y avait plus qu'une hutte solitaire sous la lune. En serrant son enfant, le seul qu'elle aurait jamais, elle le savait, Wachéra la Jeune, maintenant guérisseuse du clan, leva les yeux vers la grande maison de pierre sur la colline.

— Dites donc, ça ressemble assez à un couronnement, hein ?

Ceci était dit par Son Excellence le Gouverneur qui, en raison de son rang élevé dans le Protectorat, se trouvait juste devant le perron de la maison. L'excitation était palpable dans l'air nocturne. Des torches flamboyaient le long de l'allée en courbe qui rejoignait la route poudreuse par où des retardataires arrivaient encore. Un brouhaha d'expectative montait du groupe des invités enchantés du spectacle que Treverton avait orchestré. Les verres de vin scintillaient au clair de lune, le gin rosé tournoyait dans les hauts gobelets. Tous attendaient impatiemment l'arrivée du comte et de la comtesse, après quoi ils pourraient inspecter à loisir la magnifique maison neuve puis se verraient servir un vrai festin.

— Il paraît que tout est éclairé avec des ampoules électriques. Treverton a installé une espèce de générateur, c'est la première électricité dans la province.

— Si je ne me trompe, il y aura un match de polo demain, disait quelqu'un d'autre.

C'était Hardy Acres, le directeur de la plus grosse banque de Nairobi, à laquelle presque toutes les personnes présentes devaient de l'argent.

— Si le temps reste au beau, ajouta son voisin.

Plusieurs visages se tournèrent vers le ciel nocturne où brillaient la lune et les étoiles. Pourtant, l'air ne semblait-il pas inhabituellement humide ce soir ? se demandèrent quelques-uns. Il suffirait d'un bon vent pour que les nuages descendent soudain du mont Kenya et apportent... la *pluie*.

— Tiens, dit une autre voix, les voilà.

Valentin Treverton avait compris qu'en Afrique-Orientale britannique, on pouvait remplacer le bon goût par le clinquant et s'en sortir avec honneur, parce que cela faisait partie de la magie de l'existence dans le Protectorat. Comme bien d'autres, Treverton avait été atteint par le soleil équatorial ; son élégance devenait ostentation, et son sens du cérémonial frisait la parodie. Tout le monde l'acceptait et adorait ça. Aussi, quand la charrette survint dans l'allée, tirée par des poneys harnachés à l'arabe avec pompons et grelots, la voiture ornée de guirlandes, de rubans et de fleurs, le cocher — un Africain — revêtu de la grande livrée Treverton y compris l'écusson sur sa veste et le haut-de-forme de velours vert, les invités ne purent qu'applaudir. Les colons d'Afrique-Orientale appréciaient les beaux spectacles.

Il était admis qu'ici les règles étaient différentes et étaient souvent improvisées pour les besoins de la cause. Les week-ends de chasse, de beuveries et de tir à la cible aidaient à oublier que les récoltes se desséchaient dans les champs, que les Africains mouraient de faim et de maladie, et que la menace d'avoir à rentrer en Angleterre avec juste les mains dans les poches était très réelle et présente.

Béni soit Valentin Treverton, pensait chacun à part soi. Il tenait ses promesses et ce soir il s'était surpassé. Ses invités lui en étaient profondément reconnaissants.

Lady Rose avait une allure folle quand elle descendit de la voiture : elle tenait à la main — incroyable ! — un bouquet de lis. Où Treverton les avait-il dénichés par cette sécheresse ? Et la coiffure de la comtesse ! Déjà les femmes prenaient note de couper leurs longs cheveux coiffés à la Gibson pour adopter l'ondulation à la « Marcel », la mode de la femme libre et moderne qui faisait scandale en Europe, mais que Lady Rose venait de rendre acceptable. Sa robe longue ornée de perles traînait derrière elle. Elle monta les marches en saluant de la tête avec des sourires radieux. Ses cheveux brillaient comme du platine poli à la lueur des torches. Valentin, fier et digne, marchait à côté d'elle ; il était incontestablement le plus bel homme de la réunion. Derrière eux suivait le Dr Grace Treverton, vêtue de façon plus classique que sa belle-sœur ; Mme Pembroke était à côté d'elle, portant Mona, âgée de dix mois ; et en dernier venaient Sir James et Lady Donald, les meilleurs amis des Treverton et leurs invités d'honneur.

Les portes furent ouvertes par deux serviteurs souriants et Valentin conduisit son épouse dans la maison pour la première fois.

Elle était aussi fabuleuse que Lady Rose l'avait imaginée — et même davantage ! Valentin avait placé de petites surprises partout : un vaisselier ancien pour son service de porcelaine de Spode, qui dormait dans une caisse depuis presque un an ; dans le petit salon, la merveilleuse horloge dont le balancier scandait le temps ; dans la salle à manger était maintenant accroché un portrait des parents de Rose qu'il avait fait venir en secret. Et la plus grande, la meilleure surprise de toutes : au milieu du grand salon, un arbre de Noël coupé dans la forêt d'Aberdare et surchargé de bougies allumées, de cheveux d'ange et d'ornements en pain d'épices. À ses pieds était déposée une couche de neige artificielle.

Rose était bouleversée. Elle se tourna vers lui, dit : « Valentin, mon chéri » et se jeta dans ses bras.

Quand ils s'embrassèrent, tout le monde applaudit — sauf les serviteurs kikuyus, qui appartenaient à une tribu où l'on ne s'embrasse pas : ils se demandaient pour quelle raison la memsaab et le bwana collaient ainsi leurs bouches l'une contre l'autre.

Miranda West, arrivée de Nairobi la veille et affairée dans la cuisine bien avant l'aube, présidait au bon service de ses chefs-d'œuvre culinaires. Comme deux cents invités ne pouvaient pas s'asseoir tous ensemble, le banquet était servi à la manière d'un buffet par des Africains qui portaient des gants blancs et avaient revêtu des gilets rouges à la mode de Zanzibar, brodés d'or, sur de longs *kanzus* blancs. Les pommes dauphine soufflées de Miranda accompagnaient les rôtis de gazelle, les truites arc-en-ciel du réservoir aux eaux de plus en plus basses de Valentin, les perdrix à éperon cuites dans du miel et le jambon de la Rift Valley. Les scones étaient servis avec du beurre et de la confiture ; le pâté de saumon de Miranda était tartiné sur du pain de ménage ; et même les punches étaient de sa création. La fameuse *badminton and claret cup,* la boisson sucrée au vin rouge et au citron, préparée dans des saladiers de cristal taillé, était servie à la louche dans des coupes assorties. Le repas suscita des soupirs d'extase et de mélancolie dans la compagnie prise du mal du pays pour avoir goûté un peu d'Angleterre et s'être soudain rappelé ce qu'elle avait abandonné pour les hasards de cette nouvelle vie. Il y avait même des musiciens, avec des violons et un accordéon, qui interprétèrent des cantiques de Noël. Sur sa colline solitaire, Bellatu lançait tous ses feux dans la nuit, comme ces châteaux de contes de fées qui reviennent à la vie un seul jour tous les cent ans. À des kilomètres à la ronde, des indigènes dans leurs cases sombres enfumées se terraient avec leurs enfants et leurs chèvres, effrayés par la nuit et déconcertés par les échos des rires et de la musique des *wazungus*. Sur une pente voisine de la montagne, un éléphant solitaire barrit, comme pour rappeler à ces gens qui festoyaient l'endroit où ils se trouvaient.

Les invités sortirent sur la véranda, sur les pelouses; quelques-uns se risquèrent au premier pour jeter un coup d'œil aux chambres. Valentin ne quittait pas Rose un seul instant. Ils formaient un couple enchanté répandant magie et bénédictions sur tous ce qu'ils touchaient. La chance de Treverton dans le Protectorat était devenue légendaire au cours de cette année : alors que toutes les récoltes dépérissaient par manque d'eau, ses plants étaient forts et bien verts. Il avait même une façon de s'y prendre avec les Africains qui rendait perplexe, ils lui étaient fidèles et ne semblaient jamais s'enfuir ni bouder le travail. Les gens se pressaient donc autour du comte et de sa belle épouse, avec l'espoir qu'un peu de l'enchantement déteindrait sur eux.

Grace s'échappa vers la terrasse où elle s'arrêta près d'une haie taillée, et regarda la rivière Chania.

— Votre frère s'est surpassé je crois, dit Sir James en la rejoignant. Cette soirée alimentera les conversations pendant des années.

Elle rit et prit une gorgée de champagne.

— Comment Valentin a-t-il les moyens de payer tout cela ? demanda James.

Grace ne répondit pas. Elle savait que son frère puisait largement dans les revenus de ses loyers de Bella Hill, et elle espérait qu'il aurait le bon sens de s'arrêter à temps. La propriété du Suffolk n'était pas un puits d'or sans fond.

Trois hommes passèrent, leurs smokings blancs leur donnaient des allures de fantômes au clair de lune.

— Quand je suis en safari, dit l'un d'eux, je préfère

dormir à la belle étoile. Le ciel est un bon toit, tant qu'il n'y a pas de gouttières.

James leva son verre de cognac et sourit à Grace. Elle fut touchée par ce sourire, par les plis autour de ses yeux.

L'un des trois hommes, comme ils disparaissaient au coin de la haie, lança d'une voix légèrement pâteuse :

— Il paraît qu'il y a un vieux avec des défenses énormes du côté du lac Rodolphe !

Et la conversation, de plus en plus indistincte, tourna à la chasse aux éléphants.

James devint songeur. Son visage prit un air absent et le verre resta près de ses lèvres, sans qu'il boive.

— Quelque chose ne va pas ? demanda Grace.

— Non, je me rappelais simplement...

Il posa le verre sur le bord d'un abreuvoir pour oiseaux en marbre.

— Mon père était chasseur d'ivoire. Dès que j'ai été en âge de le suivre, il m'a emmené en safari. Lorsque nous sommes allés au lac Rodolphe, je venais juste d'avoir seize ans, je m'en souviens.

Il parlait sans la regarder, d'une voix de plus en plus lointaine.

— C'était en 1904. Nous suivions un vieux mâle que mon père avait blessé avec sa première balle. J'étais resté au camp pendant qu'il continuait, et il l'a trouvé. L'éléphant a chargé mon père, et avant qu'il puisse tirer une deuxième balle, son fusil s'est enrayé. Il s'est retourné et s'est enfui, poursuivi par le solitaire géant dans un bruit de tonnerre. Selon le porteur de fusil qui est venu me chercher, mon père s'était jeté de côté juste au moment où l'éléphant arrivait sur lui. L'animal a fait demi-tour, est revenu à la charge et a essayé de l'éventrer avec ses défenses. Quand je suis arrivé, mon père avait réussi à ramper derrière le menton de l'éléphant, de sorte que les défenses ne pouvaient plus l'atteindre, mais l'animal le martelait à coups de genou. J'ai tiré à plusieurs reprises et j'ai abattu l'animal, mais mon père était déjà mort. Le trajet de retour a été très long, plusieurs centaines de kilomètres, moi seul avec les porteurs indigènes. Et tout le temps j'étais malade d'inquiétude en me demandant comment j'allais annoncer la nouvelle à ma mère. Mais à mon arrivée à Mombasa, j'ai appris qu'elle venait de mourir d'hématurie.

Il regarda Grace et son visage avait une expression de douceur.

— C'est à cette époque que je suis allé en Angleterre vivre chez des parents. À mon retour en Afrique-Orientale, j'avais vingt-deux ans et j'étais marié. J'ai acheté la propriété de Kilima Simba et importé des vaches ayrshire pour les croiser avec les zébus indigènes. Depuis lors je n'ai jamais eu le cœur de chasser.

Au bout d'un instant, il ajouta :

— Vous êtes vraiment heureuse ici, Grace, n'est-ce pas ?

— Oui.

— Cela me fait plaisir. Les gens qui n'aiment pas l'Afrique-Orientale n'ont aucun droit d'y être. Pour moi, c'est le seul monde que je connaisse. Je suis né ici et j'y mourrai. Ceux-là... dit-il en montrant la maison bruyante. Ceux qui viennent ici pour faire des fortunes rapides en exploitant le pays et les indigènes... Ce sont des criminels. Ceux qui n'aiment pas ce pays devraient rentrer chez eux.

— Je suis ici chez moi, à présent, répondit-elle à mi-voix.

James sourit.

— « Ici dans un vaste pays de soleil
Où aucun fort ne ronge jusqu'à l'os
Je poserai la main dans celle de mon voisin
Et ensemble nous nous réconcilierons... »

Il se tut. Il semblait sur le point de dire autre chose quand une voix surgit entre eux.

— Ah, vous voilà !

Ils se retournèrent. La femme de James venait de franchir les portes-fenêtres.

De nouveau, comme à plusieurs reprises au cours des dix mois précédents, Grace crut voir sur le visage de Lucille une expression de déplaisir ou de douleur. Mais aussitôt, comme maintenant, un sourire remplaçait la grimace.

— J'ai bien peur que le bruit ne soit devenu un peu trop fort là-dedans, dit-elle. Quelqu'un s'est mis à danser une gigue écossaise.

James rit.

— Imaginez-vous ces fêtards se levant demain matin pour jouer au polo ?

— Mon frère se chargera de les réveiller ! Il entraîne ses chevaux depuis un mois. Nous aurons un sacré match. Avez-vous pris des paris, James ?

— Nous ne serons pas ici pour le polo, je le crains, répondit Lucille. Nous partirons dès l'aube.

— Vous partirez ?

— Lucille désire assister au service de Noël de la mission méthodiste, à Karatina.

— Mais le Père Mario doit venir de la mission catholique ! Nous aurons une messe splendide sur la pelouse de devant.

Le sourire de Lucille se durcit.

— Je n'ai pas envie d'assister à un service papiste. Je regrette assez de ne pouvoir aller à Karatina que quatre fois par an. Vous savez, Grace, vous feriez mieux de demander un pasteur à votre Société des Missions au lieu de vos infirmières.

— Mais j'ai besoin d'infirmières, Lucille. Terriblement. Je ne parviens pas à convaincre les Kikuyus de toucher à des malades.

— Vous prenez les choses à l'envers. Un pasteur détournerait ces païens de leurs pratiques abominables et en ferait des chrétiens. Alors vous auriez toute l'aide dont vous avez besoin.

Grace la regarda avec stupeur.

— Écoutez ! s'écria James. Ils jouent « Douce Nuit ».

Les échos de la fête se turent, les rires cessèrent, le chant des violons emplit la nuit. Bientôt la maison et ses pelouses furent plongées dans le silence tandis que l'hymne de Noël s'élevait jusqu'aux étoiles froides de l'équateur, si éloignées du pays natal. Quelques nuages vaporeux, comme attirés par la curiosité, se détachèrent du mont Kenya et s'avancèrent à travers le ciel.

Grace se tenait entre James et Lucille ; tous les trois regardaient, dans les pièces brillamment éclairées de Bellatu, cette grande famille très disparate tout à coup unie par un chant familier que des voix reprenaient peu à peu. Les serviteurs africains observaient l'air figé ces *wazungus* bruyants de l'instant précédent soudain pleins de révérence et de nostalgie.

Miranda West sortit de la cuisine. De l'autre côté de la salle, debout près de l'arbre de Noël, elle vit Lord Treverton qui dirigeait le chœur de sa voix de baryton. Miranda songeait à l'an nouveau, 1920, et à l'avenir qu'il promettait. Un seul moyen existait pour elle de faire sien le comte et c'était de lui donner ce qu'il désirait par-dessus tout : un fils.

Par coïncidence, Valentin avait à peu près les mêmes pensées, mais dans un contexte différent. Tenant la main de Rose tandis qu'ils chantaient « Douce Nuit », il songeait à l'échec du bromure du Dr Hare, qui n'avait rien résolu et à la nouvelle tactique qu'il avait l'intention d'adopter ce soir. La poudre dans le chocolat de Rose l'avait simplement fait dormir, et il ne la désirait pas de cette manière-là. Il voulait qu'elle réagisse, qu'elle lui fasse l'amour. C'était la vie sous la tente qui avait tout gâché, avait-il conclu. Et la délicatesse de Rose, sa pudeur... Mais ce soir, il la conduirait dans leur chambre pour la première fois, et ils commenceraient enfin leur véritable vie conjugale, sous le dais du lit à colonnes ancestral des Treverton.

Lucille, debout sur la terrasse près de son mari et sentant l'air humide de la nuit peser sur elle, essaya de tout son cœur de chasser par le chant l'amertume et la colère de son âme. Lady Donald, résidente du Protectorat depuis dix ans, femme d'éleveur et mère dévouée, recelait un horrible secret : elle détestait l'Afrique-Orientale et maudissait le jour où elle avait quitté l'Angleterre.

— Memsaab ! Memsaab ! lança une voix de l'autre côté de la haie, doucement mais sur un ton pressant.

Grace se retourna pour voir Mario, ses yeux dilatés et affolés dans le noir.

— Venez vite, Memsaab ! C'est grave !

— Où ? Qu'y a-t-il ?

— Le chef Mathengé. Venez tout de suite !

Grace et James échangèrent un regard.

— Reste ici, ma chérie, dit James à Lucille. Je vais accompagner Grace.

Ils suivirent Mario sur un sentier qui sortait du parc et serpentait à l'orée des bois puis longeait la rivière. Il les conduisait à Chantoiseau.

— Que s'est-il passé, Mario ? demanda Grace comme ils contournaient sa maison. Où est le chef Mathengé ?

— Il est derrière, Memsaab.

Quand ils eurent tourné le coin de la maison et franchi la barrière du petit potager, Grace et James s'arrêtèrent net. Dans le noir, ils distinguaient une forme allongée au milieu des plants de maïs et de haricots.

— Apporte-moi une torche, Mario, ordonna Grace en se précipitant vers Mathengé.

Le jeune chef était allongé sur le dos, apparemment endormi. Mais quand Grace lui prit le pouls elle ne sentit rien ; il avait la peau froide. James s'agenouilla de l'autre côté et regarda Grace.

— Qu'y a-t-il ? Que lui est-il arrivé ?

— Je ne sais pas...

Elle parcourut rapidement du regard le corps du jeune chef. Aucune blessure, pas de sang. Mais il faisait trop sombre pour bien voir. Des nuages noirs dissimulaient maintenant la lune.

Quand Mario revint avec la torche électrique, Grace la braqua sur le visage de Mathengé. Sa main se figea.

— Mon Dieu, dit Sir James.

Mario poussa un cri et recula d'un bond.

Grace regarda longuement le beau visage endormi, à moitié

caché par le cône à éther. Elle fit glisser le faisceau de la torche le long du corps et trouva la bouteille d'éther vide dans la main droite.

— Mon Dieu, murmura de nouveau James. Comment cela s'est-il produit ? Qui a fait ça ?

Grace se sentit devenir elle-même froide et engourdie en regardant les yeux de Mathengé fermés pour un sommeil éternel. Il n'avait sur lui aucun signe de violence ; ses vêtements n'étaient pas dérangés, ses cheveux, toujours coiffés à la manière des guerriers masaïs, étaient disposés en tresses bien alignées sur son front. Il avait l'air, en fait, d'être venu dans le jardin s'étendre pour une sieste paisible.

— Je ne crois pas que quelqu'un lui ait fait ça, dit Grace lentement. Il l'a fait lui-même.

— Impossible. Les Kikuyus ne se suicident jamais.

Elle tourna vers James un regard embué.

— Il n'avait pas l'intention de se suicider. Il ne comptait pas mourir. Il s'attendait à se réveiller comme Mario...

— Bon sang ! murmura James, incrédule. Il voulait connaître le secret du pouvoir des blancs !

— C'est Noël, dit-elle en réprimant un sanglot. La naissance de son nouveau dieu. Il *croyait*...

Elle fondit en larmes.

James contourna le corps, releva Grace et la prit dans ses bras. Tandis qu'elle pleurait sur son épaule, d'autres nuages se détachèrent du mont Kenya et commencèrent à emplir le ciel, masquant les étoiles. La nuit parut plus profonde et plus sombre.

— C'est ma faute ! Entièrement ma faute !

James la serra contre lui.

— Ce n'est pas votre faute, Grace. Vous n'êtes pas responsable de l'innocence de l'Afrique.

Elle pleura encore un instant puis se redressa en séchant les larmes sur ses joues. À ses pieds gisait le cadavre du beau chef naguère si fier, que l'homme blanc avait dépouillé de sa sagaie. Elle frissonna dans le refuge des bras de James, baissa les yeux vers la forme sombre, pathétique, au milieu des légumes, et prit conscience de l'importance profonde de l'événement. Avec la mort de Mathengé, venait de périr le dernier des authentiques guerriers d'Afrique. Mais ce n'était pas tout...

— Est-ce qu'il y aura des troubles, à votre avis ? demanda-t-elle comme ils retournaient vers la maison.

James ne le pensait pas. Il n'y avait eu aucune traîtrise, aucune raison de se venger d'un autre clan. Mathengé serait enterré discrètement et l'on nommerait un autre chef à sa place.

Ils arrivèrent pour trouver Hardy Acres, le banquier gros et gras, costumé en Père Noël qui distribuait des cadeaux sortis d'un énorme sac. Grace contourna la foule pour aller trouver son frère, qui trônait comme un roi présidant à la distribution de ses largesses. Chaque cadeau, enveloppé, portait une étiquette et un nom : du parfum, des mouchoirs de dentelle ou des peignes d'argent pour les dames ; des couteaux de chasse, des cravates de soie ou des portefeuilles en crocodile pour les messieurs.

Elle se rapprocha de lui par-derrière et lui chuchota à l'oreille.

— Pas maintenant, ma vieille ! répondit-il gaiement.

— Valentin, tu ne m'as pas entendue, je t'ai dit qu'il y avait eu un accident.

— C'est toi le médecin. Occupe-t'en.

Quelques cadeaux amusants provoquaient de temps à autre des explosions de rire dans la foule. Puis un grondement, trop fort pour provenir de rires, fit que tout le monde se tut et leva la tête. Un coup de tonnerre éclata.

— Dites-moi, commença M. Acres, vous ne croyez pas...

— Val, insista Grace, profitant de l'instant de silence, il faut que tu viennes avec moi. C'est le chef Mathengé...

— Où est-il donc ce garçon ? Il était invité à la soirée, tu sais.

— Bonté divine, dit Sir James. Avais-tu également invité sa femme ?

Grace leva la tête de même que tout le reste de l'assistance se tournait vers la porte d'entrée. Un silence stupéfait emplit la salle ; deux cents paires d'yeux regardaient, avec incrédulité.

Wachéra se dressait, pareille à une statue, sous le lustre de cristal du vestibule comme si elle venait de se matérialiser là. Elle parcourut des yeux la mer de visages blancs, silhouette exotique sur ce fond de portemanteaux d'acajou et de porte-parapluie de cuivre. Wachéra était vêtue pour une cérémonie particulière.

Une robe et des tabliers de cuir couvraient son corps fort et svelte. Des rangées de colliers de perles s'alignaient sur sa poitrine et sur ses épaules, et s'étageaient sur toute la hauteur de son cou, semblant lui soutenir la tête. De grands cercles de perles sortaient de ses oreilles percées non seulement au lobe mais en haut et sur le côté. Ses avant-bras jusqu'au coude et ses chevilles jusqu'au genou étaient décorés de perles, de breloques de cuivre et de bandes de cuir où étaient cousus de ces coquillages qu'on appelle porcelaines. Des rangs de perles se croisaient sur son front ; des serre-tête de cuivre cerclaient son crâne noir rasé ; une lanière de cuir avec trois perles pendait entre ses yeux et reposait sur l'arête de son nez. Ses yeux, de grands yeux en amande au-dessus de pommettes saillantes, dévisageaient d'un regard voilé la foule stupéfaite.

Valentin, se remettant du choc provoqué par son apparition, se leva et dit :

— Que diable fait-elle ici ?

Wachéra avança d'un pas et la foule s'écarta. C'est alors que Grace vit le petit David, le fils de Mathengé, nu hormis un collier, qui se cramponnait à la main de sa mère.

Valentin ordonna du geste aux serviteurs de la faire sortir mais ils ne bougèrent pas. Ils avaient beau avoir des noms chrétiens, parler couramment l'anglais, porter les gants de l'homme blanc, ils étaient néanmoins des Kikuyus et ils avaient peur d'une guérisseuse.

— Que voulez-vous ? finit par demander Valentin.

Wachéra se dirigea vers lui et quand elle en fut à quelques pas, elle s'arrêta et le dévisagea.

Leurs regards s'affrontèrent ; puis, lentement, Lord Valentin se rassit.

Voyons, pensa-t-il, *ce n'était pas la même jeune femme timide et effacée qui était venue avec humilité au camp, baissant la tête et offrant des présents !* Il plissa les paupières et chercha du regard alentour. Où était donc la grand-mère ?

Et ce n'était pas maintenant un humble murmure qui emplit la salle quand Wachéra parla, mais la voix d'un esprit fier et intraitable. Elle s'exprimait en kikuyu, langue que peu des personnes présentes comprenaient mais que Sir James traduisit.

— Vous avez profané un sol sacré, dit la guérisseuse. Vous avez détruit la demeure des ancêtres. Vous avez commis un acte impur contre le Dieu de Lumière. Vous serez châtié.

Valentin était stupéfait.

— De quoi diable parle-t-elle ?

Wachéra continua :

— J'appelle les Esprits du Vent.

Elle prit à sa ceinture la gourde divinatoire sacrée ; cette gourde contenait des charmes magiques réunis par une ancêtre sans nom, des siècles auparavant. Quand elle la secoua, le crépitement emplit la maison.

— Les ancêtres placent un *thahu* sur ce lieu de péché.

Elle se tourna pour secouer la gourde vers chaque angle en disant :

— Esprits mauvais, installez-vous ici. Et ici. Et ici.

Elle souleva la gourde au-dessus de sa tête.

— Et sous votre toit. Jusqu'à ce que cette terre soit rendue aux Enfants de Mumbi, vous subirez maladie, malheur et pauvreté tous les jours de votre vie. Jusqu'à ce que cette terre soit rendue aux Enfants de Mumbi, le caméléon rendra visite à cette maison souillée.

— Le caméléon ! s'écria Valentin, en s'agitant impatiemment sur son siège.

Si les serviteurs refusaient de l'expulser, par Dieu ! il allait le faire lui-même.

— Le caméléon est le symbole de la pire malchance pour les Kikuyus, expliqua James. En invitant le caméléon dans votre maison, elle vous souhaite...

— Jusqu'à ce que cette terre soit rendue aux Enfants de Mumbi, dit-elle d'un ton de mort, vos enfants boiront de la rosée.

— Que diable veut-elle dire ?

— C'est un proverbe kikuyu. Boire de la rosée signifie disparaître.

— D'accord, lança Valentin en se levant. Maintenant, ça suffit. Sortez de ma maison.

— *Thahu !* cria Wachéra. Malédiction sur vous et vos descendants jusqu'à ce que cette terre soit rendue aux Enfants de Mumbi !

— J'ai dit : sortez !

Il regarda autour de lui.

— Où diable est Mathengé ? Je croyais que ces gens mettaient leurs femmes au pas ! Vous, là-bas ! lança-t-il, le bras tendu vers deux Africains terrifiés. Faites sortir cette femme.

Mais ils étaient glacés de peur. Ils avaient bien l'intention de quitter cette maison sur qui pesait un *thahu*.

— Bon, ça va ! cria Valentin.

Il avança à grands pas vers Wachéra et tendit la main pour la saisir par le bras. Au même instant, un violent coup de tonnerre ébranla la maison. Puis vint le léger murmure de la pluie.

— Hé ! s'écria un des invités. Il pleut !

L'assemblée se dissocia, comme tous se précipitaient vers les fenêtres et les portes. Ils sortirent sous l'averse, le visage et les mains levés vers cette eau merveilleuse, s'étreignant, riant, fous de joie.

La pluie martelait le toit et cinglait les fenêtres, tandis que le tonnerre roulait d'un bout à l'autre de la vallée assoiffée.

— Eh bien, ça ! dit Valentin d'un ton triomphant.

Il se campa devant Wachéra, pieds écartés et poings sur les hanches.

— Si c'est l'idée que vous vous faites d'une malédiction dit-il, je l'accueille avec plaisir.

Il éclata de rire, la tête rejetée en arrière. Puis il tourna les talons, prit la main de Rose et l'entraîna à travers la salle pour rejoindre la foule trempée de pluie, sur la véranda.

Seuls Sir James et Grace restèrent ainsi que la petite Mona dans sa chaise haute. Wachéra s'arrêta pour les regarder tous les trois longuement d'un air songeur, puis se détourna pour s'en aller, sa main tenant solidement le petit David.

— Attendez, dit Grace. J'ai quelque chose à vous dire. C'est au sujet de Mathengé.

Wachéra s'arrêta et toisa Grace d'un regard hostile.

— Mon mari est mort, dit-elle en kikuyu, et bien qu'elle n'eût pas ajouté *Et vous l'avez tué,* c'était dans ses yeux.

Il n'y aurait ni match de polo ni chasse au renard le lendemain ; le champ où se trouvaient les tentes des invités serait au lever du jour un bourbier où l'on enfoncerait jusqu'aux genoux ; revenir vers les maisons et les fermes lointaines serait presque impossible et affreusement inconfortable. Mais nul ne s'en souciait. La pluie pour laquelle on avait tant prié était enfin venue, et elle tombait d'une façon tellement torrentielle et continue, les nuages noirs avançant en nappe ininterrompue, que récoltes et investissements allaient être sauvés, tous le savaient.

Quand Grace était retournée à Chantoiseau, elle avait découvert que des animaux sauvages avaient déjà emporté le cadavre de Mathengé et elle s'était dit tristement que c'était probablement ce qu'il aurait souhaité. À présent, elle dormait avec Sheba, le gros guépard qui ronflait collé contre son dos. Sir James et Lucille étaient confortablement installés dans l'une des chambres d'amis de la grande maison, de même que le Gouverneur et Lord et Lady Delamere ; les deux cents autres invités s'arrangeaient tant bien que mal mais le cœur content de leurs tentes qui prenaient l'eau et de leurs lits de camp humides. Une seule personne n'accueillait pas avec sérénité la façon dont s'achevait la soirée. Lady Rose, assise devant sa coiffeuse pour brosser ses cheveux courts, était perplexe.

Après de dignes ébats sous la pluie, elle et Valentin avaient souhaité bonne nuit à leurs invités et s'étaient retirés au premier étage, où des bains chauds les attendaient. Elle avait été agréablement surprise de voir comme Valentin avait joliment meublé et décoré la partie supérieure de la maison : des baignoires avec robinets d'eau chaude et d'eau froide ; des sanitaires aux toilettes carrelées, des tapis de Turquie sur les parquets de cèdre ; des tableaux et des photographies sur les murs. Un cadre chaud et intime — surtout avec la tempête qui faisait rage au-dehors. Et pourtant...

Rose se sentait étrangement troublée. Valentin était dans la baignoire, en train de chanter au milieu de la vapeur. Il l'avait conduite dans cette chambre en lui annonçant qu'il la rejoindrait bientôt. Rose avait trouvé ses malles déballées, tout suspendu et rangé, ses affaires de toilette et ses produits de beauté posés sur sa coiffeuse. Manifestement, c'était sa chambre. Alors, où se trouvait celle de Valentin ?

Il sortit de la salle de bains en pyjama de soie et robe de chambre brodés à ses initiales, ses cheveux bruns encore humides tombant sur son front.

— Joyeux Noël, ma chérie, dit-il en venant se poster derrière elle. Vous vous êtes bien amusée ?

Elle regarda le reflet dans le miroir. À travers son peignoir de satin, elle sentait la chaleur du corps de Valentin. Comme il était beau, comme il était parfait. *Ce soir, je le laisserai me tenir dans ses bras avant de m'endormir.*

— C'était merveilleux, Valentin. Mieux que je ne l'avais rêvé. Mais, oh, cette pluie va gâcher le reste de la fête. Je me faisais une telle joie de déjeuner sur la pelouse demain. Mme West devait servir un vrai repas à l'anglaise.

Il posa doucement les mains sur ses épaules.

— Nous avions absolument besoin de cette pluie, chérie. Maintenant le bétail de James ne mourra pas, notre café ne dépérira pas et M. Acres ne sera pas obligé de saisir pratiquement tout l'immobilier hypothéqué dans le Protectorat.

Valentin vint s'agenouiller à côté d'elle.

— J'ai un cadeau pour vous, dit-il.

Les yeux de Rose étincelèrent. Le champagne, l'altitude...

Il lui tendit un petit écrin enveloppé de papier de Noël. Rose l'ouvrit avec des doigts impatients et s'exclama devant le collier de jade et d'émeraude qu'il contenait.

— Il a fallu quatre continents pour le faire, dit-il. Est-ce qu'il vous plaît ?

Elle lui jeta les bras autour du cou.

— Valentin, chéri ! Il est adorable ! Mais je n'ai pas encore préparé *votre* cadeau. Je comptais vous l'offrir demain matin.

— Cela peut attendre.

Il lui enlaça la taille.

— Heureuse ?

Elle enfouit le visage dans son cou.

— Plus que je ne l'ai jamais été. La maison est parfaite, Valentin. Merci.

Il eut envie de crier de joie. Tout se passait exactement comme il l'avait prévu. Tous ces mois passés à travailler dur, à mener au fouet les indigènes, à faire ces satanés trajets interminables jusqu'à Nairobi, à brûler d'être auprès de sa femme, à la désirer...

Sa bouche chercha celle de Rose.

Valentin l'embrassa tendrement et chastement tandis que Rose reposait détendue dans ses bras. Mais dès que le baiser devint passionné et que sa bouche se plaqua sur la sienne, elle s'écarta en riant.

— La journée a été si chargée, chéri ! Et je suis tellement fatiguée.

— Alors nous allons nous coucher.

Il rabattit les couvertures du lit à colonnes et plia l'édredon au pied du lit, puis il se pencha pour enlever les pantoufles de Rose. Assise sur le bord du lit, elle soupira langoureusement. Par quel miracle, s'émerveillait Rose, avait-elle trouvé et épousé l'homme dont elle rêvait depuis son enfance ? Il était si courtois, si gentilhomme, tel un chevalier du Moyen Âge...

Il ôta sa robe de chambre et l'étala sur le dos d'une chaise.

— Que faites-vous, mon chéri ? demanda-t-elle.

— Je sais que j'ai l'habitude de veiller tard même après une longue journée, dit-il en contournant le lit et en écartant les couvertures de l'autre côté, mais ce soir, je ferai une exception.

Elle s'était assise dans le lit, les draps tirés jusqu'au menton. Rose ignorait cette habitude de veiller tard ; elle et Valentin s'étaient à peine vus le soir au cours des dix derniers mois. Ce qu'elle voulait dire, c'est : Pourquoi montait-il dans *son* lit ?

— Je suis vraiment fatiguée, dit-elle d'un ton hésitant. Ne préféreriez-vous pas aller dans votre chambre ?

Il rit.

— Chérie, c'est ma chambre ici.

Elle le dévisagea avec stupeur. Valentin, debout près du lit, la regarda.

— Quand nous étions sous la tente, il était raisonnable de

dormir séparés. Mais nous sommes dans notre maison, à présent ma chérie. Et nous sommes mariés.

— Oh, fit-elle.

— Tout ira bien, dit-il avec douceur. Vous verrez. Nous allons nous habituer de nouveau l'un à l'autre. Comme à Bella Hill.

Bella Hill ! À Bella Hill il avait abusé d'elle, il l'avait humiliée et elle l'avait détesté. Mais ces dix mois d'Afrique-Orientale avaient amélioré les choses. Il n'avait certainement pas l'intention de... Grace avait dû lui expliquer que...

— Qu'est-ce qui ne va pas ? demanda-t-il.

Valentin allongea la main pour la toucher et Rose recula. Le tonnerre roula du haut de la montagne et explosa au-dessus de leur tête.

— Je croyais que vous auriez votre propre chambre.

Maintenant, il voyait la frayeur sur son visage, il voyait son corps se raidir. Le tonnerre éclata de nouveau et la maison trembla. *Seigneur !* songea Valentin. *Pas de nouveau ! Encore maintenant !*

— Rose, vous devez accepter le fait que je suis votre mari, et non un cousin ou un frère affectueux. J'ai le droit de coucher avec vous.

Elle se mit à trembler. Ses yeux se dilatèrent de peur, pareils à ceux d'une gazelle, comme s'il allait la tuer. Il avait vu cette expression à la chasse au cours de bien des safaris ; il ne la méritait pas dans son propre lit.

— Bon Dieu, Rose ! s'exclama-t-il en lui saisissant le bras.

— Non ! hurla-t-elle.

— Rose, pourquoi diable...

— Non, je vous en supplie...

Ses yeux s'emplirent de larmes.

— Oh, pour l'amour du ciel.

— Laissez-moi tranquille !

Un éclair illumina la pièce. Rose était pâle comme un spectre ; sa peau devint froide sous les doigts de Valentin. Puis le tonnerre claqua de nouveau, maintenant plus proche. L'air vibrait ; il était chargé d'électricité, comme si l'orage avait envahi la chambre. Valentin sentit sa colère monter — ainsi que son désir.

— Je ne tolérerai pas ceci plus longtemps ! cria-t-il. Cela fait dix mois que le bébé est né. Vous n'êtes pas malade.

Elle se libéra et tenta de s'enfuir, mais Valentin la plaqua sur le lit. D'une main il lui immobilisa les poignets et de l'autre il tira avec rage sur le peignoir. Le satin se détacha de sa peau blanche et elle hurla de nouveau.

— Continuez ! lança-t-il. Que tous nos amis sachent ce qui se passe. Croyez-vous que je m'en soucie ?

Elle se débattit au-dessous de lui, tenta de s'échapper ; une main se libéra, elle lui griffa le cou.

— Je veux ce qui m'appartient, dit-il. Et si vous refusez de me l'accorder, je le prendrai par n'importe quel moyen.

Un éclair déchira le ciel autour du mont Kenya et, pendant une fraction de seconde, lança sa lumière crue sur le sommet déchiqueté de la haute demeure de Ngaï. Les murs et les fondations de Bellatu tremblèrent ; les arbres dans la forêt, les grands eucalyptus de la petite clairière de Rose furent secoués frénétiquement. L'orage s'abattait sur le domaine Treverton comme un châtiment. Il entraîna la terre fertile dans son flot, noya les fragiles plants de café, gonfla la rivière en une crue déchaînée qui rompit son barrage et déborda sur ses rives.

Wachéra, la guérisseuse kikuyu, assise dans la case qui serait sa demeure pendant les sept décennies suivantes, leva les yeux vers les fenêtres de la maison de l'homme blanc, sur la colline. Derrière l'une d'elles, au premier étage, les lumières s'éteignirent.

DEUXIÈME PARTIE

1920

13

— Eh bien, nous voilà dans notre bon droit, à présent, lança Audrey Fox en tâtant le savon dans le chaudron pour voir s'il était refroidi et sec. Il ne s'agit plus de protectorat, nous sommes une colonie. N'empêche, je n'aime pas beaucoup qu'on l'appelle *kinya.* Ça veut dire *autruche* dans la langue tribale, non ? N'est-ce pas pour cela que les indigènes ont appelé la montagne *Kinya,* parce qu'elle ressemble à une autruche mâle ? Je préférais Afrique-Orientale britannique, ça sonnait mieux. Surtout, ça sonnait *britannique.* N'est-ce pas ce que nous sommes ? *Kinya* est un nom *africain.*

Mary Jane Simpson, qui tenait son fils pour l'empêcher de gigoter le temps que Grace lui examine l'oreille, se fit l'écho du sentiment de son amie, puis cria :

— Lawrence ! Je te le dis pour la dernière fois, laisse ce chat tranquille !

Elles se trouvaient à Kilima Simba, dans la cuisine de Lucille Donald — cinq femmes et un essaim d'enfants turbulents. Mme Fox s'assit pour rouler en boules le savon qu'elle avait passé la matinée à confectionner, avec du suif de mouton et des cendres de feuilles de bananier. Cissy Price alla vérifier les couchcs des deux toutes petites dans leur parc. Mona était au sec mais Gretchen s'était mouillée. Après avoir débarrassé un coin de la table de cuisine encombrée, Cissy y déposa Gretchen et se mit à la changer. Malgré la fraîcheur de cette journée de juin, il faisait trop chaud dans la cuisine et les visages des cinq femmes étaient cramoisis.

— Cela devrait régler la question, dit Grace en trempant

dans de l'huile de sésame un tampon de coton qu'elle enfonça dans l'oreille du gamin. Mais à l'avenir, prenez garde où il fourre sa tête, Mary Jane. Ce pays est un danger pour les oreilles.

En tendant la main vers l'enfant suivant, Grace ne put s'empêcher de jeter un coup d'œil par la fenêtre de la cuisine. Sir James n'était pas encore sorti de la grange.

Ce matin-là, il lui avait annoncé une surprise, quelque chose de spécial qu'il désirait lui montrer, et il lui avait demandé d'attendre un peu avant de rentrer chez elle. Mais peu après un vacher était venu le prévenir qu'une vache avait du mal à vêler, et James s'en était allé précipitamment, laissant Grace se demander : *Quel genre de surprise ?*

— Le statut de colonie nous sera très profitable, dit Lucille.

Elle pétrissait de la pâte à pain qu'elle répartissait à mesure dans des moules en fer-blanc. Le soir venu, quand ses invitées repartiraient, chacune emporterait un pain frais. En retour, elle recevrait comme toutes les autres un peu du savon que confectionnait Audrey Fox, ainsi que de la laine apportée par Mary Jane Simpson de sa bergerie en échange de pain, de savon et de soins médicaux. Grace était venue avec sa trousse de médecin.

L'enfant suivant était le petit Roland Fox, qui avait des chiques dans les doigts de pied.

— Dans le temps, dit Lucille en vérifiant la température du four, le boy cuisinier était le médecin de la maison. Nous comptions sur lui pour toutes les urgences. C'était un spécialiste de l'extraction des chiques.

— J'aimerais mieux mourir ! déclara la jeune Cissy.

Elle n'était arrivée dans la région de Nanyuki que le mois précédent et elle regrettait déjà l'Angleterre. Comme les deux femmes qui l'avaient accompagnée à la ferme des Donald ce jour-là, elle était mariée à un bénéficiaire de la loi octroyant des terres aux anciens combattants[1]. Plein de visions et de rêves, il avait amené sa famille dans un chariot bâché et à présent ils tiraient avec beaucoup de mal une chiche subsistance de leur ferme. Ces réunions de colons dans la maison d'un des leurs, typiques de la vie au Kenya, constituaient la seule distraction, le seul moyen d'avoir de la compagnie, et l'occasion d'échanger les surplus de produits ou de marchandises contre ce dont on avait terriblement besoin.

Cissy acheva de changer la couche de Gretchen et la remit

1. Le *Soldier Settlement Scheme.* (N.d.T.)

dans le parc où les deux petites filles, âgées de seize et treize mois, se mirent à jouer en silence.

— Que fait-on quand on a *vraiment* une urgence ? demanda Cissy.

— On prie, répondit Lucille, en introduisant ses plats à pain dans le four.

Grace soignait le pied de Roland sans prêter grande attention à la conversation. Elle avait l'impression que les femmes parlaient toutes en même temps ; quant à la bande de gosses, ils criaient, braillaient et faisaient des bruits de coups de fusil dans la maison entière. Un charivari étourdissant alors que Grace avait besoin de réfléchir.

Les problèmes se pressaient en foule dans sa tête ce matin-là.

Cette semaine de juin avait été pleine de cérémonies et de réjouissances pour commémorer le nouveau statut du Kenya devenu colonie de la Couronne. Comme des princes, Valentin et Rose s'étaient rendus à Nairobi pour présider une série de fêtes qui s'était achevée par l'inauguration de la statue de bronze du roi George V, offerte par Valentin à la colonie. Une semaine de courses de chevaux, chasses au renard, réceptions et discours.

À Nairobi, Valentin et sa femme étaient descendus à l'Hôtel Norfolk, le seul lieu de séjour possible pour quiconque portait un nom.

Mais ils avaient pris des chambres séparées. Ils s'étaient arrangés pour le justifier par un mensonge : que Rose souffrait de crises d'asthme la nuit et désirait ne pas troubler le sommeil de son mari. Tout le monde accepta l'explication avec un clin d'œil et un hochement de tête. Le téléphone de brousse ne permettait de garder aucun secret en Afrique-Orientale. Quand Rose avait découvert qu'elle était enceinte, après la soirée de gala de Noël à Bellatu, la nouvelle s'était répandue jusqu'au Tanganyika en moins d'une semaine. Et quand elle avait fait une fausse couche, trois mois plus tard, cela aussi s'était su, y compris que le bébé était un garçon. Depuis lors, le bruit courait que le comte et la comtesse faisaient chambre à part, pour des raisons que l'on évoquait seulement à voix basse.

— Parlez-lui, Grace, avait demandé Rose, après sa fausse couche. Dites à Valentin qu'il ne doit plus me toucher.

Grace lui avait déjà entendu faire cette requête, mais cette fois Rose s'était montrée étonnamment franche et directe.

— Je trouve révoltant ce devoir conjugal. Maintenant je sais pourquoi on appelle la chambre conjugale, la chambre du maître. Félicitez-vous de ne pas être mariée, Grace.

Et qu'aurait pu répondre Grace ? Que ses sentiments étaient exactement l'inverse ? Qu'elle brûlait d'avoir ce contact intime entre amants ? Qu'elle rêvait de coucher avec Sir James ? Rose n'aurait jamais compris.

Pendant qu'elle mettait un pansement sur l'orteil de Roland, Grace jeta un nouveau coup d'œil par la fenêtre.

— Comment marche le dispensaire, Grace ? demanda Audrey Fox.

Grace envoya Roland jouer avec les autres en lui recommandant de porter tout le temps des chaussures à l'avenir, puis se mit à ranger ses affaires. Cette visite n'avait pas été aussi fatigante que certaines : un tube d'aspirine pour les douleurs mensuelles de Cissy ; un coup d'œil à la gorge d'Henry, âgé de douze ans, enflammée non par une infection, avait-elle constaté, mais parce qu'il criait trop ; une lotion pour les mains gercées de Lucille ; un examen de routine pour la grossesse de Mary Jane, et les quelques bobos des enfants. Elle avait maintenant terminé. Elle aurait dû repartir. Mais James lui avait demandé d'attendre. Une surprise pour elle, avait-il annoncé.

— Le dispensaire se porte bien, merci, dit-elle en mettant ses instruments à tremper.

Grace se demandait parfois si les autres femmes remarquaient à quel point elle était réservée, si elles s'apercevaient que jamais elle ne prenait part à leurs échanges de confidences féminines. Assises dans la cuisine, les femmes parlaient sans fin de menstruation et de bébés, de problèmes de chambre à coucher et de secrets conjugaux, de récents rêves étranges, de prémonitions et d'intuitions ; elles prenaient le thé et écoutaient les remarques sur le temps, comparaient les oreillons, la coqueluche et le développement de leurs enfants respectifs. Mais à ces moments-là Grace parlait rarement, sauf en sa qualité de médecin. Jamais elle n'évoquait sa vie ou ses sentiments personnels. Peut-être ne s'attendaient-elles pas à ce qu'elle le fasse ; peut-être la considéraient-elles plus comme un médecin et une conseillère, que comme une des leurs. Ou peut-être était-ce tout simplement parce qu'elle n'avait ni mari ni bébés.

Je pourrais pourtant vous raconter des choses, songea-t-elle en essuyant ses instruments et en les rangeant dans sa trousse. *Je pourrais vous parler des soldats sur le bateau de guerre, des aveux qu'ils faisaient, des propositions indécentes que j'ai reçues, de ces officiers parfaitement corrects qui frappaient à la porte de ma cabine au milieu de la nuit. Je pourrais vous parler de mes propres rêves, de mes besoins et de ma solitude. Et de cet amour qui grandit en moi à la façon d'un enfant non désiré — l'amour pour un homme que je ne pourrai jamais avoir.*

Mais était-ce *vraiment* de l'amour qu'elle ressentait pour James Donald ? C'était une énigme que Grace essayait de résoudre du matin au soir. Ce désir de contact, cette façon qu'elle avait de penser sans cesse à lui quoi qu'elle fasse, le bond de son cœur chaque fois qu'il arrivait à l'improviste... était-ce de l'amour ? Ou simplement un produit de sa solitude, de ses pulsions naturelles qui étaient demeurées insatisfaites ? Mais en ce cas, si elle n'était qu'une de ces vieilles filles frustrées, elle accueillerait volontiers les attentions des hommes qui s'intéressaient à elle. Il y en avait de charmants ; il y en avait même dont elle aurait pu tomber amoureuse. Et pourtant, elle ne pensait jamais qu'à James.

Elle songea à la bague qu'elle portait à sa main gauche. Toutes les femmes l'avaient remarquée mais Grace ne s'était jamais sentie obligée d'en parler. *Qu'elles se posent des questions,* pensa-t-elle. *Au moins, cet anneau prouve qu'un jour un homme m'a désirée.*

Grace regarda fixement sa main. Elle était abasourdie. D'où venait cette idée qu'elle portait cette bague comme un étendard, comme quelque chose à brandir sous le nez des gens qui la prenaient en pitié ? *Est-ce pour cela que je la porte encore ?*

— Comment va la plantation du comte, Grace ? demanda Mary Jane Simpson, dont le mari possédait une usine de charcuterie.

Ou bien est-ce que je porte cet anneau pour... Grace recouvrit sa main gauche avec la droite et ferma les yeux. Elle se sentait près d'avoir peur de ses propres pensées. *Est-ce que je porte cette bague en guise d'armure, comme protection contre le fait que James ne me considérera jamais autrement que comme une amie ?*

— Grace ?

Elle leva la tête. La grossesse faisait à Mary Jane un visage bouffi ; sa robe de maternité était fanée d'avoir été portée pour six bébés précédents. Pendant un instant, inexplicablement, Grace la détesta.

— La plantation va bien, répliqua-t-elle.

— La pluie de Noël a détruit la majeure partie des cultures, à ce que j'ai entendu dire.

— Oui, mais Valentin a acheté un autre lot de plants et les

a repiqués aussitôt. En fait, la plantation se porte mieux qu'on ne l'espérait.

— Ça m'étonne, dit Lucille en mettant du bois dans sa cuisinière, étant donné la malédiction que cette guérisseuse a jetée sur Bellatu.

— Oh, Lucille ! s'écria Cissy. Vous ne croyez pas à ces choses-là, voyons ?

Mais Lucille avait les lèvres pincées quand elle répondit.

— Cette femme est un suppôt de Satan. Rappelez-vous ce que je vous dis.

Grace se représenta la hutte ronde en pisé qui se dressait au bout du terrain de polo, du côté sud. Dans les neuf mois écoulés depuis que Valentin avait donné l'ordre d'abattre les huttes et d'installer de l'autre côté de la rivière la famille de Mathengé, la jeune guérisseuse avait fait preuve d'une combativité surprenante. Quand elle avait reconstruit sa hutte, après l'inauguration de Bellatu à Noël, Valentin avait demandé aux autorités d'intervenir. L'officier Briggs et deux *askaris* avaient escorté Wachéra sur l'autre rive, puis incendié sa hutte. Le lendemain matin, elle était de retour et la reconstruisait. Exaspéré, Valentin avait fait installer une haute clôture de grillage tout autour du terrain de polo, et la veuve de Mathengé s'était trouvée isolée. En fin de compte, il avait décidé de faire comme si elle n'existait pas : il ne voulait pas s'abaisser à jouer au plus fin avec une sorcière africaine.

Grace, en revanche, devait tenir compte de l'existence de Wachéra Mathengé. Malgré le succès croissant du petit dispensaire de Grace, Wachéra continuait d'exercer un commerce prospère en magie et, selon Grace, en sorcellerie. Parce que le chef Mathengé avait accepté le médecin blanc, quelques indigènes venaient consulter Grace pour leurs maladies, mais la majorité s'entêtait à aller trouver la sorcière. Tant qu'on laissait Wachéra pratiquer ce que Grace considérait comme du charlatanisme, les Africains demeureraient dans l'ignorance et les ténèbres, estimait-elle. Elle avait commencé à parler aux autorités d'une éventuelle interdiction de la médecine tribale.

La porte de derrière s'ouvrit en coup de vent, déposant deux garçons échevelés dans la cuisine.

— C'est une autre génisse, maman ! crièrent-ils, leurs mains sales s'emparant de tartes à la confiture en train de refroidir sur une grille.

— Tenez-vous convenablement, ordonna Lucille. Regardez qui est ici.

— Bonjour, tante Grace, dirent Geoffrey, huit ans, et Ralph, cinq ans, en se fourrant des tartes dans la bouche.

Ils passèrent en traînant les pieds d'un air intimidé au milieu des femmes et des langes, puis poussèrent des cris de guerre et foncèrent dans la maison.

— Ces garçons sont de vrais sauvages, dit Lucille. Je serai contente le jour où nous pourrons les envoyer à l'école européenne de Nairobi. Parfois, ils m'inquiètent. Je n'ai pas le temps de m'occuper d'eux comme je le devrais. On ne peut pas tout faire à la fois.

— Tous les garçons sont comme ça, dit Cissy.

Lucille se laissa tomber sur une chaise et écarta les cheveux de sa figure avec une main couverte de farine.

— James est parti avant le lever du soleil et rentre quand les enfants sont déjà endormis. J'ai à m'occuper de Gretchen et de ses couches toute la journée, sans parler des autres corvées. Je ne parviens pas à faire pousser des légumes ici, le puits contient trop de soude et la nappe phréatique est bonne seulement pour le bétail, pas pour la culture. Alors je dois prendre la charrette pour aller au marché indigène le plus proche où on me vole comme au coin d'un bois.

Elles restèrent toutes silencieuses, les trois autres femmes de fermier entendaient leur propre histoire dans ces propos. Puis Lucille dit à mi-voix :

— Vous savez ce que je faisais, en Angleterre ?

Elles se penchèrent en avant. Les gens parlaient rarement du passé, de leurs occupations avant de venir en Afrique-Orientale, comme s'il n'y avait rien eu avant le Kenya.

— Je possédais une petite boutique à Warrington. — Sa voix se fit douce, son expression nostalgique. — Je vendais des rubans et du fil. Ce n'était pas la fortune, mais cela permettait de vivre de façon confortable et respectable. J'habitais au premier avec ma mère. Et je fréquentais un garçon qui avait un emploi de bureau à l'aciérie. Nous menions une existence paisible et régulière, l'église tous les dimanches, le pasteur qui venait prendre le thé, et Tom qui jouait de temps en temps quelques sous au concours de pronostics.

Grace avait déjà entendu l'histoire. La vie de Lucille avait changé quand James Donald était entré dans la boutique. Elle était tombée follement amoureuse et elle avait tout abandonné pour le suivre en Afrique. Chaque fois que Lucille en parlait, Grace décelait une pointe de regret dans sa voix.

Grace se demanda si James en était conscient. Elle se demanda aussi maintenant, en examinant les épaules voûtées de Lucille et ses poignets inertes, s'il s'était aperçu de l'air épuisé qu'avait sa femme ces derniers temps.

— N'empêche, la vie de fermier est une honnête existence chrétienne, dit Lucille en se levant pesamment de sa chaise pour retourner devant le fourneau brûlant. Et le bon Dieu nous a bénis.

Ces derniers mots rappelèrent à Grace un autre de ses récents soucis : la lettre qu'elle avait dans sa poche.

Elle était arrivée la semaine précédente. Une note de la Société des Missions du Suffolk l'informant que, jusqu'à ce qu'une inspection officielle puisse être faite de sa mission, l'assistance financière à son dispensaire serait suspendue.

La porte de derrière s'ouvrit de nouveau et, cette fois, Sir James entra. Il ôta son chapeau de broussard à larges bords, tapa du pied pour faire tomber la boue de ses bottes et dit :

— Salut, mesdames. — Quand son regard se posa sur Grace, son sourire s'élargit. — Vous êtes encore là. J'espérais que vous n'étiez pas partie. Il y a quelque chose que je veux vous montrer.

Le vent froid était revigorant quand elle sortit, et elle respira à fond. Au-delà des quelques arbres qui protégeaient le bâtiment de ferme, une vaste savane, reverdie après les longues pluies, s'étendait jusqu'aux montagnes bleues dans le lointain. Le bétail paissait sur d'immenses étendues d'herbe nouvelle ; des ouvriers agricoles travaillaient en chantant dans les cultures de fourrage. Le ciel était d'un bleu étonnant, avec quelques effilochures de nuages blancs autour du sommet anfractueux du mont Kenya. Grace sentit son esprit s'envoler vers le soleil pâle.

Tout en marchant à côté de James, comme elle aurait aimé le faire tous les jours de sa vie, Grace dit :

— Les gamins ont annoncé la naissance d'un veau.

— Une de nos laitières. Elles ont souvent besoin d'une surveillance étroite pendant le vêlage. Cette fois, le veau s'est présenté par les pattes de derrière, mais je l'ai retourné et la mise bas s'est déroulée sans trop de problèmes. Dieu merci, je possède le meilleur vacher du Protectorat.

— Vous n'êtes pas au courant ? Nous sommes une colonie à présent.

Il rit.

— Oui. J'oubliais. Il me faudra longtemps pour m'y habituer. Je crois encore parfois que notre roi est Édouard.

Quand ils traversèrent la place pleine d'effervescence entre la maison et la laiterie, plusieurs vachers et bouviers crièrent des salutations à l'adresse de Grace. Tous la connaissaient ; on la voyait souvent à Kilima Simba. Elle avait soigné les blessures de plusieurs de ces hommes quand elle venait voir Lucille ou apporter le microscope pour le prêter à James. La ferme Donald était bruyante et affairée : sur sa gauche, on faisait passer des bœufs dans une tranchée pleine d'un bain désinfectant pour leurs sabots ; sur sa droite, des vaches arrivaient à la queue leu leu pour entrer dans le hangar de traite. Des veaux faisaient des cabrioles dans de petits enclos ; on déchargeait du foin dans un pré d'embouche ; ailleurs, trois Africains faisaient avancer un taureau de Guernesey nerveux. Kilima Simba était l'un des plus grands ranchs d'élevage du Kenya ; il fournissait une partie importante de la viande de bœuf et des produits laitiers consommés en Afrique-Orientale. Et pourtant, comme tant d'autres colons, James Donald continuait à faire marcher son entreprise avec un découvert à la banque.

— Regardez où vous posez les pieds, dit-il en lui prenant le coude.

— Que voulez-vous donc me montrer ?

— Vous allez voir !

— Vous êtes bien mystérieux !

— C'est une surprise. Quelque chose à quoi j'ai travaillé pas mal de temps. Je ne voulais pas vous en parler avant que ce soit complètement terminé. Je crois que vous allez être contente.

Ils contournèrent la laiterie où l'on chargeait sur le camion Chevrolet de James des bidons de lait destinés aux marchés de Nyéri et de Karatina.

— C'est là-dedans, dit-il en ouvrant une porte qui donnait dans la laiterie. Ça glisse. Attention.

Il faisait frais dans le petit bâtiment de pierre. Et très sombre. James la guida vers une porte à l'autre bout.

Celle-ci s'ouvrait sur un appentis adossé à la laiterie ; il était fait en rondins avec un toit de tôle ondulée. Deux fenêtres laissaient entrer la lumière et l'air frais ; un vieux tapis recouvrait le sol de terre battue. Grace, au milieu de la pièce de deux mètres sur deux, demeura sans voix.

— Je vous ai surprise ? demanda James.

— Oui...

Des étagères, du sol au plafond, couvraient deux des parois ; un établi était installé devant la troisième. La moindre parcelle de surface était jonchée de boîtes en fer, de cartons, de fioles et de livres. Le plan de travail ressemblait à la paillasse d'un chimiste avec des plateaux d'éprouvettes, de tubes à culture, de bocaux de produits chimiques et, au centre, un microscope flambant neuf.

— Qu'est-ce que vous en dites ? demanda James.

La pièce était si petite, guère plus grande qu'un placard, qu'il touchait presque la jeune femme.

James détourna les yeux.

— C'est merveilleux pour vous.

— Cela m'a demandé du temps, dit-il en passant la main sur la surface lisse de l'établi, puis touchant les quelques pièces de matériel de laboratoire comme s'il s'agissait de saintes reliques. J'ai eu un mal fou à me faire envoyer tout ça. Croyez-le ou non, une bonne partie vient d'Ouganda. La recherche scientifique est très avancée là-bas.

— C'est merveilleux, dit-elle à mi-voix, songeant à toutes les fois, au cours des quatorze mois précédents, où James lui avait fait dire qu'il aurait besoin du microscope.

Grace abandonnait tout, sautait à cheval et partait pour Kilima Simba où il l'attendait avec un grand sourire et des effusions de gratitude. Ils passaient alors une heure ensemble, penchés sur quelques plaques ; puis ils diagnostiquaient le nouveau fléau qui s'était abattu sur son bétail ; et finalement une autre heure, la meilleure, devant un feu ronflant, un verre de cognac à la main. Grace vivait pour ces moments-là.

— Le monde se modernise, Grace, poursuivit-il. L'époque de l'élevage à la mode d'autrefois est révolue. Aujourd'hui c'est avec un microscope et une seringue hypodermique que l'on élève les troupeaux. Et je ne pouvais plus continuer à emprunter le vôtre.

— C'était avec plaisir.

— Je sais. Vous vous êtes montrée merveilleuse. Mais maintenant que j'ai mon laboratoire personnel, je ne vous embêterai plus.

Grace ne répondit pas. Le dos tourné vers lui, elle regardait par la fenêtre des vachers qui faisaient des encoches aux oreilles de vaches récemment vaccinées. James était si près d'elle qu'elle sentait la chaleur de son corps.

— Grace, dit sa voix calme, il y a quelque chose qui ne va pas ?

— Non, dit-elle trop vite ; puis : — Si.

— Quoi donc ?

— Rien que je ne puisse régler.

Il posa les main sur les épaules de la jeune femme et la fit se retourner vers lui. Sauf les brefs instants où elle avait pleuré dans ses bras, avec le corps du pauvre Mathengé à ses pieds et dans la hutte d'accouchement de Gachiku après la césarienne, Grace ne s'était jamais trouvée aussi près de James.

— Vous êtes une personne très secrète, n'est-ce pas ? dit-il avec un doux sourire. Vous ne parlez jamais de vos ennuis à personne. Vous croyez que c'est bon pour vous ?

— Je raconte tout à mon journal. Un jour, quand je ne serai plus là, un inconnu le lira, et sera sans doute fort surpris.

— Dites-moi ce qui vous tracasse, Grace.

— Vous avez bien assez de soucis.

— N'avez-vous donc pas besoin d'amis ?

Les mains de James demeuraient sur ses épaules ; elle aurait aimé qu'elles y restent toute sa vie.

— Très bien, dit-elle en fouillant dans la poche de sa jupe. Vous savez que j'avais écrit à la Société des Missions, en Angleterre, de m'envoyer des assistantes médicales confirmées. C'est l'organisme qui m'adresse un petit chèque chaque mois, constitué par les contributions de diverses paroisses des environs de Bella Hill. Mon dispensaire a survécu grâce à ces sommes, plus les trois cents livres par an que me verse le gouvernement et les revenus de mon héritage. Mais à la suite de circonstances économiques assez compliquées et de mauvais investissements de mon père, mes revenus personnels ont beaucoup diminué. Je me demandais déjà comment joindre les deux bouts quand cette lettre est arrivée.

James la lut et se rembrunit.

— Ils ne vous enverront rien avant de venir inspecter le dispensaire ? Mais pourquoi diable ? Se figurent-ils que vous les volez ?

Grace se détourna, tira un tabouret qui était sous l'établi et s'assit.

— Certains missionnaires de ce district se sont plaints que je ne faisais pas fonctionner ma mission de façon convenable. Je n'ai pas de pasteur et je ne célèbre aucun service religieux. Je ne convertis pas les indigènes. Je crois que l'un d'eux a écrit à la Société, et maintenant un comité va venir voir si je mérite leur charité. James, si la Société me supprime son assistance, le gouvernement jugera que ma mission n'est pas régulière, on me refusera les trois cents livres et je perdrai tout !

— Cela ne se produira pas.

— Croyez-vous ? Oh, si vous saviez les discussions que j'ai eues avec ces bigots ! Ils mesurent leur réussite au nombre d'âmes qu'ils ont sauvées ! Ils me rabâchent que guérir les Africains, leur enseigner l'hygiène et les règles de la santé ne suffit pas : je dois en même temps leur prêcher l'Évangile ! Ils sont restés pétrifiés quand je leur ai répondu que je refusais d'invectiver le dieu kikuyu et que je considérais Ngaï comme une autre façon d'appeler Dieu Tout-puissant !

James la regarda, les yeux de Grace brillaient, ses joues étaient enflammées. Ses cheveux châtain clair, coupés depuis peu et ondulés à la dernière mode, dépassaient de son casque colonial. Il ne put s'empêcher de sourire.

— Vous les avez vraiment stupéfiés, Grace ?

Elle leva les yeux vers lui et secoua la tête.

— Oui, nom d'une pipe ! s'écria-t-elle avec un rire qui lui échappa. Et j'en étais ravie !

Ils rirent ensemble et Grace s'émerveilla de sentir qu'elle allait déjà mieux.

— Je suis ravie que vous ayez votre propre laboratoire, James, dit-elle finalement, en toute sincérité. Vous y ferez des prodiges. Vous découvrirez probablement une bactérie qui portera votre nom.

— Je ne le souhaite pas !

Il lui tendit la main et elle la prit.

— D'ailleurs, ajouta-t-il plus doucement, j'espère que vous viendrez me montrer comment utiliser tout ça.

— Si je suis encore là.

Ils sortirent de l'appentis et entrèrent dans l'obscurité fraîche de la laiterie.

— Vous serez encore là, Grace, dit James. Et tout ira bien. Vous avez de nombreux amis au Kenya.

— Je déteste mendier.

— Ne pouvez-vous pas demander de l'aide à Val ?

— Jamais. C'est la dernière personne au monde à qui je confierais que je ne sais plus à quel saint me vouer.

— Vous êtes très indépendante, n'est-ce pas ? Vous préférez faire tout par vous-même. Et vous n'avez besoin de personne. Ou au moins vous désirez que les gens le croient. Attention, ici : il y a de l'eau.

Le pied de Grace glissa soudain sur le ciment mouillé et elle perdit l'équilibre. James la rattrapa. Ils restèrent l'un contre l'autre un instant ; le bras de James serré autour de sa taille. puis il la lâcha, et ils rirent de nouveau.

Mais plus tard pendant que les amies de Lucille chargeaient leurs chariots avec le produit de leur troc, James demeura longtemps au bout de l'allée pour regarder Grace s'éloigner à cheval, sur la piste solitaire conduisant à Nyéri — sa trousse de médecin attachée à la selle, son casque blanc réfléchissant le soleil couchant.

Il songea à l'autre chose qu'il avait projeté de lui montrer et se félicita d'y avoir renoncé. C'était un vieux numéro du *Times* de Londres. Vieux par sa date mais nouveau au Kenya, où la presse européenne arrivait rarement et avec des semaines en retard. Ce journal était déjà passé entre de nombreuses mains en proie au mal du pays, et de Kilima Simba, il irait à d'autres fermes de la région de Nanyuki, finirait par franchir les Aberdares et parviendrait aux colons de la Rift Valley. James sortit de sa poche revolver la page qu'il avait gardée. Découper un article du journal, le défigurer d'une manière ou d'une autre, était un sacrilège ; la règle tacite voulait que l'on garde le *Times* intact jusqu'à ce qu'il se désintègre entre les mains du dernier lecteur. Mais cette page, une liste de petites annonces personnelles, James avait jugé de son devoir et de son honneur de la dissimuler à d'autres yeux.

À cause d'un petit article au milieu de la dernière colonne. Un petit encadré avec un message qui disait :

Jérémie Manning,
vous pouvez me trouver
dans le district de Nyéri, au Kenya, Afrique-Orientale.
Grace Treverton.

Près de la barrière, James continua de regarder longtemps après que Grace eut disparu et que le ciel fut devenu noir.

14

Valentin éclata de rire, et jeta ses cartes sur la table. Puis il ramassa ses gains, se dirigea à grands pas vers les marches de la véranda de l'hôtel et lança les pièces de monnaie aux boys des pousse-pousse alignés dans la rue. Il retourna au bar du Norfolk, où on le félicita et lui donna des claques dans le dos. Treverton commanda une tournée générale, y compris du champagne pour les clients de la salle à manger. C'était sa dernière soirée à Nairobi après une semaine de festivités en l'honneur de la nouvelle colonie. Demain, avec Rose, ils feraient en silence le trajet de retour jusqu'à Bellatu.

Elle dormait en ce moment, dans sa propre chambre d'hôtel. « L'asthme de Milady » était le prétexte. Le large sourire de Valentin dissimulait la souffrance qu'aucun de ses amis ne pouvait voir — la souffrance d'être méprisé par la femme qu'il aimait, une blessure qu'aucune quantité d'alcool ne pouvait insensibiliser.

Mais il essayait. Les gins se succédaient et la note augmentait. Lord Treverton disposait d'un excellent crédit dans toute l'Afrique-Orientale. Sa fortune n'avait pas de fin. En outre, dépenser le rassurait. Donner de l'argent aux autres réduisait son sentiment d'impuissance.

Valentin supportait bien l'alcool. Jamais il ne titubait, ni ne tombait, jamais il ne vomissait ni ne perdait la maîtrise de lui-même. À chaque verre, il devenait seulement plus gai, et plus généreux. Voilà pourquoi, tout en descendant la rue une demi-heure plus tard, en direction de l'établissement de Miranda West, Valentin saluait tous ceux qu'il rencontrait, donnait des roupies à tous les enfants noirs et essayait d'imaginer ce qu'il pourrait faire de gentil pour Miranda.

Au cours de ces derniers mois elle s'était conduite en véritable amie. Miranda était la première personne à qui il avait parlé de la fausse couche de Rose. Elle écoutait toujours sans jamais critiquer, donner son avis ou dire grand-chose. La seule personne de toute l'Afrique-Orientale, il en était certain, possédant ce don merveilleux ! Et il appréciait bien d'autres choses en Miranda. D'abord, elle ne lui demandait jamais rien, comme c'était apparemment l'habitude des autres. il lui avait offert de l'argent pour changer l'ameublement de son hall, mais elle lui avait répondu qu'elle n'en avait nul besoin ; il lui avait proposé de parler en sa faveur au bureau du Cadastre pour l'achat d'une certaine parcelle attenant à son hôtel, et elle avait dit non, merci. C'était une femme qui savait se débrouiller seule et qui ne courait pas après l'aide des autres. Miranda ressemblait beaucoup à Grace à cet égard. Une autre chose qui lui plaisait, c'est qu'elle ne flirtait pas avec lui, elle ne jouait pas les saintes-nitouches, elle ne pratiquait aucune des roueries féminines habituelles. Miranda était franche et directe, elle n'avait pas de temps à perdre avec les légères passes d'armes entre les deux sexes que Valentin avait l'impression de devoir affronter à chaque réception. Attirer Valentin dans son lit ne l'intéressait pas, il en aurait juré ; jamais elle n'attendait un compliment ou une de ces attentions que désirent les femmes. Miranda West était une femme avec qui on se sentait à l'aise, une femme simple et naturelle, et Valentin désirait lui exprimer sa reconnaissance ce soir avant de quitter Nairobi.

Le hall était désert et à peine éclairé ; la salle à manger fermée et dans le noir. Il trouva un Africain en train de balayer l'escalier qui lui dit :

— Je vais aller chercher la memsaab pour vous, bwana.

— Non. Ne vous donnez pas cette peine. Je lui ferai la surprise.

Miranda ne fut pas étonnée. Elle l'avait vu par la fenêtre de son appartement. Seul un œil comme le sien, connaissant bien le comte, pouvait remarquer la légère différence dans la démarche qui dénotait l'absorption d'alcool. Tiens... Valentin lui arrivait ivre.

— Lord Treverton ! dit-elle quand elle ouvrit la porte. Quelle agréable surprise !

— J'espère que je ne vous dérange pas.

— Pas du tout. Entrez donc. Puis-je vous offrir quelque chose ?

— Quelle semaine, Miranda ! dit-il en se laissant choir dans un fauteuil comme un familier de la maison bien qu'il lui eût rendu rarement visite dans son appartement privé.

Il prit le whisky et l'avala d'un trait, en disant :

— Je regrette que le chemin de fer n'aille pas jusqu'à Nyéri. Je déteste ce long trajet jusque chez moi.

Parce que le voyage durait huit jours avec un camp tous les soirs pour dételer les bœufs et le silence accusateur de Rose pour le rendre fou.

— Il ira un jour, Lord Treverton, dit-elle en remplissant de nouveau son verre.

Valentin posa les pieds sur un tabouret, ses longues jambes étendues devant lui, et contempla son verre. Il se donnait un mal de chien pour faire prolonger cette voie ferrée. L'économie de la colonie s'améliorait à présent, la prospérité était au coin de la rue, mais en dépit de son influence au Conseil Législatif et de ses liens avec le ministre des Affaires Coloniales, la tête de ligne demeurait obstinément à Thika. Et Valentin avait *besoin* que ce train arrive jusqu'à sa propriété !

Pendant la brève transition entre les deux pluies, en janvier dernier, Valentin avait fait arracher et remplacer les plants noyés, à prix d'or. Puis les pluies de mars étaient arrivées et, en quinze jours, les caféiers s'étaient couverts de fleurs, de belles corolles blanches au parfum qui rappelait beaucoup celui de la fleur d'oranger. La récolte ne se ferait pas avant trois ou quatre ans, mais il faudrait bien ce temps-là pour construire le chemin de fer. Ce train assurerait les meilleurs prix et les meilleurs débouchés pour son café ; sans voie ferrée, Valentin devait assurer le transport par chariots et arrivait donc le dernier au marché de Nairobi, quand les ventes étaient terminées.

— J'espérais que vous viendriez ce soir, dit Miranda en se dirigeant vers une crédence en acajou jonchée de napperons, de bibelots et de portraits de la famille royale. J'ai mis cela de côté exprès. — Elle revint avec une jolie boîte en fer ronde. — Du pain d'épices au rhum pour Lady Treverton.

Valentin regarda la boîte en imitation de Wedgwood, songeant à tout le soin qui était entré dans la confection de ce gâteau, se demandant comment diable Miranda s'arrangeait pour trouver le temps de faire ces cadeaux, avec un emploi du temps aussi surchargé que le sien, et il fut soudain envahi par la gratitude. La veuve West était une femme de bien. Son mari devait être mort ; aucun homme ne resterait volontairement loin d'elle.

Elle s'assit dans le fauteuil en face de lui et croisa les mains dans son giron.

— Vous avez changé de coiffure, dit-il.

— Il y a trois mois ! C'est la nouvelle mode.

Valentin se rembrunit. Toutes les femmes du Kenya se coupaient les cheveux maintenant, parce que Rose l'avait fait. Les robes masquaient dans leur forme tube les courbes naturelles, et les ourlets remontaient. Les femmes blanches avaient enfin obtenu le droit de vote dans la Colonie, et un nombre croissant avait pris l'habitude de fumer des cigarettes. La « femme nouvelle » ! Était-ce pour cela que l'on avait fait la guerre à l'Allemagne ?

Valentin sentit sa bonne humeur commencer à l'abandonner. Bien que permettant rarement à son optimisme naturel de fléchir, ne s'apitoyant jamais sur lui-même et n'ayant éprouvé de véritable désespoir qu'une seule fois depuis son arrivée en Afrique-Orientale — la nuit de son impardonnable agression contre Rose —, le Comte de Treverton se laissait maintenant envahir par la mélancolie.

— Où va le monde, Miranda ? dit-il en avalant son whisky.

Elle eut un sourire compatissant. Elle reconnaissait dans sa voix des signaux bien connus, elle voyait dans ses yeux apparaître une expression qu'elle avait remarquée chez bien des hommes esseulés. Elle lui remplit son verre.

— Que veulent donc les femmes, Miranda ? Pouvez-vous me le dire ?

— Je sais seulement ce que je veux, Lord Treverton, toutes les femmes ne souhaitent pas la même chose.

— Je veux un fils, dit-il à mi-voix. C'est tout ce que je désire finalement. Je possède cette énorme maison et deux mille cinq cents hectares mais personne à qui les léguer. Il me faut un héritier. Mais ma femme... Les médecins disent qu'elle ne pourra plus avoir d'enfants...

Miranda savait que c'était un mensonge. D'après le téléphone de brousse, ce n'était pas que Lady Rose *ne pouvait pas* avoir d'enfants mais plutôt qu'elle ne le *voulait* pas.

Soudain, Valentin la regarda et dit :

— Vous avez besoin d'un homme, Miranda. Vous ne devriez pas rester seule.

— J'ai l'hôtel pour m'occuper. Il y a le personnel et les clients. Je ne suis jamais seule.

— Je veux dire le soir, Miranda. Quand les travaux de l'hôtel sont terminés et tous vos clients dans leur lit. La présence d'un homme ne vous manque pas ?

Elle baissa les yeux vers ses mains.

— Parfois.

— On se pose beaucoup de questions à votre sujet, Miranda.

— Ah ?

— Pas un homme d'Afrique-Orientale ne peut prétendre vous connaître intimement.

— Et j'ai l'intention qu'il en soit toujours ainsi.

— Pourquoi ? Parce que vous êtes mariée ?

— Oh, non. Jack est mort. J'en suis certaine.

— Pourquoi, dans ce cas ? Dieu sait que vous avez l'embarras du choix.

— J'ai ma réputation à protéger. Vous savez, une femme seule ne peut pas se permettre de coucher à droite et à gauche.

— Je ne voulais pas dire coucher à droite et à gauche, dit-il très bas. Je voulais dire... avec un seul.

— Qui choisirais-je ? Cet hôtel m'appartient et m'assure de bons revenus. Où trouverais-je un homme qui ne courra pas après mon argent ?

— Il existe au Kenya des hommes qui n'ont pas besoin de votre argent.

— Exact. Mais je n'éprouve aucun sentiment pour eux. Avant de me donner à un homme, je dois éprouver pour lui de l'affection.

Les yeux noirs de Valentin la contemplaient. Elle est exactement comme Rose, pensa-t-il. Pas physiquement ni de manière tangible, mais elle défend sa vertu de la même façon que Rose.

Cette constatation fouetta soudain la sensualité de Valentin. Et le whisky fit enfin son effet. Ses pensées commencèrent à se bousculer ; l'atmosphère de la pièce devint brûlante. Et la peine qui ne le quittait pas depuis six mois commença à se dissiper.

— Il y a quelqu'un qui vous intéresse, n'est-ce pas? demanda-t-il doucement.

Elle hésita.

— Qui est-ce?

Miranda lui rendit son regard avec la même intensité. Elle était si près de son but... Si près...

— Y a-t-il vraiment quelqu'un, Miranda?

Elle hocha la tête.

— Qui?

— Je suis sûre que vous le savez déjà, murmura-t-elle.

Il se leva et s'avança vers elle d'un pas mal assuré.

— Je veux l'entendre, Miranda. Je veux que vous me disiez le nom du seul homme avec qui vous êtes prête à aller au lit.

Elle avait la tête qui tournait. Son visage était en feu. Elle chuchota :

— Vous savez très bien qui c'est. C'est vous.

Valentin se pencha, la mit debout et couvrit sa bouche avec la sienne.

— Ne me dites pas non, Miranda, dit-il d'une voix nouée.

Il lui baisa les lèvres, le cou. Il déboutonna son corsage pour lui baiser la gorge. Quand sa main glissa jusqu'à sa poitrine, il chuchota :

— Ne me repoussez pas, Miranda!

Et Miranda, se laissant aller dans son étreinte, murmura :

— Non, Valentin. Non.

15

Je me sens comme un écureuil dans sa tournette, écrivait Grace dans son journal. *Je soigne sans cesse les mêmes maladies, souvent les mêmes personnes. Elles viennent me voir avec de la fièvre, des rhumes, des grippes, des parasites intestinaux, le tétanos, le paludisme, la teigne annulaire et des plaies qui ne se cicatrisent jamais. Ils tiennent pour des miracles mes remèdes les plus simples : bicarbonate de soude et quinine. Mais cela ne me satisfait pas. Ce qu'il faut que je fasse, c'est leur enseigner à changer leur façon de vivre. Ces huttes horribles sans aération, l'habitude de dormir avec les chèvres, de boire l'eau dans laquelle ils se lavent et pataugent leurs bêtes! Et les pauvres petits enfants qui se brûlent aux feux de cuisine que personne ne surveille! Ils viennent me voir, je leur donne des médicaments, puis ils retournent dans leurs demeures dégoûtantes et continuent leurs pratiques antihygiéniques, si bien que je les vois revenir la semaine suivante — toujours les mêmes, avec les mêmes maladies ou peut-être il y en a quelques-uns qui ont fini par mourir de leurs infirmités continuelles. Et je ne parviens manifestement pas à leur faire comprendre qu'il ne suffit pas de venir réclamer des soins quand la maladie se déclare, mais qu'ils doivent améliorer leurs conditions de vie pour faire disparaître les causes de leurs souffrances !*

Grace posa sa plume et se massa la nuque. Assise à la table où elle prenait ses repas, elle écrivait à la lumière d'une lampe à pétrole qui sifflait. Dehors, la douce nuit d'Afrique enveloppait la rivière. Le parfum du jasmin sauvage embaumait l'air ; un hibou solitaire ulula lugubrement.

Elle était seule dans sa petite maison. Mario assistait à une danse rituelle, au village, et Sheba était partie pour une chasse nocturne. Tandis que le regard de Grace plongeait dans l'ombre qui demeurait dans les angles de la pièce, elle pensa à la pile de raccommodage à faire, aux bandes Velpeau à rouler, aux lettres à ses amis en Angleterre qu'elle aurait dû écrire depuis longtemps. Mais il était dix heures du soir. Elle s'était levée à l'aube et se lèverait de nouveau dans quelques heures pour commencer une autre longue journée.

Elle reprit sa plume et écrivit :

J'ai désespérément besoin d'aide. J'ai besoin d'instituteurs. Je ne pourrai jamais soigner la malnutrition et les maladies parasitaires des Africains s'ils ne modifient pas leur vie. Toute seule, je suis presque impuissante ; je n'ai pas la possibilité de prendre contact avec eux tous. Je dois rester ici pour traiter ceux qui se présentent au dispensaire.

Si seulement cette sorcière n'était pas à côté ! Wachéra est ma malédiction. C'est elle le principal obstacle à mes progrès. Wachéra prêche pour que soient maintenues les anciennes coutumes et méthodes. Les gens la craignent et la respectent. Ils font tout ce qu'elle ordonne. Quand la sorcellerie de Wachéra échoue, ils s'adressent à moi, mais c'est toujours elle *qu'ils consultent en premier. La sente qui mène à sa hutte est bien tracée. Ils vont lui demander des philtres d'amour, des charmes contre les maladies. Elle célèbre les anciens rites religieux des Kikuyus. Ils croient qu'elle est leur lien direct avec Dieu et leurs ancêtres. Tant que Wachéra aura le droit de pratiquer ses stupidités superstitieuses je n'avancerai pas à grand-chose auprès des gens d'ici.*

Je regrette vraiment que Valentin n'ait pas réussi à la renvoyer sur l'autre rive. Et comme je regrette qu'il ne se soit pas entêté ! Mais elle revient continuellement dans cet endroit au bord de la rivière et Val a renoncé, jugeant que le jeu n'en valait pas la chandelle. Il s'est très bien habitué à la présence de cette hutte près des buts de son terrain de polo, mais pour moi cette hutte représente une provocation et un constant rappel de mon impuissance !

J'ai demandé à Lucille Donald de revenir. Elle avait cessé d'enseigner la Bible en janvier parce que les pluies avaient dégradé la piste, avait-elle dit, et l'aller et retour de Kilima Simba jusqu'ici était devenu un cauchemar. Mais quand la piste a séché elle n'est toujours pas revenue. Elle prétend qu'elle a trop de travail dans sa ferme pour faire le long chemin jusqu'ici afin d'enseigner la Bible au peu d'enfants qui se soucient de l'écouter. D'ailleurs, la Bible n'est pas ce qu'il leur faut. Je l'avais dit à Lucille que les enfants ont besoin d'apprendre des choses plus utiles : la lecture, l'écriture, ce qui concerne la santé et la sécurité — et nous avons eu cette discussion en avril. Lucille n'est pas revenue depuis, donc à présent je comprends que j'ai dû la contrarier davantage que je ne l'avais cru sur le moment — quand je lui ai dit que dans ma mission, le christianisme ne passerait jamais en premier !

Mais peut-être faudra-t-il que cela change. La délégation de la société arrive d'Angleterre la semaine prochaine et je dois être prête à les recevoir. Je ne veux pas perdre tout ce pour quoi j'ai travaillé. Je ne les laisserai pas me forcer à renoncer à mon rêve. Mais j'ai eu une idée qui je crois fera l'affaire. Seulement, elle exige la coopération de Lucille...

Grace ferma son journal, le remit dans le tiroir où elle le rangeait, puis elle se dirigea vers la porte d'entrée. Avant de l'ouvrir, elle s'enveloppa les épaules dans un châle. Les ténèbres froides commençaient à quelques mètres de sa véranda. Des sphinx crépusculaires et des paons de nuit voletaient autour de l'unique lampe à pétrole suspendue à une poutre. À sa droite, la forêt apportait les rythmes des tams-tams africains ; à sa gauche, dans les hauteurs au-dessus d'elle, des accords de piano dérivaient de Bellatu — c'était Rose qui jouait de nouveau pour essayer de peupler le silence entre ces murs.

Grace sursauta.

Quelque chose bougeait sur le sentier conduisant chez elle.

Elle tendit le bras vers la carabine toujours accrochée sous le porche et tenta de sonder la pénombre pour voir ce que c'était.

Une silhouette humaine ne tarda pas à se dessiner. Un homme qui boitait. James !

— Bonsoir ! lança-t-il. Je vois que vous êtes encore debout.

Grace serra le châle sur sa poitrine. Jamais il ne lui avait rendu visite la nuit.

— Je ne vous retiendrai pas longtemps, poursuivit-il en montant les marches. Je sais qu'il est tard, mais je rentre d'une visite au commissaire du District, à Nyéri, j'ai eu l'idée de passer à la maison pour discuter avec Valentin. Mais il est de nouveau en safari, alors j'ai jeté un coup d'œil de là-haut pour le cas où vous ne seriez pas encore couchée, et j'ai vu votre lumière allumée. Tenez.

Il lui tendit une couple de perdreaux.

— C'est pour vous.

— Merci ! Entrez donc.

Quand la haute taille de James couvert de poussière par le voyage emplit sa minuscule salle de séjour, Grace prit soudain conscience à quel point son cottage était petit et féminin.

— Une tasse de thé ? proposa-t-elle.

Il hésita et, quand Grace eut allumé d'autres lampes, elle vit qu'il avait l'air gêné. Elle mit la bouilloire à chauffer et mesura trois cuillerées de thé dans sa théière de porcelaine.

— C'est le nouveau mélange Comtesse Treverton, de chez Brooke Bond. Très cher, mais Rose m'en offre des paquets. Asseyez-vous donc.

— Vous êtes sûre que je ne vous empêche pas de dormir ?

Elle s'assit dans l'autre fauteuil, croisa les bras et vit que James semblait non seulement mal à l'aise mais aussi contrarié.

— Je n'étais pas encore prête à me coucher, dit-elle. Il me reste un million de choses à faire. Votre visite au commissaire du district avait un caractère officiel ?

— Oui. J'ai appris que des types de la frontière du Nord amènent par ici en fraude du bétail provenant d'une zone mise en quarantaine. Si on ne les arrête pas, ils vont répandre la peste bovine comme un feu de brousse. Et mon troupeau entier risque d'y passer ! Bref, des patrouilles sont parties. Je pense qu'elles les trouveront. Ah ! Tant que j'y pense.

Il lui tendit une sacoche en cuir.

— De la part de la femme du Commissaire. Pour vous remercier d'une extraction de dent, m'a-t-elle dit.

Grace inspecta la sacoche comme un enfant son sabot de Noël.

— Dieu la bénisse ! s'exclama-t-elle en sortant une boîte de biscuits assortis, un pudding aux raisins et des pots de gingembre, de confiture et de miel.

Quand elle les eut rangés et eut rendu la sacoche vide à James, Grace remarqua ses traits creusés par l'inquiétude.

— James, vous avez des ennuis ?

Il contempla la cheminée, froide et noire, et réfléchit un instant, puis il dit :

— J'ai plusieurs hommes touchés par la dysenterie et je manque d'huile de foie de morue. Je me demandais...

Elle se leva et se dirigea vers son placard à médicaments. Elle revint avec une bouteille, qu'elle posa sur la table entre les deux fauteuils Morris.

— Tout ce que j'ai est à votre disposition, James.

— Merci, répondit-il, puis il retomba dans son mutisme.

Ils écoutèrent la nuit pendant quelques minutes, Grace se demandant la vraie raison de sa visite. Finalement, James dit :

— Comment va le dispensaire ?

— Pas si mal. Mais le problème, c'est l'enseignement. J'ai envoyé une quantité de lettres pour réclamer des infirmières et des instituteurs qui travailleraient dans les villages. À la place, je reçois un comité d'inspection. Mais vous savez, James, ajouta-t-elle en se penchant vers lui, j'ai une idée. Je me demandais si Lucille pourrait m'aider pendant le séjour des membres de la Société. Peut-être faire un cours quand ils passeraient. Raconter des histoires tirées de la Bible, par exemple. Cela ferait sûrement bon effet. Qu'en pensez-vous ? Est-ce que je le lui demande ?

Il la regarda droit dans les yeux et Grace connut la réponse avant même qu'il ouvre la bouche.

— Lucille ne vous aidera pas.

— Mais pourquoi ?

— Parce que c'est elle qui a envoyé la lettre de réclamation à la Société des Missions.

Grace le dévisagea d'un air incrédule. James détourna la tête.

— Je l'ai découvert ce matin. Elle me l'a dit.

La nuit sembla se rapprocher comme pour essayer de regarder par les fenêtres de la petite maison. Les touffes de laurier rose, près de la véranda, bruirent doucement ; puis les petits appels nerveux de hyènes en quête de charogne leur parvinrent. Finalement, la bouilloire se mit à siffler et Grace y alla. Elle versa la moitié de l'eau bouillante dans la théière puis s'arrêta, posa la bouilloire et revint dans la salle de séjour.

— Pourquoi, James ? murmura-t-elle. Pourquoi a-t-elle fait ça ?

— Franchement, je ne le sais pas. J'ai été aussi abasourdi que vous. Je ne sais vraiment pas comment expliquer ce qui est arrivé à Lucille.

Il regarda Grace d'un air malheureux.

— Quand nous nous sommes mariés et que je l'ai amenée en Afrique-Orientale, il y a dix ans, elle semblait enthousiaste à l'idée de vivre ici. Mais, voyez-vous, elle était très proche de sa mère. Elle a perdu son père quand elle était encore enfant et elle n'a ni frère ni sœur. Au moment où j'ai fait sa connaissance, elle vivait avec sa mère au-dessus d'un petit magasin ; elles se consacraient entièrement l'une à l'autre. Il y avait de la brouille quand nous sommes partis. Lucille et sa mère se sont quittées fâchées. Mme Rogers ne voulait pas que sa fille soit l'épouse d'un colon.

James prit sa pipe dans la poche de sa chemise. Il la bourra et l'alluma avec des gestes cérémonieux, puis continua.

— Nous avons donc décidé que le mieux serait de faire venir ici la mère de Lucille quand nous serions installés. L'Afrique-Orientale est un bon endroit pour prendre sa retraite, pourvu que l'on ait une maison convenable et une vie confortable. Nous avons commencé à économiser et à échafauder des projets d'avenir. Mme Rogers devait vivre avec nous à Kilima Simba. Je crois que c'est ce rêve qui a permis à Lucille de supporter le choc de sa nouvelle vie. Car au début ce fut vraiment un choc. Quand elle a vu le ranch, elle a pleuré pendant des jours. Puis elle a commencé à échanger des lettres avec sa mère, à envoyer des brochures sur le Protectorat, et sa mère a peu à peu accepté l'idée. C'est cette année qu'elle devait venir chez nous.

— Que s'est-il passé ?

— Elle est morte subitement. Personne ne s'y attendait. Elle n'avait que cinquante ans. Lucille en a été accablée. Cela s'est produit il y a deux ans, en pleine guerre, il n'était pas question que Lucille retourne là-bas assister aux obsèques. Je crois que c'est à partir de ce moment-là qu'elle a commencé à changer.

— À changer ? Comment ?

— De façon minime, si peu discernable que je m'en rends compte seulement à présent, avec le recul du temps. Elle a sorti la vieille Bible de la famille et s'est mise à la lire le soir. Puis elle s'est rapprochée des Méthodistes de Karatina. Quand elle a appris que la sœur de Valentin viendrait fonder une mission ici, elle a été transportée de joie.

— Je comprends, dit Grace en se levant pour retourner à la cuisine.

Elle versa le thé, tendit une tasse à James et dit d'une voix égale :

— Vous a-t-elle dit ce qu'elle avait écrit dans sa lettre à la Société ?

— Non.

Il remua son thé d'un air songeur, regardant la cuillère tourner en rond.

— Je pense maintenant que j'ai commis une erreur en amenant Lucille en Afrique-Orientale. Elle n'avait que dix-neuf ans, moi vingt-deux. Et Lucille avait un côté assez romanesque. Quand nous sommes enfin arrivés à Kilima Simba, elle est restée muette de déception.

— Beaucoup de femmes, et beaucoup de maris, reçoivent aussi un choc quand ils voient leur nouveau pays pour la première fois.

— J'aurais dû être plus prudent. Je suis né en Afrique, j'y ai grandi. J'aurais dû voir à quel point la vie y est différente de l'existence à laquelle elle était habituée.

James posa sa tasse et alla se camper devant la cheminée. Son calme habituel faisait place à des gestes brusques, à une tension à peine réprimée de tout son corps.

— Grace, si vous saviez à quel point cela m'afflige !

— Moi qui croyais que Lucille m'aimait bien, dit-elle doucement.

— Mais elle vous aime bien. — Puis il ajouta plus bas : — Nous vous aimons bien tous les deux.

Grace ne pouvait se résoudre à le regarder, ne voulait pas succomber au ton de sa voix, à sa présence masculine qui emplissait sa maison. Elle était soudain rendue furieuse et même attristée et désorientée par cette trahison d'une amie.

— Que vais-je faire quand la délégation arrivera ?

— J'aimerais vous aider.

Elle secoua la tête.

— J'ai bien peur que vous ne puissiez rien faire. J'avais tort de vouloir les abuser. Les fidèles du Suffolk donnent une contribution pour ce qu'ils croient être une œuvre chrétienne. Ils ont le droit de savoir où passe leur argent.

Elle se leva et redressa les épaules.

— Il faudra que je trouve un moyen de les apaiser, ou de les convaincre de la valeur de ce que j'essaie de faire ici, ou peut-être même une solution pour continuer sans eux. Je ne sais pas.

James s'approcha d'elle ; son regard plongea dans le sien, le retint captif.

— Grace, dites-moi que cela ne détruira pas notre amitié.

Elle sentit sa gorge se nouer.
— Rien au monde n'y parviendrait, James.
— Vous viendrez toujours nous voir au ranch, n'est-ce pas ?
Mais elle hésita.
Il se retourna brusquement et se frappa la paume avec son autre poing.
— Comment les choses ont-elles pu en arriver là ? Je la croyais heureuse. Elle avait l'air heureuse.
Le corps rigide, il allait et venait dans l'espace restreint qu'offrait la pièce minuscule.
— Elle a été merveilleuse avec la ferme et les enfants. En dix ans, elle ne s'est jamais plainte.
Il s'arrêta subitement et se tourna vers Grace, avec une expression de souffrance.
— Lucille est une femme excellente et je ne sais pas ce que je ferais sans elle. Mais... j'étais hors de moi, ce matin, quand elle m'a parlé de la lettre. Je me suis mis à crier. Je lui ai dit des choses désagréables. Je ne les pensais pas, mais tout ce que j'avais en tête, c'est...
Il baissa la voix.
— Grace, vous êtes une des meilleures choses qui soient advenues à ce pays, et à moi. Sur le moment, j'avais seulement en tête que si Lucille avait détruit notre amitié...
Des termites grignotaient le chaume au-dessus de leurs têtes ; des lézards couraient le long des murs et des poutres. La maison était vivante, comme l'étaient le jardin et la forêt au-delà. Tous deux dans le cottage écoutèrent le chant de la vie autour d'eux, perdus pour un instant l'un dans les yeux de l'autre, pris par la proximité de leurs corps et l'intimité de l'heure. Puis James dit :
— Il est tard. Vous devriez être couchée, Grace.
— Voyons, vous n'allez pas rentrer chez vous maintenant ! C'est dangereux.
— Rose m'a offert un lit à Bellatu.
Grace eut envie de dire : *Restez avec moi,* mais à la place, elle décrocha une lampe et la lui tendit, en recommandant d'une voix douce :
— La sente qui monte d'ici à Bellatu est dangereuse la nuit, James. Soyez bien prudent.
Elle ouvrit la porte et James sortit sur la véranda. Il remit son chapeau à large bord, puis se retourna et la regarda, ses yeux masqués dans l'ombre.
— Je vous promets une chose, Grace. Je ferai tout ce qui est en mon pouvoir pour vous aider.

16

Peony était assise le visage enfoncé dans ses mains, ses frêles épaules voûtées, secouée de sanglots.

— Je ne sais pas ce que je vais faire ! gémit-elle. Je me tuerai !

— Oh, chut, dit Miranda en tendant un verre de cognac à la jeune fille. Tenez. Buvez ceci et cessez de pleurer. Vous ne résoudrez rien de cette façon.

La serveuse leva son visage bouffi.

— Résoudre ? Comment peut-on résoudre ça ?

— Il y a des moyens.

Les yeux de Peony s'agrandirent.

— Oh, non, m'dame, murmura-t-elle. Jamais je ne pourrai faire *ça*.

Miranda s'assit à son bureau et se mit à pianoter du bout des doigts sur le buvard vert. Quelle journée ! D'abord le vol découvert à la cuisine, le temps perdu et l'ennui de chercher quel boy était l'auteur du larcin. Ensuite un des clients avait attrapé la fièvre, ce qui avait semé la panique parmi tous les autres. Et maintenant, *ceci*.

Peony, la serveuse anglaise de Miranda, était une jeune fille au teint pâle arrivée par le dernier bateau avec son fiancé, mort d'hématurie à Mombasa. Miranda l'avait engagée et initiée au métier. Ces huit derniers mois, Peony avait travaillé avec diligence et gaieté, et mettait de côté son argent pour retourner en Angleterre.

— De combien de mois ? demanda Miranda.

— Deux. À peu près...

— Et le père ? Il est au courant ?

Peony fit une mine piteuse.

— Il ne sait rien, m'dame. Il est parti d'ici depuis longtemps. Je... Je ne sais même pas son nom.

Miranda secoua la tête, écœurée. Ces filles ! Comme des lapines, certaines, ça arrive au Kenya, ça n'a pas la moindre prudence, la présence de tous ces hommes leur tourne la tête. Une femme de colon, dans le district de Limuru, amassait une petite fortune en pratiquant des avortements.

Miranda se leva et se dirigea vers la fenêtre. Chaque fois qu'elle regardait dehors, elle avait l'impression que Nairobi était plus animée. Était-ce son imagination ou bien cinq automobiles de plus apparaissaient-elles dès qu'elle tournait le dos, cent hommes de plus en quête d'aventure, vingt femmes de plus à la recherche d'un riche mari ? Elle commençait à détester le Kenya.

Valentin n'était pas revenu la voir depuis leur unique nuit ensemble.

En face de l'hôtel, un chariot plein de paysans hollandais s'arrêta. Ils passeraient la journée à faire des achats, du troc, à prendre leur courrier, puis ils repartiraient vers leurs hectares de misère au fin fond de la brousse. Bon Dieu, songea Miranda. Pourquoi avaient-ils l'air si fiers ? Qu'y avait-il de si honorable dans le fait de labourer de la poussière où rien ne pousse, hormis le paludisme et la maladie du sommeil ?

Elle n'avait même pas reçu un mot de Valentin. Le lendemain matin à l'aurore, il s'était glissé hors du lit et s'en était retourné avec sa femme vers sa plantation dans le nord. Depuis, il n'était pas passé une seule fois chez elle. Or il était venu à Nairobi. Miranda l'avait vu.

Peony se remit à pleurer et l'amertume de Miranda augmenta. Comme la vie se montrait parfois contrariante ! Voilà cette fille en proie à une crise de nerfs parce qu'elle se retrouvait enceinte après une escapade d'une nuit avec un inconnu, alors que Miranda souhaitait désespérément avoir un enfant mais ne le pouvait pas.

Elle regarda dans la rue. Une des femmes de ces Boers était enceinte et en faisait parade en public. Les temps changeaient. On ne s'enfermait plus et on ne dissimulait plus sa grossesse. La guerre avait aboli les anciennes conventions et les habitudes vestimentaires. Il y avait des robes de maternité à présent, et les femmes montraient leur ventre avec fierté.

Sauf moi, se dit Miranda, envieuse de la jeune femme boer. *Je devrais me promener dans la rue comme ça.* Le bruit se répandrait aussitôt qu'elle portait le bébé du comte ; il l'installerait dans un endroit agréable, peut-être une maison à Parklands où elle vivrait comme une impératrice, pendant que quelqu'un dirigerait l'hôtel à sa place et déposerait les bénéfices à son compte bancaire. Mais il lui fallait un enfant pour que son rêve se réalise, et pour cela il fallait que Valentin revienne dans son lit.

Les épaules de Miranda s'affaissèrent. Pas la peine d'y penser. Valentin ne reviendrait pas. La première idiote venue s'en serait rendu compte. Il était ivre à ce moment-là, et quand il s'était dégrisé et avait pris conscience de ce qu'il avait fait, il l'avait regretté.

— Je ne veux pas avoir une de ces opérations, gémit Peony. Je suis catholique.

Miranda se retourna, l'expression méprisante.

— Il fallait y penser avant de céder à votre faiblesse. Si vous ne voulez pas vous en débarrasser, vous voulez donc le garder ?

Les yeux de Peony s'arrondirent comme des pièces de monnaie.

— Non, non m'dame. Qu'est-ce que je ferai avec un marmot ? Ce n'est pas comme si j'aimais le gars avec qui j'ai couché. Il ne comptait pas pour moi. Je ne veux pas de cet enfant. Mais je ne pourrai pas... le tuer.

— Alors quelle solution avez-vous ?

Peony se mit à tortiller l'ourlet de son tablier.

— Je me suis dit que peut-être quelqu'un l'adopterait.

Miranda l'examina.

Elle avait l'air minuscule et pitoyable dans le grand fauteuil, ses épaules osseuses se dessinaient sous l'étoffe de sa robe bon marché. Mais elle était en bonne santé, Miranda le savait. Le bébé serait sain, lui aussi.

Miranda plissa les paupières, une idée commençant à germer.

— Vous dites que le garçon n'est pas au courant ?

— Oh, non, m'dame ! Et je ne le reverrai jamais pour le lui annoncer.

— Est-ce qu'il y a quelqu'un au courant ?

Peony secoua la tête sans rien dire. Miranda sourit.

— Eh bien, je vais vous aider.

— Oh, merci.

— Mais vous allez me promettre de garder le secret. Bon, voici ce que nous allons faire...

Rose lui avait adressé un petit mot : *Macarons de Mme West, une douzaine. Et un cake de Bristol, SVP.*

Ils ne communiquaient plus que de cette manière : par notes écrites ou par l'entremise de Mme Pembroke, la nourrice. Il avait trouvé le billet dans son cabinet de toilette au moment où il se préparait pour son voyage à Nairobi. Rose avait déjà quitté la maison, bien entendu, pour son bosquet d'eucalyptus.

Valentin fut tenté de prétendre qu'il n'avait pas vu le mot, ou que Mme West ne faisait plus de pâtisserie, mais il savait que des mensonges ne le sortiraient pas d'affaire. Il n'agissait pas en homme d'honneur. Si déplaisant que ce soit, il ne pourrait pas continuer à éviter Miranda éternellement ; il fallait qu'il l'affronte et qu'il règle la question une fois pour toutes.

Miranda sortit de la cuisine d'un pas allègre, les deux mains tendues, et — à sa surprise — l'accueillit avec chaleur.

— Vous avez été occupé, Lord Treverton, dit-elle, en faisant signe à l'un des serveurs qui dressait les tables pour le thé. Deux bières, commanda-t-elle en swahili, puis se retournant vers Valentin : — Vous devez avoir un travail infernal pour désherber, sarcler et tailler deux mille cinq cents hectares de caféiers. Tous les autres planteurs ne parlent que de ça.

Valentin jeta un coup d'œil autour de lui, en se disant que la salle à manger était un endroit bien public. Mais elle était déserte à cette heure, entre le déjeuner et le thé. Et le personnel travaillait en silence à l'autre bout de la pièce.

— Je suis navré de ne pas être passé vous voir, Miranda, mais je ne savais franchement pas quoi vous dire.

— Aucune importance, murmura-t-elle. Vraiment.

— Je ne suis pas comme ça en temps normal. Je me sens un tel goujat. Cela n'avait jamais été dans mes intentions... Trop de gin au Norfolk, voyez-vous.

— Certes. Je comprends.

— Alors, ma foi. — Il posa les mains à plat sur la table, saisi d'un immense soulagement. — Laissez-moi vous dire, Miranda, que vous êtes rudement chic.

Elle rit.

— Que croyez-vous donc que j'allais faire ? Je ne suis pas une gamine qui débarque, après tout. Et je fais confiance à votre discrétion. Au demeurant, il faut songer à ma réputation.

— Vous avez ma parole d'honneur.

— Et il faut défendre aussi la vôtre.

— Certes, oui.

— Surtout maintenant.

— Maintenant ?

Les bières arrivèrent. Miranda les versa dans des chopes en verre et attendit que le serveur soit retourné dans la cuisine pour dire :

— C'est une vraie coïncidence que vous soyez passé aujourd'hui, Lord Treverton... J'allais justement aller à votre recherche.

Il lui adressa un regarda surpris.

— Tiens ?

Elle dégusta une gorgée de bière.

— Oh ! le serveur nous en a apporté des trop fraîches. J'en

garde toujours quelques-unes dans de la glace pour les Américains. Ils boivent la bière glacée, vous le saviez ?

— Miranda, pourquoi vouliez-vous aller à ma recherche ? Vous savez bien que ce qui s'est passé cette nuit-là ne peut pas se reproduire.

— Je ne l'espérais pas. Si je suis contente que vous soyez passé ici, c'est que j'ai quelque chose à vous annoncer.

— Et c'est quoi ?

— Je suis enceinte.

— Comment !

Un serveur apparut dans l'embrasure de la cuisine. Miranda lui fit signe de s'en aller et il disparut.

— Je vous en prie, Lord Treverton. Nous devons nous montrer discrets.

— Vous êtes enceinte, dit-il.

— Oui.

— Vous en êtes sûre ?

Elle soupira.

— Oui.

— Pourquoi me le dites-vous ?

— Parce que c'est votre enfant.

— Le mien !

— Il n'est sûrement de personne d'autre.

Il la regarda longuement. Puis il dit : « Mon Dieu » et se leva. Il avança de quelques pas puis se retourna.

— Qu'allez-vous faire ?

— Faire ? Voyons, je vais le garder, bien sûr.

— Il y a une femme à Limuru. Une certaine Mme Bates...

Miranda secoua la tête.

— Jamais je ne pourrai faire ça. Et vous ? Sachant que c'est votre propre enfant ? Et qu'il y a de grandes chances que ce soit un fils. Dans ma famille, il y a toujours beaucoup de garçons.

Elle s'arrêta, pour laisser l'idée faire son chemin ; puis elle reprit :

— Je ne vous demande rien. Ce n'est pas mon genre. Je prendrai soin de lui, je l'élèverai comme mon fils. Personne ne saura que vous en êtes le père. Je pensais simplement qu'il fallait vous mettre au courant, voilà tout.

Valentin baissa les yeux vers elle, visiblement sombre et songeur. Elle lui rendit un regard droit, honnête.

Puis il songea à son propre père, le vieux comte. N'avait-on pas parlé d'une femme à Londres et d'un petit garçon ? Le père de Valentin les avait installés dans un appartement, Bedford Square.

Un garçon. Un *fils*...

Il revint vers la table et s'assit.

— Je suis désolé, Miranda, dit-il, sincère et grave. Ce qui arrive n'était pas du tout dans mes intentions.

— Ni dans les miennes, mais voilà. J'ai passé des années à protéger ma réputation. Et tout s'en va à vau-l'eau à cause d'un instant de faiblesse.

— C'est ma faute.

— Nous étions deux.

— Bien entendu, je vous aiderai.

— Je ne vous le demande pas.

— Néanmoins...

Les pensées de Valentin commencèrent à se bousculer. Il se représenta les membres de son club, les regards entendus qu'ils échangeaient quand il entrait dans une pièce, les conversations qui étaient interrompues brusquement. Valentin savait que la colonie entière cancanait sur lui et Rose, s'interrogeait sur leurs problèmes conjugaux. *Le comte de Treverton n'est pas capable d'engendrer un héritier.*

— Quand le bébé doit-il arriver ? demanda-t-il.

— En mars.

— Très bien donc, dit-il en fouillant dans sa poche pour prendre son portefeuille. Voici pour commencer.

17

C'était le pire moment de l'année pour venir au Kenya — juste avant les pluies, quand l'herbe était grillée, les champs sans cultures, le pays entier semblant desséché et abandonné de Dieu.

Comme je le serai moi-même si je ne me méfie pas aujourd'hui, songea Grace.

La délégation était arrivée la veille. Ses membres étaient descendus à l'hôtel du Rhino Blanc et ne tarderaient pas à se présenter à Chantoiseau pour commencer leur inspection. Se jugeant responsable de la situation, James avait proposé de venir l'assister, mais Grace avait refusé, estimant qu'elle devait affronter seule la délégation.

La matinée était froide et débutait à peine quand elle suivit le sentier conduisant au petit compound[1]. Les volutes de la

1. Le compound est l'enceinte où se trouvent les éléments d'une agglomération, ou encore la place autour de laquelle s'élève un village.

brume nocturne couraient encore sur le sol. La rosée brillait sur les feuilles comme des fleurs de verre. Grace vit dans les feuillages lilas un gobe-mouche de paradis dont la longue queue rouge s'illumina dans un rayon de soleil. Un guêpier traversa le chemin devant elle à tire-d'aile. L'air était empli de chants et de babillages. De l'autre rive de la rivière, la fumée bleue des feux de cuisine des Kikuyus planait bas sous les arbres.

La mission de Grace se composait de trois constructions : le dispensaire pour les consultations — un toit de chaume sur quatre poteaux ; l'école — quelques rondins servant de bancs en face d'un olivier auquel était cloué le tableau noir ; et une case de pisé pour les malades ou les blessés graves. Un groupe silencieux et discipliné l'attendait déjà : des femmes avec des bébés dans le dos ; des vieillards accroupis dans la poussière qui jouaient un jeu interminable avec des cailloux.

Quand la délégation — trois hommes et deux femmes — arriva enfin sur le sentier qui descendait de la plantation, Grace s'était attaquée depuis longtemps à sa besogne quotidienne.

Comme elle n'avait pas encore fait leur connaissance, l'on commença par les présentations. Le révérend Sanky conduisait la délégation et était accompagné de sa femme, Ida. Au début, il n'y eut pas de question posée : ils regardaient simplement Grace soigner les Africains avec l'aide de Mario, les malades se présentant les uns derrière les autres. Il y avait comme d'habitude des enfants brûlés qu'elle soignait avec du permanganate et des pansements propres, puis qu'elle renvoyait en rappelant à leur mère le danger des foyers non protégés dans les huttes. Il y avait un homme avec un goître, pour qui Grace ne pouvait rien, un cas grave d'éléphantiasis, qu'elle adressa à l'hôpital catholique de Nyéri ; un homme qui s'était blessé à la main trois jours plus tôt, et dont la blessure, parce qu'on n'y avait rien fait, s'était infectée. Bon nombre de ses patients souffraient de maux pour lesquels ils l'avaient déjà consultée, certains à plusieurs reprises. Ces rechutes étaient dues à des conditions de vie sans hygiène. Grace leur donnait sans cesse les mêmes conseils — nettoyer les huttes, garder les chèvres dans un enclos à l'extérieur, se laver le corps régulièrement, porter des sandales, ne pas laisser les mouches se poser sur le visage — mais ils n'étaient jamais suivis.

Le pasteur Sanky et ses compagnons observaient sans rien dire en prenant des notes sur des carnets. Ils se promenèrent, examinèrent les instruments sur la table — laryngoscope, marteau à réflexes, seringues hypodermiques, forceps et scalpels — lurent les étiquettes des flacons, regardèrent les graphiques de Grace et écoutèrent.

Un vieillard qui avait des lésions infectées sur tout le corps fit toute une histoire en voyant Grace prendre une seringue hypodermique. Mario traduisit :

— Il prétend qu'il a déjà reçu une piqûre, memsaab. Hier à la mission catholique.

— Je vois, dit-elle en plongeant pour la remplir la seringue dans un flacon étiqueté *néo-salvarsan*. Il a eu cette piqûre-là ?

— C'est ce qu'il dit, memsaab.

— Demande-lui s'il a eu également une piqûre pour la maladie des nuages.

Les deux Kikuyus échangèrent quelques répliques, puis :

— Oui, memsaab, il a eu celle-là aussi.

— Parfait. Tenez-le, Mario, s'il vous plaît.

Tandis que le vieillard protestait, elle lui enfonça l'aiguille dans le bras.

— Permettez, demanda le pasteur Sanky quand le vieillard fut parti en se plaignant à tue-tête. Que s'est-il passé au juste ?

Grace répondit tout en examinant la bouche d'une femme.

— Cet homme a le pian. Il avait besoin d'une piqûre de néo-salvarsan.

— Mais il vous a dit qu'il en avait déjà reçu une.

— Ces gens ont une frousse bleue des injections, monsieur Sanky, répondit Grace en prenant une pince. Ils mentent systématiquement et jurent qu'ils ont déjà eu la piqûre.

— Mais comment pouvez-vous être certaine qu'il mentait ? demanda Mme Sanky en regardant Grace extraire une dent gâtée de la bouche de la femme kikuyu.

— Parce qu'il a également juré qu'il avait reçu une piqûre pour la maladie des nuages — et c'est une maladie qui n'existe pas.

— Vous l'avez inventée ?

— Mario, s'il vous plaît, dites à cette femme de se rincer avec ça et de le cracher après.

Grace se lava les mains dans une cuvette d'eau savonneuse et répondit :

— C'est un moyen de découvrir s'ils me disent la vérité. S'il m'avait répondu qu'il n'avait pas reçu de piqûre pour la maladie des nuages, j'aurais pu admettre qu'il disait la vérité pour le néo-salvarsan. J'ai vu certains m'assurer avec énergie qu'ils avaient reçu une piqûre de *chocolat !*

Le pasteur et sa femme échangèrent un coup d'œil. Un autre membre de la délégation prit la parole :

— À l'instant, vous avez donné à cette femme la dent que vous veniez d'arracher. Pourquoi ?

— J'y étais obligée. Sinon elle croirait que je pourrais m'en servir pour pratiquer la magie noire contre elle.

— Docteur Treverton, dit l'autre femme du groupe, pourquoi votre morphine est-elle rouge ? La morphine n'est pas rouge. En effet, toutes ces fioles devaient être pleines de solutions incolores et chacune a une couleur différente. Pourquoi ? dit-elle en désignant les fioles sur la table.

Grace prit un bébé des bras de sa mère et se mit en devoir de soigner une brûlure qu'il avait à la jambe.

— Je me suis aperçue que ces gens croyaient que tous les liquides incolores sont de l'eau et par conséquent qu'ils sont inefficaces. Dès que j'ai ajouté des teintures, ils ont été convaincus de leurs pouvoirs. Il en est de même si le médicament a un goût amer ; ils lui font davantage confiance. À cet égard, l'Africain ressemble beaucoup à l'Anglais qui consulte un grand patron de Harley Street.

— Docteur Treverton, êtes-vous en mesure de traiter *toutes* les maladies qui vous sont présentées ?

— Une bonne partie. Je fais fonds sur la formule : « Vaseline pour l'usage externe, quinine pour l'usage interne. » Cela me permet de résoudre la majorité des cas. Les autres, je les envoie à l'hôpital catholique.

À ces mots, les cinq membres du comité se regardèrent. Le pasteur Sanky dit :

— Pouvez-vous nous accorder un peu de votre temps, à présent, docteur Treverton ?

— Certainement.

Elle rendit le bébé pansé à sa mère, en lui recommandant de ne pas le quitter des yeux quand il était près du feu de cuisine et sachant que le conseil ne serait pas suivi. Puis elle se lava les mains et dit à Mario de surveiller ceux qui attendaient toujours pour éviter toute tentative de vol.

— Ces gens vous volent, docteur Treverton ? demanda Mme Sanky lorsqu'ils descendirent vers la rivière.

Le comité avait demandé à visiter le village voisin.

— Oui, bien sûr.

— Ils n'ont apparemment aucune moralité.

— Au contraire, les Kikuyus ont une morale élevée, avec un code rigide de lois et de châtiments. C'est simplement qu'il ne leur vient pas à l'esprit que c'est mal de voler l'homme blanc.

Le pasteur Sanky, qui marchait à côté de Grace, déclara :

— Jusqu'ici, dans la façon dont vous traitez ces gens, nous

avons observé des mensonges, des tricheries et de la superstition de *votre* part, docteur.

— C'est le seul moyen de communiquer avec eux. Sinon ils ne comprendraient pas.

— Qui habite ici ? demanda Ida Sanky.

Elle montrait du doigt la hutte isolée au bord du terrain de polo de Valentin.

— Elle appartient à une guérisseuse locale, du nom de Wachéra.

— Je croyais que les sorcières avaient enfin été mises hors la loi.

— Effectivement. Wachéra serait frappée d'une amende ou mise en prison si elle était surprise en train de pratiquer la médecine tribale. Les gens vont la consulter en secret.

— Puisque vous avez connaissance de ces pratiques secrètes, docteur Treverton, je pense que vous avez prévenu les autorités.

Grace s'arrêta près de la berge de la rivière, à l'entrée de la passerelle de bois construite par Valentin pour desservir le village.

— Je l'ai fait, monsieur Sanky. Vous pouvez me croire. J'ai essayé de mettre fin à ce que cette femme fait. Elle constitue mon principal obstacle dans la lutte que je livre pour éduquer les Africains.

— Ne pouvez-vous lui parler ? La raisonner ?

— Wachéra ne veut avoir aucune relation avec moi.

— Elle doit tout de même se rendre compte que nos façons de vivre sont meilleures.

— Au contraire. Wachéra attend le jour où les Anglais plieront bagage et quitteront le Kenya.

— J'ai lu plusieurs ouvrages, dit un jeune homme du groupe. Est-il exact que les femmes mariées couchent avec les amis de leurs époux ?

— C'est une coutume tribale très ancienne, profondément enracinée dans leurs systèmes complexes de groupes d'âge. Cela se fait ouvertement, à la discrétion de la femme et avec l'approbation du mari.

— En d'autres termes, de la fornication.

Grace se tourna vers le clergyman.

— Non, pas de la fornication. Les mœurs sexuelles des Kikuyus sont différentes des nôtres. Par exemple, leur langue ne possède aucun mot pour « viol ». Leur comportement sexuel peut nous sembler dissolu, mais ils ont des tabous très stricts...

— Docteur Treverton, dit le pasteur Sanky, votre affection

pour ces gens nous paraît évidente, et nous ne sommes pas insensibles à ce que vous essayez d'accomplir ici. Toutefois, nous avons le sentiment que vous vous fourvoyez dans la manière de vous y prendre.

— Comment cela ?

— Là-bas, quand vous étiez occupée à soigner ces malades, vous n'avez pas une seule fois parlé du Seigneur, jamais vous n'avez expliqué que votre pouvoir venait de Dieu, vous n'avez pas tenté d'amener ces gens à Jésus, bien que vous en ayez eu amplement l'occasion.

— Je ne suis pas prédicateur, monsieur Sanky.

— Précisément, et c'est là votre problème majeur. Vous avez négligé leurs besoins spirituels, aussi les Africains continuent-ils leurs pratiques néfastes. Prenons le cas de cette opération, par exemple, au cours de laquelle des jeunes filles sont mutilées. Qu'avez-vous fait, docteur Treverton, pour appuyer les efforts de nos missions afin que soit abolie cette pratique au Kenya ?

— Pour pouvoir soigner les maladies de ces gens, monsieur Sanky, il faut que j'obtienne leur confiance et leur amitié. Si je me mets à prêcher et à condamner leurs traditions tribales, ils cesseront de venir à mon dispensaire. La mission catholique a perdu beaucoup de ses membres africains simplement parce que les prêtres ont coupé des figuiers sacrés.

— Vous n'approuvez tout de même pas le culte des arbres.

— Non, mais...

— Voyez-vous, docteur Treverton, dit un membre âgé du groupe, l'objectif premier d'une mission médicale ici, demeure l'œuvre évangélique. Nous désirons la présence d'un dispensaire ici non pour soigner les corps mais pour attirer les gens à Jésus.

— Je vous ai dit que je n'étais pas prédicateur.

— Vous en avez donc besoin d'un.

— Certainement, envoyez-moi un prédicateur, répondit-elle. Mais envoyez-moi aussi des infirmières et des médecins assistants !

— Vous semblez vous débrouiller très bien toute seule docteur, dit Mme Sanky. Pourquoi avez-vous besoin de tous ces collaborateurs ?

— Pour enseigner aux Africains comment devenir autonomes.

— Autonomes ?

Grace expliqua vivement avec ardeur :

— Mon véritable objectif est d'apprendre aux Africains à prendre soin d'eux-mêmes. Si seulement je pouvais obtenir pour le village une équipe capable de montrer aux Kikuyus des façons plus saines de vivre, le nombre de mes patients diminuerait d'un seul coup. Et si je pouvais former d'autres Kikuyus comme j'ai formé Mario pour les premiers secours d'urgence et premiers soins...

— Vous parlez d'autonomie pour ces gens ?

— Mais oui.

— Dans ce cas, comment les conduire à Jésus ? Si les Africains étaient capables de se débrouiller seuls, ils ne verraient aucune raison de consulter des médecins chrétiens, et par conséquent l'évangélisation deviendrait impossible.

Grace regarda les cinq membres de la délégation, qui avaient l'air déplacés dans leurs vestons étroitement boutonnés, avec leurs cravates, les deux femmes portant corset. Ils paraissaient prêts à aller passer l'après-midi à Wimbledon, et non à voyager dans la brousse africaine. Jérémie lui vint soudain à l'esprit. Grace se rappela une conversation qu'ils avaient eue un soir, sur le pont du bateau. « La première chose que nous construirons, chérie, sera un bâtiment pour les malades hospitalisés. Les malades qui viennent en consultation sont difficiles à retenir, mais ceux qui sont alités forment un public captif, beaucoup plus réceptif à l'enseignement spirituel. »

C'était bizarre. Elle n'y avait jamais sérieusement réfléchi auparavant, à cette insistance de Jérémie sur le prosélytisme de leur mission. Mais à présent, plus elle y songeait, plus elle se représentait Jérémie au milieu de ce groupe.

Elle pensa à l'argent que cette délégation représentait, la contribution mensuelle de la Société des Missions du Suffolk. Elles étaient son dernier recours, ces cinq personnes que ses méthodes n'enchantaient visiblement pas. Elle ne voulait rien demander à Valentin — pas avec Miranda West paradant dans Nairobi en robe de grossesse et toute l'Afrique-Orientale chuchotant le nom du père. Grace n'avait nullement l'intention de se faire entretenir par son frère comme il entretenait sa maîtresse.

— J'accueillerai avec grand plaisir un prédicateur, monsieur Sanky, dit-elle d'une voix calme. Son aide sera la bienvenue.

Le clergyman sourit.

— Nous éprouvons une vive sympathie pour les épreuves que vous avez traversées ici, docteur. Vous n'avez pas dû avoir la vie facile. Et comme vous avez été coupée de tout pendant les derniers dix-huit mois, il n'est pas surprenant que votre œuvre ait pris une direction erronée. Je songe à quelqu'un ; il travaille en ce moment en Ouganda. Le révérend Thomas Masters. Il fera l'affaire. Demandez à vos gens de lui construire une maison tout de suite, car je l'enverrai ici par le premier train.

— Amènera-t-il du personnel médical ?

— M. Masters désirera d'abord évaluer les besoins en matière médicale.

— Ne m'appartient-il pas à moi d'effectuer cette évaluation ?

— M. Masters prendra la direction de votre mission à partir de maintenant, docteur. Toutes les décisions lui appartiendront.

Grace toisa M. Sanky.

— La direction ! Mais... c'est *ma* mission.

— Construite avec *notre* argent, docteur. Il est temps que nous participions à sa gestion.

M. Sanky jeta un coup d'œil à la rivière sauvage, à la forêt indomptée, au sommet des toits de chaume des huttes apparaissant entre les arbres et vit un pays mûr pour les pareils du révérend Thomas Masters — un homme austère et distant, à la vertu inébranlable, qui avait déjà mis Satan en fuite dans quatre pays africains.

18

Les pluies avaient cessé trois jours plus tôt et Nairobi s'était parée de couleurs du jour au lendemain. Miranda West, qui se dirigeait vers l'Hôtel du Roi Édouard, passa devant des murs tapissés de bougainvillées rouges, orange et roses, des jardins privés envahis de géraniums, d'œillets et de fuchsias nouvellement éclos. Les arbres qui bordaient les roues boueuses de Nairobi étaient couverts de fleurs rouges de Nandi, de boutons de jacarandas lavande, de callistémons blancs. C'était Noël et le monde, nourri par les brèves pluies de novembre, affichait sa joie de vivre et sa croissance nouvelle. Le corps imposant de Miranda, qui avançait en saluant joyeusement les gens de la main, célébrait lui aussi la joie de naîtrc. Ellc était enceinte de six mois, et chaque jour de ces six mois se voyait.

À l'hôtel, elle passa dans la cuisine prendre un plateau de potage et de sandwichs puis monta à son appartement, où elle enleva le coussin qui était sous sa robe et le mit de côté, enfila une robe de chambre et, s'assurant que personne ne la voyait, gravit l'escalier privé qui montait au grenier.

Peony était assise sur le lit, en train de lire un magazine.

— Comment allons-nous aujourd'hui ? demanda Miranda en posant le plateau.

La chambre avait été décorée selon les désirs de Peony : papier peint, tapis et rideaux à fleurs, meubles avec en supplément des livres, un phono, un rocking-chair. Elle était aussi confortable que Miranda avait pu la rendre, mais c'était impossible de déguiser le fait qu'il s'agissait d'une prison et que Peony commençait à s'en lasser.

— Noël dans deux jours, dit-elle. Et moi je suis là et je vais tout rater.

— Absolument pas. Je vous apporterai de l'oie et du gâteau de Noël. J'ai même un cadeau pour vous.

Peony regarda le plateau de sandwichs et dit :

— Quoi ? Encore du pâté au jambon ?

— Mes clients paient des sommes folles pour mon pâté au jambon.

— Je préfère encore du pain au beurre avec de la confiture.

Miranda réprima son irritation. Elle savait que, pour la jeune fille, rester confinée vingt-quatre heures sur vingt-quatre sans voir personne que Miranda n'était vraiment pas agréable. Mais le jeu en valait la chandelle, comme elle le rappela maintenant à Peony.

— Seulement trois mois encore, ma petite, et vous repartirez pour l'Angleterre avec de l'argent plein les poches.

Peony parut inquiète.

— Vous êtes certaine que ces gens me paieront ? Ceux qui vont adopter le bébé ?

— Je vous le garantis.

— Comment se fait-il qu'ils ne viennent jamais me voir ? J'aurais cru qu'ils voudraient voir comment était la mère.

— Je vous l'ai dit : ils désirent que leur identité reste secrète.

— Bon, du moment qu'ils respectent leur promesse.

Miranda s'assit au bord du lit et tapota la main de la jeune fille.

— Ne vous en faites pas. Dès que je leur apporterai le bébé, vous aurez votre billet de bateau pour l'Angleterre.

— *Et* les cinq cents livres ?

— En espèces. Bon, voyons un peu comment nous allons ce soir.

Peony s'allongea sur le lit, bien à plat, et demanda :

— Pourquoi dites-vous toujours « nous » ?

— C'est l'habitude des infirmières. Ne suis-je pas votre infirmière ?

Peony lui lança un regard méfiant.

— Vous ferez venir un vrai docteur pour m'accoucher, pas vrai ?

— Je vous l'ai déjà dit. Le couple a un docteur en vue. Je l'appellerai dès que le travail commencera. Eh bien... Comment vous sentez-vous ?

Cela se passait tous les jours de la même façon : Miranda venait, mesurait le ventre de Peony, le tâtait tout autour et posait des questions comme « Avez-vous bon appétit ? Avez-vous eu des douleurs ou des élancements ? Sentez-vous bien le bébé ? » Le centimètre en ruban fit maintenant son apparition et Miranda constata qu'il lui faudrait encore ajouter du rembourrage dans son coussin.

— Plus de nausées matinales ?

— Pas depuis cinq jours. J'ai l'impression que c'est terminé.

Les premiers mois, Peony avait été horriblement malade, penchée au-dessus d'une cuvette, incapable de garder la moindre nourriture. Pendant les mêmes semaines, Miranda avait refusé le petit déjeuner et le déjeuner, et s'était plainte de nausées matinales à qui voulait l'entendre.

— Mais j'ai des douleurs dans les reins, à présent, dit Peony.

— Où exactement ?

— Là. Et je ne cesse de courir aux toilettes !

Miranda sourit. Elle s'en souviendrait.

— Vous dormez bien ?

— Pas mal. Vous ne pourriez pas trouver du poisson ? J'ai une envie folle de poisson.

— Lequel ?

Peony haussa les épaules.

— N'importe lequel. Attendre un bébé vous donne des envies bizarres... en temps normal, je *déteste* le poisson.

Miranda se leva et dit :

— Vous aurez le meilleur poisson que je pourrai trouver. Avez-vous envie d'autre chose ?

— J'aimerais un magazine qui ne date pas de six mois.

— Ça, c'est demander un miracle ! Mais je verrai ce que je peux faire.

— Ça ne me plaît pas, vous savez. Je n'aime pas ça du tout. Je vais devenir cinglée si je ne sors pas un peu.

Miranda était près de la porte, la main sur la poignée.

— Vous savez que ce n'est pas possible.

— Un petit tour ! Les femmes enceintes ne doivent-elles pas prendre un peu d'exercice ?

— Le couple veut que personne ne vous voie.

— Mais qui le saura ? Je vous en *supplie,* m'dame. Laissez-moi sortir un peu. Je ne ferai rien de rien, je vous le promets.

— Peony, nous avons réglé cette question en août. Vous avez accepté toutes les conditions qu'ils vous ont posées. Si vous faites un seul pas hors de cette pièce, le marché est rompu, et vous vous retrouverez toute seule, enceinte et sans le sou. Vous avez bien compris ?

Peony se mit à jouer avec une mèche de ses cheveux.

Miranda sourit et dit avec douceur :

— Cela vaudra la peine quand ce sera terminé. Vous verrez. Pour autant que vous ne bougiez pas d'ici.

La jeune fille prit enfin un sandwich, mordit dedans et répliqua.

— D'accord, d'accord, je n'irai nulle part.

En partant, Miranda tourna la clef dans la serrure.

« *Mes nausées matinales ont cessé mais j'ai des envies tout à fait inattendues de poisson ! écrivit Miranda dans la lettre destinée à sa sœur, à Londres. J'ai mal dans le dos et je vais très souvent aux toilettes, mais il n'y en a plus que pour trois mois puis je serai très confortablement installée. Lord Treverton me fait construire la plus belle des maisons à Parklands. J'y emménagerai aussitôt après la naissance. Tu viendras habiter avec nous. Quelle belle vie nous allons avoir !* »

Miranda posa sa plume, plia la feuille et la glissa dans l'enveloppe avec une photo d'elle-même en robe de grossesse. Il était tard ; comme elle se demandait si elle n'allait pas gonfler son coussin dès ce soir, elle entendit du bruit derrière sa porte.

Elle se figea. Son appartement se trouvait au-dessus de la cuisine, et l'on n'y accédait que par un escalier privé ; il était complètement isolé du reste de l'hôtel et de la clientèle. Elle regarda sa pendule. Il était minuit.

Elle écouta. Il y avait quelqu'un devant la porte.

Peony ! Qui sortait en catimini après avoir forcé la serrure !

Elle se précipita vers la porte et l'ouvrit à la volée pour surprendre la fille et la rattraper avant qu'on la voie. Mais Miranda reçut un choc.

— Bonsoir chérie, dit Jack West.

Elle recula.

— On dirait que tu viens de voir un fantôme. Ne reconnais-tu pas ton mari ?

— Jack ! murmura-t-elle. Je te croyais mort.

— Ouais. C'était bien ce que je pensais. Tu ne m'invites pas à entrer ?

Il passa devant elle. C'était un rouquin trapu, à la tenue kaki tachée de sueur, avec une barbe qui lui tombait sur la poitrine. Il parcourut l'appartement des yeux.

— Dis donc, tu te soignes bien, Miranda. Très bien, vraiment.

Elle referma vivement la porte.

— Qu'est-ce que tu fais ici ?

Il se retourna en haussant des sourcils orange broussailleux.

— Ce que je *fais* ici ! Voyons, je suis ton mari, ma chérie. J'ai pas le droit d'être ici ?

— Non ! Pas après m'avoir abandonnée.

— Abandonnée ! Je t'ai dit que j'allais du côté du lac Victoria chercher des hippopotames.

— C'était il y a sept ans. Je n'ai eu aucune nouvelle de toi depuis.

— Eh bien, tu en as maintenant. Tu ne m'offres pas un verre ?

Miranda s'efforça de réfléchir. Son esprit allait à toute allure : la jeune fille cachée là-haut, le coussin avec les lacets pour le fixer sur son ventre, Lord Treverton. Elle versa un whisky à Jack et dit :

— Où as-tu été tout ce temps ?

Il s'assit dans le même fauteuil qu'avait pris le comte six mois plus tôt et posa ses bottes sales sur le tabouret.

— Ici et là. Les hippos n'ont rien donné, mais j'ai réussi à ramasser un petit paquet pendant la guerre en faisant l'éclaireur pour les Allemands, l'espion pour les Anglais. Après ça, je suis allé braconner un peu l'ivoire au Soudan.

— Pourquoi es-tu revenu à Nairobi ?

— Parce que j'ai entendu parler d'un filon d'or au Nyanza, et que j'ai l'intention d'en tirer profit.

Miranda s'exprima en termes prudents.

— Alors tu n'es pas venu ici pour y rester ?

— Pas quand il y a de l'or à trouver là-bas !

Il vida le whisky d'une lampée et tendit son verre pour qu'elle le resserve.

— Des veines de quartz dans le calcaire ont été signalées près du lac Victoria. Exactement comme les formations aurifères de Rhodésie, paraît-il. Tu sais quel prix l'or atteint ces temps-ci ? Quatre livres l'once.

— Alors pourquoi es-tu ici et non là-bas ?

Il engloutit le deuxième verre et en prit un troisième.

— Il me faut du matériel. J'imagine que cinq mules de bât et deux négros de confiance feront l'affaire. Plus les outils. Voilà pourquoi je suis à Nairobi.

Après avoir bu le troisième whisky, le visage enflammé, Jack West se caressa pensivement la barbe.

— Seulement, vois-tu, je n'ai pas l'argent pour tout ça. Et en apprenant que mon épouse possédait un hôtel prospère en ville, ma foi...

Miranda se détourna brusquement et alla vers le petit coffre-fort près de son lit.

— De combien as-tu besoin ? demanda-t-elle.

— Oh, oh... dit-il en se levant. Pourquoi se presser tellement ? Je ne peux pas m'équiper à une heure pareille, pas vrai ? Le côté affaires de notre petite visite peut attendre au matin.

Miranda se figea.

— Jack, dit-elle en se retournant, nous ne sommes plus mariés.

— Bien sûr que si.

Il s'avança vers elle.

— Et par Dieu, tu es devenue belle femme pendant mon absence.

Elle recula. Il fallait qu'elle réfléchisse. Ses plans si fragiles, si risqués... Jack pouvait tout gâcher.

— Quand partiras-tu pour le Nyanza ? demanda-t-elle.

— Demain. Dès que j'aurai réuni le matériel. Mais en ce moment ce n'est pas précisément à ce genre de forage que je pense.

Miranda resta immobile et le laissa se rapprocher. Prospecter l'or au Kenya pouvait prendre des années, elle le savait. Dès qu'il aurait quitté la ville, elle déposerait une demande de divorce dans les règles — comme elle aurait dû le faire depuis longtemps. Nul n'avait besoin de savoir qu'il était revenu ou qu'elle l'avait revu et qu'il était encore vivant. Elle allait se le concilier, lui souhaiter bon voyage...

Il était assez près pour qu'elle sente le whisky dans son haleine et, quand il avança la main, elle ne résista pas. Elle se laissa caresser. Elle songea à tout ce qui se trouvait en jeu. Elle ferma les yeux.

19

Grace était au désespoir.

Au cours des six jours qu'elle venait de passer à Nairobi en quête d'une aide financière, elle n'avait pas abouti à grand-chose. La Ligue des Femmes d'Afrique s'était engagée à la soutenir, le gouverneur et d'autres personnes intéressées par la question avaient promis une contribution, mais en majorité les gens estimaient que la sœur d'un des hommes les plus riches d'Afrique-Orientale n'avait pas besoin de leur aide. Il suffisait de regarder la maison de pierre ostentatoire que Valentin avait fait construire pour sa maîtresse et son bâtard pour savoir qu'il avait largement les moyens de subventionner sa sœur sur le même pied. Si seulement ils avaient su. Grace avait déjà fait appel à Valentin et il avait refusé.

Elle ne s'était pas adressée à lui de gaieté de cœur. L'affaire de Miranda l'avait ulcérée. La pauvre Rose, si isolée qu'elle fût, avait tout de même entendu les rumeurs et elle était arrivée à Chantoiseau un soir en pleine crise de nerfs, disant que tout était sa propre faute puisqu'elle n'était pas une bonne épouse pour Valentin, incapable de faire autre chose que des filles et des fausses couches. Grace avait donné un sédatif à sa belle-sœur, puis l'avait raccompagnée chez elle — Valentin ne s'y trouvait pas : il était à Nairobi à cause de « cette femme ».

Grace leva les yeux vers le ciel menaçant. On était en mars maintenant ; les longues pluies allaient commencer. Elle savait qu'elle devrait remonter dans le nord avant que les routes se transforment en bourbiers et en lacs, mais elle devait d'abord trouver un moyen de reprendre la direction de sa mission.

Le révérend Thomas Masters, de l'Ouganda, s'était révélé un homme abominable.

Il avait commencé sur-le-champ à sauver des âmes, à déverser l'eau baptismale et à écouter les professions de foi d'Africains illettrés. Il leur donnait des noms *wazungus* et leur promettait la vie éternelle chaque fois que ceux-ci bafouillaient quelques mots dans une langue qu'ils ne comprenaient pas. Les Africains venaient à lui parce qu'ils désiraient la magie et le pouvoir des noms de l'homme blanc et, en conséquence le village avait commencé à se peupler de

Thomas, de John et de Rachel. Ils singeaient les mots des prières et croyaient devenir comme l'homme blanc.

Le pasteur avait également pris en charge l'argent qu'envoyait la Société des Missions, exigeant de Grace qu'elle présente une demande par écrit avant d'acheter du matériel ; elle devait ensuite rendre compte de chaque mètre de bandes, de chaque point de suture. Et s'il jugeait qu'elle gaspillait, il la forçait à se débrouiller avec moins.

À travers les verres de son lorgnon et du haut de son nez long et osseux, le révérend Thomas Masters ne voyait que des occasions de critiquer Grace Treverton. Notamment au sujet de Wachéra. Il déclarait ne pas pouvoir comprendre pourquoi Grace n'avait pas réglé ce problème depuis longtemps.

— Ne vous contentez pas de fermer les yeux, avait-il dit. Amenez-la à Jésus. Dès qu'elle marchera sur la voie de la vertu, la sorcière répudiera sa magie et le reste de son peuple suivra.

Toutefois, pour recevoir le soutien financier de la Société des Missions, Grace avait tout toléré jusqu'au soir où M. Masters avait jeté le blâme sur ses relations avec James Donald, un homme marié.

James était arrivé pour lui rendre visite en fin d'après-midi avec une couple de perdrix des bambous ainsi que du beurre et du fromage de sa laiterie, et il était resté assis à bavarder avec Grace longtemps après le coucher du soleil. Le pasteur était venu à la porte pour parler à Grace et était resté figé sur place en voyant Sir James dans sa salle de séjour. Après quoi, avait suivi le sermon sur les apparences et la responsabilité de vivre en chrétienne, de servir d'exemple aux Africains, et Grace avait répondu au pasteur de s'occuper de ses affaires. L'escarmouche, elle le savait, avait été signalée à la Société des Missions.

C'est alors qu'elle avait décidé de solliciter l'aide de Valentin.

Elle l'avait trouvé dans les champs du nord du domaine, monté sur Excalibur, le fouet à la main, en train de surveiller le sarclage et le désherbage des plants. Les longues pluies n'allaient pas tarder et il luttait contre la montre. Pendant que Grace lui parlait, Valentin ne détachait pas son regard des travailleurs, criant un ordre à tout moment, l'interrompant, son attention dispersée de façon exaspérante. Ses nuits sans sommeil se lisaient sur son visage creusé ; l'obsession de créer la plus riche plantation du Kenya brûlait dans son regard.

— Dis ce que tu as à dire, Grace, avait-il lancé d'une voix impatiente. Les pluies vont tomber d'un jour à l'autre. Tu me fais perdre un temps précieux.

Quand elle eut exposé sa requête, il répliqua :

— Je t'ai accordé deux ans, Grace. Et voilà, tu es au Kenya depuis deux ans. Et tu as échoué.

— Je n'ai pas échoué. J'ai seulement besoin d'aide.

— Tu as juré tes grands dieux que tu n'aurais pas besoin de moi. Tu m'as promis de ne jamais m'ennuyer avec ton projet. Wahiro ! cria-t-il. Apporte davantage d'engrais par ici ! Et dis-leur de le répandre comme il faut cette fois !

— Valentin...

— Les soigner est une chose, Grace. Ça ne me dérange pas. Mais cette idée de leur apprendre des choses, de les *instruire* en est une autre. Que deviendrais-je si ces gars décidaient soudain de travailler pour eux-mêmes ? Donne-leur assez d'instruction et ils voudront prendre la direction des opérations. Nous n'aurons plus qu'à faire nos valises et retourner en Angleterre. Est-ce cela que tu désires ?

Grace avait brûlé de rage. Elle avait eu envie de lui jeter au visage l'histoire de Miranda et du bébé, de lui rappeler la pauvre Rose et la petite Mona, âgée de deux ans et privée d'affection, de lui démontrer le gâchis qu'il faisait de sa propre vie ; mais elle savait que cela déclencherait seulement une scène pénible qui lui aliénerait davantage encore son frère. Elle avait donc décidé de se rendre à Nairobi, malgré les pluies imminentes qui rendraient bientôt toutes les pistes inutilisables, voire dangereuses — plus d'un chariot, plus d'une automobile avait disparu dans un bourbier inattendu, sans qu'on retrouve jamais ni le chauffeur ni les passagers. Ses amis de Nairobi demeuraient son dernier espoir. Il fallait qu'elle se débarrasse du révérend Thomas Masters.

Mais même ses amis n'avaient pu lui offrir une aide suffisante. Sa dernière ressource restait un emprunt à la banque — bien qu'elle n'eût aucune idée de la manière dont elle le rembourserait.

Elle regarda passer une Ford modèle T, toute ferraillante et couverte de poussière, puis traversa la rue vers la banque de Hardy Acres.

Miranda se pencha au-dessus de la cuvette en porcelaine et vomit.

Elle se cramponna aux bords de la table, frissonnant de tout son corps. Puis elle se laissa tomber dans le fauteuil, épuisée. Ses yeux fixaient d'un regard engourdi la fenêtre où une pluie légère commençait à laver les carreaux. Elle ne ressentait aucune émotion ni joie de voir venues les pluies qui assureraient une autre année de prospérité au Kenya, ni ennui à l'idée de la boue qui allait envahir son hôtel. Elle avait la tête complètement vide. Ses pires craintes se trouvaient confirmées.

Elle était enceinte.

Les premiers soupçons lui étaient venus à l'esprit en février, quand ses règles n'étaient pas venues. Elle s'était raccrochée à un faux espoir, plus faible chaque matin où la terrassaient les nausées. À présent, il ne restait plus ni doute ni espoir. Toutes les semaines passées à interroger Peony en avaient assez appris à Miranda pour établir le diagnostic de son état.

Son regard abattu quitta la fenêtre, s'arrêta d'abord sur une lettre froissée sur son bureau — le message qui était arrivé la veille : envoyé par le prospecteur d'or associé à Jack informant Miranda de la mort de son mari au cours d'un accrochage avec un rhinocéros blessé. Puis ses yeux se détournèrent vers le coussin ridicule posé sur son lit, la taie bourrée de chiffons pour simuler une grossesse du neuvième mois. Et finalement, enfin Miranda regarda le plafond parce que Peony était là-haut dans le grenier, attendant que passent les dernières heures...

Miranda n'avait pas d'autre choix que se rendre chez Mme Bates à Limuru. Le sale commerce de Mme Bates était dans tout le Kenya un secret de polichinelle ; Miranda connaissait au moins trois femmes qui avaient été délivrées de leur erreur dans la cuisine de Mme Bates. Mais restait à régler quand le faire. La femme de Limuru ne se risquait pas à interrompre une grossesse de plus de quatre mois et Miranda se trouvait dans le troisième. Elle devait y aller bientôt. Quand ?

Peony arrivait à terme. Miranda ne pouvait pas la quitter. Elle avait menti à la jeune fille au sujet du médecin prêt à intervenir. Miranda comptait accoucher le bébé elle-même. La discrétion était essentielle. Elle prendrait le bébé, jetterait son coussin et mettrait Peony dans le premier train pour la côte.

Mais maintenant il y avait cette nouvelle complication.

Miranda consulta sa montre. C'était presque l'heure du thé et elle n'était pas allée voir Peony depuis le matin.

Son esprit tâtonnait sans trouver de réponse. Quand aller chez Mme Bates ? Et si Peony s'était trompée sur les dates et que le bébé ne naisse pas avant deux ou trois semaines ? Miranda aurait le bébé de Lord Treverton et serait encore enceinte !

Elle regarda le plateau destiné à Peony. Il y avait dessus un magazine plein d'histoires d'amour et de ragots sur les vedettes de cinéma américaines. En dernière page se trouvaient des annonces offrant des articles « difficiles à obtenir ». Les annonceurs donnaient pour adresse des boîtes postales, exigeaient le paiement d'avance et promettaient l'envoi rapide et discret de « régulateurs féminins » à l'efficacité garantie.

Miranda se leva avec lassitude et prit le plateau.

Elle ne connaissait rien aux accouchements mais conclut que ce ne devait pas être très compliqué puisqu'il s'agissait d'un phénomène naturel. Elle avait trouvé un livre, *Naissance au foyer,* qui s'était révélé inutile car il avait été publié il y a vingt ans, au début du siècle et se montrait tellement pudibond que le conseil le plus technique se réduisait à : « D'abord placez un paravent autour de la mère pour sauvegarder sa pudeur ». Miranda avait donc suivi son instinct. Dans la table de nuit de Peony se trouvaient une pile de draps et de serviettes propres, du savon, une bouteille d'eau stérilisée, une cuvette pour la toilette et des serviettes à thé avec des épingles doubles pour après. Si tout allait bien, se disait Miranda en ouvrant la porte du grenier, dans un jour ou deux, elle aurait le bébé, Peony serait tranquillement dans son train et elle pourrait faire un saut jusqu'à la ferme de Mme Bates.

Quand elle entra dans la pièce mansardée, elle poussa un cri et laissa choir le plateau.

Refermant hâtivement la porte à clef derrière elle, Miranda courut vers le lit et tâta le poignet de Peony. Au début elle ne sentit pas le pouls. Puis elle le trouva. Très faible.

— Peony ? *Peony ?...*

Aucun mouvement sur le visage d'une pâleur effrayante. Miranda regarda le sang qui imbibait le matelas et couvrait la robe et les jambes de Peony et tenta de garder son calme. La jeune fille était encore en vie. S'affairant avec promptitude, Miranda ôta les vêtements de Peony, plaça sous elle un drap propre et essaya d'arrêter l'écoulement du sang.

Que s'était-il passé ?

Miranda se mit à trembler. Elle n'avait aucune idée de ce qu'il fallait faire. Elle palpa l'abdomen de la jeune fille. Le bébé bougeait. Puis elle vit une contraction et un nouveau jaillissement de sang.

Miranda se redressa d'un bond, descendit l'escalier quatre à quatre jusqu'à la cuisine où un des garçons se tourna vers elle avec un air stupéfait.

— *Daktari !* dit-elle en l'attirant à l'écart.

Les autres serviteurs qui se trouvaient dans la cuisine interrompirent leur travail.

— Vite !

— Daktari Hare ?
— N'importe quel docteur ! Dépêchez-vous ! Dites-lui que c'est une question de vie ou de mort !

Le bureau de M. Acres était une simple cage grillagée à l'arrière de la minuscule banque, elle-même n'étant qu'un espace réduit, un comptoir avec sa grille, et un guichet où un jeune Hindou comptait de l'argent.
— Docteur Treverton ! s'écria M. Acres en se levant et en rajustant son gilet. Je ne comptais certes pas vous voir par ce temps. Cela pouvait attendre après les pluies.
— Je vous demande pardon ?
— Vous êtes venue à cause de mon message, n'est-ce pas ?
— Quel message ?
— Eh bien, c'est une drôle de coïncidence.
Il avança une chaise pour Grace et s'assit à son bureau.
— J'ai envoyé une note au commissaire du district de Nyéri en le priant de vous la faire parvenir. C'est au sujet de votre compte en banque.
Elle le regarda d'un air déconcerté.
— Quel compte en banque ?
Il feuilleta quelques papiers sur son bureau, s'éclaircit la gorge et prit un registre.
— Un compte a été ouvert à votre nom, docteur Treverton.
Il se pencha en avant et ouvrit le registre.
— Le voici. Vous voyez ? Voilà la somme qui a été déposée, cinq cents livres. Vous pouvez tirer sur le compte aussi souvent que vous le désirez pourvu que vos retraits n'excèdent pas ce montant pendant une période de douze mois.
Grace clignait des yeux devant les colonnes bien tracées, la ligne avec son nom inscrit dessus.
— Je ne comprends pas.
— Oui, ma foi, je me doutais bien que ce serait une surprise pour vous. Voyez-vous, ce compte a été ouvert par une personne qui effectuera des dépôts annuels de cinq cents livres, que vous pourrez utiliser comme bon vous semble.
Elle le dévisagea avec stupeur.
— Je ne comprends pas. Quelle personne ?
— Je ne suis pas autorisé à répondre à cette question, docteur. L'identité de votre bienfaiteur doit rester inconnue de vous.
Grace le regarda. La pluie crépitait sur le toit de tôle ondulée de la petite banque, faisant naître du bruit à

l'intérieur, une infiltration apparut et le jeune Asiatique se précipita aussitôt, plaçant un seau au-dessous.

— Monsieur Acres, je ne sais vraiment que dire.

— Je m'en doute. Cinq cents livres, c'est une somme.

— Et vous ne pouvez pas m'apprendre de qui il s'agit.

— L'anonymat fait partie des conditions. Si son identité était révélée, le bienfaiteur annulerait le compte. Je ne peux même pas vous révéler si ces fonds viennent du Kenya ou d'ailleurs.

Grace continuait à contempler la page du registre où se trouvaient son nom et ce chiffre étonnant. *Du Kenya ou d'ailleurs ?* Qui diable...

Puis une voix revint en écho dans sa tête : *Je réparerai d'une manière ou d'une autre, Grace,* lui avait dit Sir James le soir où il lui avait appris que Lucille était l'auteur de la lettre à la Société des Missions. *Je vous promets de réparer.*

— Mais il n'en a pas les moyens.

M. Acres la regarda par-dessus le montant de ses lunettes.

— Je vous demande pardon, docteur ?

Elle secoua la tête. Bien sûr qu'il désirait que le compte demeure anonyme, et elle respecterait son désir. Dès qu'elle aurait renvoyé M. Masters à Mombasa par le premier train, elle monterait à Kilima Simba annoncer à James la bonne nouvelle.

— Memsaab Daktari ! Memsaab Daktari ! cria le cuisinier trempé de pluie en entrant dans la banque.

Hardy Acres se leva d'un bond.

— Qu'est-ce que c'est ?

L'employé hindou essaya d'attraper le cuisinier boueux mais le manqua.

— Daktari ! cria-t-il en s'arrêtant hors d'haleine devant Grace. La memsaab a besoin de vous tout de suite. Elle a dit que c'est une question de vie ou de mort. *Haraka haraka !*

— Que s'est-il passé ?

— Venez ! C'est grave !

— Qui vous a envoyé ?

— Memsaab Westi.

Grace échangea un regard avec le banquier.

— Dites à Mme West que je dois passer prendre ma trousse. Je suis descendue chez les Millford, dans Government Road.

Quand Grace finit par entrer au pas de course dans le grenier, se débarrassant de son imperméable et laissant choir son parapluie, elle trouva une Miranda affolée qui faisait les cent pas devant un lit, lequel, à première vue, semblait contenir un cadavre. Dans l'instant qu'elle prit pour refermer la porte et traverser la pièce, l'œil exercé de Grace avait noté deux détails importants : la jeune femme sur le lit était en train d'accoucher, et la veuve West n'était soudain plus enceinte.

Grace s'assit sur le bord du lit, ouvrit sa trousse d'un coup sec et en sortit son stéthoscope.

— Que s'est-il passé ? demanda-t-elle en auscultant d'abord la poitrine de Peony puis son abdomen.

— Le travail a commencé ce matin.

— C'est le soir maintenant. Pourquoi n'avez-vous pas appelé un médecin avant ça ?

Miranda garda un silence pétrifié.

Grace lui adressa un regard furieux et continua son examen de Peony.

Elle trouva la pire situation possible. Le placenta se déchirait et la pauvre fille saignait à mort. Il était trop tard pour l'hôpital ou une intervention chirurgicale. Grace aurait de la chance si elle réussissait à sauver l'enfant. Et pour cela elle allait devoir se battre.

— Il est trop tard pour sauver la mère, dit-elle en faisant des préparatifs hâtifs pour sortir le bébé. Mais je pourrai peut-être sauver l'enfant.

Elle jeta un coup d'œil à Miranda.

— C'était bien ce que vous vouliez, n'est-ce pas ? Cet enfant ?

Miranda avala sa salive et hocha la tête.

Valentin ! songea Grace en déballant vivement ses instruments stérilisés. *Espèce d'imbécile !*

La nuit s'appesantit longue et sombre ; les ombres des deux femmes se découpaient géantes sur les murs et oscillaient dans la clarté de la lampe-tempête. La pluie s'abattait sans discontinuer contre les fenêtres tandis que Nairobi se plongeait dans un silence sépulcral. Grace travaillait vite, se servant de ses instruments, des draps et des serviettes. Il fallait s'occuper d'abord du cordon ombilical, enroulé autour du cou du bébé, et de l'hémorragie aussi continue que la pluie. Miranda l'aidait ; elles étaient assises, leurs têtes rapprochées, faisant tout le travail parce que Peony avait dépassé le stade où elle pouvait collaborer avec elles.

La jeune fille mourut juste avant que l'enfant pousse son premier cri. Grace dit :

— C'est un garçon.

Et Miranda tomba, évanouie.

20

Briggs, le commissaire du district, était visiblement mal à l'aise.

— C'est, euh... tout à fait extraordinaire, monsieur le comte, dit-il en évitant de regarder Valentin en face. Une affaire assez déconcertante.

Ils étaient assis sur la véranda de Bellatu, prenant une tasse de thé pendant une brève éclaircie du soleil matinal entre deux ondées. Les nuages s'amoncelaient déjà pour déverser un autre déluge béni sur les deux mille cinq cents hectares de caféiers de Lord Treverton.

— Apparemment, heu, cela s'est passé il y a quatre nuits, dit Briggs. L'un des cuisiniers assure que Mme West l'a envoyé chercher un médecin. La jeune personne s'appelait Peony Jones, elle était arrivée d'Angleterre il y a une quinzaine de mois, elle avait travaillé comme serveuse à l'hôtel de Mme West. Votre sœur a confirmé ce qui s'était passé ce soir-là. Elle a fait une déposition le lendemain matin à la police.

Valentin restait assis, le visage de marbre, sa tasse de thé à la main.

Le commissaire changea de position dans son fauteuil, regrettant plus que jamais d'avoir cette désagréable affaire sur les bras.

— Comme, heu, je vous l'ai expliqué, la voiture de Mme West a été retrouvée sur la route de Limuru, non loin de la ferme Bates. Le Dr Treverton a dit qu'elle n'était pas au courant de ce fait. Dans sa déposition, elle déclare qu'elle s'en est allée aussitôt après avoir mis au monde l'enfant de la dénommée Jones. Apparemment, Mme West est partie pour Limuru le soir même où la serveuse est morte. Nous ne connaissons pas le but de ce déplacement.

Briggs jeta un coup d'œil au visage fermé de Valentin et poursuivit.

— Il y avait un bébé avec elle, très probablement celui que votre sœur a mis au monde dans le grenier. Il était encore dans les bras de Mme West quand on l'a découverte ; ils s'étaient noyés tous les deux dans la boue. De toute évidence, la voiture s'est enlisée et Mme West a essayé de parcourir le reste du trajet à pied sous la pluie et n'y est pas parvenue.

Valentin leva les yeux vers les rangs de caféiers verts parsemés de fleurs blanches. Derrière eux se dressait le mont Kenya, enveloppé de mystère et de majesté.

— Mais le... euh, le plus déconcertant, poursuivit Briggs, c'est que, euh... le bébé qu'elle avait avec elle était à demi noir. Le médecin légiste en a conclu que la serveuse avait eu des rapports sexuels avec un Africain.

Valentin ne cilla pas. Il semblait en état d'hypnose.

— Encore une chose, monsieur le comte. Le médecin légiste a également signalé que Mme West était enceinte au moment du décès... D'environ trois mois.

Finalement, Valentin se retourna vers le commissaire du district.

— Pourquoi me racontez-vous tout cela ? Je n'ai rien à voir avec Mme West.

Briggs le dévisagea pendant un instant puis détourna les yeux, cependant que sa nuque s'empourprait violemment. Il chercha son chapeau et son stick d'une main tâtonnante, se leva, ouvrit la bouche pour dire quelque chose, puis descendit les marches précipitamment et s'en alla.

Il ne pleuvait que depuis une semaine et déjà les marronniers du Cap se couvraient d'une écume de fleurs roses et les aloès s'épanouissaient en bouquets rouge vif au milieu des rochers. Les perdrix des bambous égrenaient leurs gammes musicales et l'oiseau de pluie leur répondait de son chant flûté.

Rose fredonnait à l'unisson de la nature, installée sous la protection de son belvédère, affairée à sa tapisserie et semblant elle aussi née de la pluie avec son cardigan rose pâle, sa jupe de laine havane et son écharpe verte. Elle n'était pas seule dans la clairière. Mme Pembroke était assise avec Mona en train de regarder un livre illustré ; une jeune Africaine était accroupie à côté du panier contenant le pique-nique, prête à servir les pâtés en croûte tout chauds et le chocolat ; et trois Kikuyus invisibles montaient la garde au milieu des eucalyptus. Les animaux familiers de Rose étaient là également : un vervet[1] au visage noir était roulé en boule sur ses genoux et, attachée à un piquet, il y avait Daphné, une antilope orpheline que Rose avait sauvée quand elle n'était pas plus grosse qu'un chat. Sur un cadre solide était tendue la toile

1. Singe à longue queue — du type *cercopithecus pygerythus* — voisin du *grivet* (au pelage gris-vert et ventre blanc) mais avec face, mains et pieds noirs. C'est un singe du type *guenon* d'Afrique du Sud et d'Afrique-Orientale. (N.d.T.)

blanche qui était devenue pour Rose le centre de sa vie. Jusqu'ici elle avait tracé à l'aiguille des contours, des possibilités, un croquis au fil. D'un côté, le mont Kenya commençait à se matérialiser, sa cime déchiquetée avec un petit bout de nuage en coton gris perle ; les pentes seraient couvertes en fil de Perse au point de Florence ; et la vaste forêt tropicale, avec ses lianes et sa végétation dense, prenait vie lentement en soie floche au point d'armes tortillé. Rose voyait l'ensemble dans son esprit — achevé, animé, *vivant.* Seul un espace lui échappait : légèrement décentré, entre deux arbres boueux. Le reste de la scène était parfaitement équilibré, chaque surface avait un sujet et chaque sujet se trouvait à sa place. Sauf ce vide mystérieux. Elle avait beau y réfléchir, essayer d'y loger quelque chose, rien n'allait. C'était l'unique endroit de la tapisserie de Rose qui ne pouvait pas être rempli.

Quand Mme Pembroke s'éclaircit discrètement la gorge, Rose leva les yeux et, à son immense surprise, vit Valentin qui s'avançait entre les arbres humides.

Il monta les marches du belvédère, en tapant sur ses épaules pour faire tomber les gouttes d'eau, et dit :

— J'aimerais être seul avec ma femme, s'il vous plaît.

Personne ne bougea. Rose le regarda, intriguée, pour essayer de deviner son humeur. Puis elle fit un signe de tête à la nourrice qui emmena Mona et l'Africaine.

Quand ils furent seuls, Valentin posa un genou à terre près de Rose.

— Est-ce que je vous dérange ? demanda-t-il doucement.

— Vous n'êtes jamais venu ici, Valentin.

Il regarda la toile. Les petits points des contours en fils de couleurs variées n'avaient aucun sens pour lui. Néanmoins il loua la tapisserie, puis demanda :

— Êtes-vous heureuse ici, Rose ?

Il avait le visage à la même hauteur que celui de Rose ; elle vit une grande douceur dans ses yeux.

— Oui, murmura-t-elle. Je suis très heureuse ici, Valentin.

— Vous savez que c'est tout ce que je désire, n'est-ce pas ? Que vous soyez heureuse !

— Je le pense.

— La nuit de la réception de Noël, Rose. Ce que je vous ai fait...

Elle posa le bout de ses doigts sur les lèvres de Valentin.

— Il ne faut plus y faire allusion. Jamais.

— Rose, j'ai besoin de vous parler.

Elle hocha la tête.

— J'ai appris, pour Mme West. Et j'en suis désolée.

Une expression de souffrance remplaça la douceur dans les yeux de Valentin. Il leva la main et la crispa sur le dossier du siège de Rose.

— Je vous aime, Rose, dit-il d'une voix tendue. Vous me croyez ?

— Oui, Valentin.

— Je suppose qu'il est trop tard pour espérer que vous m'aimiez en retour, mais...

— Je vous aime vraiment, Valentin.

Il regarda les yeux bleu clair de Rose et vit qu'elle était sincère.

— Il faut que j'aie un fils, dit-il à mi-voix. Vous devez le comprendre. J'ai besoin d'un fils à qui transmettre ce que je suis en train de construire.

— Mona ne suffit-elle pas ?

— Vous savez bien que non, ma chérie.

— Vous voulez que je vous donne un fils, dit-elle.

— Oui.

— Cela m'effraie, Valentin.

— Je ne vous ferai pas mal, Rose. Je ne permettrai jamais que vous en souffriez. Et je n'ai nulle part ailleurs où m'adresser.

Il baissa la tête.

— Si vous faites cela pour moi, vous avez ma parole, Rose : donnez-moi un fils et jamais plus je ne vous importunerai.

Elle posa une main fine et fraîche sur la joue de Valentin. Des larmes lui montèrent aux yeux : Valentin lui était revenu ; elle pouvait de nouveau l'aimer.

— Alors, je le ferai, dit-elle.

Le 12 août 1922 naquit Arthur Currie Treverton. Rose avait exécuté sa part du marché. Et Valentin exécuta la sienne.

TROISIÈME PARTIE

1929

21

Mona avait déjà décidé de s'enfuir. Elle n'avait plus qu'à choisir le bon moment.

Ses yeux au regard grave étudiaient les rues animées de Paris tandis que la limousine se dirigeait vers la gare. Elle vit des piétons sur les trottoirs tourner la tête pour regarder le cortège majestueux des Pierce-Arrow étincelantes. Mona se trouvait dans la première voiture avec sa mère ; la suivante était occupée par Sati, l'*ayah* indienne de Mona, et la secrétaire personnelle de Lady Rose ainsi qu'une petite Africaine appelée Njéri. Deux autres voitures suivaient avec les nombreuses malles de Rose, les achats qu'elle avait faits dans sa tournée des magasins et ses deux femmes de chambre. D'un noir miroitant, avec leurs rideaux tirés pour dissimuler les passagères à l'intérieur, les Pierce-Arrow qui se frayaient un chemin au pas sur la place de la Concorde valaient le coup d'œil.

Mona avait le cœur gros. Pendant leurs huit semaines à Paris, passées la plupart du temps à l'hôtel George V parce que le bruit et la foule de la capitale angoissaient Rose, Mona n'avait pas pu dissuader sa mère d'aller dans le Suffolk. À présent, elles s'en allaient à la gare prendre le train-paquebot qui les conduirait en Angleterre, où Mona devait être abandonnée.

Comme elle était monstrueuse, cette ville, avec ses immeubles bizarres, ses statues dénudées et ses ponts surchargés d'ornements qui enjambaient une rivière froide et plate. Au premier coup d'œil, Paris avait terrifié Mona. Jamais elle n'avait vu tant de gens, entendu un tel vacarme. Et le ciel apparaissait à peine entre les toits. Cela lui rappelait les ruches que faisaient les indigènes Wakamba. Tout le monde à Paris était pressé. Les gens couraient sur les trottoirs avec le col remonté, les traits tirés, le visage rouge. Ils allaient de trottoirs en ciment à des chaussées en asphalte et des murs de pierre. Il n'y avait rien de sauvage ici ; tout était planifié et ordonné. Du jazz se déversait par des fenêtres et des portes : de jeunes Américaines à l'air émancipé, qu'on appelait *flappers* [1], étaient assises à la terrasse des cafés, exhibant leurs cigarettes et leurs bas de soie couleur de fumée. Mona voulait retourner chez elle, à Bellatu et à la mission de Tante Grace. Elle voulait courir librement de nouveau, se débarrasser de ces horribles vêtements que sa mère lui avait achetés dans un endroit appelé salon. Elle mourait d'envie de retrouver ses amis : Gretchen Donald et Ralph, qui avait quatorze ans, était fabuleusement beau et dont Mona était follement amoureuse.

Pourquoi, *pourquoi* devait-elle quitter le Kenya ?

— Maman, commença-t-elle d'une voix hésitante.

Rose ne leva pas les yeux du roman de F. Scott Fitzgerald qu'elle lisait.

— Oui, chérie ?

— Ne pourrions-nous attendre un peu ? Que je sois plus âgée ?

Rose rit doucement.

— Tu te plairas en pension, ma chérie. Moi, je m'y suis plu.

— Mais pourquoi faut-il que j'aille à l'école en Angleterre ? Pourquoi ne puis-je aller en pension à Nairobi ?

— Je te l'ai déjà expliqué, ma chérie. Il te faut quelque chose de mieux que l'école de Nairobi. Tu es la fille d'un comte ; tu dois recevoir une éducation convenable, correspondant à ta position dans le monde.

— Mais Gretchen et Ralph y vont !

Rose posa son journal et sourit à sa fille. Pauvre enfant ! À dix ans on ne pouvait guère espérer qu'elle comprenne.

— Tu dois devenir une lady, Mona. Gretchen Donald sera une fermière. Cela fait une différence.

— Mais je n'ai pas envie de devenir une lady ! Je veux vivre à Bellatu et planter du café !

Mona avait envie de pleurer. Elle connaissait la vraie raison

1. Terme désignant une jeune fille aux allures très libres, faisant fi des conventions. (N.d.T.)

pour laquelle on l'emmenait en Angleterre : ses parents ne l'aimaient pas.

— Je te promets d'être toujours obéissante à partir de maintenant, maman ! J'écouterai tout ce qu'on me dit, j'apprendrai mes leçons et je ne ferai plus fâcher papa ni toi contre moi.

Rose la regarda avec surprise.

— Voyons, Mona, ma chérie, qu'est-ce qui t'a mis dans la tête des idées aussi idiotes ? La pension n'est pas une punition. Tu devrais te faire une joie d'y aller.

Elle leva la main et pendant un instant Mona crut que sa mère allait la toucher. Mais elle ne voulait que rajuster sa voilette. Sa mère se désintéressa d'elle une fois de plus.

Mona renifla. Elle ne se rappelait pas avoir jamais été caressée par l'un ou l'autre de ses parents, prise dans leurs bras. Aussi loin que remontaient ses souvenirs, elle avait toujours été confiée à une succession de nourrices, qui toutes retournaient en Angleterre ou trouvaient un mari au Kenya ; puis étaient venues les gouvernantes, une ronde constante de jeunes femmes que lassait vite l'isolement de Bellatu. Voilà pourquoi Rose avait fini par renoncer et engagé Sati, la première *ayah* de Mona. Les nourrices et les dames de compagnie indiennes ou africaines commençaient à être chose admise au Kenya car les servantes anglaises devenaient de plus en plus difficiles à garder. Les Treverton avaient été parmi les derniers à résister ; maintenant, la compagne constante de Mona était une jeune femme de Bombay aux saris de couleurs vives et aux parfums épicés entêtants — la seule personne qui ait jamais témoigné à Mona une certaine affection dans ses gestes.

Quand elles arrivèrent devant la gare, les gens s'arrêtèrent pour regarder la femme élégante et mystérieuse qui descendait de la limousine. Ces huit semaines à Paris représentaient le premier contact de Rose avec le monde de la mode depuis plus de dix ans ; elle avait adopté aussitôt le dernier cri. Le feutre noir qui lui emboîtait étroitement la tête, couvrant le front et les sourcils et ne laissant voir que des yeux noircis par le mascara, donnait à Rose une aura provocante. Elle portait un manteau-cape noir de chez Chanel à col relevé en renard qui dissimulait le bas du visage de sorte qu'elle ressemblait de façon frappante à Pola Négri, la célèbre vamp de l'écran.

Mona savait que tout le monde prenait sa mère pour une étoile de cinéma ; dans les boutiques de Paris, les gens s'étaient souvent approchés de Rose pour lui demander des autographes. Mona avait la sensation pénible d'être une bête curieuse tandis que debout tout près de sa mère elle regardait charger sur le chariot à bagages les malles et les paquets. Quand Sati et Njéri descendirent de la deuxième limousine, un murmure s'éleva de la foule des Français.

Malgré sa robe « taille basse » à la mode et ses souliers à barrette, la petite Njéri, âgée de neuf ans, faisait sensation avec sa tête rasée et ses anneaux de perles kikuyus enfilés dans les trous de ses oreilles. Les femmes de chambre de Rose, toutes les deux des Africaines en uniforme noir, et sa secrétaire privée, Miss Sheridan, portant aussi un chapeau cloche et un col relevé qui lui dissimulait la figure, se groupèrent autour de leur maîtresse pour former un cercle protecteur. Elles se hâtèrent toutes ensemble à la suite du chariot, impatientes de s'installer dans le train.

Il se produisit un instant de confusion avant l'embarquement. Le quai était bloqué par une foule qui s'embrassait, s'étreignait, faisait des signes d'adieu. Mona était accablée par la bousculade des manteaux de fourrure et le flux rapide des paroles en français ; elle ne quittait pas sa mère d'un pas pendant que Miss Sheridan cherchait un contrôleur pour les aider.

En voyant que Njéri, intimidée elle aussi par la foule du train, restait tout près de Lady Rose, sa rancœur contre la jeune Africaine augmenta.

Njéri avait attiré l'attention de Rose pour la première fois l'année précédente, quand elle était entrée d'un pas hésitant dans le bosquet d'eucalyptus et s'était arrêtée, aussi immobile et timide qu'une gazelle, pour observer la memsaab assise dans le belvédère. Mona avait vu avec une jalousie d'enfant sa mère, émue par la timide petite fille en haillons comme elle l'était par les animaux perdus, attirer Njéri dans le belvédère en lui offrant un macaron. Le lendemain, la petite fille était revenue — avec son frère ! Et la jalousie de Mona s'était muée en rage quand sa mère leur avait donné à tous les deux des bonbons.

David, le fils de la sorcière Wachéra, âgé de onze ans, n'était plus revenu par la suite ; mais Njéri était retournée tous les jours et Rose, enchantée par la petite fille qui manifestement semblait affamée d'affection et était émerveillée par la memsaab, lui avait permis de rester.

Quand on avait préparé le voyage en Europe, Rose avait demandé à Tante Grace d'obtenir de Gachiku la permission d'emmener Njéri — « comme compagne pour Mona », avait-elle dit. Mais Mona savait la vérité : Karen von Blixen avait fait sensation en voyageant en Europe avec un petit Africain dans son entourage ; Lady Rose voulait l'imiter.

Mona, délaissée par sa mère, en voulait à Njéri de cette intrusion. En fait, elle en voulait à tous les petits Africains auxquels s'intéressait sa Tante Grace à l'école de la mission et qui, à cause de leur pauvreté, se voyaient souvent attribuer de vieux vêtements que Lady Rose donnait par charité. Mais plus que tout autre, Mona détestait David, le frère de Njéri, qu'elle trouvait arrogant et qui, un jour, près de la rivière, lui avait effrontément déclaré que ce pays était à *lui* et qu'un moment viendrait où tous les blancs quitteraient le Kenya — sa mère le lui avait dit.

Voilà pourquoi Mona ne pouvait aller en pension en Angleterre. Il fallait qu'elle retourne au Kenya pour montrer à David Mathengé que le pays était bien à *elle*.

Et donc, à la première occasion, elle s'enfuirait.

Les voitures roulaient lentement sur l'allée sablée vers la majestueuse demeure devant laquelle une rangée de serviteurs attendaient : valets de pied en livrée, femmes de chambre en uniforme, le vieux maître d'hôtel, Fitzpatrick, qui s'était hâté de quitter le Kenya en 1919, trois mois après son arrivée. Le vent de mars faisait claquer les jupes comme des étendards et les vingt membres du personnel observaient du coin de l'œil les nouveaux venus. La plupart n'avaient encore jamais vu d'Africains, et il y avait une jeune beauté au teint sombre dans la soie jaune citron qui semblait sortir d'un conte des Mille et Une Nuits. Sati, l'*ayah,* n'était pas impressionnée — elle avait déjà vu des châteaux anglais — mais les deux servantes kikuyus, la tête rasée, mal à l'aise dans leurs chaussures et leurs uniformes, admirèrent bouche bée le bâtiment de deux étages avec ses tours, ses tourelles et ses mille fenêtres.

— Ma chère Rose ! s'écria Harold en descendant le perron.

Il prit les mains gantées de sa belle-sœur et plongea son regard dans les yeux furtifs à peine visibles entre la voilette et le col de renard.

— C'est *bien Rose,* n'est-ce pas ?

Harold était devenu gras. Il ressemblait peu à son frère aîné Valentin qui, à quarante et un ans, conservait un corps d'athlète et n'avait que de reflets d'argent sur les tempes.

— Vous n'aviez vraiment pas besoin d'amener toute l'Afrique avec vous ! dit-il sur un ton de plaisanterie forcée. Venez, ajouta-t-il. Édith est impatiente de vous voir.

L'élégant Hôtel George V, à Paris, avait émerveillé Mona avec son hall et ses lustres impressionnants. Mais *cette* maison, c'était comme un palais. Quand elle entra dans le vestibule sombre décoré d'armures médiévales, de tapisseries anciennes et de portraits moroses d'ancêtres défunts, elle en eut le souffle coupé. En comparaison, Bellatu n'était qu'un cottage, et elle y aurait vécu si son père n'était pas tombé amoureux de l'Afrique-Orientale onze ans plus tôt.

Édith Treverton se trouvait dans le salon avec une autre femme et deux fillettes. Édith accueillit sa belle-sœur avec un enthousiasme excessif, présentant la visiteuse comme étant Lady Ester — et l'une des fillettes comme sa fille l'Honorable Mélanie Van Allen. L'autre fillette était la fille d'Édith, Charlotte, la cousine de Mona.

— Rose, quelle joie de vous revoir après toutes ces années ! déclara Édith en embrassant le vide à quelques centimètres de la joue de Rose. Nous pensions tous que Valentin et vous reprendriez le premier bateau pour l'Angleterre ! Comment pouvez-vous supporter de vivre dans la jungle ?

Mona était assise avec gêne sur un fauteuil recouvert de brocart et observait à la dérobée les deux fillettes, l'une et l'autre légèrement plus âgées qu'elle et vêtues à la dernière mode, la ligne taille basse. Tante Édith ne lui faisait pas grande impression, ni oncle Harold, qui ne ressemblait ni à son père ni à Tante Grace.

Tandis que les adultes discutaient, les jeunes observaient un silence poli, Charlotte et Mélanie manipulant leurs tasses et leurs assiettes avec une élégance extraordinaire. Mona découvrit bientôt qu'elles avaient appris cette technique à l'Académie de Farnsworth, l'institution dans laquelle elle devait entrer dès le lendemain.

— Charlotte te pilotera, déclara Édith. Elle a treize ans et elle n'aura pas les mêmes amies, bien entendu. Mais vous êtes cousines.

Charlotte et son amie échangèrent un regard complice, amusé, et Mona aurait voulu disparaître dans le rembourrage de son fauteuil.

— Vous savez, Rose, dit Harold avec une moue en direction de la petite Africaine qui errait sur le seuil de la porte, je ne comptais pas que vous amèneriez une négrillonne. Que ferons-nous d'elle ?

— Elle couche devant la chambre de Mona.

Édith regarda son mari.

— Peut-être vaudrait-il mieux la mettre à l'étage des domestiques. Votre lettre était si vague, Rose, nous ne savions pas à quoi nous attendre.

La conversation devint adulte et assommante — concernant

qui était mort, qui avait déménagé, qui s'était marié et avait eu des enfants. Toutes les nouvelles du Suffolk réunies en un discours sans intérêt pour Mona ou qui lui passa par-dessus la tête. Tandis que Charlotte et Mélanie ne cessaient de chuchoter et de glousser, Mona regarda par la fenêtre en se demandant si les longues pluies avaient commencé au Kenya.

Le dîner, elle le découvrit à sa consternation, serait pris séparément : sa mère avec Oncle Harold, Tante Édith et Lady Ester, elle-même avec les deux fillettes de treize ans.

— Mais, maman, protesta Mona comme on l'installait dans une chambre qui était vaste, froide et humide, toi et moi nous mangeons toujours ensemble. Pourquoi faut-il que je dîne dans la nursery ?

Rose rangeait les affaires de Mona en pensant visiblement à autre chose.

— Parce que c'est l'habitude dans cette maison, Mona. C'est la manière convenable de se conduire.

— Mais je croyais que nous étions convenables à Bellatu.

Rose soupira et une expression troublée se peignit un instant sur son visage.

— Je crains bien que nous ne nous soyons un peu laissés aller, au fil des années. Je ne m'en étais pas aperçue, simplement. C'est l'Afrique qui en est cause. Nous devrons corriger ça. Voilà justement pourquoi tu dois entrer à Farnsworth. Quand tu en sortiras, tu seras une jeune Lady accomplie.

Mona fut accablée de désespoir.

— J'en sortirai quand ?

— Quand tu auras dix-huit ans.

— Mais c'est terriblement long ! Je vais mourir de ne plus être au Kenya !

— Quelle sottise ! Tu viendras pour les vacances. Et tu te feras bientôt des amies parmi les charmantes jeunes filles de l'école.

Mona se mit à pleurer. Rose vint s'asseoir près d'elle sur le lit et dit :

— Allons, allons, Mona. Que d'histoires pour rien !

Elle passa légèrement le bras autour des épaules de sa fille ; Mona eut l'impression d'avoir autour d'elle de la brume. Le parfum de sa mère l'enveloppa, et elle aurait donné tout au monde pour sentir l'étreinte d'une chair chaude.

— Écoute, ma poupée, dit Rose à mi-voix. À mon retour à la maison, je me remettrai à la tapisserie. Pourquoi ne me dis-tu pas comment je dois remplir l'espace vide ? En dix ans, je n'ai pas pu trouver ce qu'il fallait y placer. Je te laisse ce soin. Est-ce que ça te plairait ?

Mona ravala ses larmes en reniflant et s'écarta de sa mère. Inutile. Il n'existait aucun moyen de faire comprendre à ses parents la douleur de son cœur, son angoisse d'être chassée, sa certitude qu'elle n'était pas aimée et qu'en réalité ils étaient bien contents de se débarrasser d'elle. *Si seulement j'étais jolie ou intelligente,* songea-t-elle, *ils m'aimeraient.*

Et si je disparaissais subitement, ils se rendraient compte alors que je leur manque.

— C'est comment, vivre avec des sauvages tout nus ? demanda Mélanie Van Allen, fillette hardie qui avait des cheveux courts coiffés à la chien et dans l'œil l'expression de quelqu'un qui cherche querelle.

— Ils ne sont pas nus, répondit Mona en chipotant ce qu'il y avait dans son assiette.

Elles étaient toutes les trois à table dans ce que l'on appelait la nursery, servies par des valets de pied. Njéri mangeait dans un silence morne, sur une table plus petite, dans un coin.

— J'ai lu quelque part qu'ils sont cannibales et ne croient pas en Dieu, dit Charlotte.

— Ils croient en Dieu, répondit Mona.

— Oui, depuis qu'on les a convertis.

— Est-ce que tu joues réellement avec elle ? demanda Mélanie en montrant du doigt la petite Africaine, à l'autre table.

— Non.

— Tu n'as pas d'amies blanches ?

— Gretchen Donald. Et il y a Geoffrey et Ralph, ses frères. Ils vivent dans un ranch qui s'appelle Kilima Simba.

Charlotte chuchota quelque chose à Mélanie et elles se mirent à glousser ensemble.

— Ralph est très beau, lança Mona en relevant le menton.

Mélanie se pencha au-dessus de la table, les yeux brillants.

— Est-ce que tu as tué des lions et des tigres ?

— Mon père a tué des lions. Il n'y a pas de tigres en Afrique.

— Mais si, voyons. Tu ne sais pas grand-chose sur ton propre pays.

Mona ferma les yeux et les oreilles et se réfugia dans une évocation de Bellatu. Elle vit le soleil d'or et les fleurs ; elle vit Arthur, son petit frère, aux genoux continuellement écorchés ; et, se détachant sur le bleu du ciel, la silhouette de son père sur son étalon. Elle entendit les vivats des matchs de polo mouvementés sur le terrain près de la rivière, et savoura l'arôme du bœuf rôti chaque Nouvel An et partagé entre les Africains qui travaillaient à la plantation. Mona sentit le soleil sur ses bras nus, la terre rouge sous ses pieds, le vent des hauts plateaux dans ses cheveux. Elle eut dans la bouche le goût des galettes de millet de Salomon et de la bière de canne à sucre de Mama Gachiku. Ses pensées tourbillonnèrent en un kaléidoscope d'anglais, de swahili et de kikuyu. Comme elle aurait aimé ne pas être assise à cette odieuse table mais dans la petite maison de Tante Grace, en train de rouler des bandages ou d'aiguiser des aiguilles. Elle songea à Ralph Donald, le brave, le séduisant frère de Gretchen, qui fonçait à la course comme une antilope et qui la captivait avec des histoires de la brousse.

— Je dois dire que tu as des manières épouvantables.

Mona regarda Charlotte.

— Je te parlais. Es-tu sourde ?

Charlotte se tourna vers Mélanie et déclara d'un ton affligé :

— C'est ma cousine, et je suis donc censée la présenter à l'école. Qu'est-ce qu'on va penser d'elle ? Et de *moi* ?

Mélanie éclata de rire.

— Trudy Greystone m'a parié que ta cousine porterait une jupe faite d'herbes et aurait un os en travers du nez.

Le menton de Mona se mit à trembler.

— Le Kenya n'est pas comme ça.

— Alors, c'est comment ? Tu habites dans une hutte ?

— Nous avons une maison *splendide*.

— Bellatu, dit Charlotte. Qu'est-ce que ce nom-là veut dire ?

— Il veut dire...

Mona fronça les sourcils. Le nom avait quelque chose à voir avec celui de cette *maison* à Bella Hill, elle savait qu'ils étaient liés. Cela avait un rapport avec le fait que ce château splendide était sa maison plutôt que celle de Charlotte, que sa tante, son oncle et sa cousine n'étaient que des invités ici, des *concierges,* avait dit Rose un jour. Mais tout cela était bien trop complexe pour Mona.

— Bah ! dit Charlotte avec un soupir de martyre. Tu apprendras les bonnes manières à la pension. Elle s'en chargera !

Mona trouva Njéri endormie sur un lit de camp devant sa porte et elle la réveilla en chuchotant :

— Lève-toi ! Nous nous en allons !

Njéri se frotta les yeux.

— Qu'est-ce qui ne va pas, Memsaab Mdogo ? demanda-t-elle d'une voix endormie.

Rose tenait absolument à ce qu'elle appelle Mona de ce nom, qui signifie « petite maîtresse ».

— Lève-toi. On va s'enfuir.

Mona avait enfilé son costume de cheval, veste de velours rouge et culotte blanche. Cela lui avait paru plus indiqué qu'une robe, pour une fugue. Et elle emportait quelques affaires dans une taie d'oreiller : sa brosse à cheveux et son peigne, son gant de toilette, un sac de bonbons à moitié vide et quelques vêtements.

— Où irons-nous, Memsaab Mdogo ? demanda Njéri qui se leva en frissonnant.

— On file. Il ne faut pas qu'on nous trouve avant longtemps. Il faut qu'on me croie morte. Et quand on me trouvera, on ne pensera plus jamais à me faire partir du Kenya.

— Mais je n'ai pas envie de m'enfuir.

— Tu feras ce que je dis. Tu as entendu comment mon oncle t'a appelée ? Une négrillonne ! Tu sais ce que ça veut dire ?

Njéri secoua la tête.

— Ça veut dire *idiote*. Tu n'as pas envie d'être idiote, hein ?

— Mais je n'ai pas envie de m'enfuir !

— Tais-toi et viens. Nous nous arrêterons d'abord à la cuisine pour prendre du bœuf en conserve et de la farine de maïs. Nous serons parties longtemps et nous aurons besoin de manger.

Njéri la suivit d'un air malheureux dans le couloir sombre, terrifiée par son obscurité et les drôles de gens plats sur les murs. Mona avait une lampe-torche qui répandait un maigre faisceau de lumière sur le tapis devant elles. La laine épaisse étouffait le bruit de leurs pas ; la maison continuait à dormir dans le silence nocturne.

Au fond du couloir, la lampe passa brièvement sur quelque chose qui attira l'attention de Mona. Elle s'arrêta pour regarder le portrait, la lumière braquée sur un visage familier.

— Tiens, dit-elle dans un murmure, mais c'est Tante Grace ! Elle est jolie comme tout.

Njéri leva les yeux, interloquée. Elle reconnut la Memsaab Daktari.

— Mais quels drôles de vêtements elle porte ? dit Mona.

Puis elle comprit qu'il s'agissait non pas de sa tante mais d'une femme qui lui ressemblait beaucoup.

Mona cessa d'éclairer le portrait et se remit à longer le couloir sans avoir pris conscience de deux choses : que le visage qu'elle venait de voir était celui de la grand-mère qu'elle ne connaissait pas — la mère de Grace, de Valentin et de Harold, Lady Mildred, et que ses traits avaient une ressemblance frappante avec les siens.

Au détour d'un coude du couloir, Mona s'arrêta net et Njéri vint tout contre elle.

— Voilà quelqu'un qui vient ! souffla Mona.

Elles reculèrent précipitamment et se dissimulèrent dans un renfoncement du mur.

Les deux enfants regardèrent avec de grands yeux, les dents claquant de peur et de froid, une silhouette corpulente en robe de chambre se diriger vers une porte fermée. C'était l'oncle Harold. Il frappa, entra et referma la porte derrière lui.

Quand elle entendit des voix dans la pièce, Mona s'approcha à pas de loup et pressa son oreille contre le panneau de bois. Elle reconnut la voix de son oncle, puis celle de sa mère.

— Je regrette de vous déranger à une heure pareille, Rose, déclarait Harold, mais ce que j'ai à vous dire est très important et ne saurait attendre au matin. Je serai franc et direct. Rose, il faut que vous demandiez à Valentin de cesser ses dépenses insensées.

— De quoi parlez-vous donc ?

— Il n'a répondu à aucune de mes lettres. La prochaine lui sera adressée par l'avocat de la famille, vous pouvez le lui annoncer de ma part. Rose ? Voulez-vous, je vous prie, poser cet écheveau et me regarder ?

Il y eut un murmure, puis Harold dit d'une voix tonnante :

— Au train qu'adopte Valentin, il ne va plus rien rester de Bella Hill ! Il vend des terres à droite et à gauche. Le domaine représente à peine la moitié de ce qu'il était il y a dix ans.

— Mais Bella Hill est à *lui,* Harold, dit la voix douce de Rose. Il peut en faire ce qui lui plaît. Après tout, ce n'est pas comme s'il s'agissait de *votre* maison.

— Rose, j'apprécie le fait que mon frère nous permet de vivre ici. Mais je ne peux pas rester les bras croisés pendant qu'il détruit le patrimoine et la résidence de la famille. Vous devez lui dire de limiter ses dépenses.

— Oh, Harold, vous vous faites des idées.

— Rose, la plantation de café perd de l'argent. Et cela depuis le premier jour.

Mona entendit sa mère rire.

— Quelle sottise ! Nous avons des réceptions tous les week-ends. Des invités chez nous. On ne peut pas dire que nous sommes appauvris, Harold !

— Autre chose, dit-il, exaspéré. Tenez. Lisez ceci. Une lettre de Grace. Elle veut que vous rentriez là-bas sur-le-champ. À cause de votre fils.

— Pauvre petit Arthur. C'est plus fort que lui, il est si maladroit. Vous savez, il ne cesse de tomber, de se cogner la tête, de s'écorcher les coudes. Cela met Valentin en fureur.

— Rose, c'est grave. Lisez la lettre.

— Harold, je suis affreusement fatiguée pour l'instant.

— Ce n'est pas tout, Rose. Vous ne pouvez pas inscrire Mona à Farnsworth demain.

— Et pourquoi ?

— C'est une dépense que Valentin ne peut pas se permettre. Je ne le laisserai pas vendre encore des terres de Bella Hill, simplement pour envoyer sa fille dans une école coûteuse.

— Mais nous *avons* les moyens d'envoyer Mona à Farnsworth !

— Rose, vous vous bercez d'illusions ! Valentin ne vous a donc jamais parlé de vos affaires financières ? La plantation est exploitée avec un découvert en banque et s'en tire grâce aux ventes des terres de Bella Hill ! Elle est au bord de la faillite, ce n'est qu'une question de temps.

— Mona entre à Farnsworth, un point c'est tout.

— Désolé ! Rose, mais non. Pour pouvoir entrer dans cette école, il lui faut le parrainage de quelqu'un résidant en Angleterre qui se porte garant pour elle. Cela fait partie du règlement. Je retire mon offre d'être ce tuteur. Vous devez ramener Mona au Kenya avec vous par le premier bateau en partance. En ce qui me concerne, c'est une affaire réglée.

— Dans ce cas je trouverai quelqu'un d'autre pour lui servir de parrain.

— Qui ? Il ne vous reste plus de famille, Rose. Soyez raisonnable. Gardez l'enfant au Kenya, où vous serez plus près d'elle. Je sais pertinemment que la nièce de Lady Ashbury fréquente l'école européenne de Nairobi, et que cette école a une excellente réputation. Vous verrez, Rose, cela vaudra mieux.

De l'autre côté de la porte, les deux enfants se regardèrent. Puis Mona s'adossa au mur et sourit.

Elle rentrait chez elle.

— Daktari ! Daktari !

Grace leva les yeux et vit que Mario arrivait en courant dans le compound. Il gravit dans un bruit de tonnerre les marches du nouveau dispensaire couvert de chaume, passant devant la foule de patients qui attendaient sur la véranda, et entra en coup de vent.

— Memsaab Daktari ! cria-t-il hors d'haleine. Venez vite.

Depuis tant d'années qu'ils travaillaient ensemble, Grace avait rarement vu Mario aussi surexcité.

— Qu'y a-t-il ? demanda-t-elle en tendant à l'infirmière l'enfant qu'elle examinait.

— Ma sœur ! Elle est mourante !

Grace saisit sa trousse et son casque, puis descendit à la suite de Mario les marches de la véranda et traversa le compound qui comprenait à présent six bâtiments couverts de chaume. Ils coururent entre les cordes à linge sur lesquels s'aéraient les matelas et les draps de l'hôpital, passèrent devant l'enclos des chèvres et des moutons, au milieu du groupe de huttes où logeaient les dix employés de Grace, puis franchirent la barrière qui clôturait la Mission, longèrent le terrain de polo de Valentin jusqu'à la hutte de Wachéra, franchirent la passerelle de bois qui enjambait la rivière et remontèrent sur l'autre berge, où des femmes qui récoltaient des haricots mûrs dans les champs s'interrompirent pour regarder la memsaab passer à toute allure, sa jupe blanche volant au vent, la trousse noire que tous connaissaient à la main.

Mario conduisit sa maîtresse par d'étroits sentiers entre des champs de maïs qui étaient en épis et plus hauts qu'elle, au milieu de carrés de patates douces et de potirons dont les tiges qui rampaient sur le sol s'enchevêtraient en formant un tapis, dépassant un village, puis un autre, tant et si bien que Grace se retrouva hors d'haleine, la main crispée sur le côté.

Ils atteignirent enfin le village de Mario, blotti dans les collines dominant la Charnia, un groupe de huttes rondes en pisé au toit conique fait de papyrus d'où s'élevaient des spirales de fumée bleue. À leur entrée dans le village, Grace s'aperçut que personne ne travaillait ; les gens attendaient et il régnait un silence étrange. Elle se fraya un chemin parmi eux et vit à sa surprise un des prêtres de la mission catholique, un jeune homme, le Père Guido, qui était en train de sortir quelque chose de la sacoche de sa bicyclette.

— Que s'est-il passé, mon Père ? demanda-t-elle en arrivant à sa hauteur.

Sous le large bord de son chapeau de soleil, son visage avait une expression de violente colère. Sa soutane noire était couverte de poussière et tachée de sueur — il était, lui aussi, venu en toute hâte.

— Encore une initiation secrète, docteur, répondit-il.

Puis Grace reconnut ce qu'il retirait de sa sacoche : les objets que l'on utilise pour donner les derniers sacrements.

— Mon Dieu, murmura-t-elle, et elle le suivit.

Plusieurs vieilles femmes bloquaient le chemin de la hutte ; des mères et des tantes, qui levèrent les mains et crièrent aux *wazungus* de ne pas intervenir.

— Qui est avec elle ? demanda Grace au Père Guido.

— Wachéra Mathengé, la guérisseuse.

— Comment l'avez-vous appris ?

— Par Mario. Presque tous les habitants de ce village sont catholiques. La jeune fille s'appelle Térésa ; elle fréquente notre école. *Kwenda!* dit le prêtre aux vieilles femmes au visage farouche. Vous devez me laisser entrer. Térésa appartient au Seigneur !

Grace examina les visages fermés des hommes et des femmes, des Kikuyus respectueux des lois, qui s'inclinaient en temps normal devant l'autorité d'un prêtre. Mais la situation sortait de l'ordinaire.

Les missionnaires essayaient depuis longtemps d'abolir la coutume de l'excision des jeunes filles — l'ablation du clitoris. Elle était officiellement illégale au Kenya et entraînait une amende ou une peine de prison pour toute personne surprise à la pratiquer. Apparemment, les initiations semblaient avoir cessé. En réalité, elles étaient devenues clandestines. Grace savait que ces rites barbares continuaient d'être célébrés dans des endroits secrets, que la police locale ne parvenait pas à découvrir.

— Laissez-moi l'examiner, je vous en prie, demanda Grace en kikuyu. Je peux peut-être l'aider.

— *Thahu!* s'écria une vieille femme qui devait être la grand-mère de Térésa.

Grace sentit le Père Guido s'agiter nerveusement à côté d'elle. La population entière du village formait autour d'eux un cercle étroit, il y avait de la tension et de l'hostilité dans l'air.

— Quand l'initiation a-t-elle eu lieu ? demanda-t-elle tout bas au prêtre.

— Je l'ignore, docteur Treverton. Je sais seulement que douze jeunes filles l'ont subie et que Térésa est en train de mourir parce que sa blessure s'est infectée.

Grace implora les vieilles femmes.

— Il faut que vous nous laissiez entrer !

Mais ce fut en vain. Malgré leur instruction et leur évangélisation, ces gens demeuraient fortement attachés aux anciennes coutumes. Ils fréquentaient l'église tous les dimanches, à la mission du Père Guido, puis ils s'enfonçaient dans la forêt pour pratiquer les anciens rites barbares.

— Faut-il que je prévienne le commissaire du district ? lança Grace. Vous serez tous mis en prison ! Il vous prendra toutes vos chèvres et mettra le feu à vos huttes. Est-ce bien ce que vous souhaitez ?

Les anciennes demeurèrent impassibles. Elles bloquaient l'entrée de la hutte, bras croisés.

— Ce que vous avez fait est mal ! s'écria le Père Guido. Vous avez commis une abomination aux yeux de Dieu !

Finalement, l'une des anciennes prit la parole.

— La Bible ne dit-elle pas que le Seigneur Jésus était circoncis ?

— Sans doute. Mais nulle part elle ne dit que Sa mère, la bienheureuse Marie, l'était !

Plusieurs paires d'yeux cillèrent. Une vieille tante lança un coup d'œil par-dessus son épaule.

— Est-ce que nous ne vous avons pas enseigné que les anciennes coutumes étaient mauvaises ? N'avez-vous pas adopté l'amour de Jésus-Christ et promis d'observer Ses lois ?

Le Père Guido pointa un index tremblant vers le ciel. Sa voix tonna au-dessus de leurs têtes.

— Vous serez chassés du paradis pour cet acte. Vous brûlerez dans le feu de Satan, en enfer, pour vos péchés honteux.

Grace vit les visages durs commencer à s'émouvoir. Alors Mario s'avança et, dans un kikuyu rapide, supplia ses parentes de laisser entrer le saint homme et la memsaab dans la hutte de Térésa.

Il y eut un instant de silence pendant lequel les sept vieilles Kikuyus affrontèrent le regard des deux blancs ; puis la grand-mère s'écarta.

À leur entrée dans la hutte, le Père Guido et Grace trouvèrent Térésa allongée sur un lit de feuilles fraîches ; l'obscurité était envahie par le bourdonnement des mouches et l'odeur âcre des herbes cérémonielles. Wachéra était agenouillée près de la jeune fille.

Pendant que le Père Guido s'agenouillait en face d'elle, ouvrait son petit sac et en sortait l'étole de soie et l'eau bénite dont on se sert pour administrer l'extrême-onction, Grace se pencha pour ausculter Térésa.

La plaie avait été pansée d'une façon rituelle, selon une recette précise transmise de génération en génération. Des feuilles spécialement choisies avaient été trempées dans une huile antiseptique puis fixées entre les jambes de Térésa. Elles avaient été changées récemment — sans doute par l'« infirmière » désignée à cet effet, qui enterrerait les feuilles usagées dans un endroit secret, tabou, où aucun homme ne marcherait dessus. Térésa avait également reçu, Grace le savait, une alimentation spéciale de nature religieuse, qu'elle avait mangée dans une feuille de bananier.

L'ensemble du processus d'initiation à la féminité avait un caractère sacré et saint, c'était quelque chose à quoi peu de blancs avaient assisté et il était aussi sacré et chargé de sens pour les Kikuyus que la Sainte Communion pour un catholique, mais il s'agissait néanmoins d'une pratique cruelle et inhumaine qui causait beaucoup de souffrance, une hémorragie importante et une difformité à l'origine de nombreux problèmes pour la femme adulte, notamment au moment de l'accouchement. Grace s'était associée aux missionnaires dans la lutte pour l'abolition de ce rite.

Malgré le peu de lumière qui entrait dans la case, Grace voyait que la sœur de Mario était très jolie. Seize ans environ, des traits délicats, une innocence touchante. Elle avait les yeux ouverts. Grace les ferma avec douceur — car la jeune fille était morte.

Tandis que le Père Guido murmurait gravement les prières pour les défunts, Grace inclina la tête et sentit la brûlure des larmes.

Elle ne priait pas : elle serrait les dents de rage impuissante. Térésa était la quatrième jeune fille que Grace avait vue mourir de septicémie après une initiation — l'infection étant inoculée par le couteau de la guérisseuse qui avait pratiqué l'excision. Elle avait également appris la mort de plusieurs autres jeunes filles que l'on aurait pu sauver si un médecin européen avait été appelé à temps.

Elle leva les yeux et croisa le regard de Wachéra.

Pendant un instant, l'air dans la hutte fut chargé d'électricité ; les énergies des deux rivales — Wachéra et Grace — semblaient s'affronter entre les parois de pisé. Puis Grace dit en kikuyu :

— Je vais faire en sorte que soit mis un terme à vos pratiques mauvaises. Je connais la magie noire que vous appliquez. Mes malades m'en ont parlé. Je vous ai tolérée assez longtemps. À cause de vous et de vos pareilles, cette enfant est morte.

Alors que Grace tremblait de colère, la guérisseuse l'enveloppait d'un regard à l'expression indéchiffrable. Wachéra était toujours belle, grande et mince, le crâne rasé, ses longs bras couverts de rangs de perles et d'anneaux de cuivre, son corps flexible vêtu de peaux souples. Elle représentait un anachronisme parmi les Kikuyus christianisés ; Wachéra était comme un fantôme vivant de leur passé ancestral. Elle dévisagea Grace Treverton avec orgueil. Puis elle se leva et sortit de la hutte.

À son retour à la mission, Grace trouva Valentin en train de faire les cent pas devant le dispensaire. Quand elle aperçut ce qu'il tenait à la main, puis le petit garçon terrorisé blotti près de l'escalier de la véranda, elle comprit pourquoi son frère était venu.

— Regarde donc ! cria Valentin en lui lançant l'objet, qui frappa Grace en pleine poitrine et tomba par terre.

Elle le ramassa et vit que c'était une des poupées de Mona.

— Je l'ai encore surpris en train de jouer avec ça !

— Oh, Valentin. — Elle soupira. — Il n'a que sept ans.

Grace passa devant son frère et s'accroupit devant Arthur, qui, elle le constata aussitôt, venait de recevoir encore une fois une correction paternelle.

— Je ne veux pas que vous l'éleviez dans du coton ! Rose et toi, vous faites de mon fils une mauviette !

Grace prit Arthur dans ses bras, et il éclata en sanglots.

— Pauvre petit, murmura-t-elle en lui caressant les cheveux.

— Bon sang, Grace ! Écoute-moi !

Elle lui lança un regard furieux.

— Non, c'est toi qui vas m'écouter, Valentin Treverton ! Je viens de voir à l'instant un autre enfant dont la vie a été saccagée, et je ne suis pas d'humeur à t'écouter tempêter pour quelque chose qui n'a aucune importance. Il y a encore une jeune fille qui vient de mourir à la suite d'une initiation, je n'ai pas pu la sauver. Mais que fais-tu au sujet de ces rites, Valentin ? Ce sont *tes* gens. Tu devrais t'en soucier.

— Qu'ai-je à voir avec ce que fait une bande de nègres? Mon seul souci, c'est mon fils. Je ne veux pas qu'il joue à la poupée.

— Non, dit-elle d'une voix lente. Tu ne te soucies pas de ce que font les Africains. Et tu te soucies plus de toi-même que de ton fils.

Un flot de sang monta au visage de Valentin qui regarda sa sœur d'un air menaçant, puis il tourna les talons et s'éloigna.

Dans la fraîcheur du bâtiment couvert de chaume qui était son dispensaire, Grace consola Arthur. Il avait des bleus sur le cou et les épaules.

— Bonjour! lança une voix douce, et une silhouette s'encadra dans l'embrasure.

Grace leva les yeux. Son cœur bondit.

— James! Vous êtes de retour.

— Je suis arrivé hier soir et je suis aussitôt venu vous voir... Tiens, qu'est-ce qui s'est passé ici?

— Encore Valentin.

James entra et dit :

— Bonjour, Arthur.

— Bonjour, Oncle James.

— Mon frère croit qu'il pourra faire un homme de son fils par la terreur, dit Grace en s'efforçant de bannir toute colère de sa voix pour ne pas effrayer l'enfant. Je vais mettre fin à ces corrections, s'il le faut... Ne te tracasse pas, Arthur. Tu n'as rien de grave.

— Vous avez écrit à Rose à ce sujet?

— Elle devrait arriver d'un jour à l'autre, à présent. Sa lettre n'était pas très précise — vous connaissez Rose.

— Alors Mona est restée en Angleterre?

— Oui. À la pension où Rose est allée quand elle était jeune.

— Mona va vous manquer, n'est-ce pas?

— Oui, terriblement.

Grace déposa un baiser sur la tête de son neveu puis le posa par terre. L'enfant était trop petit pour son âge et avait hérité du tempérament rêveur de sa mère.

— Va, maintenant, mon chéri, dit Grace doucement. Va jouer.

— Où? demanda-t-il, une expression désorientée dans ses grands yeux bleus.

— Où aimerais-tu aller, Arthur?

Il fit semblant de réfléchir un instant puis demanda :

— Je peux aller voir les bébés?

Elle sourit et le renvoya avec une caresse. Valentin avait

interdit à Arthur d'entrer dans la hutte-maternité de Grace, mais elle avait décidé de ne pas tenir compte des ordres de son frère.

— James! dit-elle, comme ils quittaient le dispensaire. Quelle merveilleuse surprise de vous voir.

Ils sortirent et quand Grace vit le soleil faire ressortir les reflets auburn des cheveux châtain foncé de James, elle éprouva la bouffée d'amour et le pincement au cœur habituels. Chaque fois qu'il s'en allait, une partie d'elle-même s'en allait avec lui. À son retour elle se retrouvait entière.

— Vous m'avez manqué, dit-elle.

Ils suivirent le sentier conduisant à sa maison, passant devant les bâtiments couverts de chaume qu'elle avait ajoutés. L'un d'eux était la petite maternité où Arthur passait le plus clair de son temps à regarder les nouveau-nés.

Quand James et Grace arrivèrent à la véranda de son cottage, elle dit :

— Quelles nouvelles de l'Ouganda?

— Toujours la même chose. Maladie du sommeil, paludisme, hématurie. Rien de bien neuf. Et vous, Grace? Comment s'est portée la mission depuis quatre mois?

Elle entra dans la maison et ressortit avec deux verres de limonade. Elle en tendit un à James en disant :

— Vous êtes parti *cinq* mois. Nous avons un nouveau poulailler et un tableau noir neuf pour la classe.

Il rit.

— À la santé des poulets et à celle de l'éducation, dit-il, et ils burent.

James observa Grace par-dessus le bord de son verre : aussi nette et impeccable que d'habitude. Malgré le travail qu'exigeait la direction de l'école de la mission et du dispensaire, Grace était toujours vêtue d'une jupe et d'un corsage blancs propres, ses cheveux courts toujours bien coiffés. Et elle était encore plus belle, songea-t-il, que lors de sa dernière visite.

— Vous êtes contrariée, Grace?

— Il y a eu une autre initiation. La sœur de Mario est morte.

Elle s'assit dans un fauteuil d'osier.

— Il faut que je sois plus ferme avec ces gens, James. Il faut que je me fâche et leur fasse comprendre que leurs anciennes traditions sont mauvaises pour eux. Nous sommes au XXe siècle. La médecine moderne obtient des succès sans précédent. Nous accomplissons littéralement des miracles à présent. Et pourtant, dès qu'ils ont peur, ils courent trouver un guérisseur de la tribu.

— Leur médecine traditionnelle n'a pas que du mauvais, Grace.

— Bien sûr que si. C'est de la sorcellerie pure et simple. Qui sait ce que cette femme met dans ces concoctions !

Grace eut un geste de la main vers le terrain de polo de Valentin et la hutte à l'autre bout.

La ferme de Wachéra, au bout de tant d'années, s'était si bien intégrée au paysage qu'elle ne suscitait plus de commentaires. De fait, de nombreuses plantations européennes étaient maintenant parsemées de fermes de « squatters » — les petites parcelles des Africains qui étaient sortis des Réserves et qui avaient choisi de travailler pour l'homme blanc et de vivre en tenanciers sur sa terre — de sorte que la présence de Wachéra à la lisière du terrain de polo ne constituait plus l'objet de curiosité qu'elle avait été naguère. La jeune guérisseuse, Grace le savait, menait une étrange vie secrète, pratiquant en silence son antique métier telle une ombre à la périphérie de la vision. Mais Grace savait tout ce qu'elle faisait. Ses malades le lui disaient.

La veuve de Mathengé conduisait son peuple à la chasse aux esprits chaque fois qu'une épidémie se déclarait ; elle présidait aux cérémonies du repiquage avant les pluies ; elle faisait des charmes magiques pour protéger les enfants ; elle mettait les enfants au monde ; elle préparait des philtres d'amour ; elle parlait aux esprits des morts et lisait l'avenir. Elle maniait aussi le couteau lors de l'initiation des jeunes filles.

— Je crois que le Commissaire du district s'attaque au problème à l'envers, dit Grace à mi-voix. Décréter que quelque chose est illégal n'entraîne pas automatiquement sa disparition. Ce que nous devons faire, c'est bannir les responsables de ces actes barbares. Quand Wachéra et ses pareilles ne seront plus là, les anciennes pratiques cesseront d'elles-mêmes.

— Comment comptez-vous vous débarrasser d'elle ? Valentin a essayé sans succès.

— Je ne sais pas. J'irai à Nairobi organiser et coordonner plus efficacement les efforts des missions. Les Africains doivent être amenés à comprendre que la guérison traditionnelle n'est pas bonne et que c'est le médecin blanc qu'ils doivent consulter.

James sortit sa pipe et l'alluma.

— Je dois avouer que je ne suis pas d'accord avec vous, Grace. Je continue de penser que la guérison traditionnelle a du bon dans bien des cas. Vous vous rappelez quand j'ai eu cette épidémie de dysenterie chez mes gars et que j'ai manqué de sels et d'huile de ricin ? C'est le vieux remède kikuyu à base de rhubarbe qui les a sauvés.

Elle secoua la tête.

— Nous n'avons pas fait de prélèvements, James. Nous n'avons pas fait d'analyse microscopique. Vous n'avez pas la certitude qu'il s'agissait de dysenterie ou même d'amibes.

— Tout n'a pas besoin d'être diagnostiqué par la médecine moderne, Grace. Vous savez, il ne faut pas avoir trop de parti pris.

— Vous ne parleriez pas ainsi si vous aviez vu cette pauvre fille cet après-midi.

Soudain un groupe d'enfants surgit en courant au coin de la hutte servant de salle de classe, riant et regardant par-dessus leur épaule. En voyant Grace sur la véranda ils se mirent aussitôt au garde-à-vous, le visage sérieux.

— *Jambo,* Memsaab Daktari, dirent-ils en défilant au pas comme de petits soldats noirs.

— Juste ciel, murmura-t-elle en se levant, qu'est-ce qu'ils fabriquent ?

À l'arrière du long bâtiment qui était l'école, elle trouva une fillette gisant sur le sol, couverte de boue.

— Wanjiru, dit Grace en se dirigeant vers elle.

Elle aida la petite fille, qui avait neuf ans, à se relever et épousseta sa robe.

— Là, là, Wanjiru. Tu n'as pas de mal, hein ?

Au bord des larmes mais se retenant de pleurer, la fillette secoua la tête.

— Tu veux rentrer chez toi ?

La fillette secoua la tête avec encore plus d'énergie.

— Très bien. Va trouver Memsaab Pammi et demande-lui un bonbon. Dis-lui que c'est moi qui t'envoie.

L'enfant murmura un timide *asantesana* et partit en courant vers l'entrée de l'école, où Miss Paméla prenait le thé entre deux leçons.

— Elle fait partie de vos élèves ? demanda James comme ils retournaient à Chantoiseau. Je ne savais pas que vous aviez des filles.

— C'est la première, et elle n'a pas la vie facile, j'en ai peur. Vous savez le mal que je me suis donné pour tenter d'obtenir que des filles viennent à mon école. Il y a trois mois environ, une femme d'un des villages en amont a amené la sienne et l'a inscrite.

— Cela demandait du courage.

— Je pense bien ! C'est une veuve avec neuf enfants. Elle a

une vie très dure et elle m'a dit qu'elle voulait quelque chose de mieux pour Wanjiru. C'est la première femme africaine que j'ai entendue exprimer ce sentiment. Je suis ravie d'avoir la fillette, bien entendu, mais les garçons la taquinent sans pitié. Ils se moquent d'elle et lui disent qu'elle ne se mariera jamais et sera *thahu* parce qu'elle fait ce que fait un homme. Elle vient quand même tous les jours, plus résolue que jamais. Et elle apprend vite, ce que je crois que les garçons ont aussi du mal à admettre.

Quand ils atteignirent la véranda, Grace dit :

— Il faut remédier à la condition des femmes africaines, James. Rendez-vous compte, nous avons eu une invasion de criquets il y a deux mois et les hommes en ont tenu les *femmes* pour responsables ! Ils ont dit que c'est parce qu'elles portaient des jupes courtes et que Dieu avait envoyé les sauterelles en châtiment.

Elle se tourna vers lui.

— James, j'ai pesé certains des fardeaux de ces femmes. Il y en a une qui portait quatre-vingt-dix kilos ! Et le taux des naissances est tellement élevé. On voit beaucoup de femmes avec huit et dix enfants, qui cultivent leurs champs toutes seules parce que les maris travaillent pour l'homme blanc. Depuis qu'ils reçoivent une certaine instruction, les jeunes Africains ne veulent plus rester sur leurs terres. Ils veulent travailler dans les villes. Ils reviennent à la maison en visite, mettent leur femme enceinte et disparaissent de nouveau. Et ils sont très opposés à l'instruction pour leurs épouses et leurs filles.

James la regarda, regarda le visage qui s'était hâlé en dix ans, avec des rides autour des yeux et un menton plus volontaire que jamais. Un visage qu'il se représentait souvent et qui lui rendait visite en rêve.

— Si nous allions faire un tour, Grace ?

Les Africains qui travaillaient à la mission de Grace ne portaient plus des peaux de chèvre et des *shukas* mais des pantalons, des chemises et des robes à l'européenne. Les têtes étaient non plus rasées mais couvertes de cheveux tondus très court. Quelques femmes se paraient encore de cylindres de bois dans le lobe de l'oreille et de bracelets à perles de cuivre, mais la plupart du temps le seul ornement était une petite croix au bout d'une chaîne.

Grace s'arrêta à l'arrière d'un appentis en bois pour inspecter les rangées de filtres à eau, prêts à être distribués aux gens du village. Chaque filtre était constitué par deux pots ronds en argile, le plus petit posé sur l'ouverture du plus grand. Elle en expliqua à James le fonctionnement.

— Le pot de dessus contient une couche de sable propre, une couche de gravier propre, et enfin une couche de briques pilées. On verse l'eau par en haut et lorsqu'elle traverse ces couches elle est nettoyée de ses impuretés, en particulier du ver de Guinée. J'essaie d'en installer un dans toutes les huttes des villages, en donnant une leçon sur l'importance vitale de la pureté de l'eau.

— Ce serait un point important à inclure dans votre livre, dit James.

Grace rit. Depuis quelque temps, James la poussait à écrire un manuel de médecine à l'usage des travailleurs ruraux sans connaissances médicales.

— Quand aurais-je le temps d'écrire un livre ?

Ils passèrent devant une corde à linge sur laquelle des matelas prenaient l'air et le soleil. Ils étaient faits d'*américani* bourré de feuilles sèches et comme les filtres à eau c'était une invention de Grace.

Ils escaladèrent le sentier jusqu'à la crête et se trouvèrent devant une vue qui était un vrai tableau. Des rangées de caféiers d'un vert luxuriant, alourdis de baies mûres, couvraient deux mille cinq cents hectares. Le paysage n'était pas plat, il se soulevait en vagues et en mamelons comme une mer qui ondule doucement, le vert dense interrompu par des bandes de terre rouge et de hautes coupures de jacarandas qui s'épanouissaient en fleurs pourprées. C'était maintenant le mois de mai, et les longues pluies avaient pris fin ; des femmes et des enfants avançaient, entre les rangs, cueillant les baies et remplissant leurs sacs. Des camions les attendaient en lisière des champs pour transporter la récolte aux séchoirs et aux décortiqueuses près de la rivière. Le mont Kenya montait la garde à la lointaine limite de cette perspective immense — sa silhouette sombre nettement profilée sur un fond de ciel clair, ses pics striés de neige scintillant sous le soleil. En face de la montagne, de l'autre côté de la vallée, se trouvait Bellatu, dressée vers le ciel sur de vertes pelouses parfaites et des jardins en terrasse.

Plusieurs automobiles brillantes stationnaient dans l'avenue. Grace reconnut celle du général Norich-Hastings. À l'exception des deux Oldsmobile qui appartenaient à Valentin, les autres étaient les voitures des invités de son frère.

Bellatu n'était jamais tranquille. Maintenant que les voitures étaient chose courante au Kenya et qu'une route — bien qu'encore non goudronnée et donc impraticable aussi pendant les pluies — allait jusqu'au domaine, maintenant aussi que le train venait à Nyéri, Nairobi n'était plus qu'à une journée de voyage. La maison de Valentin était devenue le pivot de la vie mondaine au Kenya. Il y avait toujours une réception, une chasse au renard ou un match de polo pour attirer à la plantation de café la coterie de riches viveurs d'Afrique-Orientale. Une légende s'était formée autour de Bellatu. À ceux qui n'apercevaient que de loin la demeure fabuleuse, il semblait que les gens à l'intérieur devaient être éternellement jeunes et beaux, toujours à la pointe de la mode et que seuls les riches et les aristocrates étaient invités. Les années vingt avaient été une décade de prospérité pour le gentleman-planteur du Kenya ; le café Treverton était maintenant expédié dans le monde entier et très réputé. Le frère de Grace régnait en monarque — et il ne restait jamais seul.

Grace contemplait la maison, entendant, quand le vent tournait, des bouffées de musique et des rires.

Elle en voulait à Valentin à cause de ce qu'il faisait à Arthur, qu'il rudoyait dans l'intention de le rendre viril. L'enfant avait reçu plus d'une correction sévère pour avoir été surpris en train de jouer avec les poupées de sa sœur et sa maladresse et sa façon d'être sujet à des chutes n'étaient pas de la comédie pour attirer l'attention, comme le soutenait Valentin, mais peut-être les symptômes d'un problème nerveux. Grace avait supplié son frère d'envoyer Arthur chez un spécialiste, mais Valentin lui avait répondu de s'occuper de ses affaires. Un fils engendré par lui n'était ni faible ni handicapé et tout signe de faiblesse ou de féminité de sa part allait en être extirpé de force.

Quand Valentin avait-il changé ? se demanda-t-elle. L'évolution avait été progressive. Depuis cette terrible aventure avec Miranda West, semblait-il à Grace, et la naissance d'Arthur. Tout le monde au Kenya savait que Valentin entretenait une maîtresse africaine à Nairobi, dans la maison même qu'il avait fait construire pour Miranda. C'était une belle Méru qui portait des vêtements coûteux et conduisait elle-même sa voiture.

James dépassa Grace, ses bottes écrasant la terre rouge, et plissa les paupières sous le soleil. Elle regarda son corps ferme et maigre tandis qu'il arrachait une bande d'écorce d'eucalyptus et se mettait à la réduire en miettes, perdu dans ses pensées. Ses fréquents séjours en Ouganda — parce que Lucille s'était prise de passion pour ce pays d'Afrique continentale — accablaient Grace bien plus que ses longues journées remplies de dur travail. Il lui manquait énormément. Quand il était si loin, dans un territoire si dangereux, elle perdait l'appétit et se tournait et retournait comme une crêpe la nuit. Mais dès qu'il rentrait chez lui à Kilima Simba, elle était réconfortée de le savoir là-bas à quelques kilomètres. Elle espérait toujours une visite à l'improviste — c'était ce qui lui avait permis de tenir le coup pendant les dix dernières années, ce qui lui avait donné l'énergie de continuer malgré les déconvenues et les échecs. Grace sortait du dispensaire et James était là, couvert de la poussière et de la sueur du long trajet, en général avec un cadeau — un produit de la laiterie ou une pièce de gibier. Il restait un moment ; ils s'installaient sur la véranda et bavardaient à mi-voix comme les deux vieux amis qu'ils étaient, se confiant leurs ennuis, s'offrant assistance et conseils, riant ou même demeurant simplement assis en silence, tout près l'un de l'autre mais sans se toucher, tandis que le jour d'Afrique se muait en nuit.

Puis il repartait, et Grace restait couchée dans son lit, éprouvant un désir de lui si violent que parfois le sommeil refusait de venir.

— Grace, dit-il à présent, j'ai quelque chose à vous annoncer.

Elle le regarda.

— Nous avons décidé d'aller vivre en Ouganda, Lucille et moi. Définitivement.

23

Grace le regarda longuement. Puis, tout à coup, elle se détourna.

— Je suis navré, dit-il. Nous n'avons pris la décision que récemment, lors de ce séjour.

— Quand partirez-vous ?

— Dès que j'aurai organisé le transport de nos affaires. Lucille est restée là-bas cette fois-ci. Elle est à Entebbe, elle prépare notre nouvelle maison.

Grace s'éloigna de quelques pas et s'appuya à un eucalyptus pour se soutenir. L'ombre de l'arbre parut l'engloutir ; le jour avait soudain l'air assombri, comme si des nuages cachaient le soleil.

— Mais le ranch et les enfants ? demanda-t-elle enfin.

— Je laisse la direction du ranch à Sven Thorsen. Il me seconde depuis deux ans et est tout à fait capable de s'en occuper seul. Geoffrey restera à Kilima Simba. Il vient d'avoir dix-sept ans et il adore la vie de ranch. Ralph et Gretchen nous accompagneront.

— Que ferez-vous en Ouganda ?

— Lucille a adhéré à la mission écossaise qui est installée là-bas. Elle veut se consacrer à son œuvre.

— Et vous ?

— On m'a offert un poste dans l'administration, à Entebbe.

Elle se retourna et le regarda. Le soleil éclairait un homme aux bras hâlés, au corps amaigri par des années de rude vie en plein air.

— Vous travaillerez *dans un bureau ?* dit-elle.

— J'ai quarante et un ans, Grace, et je ne rajeunis pas. Lucille estime que je dois ralentir la cadence. Et je ne suis plus aussi nécessaire au ranch qu'autrefois. Il fonctionne pratiquement tout seul, et fort bien. Sven se chargera de tout.

Grace savait que les Donald se trouvaient en bonne position sur le plan financier, que l'époque où ils avaient un découvert à la banque et tiraient le diable par la queue était révolue. Quand Hardy Acres lui avait annoncé, l'année précédente, une augmentation du dépôt annuel à son compte, elle ne s'en était pas étonnée.

— Vous me manquerez, dit-elle.

— Vous me manquerez aussi.

Il s'approcha et debout à côté d'elle, la regarda intensément.

— La décision n'a pas été facile à prendre, Grace. Mais vous savez à quel point Lucille a été malheureuse.

— Oui.

— En Ouganda, c'est une femme différente. Elle est vraiment heureuse là-bas. Je ne peux pas lui refuser cela.

— Non.

Ses sens furent assaillis par l'odeur de son corps, le grain rugueux de sa veste de safari, le son de sa voix à la fois autoritaire et chargée d'humour et de tendresse ; par sa *proximité* irrésistible. James avait toujours été présent pour elle, sinon comme un amant, du moins comme un être à aimer : il était la passion secrète qui valait mieux que pas de passion du tout. Rêver de lui avait fait ses nuits moins solitaires, son lit moins vide ; sa force tranquille et fidèle l'avait aidée à surmonter les temps de frustration et d'échec ; il avait partagé ses triomphes, aussi. L'amour physique auquel elle aspirait ne pourrait jamais exister, elle l'avait toujours su, mais il y avait de temps à autre un contact, ses doigts sur son bras — et une étreinte sous les arbres où ils se mettaient à l'abri de la pluie, à un retour de voyage, à la Saint-Sylvestre, dix ans de suite...

Grace avait ôté depuis longtemps la bague de fiançailles de Jérémie Manning ; elle avait pris James Donald dans son cœur et l'y avait gardé — compagnon secret de son âme. Mais une porte terrible venait de s'ouvrir, et il la franchissait. Pour la première fois, Grace eut conscience de son âge. Soudain les années semblèrent compter. *J'aurai quarante ans l'an prochain.*

— Vous me manquerez, répéta-t-elle.

— Je reviendrai demain vous faire mes adieux.

Demain ? pensa-t-elle. Le vrai sens du mot solitude commença à lui apparaître. Elle voyait les nuits s'étirer sans fin devant elle, comme une longue suite de petites gares désolées sans vie ni lumière. Elle se voyait à l'avenir, seule sous sa véranda, chaste et compassée, regardant dans le noir au-delà de la mission qu'elle avait construite, l'autre bout du terrain de polo où il y avait, elle se le rappela, une petite hutte et dans cette hutte une autre femme solitaire — Wachéra — assise devant sa marmite en train de remuer son contenu, le remuant, remuant toujours.

Grace se recula.

— Faisons nos adieux tout de suite, James. Je ne sais pas ce que je vous dirai demain.

Il posa les mains sur ses bras. Elles se refermèrent sur eux avec force. Il pencha la tête pour l'embrasser.

— Tante Grace ! Tante Grace !

Ils se retournèrent. Une petite silhouette aux membres grêles comme des pattes d'araignée dévalait l'avenue où une des voitures des Treverton était arrêtée, une portière ouverte. C'était un lutin à la coupe de cheveux invraisemblable, aux vêtements d'adulte incongrus, qui sauta en l'air pour enserrer de ses bras la taille de Grace.

— Oh, tantine ! s'écria Mona d'une voix aiguë, comme tu m'as manqué !

Cela survenait trop vite, la joie sur le chagrin. Grace s'agenouilla et saisit sa nièce dans une étreinte farouche. La fillette se mit à parler sur-le-champ de bateaux et de trains, de la France et d'horribles cousins, puis dit :

— Ne pleure pas, Tante Grace. Je suis revenue maintenant et jamais plus je ne quitterai le Kenya.

— Mona, dit Grace d'une voix nouée. Que fais-tu ici ? Qu'est-il arrivé à la pension ?

— Oncle Harold a dit que je ne pouvais pas y aller ! Tante Grace, qu'est-ce qu'il y a ? Pourquoi pleures-tu ?

— Je suis si heureuse de te voir, chérie. Regarde-toi, une vraie petite dame maintenant.

— J'avais neuf ans quand je suis partie ; à présent, j'ai dix ans et quatre mois. L'Angleterre était horrible, Tante Grace. Je suis bien contente d'être revenue.

Voyant Rose venir maintenant vers elle, Grace se releva et alla à la rencontre de sa belle-sœur.

— Bienvenue à la maison, Rose.

— C'est merveilleux d'être de retour, dit Rose en passant son bras sous celui de Grace.

Elles se dirigèrent vers la crête et regardèrent ensemble la rivière bouillonnante. Ses berges étaient couvertes de verdure et de fleurs sauvages de toutes les couleurs.

— Comme cet endroit m'a manqué ! Et j'ai une hâte folle de me remettre à ma tapisserie !

Grace, dans un état de torpeur, se déplaçant machinalement à la manière d'une actrice qui a trop répété sa scène, regarda la petite Njéri descendre timidement de voiture. La fillette se tint près de Rose, comme si elle avait peur. Grace la contempla avec une vive affection ; Njéri était l'enfant qu'elle avait sortie du ventre de Gachiku. Elle se pencha et dit :

— Njéri, tu n'as pas envie d'aller chez toi voir ta maman ?

La fillette de neuf ans recula en secouant la tête.

— Elle s'est attachée à moi, je le crains, dit Rose avec un léger rire en tapotant la tête de l'enfant. N'est-ce pas, Njéri ? Si vous aviez vu comme on la regardait en Europe. Et elle m'aide tellement. Elle adore passer des heures à me brosser les cheveux. Njéri pourra aller chez elle plus tard. Elle veut rester pour m'aider à trier mes nouveaux écheveaux.

Mona était là, qui observait. Ravalant sa jalousie et son chagrin, elle chercha la main de sa tante.

Grace dévisageait Rose avec stupeur. C'était vraiment trop irréel. Voilà Rose, après huit mois d'absence, qui se conduisait comme si elle venait d'arriver pour le thé ! Pourquoi ne demandait-elle pas des nouvelles d'Arthur ? De Valentin ? Et pourquoi Mona était-elle revenue au lieu de rester à la pension ?

La tête de Grace tournait. Elle n'était pas préparée à tout cela — le retour de Rose et la séparation d'avec James.

— Tante Grace, dit Mona en lui tirant la main, est-ce que tu pleures à cause de moi ?

Elle baissa les yeux vers sa nièce et répliqua :

— Je suis heureuse parce que tu es de retour et triste aussi parce que Oncle James nous quitte. Il va vivre en Ouganda avec Tante Lucille.

Mona regarda James, les yeux agrandis.

— Gretchen et Ralph s'en vont aussi ?

— Malheureusement oui.

Alors Mona, à son tour, eut l'air triste et des larmes lui montèrent aux yeux. Grace s'agenouilla et prit le visage de la fillette entre ses mains.

— Ne t'en fais pas, Mona, dit-elle doucement. Nous restons ensemble, toi et moi.

Et elle pensa : *Tu viendras peut-être même vivre avec moi. C'est bizarre. Ta mère paraît de moins en moins présente, moins réelle que jamais. Je ferai office de mère pour toi, Mona ; tu seras la fille que mon corps ne portera jamais. Il y a un vide d'amour en toi, ma chère enfant, comme il y en a un en moi, désormais. Nous avons besoin l'une de l'autre.*

— Où est Valentin ? demanda soudain Rose.

— Je vous l'assure, Treverton, il faut forcer Londres à nous écouter !

Le général Norich-Hastings posa son verre et se dirigea vers la baie aux panneaux sertis de plomb qui donnait sur une vue spectaculaire du mont Kenya.

— Il faut que l'un de nous aille en personne présenter nos arguments au gouvernement de Sa Majesté.

— Hugh a raison, dit Hardy Acres, enfoncé dans une confortable bergère.

Valentin était assis derière son bureau, le fauteuil incliné en arrière et les pieds relevés. Il fit tourner son verre et regarda le whisky tournoyer.

Le quatrième homme dans le bureau de Valentin, Malcolm Jennings, était un éleveur de la Rift Valley qui possédait plus de quarante mille hectares de terres magnifiques dans la Province Centrale, et qui s'intéressait pour cette raison à la politique de la Colonie. Il n'avait pas encore pris la parole, mais il le fit à ce moment.

— L'Afrique du Sud nous a montré le bon exemple. Il faut le suivre et former une Union blanche. Disons : l'Ouganda, le Kenya et le Tanganyika. Avec peut-être même la Rhodésie du Nord. Nous devons renforcer la politique de domination des Blancs en Afrique-Orientale, et rappeler aux nègres qui est le maître ici.

— Je regrette diablement qu'on ait imprimé *ça,* dit Acres en jetant par terre un journal du Kenya.

Ses amis savaient à quoi il faisait allusion : au « livre blanc » publié récemment à Londres par Lord Passfield, le nouveau ministre des Colonies. Dans ce texte, le ministre se dissociait des requêtes présentées par les colons blancs du Kenya et précisait que « l'objectif de la Grande-Bretagne dans la colonie était l'établissement d'un ministère représentant un électorat dans lequel *tous* les éléments de la population seraient efficacement et adéquatement représentés », ajoutant que c'était presque impossible à réaliser dans un pays où moins d'un pour cent de la population possédait le droit de vote !

— Si les nègres lisent *ça,* dit Acres, les ennuis vont commencer.

— Les ennuis ont déjà commencé, répondit le général, d'un ton grave. Passfield a interdit au gouverneur de limiter les réunions publiques de l'Association Centrale Kikuyu. Bon Dieu, il les *incite* à déclencher une révolution ! Maintenant, ils réclament des terres dans les Montagnes. D'ici peu, vous verrez, les nègres auront le droit de planter du café !

Les trois hommes regardèrent leur hôte, attendant un commentaire. Valentin ne semblait même pas les écouter. Il fixait de ses yeux sombres avec une expression morose une photo dans un cadre d'argent posé sur son bureau.

Il pensait à Arthur. Il n'aurait pas dû le frapper si fort, mais le gamin le mettait parfois en fureur. Où cet enfant avait-il pêché des idées aussi saugrenues ? On était en mai et Arthur n'avait pas encore touché aux cadeaux de Noël que lui avait donnés son père : la boîte de soldats de plomb avec un canon miniature, la carabine, le couteau de chasse.

Il prit la photographie et la regarda avec attention. Son cœur se brisa en voyant le candide visage angélique d'Arthur, le petit sourire doux, le short kaki qu'il avait toujours l'air d'oublier de boutonner. *Mon fils,* criait l'esprit tourmenté de Valentin, *tu es le but de ma vie, la raison pour laquelle j'ai bâti cette maison. Je n'ai jamais voulu te faire mal. Je désire seulement que tu deviennes un homme.*

— Treverton ? dit Hardy Acres.

Je réparerai, mon fils. Je regrette de t'avoir frappé. Je te promets de ne pas recommencer...

— Valentin ? dit Malcolm Jennings. Vous êtes avec nous ?

Il leva les yeux.

— Pardon ?

Il reposa la photo et se leva pour aller vers le bar mobile.

— Je ne crains pas un soulèvement. Mes gars n'ont qu'une envie, s'asseoir à l'ombre pour boire une bière.

— Alors vous êtes aveugle, Treverton, dit Jennings.

Valentin n'eut pas l'air d'entendre l'affront. Ses pensées demeuraient centrées sur Arthur — peut-être était-il temps d'emmener l'enfant à son premier safari.

— Nous sommes venus solliciter votre opinion sur ce sujet, dit le général Norich-Hastings. Répondez-nous, Valentin.

— Mes gars n'ont jamais eu la vie si belle, dit-il d'un ton distrait. Je leur donne autant d'*américani* et de vélos qu'ils veulent. Ils sont dociles comme des moutons. Et ils le resteront tant que je continuerai à les bien traiter.

Les trois hommes échangèrent un regard. Le général dit :

— Valentin, ouvrez les yeux ! Certains nègres commencent à se plaindre que les montagnes leur appartiennent de droit, qu'ils ne les ont jamais cédées de plein gré !

Valentin remplit de nouveau son verre, le regarda d'un air songeur, puis but une gorgée et se tourna vers ses amis.

— Qui songiez-vous envoyer à Londres ?

— Nous estimons que vous seriez un bon choix, Valentin.

— Moi ?

— Après tout, vous siégez à la Chambre des Lords. Votre nom n'est pas sans influence. Et vous êtes bon orateur. On vous écoutera.

Valentin se frotta le menton. L'idée de retourner en Angleterre ne lui souriait nullement. Il s'y était rendu la dernière fois en 1924 à une exposition pour représenter le café de Nairobi, que l'on appelait maintenant café du Kenya. Et dans l'unique lettre de Rose, envoyée du Suffolk, elle décrivait l'Angleterre aussi froide, humide et inhospitalière que jamais.

— Eh bien ? Qu'en dites-vous ?

— Peut-être...

Il pourrait emmener Arthur. Éloigner l'enfant de l'influence féminisante de Rose et de Grace.

— Nous n'avons pas beaucoup de temps. La situation s'aggrave de jour en jour. Jamais nous ne pourrons conserver nos terres sans l'appui du gouvernement de Sa Majesté.

— Dites-moi, n'est-ce pas votre voiture ? demanda Hardy Acres en se levant. Celle que vous avez envoyée à la gare ?

Valentin alla à la fenêtre et regarda au-dehors. La Cadillac remontait l'allée, conduite par le chauffeur africain, sans personne d'autre à l'intérieur.

Il sortit sur la véranda et abrita ses yeux du soleil. Un violent coup de vent balaya les deux mille cinq cents hectares de caféiers et lui ébouriffa les cheveux. Il se trouvait exactement à l'endroit où, dix ans plus tôt, il avait décrit son rêve à Rose et à Grace. Le paysage qui s'étendait devant lui représentait la vision même qu'il avait dans l'esprit en cette journée lointaine.

— Où est la memsaab ? demanda-t-il au chauffeur.

— Elle est allée avec la memsaab daktari, Bwana, répondit l'homme en désignant la crête.

— Bonjour ! Bienvenue à Bellatu ! cria-t-il en relevant son chapeau et l'agitant à l'adresse de Rose et de Grace.

Rose agita la main en retour, puis dit à sa belle-sœur :

— Cet idiot de Harold ! Les idées qu'il se fait !

— Que voulez-vous dire ?

— Regardez Bellatu ! Nous avons de l'argent, voyons !

Intriguée, Grace suivit des yeux Rose qui longeait le sentier à pas gracieux et prudents jusqu'à l'endroit où Valentin l'accueillit d'un baiser sur la joue.

— Vous m'avez manqué, dirent-ils en même temps.

Puis au-dessous d'eux, un petit personnage jaillit par la porte de la case-maternité.

— Maman ! appela Arthur, courant de toute la vitesse de ses petites jambes potelées.

— Que fabriques-tu là-dedans ? cria Valentin d'une voix qui retentit jusqu'à l'autre rive. Je t'avais dit de ne plus y retourner !

Arthur s'arrêta net, les yeux écarquillés, tandis que son père descendait la pente comme une flèche.

— Tu m'as défié délibérément ! dit Valentin en arrivant près de lui.

Il saisit Arthur par le col et le secoua.

Là-haut sur la crête, Grace et James les observaient. Quand Grace vit Arthur s'effondrer soudain par terre et se convulser nerveusement en lançant des coups de pied, elle poussa un cri et descendit le sentier en courant.

Au moment où James et Rose les rejoignirent, Grace avait réussi à introduire un bout de brindille entre les dents serrées de l'enfant. Il se roulait dans la poussière, les yeux révulsés, et des bruits étranges sortaient de sa gorge. Les adultes le contemplaient, horrifiés. Mona s'approcha en silence.

Cela se termina aussi brusquement que cela s'était déclenché. Grace commença à soulever l'enfant inconscient, mais Valentin le lui prit des bras ; le serrant contre sa poitrine, il suivit sa sœur dans le dispensaire où Grace entreprit un examen complet.

Finalement, elle conclut :

— Épilepsie.

Et Valentin cria :

— Non !

— Je t'avais dit de consulter un spécialiste. Maintenant, te voilà obligé de faire quelque chose !

— Mon fils n'a rien.

— Bon Dieu, Valentin, bien sûr que si ! Si tu n'y vas pas, c'est moi qui irai !

Il regarda sa sœur avec colère, affronta d'une égale volonté sa volonté inflexible ; puis les épaules de Valentin s'affaissèrent légèrement.

— Il y a des spécialistes en Europe, reprit Grace plus doucement, des gens qui font des recherches sur cette maladie.

— Sur la folie, tu veux dire.

— L'épilepsie n'a rien à voir avec la folie. Elle n'a absolument aucun rapport avec les facultés mentales. Et l'épilepsie n'est rien dont il faille avoir honte. Jules César était épileptique. Et Alexandre le Grand.

Valentin darda sur Rose un regard malveillant.

— Cela vient de votre côté, dit-il sur un ton qui les choqua tous.

Puis il prit le corps inerte de son fils dans ses bras et le serra contre lui. Il posa sa bouche sur la touffe de cheveux couleur de pamplemousse qui étaient humides de sueur. Arthur paraissait si petit, si fragile. *Mon fils. Le seul fils que j'aurai jamais.* Quand Rose tendit la main vers l'enfant, Valentin recula en s'écriant :

— Ne le touchez pas.

Il se tourna vers Grace.

— Je vais l'emmener en Angleterre. Je consulterai tous les spécialistes de Londres. J'irai sur le Continent s'il le faut. Je dépenserai jusqu'au dernier sou...

Sa voix se brisa.

Ils le regardèrent descendre les marches de la véranda et remonter le sentier vers la maison. Les petits bras et les petites jambes de poupée d'Arthur ballottaient. Rose prit un sentier différent, celui qui traversait la forêt jusqu'à sa clairière dans le bosquet d'eucalyptus ; elle marchait si vite qu'on aurait dit une femme en fuite. La petite Njéri trottait derrière elle comme un petit chien tandis que Mona restait dans l'ombre de la véranda, sans trop savoir que faire. Puis elle partit elle aussi dans la direction prise par sa mère.

Ressortant au soleil, Grace écarta une mèche de sa figure et jeta un coup d'œil au petit groupe de bâtiments couverts de chaume qui constituait sa mission. James vint auprès d'elle.

— Est-ce que ça va aller ? demanda-t-il.

— Oui.

Il lui prit la main et la serra entre les siennes.

— Je vais rester quelque temps, Grace. Jusqu'à ce que Valentin parte pour l'Angleterre avec le petit.

— Non, James. Vous n'êtes déjà plus d'ici. Votre vie se trouve là-bas, loin dans l'Ouest, où Lucille et vos enfants vous attendent. Ils ont besoin de vous plus que nous.

— Je veux que vous vous rappeliez toujours, Grace, dit-il à mi-voix, que si vous avez besoin de moi, vous n'aurez qu'à me le faire dire et je viendrai. Voulez-vous me le promettre ?

Elle se tourna vers le soleil couchant et hocha la tête.

— Disons-nous au revoir tout de suite, James. Il faut vous mettre en route. L'Ouganda est loin.

24

— Toute cette terre, mon fils, que tu vois autour de toi et même au-delà, appartient aux Enfants de Mumbi et à personne d'autre.

David était assis et écoutait sa mère parler en préparant leur dîner. Deux grosses patates douces enveloppées dans des feuilles de bananier étaient en train de cuire à la vapeur ; des grains de sorgho éclataient dans l'eau bouillante et épaississaient en bouillie. La plupart des femmes du village, sur l'autre rive, adoptaient la coutume européenne de prendre trois repas par jour, mais Wachéra s'en tenait à l'ancienne tradition du repas unique, copieux, en fin d'après-midi.

Les Enfants de Mumbi ont été amenés par la ruse du *wazungu* à se défaire de leur terre, reprit-elle. L'homme blanc ne comprenait pas nos coutumes. Il a vu de la forêt où il n'y avait pas de huttes, alors il l'a prise en prétendant que personne n'y habitait. Il ne savait pas que les ancêtres vivaient là ni que la forêt serait déboisée un jour pour les huttes des enfants de nos enfants. L'homme blanc ne pense pas au passé ou à l'avenir ; il ne voit que ce qui existe aujourd'hui.

David contemplait sa mère avec vénération. C'était la plus belle femme qu'il avait jamais vue. Maintenant qu'il parvenait au seuil de l'âge d'homme et n'allait pas tarder à passer par l'initiation de la circoncision, il prenait conscience de la façon dont les hommes la regardaient — et les femmes aussi. Pour les hommes, il y avait de l'avidité dans leur regard ; David savait que sa mère était désirée par les hommes. Quant aux femmes, c'était de l'envie, car elles admiraient en secret la vie de liberté de Wachéra, qui n'avait aucun homme pour maître. Et tous considéraient la guérisseuse avec admiration et respect.

Bien que sans mari et n'ayant qu'un enfant, ce qui aurait été des raisons de la plaindre en d'autres circonstances, Wachéra était révérée par le clan parce qu'elle était la gardienne des anciennes traditions. Au cours des années, David avait vu des gens importants venir à cette hutte ; son enfance se déroulait comme une longue chronique de chefs et d'anciens venus voir sa mère et solliciter ses conseils, de femmes qui apportaient leurs secrets et payaient pour des charmes et des philtres, d'hommes offrant leur virilité. La petite hutte que partageaient Wachéra et David avait entendu les peines et les joies des Enfants de Mumbi, exprimées par de nombreuses bouches sous de nombreuses pleines lunes. David était fier de sa mère ; il était prêt à mourir pour elle.

Mais il y avait tant de choses qu'il ne comprenait pas encore. Il avait onze ans et était impatient d'atteindre l'âge d'homme et la sagesse qu'il semble apporter. Il aurait aimé qu'elle parle plus vite, qu'elle en dise davantage, qu'elle jette de la lumière sur les mystères obscurs qui tourmentaient sa jeune âme.

David vivait une période d'hésitation. Une grande part de lui-même était encore enfant, une toute petite déjà homme. Mais l'enfant en lui désirait l'homme qui s'annonçait et craignait qu'il ne survienne jamais. Il y avait aussi une autre partie de lui-même : la partie kikuyu, qui regardait avec envie les richesses de l'homme blanc — ses bicyclettes, son télégraphe, son fusil. Oui, David Mathengé désirait avoir ces choses, posséder ce pouvoir, être accepté dans ce corps d'élite. Des années auparavant, son père l'avait fait baptiser. Maintenant, David appartenait au Seigneur *Jésu*, comme disaient les *wazungus*. Et pourtant il n'était pas le vrai frère qu'ils avaient promis qu'il serait, il n'était pas leur égal. Aussi leur en voulait-il.

— N'aime pas les *wazungus*, lui disait souvent sa mère. Ne leur accorde aucun respect. Ne te soumets pas à leurs lois. Mais aussi, mon fils, ne les prends pas non plus à la légère, souviens-toi toujours du proverbe qui dit que le sage affronte le buffle avec précaution.

— Mangeons maintenant, dit finalement Wachéra en versant la bouillie de sorgho sur des feuilles de bananier. Tu me réciteras la liste des ancêtres jusqu'aux Premiers Parents. Puis nous irons dans la forêt, où doit avoir lieu une réunion secrète. Un grand homme vient parler aux Enfants de Mumbi.

Tu écouteras, David Kabiru, et tu retiendras ses paroles comme tu as retenu la liste des ancêtres.

Wanjiru était restée tard à la hutte-école pour aider Memsaab Pammi, l'institutrice. Elle ne l'avait fait ni par amour pour la memsaab ni par devoir envers l'école ; la fillette, qui avait neuf ans, recherchait toujours des prétextes pour éviter les garçons qui suivaient le même chemin qu'elle pour rentrer à son village et la taquinaient sans pitié pendant tout le trajet.

Elle ne les craignait certes pas ; Wanjiru n'avait peur de rien, sauf du caméléon, que redoutaient tous les Kikuyus. Mais sa mère se donnait beaucoup de mal pour être respectable et les robes de Wanjiru, déchirées ou salies du fait des garçons, causaient une grande détresse.

Sa tâche terminée, Wanjiru dit *kwa héri,* au revoir, à la memsaab et sortit de la classe au toit de chaume. Le soleil se couchait. Elle devrait marcher vite pour rentrer chez elle avant la nuit. Quand elle franchit la poste où une pancarte annonçait MISSION GRACE TREVERTON, Wanjiru hésita. Devant elle s'étalait une étendue plate d'herbe riche dont l'inutilité était déconcertante. Aucun animal n'y paissait ; aucune culture n'y poussait. Et pourtant elle était soignée par des jardiniers et inspectée par le bwana qui portait un fouet. Un jour, Wanjiru avait vu des chevaux galoper en tous sens dans ce champ avec sur leur dos des blancs qui brandissaient de grands bâtons pendant que sur les côtés, à l'ombre des camphriers et des oliviers, des memsaabs en robes et chapeaux blancs poussaient des acclamations comme si leurs hommes étaient des guerriers.

Mais ce n'était pas le terrain de polo que Wanjiru contemplait ce soir-là, c'était la hutte qui s'élevait au bout, où deux personnes qu'elle distinguait à peine dans la clarté décroissante achevaient leur repas.

Elle savait de quoi il s'agissait. La mère de Wanjiru allait souvent trouver la guérisseuse quand les enfants tombaient malades. Et, une fois, la veuve du légendaire chef Mathengé s'était rendue dans le village de Wanjiru pour parler des ancêtres à la population, et la famille avait célébré sa venue par une grande fête arrosée de bière. Wachéra fascinait la fillette. Les *wazungus* avaient interdit à la guérisseuse de pratiquer ses arts anciens, mais elle les bravait ; ce défi emplissait d'admiration et de crainte tous les membres du clan. Le garçon, dont Wanjiru savait qu'il s'appelait David Kabiru, ne fréquentait l'école de la Memsaab Daktari que depuis peu de temps. Sa mère l'avait envoyé apprendre les façons de faire de l'homme blanc, s'était-il vanté, en prévision du jour où les Enfants de Mumbi reprendraient possession du pays kikuyu.

Wanjiru découvrit que la mère et le fils se préparaient à aller dans la forêt. Elle entendit Wachéra parler à David d'une voix grave. La fillette sentit qu'ils s'apprêtaient à faire quelque chose d'important ; poussée par la curiosité, elle décida de les suivre.

Le chemin était long, hanté par des mauvais esprits et des yeux d'or qui clignaient dans les broussailles. Wanjiru marchait tout près derrière, sans être vue : son jeune esprit savait à quel point sa mère s'inquiéterait, mais elle ne pouvait résister à l'attrait du mystère que représentaient la mère et le fils.

La guérisseuse mena finalement le garçon dans une clairière où, à la surprise de Wanjiru, un grand nombre d'hommes attendaient en silence. Elle en reconnut plusieurs de son village. La plupart étaient vêtus de *shukas* et de couvertures, et portaient un bâton en guise de sagaie, mais quelques-uns étaient habillés à l'européenne car ils travaillaient dans l'une des missions. Accroupie dans les buissons, la petite fille les observa.

Il n'y avait pas de femmes à la réunion, mais aucun homme ne parut s'insurger contre la présence de la guérisseuse. Au contraire, une place lui fut faite et une gourde de bière lui fut tendue. Comme si elle était un homme ! pensa Wanjiru qui ouvrit de grands yeux.

D'autres hommes arrivèrent, approchant sans bruit et se matérialisant soudain dans la nuit. Il n'y avait pas de feu allumé ; la clairière était inondée par la clarté de la pleine lune, une période où se traitaient les affaires importantes. Les hommes étaient assis par terre, sur des rochers, sur des troncs abattus ; ils se partageaient de la bière de canne, quelques-uns mâchonnaient des tigelles de *miraa* pour garder l'esprit vif et d'autres faisaient passer de main en main une bouteille de *colobah*. Wanjiru savait ce qu'était cette boisson-là ; elle était très prisée chez les Kikuyus parce que c'était l'alcool de l'homme blanc qu'il était illégal pour les Africains de posséder, et ainsi était-il appelé « color bar »

Wanjiru observait les hommes qui restaient assis avec une patience typiquement africaine. Aucun ne portait de montre ; aucun ne se souciait du temps qui passe. Ce que ne savait pas Wanjiru, c'est qu'ils étaient venus ici par curiosité ; le mot avait passé de bouche à bouche qu'un homme appelé Johnstone viendrait ce soir. Il allait parler de l'Association Centrale Kikuyu. À cause de cela, il y avait des hommes cachés dans les arbres pour monter la garde. Et chaque participant à la réunion avait prononcé un serment sacré de silence, pour éliminer d'éventuels mouchards à la solde du gouvernement. Ce pourquoi ils étaient tous réunis ce soir était illégal.

Bientôt un bruit étrange troubla le silence de la forêt. On aurait dit le grondement d'un ventre d'éléphant, lointain au début puis de plus en plus fort, de sorte que quelques hommes se levèrent brusquement, prêts à prendre la fuite. Mais c'était le dénommé Johnstone qui arrivait sur sa motocyclette anglaise.

Les rares participants qui l'avaient déjà entendu parler ordonnèrent au groupe de faire silence et le présentèrent comme étant Johnstone Kamau. C'était un Kikuyu de haute taille bâti en force, à la voix sonore et au regard perçant, qui portait, tout le monde le remarqua, une ceinture tribale d'ornement appelée *mucibi wa kinyata*. Il s'avança au centre du cercle.

Les hommes l'écoutèrent, fascinés, évoquer le destin des Africains, la nécessité de s'unir, la nécessité de s'instruire. Wachéra et son fils l'écoutaient ; la petite Wanjiru écoutait.

— Dans l'ordre traditionnel de la société africaine, déclara Johnstone Kamau, quels que soient les maux qui sont censés lui être associés, un homme était un homme et, en tant que tel, il avait les droits d'un homme et la liberté d'exercer sa volonté et sa réflexion dans la direction qui convenait le mieux à ses fins comme à celles de ses semblables ; mais aujourd'hui un Africain, quelle que soit sa situation dans la vie, ressemble à un cheval qui avance seulement dans la direction où le cavalier tire les rênes... L'Africain ne pourra accéder à un « niveau supérieur » que s'il est libre de s'exprimer, de s'organiser économiquement, politiquement et socialement, et de participer au gouvernement de son propre pays.

Quand il se tut, le silence s'installa aussitôt après ses paroles. Il parcourut du regard les visages de son public, s'arrêtant une seconde pour examiner la jeune et belle guérisseuse en tenue traditionnelle. Puis il déclara :

— Nous sommes libres de parler, ici.

Un homme du village de Wanjiru, du nom de Murigo, demanda :

— Qu'est-ce que vous nous dites ? Que nous devrions chasser l'homme blanc du pays kikuyu ?

— Je ne parle pas de révolution mais d'égalité, mon frère.

Lequel d'entre nous se sent l'égal de son seigneur et maître blanc ?

Un autre homme, Timothy Minjiré, fit observer :

— Les *wazungus* nous ont donné tant de choses ! Avant leur arrivée, nous vivions dans le péché et les ténèbres. À présent nous avons Jésus. Nous sommes modernes aux yeux du monde.

Plusieurs hochèrent la tête en signe d'acquiescement.

— Mais qu'avez-vous troqué en échange ? demanda Johnstone. Nous leur avons donné notre pays et ils nous ont donné leur dieu. Était-ce un marché équitable ?

— Le bwana est bon pour nous, répliqua Murigo. Nos enfants sont en meilleure santé à présent, mes fils apprennent à lire et à écrire, mes femmes font la cuisine avec beaucoup d'huile et de sucre. Avant la venue du bwana, nous n'avions rien de tout cela.

— Mais nous étions des *hommes*. Pouvez-vous encore dire cela de vous maintenant ?

Autour du cercle, des regards furent échangés. Un ancien se leva, toisa le jeune Kamau d'un coup d'œil impérieux, puis s'éloigna à grands pas dans le noir. Plusieurs autres se levèrent vivement et le suivirent. Ceux qui restaient continuaient de nourrir des doutes au sujet d'un soulèvement.

— Nous sommes des millions, ils ne sont que plusieurs milliers, tonna Johnstone. Et pourtant ils nous gouvernent !

— Est-ce qu'une poignée d'anciens ne gouvernent pas l'ensemble des Kikuyus ? objecta quelqu'un.

Johnstone lui lança un regard perçant.

— Est-ce que mille hyènes gouvernent un million de lions ?

Il prit un journal dans sa poche revolver et le brandit comme une massue.

— Lisez ! cria-t-il. Lisez les propres paroles de l'homme blanc. Il *avoue* qu'un pour cent de la population de votre pays décide de toutes les lois, et que ce un pour cent se compose d'étrangers dont les ancêtres demeurent dans d'autres pays.

Les assistants murmurèrent.

— Ils nous ont enlevé nos sagaies et nos cloches de guerre, cria-t-il. Ils ont fait de nos hommes des femmes. Et, à présent, ils cherchent à abolir l'initiation sacrée des filles, à la place ils leur apprennent à lire et à écrire de sorte que nos femmes sont faites hommes. Les *wazungus* mettent les Kikuyus sens dessus dessous ! Ils détruisent lentement les Enfants de Mumbi ! Et vous marchez comme des moutons, en baisant la main qui enfonce le poignard ! Réveillez-vous, fils de Mumbi ! Agissez tout de suite, avant qu'il ne soit trop tard ! Rappelez-vous le proverbe : « La famille de Je-ferai est toujours dépassée par la famille de J'ai-fait. »

Il traversa le cercle pour aller se poster devant un ancien assis par terre. Le vieillard était vêtu d'une couverture et portait un long bâton ; à son cou pendait une petite boîte de métal.

— *Mzee,* dit Johnstone d'un ton plus calme, plus respectueux, quel est donc ce collier que vous portez ?

L'homme lui adressa un regard méfiant.

— Tu sais ce que c'est. Tu en portes un toi-même.

— Oui ! s'écria Johnstone. C'est le *kipande,* la pièce d'identité que les *wazungus* nous forcent à avoir sur nous. Mais parce que la plupart d'entre vous ne portent pas d'habits à poches comme moi je peux le faire, vous devez accrocher votre carte d'identité autour du cou, comme une médaille de chien.

L'assistance se figea... Un froid s'installa dans le groupe tandis que les yeux du *mzee* fixaient ceux de l'agitateur politique. Après un instant, le vieillard se leva avec dignité et déclara à mi-voix d'un ton implacable :

— L'homme blanc est venu et nous a sortis de l'obscurité. Il nous a apporté des médicaments et Dieu, des routes et des livres. Il nous a donné une meilleure façon de vivre. Ce *kipande* que je porte indique à d'autres hommes qui je suis. Je n'en ai pas honte. Et rien ne m'oblige à t'écouter.

Il se détourna avec majesté et quitta la clairière comme s'il sortait de sa salle du trône. Tous les autres anciens se levèrent aussi et partirent avec lui. Mais les jeunes restèrent, et c'est eux que Johnstone harangua maintenant.

— Sept ans se sont écoulés depuis le massacre de Nairobi à cause de l'incarcération de Harry Thuku. Thuku est encore en prison pour ses actions en faveur de l'*uhuru,* l'indépendance. Cent cinquante hommes et femmes de notre peuple qui s'avançaient sans armes ont été abattus à coups de fusil dans les rues comme des animaux. Allons-nous continuer à tolérer ça ?

Il cherchait les yeux de chaque homme du cercle, fixait son regard et le retenait de tout son magnétisme — jusqu'à ce que l'autre finisse par détourner la tête.

— Je vous le dis, reprit Johnstone Kamau avec une force tranquille. Si l'un de vous, ici, travaille pour un homme blanc, alors il n'est pas un Africain. Vous m'avez compris ?

— *Eyh,* dirent plusieurs voix. Oui.

— Notre virilité ne vaut-elle pas plus que du sucre et de l'huile ?

— *Eyh,* dirent-ils un peu plus fort.

— Continuerons-nous de voyager en troisième classe alors que l'homme blanc est en première ? Nous soumettrons-nous à l'indignité d'être obligés d'avoir un laissez-passer pour nous rendre d'un village à l'autre ? Supporterons-nous leurs règlements qui nous interdisent de fumer en présence d'un homme blanc, qui nous obligent à soulever notre chapeau quand il passe, qui nous contraignent à nous mettre debout quand ils arrivent ? Ou bien vivrons-nous comme des hommes ?

— *Eyh !* crièrent-ils.

Wanjiru sentit son cœur battre plus vite. Cet homme, ce Johnstone Kamau, avait de la magie dans la voix. Elle n'avait guère compris ses paroles, mais la puissance de son éloquence lui montait à la tête. Ses grands yeux qui ne clignaient pas virent plusieurs autres hommes du groupe, en désaccord avec l'extrémiste et redoutant la police, se lever et s'éloigner. Elle vit s'échanger dans le cercle des coups d'œil nerveux, surexcités ; plusieurs hommes s'agitèrent, pris de doute ; certains soutenaient Johnstone, d'autres gardaient le silence. Elle le compara dans son esprit à un bâton tisonnant des braises. Les vieilles cendres froides tombaient à l'écart, les braises chaudes luisaient faiblement vers le bord ; mais les tisons ardents, rouges et enflammés, déversaient leur chaleur au centre du foyer. Ceux-là, Wanjiru le vit, c'étaient les jeunes hommes, des jeunes gens en short kaki à qui l'on avait appris à lire et à écrire mais qui se trouvaient sans un sou en poche. Des jeunes mécontents que le souffle chaud de Johnstone Kamau faisait flamber.

À sa surprise, Wanjiru vit la guérisseuse se lever lentement et s'avancer vers le jeune homme. Le groupe se tut. Elle s'arrêta devant lui et ils échangèrent des formules respectueuses. Puis Wachéra, la veuve du chef légendaire Mathengé, déclara :

— J'ai eu une vision, fils de Mumbi. Les ancêtres m'ont montré ton avenir. Tu ramèneras le peuple aux traditions d'autrefois. Tu nous libéreras du joug des *wazungus.* J'ai regardé dans tes lendemains et j'ai vu ce que tu seras un jour : tu seras la lampe du Kenya, tu seras *Kenya Taa.*

Les paupières de Johnstone battirent ; une expression passa sur ses traits. Puis il sourit, inclina la tête et la regarda s'éloigner.

Quand Wachéra revint près de son fils, elle lui prit la main et dit :

— Rappelle-toi ce soir, David, et rappelle-toi cet homme.

Wanjiru l'entendit. Elle se rappellerait, elle aussi.

25

Le tonnerre claqua. L'intérieur de Chantoiseau fut brièvement inondé par la clarté blanche d'un éclair. Grace prit la lettre de Rose. Elle disait :

Ma chère Grace. Le temps est terriblement mauvais ici, et je deviens enragée d'être enfermée dans la maison. Bella Hill est tellement sinistre ! Quand Valentin est là (il passe le plus clair de son temps à Londres, où il prend la parole au Parlement au nom des blancs du Kenya), Harold et lui discutent avec une telle fureur que c'est tout juste si je ne deviens pas folle.

J'ai tout de même réussi à broder des points merveilleux ! J'ai trouvé dans une des boutiques du village le plus beau ton de rouge qui soit. Je l'utiliserai pour les pétales de mes fleurs d'hibiscus. Vous ai-je dit que j'ai décidé de mettre des hibiscus dans ma tapisserie ? Je ne sais pas s'il en pousse sur les pentes du mont Kenya, mais ils m'ont paru dans la note. Que pensez-vous d'une variante du point de Hongrie pour le ciel ? Est-ce trop ? Je suis encore sans solution pour l'espace vide. Je ne parviens absolument pas à le remplir. La montagne fait de jolis progrès ; certains arbres ont reçu les derniers détails de l'écorce. Je vais maintenant accorder toute mon attention au léopard en train de guetter derrière les hautes fougères. Il me prendra sans doute un ou deux ans de ma vie ! Mais au nom du ciel, que vais-je mettre dans l'espace vide ?

En réponse à vos deux dernières lettres : encore rien de nouveau pour la santé d'Arthur. Inutile de me réprimander, Grace. Ce n'est pas parce que je ne parle pas d'Arthur que je ne me soucie pas de lui. Un spécialiste de Harley Street a eu l'audace de conseiller à Valentin de conduire Arthur chez un de ces freudiens ! Quelle tempête cela a provoquée !

Pourquoi novembre est-il toujours si lugubre en Angleterre ? Les pluies sont-elles arrivées au Kenya ? Je prie pour qu'elles viennent. Mes roses et mes delphiniums en auront besoin. J'ai reçu ce matin même une lettre de Lucille Donald, d'Ouganda. Elle ne parle de rien hormis ses bonnes œuvres.

Nous ne serons finalement pas rentrés pour Noël, à ce que je vois. Même si nous quittons bientôt l'Angleterre, le bateau met six semaines. Mon cœur est resté au Kenya avec vous tous.

Baisers, Rose.

Grace soupira et reposa la lettre, écrite sur du papier raffiné, rose pâle et bleu sarcelle, les couleurs Treverton, avec en haut le lion et le griffon de leur blason. L'écriture flamboyante de Rose avait rempli toute la page pour ne rien dire — comme d'habitude, songea Grace.

Le tonnerre roula de nouveau du côté du mont Kenya et elle leva les yeux vers le dessous de son toit de chaume. Le vent agitait le papyrus sec dans un bruit de craquement qui faisait écho au crépitement de son feu. Grace était seule : Mario dormait dans sa hutte ronde et Mona dans son lit, dans la pièce qui avait été récemment ajoutée. Depuis le départ de Valentin et de Rose pour l'Angleterre, la grande maison était fermée.

Grace essaya de ne pas penser à Bellatu désert. Cela ne faisait que lui rappeler son propre vide.

Elle se versa une deuxième tasse de thé et écouta le vent. Elle avait Mona. Sans cela, la solitude l'aurait accablée.

Entraînant son esprit hors des ombres qui se resserraient autour d'elle, elle s'efforça de se concentrer sur les derniers problèmes à résoudre. Il y avait le vaccin contre la variole arrivé d'Angleterre inactif parce qu'il n'avait pas supporté le voyage ; la vaccination n'avait été qu'un rite inutile. Il y avait le projet « couches de bébé » qu'elle avait du mal à lancer : elle envoyait des infirmières en brousse pour démontrer aux Africaines comment faire des couches pour les bébés et pourquoi il fallait s'en servir. Il y avait toujours les cas d'enfants brûlés à la suite de chutes dans les feux de cuisine et ceux des bébés déshydratés qu'on ne soignait pas à temps en leur administrant des liquides; la nécessité de vérifier les filtres à eau dans toutes les huttes pour voir s'ils étaient utilisés. La dysenterie recommençait ses ravages ; les parasites devenaient un problème ; au lieu de diminuer, la malnutrition augmentait de pair avec l'explosion démographique qui continuait; des nouveau-nés mouraient du tétanos par suite d'accouchements sans hygiène — la liste semblait sans fin.

Grace butait contre deux obstacles immuables : le manque d'éducation des Africains et leur préférence obstinée pour les guérisseurs de leur tribu. Elle savait qu'elle pourrait surmonter le premier avec des écoles, des livres et des instituteurs ; vaincre l'autre serait plus délicat. Malgré la pression accrue des missions pour détourner les Africains des guérisseurs du pays, la guérison traditionnelle demeurait florissante dans la clandestinité. Bien souvent, quand Grace, incapable de trouver le sommeil, sortait prendre l'air sur sa véranda, elle apercevait au clair de lune des formes furtives qui entraient ou sortaient de la hutte de Wachéra.

Le voilà, son ennemi. Il fallait empêcher Wachéra de continuer.

Mettant de côté la lettre de Rose pour prendre celle que James lui avait envoyée, Grace écouta le tonnerre qui se rapprochait. Elle comprit que l'orage allait éclater d'un instant à l'autre. Elle se demanda si Mona dormirait quand même. James avait écrit :

« *Nous avons ici en Ouganda les mêmes problèmes que vous. Les villages sont trop éloignés les uns des autres et trop enfoncés dans la jungle pour que les missionnaires médecins voient tout le monde. Les gens meurent des maladies les plus simples! La diarrhée, la déshydratation, la malnutrition, les infections — tout cela pourrait être évité ou guéri si seulement il existait un moyen d'enseigner aux Africains les règles de base de l'hygiène. Que de fois, Grace, je suis allé dans un village où j'ai vu ces souffrances inutiles, et je me suis dit : si seulement il existait une sorte de manuel auquel des gens n'ayant pas fait d'études médicales, comme Lucille et moi ou aussi bien les indigènes eux-mêmes, pourraient se référer! Vous êtes la personne qualifiée pour écrire ce livre, Grace. Nous prions pour que vous le fassiez.* »

Ses yeux s'embuèrent ; elle posa la lettre. Un livre. Pour remplacer un médecin. Avec des explications simples et des dessins clairs. C'était cela que James envisageait. Grace resta longtemps le regard fixé sur le feu, à réfléchir au rêve de James en écoutant l'orage se rapprocher.

— Tu n'as pas peur d'un petit éclair, hein? demanda Mona.

David affichait un visage stoïque. Il aurait aimé retourner au pas de course dans la hutte où sa mère dormait. Mais cela aurait ressemblé à de la lâcheté, et il fallait qu'il montre à la fille du bwana qu'il n'avait pas peur.

Elle l'avait mis au défi de faire cela.

Ils s'étaient rencontrés dans l'après-midi près de la rivière. Mona lui avait annoncé son retour *permanent* au Kenya ; David avait répliqué qu'elle ne resterait pas longtemps. Ils avaient alors discuté sur le point de savoir à qui était la terre : David s'était appuyé sur l'autorité de sa mère ; Mona sur celle de son père. Et cette querelle avait abouti à un défi : un rendez-vous à minuit sur un lieu tabou. Celui qui se montrerait le plus brave était le légitime propriétaire de la terre.

Et donc David était là, à cette heure tardive, blotti contre la paroi de chaume de la case de chirurgie — pour prouver sa bravoure à Mona. Le vent froid traversait sa chemise mince ; des éclairs déchiraient le ciel, illuminant les lourds nuages noirs qui apportaient la pluie. Il n'aimait pas l'orage ; aucun Kikuyu ne l'aimait. Ce n'était pas de la pluie normale, il le savait. Les orages violents comme celui qui s'annonçait étaient rares ; cela faisait se demander aux Enfants de Mumbi si Dieu n'était pas en colère contre eux — pas le dieu *mzungu Jésu* à qui ils chantaient des cantiques le dimanche et qu'ils louaient dans les bons moments, mais Ngaï, l'ancien dieu des Kikuyus, vers lequel ils se tournaient quand réapparaissaient leurs angoisses primitives.

Le vent fouettait les cheveux courts de Mona. Sa salopette autrichienne, enfilée sur un corsage à manches longues, s'enflait comme un ballon autour d'elle. Elle s'était couchée tout habillée, et sa tante Grace ne s'était aperçue de rien lorsqu'elle était venue l'embrasser, car Mona avait remonté les draps jusqu'à son menton.

— Voyons si tu es un guerrier brave, dit-elle. Je te défie d'entrer là !

Elle montra du doigt la porte de la case de chirurgie. C'était un petit bâtiment, pas beaucoup plus vaste que la case où vivait la mère de David. Elle n'avait pas de véranda, rien qu'une ouverture avec une porte de bois, que David poussait maintenant du plat de la main. La porte s'écarta en grinçant et un éclair illumina brièvement le parquet de bois, les armoires, la lampe électrique suspendue aux poutres, et une table d'opération sommaire.

C'était la case la plus propre de Grace ; aussi dépourvue d'insectes et de rongeurs que peut l'être une construction en paille. C'était là qu'elle opérait tous les malades qu'elle n'envoyait pas au grand hôpital de Nairobi : opérations mineures et urgences. David n'avait jamais vu l'intérieur de cette case, que les employés de la mission entouraient d'un grand respect du fait que Mensaab Daktari exerçait là une magie très puissante. Y entrer était sûrement tabou pour lui !

— Vas-y ! chuchota Mona derrière lui. Chiche !

David avala sa salive. Sa bouche était sèche ; son pouls battait follement. Chaque coup de tonnerre semblait ébranler le sol. Des éclairs illuminaient le compound de la mission en une succession de scènes rapides, irréelles. Les arbres du pourtour s'agitaient, comme pris de folie, un grand bruit impétueux accourait en sifflant du mont Kenya, comme si Ngaï soufflait sa fureur.

David était glacé de peur.

— Avance ! cria Mona à qui le vent arrachait les mots de la bouche et les emportait au loin. Ou bien es-tu un lâche ?

Les poings serrés contre ses côtés, son corps maigre tremblant de peur et de froid, David ferma les yeux et avança d'un pas.

— Vas-y... entre carrément.

La hutte vacilla quand le tonnerre claqua et le vent tourbillonna autour d'eux. Du chaume s'envola du toit. La poussière s'éleva en nuages qui avaient une forme d'entonnoir, piquant les yeux des enfants. Des doigts de feu strièrent le ciel noir. Dans la forêt voisine, un arbre fut frappé et prit feu.

Mona donna une poussée à David. Il tomba sur les mains et les genoux. Elle le poussa encore ; une rafale de vent fonça sur elle et la précipita dans la hutte. La porte se referma d'un coup sec.

Les enfants crièrent instinctivement. L'un comme l'autre.

Les murs de la hutte trépidèrent dans l'assaut du vent qui s'engouffrait entre les bambous et le papyrus. David et Mona levèrent les yeux.

Le toit brûlait.

Ils coururent vers la porte, tentèrent de l'ouvrir, mais elle s'était coincée.

Ils étaient pris au piège.

Grace sentit une odeur de fumée. Elle mit de côté son journal intime et se dirigea vers la fenêtre.

Trois huttes étaient en feu.

— Mon Dieu, murmura-t-elle. Mario ! *Mario !*

Comme une flèche, elle franchit la porte d'entrée, descendit les marches et contourna la maison en direction de la hutte du domestique, qui sortait déjà en enfilant son short.

Des employés de la mission commencèrent à apparaître, clignant des yeux à moitié endormis, et courant vers les huttes qui brûlaient. Mario se précipita vers la hutte de chirurgie, mais Grace lui cria :

— Non ! Tant pis pour le matériel. Sauvez les malades !

Ils allèrent directement à la hutte longue qui était l'hôpital et virent que les deux infirmières de nuit faisaient déjà sortir les malades. Deux des parois brûlaient : le toit était embrasé.

Le vent transportait des étincelles de hutte en hutte et

l'incendie gagna tous les bâtiments. Les flammes montaient jusqu'au ciel tandis que les hommes s'affairaient avec les brancards, et bataillaient avec les fauteuils roulants et le mobilier. Grace essaya d'organiser le chaos, criant pour dominer le grondement du vent et du feu. Mais la panique s'installa. Des hommes entrèrent dans des huttes en feu et y restèrent bloqués pour avoir voulu sauver des tables et des chaises. Des bouteilles d'oxygène explosèrent ; le fracas du verre qui éclatait résonna par-dessus le vacarme de cet enfer. Les gens couraient dans tous les sens en agitant les bras, en hurlant, tandis que Grace les arrêtait, donnait des ordres, essayait de diriger de façon rationnelle l'évacuation des malades.

— Memsaab ! cria Mario en la tirant par sa chemise de nuit. Regardez.

Elle se retourna. Sa maison était en feu.

Mona !

— Mario, où est Mona ? L'avez-vous vue ?

Il courut vers le cottage, mais fut projeté à la renverse quand des flammes jaillirent d'une case. Grace le releva et l'entraîna en lieu sûr. Puis elle se précipita vers sa maison en criant le nom de Mona. Au moment où elle passait devant la case de chirurgie, à moitié incendiée, elle crut entendre des appels au secours.

Elle s'élança vers la porte et y appuya son oreille. De la fumée jaillissait des fentes. Le toit n'était plus qu'un cône de feu. Grace écouta et entendit des voix d'enfant qui appelaient faiblement.

— Mona !

Grace essaya d'ouvrir.

Des hommes accoururent avec des feuilles de bananier. Ils tapèrent sur les flammes qui léchaient les murs. Quelqu'un lança des poignées de terre. Grace poussa la porte de toutes ses forces ; puis un Africain l'écarta et exerça une pesée avec son corps.

La hutte commença à s'effondrer. Les cris des enfants avaient cessé d'être audibles.

Bientôt le compound entier devint un enfer de feu et les Africains effrayés commencèrent à battre en retraite.

Grace hurla et martela la porte à coups de poing. Des cendres et des flammèches se déversèrent sur elle. La chaleur lui brûlait le visage et les poumons.

— Mona ! cria-t-elle.

La porte céda enfin et un nuage de fumée jaillit de l'intérieur. Grace se couvrit le visage, se jeta à genoux et avança la main à l'intérieur. Le plafond commençait à s'affaisser. Elle sentit un membre, le saisit et tira de toutes ses forces. Le corps de David sortit juste au moment où un gros morceau du toit de papyrus en flamme se détachait. Il heurta Grace à la tête. Elle traîna l'enfant jusqu'à ce qu'il soit loin du danger. Puis, luttant contre la chaleur et la fumée, elle retourna en hâte chercher Mona.

Alors la pluie se mit de la partie.

Elle jaillit de nuages gonflés et s'abattit sur le brasier. Les flammes diminuèrent ; un grand sifflement commença à remplir l'air. Le tonnerre et les éclairs s'éloignèrent : la pluie tomba à verse pour finir par couler du ciel comme un fleuve.

Grace avançait lourdement dans la boue, se prenant le pied dans sa chemise de nuit. Le chaume du toit, en flammes l'instant précédent, était soudain trempé, pesant. Elle plongea au milieu de la vapeur et du papyrus qui se consumait, dérapant, glissant, cherchant Mona.

Les Africains reculèrent puis disparurent dans le déluge.

Grace découvrit Mona coincée sous l'armoire des instruments qui avait basculé. Avant qu'elle ait eu la possibilité d'atteindre l'enfant, le toit s'effondra sous la violence de la tempête et ensevelit la fillette. Grace creusa frénétiquement, tirant sur le papyrus trempé jusqu'à s'en faire saigner les mains. Mona gisait inerte, un bras blême allongé en biais d'une façon anormale.

La pluie se déversait sur Grace avec une violence rageuse, plaquant ses cheveux sur son visage. Elle tenta de soulever l'armoire, mais en vain. Elle appela au secours, le vent chassant la pluie dans sa bouche. Elle ne voyait rien à moins d'un mètre devant elle. La pluie était comme une muraille opaque. Et elle transforma très vite en lac le sol calciné de la hutte. Un instant plus tôt, Mona avait été en danger de périr carbonisée, et maintenant, si Grace ne parvenait pas à la dégager à temps, elle mourrait noyée.

— Au secours ! cria-t-elle. Quelqu'un ! Mario !

Elle jeta un coup d'œil éperdu autour d'elle. Le compound était désert ; les décombres noircis des cases et de son hôpital sifflaient sous la pluie torrentielle.

— *Au secours !* hurla-t-elle. N'y a-t-il donc personne ?

Puis elle vit une forme émerger de la pluie battante, s'avancer lentement.

— Aidez-moi, je vous en prie, dit Grace dans un sanglot. Ma petite fille est prise là-dessous. Elle est peut-être encore en vie.

Wachéra la regarda avec un air impassible.

— Bon Dieu ! s'écria Grace. Ne restez pas plantée là ! Aidez-moi à soulever cette armoire !

La guérisseuse ne prononça qu'un mot :

— *Thahu.*

— Ce n'est pas un satané *thahu !* riposta Grace en tirant sur l'armoire et s'arrachant les ongles. C'est un orage, rien de plus ! Aidez-moi.

Wachéra ne bougea pas. Elle était debout sous le déluge de pluie, sa robe de cuir trempée, l'eau dégoulinant de sa tête rasée.

Grace se leva brusquement.

— Bon sang ! cria-t-elle. Aidez-moi à sauver cette petite !

Les yeux de la guérisseuse pivotèrent brièvement vers le pauvre bras qui dépassait de l'armoire. Le niveau de l'eau montait autour du corps inerte de Mona.

— *J'ai sauvé votre fils !* hurla Grace.

Wachéra tourna la tête. Quand elle vit David en train de reprendre conscience dans la boue, son expression changea. Ses yeux passèrent du garçonnet à la femme blanche, puis à l'armoire. Sans un mot, elle se pencha et saisit un côté. Grace saisit l'autre et, ensemble, peinant et haletant, les deux femmes parvinrent à retirer le meuble pesant sur le corps de la fillette.

Grace s'agenouilla et retourna doucement Mona. Dégageant de son masque de cheveux et de boue le visage à la pâleur effrayante, elle dit :

— Mona ? Mona, ma chérie, m'entends-tu ?

Grace posa le bout des doigts sur le cou de l'enfant et sentit battre le pouls. Elle mit la joue contre les lèvres grises et décela un faible souffle. Elle vivait. Mais tout juste.

Elle s'efforça de réfléchir. Elle s'assit avec sa nièce dans ses bras et parcourut le compound du regard. Où étaient-ils tous partis ?

Comme si elle lisait ses pensées, Wachéra dit :

— Ils vous ont tous abandonnée. Ils ont peur du *thahu*. Ils ont peur du châtiment de Ngaï.

Grace ne lui prêta pas attention. Serrant la fillette inerte contre elle, elle chercha fébrilement des yeux un abri. Toutes les huttes étaient détruites ; son propre cottage était éventré et le vent chassait la pluie dans ce qui en restait. Son esprit se débattait ; elle ne parvenait pas à réfléchir clairement. Elle resta assise dans la boue, s'efforçant de protéger du déluge le visage de Mona.

Mes instruments, mes médicaments, mes pansements.

Tous disparus.

Puis elle pensa à Bellatu. À ses chambres et ses lits secs. Il y aurait sûrement des médicaments quelconques dans une des salles de bains, des pansements pouvaient être faits avec des draps de lit.

Elle essaya de se lever. Le coup qu'elle avait reçu sur la tête l'avait étourdie. Du sang coulait dans son œil droit. *Gagner la maison.* Mais la route... elle serait infranchissable !

À travers la pluie, elle vit son camion Ford enlisé dans la boue jusqu'au marchepied. La route qui allait à Nyéri ne serait aussi qu'un long bourbier. Personne, elle le savait, ne pourrait l'emprunter.

Serrant Mona contre elle, Grace tenta encore une fois de se lever. Elle glissa et tomba. Puis elle vit la vilaine entaille sur la jambe de la fillette. Elle essaya de trouver son pouls.

Je suis en train de la perdre !

Au troisième essai, Grace parvint à rester debout. Elle se dirigea d'un pas chancelant vers le sentier qui gravissait la colline. Mona était un poids mort dans ses bras. Le monde en fureur basculait autour d'elle, le sol semblait bouger sous ses pas.

Grace se mit à sangloter. Elle avançait péniblement, de la boue jusqu'aux genoux, se prenant les pieds dans l'ourlet de sa chemise de nuit, le dos martelé par la pluie, Mona devenant de plus en plus lourde. Il fallait qu'elle atteigne la maison, sinon elles s'enliseraient toutes les deux et mourraient, seules, ici dans la boue.

C'est alors que deux bras noirs luisants de pluie s'avancèrent et soudain le fardeau de Grace fut soulevé. Wachéra se chargea de Mona avec aisance et se détourna. Grace la regarda s'éloigner.

Elle vit le garçonnet suivre sa mère ; ils se dirigeaient vers le terrain de polo.

— Attendez ! murmura Grace.

Sa tête tournait. Elle porta la main à son front et quand elle la retira, il y avait du sang dessus.

Glacée, trempée, hébétée, Grace escalada les ruines de son domaine en chancelant à la suite de la sorcière africaine qui marchait vers sa hutte.

26

Grace ouvrit les yeux.

Il n'y avait pas grand-chose à voir, juste l'intérieur enfumé d'une hutte africaine. Elle essaya de bouger. Chaque articulation, chaque muscle de son corps lui faisait mal. Son esprit était embrumé : elle ne se rappelait plus où elle était ni ce qui s'était passé.

Elle resta immobile et écouta la pluie crépiter sur le toit de paille, prenant conscience des odeurs dans la hutte. Elles étaient à la fois familières et insolites. Quelqu'un parlait — chantait ? De nouveau elle essaya de bouger. La hutte tourna autour d'elle. Elle eut une nausée.

Je suis blessée. Il faut que je procède lentement.

Peu à peu, la brume se leva de son cerveau et ses pensées commencèrent à se coordonner avec plus de netteté. La pluie. Il y avait eu un orage et un incendie… Mona !

Grace s'assit brusquement. La case s'inclina. Dans le noir, elle vit le rougeoiement de pierres brûlantes au-dessus d'un foyer, et les silhouettes de trois personnes — une assise, deux couchées. Ses yeux s'adaptèrent à l'obscurité et Grace reconnut le visage de Wachéra, ses traits cuivrés figés dans une concentration profonde. Puis à côté d'elle, il y avait David, endormi sur un lit de feuilles de bananiers, le corps recouvert d'une peau de chèvre. De l'autre côté de la petite hutte gisait Mona, pâle comme la mort.

Grace ouvrit la bouche. Ses lèvres et sa langue étaient si sèches qu'elle eut du mal à parler.

— Mona…

La sorcière leva une main et dit :

— Vous n'êtes pas bien. Votre tête a reçu une vilaine blessure. Restez allongée.

— Il faut que je soigne Mona.

— Je me suis occupée d'elle. Elle est vivante. En ce moment, elle dort.

— Mais… elle saignait.

Wachéra quitta sa place devant le feu et alla vers la petite fille. Soulevant la couverture en peau de chèvre, elle montra du doigt la jambe blessée.

Grace fut stupéfaite. La cuisse de Mona avait été nettoyée et un pansement d'herbes et de feuilles était maintenu en place par une lanière de cuir.

— Il fallait des points de suture... dit Grace dont la tête tournait.

Wachéra allongea le bras vers le mur circulaire où, Grace le voyait à présent, étaient accrochées de nombreuses gourdes et des sacoches de cuir. Prenant l'une d'elles, Wachéra fit glisser quelque chose dans sa main et le montra à Grace. Dans la paume brune se trouvaient des aiguilles de fer de différentes tailles, des longueurs de tendons de mouton et du fil d'écorce.

— La blessure est fermée, dit Wachéra.

Puis elle remit les objets dans la sacoche et la sacoche à son crochet.

Grace la regarda avec des yeux qui refusaient de continuer à accommoder. L'image de la jeune guérisseuse se brouilla ; elle avait l'air de reculer au fond d'un long tunnel. Grace entendit de nouveau la voix qui chantait et s'aperçut que c'était la sienne. Pourquoi chantait-elle ? Non, elle ne chantait pas... elle gémissait.

Elle se laissa retomber sur le lit de feuilles de bananes. Il semblait n'y avoir pas une once de force dans son corps. *Mes malades,* pensa-t-elle. Où était tout le monde ? Mario ? Elle avait des élancements dans la tête. Elle porta la main à sa tempe et sentit comme des feuilles.

Grace ferma les yeux et perdit conscience.

Wachéra s'accroupit près de la petite fille et murmura des formules magiques pendant qu'elle enlevait les feuilles pour inspecter la blessure. Il y avait beaucoup de rougeur enflammée et de gonflement, ce qui signifiait que des esprits mauvais avaient envahi la chair, alors elle prit des feuilles dans un sac accroché à sa ceinture, les mit dans sa bouche, mâcha pendant un moment, puis les appliqua sur la blessure qui avait été recousue avec du fil d'écorce. Après que de nouvelles feuilles sèches eurent été fixées dessus, Wachéra examina la brûlure sur le dos de la petite fille. Il y avait encore assez de jus d'aloès dans la gourde pour la soigner une autre fois, puis il faudrait qu'elle envoie David en chercher d'autre. Mais où était-il ?

Elle regarda par la porte de la hutte. Il pleuvait toujours. La pluie n'avait pas cessé depuis les premières gouttes, le monde entier était devenu gris et aqueux.

Wachéra recouvrit la fillette avec les chaudes peaux de chèvre et se tourna vers la memsaab qui était encore inconsciente. Wachéra l'examina. C'était la première fois qu'elle se trouvait aussi près d'une blanche, la première fois qu'elle en touchait une. Elle contempla la peau étrangement dépourvue de couleur, les cheveux châtains, aussi fins que de la barbe de maïs ; elle souleva les mains et s'émerveilla de l'absence de cals. Cette *mzunga* était comme un agneau nouveau-né, tout blanc et doux. Cela stupéfiait Wachéra que de telles femmes survivent en pays kikuyu. Pourtant elles survivaient et il en arrivait tous les jours davantage, avec leurs casques plus larges que leurs épaules et leurs vêtements qui protégeaient chaque centimètre de leur peau vulnérable.

Qu'est-ce qui les poussait à venir ? Pourquoi restaient-elles ?

La guérisseuse s'assit près de la memsaab endormie et posa la main sur le front frais et sec. Elle sentit la pulsation de vie qui était l'énergie de son esprit ancestral. Elle était en bonne santé. Elle vivrait. Mais elle serait à moitié aveugle. Il n'y avait rien que Wachéra puisse faire pour réparer cette perte de vue de la memsaab.

David entra, s'ébroua pour secouer la pluie et s'accroupit près du feu. Il lança un regard à la dérobée vers la fillette blanche endormie dans son lit. Il souhaita qu'elle meure.

Jetant de l'écorce et des racines dans une marmite qui bouillonnait sur les pierres du foyer, Wachéra ordonna à son fils d'aller à la rivière cueillir trois lis d'eau « de la couleur d'une langue de chèvre ». Mais qu'il n'essaie pas de traverser la rivière vers les autres villages, lui recommanda-t-elle, parce que les eaux montaient et que leur esprit l'attraperait et l'entraînerait au fond. Elle embrassa son fils, en remerciant Ngaï de l'avoir épargné, puis le regarda repartir sous la pluie.

Quand elle se remit à la préparation de l'infusion, Wachéra s'aperçut que la memsaab était réveillée et l'observait.

— Comment va Mona ? demanda Grace.

Wachéra hocha la tête pour indiquer que tout allait bien.

Grace essaya de s'asseoir. Elle fut étonnée de voir que sa chemise de nuit était sèche et qu'elle-même était propre. Puis elle comprit que la guérisseuse avait dû la laver.

La hutte était sombre et enfumée. La lumière du jour entrant par la porte était blafarde ; un rideau de pluie s'abattait sans discontinuer. Grace essaya de s'orienter, clignant des paupières pour s'éclaircir la vue. C'est alors qu'elle se rendit compte que sa vision n'était plus normale.

Lisant les pensées de la memsaab sur son visage, Wachéra dit :

— Vous avez reçu un coup sur la tête. Là, ajouta-t-elle en posant le doigt sur sa propre tempe.

Grace tâta le pansement de feuilles du côté droit de son front. Elle ne se rappelait pas avoir été heurtée par le chaume enflammé. Puis elle plaça la main devant son œil droit et ne put la voir.

— Je ne pouvais pas sauver votre vue, dit Wachéra.

Grace la regarda avec surprise.

— Comment saviez-vous que je ne pouvais pas voir de cet œil ?

— C'est le vieux savoir. Quand une tête est frappée là, la vue est perdue.

Elle prit une gourde vide, la remplit avec l'infusion et la tendit à Grace.

— Qu'est-ce que c'est ?

— Cela vous donnera des forces. Buvez.

Grace regarda le liquide brûlant. Son arôme n'était pas désagréable mais elle ne faisait pas confiance à la guérisseuse.

— Qu'est-ce que c'est ? répéta-t-elle.

Wachéra ne répondit pas. Elle se détourna de la memsaab et alla vers la petite fille qui avait commencé à bouger. Elle souleva Mona dans le creux de son bras et posa une gourde contre ses lèvres sèches. Mona but, les yeux clos, le corps inerte. Grace commença à protester. Elle voulait repousser la guérisseuse loin de sa nièce et s'occuper de Mona elle-même. Mais Grace se sentit de nouveau mal. Elle se recoucha, posant la gourde sur le sol de terre battue.

Elle songea à son œil. Elle savait qu'un coup sur la tempe pouvait décoller la rétine ; c'était la blessure qui avait rendu l'amiral Nelson aveugle d'un œil. Et il n'existait à cela aucun remède. Mais comment cette Africaine pouvait-elle le savoir ?

Grace essaya d'évaluer son étrange faiblesse, son incapacité à se lever de ce lit rudimentaire. *Il faut que j'obtienne de l'aide. Il faut que je prévienne*... Elle songea aux employés de la mission, à ses malades, à Mario. Il fallait les ramener à la mission, reconstruire le dispensaire. Elle se représenta Chantoiseau comme la dernière fois qu'elle avait vu sa maison — calcinée, éventrée par la pluie qui s'y abattait. Tout détruit.

Elle écouta la pluie. Le bruit la berçait. Elle regarda la guérisseuse faire patiemment boire sa tisane à Mona à demi consciente. L'odeur forte de l'infusion emplissait la hutte. Même sous forme de vapeur, elle semblait revigorer. Qu'y avait-il dans cette tisane ? Grace voulut saisir la gourde ; sa main tremblante la renversa et un liquide noir se répandit, s'infiltrant dans le sol.

Wachéra s'affairait en silence, à gestes lents. Elle tourna Mona sur le côté, vérifia de nouveau les pansements puis l'enveloppa soigneusement dans les peaux de chèvre. Elle retourna vers le feu, ramassa la gourde renversée par Grace, la remplit de nouveau et vint s'asseoir au chevet de la memsaab. Cette fois, quand Grace fit un effort pour s'asseoir, Wachéra passa un bras robuste autour de ses épaules et la soutint. La guérisseuse présenta la tisane devant les lèvres de Grace et elle but.

— Vous souffrez ? demanda Wachéra.

— Oui. Dans la tête. Une douleur atroce...

David entra à ce moment-là. Il posa les trois lis d'eau, recula contre le mur, s'assit en tailleur et regarda. Wachéra laissa la memsaab pour s'occuper des fleurs. Elle sépara les racines et les feuilles, puis mit les pétales dans une certaine quantité d'eau chaude qu'elle fit bouillir sans cesser de remuer. Grace resta couchée, incapable de bouger, à observer la façon simple de faire une décoction. La douleur lui martelait la tête. Elle recommençait à avoir la nausée.

Quand le nouveau breuvage eut refroidi, Wachéra revint près de Grace, l'aida à s'asseoir et porta la gourde à ses lèvres. Mais Grace détourna la tête.

— Des nénuphars ? dit-elle faiblement. Je ne peux pas boire ça.

— C'est pour la douleur de tête.

— Mais... c'est peut-être vénéneux.

— Ce n'est pas vénéneux.

Grace regarda le visage sombre à quelques centimètres du sien. Les yeux de Wachéra étaient pareils aux cailloux marron qu'on trouvait dans le lit de la rivière. Ils paraissaient insondables. Grace regarda la tisane rosâtre. Puis elle but.

— Comment vous sentez-vous ? demanda Wachéra un peu plus tard, tandis qu'elle préparait la bouillie de sorgho sur le feu.

— Mieux, répondit Grace, en toute sincérité.

La douleur de sa tête diminuait et son corps semblait recouvrer ses forces.

Elle pouvait maintenant se concentrer, organiser ses pensées. Elle regarda le garçonnet assis d'un air morose contre le mur et s'interrogea sur ce que lui et Mona faisaient dans la case de chirurgie, puis elle demanda à Wachéra s'il serait possible de dire à quelqu'un où elle était.

Wachéra remuait le sorgho, ses bracelets de perles cliquetaient autour de ses bras.

— La pluie est très mauvaise. Mon fils ne peut pas y aller. Moi non plus. Quand la pluie cessera, nous essaierons.

Grace imagina le monde au-delà du mur de pisé ; elle avait déjà vu des orages de ce genre. La rivière devait être haute et bouillonnante ; tous les sentiers, toutes les routes étaient des rubans de boue ; chacun se trouvait immobilisé où il était ; plus d'un malchanceux, surpris loin de tout par le déluge, finissait noyé.

Quand une calebasse de bouillie de sorgho lui fut tendue, Grace s'aperçut qu'elle avait faim et mangea avec appétit. Wachéra fit d'abord manger Mona, qui semblait errer dans les limbes, à demi éveillée, puis prit elle-même un peu de bouillie. David engloutit la sienne puis se roula en boule pour dormir, le dos tourné vers les autres habitantes de la hutte.

Grace fut la première éveillée. Elle leva les yeux vers le dessous du toit de chaume, écouta la pluie continue, puis s'assit lentement.

Wachéra dormait encore sur le flanc à côté de David, son corps incurvé à la façon d'une cuillère contre le sien, le recouvrant du bras. Grace lutta contre un accès de vertige, puis elle put quitter le lit de feuilles. Elle se dirigea vers Mona et vérifia aussitôt les signes de vie chez la fillette.

Grace se rassit sur ses talons, affolée. Mona brûlait de fièvre.

Elle défit le pansement de feuilles sur la cuisse de Mona et regarda avec stupéfaction la série de points de suture impeccables. Il y avait une rougeur mais aucune suppuration. Puis elle examina la brûlure sur le dos de la fillette. Elle laisserait une cicatrice, mais étant donné l'intervention rapide de Wachéra, il n'y avait pas d'infection.

Mona était donc en feu pour une autre raison et ce pouvait être n'importe quoi ; la pluie froide ; les potions mystérieuses de la guérisseuse ; une fièvre provoquée par une piqûre d'insecte — dont il y avait une déconcertante profusion dans cette hutte.

Mona avait besoin de quelque chose pour diminuer sa fièvre — et très vite. Sans thermomètre, Grace ne pouvait pas déterminer le degré exact de la température, mais elle lui paraissait dangereusement élevée. Grace se redressa et se dirigea vers l'entrée. Il y aurait de l'aspirine à la grande maison, dans la salle de bains de Rose. Mais la pluie formait un mur massif entre la hutte de Wachéra et la crête ; le sentier conduisant à Bellatu, Grace le savait, n'existait sûrement plus.

Entendant un bruit, elle se retourna et vit la jeune Africaine, éveillée, qui tendait la main pour prendre un sac de cuir. Wachéra ne s'était apparemment pas aperçue que la memsaab avait quitté son lit et se trouvait près de la porte ; avec une concentration totale, elle sortit des racines du sac et se mit à les écraser entre deux pierres. Puis elle mêla dans une gourde la pulpe à de l'eau de pluie froide et l'apporta à Mona. Au moment où elle portait la gourde aux lèvres de l'enfant, Grace cria :

— Arrêtez !

Wachéra n'en tint pas compte.

Les paupières de Mona battirent, sa bouche s'ouvrit et un peu de liquide y pénétra.

Grace s'élança vers Wachéra et lui arracha la gourde des mains.

— Que lui donnez-vous ?

— De l'acacia, dit la guérisseuse, en utilisant le nom kikuyu de l'arbre. Cela retirera le feu de son corps.

— Est-ce que je sais si cela ne va pas la tuer ? Est-ce que je sais si ce n'est pas vos médicaments qui la rendent malade ?

Wachéra toisa Grace d'un regard glacial. Puis elle allongea la main et saisit fermement la gourde.

— Mes médicaments ne rendent pas cette enfant malade. Elle a dans le corps les mauvais esprits de maladie.

— Sottise. Il n'y a pas de mauvais esprits.

— Il en existe.

— Montrez-les-moi.

— On ne peut pas les voir.

— Je vous répète que ça n'existe pas. Mona est malade parce que son corps a été envahi par des germes. Des choses minuscules que nous appelons « microbes » la rendent malade.

— Montrez-les-moi.

— Ils sont trop petits pour qu'on les voie...

Grace cilla. Elle laissa Wachéra lui prendre la gourde et regarda Mona, toujours dans un demi-sommeil, avaler à petites gorgées le médicament.

Quand la gourde fut vide, Wachéra écrasa d'autres racines d'acacia, qu'elle mêla dans de l'eau de pluie froide. Puis elle enleva la peau de chèvre qui recouvrait Mona. Avec une douce peau tannée en guise d'éponge elle humecta de la tête aux pieds le corps fiévreux de la fillette.

Elles étaient assises l'une en face de l'autre, séparées par le feu, Grace enveloppée de peaux de chèvre en protection contre les courants d'air froids, Wachéra remuant un autre brouet de sorgho. De temps à autre Grace regardait par la porte d'où elle pouvait voir le terrain de polo de son frère se changer en lac. Elle regardait la forme endormie du fils de

Wachéra, Mona qui s'agitait dans son sommeil et finalement la guérisseuse.

Jamais Grace ne s'était trouvée aussi près de Wachéra, jamais elle ne l'avait vraiment regardée. Mais maintenant qu'elle le faisait, elle voyait soudain ce qui lui avait échappé jusque-là : que la Kikuyu était, en fait, très belle, son corps n'avait pas encore subi les ravages du temps et de la vie dure ; et il y avait de la dignité dans ses yeux. Il y avait aussi, à la surprise de Grace, de la compassion.

Elle regarda les mains brunes agiles ajouter des morceaux de légumes au brouet. Les bracelets de cuivre scintillaient à la lueur du foyer ; les lobes des oreilles, distendus par des anneaux de perles, effleuraient les épaules brun foncé. Wachéra vivait seule dans cette case depuis neuf ans, fuyant la compagnie et la sécurité du village pour s'accrocher à un coin de terre apparemment sans importance, avec pour seul compagnon un jeune garçon. Comment pouvait-elle le supporter ? se demanda Grace. Wachéra était encore jeune, et elle devait sûrement être désirable pour les hommes de sa tribu. Comment avait-elle pu renoncer à tant de choses pour un combat futile, et dans lequel elle était entièrement seule ?

La voix de Valentin retentit soudain dans sa mémoire : « Tu n'as que toi sur qui compter, Grace. Je ne t'aiderai pas pour ta mission. Tu as choisi de venir en Afrique pour soigner une bande d'indigènes qui en fin de compte ne t'en sauront jamais gré. Je ne suis pas d'accord avec ce que tu fais. Tu ne recevras aucune aide de ma part. »

Puis Grace se représenta son propre petit cottage et les ombres qui y étaient ses seuls compagnons.

Wachéra leva les yeux. Leurs regards se croisèrent. Grace frissonna et serra plus étroitement les peaux de chèvre autour d'elle. Il y avait des questions informulées dans les yeux de la guérisseuse ; Grace vit une curiosité réfléchie, un désir de savoir, et se rendit compte que son propre regard devait refléter la même expression.

Enfin Wachéra demanda à mi-voix :

— Pourquoi êtes-vous venue ?

— Venue ?

— En pays kikuyu. Est-ce parce que votre mari était venu ?

— Je n'ai pas de mari.

Wachéra fronça les sourcils.

— Celui qu'on appelle Bwana Lordy...

— C'est mon frère.

— Alors à qui appartenez-vous ?

— À personne.

Wachéra la dévisagea. C'était pour elle un concept incompréhensible. Elles parlaient en kikuyu et cette langue n'avait pas de mot pour « célibataire ». Seules les très jeunes adolescentes n'étaient pas mariées. Dans la tribu kikuyu, toutes les femmes avaient un mari.

— Vous n'appartenez à personne non plus, dit Grace.

— C'est vrai.

Wachéra représentait une exception dans la vie tribale. Si elle n'avait pas été guérisseuse et veuve du grand Mathengé, elle aurait été paria. Elle regarda Mona et dit :

— Est-ce votre fille ?

— C'est la fille de la femme de mon frère.

Les yeux de Wachéra s'arrondirent.

— Vous n'avez aucun enfant à vous ?

Grace secoua la tête.

La bouillie de sorgho bouillonnait ; des courants d'air secouaient la charpente en bambou de la case. La jeune Africaine, déconcertée, s'enferma dans ses réflexions.

— Je connaissais votre mari, dit Grace doucement. Je le respectais.

— Vous l'avez tué.

— Absolument pas.

— Pas de votre main, répondit Wachéra d'un ton dur. Vous avez d'abord empoisonné son esprit.

— Je n'ai pas détourné Mathengé de la tradition kikuyu. Nous ne sommes pas tous pareils, nous, les *Wasungus*, de même que tous les Kikuyus ne se ressemblent pas. J'étais opposée à la destruction de l'arbre sacré. J'ai demandé à mon frère de ne pas y toucher.

Wachéra réfléchit à cela. Puis elle regarda de nouveau Mona, qui commençait à s'éveiller, alla vers elle. Les deux femmes examinèrent la brûlure et la blessure à la cuisse et, quand Wachéra se mit à les laver avec du liquide pris dans une gourde, Grace demanda :

— Qu'est-ce que c'est ?

— Le sang de la plante appelée sisal.

Grace regarda les longs doigts d'ébène s'affairer avec rapidité et compétence. Dans son dispensaire, si elle ne protégeait pas une blessure avec de la teinture d'iode ou du permanganate, il en résultait une infection grave. La guérisseuse ne disposait ni de l'une ni de l'autre, pourtant les blessures de Mona se cicatrisaient sans complication.

Grace jeta un coup d'œil circulaire dans la hutte, aux gourdes et aux sacs de cuir suspendus à la paroi circulaire, aux charmes magiques, aux chapelets d'herbes et de racines, aux ceintures garnies de coquillages de nacre et aux colliers de perles qui semblaient dater de plusieurs siècles, et elle essaya de trouver la sorcellerie qu'elle avait cru pratiquée ici.

— Dame Wachéra, dit Grace, utilisant la formule de politesse kikuyu, vous avez maudit mon frère et ses descendants. Pourquoi maintenant soignez-vous sa fille ?

Wachéra soutint Mona avec son bras et souleva une gourde de tisane froide pour qu'elle boive.

— Ce que je fais en ce moment ne changera rien au *thahu*. L'avenir de cette enfant est très mauvais. Je l'ai vu.

Grace regarda le visage blême de Mona, les paupières clignotantes, les lèvres pâles qui buvaient par pur réflexe. Quel était en effet l'avenir de la petite fille ? Grace se retrouva en train de s'interroger. Les parents de Mona n'étaient nullement des parents ; il y avait peu d'amour pour elle dans la grande maison de pierre. Et l'héritage Treverton passerait à Arthur. Que ferait Mona dans les années à venir ? Grace essaya de se la représenter adolescente, jeune femme, épouse et mère — elle ne vit rien. Où Mona irait-elle à l'école ? Avec qui se marierait-elle ? Où habiterait-elle ? Comment ferait-elle son chemin dans l'existence ? Grace ne s'y était jamais attardée auparavant, mais maintenant qu'elle y pensait, cela la troubla.

Un profond sentiment de possession s'empara d'elle. Elle eut envie d'enlever l'enfant à la guérisseuse noire et de la bercer jusqu'à ce qu'elle reprenne vie. *Je t'ai donné le jour*, songea-t-elle tandis que Mona était recouchée et replongeait dans un sommeil paisible. *Dans le train de Mombasa où j'ai failli vous perdre toutes les deux. Ta mère n'avait pas la force de te mettre au monde ; c'est ma volonté qui t'a fait naître. Tu m'appartiens.*

— Je sauve la fille de l'épouse de votre frère, dit Wachéra à mi-voix, parce que vous avez sauvé mon fils.

Grace regarda David qui contemplait la pluie, debout sur le seuil de la case. C'était un jeune garçon mince et longiligne qui promettait, pensa-t-elle, d'être un jour aussi beau que son père.

— Nous ne devrions pas être ennemies, vous et moi, finit par dire Grace à Wachéra, surprise elle-même par cette révélation.

— Nous ne pouvons pas être autre chose.

— Mais nous sommes semblables !

Wachéra lui lança un regard méfiant.

— Nous sommes pareilles, dit Grace avec ardeur. Un proverbe ne dit-il pas : « Le crocodile et l'oiseau naissent tous les deux d'un œuf » ?

La guérisseuse observa longuement la memsaab d'un air songeur, puis elle avança la main pour détacher la lanière de cuir qui retenait sur le front de Grace un pansement de feuilles. Sentant le contact léger du bout des doigts de Wachéra et sachant sans avoir à la regarder que sa blessure se cicatrisait bien, Grace essaya de trouver les mots pour exprimer ce qui, si soudainement, de façon si inattendue, lui était venu au cœur.

— Nous sommes toutes les deux au service des Enfants de Mumbi, dit-elle doucement tandis que Wachéra tamponnait sa blessure avec de la sève de sisal, en veillant à ce que pas une goutte ne tombe dans l'œil blessé de Grace. Nous sommes toutes les deux au service de la vie.

— Ce n'est pas votre pays. Vos ancêtres ne demeurent pas ici.

— Non, mais mon cœur y est.

Elles se partagèrent une gourde de bière de canne à sucre qu'elles se passaient silencieusement, en écoutant la pluie, les yeux fixés sur le brouet en train d'épaissir. Bientôt d'autres sons s'associèrent au crépitement régulier de la pluie : braiments d'ânes, voix d'hommes qui criaient, bruit d'un moteur de voiture qui peinait. Grace reconnut la voix de Mario, qui se rapprochait de la hutte.

Comme elle s'apprêtait à se lever, Wachéra la retint de la main.

— Voilà vingt récoltes, dit-elle, vous avez sorti Njéri du ventre de Gachiku. Gachiku était l'épouse préférée de mon mari. Njéri était la joie de ses yeux.

Grace attendit.

— Le *thahu* que nous redoutions n'est jamais venu. Njéri, la sœur de mon fils, est une jeune fille à présent, et elle fera honneur à notre famille.

— Memsaab ! dit la voix de Mario devant la hutte.

Des pieds s'arrachaient de la boue avec un bruit de succion.

— Memsaab ! Vous êtes là ?

— Dame Wachéra, dit Grace doucement. Jamais je ne pourrai vous remercier assez de ce que vous venez de faire. Vous avez sauvé la vie de ma petite fille. Je vous en suis redevable à jamais.

Leurs regards se croisèrent une dernière fois.

— Adieu, Memsaab Daktari, dit Wachéra.

27

Le camion Chevrolet filait à toute allure sur la chaussée non revêtue, chassant cailloux et graviers et laissant dans son sillage un long nuage de poussière rouge. James Donald avait les mains crispées sur le volant, les jointures blanches ; il conduisait à la vitesse maximum, l'œil sur la route pour éviter les nids-de-poule et les rochers. Quand le camion dévala la pente dans un fracas retentissant de boîte de vitesses grinçante et de châssis ferraillant, des femmes qui travaillaient dans les champs levèrent la tête, et les hommes qui construisaient les nouveaux bâtiments de pierre de la Mission Grace Treverton protégèrent leurs yeux du soleil et se dirent que vraiment, les *wazungus* semblaient toujours pressés.

Finalement le camion s'arrêta en tressautant dans une giclée de sable et de débris ; le moteur tournait encore que James bondissait de la cabine et prenait le pas de course. Quelques Africains le reconnurent, le saluèrent de la main et l'appelèrent ; il n'y prit pas garde. De ses longues jambes, il traversa la mission jusqu'à la véranda de Chantoiseau réparée depuis peu. À un Mario stupéfait fut demandé d'une voix haletante : « Où est la memsaab ? » Et avant qu'il ait le temps de finir de répondre : « Elle est au village, bwana », Sir James redescendait les marches et courait déjà vers la rivière.

Ses bottes firent résonner le pont de bois ; il transpirait sous le soleil brûlant. Quand il arriva à l'entrée du village, il ne ralentit pas. Des gens se retournèrent pour regarder l'homme blanc passer en trombe au milieu d'eux en demandant d'une voix pressante où trouver la Memsaab Daktari.

Il la vit au centre d'un cercle de femmes, en train de faire un cours de secourisme, expliquant comment mettre une attelle pour réduire les foulures et les fractures. Elle leva les yeux quand il se fraya un passage.

— James !

— Grace ! Dieu merci, je vous ai trouvée.

Il la prit par la main.

— Qu'est-ce que...

— Venez avec moi. C'est une urgence !

Il l'entraîna hors du cercle et se mit à courir. Sa main serrait fortement la sienne. Le casque colonial de Grace s'envola ; elle dit :

— James, attendez !

Il continua de courir, la tirant à sa suite.

— Ma trousse médicale est restée là-bas, dit-elle, hors d'haleine.

Il ne répondit pas. Ils franchirent en courant l'arche de verdure et continuèrent sur le sentier de la forêt.

— James, que s'est-il passé ? Quand êtes-vous revenu au Kenya ?

Il abandonna soudain le sentier pour plonger dans le sous-bois, en serrant la main de Grace plus fort que jamais. Ils se frayèrent un chemin à travers les buissons et la végétation épaisse ; des oiseaux s'envolèrent devant eux ; au-dessus de leurs têtes des singes protestèrent.

— James ! cria-t-elle. Dites-moi...

Il s'arrêta brusquement, se retourna, l'attira dans ses bras et posa sa bouche sur ses lèvres.

— Grace ! murmura-t-il en lui baisant le visage, les cheveux, le cou. J'ai cru que je vous avais perdue. On racontait que vous étiez morte. On disait que vous aviez péri dans l'incendie. Je suis venu tout de suite.

Ils s'embrassèrent avidement, Grace les bras noués autour du cou de James, pressée contre lui.

— J'ai roulé sans m'arrêter depuis Entebbe, dit-il. À Nairobi, j'ai appris que vous étiez vivante.

— Wachéra...

— Mon Dieu, je croyais vous avoir perdue.

Il enfouit son visage dans les cheveux de Grace ; ses bras vigoureux l'étreignaient si fort qu'elle pouvait à peine respirer.

Ils se laissèrent glisser à terre, dans l'intimité des fleurs sauvages, des bambous et des cèdres. Il la recouvrit de son corps dur ; elle vit le ciel bleu d'Afrique entre les branches. La forêt tourbillonna autour d'eux quand James murmura :

— Jamais je n'aurais dû vous quitter.

Et plus aucun mot ne fut prononcé.

Ils étaient couchés dans le lit de Grace, réveillés et parlant à mi-voix. L'aube allait poindre ; bientôt la mission s'animerait du bruit des marteaux et des burins, et des enfants qui chanteraient dans leur classe en plein air. Cette fois, James et Grace avaient fait l'amour lentement, en étirant les heures de la nuit pour savourer chaque minute.

— J'étais en brousse quand la nouvelle est arrivée, dit James. — Grace reposait dans le creux de son bras ; il parlait en lui caressant les cheveux. — Tout au long de ce trajet interminable pour venir ici, j'ai cru me rendre à votre enterrement.

— Je suis restée dans la hutte de Wachéra les premiers jours après l'incendie. L'orage nous avait isolés.

— Je ne vous abandonnerai plus jamais, Grace.

Elle sourit tristement et posa la main sur la poitrine nue de James. Si elle ne devait plus rien avoir dans la vie, il lui resterait au moins cette nuit-là.

— Non, James. Vous devez repartir. Votre vie est avec Lucille et vos enfants. Nous n'avons pas le droit.

— Notre amour nous donne tous les droits.

— Et comment vivrions-nous ?

— Je reviendrai à Kilima Simba.

Mais au moment même où il prononçait ces paroles, James se rendit compte qu'elles sonnaient creux. La douleur qu'il en éprouva le fit serrer Grace plus étroitement contre lui.

— Il y a dix ans que je vous aime, Grace. Parfois, c'était une véritable torture de me trouver près de vous. Je croyais que mon départ en Ouganda rendrait les choses plus faciles. Mais je pensais à vous chaque jour depuis que nous nous sommes quittés.

— Et moi je pensais à vous. Je ne cesserai jamais de vous aimer, James. Ma vie et mon âme vous appartiennent.

Il se souleva sur un coude et la regarda. Il mémorisa chaque détail de son visage, de ses cheveux sur l'oreiller, la courbe de son épaule. Il emporterait l'image avec lui dans la jungle de l'Ouganda.

— Je vais écrire ce livre, dit-elle, le manuel de médecine pour les gens des campagnes. Je vous le dédierai, James.

Elle leva la main et lui caressa la joue. Les rides de son visage étaient gravées plus profondément ; sa peau était plus hâlée. Elle savait qu'il ne serait jamais plus beau qu'en cet instant.

James l'embrassa, et ils recommencèrent, pour la dernière fois.

QUATRIÈME PARTIE

1937

28

David Mathengé s'étira dans l'aube naissante. Il regarda la hutte de sa mère où elle dormait encore et songea à l'*ugali* qui restait de leur dîner de la veille.

Il avait faim. Ces temps-ci, il avait l'impression d'avoir toujours faim — d'être affamé en fait — non seulement de nourriture mais d'autres choses : de liberté pour changer de vie, d'une chance de faire sienne l'ardente et intouchable Wanjiru. À dix-neuf ans, David Kabiru Mathengé était tout appétit. Son grand corps nerveux brûlait d'une énergie et d'un besoin d'action qu'il parvenait tout juste à maîtriser. À chaque aurore, quand il se levait et sortait de la hutte de célibataire construite de ses propres mains, il lui semblait que le monde avait encore rapetissé pendant la nuit. En ce moment même, il plissait des yeux dans l'opalescence matinale. Il était sûr que la rivière était devenue plus petite, la berge plus étroite. Il avait l'impression d'être coincé de tous les côtés. David avait envie de s'évader de ce monde minuscule et étouffant pour en gagner un plus vaste où il pourrait respirer, où il pourrait être un homme.

Wanjiru.

Il avait à peine dormi tant il pensait à elle, tant il *se consumait* pour elle. Quel charme magique lui avait-on lancé pour qu'il soit à ce point dévoré par le désir sexuel ? Mais David savait que ce n'était pas la sorcellerie qui lui donnait cette faim de Wanjiru, c'était la jeune fille elle-même.

Peut-être que sur le plan physique Wanjiru ne pouvait pas être considérée comme une beauté. Son visage était rond et plutôt quelconque, mais son corps était désirable ; elle était grande, avec de beaux seins saillants et des jambes fortes et fermes. Toutefois, c'était l'esprit de Wanjiru qui enflammait David, le feu froid de ses yeux, la chaleur de sa voix, son refus de se montrer docile et humble même en présence d'hommes. *Surtout* en présence d'hommes ! Wanjiru avait troublé plus d'une réunion politique paisible sous un grand figuier en prenant la parole, hardiment et à voix forte, pour inciter les hommes à l'action violente au lieu de se contenter de mots, de mots et encore de mots, selon son expression. Bien entendu, ils lui en voulaient. Les hommes n'aimaient pas Wanjiru ; ils l'évitaient parce qu'elle avait fréquenté l'école et savait lire et écrire et, bien qu'ils n'auraient pas voulu l'admettre, elle s'y connaissait mieux que certains d'entre eux en matière de politique coloniale. Elle était exclue du clan du fait de son attitude de défi à l'égard des Anglais et de ses positions intransigeantes sur la nécessité d'améliorer la condition des femmes africaines. Wanjiru gênait les jeunes gens qui étaient les camarades de David ; elle les mettait mal à l'aise. Quand elle passait, ils riaient nerveusement et lançaient des remarques obscènes. Mais on pouvait lire du désir dans les yeux de pas mal d'entre eux chaque fois que Wanjiru apparaissait, David l'avait remarqué.

Elle était à la fois une joie pour son cœur et une malédiction. Quand il pensait à elle son esprit montait au ciel, mais parfois aussi il en était accablé. De plus en plus souvent il songeait à l'ancienne coutume du *ngweko,* encore pratiquée dans les villages mais en voie d'extinction par suite de la pression des missionnaires.

Ngweko signifie « caresser » en kikuyu et c'était une forme de contact intime rituel entre les jeunes avant le mariage. Garçons et filles se rassemblaient pour des danses et des fêtes ; des partenaires étaient choisis, et les couples se rendaient dans des huttes. Une fois seuls, le jeune homme enlevait tous ses vêtements et la jeune fille le haut de son costume, conservant son tablier de cuir, qu'elle faisait passer entre ses jambes et nouait en arrière par pudeur. Puis le couple s'allongeait sur le lit, face à face, entrelaçait les jambes et se livrait à de tendres caresses des seins et du torse tout en parlant d'amour, jusqu'à ce qu'ils s'endorment. Le *ngweko* ne culminait pas en rapport sexuel, car c'était tabou, et la jeune fille ne touchait pas le membre du garçon pas plus que lui n'écartait le tablier de la jeune fille. Si un garçon mettait une jeune fille enceinte, il devait payer une amende de neuf chèvres au père, et la jeune fille devait offrir un festin à tous les hommes de son groupe d'âge.

Récemment, David avait passé ses nuits à songer à Wanjiru. Dans ses fantasmes, elle entrait à l'improviste dans sa *thingira,* sa hutte de célibataire, avec de la nourriture et de la bière de canne à sucre. Ils s'allongeaient face à face comme l'exigeait la coutume et se caressaient. Dans son rêve, ils faisaient déjà cela depuis un certain temps, et il lui était donc permis de glisser son pénis entre les cuisses de Wanjiru et de connaître le soulagement, pourvu qu'il ne pénètre pas vraiment en elle. Mais ce n'était pas nécessaire pour son imagination : David se satisfaisait avec seulement *orugané wa nyondo,* « la chaleur de sa poitrine », ce qui était la manière kikuyu d'aimer.

Si Wanjiru avait été comme n'importe quelle autre jeune Kikuyu, David serait allé trouver son père, aurait offert un prix et l'aurait achetée. Puis il l'aurait ramenée ici, aurait construit une hutte à côté de celle de sa mère et aurait partagé son lit chaque fois qu'il en aurait eu envie. Mais Wanjiru n'était pas comme les autres jeunes filles. Le premier problème était son instruction. C'était la seule jeune fille instruite que connaissait David, quoiqu'il sût qu'il y en avait d'autres au Kenya et que leur nombre augmentait. Wanjiru était donc tabou, impropre à devenir une épouse ; et l'acheter aurait fait de David un paria pour ses amis. Le deuxième problème venait de sa mère ; Wachéra n'aimait pas Wanjiru parce qu'elle s'était assise dans une salle de classe avec des garçons, portait des robes à l'européenne et prenait la parole en présence d'hommes. Mais le problème majeur de David au sujet de Wanjiru était tout simplement qu'elle ignorait son existence.

Sa mère sortit à ce moment de sa hutte, le salua puis descendit vers la rivière avec sa calebasse. Il la regarda, le cœur rempli de fierté.

Wachéra avait résisté aux forces du changement, à l'« européanisation » et parce qu'elle avait défié la loi de l'homme blanc interdisant la pratique de la médecine tribale et vécu seule sans mari, le mystère et la vénération qui l'entouraient avaient grandi au fil des années et elle était devenue chez les Kikuyus un personnage légendaire.

Soudain, David songea à Njéri.

Comme sa demi-sœur était différente des deux autres femmes qui comptaient dans sa vie ! Elle portait des robes comme celles de Wanjiru — les robes dont l'épouse de Bwana

Lordy ne voulait plus — mais n'avait ni la combativité ni la fierté de Wanjiru. Âgée de dix-sept ans comme Wanjiru, Njéri se montrait docile et soumise à l'ancienne mode mais elle détestait les anciennes traditions et affichait une adoration déshonorante pour les *wazungus*.

Njéri aurait désespérément voulu être blanche, David le savait. Elle méprisait sa peau noire et croyait les mensonges de l'homme blanc sur l'infériorité de sa propre race. Elle s'accrochait à la Memsaab Mkubwa comme si sa vie en dépendait et passait toutes ses journées dans le bosquet d'eucalyptus, aux pieds de la memsaab. Partout où allait la memsaab, Njéri suivait — depuis le voyage en Angleterre, huit ans auparavant. Chaque fois qu'il pensait à sa sœur, David avait honte. Elle lui brisait le cœur comme jamais Wanjiru ne le faisait. Un jour, il avait découvert Njéri au bord de la rivière, en train de se frotter le corps jusqu'au sang avec de la pierre ponce. Elle essayait d'enlever sa peau noire.

Comme le matin s'animait du vacarme des oiseaux et des singes qui s'interpellaient dans les arbres, David chassa de ses pensées les trois femmes de sa vie et se rappela le rendez-vous important auquel il devait se rendre bientôt.

Lorsqu'il avait reçu une réponse inattendue à la lettre qu'il avait écrite au *Times* de Londres, David avait convoqué une réunion de l'Alliance des Jeunes Kikuyus, le mouvement politique qu'il avait organisé avec ses amis deux ans plus tôt. La réunion de ce jour avait deux objectifs : faire circuler la pétition qu'il avait rédigée pour demander au gouvernement de fonder au Kenya une université pour les Africains ; et montrer à ses frères la lettre qu'il avait reçue de Jomo Kenyatta.

Ce nom devenait célèbre dans tout le Kenya, et s'entourait d'une aura de puissance. Jomo faisait des études en Angleterre et écrivait régulièrement des articles pour le *Times* qui parvenaient entre les mains de la bouillante jeunesse kikuyu de la Province Centrale. Dans ces textes destinés au public anglais, Jomo Kenyatta expliquait les traditions tribales, éclaircissait les mystères de l'Afrique et s'efforçait de plaider auprès du public britannique la cause de l'indépendance noire. En Angleterre, on le traitait d'« agitateur ». Pour les jeunes du Kenya il devenait un symbole, le symbole de leur combat.

Tout le monde savait qu'il s'appelait naguère Johnstone Kamau, mais la raison de ce changement de nom et ce que signifiait ce nom étaient ignorés et l'objet de nombreuses conjectures. L'hypothèse généralement admise était que

Kenyatta avait choisi le nom de la ceinture ornementale qu'il portait, la *kinyata,* mais David connaissait la vraie raison. Il n'avait jamais oublié la nuit où sa mère l'avait conduit dans la forêt, où un jeune homme nommé Johnstone Kamau avait harangué une assemblée clandestine. Elle avait annoncé à ce jeune homme sa prophétie qu'il serait un jour la Lampe du Kenya : *Kenya Taa.*

Se rappelant à présent cette réunion, David vit qu'elle n'était rien en comparaison de celles qui se tenaient à présent dans tout le Kenya. Le nationalisme s'affirmait ; les Africains commençaient à prendre conscience d'eux-mêmes. Les étincelles lancées par Kenyatta huit ans plus tôt avaient allumé un feu de brousse que les Anglais étaient impuissants à éteindre. D'un bout à l'autre de la colonie, parmi toutes les tribus, depuis les Luos du lac Victoria jusqu'aux Swahilis de la côte, la prise de conscience politique grandissait.

David avait constitué l'Alliance des Jeunes Kikuyus parce que lui et ses amis trouvaient les Patriotes Loyaux Kikuyus trop modérés et que l'Association Centrale Kikuyu admettait seulement des hommes plus âgés. Les jeunes avaient besoin d'un exutoire et d'un porte-parole. David avait été élu leur chef pour trois raisons : il portait le nom de Mathengé, qui était synonyme de pouvoir pour tout Kikuyu ; c'était un excellent orateur qui ne craignait pas d'exprimer ses opinions ; et surtout il était reconnu par ses pairs comme le plus intelligent et le plus cultivé.

Quatre ans plus tôt, il était passé de l'école primaire de Grace Treverton au collège secondaire pour garçons de Nyéri, fondé par le Conseil Indigène Local quand des familles, déterminées à résister à la campagne des missionnaires contre l'excision féminine et le nouveau règlement interdisant l'accès des écoles des missions aux Africains ayant subi l'initiation traditionnelle, avaient retiré leurs enfants de ces écoles européennes et s'étaient unies pour construire les leurs. David avait été l'élève vedette de la petite école de Grace. La Memsaab Daktari avait reconnu très vite l'intelligence et la vivacité d'esprit de l'enfant, lui avait donné elle-même des leçons supplémentaires et offert des livres à chaque grande occasion. David avait lu ces livres avec avidité et avait tout retenu.

À son entrée au collège, il était déjà très en avance sur les autres enfants et le directeur avait préparé un programme spécial de cours pour David Mathengé : il les avait suivis avec un brio stupéfiant, étonnant ses professeurs blancs. Et quand il avait passé l'examen de fin d'études, ses résultats avaient été meilleurs que la plupart obtenus à l'École du Prince de Galles, le principal lycée européen. Il était au niveau de l'examen de sortie de Cambridge et avait demandé son inscription à la prestigieuse université Makéréré, en Ouganda, dont il attendait anxieusement la réponse.

En Ouganda, David étudierait l'agriculture. Sa mère lui avait promis que les terres Treverton lui appartiendraient de nouveau un jour, et il voulait être prêt.

Mais attendre n'était pas facile. David avait hâte de faire quelque chose, de parvenir à des résultats plus tangibles. À sa sortie du collège avec son précieux diplôme et un esprit délié, plein d'idées et assoiffé de connaissances, David n'avait trouvé aucune situation qui s'offrait à lui. Les rares Africains qui détenaient des places dans des bureaux ou portaient l'insigne de l'homme blanc en étaient arrivés là par « faveur » et servilité. David Mathengé n'était qu'un « boy » éduqué parmi d'autres. Memsaab Grace lui avait procuré le poste qu'il occupait en ce moment pour douze shillings par mois à s'échiner pour son frère comme employé aux écritures dans une baraque en bois près des hangars où l'on traitait le café, en amont de la rivière. David restait assis devant une table douze heures par jour, à faire des inscriptions dans un grand livre. Il enregistrait la production de café et tenait à jour les cartes de travail des Africains. Aucune pause ne lui était accordée, il apportait son déjeuner enveloppé dans une feuille de bananier et le mangeait en travaillant ; jamais il ne manipulait d'argent et chaque fois qu'un blanc entrait dans le hangar, David devait se lever et rester respectueusement debout.

Il n'avait pas voulu de cet emploi, mais sa mère l'avait encouragé à l'accepter en lui rappelant le proverbe kikuyu qui disait : « C'est le lion bien nourri qui étudie le troupeau. »

David entendait maintenant le bruit des moteurs de camions sur la crête de la colline. On faisait la récolte dans les champs du Sud et les baies étaient livrées au hangar où il était assourdi toute la journée par les grondements des machines à décortiquer. Là-haut sur la crête, le dos courbé et les doigts en sang par la cueillette, des femmes et des enfants kikuyus ramassaient les baies rouges des sept cent cinquante mille caféiers et en remplissaient leurs sacs.

Il leva le visage vers le ciel bleu pâle et songea : *Cette terre est à moi...*

Mais David ne désirait pas seulement la terre. Il voulait récupérer son statut d'homme, pour lui-même et pour tout son peuple.

— Nous ne sommes pas les égaux de l'homme blanc ! avait-il crié lors du dernier rassemblement politique, son beau visage noir, l'image du visage guerrier de son père, illuminé par l'éclat des torches. À Nairobi, nous ne sommes pas autorisés à nous rendre n'importe où. L'homme blanc peut aller où il veut dans la ville. Nous, par contre, n'avons pas le droit de traverser River Road. Si nous croisons un blanc sans nous découvrir, il a le droit de nous botter le derrière. Des écriteaux à l'entrée de certains magasins et restaurants signalent « Interdit aux chiens et aux Africains ». On ne nous permet pas de porter des chaussures ou des pantalons longs mais nous devons marcher pieds nus, en culottes courtes comme des gamins parce qu'on nous dit qu'il ne faut pas aspirer à des choses que nous n'aurions pas les moyens de payer. Les blancs prennent nos femmes comme maîtresses et prostituées, mais si un Africain serre la main d'une femme blanche, même en tout bien tout honneur et avec son consentement, on le jette en prison ! Même après la mort, l'égalité nous est-elle accordée, puisqu'on nous enterre dans des *cimetières séparés ?*

Mais, juste au moment où la foule des jeunes était remontée à bloc, où David leur avait échauffé le sang, il avait commis son erreur fatale.

— Le temps est venu, avait-il crié, d'enlever le pouvoir aux chefs incapables et inutiles pour le remettre à nous les jeunes qui sommes instruits !

C'est alors que le chef John Muchina, le seul homme de tout le Kenya que craignait David Mathengé, avait pris la parole et interrompu la réunion.

David détestait John Muchina. Il s'était engraissé en collaborant avec les suzerains impérialistes. Il jouait sur les deux tableaux, apaisant son peuple naïf avec quelques routes ou une école ici et là, se conciliant les blancs par ses façons de lèche-bottes et au total s'enrichissant aux dépens des deux. John Muchina était un Ancien kikuyu de la région de Karatina ; il possédait dix-neuf épouses, cinq cents têtes de bétail, une maison de pierre et une automobile. Il était ce que les blancs appelaient « un bon nègre » et, en tant que chef du district de Nyéri, l'un des hommes les plus puissants de la Colonie, Muchina avait le pouvoir de jeter David Mathengé en prison où il serait soumis à la torture.

Mais David n'était pas un imbécile. Avant de convoquer pour ce jour-là la réunion du mouvement, il s'était assuré que le chef Muchina serait à Nairobi, très occupé à discuter avec le Commissaire des Affaires Indigènes.

Comme il se dirigeait vers la hutte de sa mère pour prendre une gourde de lait de chèvre, David s'arrêta à la vue de deux chevaux qui surgissaient soudain sur le terrain de polo de Bwana Lordy. Quand ils se rapprochèrent au galop. David reconnut les cavaliers. Et il fut surpris. Bwana Geoffrey venait souvent au domaine Treverton, mais Memsaab Mona faisait ses études à Nairobi. David ne l'avait pas vue depuis trois ans ; il la regardait maintenant avec attention, celle qui l'avait mis au défi d'entrer dans la case de chirurgie.

— De l'air, Mona ! cria Geoffrey en levant haut son maillet. Place au champion !

Elle galopait devant lui et serra la bride de son poney à la dernière minute, de sorte que celui de Geoffrey fit un écart. Elle brandit son maillet et envoya voler la balle. Alors Mona traversa le terrain au galop vers les poteaux de but nord, suivie de près par Geoffrey. Ils créèrent beaucoup de vacarme et soulevèrent beaucoup de mottes d'herbe en se disputant la balle. C'était l'extrémité du terrain qui touchait le domaine de Grace Treverton. De l'autre côté de la clôture se trouvait la route qui passait entre les énormes battants de la porte de la Mission. Au-delà de cette porte, on apercevait des bâtiments de parpaings aux toits de tôle ondulée parmi des arbres. À l'intérieur d'un de ces bâtiments construits en dur, s'affairant dans les deux salles d'opération modernes et auprès de malades occupant une centaine de lits, le personnel médical compétent de Grace pouvait entendre les cris des deux jeunes gens sur le terrain de polo et le claquement d'une balle qui venait d'être touchée.

Geoffrey ramenait maintenant sa monture vers son propre but ; Mona s'élança au galop derrière lui, le maillet prêt à frapper. Ils riaient, hors d'haleine, et se lançaient des insultes amicales, chacun connaissant l'adresse et le talent de l'autre. Geoffrey Donald, à vingt-sept ans, avait un handicap de quatre et était Numéro Trois, le meilleur joueur de son équipe. Mona était Numéro Un, et son handicap de moins un, mais elle n'avait que dix-huit ans et ne jouait que depuis un an. Elle avait fait des progrès rapides et sa réputation dans le polo féminin ne cessait d'augmenter. Elle avait passé ces dernières semaines, depuis qu'elle avait terminé ses études, à s'entraîner pour le grand tournoi qui devait avoir lieu pendant la Semaine des Courses, à Nairobi.

Ils arrivèrent du côté sud du terrain, où David Mathengé les observait à travers la clôture. Mona était sur le point de taper sur la balle quand le cheval de Geoffrey tourna à l'improviste vers la gauche, surprenant le cheval arabe de Mona qui se cabra. Mona, qui ne s'y attendait pas, fut désarçonnée et tomba par terre, à plat sur le dos.

Geoffrey fut aussitôt près d'elle. Il la prit dans ses bras.

— Mona !

Ses paupières battirent. Elle avait du mal à voir distinctement. Puis elle respira à fond et rit.

— Tout va bien ?

— Je... je crois. Ça m'a coupé le souffle, c'est tout. Pas de mal.

Il l'aida à se relever. Elle s'appuya à lui, encore un peu étourdie.

— Vous en êtes bien sûre ? dit-il.

Et quand elle releva le visage pour dire oui, il l'embrassa.

Ce geste la prit au dépourvu. Mona n'avait jamais été embrassée, et elle n'avait jamais imaginé que Geoffrey Donald serait le premier à le faire. Elle ne résista donc pas. Et ce fut un long baiser, avec ses bras qui l'attiraient, l'enlaçaient et la pressaient contre lui. Mais quand la langue de Geoffrey toucha ses lèvres closes, elle s'écarta brusquement.

— Geoffrey ! dit-elle avec un rire.

— Je suis amoureux de vous, Mona. Épousez-moi.

— Geoff...

— Vous savez que tout le monde s'y attend. Nos familles envisagent depuis des années que nous nous marierons.

Agacée soudain, Mona se dégagea de son étreinte et épousseta l'herbe de sa culotte de cheval. Oui, elle était au courant de ce qu'escomptaient leurs familles, et elle n'y avait jamais accordé une seule pensée. Elle savait bien que ses parents ne lui permettraient pas d'épouser « n'importe qui ». Elle était fille d'un lord — son titre officiel était Lady Mona Treverton. Geoffrey Donald était tout juste acceptable, parce qu'il était très riche et que son père avait été anobli pour faits de guerre. Mais avait-il été question de se marier par amour ? De demander à Mona ce qu'*elle* voulait ?

D'ailleurs, même si on lui posait la question, elle ne savait pas quoi répondre.

Pendant six ans elle avait été enfermée dans un pensionnat de jeunes filles à Nairobi. Chaque fois qu'elle rentrait pour les vacances, ses seuls rapports avec des garçons se produisaient quand Bellatu était bourré de monde à craquer. Elle n'avait pas eu l'occasion de se lier plus intimement avec un garçon ou de vivre une tocade d'écolière. Au cours de ces six années elle avait rencontré de temps à autre Geoffrey Donald, un chasseur-éleveur taillé à coups de serpe, fruste d'allure, qui gérait Kilima Simba quand cela lui chantait, puis disparaissait en safari pendant des mois. Lors de chacune de leurs rencontres, il s'était montré d'une indifférence polie envers elle, n'ayant sans doute vu qu'une gamine maladroite, toute en yeux et en genoux, qui restait assise, son assiette à gâteaux dans son giron, comme une invitée indésirable. Puis, l'an passé, les choses avaient changé. Geoffrey était venu à la réception de son dix-septième anniversaire, donnée moins pour faire plaisir à Mona que comme un prétexte pour ses parents à inviter cent personnes à Bellatu, et il l'avait regardée comme s'ils ne s'étaient jamais rencontrés. Par la suite, à la surprise de Mona, deux lettres lui avaient été adressées à la pension — la première du Soudan, où Geoffrey effectuait des contrôles de troupeaux, l'autre du Tanganyika, où il chassait le lion sur le Sérengeti. Enfin, à son retour définitif à la maison, quelques semaines auparavant, Geoffrey avait fait son apparition, les cheveux un peu mieux coiffés et les vêtements mieux repassés que d'habitude, et il ne quittait pratiquement plus le domaine.

Mona en était flattée. Jamais elle n'avait reçu autant d'attentions de toute sa vie. Geoffrey était bel homme — un peu moins que son père, Sir James, mais quand même extrêmement séduisant. Il menait une vie aventureuse, romanesque, possédait un élevage très prospère et faisait en général l'admiration de tous. Mais Mona n'était pas amoureuse de lui.

— Tiens, s'écria Geoffrey. Qui c'est, celui-là ?

Mona discerna David Mathengé qui se tenait entre les deux huttes proches de la clôture du terrain de polo.

— Personne. Juste un des boys de mon père.

— Ma parole, il a un air sinistre. Je ne peux pas dire que j'aime la façon dont il nous observe.

— Allez, Geoffrey ! Rentrons à la maison.

Mais Geoffrey ne bougea pas.

— Je parie que nous l'avons choqué avec notre baiser ! Ils ne s'embrassent pas, vous savez. Et ils ne savent pas ce qu'ils perdent !

Mona se sentit soudain mal à l'aise. Dans la lumière enfumée du petit matin, la poitrine nue et les longs membres de David ressemblaient à ceux des guerriers masaïs qu'elle avait vus à Nairobi. Chose curieuse, son short kaki parut à Mona une dérision — mais aux dépens de qui, de lui ou d'elle, elle était incapable de le dire.

— Choquons-le encore une fois, voulez-vous ? proposa Geoffrey.

— Non, répondit Mona trop vite, puis : — Oui.

Et elle passa impulsivement les bras autour du cou de Geoffrey.

Ils ne savent pas ce qu'ils perdent, avait dit Geoffrey. Soudain, Mona se rappela un après-midi dans le cottage de sa tante, quelques semaines plus tôt. Grace s'était prise d'amitié pour deux archéologues sans le sou et elle essayait de réunir de l'argent pour financer leurs fouilles au Kenya. Elle avait donc organisé un « thé à l'indienne » pour les Leakey et au cours de la petite réception, Louis Leakey avait parlé des Africains avec compétence et franchise.

— Un mari africain aurait honte de ne pas satisfaire pleinement son épouse sur le plan sexuel. Avant le mariage, on enseigne au jeune homme exactement ce qu'il doit faire et ne pas faire ; et la mère de la jeune fille apprend à celle-ci les meilleures positions et tout ce qui est nécessaire pour une vie sexuelle excitante et agréable.

Je ne crois guère que notre baiser ait choqué David Mathengé, songea Mona. Et à un niveau plus profond, plus secret de son esprit, elle ajouta : *Notre baiser froid, sans excitation.*

Geoffrey recula mais en continuant à la tenir par les bras, contre lui. Il la regarda dans les yeux et dit :

— Vous m'épouserez, n'est-ce pas, Mona ?

Elle sentit son agacement renaître. Était-ce l'idée qu'il se faisait de l'amour-passion ? Des lèvres qui se rencontrent presque par accident sur un terrain de polo ? Puis elle pensa : *Mais, en fait, de quoi ai-je envie ?* Mona n'avait jamais éprouvé d'excitation sexuelle, n'avait jamais rêvé d'une vedette de cinéma comme les autres filles à la pension, n'avait jamais vécu de fantasmes délicieux ni senti l'électricité de « son contact ». Tout ce que Mona avait jamais connu était une sorte de détachement, peut-être parfois une certaine impatience pour la chose, et cela commençait à l'inquiéter.

À vrai dire, cela commençait à lui faire peur. Elle était en train de devenir comme sa mère…

— Que répondez-vous, chérie ?

— Je… Je ne sais que dire, Geoffrey.

Sa proximité provoquait une réaction étrange. En un sens elle lui faisait tourner la tête ; en un autre sens, elle lui était désagréable. Le vertige ne tenait pas au fait qu'il était un homme mais simplement un autre être humain. Mona n'avait pas l'habitude des contacts physiques avec d'autres gens. Son père ne l'avait jamais serrée dans ses bras, et sa mère rarement ; cela laissait Tante Grace et son frère Arthur, les deux seules personnes dont elle avait touché le corps. À présent elle se trouvait contre le corps de Geoffrey. Et elle n'aurait su dire si cela lui plaisait ou non.

— J'ai besoin de temps, dit-elle, gênée par la présence des valets d'écurie qui rentraient les chevaux, des boys qui tassaient avec leurs pieds les mottes soulevées par les sabots des chevaux et de David Mathengé qui l'observait.

Soudain elle en voulut à ce garçon qui des années auparavant lui avait contesté le droit de posséder ces terres, qui l'avait regardée avec indignation d'un air si malheureux quand elle était couchée dans son lit dans la hutte de sa mère en train de guérir de ses blessures reçues pendant l'incendie. Tout à coup David Mathengé incarna tous les problèmes de Mona, symbolisa la source de tous ses malheurs. Rien ne l'obligeait à venir à la hutte de chirurgie ce soir où elle avait été gravement blessée dans l'incendie ; elle lui en voulait maintenant des affreuses cicatrices qui l'empêchaient de porter des maillots de bain et lui faisaient craindre que l'amant qu'elle aurait un jour ne soit rebuté. L'origine de sa peine, c'était *lui*, David Mathengé, qui paraissait toujours si fier alors qu'il n'avait sans doute aucune raison au monde de se rengorger.

Elle s'écarta brusquement de Geoffrey, mit les mains sur les hanches et cria :

— Qu'est-ce que vous regardez ?

Geoffrey se retourna.

— Il est encore là ? Je vais le renvoyer.

— Non. Je vais le faire. C'est un des nôtres.

Mona se dirigea vers la clôture et dit :

— Vous désirez nous parler ?

— Non, répondit David avec calme.

— Non *qui* ? lança Geoffrey en s'avançant. Un peu de respect, mon garçon.

— Non, Memsaab Mdogo.

Mona releva le menton.

— Dans ce cas, ne devriez-vous pas retourner travailler ?

Les yeux de David soutinrent le regard de la jeune fille pendant un instant ; quelque chose de froid et de menaçant passa entre eux. Puis il dit :

— Oui, Memsaab Mdogo.

Et il commença à reculer.

— Un petit gars rudement insolent ! marmonna Geoffrey. Il a tout l'air d'un fauteur de troubles, si vous voulez mon avis. J'en toucherai un mot à votre père. On ne devrait pas garder ce garçon-là.

Comme ils s'éloignaient de la clôture, Mona jeta un coup

d'œil par-dessus son épaule et vit David, de nouveau arrêté, qui les regardait fixement. Elle frissonna. Il y avait quelque chose dans ses yeux...

Elle saisit la main de Geoffrey et la serra très fort.

David les regarda s'éloigner. Il pensait à la terre que leurs pieds blancs foulaient. C'était l'endroit que sa mère lui avait bien souvent montré ; jadis s'élevait là un figuier sacré. David fit du fond du cœur un serment à ses ancêtres : un jour, un nouveau figuier serait planté à l'endroit où marchaient maintenant les *wazungus*.

29

Wanjiru ne possédait pas de miroir. Sinon elle aurait pu examiner les lobes de ses oreilles pour voir s'ils cicatrisaient correctement.

Quelques jeunes femmes de son âge commençaient à se détourner de l'ancienne coutume du percement d'oreilles, à cause de la pression des missionnaires qui s'élevaient dans leurs sermons contre toute espèce de mutilation corporelle. Mais Wanjiru était fière de ses nouvelles blessures : elles représentaient l'héritage des femmes qui étaient ses ancêtres et montraient au monde qu'elle était capable de supporter la douleur.

Le percement d'oreilles était une épreuve. Dans l'enfance, les deux premiers trous, les *ndugira,* étaient percés dans les cartilages sensibles du haut des oreilles ; puis, quand la jeune fille approchait de l'âge adulte, le plus grand trou, celui d'en bas, était créé. La jeune fille s'allongeait par terre, et une guérisseuse ou un guérisseur lui enfonçait des bâtons pointus dans les oreilles. Elle devait garder ces bâtons trois semaines et supporter stoïquement la douleur, dormant peu parce que c'était difficile de se coucher. Les bâtons de Wanjiru avaient été enlevés récemment et Wachéra Mathengé, la guérisseuse qui habitait près de la rivière, avait enduit les croûtes d'un baume cicatrisant. Mais les oreilles de Wanjiru étaient encore douloureuses et n'étaient pas prêtes à recevoir les anneaux de cuivre et de perles.

Ce n'était cependant qu'une vétille, comparé à l'épreuve plus importante qu'elle devait subir.

Une initiation secrète allait avoir lieu. Ce serait la première depuis longtemps, et des jeunes filles de neuf à dix-sept ans seraient amenées de tous les coins du district pour être excisées et admises dans la tribu. Il n'était plus question de se soumettre pendant des semaines aux préparatifs rituels qui leur donnaient la force physique et le courage d'affronter le couteau sans broncher — ces cérémonies avaient été interdites et leur réapparition soudaine préviendrait les autorités de l'imminence d'une initiation —, mais Wanjiru observait cependant une préparation personnelle.

La plupart des filles, elle le savait, avaient une peur panique de ce qui se préparait ; beaucoup seraient forcées de le subir par des parents ou des frères. Wanjiru, au contraire, se faisait une fête de ce rite ancien de l'initiation ; elle se réjouissait de l'épreuve de douleur et de sang.

Mais un problème plus immédiat lui occupait l'esprit en ce moment où elle se préparait à quitter la hutte qu'elle partageait avec ses deux sœurs non mariées. David Mathengé avait convoqué d'urgence une réunion de l'Alliance des Jeunes Kikuyus et Wanjiru ne voulait pas la manquer.

Non pas que les hommes désiraient sa présence. Les femmes n'étaient jamais admises aux réunions politiques, et les femmes et jeunes filles qui y assistaient étaient là parce qu'elles avaient apporté la nourriture pour les hommes, et elles s'asseyaient et écoutaient dans un silence respectueux en se faisant invisibles à la lisière du cercle des affaires sérieuses. Wanjiru, par contre, entendait participer activement aux débats.

David Mathengé l'agaçait. Rien que de penser à David, lui fit enfiler avec colère son unique robe et la boutonner de travers.

C'était un idiot, un mou, un hésitant. Wanjiru, avec son sang chaud, ne parvenait pas à comprendre qu'un homme aussi intelligent et cultivé puisse être aussi lent, aussi aveugle, aussi... *faible*. Si elle était à sa place, si elle disposait d'un nom aussi influent que le sien, d'un diplôme aussi brillant et d'un salaire mensuel de douze shillings — si seulement elle était un *homme* —, Wanjiru aurait remué des montagnes. Pourquoi les hommes n'utilisent-ils pas le pouvoir qu'ils détiennent ? se demanda-t-elle exaspérée, en disant au revoir à sa mère qui sarclait leur petite *shamba*. Si les femmes possédaient autant de pouvoir, le monde serait bien différent !

C'était sur ce chemin-là que Wanjiru avait fait le trajet pour aller à la mission de Grace Treverton et en revenir, huit ans auparavant. À l'époque, les garçons s'étaient montrés cruels à son égard, essayant de l'effrayer pour qu'elle quitte l'école.

Elle savait maintenant que c'était parce que sa présence dans la classe les faisait douter de leur supériorité sur les filles. Les hommes se sentaient sûrs de leur ascendant, pensait Wanjiru, tant que les femmes demeuraient illettrées et allaient de grossesse en grossesse, mais une femme cultivée et indépendante leur faisait peur, les faisait s'agiter en tous sens comme un troupeau qui a senti l'odeur du lion. Wanjiru savait qu'elle ébranlait leur sécurité masculine. Elle le faisait consciemment, pour les inciter à l'action.

Voilà précisément ce qui l'agaçait chez David Mathengé. C'était un homme de paroles et non d'actes. Croyait-il abuser qui que ce soit en convoquant cette réunion alors qu'on savait que le chef John Muchina se trouvait à Nairobi ? David n'avait aucune envie de se faire arrêter, bien sûr ; tout le monde avait entendu les histoires horribles sur ce qui était arrivé en prison aux agitateurs africains. Mais Wanjiru n'éprouvait aucun respect pour un garçon qui se levait pour prononcer de beaux discours quand il n'y avait pas de risques, puis se réfugiait dans le silence à l'arrivée des autorités.

Elle croisa à présent quelques garçons sur la route, des Kikuyus de son âge vêtus de couvertures et faisant paître leurs chèvres. Ils la regardèrent fixement — Wanjiru le phénomène.

Elle rejeta la tête en arrière et avança fièrement, les seins en avant, les fesses dansantes, les pieds martelant la terre battue, ses longs bras forts se balançant avec assurance.

À dix-sept ans, Wanjiru savait très bien qui elle était et où elle allait dans la vie. Et presque tout cela, elle le devait à sa mère qui, abandonnée par son mari avec neuf enfants et une *shamba* en train de dépérir, avait eu l'inspiration et le courage de tenter un changement d'avenir. Elle avait choisi une de ses filles, Wanjiru, et lui avait enseigné de ne jamais se laisser posséder par un homme. Après l'école primaire de Grace, la mère de Wanjiru avait veillé à ce que sa fille soit une des premières élèves inscrites à la nouvelle École de Filles Indigènes à Nyéri, l'un des quelques établissements qui commençaient à apparaître dans la province, des endroits où l'instruction était plus poussée et que l'on appelait *kiriri*, d'après le nom de la case où dorment les jeunes filles kikuyus. Wanjiru venait de terminer sa scolarité là-bas et devait entrer à l'Hôpital Civil Indigène de Nairobi, elle serait une des premières étudiantes admises dans le cadre d'un programme tout neuf pour former des infirmières africaines.

Il y avait beaucoup de monde à la réunion. David avait choisi un site chargé de signification — l'endroit où s'élevait autrefois un figuier sacré à la lisière de la ville de Nyéri. Pour mobiliser les cœurs et les passions de son public, David montait maintenant sur la souche géante laissée par les Pères catholiques quand ils avaient fait abattre l'arbre. Il n'y avait pas un Kikuyu dans l'assistance qui n'ait compris et apprécié ce qu'impliquait ce geste du jeune Mathengé.

À l'arrivée de Wanjiru, David parlait déjà. Elle s'avança entre les rangées de bicyclettes, le bien le plus prisé des Africains, et écouta.

— Quand les blancs sont arrivés ici, disait David, nous pensions que c'était pour peu de temps. Ils semblaient à nos pères et à beaucoup d'entre vous présent ici aujourd'hui un peuple errant à la recherche d'un nouveau pays. Par pitié, nous leur avons permis de rester, nous les avons laissés partager avec nous les bienfaits du pays kikuyu. Mais les blancs sont devenus rapaces et nous savons maintenant qu'ils ont l'intention de rester.

« Tout d'abord, ils nous ont imposé une taxe sur les huttes, ce qui est contraire à notre tradition. Et ils ont seulement accepté en paiement des pièces de monnaie que nous n'avions pas ; le seul moyen que nous avons eu d'obtenir ces mystérieuses pièces, ce fut de travailler pour les blancs. *Sur nos propres terres.* Ensuite, ils ont institué le système humiliant du *kipande* et nous ont obligés à porter autour du cou des plaques d'identité, les mêmes qu'ils mettent autour du cou de leurs chiens ! Enfin, ils essaient de briser notre unité tribale en déclarant illégales nos précieuses coutumes ancestrales, comme la guérison indigène et l'excision des jeunes filles.

« Quand nous nous en plaignons, l'homme blanc nous assure qu'il fait tout cela *pour notre propre bien,* comme si nous étions des enfants ! Il nous assure qu'il nous enseigne la valeur du travail discipliné et les avantages des méthodes modernes de l'Europe. Au lieu de cela, il nous a appris à nous conduire en égoïstes et à tourner le dos à notre famille et à nos ancêtres.

La foule s'agita, lança quelques « *Eyh ! Eyh !* » Wanjiru constata que s'il y avait une majorité de jeunes gens qui écoutaient le discours passionné de David, de nombreux anciens se tenaient légèrement à l'écart, appuyés à leur grand bâton, leur corps émacié drapé dans des couvertures. Malgré elle, Wanjiru commença à se sentir enflammée par l'éloquence de David.

— Les blancs ont introduit au pays kikuyu Dieu et les églises. En chaire, ils ont prêché l'égalité. Mais je ne vois pas d'Africains et d'Européens en train de travailler au coude à coude. Les blancs se vouent non pas à nous mais à renforcer le colonialisme en Afrique. Ils nous font travailler pour des salaires de misère, et nous ne sommes pas admis en leur présence quand ils mangent, sauf en qualité de serviteurs. Frères, je vous le dis, toute forme de structure multiraciale au Kenya serait comme l'union d'un cavalier et de son cheval. Ils se séparent dès que le cheval a porté le cavalier sur la ligne d'arrivée !

Des murmures s'élevèrent de la foule ; des têtes acquiescèrent énergiquement.

— Frères, continua David, nous entendons les Anglais protester sans cesse contre la façon dont les Juifs sont traités en Allemagne en ce moment. Mais je vous le demande, est-ce que les Juifs d'Allemagne sont traités plus mal que les Africains dans toutes les colonies de ce continent ?

— Non ! crièrent-ils.

— Attendez ! lança un ancien à la périphérie de l'assemblée. Tu as tort de parler ainsi, David Mathengé ! Les Blancs nous ont apporté l'amour du Seigneur *Jésu,* et nous devons leur en être éternellement reconnaissants.

— Karl Marx nous a enseigné que la religion est l'opium du peuple, répliqua David. *Mzee,* vous avez eu l'esprit et la virilité drogués par ce Seigneur *Jésu !*

La foule, choquée, sursauta.

Il poursuivit, sa voix roulant au-dessus des têtes stupéfaites de son auditoire.

— Aujourd'hui les blancs extraient de l'or du côté du lac Victoria où il était enfoui, l'emmènent en Europe et l'enterrent de nouveau. Ils l'utilisent pour parer leurs épouses. Nous désirons parer *nos* épouses — et cette terre où se trouve l'or nous appartient !

— Mais que veux-tu qu'on fasse ? crièrent des amis de David. Comment changer ce qui est déjà ? Nous n'avons aucun pouvoir contre les Anglais.

— Nous devons agir comme le moustique, qui ne permet à personne d'oublier sa présence. Nous devons présenter nos revendications pour de meilleures écoles et une université pour les Africains, ici, au Kenya. Nous devons procéder pas à pas, nous instruire, faire nos preuves aux yeux de nos maîtres coloniaux. Souvenons-nous du proverbe qui dit que le sac de corde se commence par le fond...

— Des proverbes ! lança une voix à l'arrière de la foule.

Toutes les têtes se retournèrent, parce que c'était une voix de femme.

— Vous décrivez très bien nos problèmes, Mathengé,

continua Wanjiru. Mais vous n'offrez en guise de solution que des proverbes sans utilité pratique.

David fronça les sourcils. Wanjiru avait l'habitude exaspérante de ne jamais paraître quand on souhaitait sa présence et de survenir au moment où on la désirait le moins! Cette fille a besoin d'un mari, pensa-t-il, pour la maintenir dans le rang. Il fit comme s'il ne l'avait pas entendue.

— J'ai rédigé une pétition demandant que le gouvernement fonde pour nous une université à Nairobi, dit-il à la foule en brandissant une feuille de papier. Je vais la faire passer parmi vous, vous mettrez tous votre nom, et ensuite…

— Ensuite les Anglais s'essuieront le derrière avec!

Tout le monde se retourna de nouveau vers Wanjiru. Cette fois, elle se fraya un chemin jusqu'au premier rang; étonnés, les hommes s'écartèrent pour la laisser passer.

— Je vous le demande une deuxième fois, Mathengé. Quelles solutions offrez-vous, en dehors de proverbes et de bouts de papier inutiles?

Il lui lança un regard furibond.

— Nous vaincrons par l'unité et la parole.

— Par l'unité et par la *force*! cria-t-elle.

David sentit son sang commencer à brûler. Sa colère et son désir s'enflammèrent en même temps. Il ne pouvait penser qu'à une seule façon de traiter cette fille, mais le moment était mal choisi — et sûrement pas devant mille yeux.

— Nous lancerons un combat pacifique pour la liberté, dit-il.

— On ne peut pas parler de *combat pacifique,* Mathengé. Les deux mots se contredisent et s'excluent.

— Par la résistance non violente, nous montrerons à l'homme blanc notre supériorité, comme Gandhi le fait aux Indes.

Wanjiru cracha par terre.

— Est-ce que le lion montre sa supériorité au chacal par la résistance pacifique?

Elle se tourna vers la foule et leva les bras.

— Les Anglais ne comprennent pas les négociations pacifiques parce qu'eux-mêmes nous ont volé notre pays par la *force.* La violence est le seul langage que ces gens comprennent!

Les assistants s'agitèrent comme le flot d'une marée. La moitié désiraient agir sans délai, avec des massues et des sagaies, l'autre moitié cherchaient des yeux d'éventuels mouchards ou policiers. Ironie des choses, c'étaient les plus âgés qui composaient la première moitié, et les jeunes la deuxième.

Wanjiru monta sur la grosse souche, s'approcha de David et le saisit par le bras. À son oreille, elle souffla :

— J'étais là le soir où vous avez entendu pour la première fois Jomo Kenyatta dans la forêt ! Avez-vous oublié son message ? *Moi, pas !*

Les yeux de David s'ouvrirent. Il la dévisagea, stupéfait. Ses doigts s'enfonçaient dans son biceps, douloureusement. Ses yeux, à quelques centimètres des siens, dardaient à travers son cerveau un regard qui lui brûla l'arrière du crâne. *Tout de suite. Il avait envie de la prendre tout de suite.*

— La réunion est terminée, lança une voix grave, autoritaire. Rentrez chez vous, maintenant, tous.

Wanjiru et David baissèrent les yeux et virent le chef John Muchina forcer la foule à s'écarter avec sa canne à pommeau d'argent. Des soldats, des *askaris,* l'escortaient.

— Descendez de là, David Kabiru, ordonna Muchina. Rentrez chez vous et oubliez toutes ces sottises.

David regarda le redoutable chef. Du coin de l'œil il remarqua que la foule commençait à se disperser, il s'aperçut que ses amis attendaient de lui un signal, sentit le sein ferme de Wanjiru s'appuyer contre son dos nu. Il répliqua :

— Je n'enfreins aucune loi, *mzee.*

— Je vous ai déjà dit, petit, de ne pas prononcer ces discours. Vous me défiez délibérément. Rentrez chez vous, tranquillement, et je fermerai les yeux.

— Nous nous sommes réunis pour une question importante, *mzee.*

Le chef claqua la langue et secoua la tête.

— Vous êtes jeune et impatient, David Kabiru. Exactement comme votre père il y a des années. Souvenez-vous du proverbe qui dit : « Trop de hâte à creuser brise le tubercule de yam et la meilleure partie reste dans la terre ; en procédant lentement on ramasse toute la récolte. »

David descendit de la souche d'un bond et affronta le chef face à face. Ils formaient un curieux tableau, le beau jeune homme musclé vêtu d'un simple short kaki, et le gros chef aux cheveux gris dans son long *kanzu* blanc, une peau de léopard sur l'épaule.

— Des proverbes ! dit David. Est-ce tout ce que vous avez à nous offrir ?

La foule se figea. Sur la souche, Wanjiru retint son souffle.

Les paupières de Muchina se plissèrent.

— Je vous ai dit de rentrer chez vous, garçon, avant de vous attirer de vrais ennuis.

David songea à la jeune fille derrière lui, à ses yeux noirs arrogants qui l'observaient. Il se raidit et répliqua :

— Nous avons tous des ennuis, *mzee,* avec des chefs comme vous.

On eût dit que toute l'Afrique faisait alors silence, que le continent entier tournait un visage scandalisé vers le simple garçon qui défiait l'autorité d'un chef et, derrière ce chef, l'Empire britannique. Ce qu'aucun des yeux surpris ne remarqua par ce matin d'août aux abords de la ville de Nyéri, ce fut la peur de David Mathengé. Il savait quel risque il prenait ; il avait entendu parler des « accidents » qui survenaient en prison aux adversaires de Muchina. Mais il y avait Wanjiru qui regardait, écoutait et doutait de la virilité et de la bravoure de David. Il devait sauver la face devant la jeune fille ; il devait faire front devant Muchina comme s'il était un guerrier d'autrefois chassant son premier lion. Aucun des assistants ne pouvait deviner que ses entrailles se nouaient, que la terreur lui bloquait la gorge. Ils voyaient seulement la naissance soudaine et inattendue d'un nouveau héros, un héros nécessaire.

John Muchina bouillait de rage. Les secondes passèrent tandis qu'il soupesait la situation. Ces nouveaux venus en politique devenaient de plus en plus gênants, comme cet agitateur, Jomo Kényatta ; ils menaçaient son accord profitable avec les Anglais. Le vieux John Muchina détestait cette nouvelle génération cultivée. C'étaient des jeunes gens intelligents, brillants, capables de faire de beaux discours, alors que lui ne savait ni lire ni écrire, et n'avait jamais fréquenté l'école.

— Avez-vous quelque chose de précis à me dire, petit ? demanda-t-il d'un ton bas, menaçant.

Mille oreilles attendirent la réponse de David. Wanjiru, qui les dominait à la manière d'une statue noire de la Liberté, aurait aimé parler, mais même elle savait se taire en présence d'un chef.

Une fine couche de sueur perla sur tout le corps de David.

— Voici ce que j'ai à dire, commença-t-il, le cœur battant. Je dis que lorsque les Anglais ont nommé des chefs parmi les Kikuyus, ils l'ont fait de façon arbitraire, sans songer à la compétence de l'homme, ni à son désir d'aider son peuple. Je dis que les chefs nommés par les blancs ne constituent pas une représentation tribale convenable dans le gouvernement ;

qu'ils ne représentent pas la tradition, que leur existence même est étrangère à la façon de vivre des Kikuyus et que le seul intérêt des chefs est de maintenir le statu quo.

Muchina serra les dents.

— Vous parlez donc de votre propre père, le chef Mathengé ?

— Oui. C'est à cause de sa stupidité et de la stupidité de nos pères que nous n'avons maintenant plus de terre. Ils n'avaient pas le droit de vendre notre héritage à l'homme blanc.

Si David avait frappé le chef, l'insulte n'aurait pas été plus grave, car John Muchina avait plus de cent moissons d'âge et appartenait par conséquent à la génération du père de David et donc lui aussi avait vendu sa terre à l'homme blanc en échange de l'insigne de sa fonction qu'il portait ce jour-là.

— Votre langue impudente va vous conduire en prison, petit.

Muchina baissa la voix pour que seul David puisse l'entendre.

— Si je vous mets sous les verrous, vous ne reverrez jamais la lumière du jour.

David réprima un frisson. Il se tourna vers la foule et lança d'une voix forte :

— Regardez votre chef qui essaie de courir avec l'impala et de chasser avec le lion !

Muchina fit un signe aux *askaris*. Ils commencèrent à avancer.

Enflammé, croisant le regard farouche de Wanjiru, David s'écria :

— Nos chefs sont comme des chiens ! Ils aboient quand d'autres chiens aboient, mais ils font le beau pour que leurs maîtres anglais leur donnent du sucre !

Quand deux soldats empoignèrent David par les bras, sa voix se fit plus forte :

— Le Chef Muchina est un Judas Iscariote !

— Arrêtez-le.

David se débattit pour échapper aux hommes qui le tenaient.

— Écoutez-moi ! cria-t-il à la foule, qui commençait à être nerveuse et agitée.

Quelques hommes avaient ramassé des pierres ; les anciens, soupesant leurs bâtons, se rendirent compte soudain à quel point ces bâtons ressemblaient aux sagaies d'antan.

— Pourquoi désirons-nous devenir comme les Européens ? cria David. Combien avez-vous vu d'Européens qui désirent ressembler aux Kikuyus ?

— *Eyh !* cria la foule.

Muchina leva sa canne à pommeau d'argent pour imposer le silence et quand l'ordre fut rétabli il ouvrit la bouche pour parler. Mais à la place, la foule entendit David dire :

— Souvenez-vous, frères, que l'homme qui n'aime pas son pays n'aime pas sa mère, ni son père, ni les gens de son pays. Et un homme qui n'aime pas sa mère, son père et son peuple, ne peut pas aimer Dieu !

La canne à pommeau d'argent s'abattit sur la tête de David. Cela fit un grand craquement hideux dans le silence du matin. La tête de David se rabattit en arrière, mais il se ressaisit et lança au chef un regard chargé de haine. Ils s'affrontèrent froidement pendant un instant ; puis Muchina fit signe aux soldats d'emmener David.

Mais la foule s'agita soudain. Des murmures s'élevèrent à l'arrière et gagnèrent les premiers rangs, si bien que le chef dut de nouveau réclamer le silence. Cette fois, quand la foule obéit, elle se divisa en deux, formant au centre une allée au bout de laquelle se trouvait la raison des éclats de voix.

C'était la mère de David, Wachéra.

Quand le vieux chef la vit, quelques-uns dans la foule remarquèrent le frémissement qui ébranla brièvement son maintien impassible. Ce n'était un mystère pour personne que John Muchina se rendait souvent à la hutte de Wachéra en pleine nuit, pour la consulter sur de graves tabous tribaux. Si tout le monde dans le district avait peur du chef Muchina, le chef Muchina avait peur de Wachéra.

David concentra sa vue brouillée sur elle, tenta de la voir à travers le sang qui coulait de sa blessure au cuir chevelu dans ses yeux. Elle lui paraissait presque irréelle, telle une ancêtre qu'on aurait évoquée et qui jaillissait de la brume. Elle se tenait là dans sa robe et ses tabliers de cuir souple, avec ses lourds rangs de colliers de perles et de bracelets de poignets et de chevilles, de ceintures rituelles auxquelles étaient cousus des charmes magiques. Le crâne parfaitement rasé de Wachéra était dressé de façon altière, tandis que ses yeux regardaient au-delà de l'espace qui la séparait de son fils. Elle lui parlait avec ce regard ; elle disait des choses que personne d'autre ne pouvait y lire.

Et il comprit à cet instant que sa mère n'allait pas le sauver de la prison et de la torture certaines.

« L'injustice des blancs sera la forge qui te martèlera pour faire de toi un homme, mon fils », avait-elle dit un jour — et ses yeux le répétaient à présent : « Souffre d'abord ; ensuite tu auras la force et le courage de reconquérir notre terre. »

Quand il comprit que Wachéra n'interviendrait pas, le chef Muchina lança un ordre sec aux *askaris* et s'éloigna vivement avec son prisonnier, laissant derrière lui une foule en désarroi, une mère au cœur plein d'amour, de fierté et de douleur, et, sur la souche géante du figuier, oubliée, une jeune fille de dix-sept ans complètement transformée, Wanjiru qui serrait ses mains contre sa poitrine et qui, regardant David Mathengé qu'on emmenait, comprit qu'elle avait un nouveau but dans la vie.

30

Arthur Treverton pria Dieu pour qu'il n'ait pas de crise.

Le défilé d'aujourd'hui allait être le plus grand jamais organisé au Kenya et il en serait le participant le plus important. Dans son angoisse, ses quinze ans avaient l'impression que la colonie entière aurait les yeux fixés sur lui quand il ouvrirait officiellement la semaine de festivités. Il allait avoir pour la première fois de sa vie une chance de faire ses preuves.

Un ruban rouge avait été tendu en travers de l'artère principale de Nairobi et au moment fixé, Arthur, à cheval en tête du défilé, devait s'élancer au galop sur la chaussée non goudronnée en brandissant son sabre, droit sur le ruban pour le trancher devant des centaines de spectateurs, marquant ainsi officiellement le changement de nom de *Central Road,* qui deviendrait *Lord Treverton Avenue.*

Arthur était tendu et surexcité. Les tribunes d'honneur qui avaient été installées de chaque côté de la rue entre l'Hôtel Stanley et la Poste étaient bondées d'officiels et de dignitaires en visite. Sa mère, Lady Rose, était déjà sous son dais particulier, souriant sereinement avec un air de reine. À côté d'elle, son père le comte était assis sous un portrait du Roi. Le garçon savait qu'il l'observait du regard critique et sans passion sous lequel Arthur avait grandi, le craignant et le vénérant.

Mais plus encore que plaire à son père, Arthur tenait à bien se comporter aujourd'hui devant Alice Hopkins — qui, du fait qu'elle possédait le deuxième des ranchs les plus vastes du

Kenya, s'était vu attribuer aussi une des places convoitées dans les tribunes.

Alice Hopkins avait vingt-deux ans, et n'était remarquable ni par sa beauté ni par son charme, mais elle était devenue légendaire au Kenya parce qu'elle avait pris seule la direction d'un ranch de quarante-cinq mille hectares à la disparition brutale de ses parents, six ans plus tôt, quand elle n'avait que seize ans. Tout le monde avait dit à l'époque qu'elle ne pourrait jamais diriger sans aide l'immense domaine, et les hypothèses étaient allées bon train concernant celui qui serait l'heureux acquéreur de ces terres. Valentin Treverton avait été l'un des acheteurs éventuels et l'un des nombreux admirateurs du combat de la jeune Alice pour conserver sa propriété et l'exploiter sans autre assistance que celle de quelques Africains loyaux et de son frère Tim, son cadet de cinq ans. Surmontant des obstacles incommensurables, elle avait sauvé les moutons et le sisal, elle avait évité l'endettement et ne s'était pas laissée prendre au piège par les coureurs de dot qui avaient afflué. Ses succès répétés lui avaient valu une indépendance totale.

Et elle n'avait payé qu'un prix : sa féminité.

C'était la dure et austère Alice Hopkins, dont la bouche avait oublié l'art de sourire, assise en pantalon kaki et chemise de toile grossière, son visage hâlé caché sous le large bord d'un chapeau de brousse masculin, qu'Arthur espérait impressionner et conquérir en cet après-midi d'août, parce que Alice s'interposait entre lui et son frère de dix-sept ans, Tim Hopkins, dont Arthur était éperdument amoureux.

Les coulisses du défilé se trouvaient dans les jardins de l'Hôtel Norfolk. Des tables garnies de plats et de bouteilles de champagne étaient installées sous les arbres, et de la musique jaillissait d'un phonographe. C'était principalement des jeunes gens qui avaient construit les chars et monteraient dessus, et ils couraient présentement en tous sens pour faire les rectifications de dernière minute aux costumes et pour vérifier les moteurs des voitures qui tireraient les chars. Leurs rires et leur surexcitation emplissaient la fraîche matinée d'août.

— Est-ce que je suis bien, Mona ? demanda Arthur à sa sœur en passant les mains sur le jodhpur immaculé de la tenue de chasse qui lui avait été prêtée.

— Tu es superbe ! répondit Mona en l'embrassant.

C'était vraiment gentil de la part de Hardy Acres Jr d'avoir donné à Arthur sa tenue de chasse complète, songeait-elle. À la minute où il l'avait endossée Arthur avait paru grandir de cinquante centimètres. Mona pria pour que son frère joue son rôle sans encombre aujourd'hui. Ouvrir ce défilé comptait tellement pour lui.

Arthur ne se doutait pas qu'il devait à sa sœur l'honneur de couper le ruban. Quand elle avait appris que cette distinction avait été offerte au neveu du gouverneur, et quand elle avait vu le visage de son frère briller d'envie, elle avait aussitôt lancé une campagne secrète pour convaincre son père qu'après tout l'inauguration de l'Avenue Lord Treverton devait échoir à un Treverton. Valentin avait fini par céder, non pas tant, Mona le savait, parce qu'il partageait l'avis de sa fille ou se souciait de son opinion que parce que Mona était empoisonnante quand elle prenait fait et cause pour quelque chose. Mona savait comment s'y prendre avec son père. Elle n'exploitait pas l'amour qu'il éprouvait pour elle, comme d'autres filles, car elle savait qu'il n'y en avait pas. Ce que faisait Mona, c'était insister jusqu'à ce qu'il cède, pour avoir la paix.

Et, à la fin, son père avait admis que, même si l'idée de voir son fils galoper dans Central Road en brandissant un sabre ne l'enchantait pas, au moins pour une fois Arthur ferait quelque chose de viril.

Arthur ignorait tout cela. Mona le protégeait des réalités humiliantes de la vie et d'une bonne partie de la déception qu'éprouvait leur père à son sujet. Arthur savait simplement que pour une raison ou une autre le gouverneur avait changé d'avis et invité l'héritier de Treverton à inaugurer les festivités à la place de son neveu. Cela s'était produit quatre semaines plus tôt, et de ce jour-là Arthur s'était métamorphosé.

— Je *serai* très bien, dit-il à sa sœur qui lui ajustait son col. Pas vrai ?

— Tu seras magnifique.

— Et si j'ai une crise ?

— Tu n'en auras pas ! Tu n'en as pas eu une seule depuis un an, n'est-ce pas ? Oh, Arthur, tu seras merveilleux ! Je suis si fière de toi !

Il parut radieux. Il ne parvenait pas à se rappeler la dernière fois que quelqu'un avait été fier de lui. Probablement jamais. Il adorait sa sœur ; elle réussissait toujours à lui donner confiance. Il était content qu'elle ait quitté la pension pour de bon maintenant et vive à la maison. Son secret espoir était qu'elle n'épouse pas Geoffrey Donald, parce que alors elle s'installerait à Kilima Simba et il se retrouverait de nouveau seul à Bellatu.

— Veux-tu me rendre un service ? demanda-t-il à mi-voix,

en parcourant des yeux la foule qui s'apprêtait à se mettre en rang pour le défilé.

— Tu le sais bien.

Mona ferait n'importe quoi pour son jeune frère. Après tout, avec leur mère qui vivait sa vie dans la clairière aux eucalyptus et leur père rarement à la maison, ils n'avaient vraiment au monde qu'eux deux. Mona était contente, elle aussi, d'avoir quitté la pension pour de bon et, par coïncidence, elle aussi se disait qu'elle n'avait pas envie d'épouser Geoffrey Donald.

— Quel service, Arthur ?

Il sortit une enveloppe de sa manche et la glissa dans la main de sa sœur.

— Donne ça à Tim, veux-tu ?

Elle glissa le billet dans le corsage de son costume de harem. Mona était leur intermédiaire. Elle était contente qu'Arthur ait enfin un ami, malgré ce qu'on chuchotait sur leurs relations.

— Un baiser pour te porter chance, dit-elle.

Elle embrassa son frère sur la joue puis, s'arrêtant un instant pour le regarder, pour regarder le visage de l'enfant tendre sous la bombe de chasse, et songeant qu'à partir de maintenant elle allait s'occuper de lui, elle le serra dans ses bras une dernière fois, puis partit à la recherche de Tim Hopkins.

Le thème du défilé était l'Ouverture du Continent africain par les blancs. Bien que les Anglais fussent présents sur la côte du Kenya depuis plus de cent ans, on avait choisi comme « date de fondation » 1887, cinquante ans plus tôt, parce que c'était l'année où le premier établissement permanent de missionnaires avait été créé à Mombasa. Geoffrey Donald, qui devait monter sur le char « Vasco de Gama » avec Mona, jouissait d'une renommée unique du fait que sa grand-mère était du nombre de ces premiers missionnaires, tandis que son père, Sir James, né en 1888 de cette mère missionnaire et de son mari explorateur, avait l'honneur singulier d'être l'un des tout premiers hommes blancs nés au Kenya.

Vêtu en pourpoint élisabéthain et veste aux épaules rembourrées pour représenter l'explorateur portugais Vasco de Gama, Geoffrey faisait le tour du char et inspectait la réplique en papier mâché de la ville de Malindi avec ses palmes de cocotier — en regrettant l'absence de son père à la fête du jour. Le défilé marquait le début d'une semaine de réjouissances et Sir James Donald aurait dû être là pour jouir du prestige et des hommages auxquels il avait droit. Mais une nouvelle épidémie d'hématurie avait éclaté en Ouganda et les parents de Geoffrey se trouvaient en pleine jungle, où ils aidaient les tribus atteintes.

Il termina son inspection du char, convaincu que c'était le plus beau et qu'il représenterait à la perfection la rencontre historique de 1498 entre Vasco de Gama et le sultan de Malindi. Après s'être assuré que le camion attelé au char massif était capable de le remorquer sur Government Road, Geoffrey inspecta la foule, à la recherche de Mona.

Il la repéra de l'autre côté de la pelouse, qui riait avec Tim Hopkins. Geoffrey pinça les lèvres. Pourquoi perdait-elle son temps avec Tim Hopkins, alors que Tim n'avait d'yeux que pour son frère ?

L'agacement de Geoffrey fondit lorsqu'il remarqua le costume de la jeune fille.

Sous le drapé de soie rose vif qui l'enveloppait de la tête aux pieds, il distinguait la jupe de harem en tissu si transparent qu'on pouvait presque voir les jambes de Mona. Il voyait aussi le corsage ajusté qui était comme celui que portaient les femmes d'Asie à Nairobi — bordé d'un galon doré et très court pour laisser l'estomac nu. Il était vrai que le visage de Mona était chastement voilé, que le châle de soie rose lui couvrait la tête et que de sa personne n'apparaissaient vraiment que les mains et les pieds, mais Geoffrey fut contraint d'avouer, vaguement choqué, que ce costume était extrêmement audacieux et provocant.

Tim Hopkins, en tenue de safari démodée avec casque colonial victorien, devait représenter le célèbre explorateur Sir Henry Morton Stanley. Sur un char décoré d'arbres et de lianes de la jungle, il devait prendre une pose historique avec Hardy Acres Jr sous les traits de Livingstone pour commémorer cette journée de 1871 où l'explorateur avait retrouvé le docteur « perdu ».

Quand Geoffrey s'approcha pour ramener Mona à leur char, il tenta d'éviter d'entrer en conversation avec le jeune et beau Tim, qui le mettait franchement mal à l'aise, mais il ne put y échapper. Dès qu'il fut à proximité, Tim tourna vers lui son sourire radieux et dit :

— Nous parlions des types de Fort Jésus, Geoff !

— Ah ? Venez, Mona, le défilé va commencer.

— Regardez-les, Geoff ! répondit-elle en montrant le chariot surmonté d'une réplique en balsa d'un fort de la côte.

La scène était censée évoquer l'année où les Portugais avaient été décimés par la peste, et les jeunes gens qui montaient sur le char en costumes d'époque semblaient jouer le rôle avec un réalisme extrême.

— Ils ont taquiné un peu trop la bouteille de champagne, hier soir, dit Tim. Ils ont tous la gueule de bois.

Geoffrey prit Mona par le bras.

— Votre frère se prépare à partir. Nous ferions bien de monter sur notre char.

— Il n'est même pas encore à cheval, répondit Mona, en se dégageant avec un sourire pour dissimuler son agacement.

Les manières possessives de Geoffrey commençaient à l'énerver.

— Il faut que je trouve Tante Grace. Elle a une paire de pendants d'oreilles pour compléter mon costume. Souvenez-vous, je suis l'épouse favorite du sultan !

Se détournant vivement pour que Geoffrey ne voie rien, elle glissa dans son corsage le billet de Tim qu'elle remettrait à son frère après le défilé.

— Je vous retrouve au char, Geoff !

Grace était sur la véranda de l'hôtel, regardant d'un air préoccupé le poste de King's Way, de l'autre côté de la rue.

Apparemment, il se passait quelque chose. Beaucoup plus d'activité que de coutume. Trop d'agents...

Il y avait pas mal de monde avec elle sur la véranda — tous ceux à qui l'on n'avait pas octroyé de place dans les tribunes et qui ne tenaient pas à faire le pied de grue dans la rue pour voir passer le défilé. Ils préféraient rester assis confortablement avec leurs verres de gin et regarder partir les chars. Tandis qu'elle observait le poste de police, Grace surprit des bribes de conversations.

— À mon avis, rien ne pouvait nous arriver de mieux que cette invasion de l'Éthiopie par l'Italie, disait la voix d'un éleveur de bétail que Grace connaissait. Je ramasse l'argent à pleines mains en vendant du bœuf à l'armée italienne. Demandez à Geoffrey Donald. Son ranch n'a jamais aussi bien marché.

— Nous en profitons tous, répondit son interlocuteur. À condition que les Macaronis ne décident pas de continuer et d'envahir le Kenya.

— Aucun risque, Charlie.

— Une guerre se prépare en Europe... C'est moi qui vous le dis.

Grace, stupéfaite, se retourna vers les deux hommes. *Une guerre se prépare...*

— S'il y a une chose que je ne peux pas souffrir, lança une voix à l'autre extrémité de la véranda, ce sont ces négros diplômés qui reviennent de Nairobi en complet-veston avec une cravate criarde, qui parlent l'anglais à la perfection et croient tout savoir sur tout.

Grace se remit à observer le bâtiment au toit de tôle ondulée du poste de police. David Mathengé était là, derrière les barreaux. L'annonce de son arrestation, la semaine précédente, l'avait bouleversée parce qu'elle savait à quel point le chef Muchina détestait le jeune homme et comment on traitait certains prisonniers « spéciaux » dans la prison. Grace aimait beaucoup le fils de Wachéra ; elle l'avait vu devenir un beau jeune homme cultivé. Jamais il n'avait permis que se nouent avec Grace des rapports d'amitié, mais une sorte de considération circonspecte mutuelle s'était établie entre eux. Chaque fois qu'elle le voyait, Grace ne pouvait s'empêcher de songer au soir de la première réception de Noël de Bellatu, presque dix-huit ans auparavant, et à la mort tragique du chef Mathengé.

Il ressemble beaucoup à son père, se dit-elle.

Un camion s'arrêta devant le poste et des hommes en uniforme, armés de fusils, grimpèrent à l'arrière. Quand le camion démarra à toute vitesse, Grace sentit son angoisse augmenter.

S'attendait-on à des incidents ?

Un officier sortit par la porte principale du poste, en mettant sa casquette et donnant des ordres à quelqu'un resté à l'intérieur. Au moment où il passa à sa hauteur, Grace le héla.

— Bonjour, docteur Treverton, répondit-il en allant à elle.

— Pouvez-vous me dire ce qui se passe, lieutenant ?

— Ce qui se passe ?

— Vos hommes ont l'air particulièrement affairés, ce matin. Ce n'est sûrement pas à cause du défilé !

Il sourit.

— Oh, aucune raison de vous inquiéter, docteur. Une petite affaire d'indigènes en brousse. Quelque chose dont nous sommes en train de nous occuper.

— Quel genre d'affaire ?

— On nous a signalé un rassemblement de Kikuyus dans les environs de Nairobi. Ils viennent de partout, paraît-il. Certains même d'aussi loin au nord que Nyéri et Nanyuki. Nous allons là-bas juste pour voir de quoi il retourne.

Grace sentit son sang se glacer. Des Kikuyus qui venaient d'aussi loin que Nyéri ?

— Qu'est-ce que cela signifie, à votre avis ?

— Comment savoir ? Mais je vous assure qu'il n'y a pas de quoi s'en faire, docteur. Nous veillerons à ce qu'ils ne troublent pas le défilé. Bonne journée.

En le regardant s'éloigner, Grace ne put chasser l'impression que, sous son sourire et son air détendu, le lieutenant de police était très inquiet.

— Ah, te voilà ! s'exclama une voix derrière elle.

Grace se retourna pour voir sa nièce s'avancer majestueusement sous la véranda dans un nuage de soie rose, les yeux souriant au-dessus du voile qui dissimulait le bas de son visage. Grace vit aussi des têtes d'hommes qui se tournaient.

— Tu devrais aller à l'Hôtel Stanley, Tante Grace. Le défilé va commencer.

Grace consulta sa montre. Elle était venue au Norfolk avec Mona et Arthur pour aider à préparer costumes et chars. Elle avait un siège réservé dans les tribunes, et il était temps qu'elle fasse le tour par les rues de derrière avec sa voiture pour être à sa place quand Arthur couperait le ruban dans Lord Treverton Avenue.

— Qu'y a-t-il, Tante Grace ? Tu as l'air sombre. Si tu t'inquiètes pour Arthur, tu as tort ! Il est adorable. Tu devrais le voir sur son cheval. Et cette tenue de chasse lui a vraiment donné confiance ! Je suis impatiente de voir sa tête, ce soir, quand il découvrira la surprise que j'ai pour lui.

— Quelle surprise ? demanda Grace, l'esprit ailleurs.

— Rappelle-toi. Le fusil à éléphant !

— Oh, oui. Mais je ne songeais pas à Arthur en ce moment.

Grace était en train de réfléchir à l'activité inhabituelle de la police, au rassemblement de Kikuyus aux abords de la ville, et s'avisait que ce n'était pas une coïncidence si ce rassemblement avait lieu le jour du grand défilé. Les Africains préparaient quelque chose...

— Je songeais à David Mathengé, dit-elle. Dans cette horrible prison.

Le sourire de Mona s'effaça pendant un instant. Elle regarda le poste de police, l'air brusquement triste et tendue, puis elle se remit à sourire.

— Comment trouves-tu mon costume ? demanda-t-elle en pirouettant sur ses talons.

Grace se força à sourire. Elle trouvait la tenue de Mona trop osée. Puis, se rappela-t-elle, on était en 1937 et les jeunes d'aujourd'hui étaient bien différents du temps de sa jeunesse. Au demeurant, Mona n'avait guère eu le choix des rôles dans le défilé. Les femmes qui figuraient sur les chars avaient eu du mal à trouver dans le passé du Kenya un personnage historique à incarner — à moins de s'habiller en homme, comme Sukie Cameron. L'histoire africaine ne manquait pas d'hommes, des sultans aux explorateurs, des marchands aux chasseurs ; mais les femmes demeuraient déplorablement absentes des siècles, comme si elles n'avaient pas existé ! Mona et ses amies avaient dû se contenter de rôles incolores comme celui de femmes de harem et d'épouses d'hommes célèbres.

Il n'y avait pas d'Africains dans le défilé, et aucun personnage historique africain ne serait représenté.

— Eh bien, viens, dit Grace brusquement, en tournant le dos au poste de police et à son inquiétude grandissante. Allons te mettre dans ton harem avant que Vasco de Gama pique une crise.

Au même moment, Arthur, qui se préparait à monter à cheval, s'inquiétait pour exactement la même chose : une crise.

Il n'en avait pas eu une seule depuis plus d'un an. Les bromures et les sédatifs tout simples de Tante Grace étaient un merveilleux pis-aller pour sa maladie incurable. Néanmoins la menace d'une crise restait suspendue au-dessus d'Arthur Treverton jour et nuit, comme une hache au bout d'un fil. Il ne savait pas quand la crise surviendrait, ce qui la provoquerait, où il serait au moment où il tomberait, devant quels yeux il se couvrirait de honte. Mais il l'attendait, il n'était jamais allé à l'école ou au lycée, n'avait jamais voyagé seul, n'avait jamais tenu un fusil et ne serait jamais accepté dans l'armée — tout ce qu'il rêvait de faire un jour.

Ce n'était pas tant d'avoir des précepteurs qui lui pesait mais plutôt d'être privé de camaraderie avec d'autres garçons, de ne pas pouvoir faire partie d'un club, ni entrer dans une équipe de rugby. Cela le contrariait moins d'être surveillé par des nurses pendant les safaris que de se voir refuser par son père l'autorisation d'avoir un fusil. Et quant à l'armée, Arthur serait de toute façon réformé. Quel fils de comte était-il donc, se demandait-il, qui ne portait les couleurs d'aucune école et ne possédait pas de trophées, pas de cornes de buffles ou de défenses d'éléphants qu'il avait abattus lui-même, qui n'avait aucune chance d'être jamais décoré pour faits de guerre ? Arthur deviendrait Lord Treverton un jour, et il savait qu'il se sentirait dans la peau d'un imposteur.

Comme en ce moment, dans cette tenue d'emprunt. Jamais il ne posséderait la pareille, jamais il ne connaîtrait le baptême du feu — alors que tout le monde disait que l'Europe allait de nouveau entrer en guerre — et jamais il n'aurait l'occasion de montrer au monde qu'un homme se tenait caché dans l'adolescent épileptique.

C'est à cause de cela qu'Arthur détestait sa faiblesse physique et avait été malheureux toute sa vie. Jusqu'au jour où il avait fait la connaissance de Tim Hopkins.

Cela s'était passé pendant la Semaine des Courses, l'an dernier. Arthur était venu à Nairobi avec son père et Geoffrey Donald, qui avaient des chevaux inscrits dans toutes les courses, et il avait rencontré Tim sous la tente des rafraîchissements. Les premiers contacts avaient commencé par être hésitants et craintifs entre les deux jeunes gens de quatorze et seize ans, aussi timides l'un que l'autre et guère habitués à bavarder avec des inconnus. Mais ensuite, en mangeant des scones et buvant du thé, ils avaient fait peu à peu la découverte absolument stupéfiante qu'ils avaient beaucoup de choses en commun.

Après la disparition de ses parents, qu'on supposait assassinés par des Wakambas, ivres selon la rumeur, Tim avait été retiré du collège par Alice, sa sœur aînée, qui était une forte tête, et avait été mis à travailler pour tenter de sauver la ferme. Au cours des cinq années suivantes, Tim avait reçu sporadiquement quelques bribes d'instruction par des précepteurs de passage, n'avait pas eu la possibilité de s'inscrire dans un club ou une équipe de football, n'était jamais allé en safari dans l'unique but de conquérir des trophées, et maintenant, à la suite d'une faiblesse pulmonaire provoquée par les années de surmenage de son enfance, se trouvait exempté d'obligations militaires.

Arthur et Tim s'étaient immédiatement sentis à l'aise et en terrain familier ; ils étaient devenus aussitôt de grands amis.

Mais au cours de l'année précédente, des obstacles avaient entravé le cours de leur amitié. Alice, la sœur de Tim, se montrait farouchement protectrice de son frère et jalouse de quiconque recherchait son affection et son attention, et Valentin, le père d'Arthur, jugeait Tim Hopkins trop fruste et de trop basse extraction pour son fils. Les garçons s'arrangeaient donc pour se voir quelques instants à la dérobée quand ils pouvaient : pendant les fêtes de l'anniversaire du roi, lors de la Semaine des Courses de Nairobi, au Norfolk pour la Saint-Sylvestre, et pas plus tard que le mois précédent quand tout le Kenya s'était rendu sur le lac Naivasha pour assister à l'amerrissage du premier « bateau volant » de l'Imperial Airways, en provenance d'Angleterre.

Ils avaient même échangé des lettres. Et c'était à cause d'une lettre en particulier que Valentin avait fouetté Arthur à coups de ceinture et lui avait interdit toute relation avec Tim Hopkins à l'avenir.

Arthur y repensait maintenant tandis qu'il se tenait bien droit sur son cheval, beau et élégant dans les vêtements d'un autre, attendant que l'heure sonne au clocher de l'église pour s'élancer dans son galop historique sur Government Road.

Et si j'ai une crise ? Si je tombe devant Tim ? Sera-t-il choqué ? Dégoûté ? J'aurais dû le lui dire...

Arthur aimait Tim au-delà de toute expression. Voilà ce pourquoi il y avait eu la correction. Valentin avait trouvé la lettre adressée à Tim et avait été mis en fureur par le mot *aimer.* Le mot qui avait été le déclencheur de la volée de coups qu'Arthur avait reçus sans lever le bras pour se protéger, parce qu'il n'avait pas compris de quoi son père s'irritait, accusant son fils d'actes contre nature en employant des termes qu'Arthur n'avait jamais entendus. Il avait subi le châtiment sans protester, et il avait pleuré bien avant dans la nuit — avec sur le dos les cuisantes marques rouges. Il avait tenté en vain de comprendre ce qui s'était produit et il essayait de nouveau à présent. Mais tout ce qu'il se rappelait, c'était l'affection mutuelle de Tim et d'Arthur : l'admiration, la communauté d'esprit, la force que chacun tirait de la présence de l'autre, les consolations qu'ils échangeaient dans un monde hostile et angoissant. C'était finalement la seule chose dans sa vie solitaire et inquiète qui apportait du bonheur à Arthur Treverton.

Dans les dernières secondes précédant sa chevauchée spectaculaire vers le ruban rouge, Arthur conclut qu'à l'exception de l'amitié de Tim, rien ne comptait davantage pour lui que l'approbation de son père. Il voulait une chance de montrer au comte qu'il était un homme, et non une « tapette » comme l'avait déclaré son père. Arthur souhaitait désespérément que lui soit donnée l'occasion d'accomplir quelque chose de plus héroïque que couper un ruban.

Entendant des murmures sur les chars derrière lui, Arthur se retourna sur sa selle et vit des gens qui mettaient pied à terre. Il regarda sa montre et constata qu'il était tard. Il avait rêvassé en attendant le carillon de l'église et ne s'était pas rendu compte que l'heure était passée sans que les cloches sonnent.

— Qu'est-ce qui se passe ? cria-t-il à Geoffrey Donald.

— Je ne sais pas. On dirait qu'il y a quelque chose. Je vais aller voir.

Arthur aperçut sa sœur qui grimpait en haut d'un minaret, sur son char, les soieries roses voletant dans la brise, et se protégeait les yeux en regardant par-dessus la foule.

— Qu'est-ce que c'est ? lui demanda-t-il.

— Je ne distingue pas. On dirait qu'il y a quelque chose sur la route. La police...

Des exclamations de colère dans le lointain firent taire la bande joyeuse. Les gens échangèrent des regards surpris ; des hommes sautèrent à bas des chars et descendirent des camions. Puis un homme apparut soudain. Tout le monde reconnut en lui le bedeau, qui était censé sonner les cloches.

— Je les ai vus ! cria-t-il. Du haut du clocher ! Les nègres marchent sur Nairobi ! Il y en a des *milliers !*

Soudain ce fut le chaos. Arthur dut lutter pour maîtriser son cheval, tandis que les gens commençaient à fuir à la débandade les jardins de l'hôtel.

— Mona ! cria-t-il. Est-ce que tu les vois ?

— Pas encore. C'est difficile...

Sa main en visière devant son front retomba subitement.

— Oh, mon Dieu ! murmura-t-elle.

— Eh bien ?

— Ils viennent par King's Way ! Ils ont l'air de se diriger vers le poste de police.

— Qu'est-ce qu'ils veulent ?

— Je ne peux pas dire. Mais ils portent des pancartes. Arthur, fais-moi descendre d'ici, veux-tu ?

Il galopa jusqu'au char de Malindi, qui était maintenant abandonné, sauf par la jeune femme de harem dont le voile s'écarta de son visage quand elle descendit à la hâte du minaret du palais du sultan. Elle monta en croupe derrière son frère et ils sortirent dans la rue devant l'Hôtel Norfolk où un cordon de policiers armés de fusils barrait le passage.

Arthur et Mona demeurèrent à l'arrière de la foule et regardèrent de leur cheval la progression lente et régulière d'une immense foule qui avançait sur la route. Lorsque les Africains se rapprochèrent, les Européens constatèrent que le sonneur de cloches avait dit vrai ; ils étaient des milliers.

Mona serra plus fort la taille de son frère.

Malgré leur nombre, les Kikuyus étaient silencieux et disciplinés, avançant avec détermination vers le poste de police, quelques-uns portant des pancartes qui disaient : LIBÉREZ DAVID MATHENGÉ et UNE UNIVERSITÉ POUR LES AFRICAINS. Leur organisation évidente et leur cohésion silencieuse stupéfièrent Mona ; elle n'avait pas cru que les Africains en seraient capables. Puis elle en vit la raison probable marchant à leur tête, une jeune femme en qui Mona reconnut une ancienne élève de l'école primaire de Tante Grace.

Les multitudes d'Africains qui suivaient Wanjiru étaient redoutables dans leur silence. Unis comme jamais l'homme blanc ne les avait vus, ils constituaient une menace collective effrayante qui glaça le sang de chacun des agents du cordon de police.

Il y avait des femmes et des enfants dans cette foule, aucun Africain ne portait d'arme, ne proférait de sons ou ne faisait de gestes menaçants, mais ils terrifièrent les Européens qui étaient en face d'eux au bout de la rue.

Mona était fascinée. Comment s'y étaient-ils pris ? Quel mystérieux réseau de communication les avait prévenus dans toute la province et rassemblés pour le même objectif ? Qu'est-ce qui les unissait maintenant et les contrôlait ? Elle observa la jeune femme à la tête de la foule qui avançait. Elle marchait d'un pas fier ; il y avait de la révolte et du courage dans sa démarche, dans le balancement de ses bras. Et quand elle leva la main pour arrêter la foule et qu'elle cria trois mots : « Libérez David Mathengé », il y eut dans sa voix quelque chose que les Européens n'avaient jamais entendu auparavant dans une bouche africaine.

Tout parut en suspens. La police était prête à tirer, le doigt sur la détente ; les Européens regardaient ; les Africains attendaient.

Puis un bruit se fit entendre dans le lointain : une automobile qui venait à toute allure dans les rues et se rapprochait rapidement. Elle s'arrêta derrière les Européens. Arthur écarta son cheval ; une voie s'ouvrit pour le gouverneur et Valentin Treverton. Mona baissa les yeux vers son père quand il passa. Avec quelle bravoure, quelle intrépidité, il affrontait la crise !

Le gouverneur monta les marches du poste de police et parcourut des yeux la mer d'Africains, avec l'air d'un père qui admoneste ses enfants.

— Allons, allons, dit-il, à quoi rime tout ça ?

Wanjiru s'avança.

— Donnez-nous David Mathengé ! cria-t-elle.

Le gouverneur fut choqué. Une *gamine* à la tête de cette foule ?

— Allons, voyons. Vous savez que vous ne pouvez pas faire ça. Rentrez tous chez vous.

— Libérez David Mathengé ! répéta-t-elle.

Valentin s'avança à côté du gouverneur et regarda la foule avec colère.

— Vous croyez que c'est un bon moyen d'obtenir quelque chose ? Par une démonstration de force ?

Wanjiru s'avança au pied des marches, mit les mains sur ses hanches et répondit.

— Nous vous parlons la seule langue que vous connaissez ! Vous ne comprenez que la force !

Elle parlait avec conviction, avec l'accent mélodieux et net des Africains cultivés.

— C'est ainsi que votent les Kikuyus. Nous ne mettons pas des bouts de papier dans une boîte secrète, comme vous qui avez peur de déclarer tout haut vos opinions. Nous les déclarons ouvertement. Nous votons en nous montrant. Et nous avons voté qu'il faut que David Mathengé soit mis en liberté.

— Il a été arrêté légalement et dans le cadre de la loi, dit le gouverneur.

— Absolument pas !

Wanjiru sortit de sa poche une feuille de papier qu'elle agita à l'adresse des deux blancs.

— Voilà ce que faisait David Mathengé quand Muchina l'a arrêté. Une pétition pour obtenir une université pour les Africains au Kenya ! David Mathengé n'enfreignait aucune loi quand Muchina l'a emmené derrière les barreaux. Vous n'avez pas le droit de le garder en prison !

Mona sentit son pouls battre plus vite. Elle vit de la passion dans la manière dont la jeune fille se tenait et elle se dit : *Elle est amoureuse de David.*

Devant tous ces visages noirs qui emplissaient la rue à perte de vue, Mona se sentit à la fois menacée et soulevée d'enthousiasme. Elle avait l'impression d'assister à un événement de grande portée.

— Donnez-nous notre université ! cria un Kikuyu dans la foule.

Il fut soutenu par des hochements de tête, un sourd murmure grondant et un frémissement nerveux soudain du rassemblement.

— Mon Dieu ! dit Arthur à sa sœur à mi-voix, je doute que cette fille puisse les retenir longtemps. Il n'en faudrait pas beaucoup pour mettre en branle cette foule et quand elle se déchaînera, le sang va couler.

Le gouverneur fit un signe à un officier sur le porche et lui murmura quelques mots. L'homme salua et s'éloigna en hâte.

— Je vous le répète pour la dernière fois, dit le gouverneur à la foule. Envoyez-moi une délégation. Élisez trois ou quatre hommes parmi vous et j'écouterai vos doléances. Mais je ne céderai pas à la menace !

— C'est vous qui nous menacez ! cria Wanjiru. Avec votre police, vos lois et vos impôts ! Vous n'avez pas le droit d'interdire nos coutumes tribales ; vous n'avez pas le droit d'interdire le culte des arbres sacrés ou la pratique de l'excision des jeunes filles ! Vous nous menacez d'effacer complètement notre mode de vie ! Vous nous menacez de nous supprimer en tant que race ! Si vous ne nous donnez pas ce que nous voulons, nous lancerons une grève générale. Tous les Africains du Kenya s'assiéront et se croiseront les bras. *Vous !* — elle tendit vers Valentin un doigt accusateur —, à votre lever demain matin, vous direz : « Boy, apportez-moi le thé ! » Et il n'y aura pas de thé !

Le gouverneur baissa les bras.

— Les blancs se rendront à leur bureau, continua Wanjiru d'une voix tonnante, mais il n'y aura pas d'employés pour travailler pour eux. Les memsaabs appelleront leurs servantes africaines, mais il n'y aura pas de servantes.

— Je vous accorde une minute pour dégager la rue !

— Mona ! chuchota Arthur. Regarde là-haut.

Elle leva la tête et vit des soldats qui prenaient position sur le toit du poste de police et derrière les murs de l'enceinte. Un camion s'avança sans bruit ; il y avait une mitrailleuse sur son plateau.

— Mon Dieu, murmura-t-elle.

— Nous ferions bien de filer d'ici.

— Arthur, regarde ! Il se passe quelque chose derrière.

Il se retourna et aperçut ce qu'aucun des Européens ou des policiers n'avait remarqué : un remue-ménage furtif suspect derrière la prison.

— Que crois-tu que ce soit ? demanda Mona.

— À mon avis, ils vont essayer de faire évader David Mathengé.

Puis Arthur vit quelque chose d'autre : Tim Hopkins, dans son costume de Stanley et un fusil à la main, se glissait à l'insu de tous vers l'arrière de la prison.

Maintenant Mona était vraiment terrifiée.

— Ne devrions-nous pas prévenir la police ?

— Non. Cela déclencherait un massacre général. C'est Tim qui a eu la bonne idée.

Arthur tira sur les rênes et ramena son cheval à l'Hôtel Norfolk où il déposa sa sœur sur la véranda.

— Que vas-tu faire ? demanda-t-elle tout bas.

— Rentre, Mona. S'il y a des coups de feu, *ne sors pas*. Tu m'as bien compris ?

— Arthur, reste ici, *je t'en supplie*. Ne t'en mêle pas.

— Je vais aller aider Tim, Mona. Nous pouvons les empêcher sans tambour ni trompette de faire ça et nous éviterons un incident.

Elle leva les yeux vers lui.

— Arthur. Je t'en prie, n'y va pas.

Il fit tourner sa monture et s'éloigna.

Elle le regarda mettre son cheval au petit galop pour ne pas attirer l'attention sur lui. Soudain son frère lui parut à la fois très jeune et terriblement vieux. Son visage était si fin, si doux, pas encore un visage d'homme, mais la flamme du regard et le ton de sa voix d'adolescent qui muait prouvaient qu'en quelques minutes Arthur était devenu adulte.

Elle le regarda contourner la foule des Européens et gagner discrètement l'arrière de la prison, en même temps, elle écoutait l'échange de répliques animées entre Wanjiru et le gouverneur. Mona comprit soudain. C'était l'objectif de la jeune fille : détourner l'attention des autorités pendant qu'une poignée des siens libéreraient David.

Effrayée et inquiète pour son frère, Mona serra contre elle son châle de soie rose, jeta un coup d'œil circulaire pour s'assurer que personne ne l'observait et prit le chemin qu'avait suivi son frère vers l'arrière de la prison.

Tandis que Wanjiru continuait de stupéfier par son éloquence son propre peuple aussi bien que les Européens, David faisait sa première tentative d'évasion.

Comme la plupart des forces de police s'étaient concentrées en direction de la rue, les amis de David n'avaient pas eu de peine à neutraliser les quelques gardiens, à accéder à la cellule de David et à le libérer. Toutefois veiller à ce qu'il sorte de l'enceinte entourant le poste de police sans se faire prendre allait être une tout autre affaire. Car David ne pouvait pas marcher.

Il avait été torturé.

Pas ici, dans la prison de l'homme blanc, mais là-bas dans le nord, à Karatina, dans une hutte sur la terre du chef Muchina. Ses blessures aux pieds, que le médecin de la police avait pansées sans poser de questions, l'empêchaient presque complètement de marcher. Deux camarades le prirent sous les bras et se mirent à courir en traînant David vers la porte, où quatre agents de police — des Africains au service du roi George — gisaient sans connaissance. Un groupe de jeunes

Kikuyus armés de massues et de poignards de leur tribu tournait nerveusement en rond de l'autre côté de la porte, en surveillant le bout de la ruelle, où la foule d'Africains était agglutinée autour de Wanjiru.

L'air semblait chargé d'électricité. Les paroles de Wanjiru leur fouettaient le sang. Les jeunes surveillaient la prison, attendant David et leurs amis ; ils jetaient fréquemment aussi un coup d'œil aux soldats sur les toits, qui tenaient leurs fusils braqués sur la foule dans la rue principale.

Ils entendirent le gouverneur crier de nouveau un ordre de se disperser, suivi cette fois par la menace de tirer si la foule ne s'en allait pas.

Le petit groupe massé près de la porte de derrière piétinait avec nervosité. Les jeunes sentaient les armes dans leurs mains, le feu dans leurs veines. Les ordres avaient été de conduire David Mathengé aussi vite que possible et sans se faire remarquer à une cachette préparée dans les montagnes. Seulement ces jeunes gens ardents commençaient à entendre dans leurs oreilles non plus les ordres d'une simple jeune fille mais le tonnerre de leur virilité. C'étaient des jeunes Africains qui n'avaient jamais connu la guerre, qui étaient nés trop tard pour vivre l'orgueil et l'excitation d'être des guerriers, qui maintenant en voulaient soudain à ces hommes blancs de les avoir privés des sagaies de leurs pères.

Et voilà pourquoi, quand ils virent un jeune Européen se glisser tout seul dans la ruelle, un fusil à la main, ils perdirent la tête.

Plusieurs choses se produisirent à la fois. La bande de jeunes attaqua Tim Hopkins avec des massues et des couteaux juste comme David Mathengé était amené à la porte. Au même instant, Arthur Treverton apparut au bout de la ruelle, à pied, tenant son sabre destiné à couper le ruban hors du fourreau.

Il y eut une minute de confusion, que par la suite aucun des participants ne fut en mesure de clarifier pour les autorités, pendant laquelle Arthur, voyant Tim tomber sous les coups de poings et de pieds, plongea comme un fou dans le nœud des Africains.

David Mathengé cria :

— Non ! Arrêtez !

Et vit le deuxième jeune blanc tomber. S'arrachant aux deux hommes qui le soutenaient, David se précipita en trébuchant vers le combat et fit un mouvement pour empoigner ses amis déchaînés en leur criant d'arrêter. Il vit un poignard se lever puis s'abattre ; il voulut l'attraper mais le manqua et tomba à genoux à côté du corps d'Arthur. Pétrifié d'horreur, David vit le poignard entrer dans le dos du jeune blanc. Il allongea la main pour le prendre, le retira.

Un cri provenant de l'extrémité de la ruelle fit que les jeunes s'arrêtèrent et se retournèrent, surpris.

Une jeune blanche vêtue comme une memsaab d'Asie se tenait à l'entrée de la ruelle, les yeux agrandis, les mains sur la bouche.

Le groupe se disloqua et prit la fuite. Deux garçons sautèrent par-dessus un mur ; les autres passèrent en flèche devant Mona et se perdirent dans la foule de la rue principale. Elle contempla les deux jeunes blancs gisant sur le sol puis David Mathengé, qui était à genoux près de son frère, un poignard sanglant à la main.

Leurs regards se croisèrent.

Pendant un instant, le temps s'arrêta tandis que David Mathengé et Mona Treverton se dévisageaient. Puis, revenus soudain à eux-mêmes, les deux compagnons de David se précipitèrent et le relevèrent.

Il leur résista, pour regarder Mona de ses yeux emplis de chagrin. Il ouvrit la bouche mais fut incapable de parler. Puis ses amis l'entraînèrent, et tandis que des cris dans la rue principale appelaient la police et que l'alarme était donnée, David s'enfuit, laissant Mona avec le corps de son frère.

31

Grace posa le scalpel et tendit la main pour une pince hémostatique. Elle regarda son infirmière.

— Rebecca ! Un clamp, s'il vous plaît !

La femme leva les yeux de son plateau d'instruments, l'air surpris. En balbutiant des excuses elle posa la pince dans la main tendue de Grace et détourna aussitôt les yeux, embarrassée.

Grace fronça les sourcils. Cela ne ressemblait pas à Rebecca d'être distraite pendant une opération. C'était l'une des meilleures infirmières de l'hôpital, vigilante et dévouée, fière d'être la seule Africaine de la province qualifiée pour l'assistance en chirurgie. Mais ce matin, tandis qu'elles travaillaient sous la lumière du soleil d'octobre, Rebecca semblait anormalement inattentive.

— Un autre clamp, s'il vous plaît. Je ne devrais pas avoir à les réclamer.

— Désolée, Memsaab Daktari.

— Vous ne vous sentez pas bien, Rebecca ? Vous désirez vous faire remplacer ?

— Non, Memsaab Daktari.

Grace essaya de lire dans le regard de l'infirmière. Une grande partie de son visage était dissimulée par le masque chirurgical blanc, mais ses yeux, qui évitaient de croiser ceux de Grace, trahissaient une émotion violente.

Une autre des raisons qui avaient incité Grace à choisir cette Kikuyu pour l'assister dans la salle d'opération, c'était justement son tempérament égal et sa capacité à garder son calme en cas de crise. Ce matin, pourtant, Rebecca semblait agitée et Grace fut soudain soucieuse.

— Fil de soie, s'il vous plaît, Rebecca, dit-elle en tendant la main pour une chose qu'elle n'aurait pas dû avoir à demander.

Il s'agissait d'une hystérectomie banale. Grace et Rebecca en avaient effectué tellement ensemble que l'opération s'achevait souvent sans que Grace ait eu besoin de dire un mot.

Mais, voici que Rebecca répondait qu'elle avait oublié de mettre la soie sur le plateau à instruments.

— Vous devriez peut-être quitter la salle, dit Grace.

Elle fit signe à l'autre infirmière africaine qui se trouvait dans la salle d'opération. C'était l'infirmière volante, le membre de l'équipe chirurgicale qui restait à l'écart de la table stérile.

— Apportez plusieurs aiguillées de soie. Vite ! Et voyez s'il y a quelqu'un de libre pour remplacer Rebecca.

Grace concentra de nouveau son attention sur la plaie, plaçant des clamps sur des veines qui devaient être obturées au fil de soie, et ne remarqua pas que les infirmières échangeaient un regard furtif et inquiet.

— Rebecca, dit Grace en ôtant sa blouse blanche et ses gants de chirurgie, il faut que je vous parle.

L'infirmière nettoyait la salle d'opération ; ses gestes étaient brusques, son travail peu soigné. On n'avait pas trouvé de remplaçante, Rebecca avait dû rester jusqu'à la fin de l'hystérectomie, accumulant faute sur faute.

— Rebecca ? répéta Grace.

— Oui, Memsaab Daktari, répondit l'infirmière sans se retourner.

— Vous avez des ennuis à la maison ? Des problèmes avec vos enfants ?

Rebecca avait quatre garçons et trois filles, échelonnés de un à quatorze ans ; son mari l'avait abandonnée lors de sa dernière grossesse pour aller vivre à Nairobi. En tant d'années où elle avait été employée à la mission de Grace, du jour où elle était sortie de la nouvelle École Secondaire pour Jeunes Filles, au cours de son stage de formation auprès de Grace et de son service en salle d'opérations, Rebecca avait toujours été en mesure d'empêcher sa vie personnelle d'influer sur son travail. Mais Grace pensait maintenant que ses responsabilités de parente seule l'accablaient.

Et pourtant, voici que Rebecca se retournait, regardait Grace en face et répondait :

— Non, Memsaab Daktari. Pas d'ennuis à la maison.

Grace essaya de réfléchir. Elle s'avisa que ce n'était pas la première fois que Rebecca se comportait bizarrement. En fait, Grace se rendit compte brusquement que Rebecca avait commencé à changer depuis le jour de la grande manifestation de Nairobi, deux mois plus tôt. Maintenant qu'elle y pensait, Grace eut la certitude que c'est de ce moment-là que datait la curieuse conduite de Rebecca, de ce terrible après-midi qui avait vu la mort d'Arthur Treverton et l'évasion miraculeuse de David Mathengé. Était-ce cela qui rongeait maintenant Rebecca ? Avait-elle des remords de conscience à cause des actes irréfléchis d'une poignée d'hommes de son peuple ?

Rebecca Mbugu était une chrétienne pieuse qui allait à l'église de Nyéri tous les dimanches et participait à de nombreuses œuvres de charité. Tous ses enfants avaient été baptisés et fréquentaient les écoles de la mission. Le meurtre brutal d'Arthur Treverton et l'évasion lâche de David Mathengé avaient choqué beaucoup de Kikuyus comme Rebecca, et les emplissaient de honte. Depuis ce jour, la tribu paraissait brisée ; Wanjiru avait perdu une partie de son influence ; les Africains étaient revenus paisiblement dans leurs fermes.

Cette journée avait dû marquer profondément Rebecca, conclut maintenant Grace ; peut-être se trouvait-elle parmi les protestataires de King's Way.

Grace s'avança, posa la main sur l'épaule de son infirmière et dit :

— Si vous désirez me parler, Rebecca, ou si vous avez besoin de quelque aide que ce soit, vous savez que ma porte est toujours ouverte.

Quand Grace quitta la salle d'opération, elle ne vit pas non plus cette fois-là le regard qu'échangèrent les deux infirmières africaines.

La Mission Grace Treverton occupait maintenant presque dix hectares et se composait de bâtiments de pierre qui étaient les écoles primaire et secondaire, l'hôpital, la pharmacie, le dortoir des infirmières et l'atelier d'entretien des véhicules. Au centre de cet ensemble qui ressemblait à une petite ville s'élevait l'imposante demeure de Grace. Elle occupait l'endroit où se trouvait naguère le cottage de Chantoiseau, mais elle était beaucoup plus vaste et, après l'incendie d'il y a huit ans, construite pour durer.

Quand Grace traversa la vaste pelouse qui séparait les bâtiments, elle répondit de la main aux gens qui la saluèrent, et elle entendit les enfants chanter dans une des classes : « *Old MacDonald ana shamba...* »

Elle avait beaucoup de choses en tête. Il y avait le nouveau vaccin contre la fièvre jaune qui venait d'être mis au point aux États-Unis ; ses expériences avec le chloral pour traiter le tétanos. La nécessité d'engager un technicien de laboratoire à plein temps ; son projet de voyage en Afrique-Équatoriale Française pour Noël. James Donald, au cours d'un voyage au Gabon l'année précédente, avait rencontré le Dr Albert Schweitzer et lui avait remis un exemplaire du manuel de Grace : *Quand c'est à vous d'être médecin.* Le Dr Schweitzer avait adressé à Grace une lettre de félicitations et l'avait invitée à lui rendre visite dans son hôpital de Lambaréné, et c'est parce qu'elle avait l'esprit occupé par tout ceci et bien d'autres choses que Grace ne s'aperçut pas de ce qu'il y avait d'anormal dans ce beau matin d'octobre.

Et pour commencer : que régnait dans la mission un silence inhabituel.

Elle monta les marches de la véranda, où des fuchsias importés de Californie formaient leurs premières feuilles, et jeta autour d'elle un coup d'œil perplexe. Elle avait l'habitude de prendre du thé au milieu de la matinée sur cette véranda en parcourant le courrier, et jamais Mario n'oubliait de tout préparer sur la table, la théière au chaud dans son cosy. Or la table était nue, sans même une nappe blanche, et le courrier du matin n'y avait pas été déposé.

— Mario ? appela-t-elle.

Il n'y eut pas de réponse.

Elle entra dans le calme profond de sa vaste et majestueuse salle de séjour.

— Mario ? appela-t-elle de nouveau.

La maison était silencieuse.

Elle alla dans la cuisine et découvrit que la bouilloire n'avait même pas été mise sur le fourneau. Elle la remplit, la posa sur le feu, puis revint dans la salle de séjour où, sur un grand bureau tourné vers le jardin de derrière, se trouvait le courrier du matin.

Grace feuilleta les enveloppes en se demandant où pouvait bien être Mario, sur qui l'on pouvait compter autant que sur le lever du soleil.

Depuis huit ans, James Donald avait pris l'habitude d'écrire à Grace au moins une fois par mois, mais sa dernière lettre était très en retard. Et il n'y en avait pas au courrier.

Grace fut néanmoins agréablement surprise de trouver un chèque représentant ses droits d'auteur, envoyé par son éditeur de Londres avec une lettre suggérant qu'étant donné les progrès récents de la médecine et de la science, Grace songe à préparer une édition révisée de son manuel.

Le courrier du matin apportait une autre bonne nouvelle. Une lettre de la banque l'informait que le dépôt anonyme annuel viré à son compte, toujours le même depuis plusieurs années, venait d'être doublé. La ferme Donald, grâce à l'excellente gestion de Geoffrey, devait faire des bénéfices.

Posant le reste sur le bureau à côté de son journal, elle appela Mario pour la troisième fois. Mais Mario n'était pas dans la maison.

En retournant dans la cuisine faire le thé, Grace vit sur la table un journal, la dernière édition de l'*East African Standard*, qui n'avait été apporté que ce matin et qu'elle n'avait pas encore lu. Quand elle aperçut la manchette en première page, elle posa la théière et ramassa le journal.

— Mon Dieu, murmura-t-elle.

Puis, songeant à Mona, Grace replia le journal et sortit en coup de vent.

Elle entra dans la grande maison par la porte de derrière et fut surprise de trouver la cuisine déserte, le fourneau froid. Dans la salle à manger imposante, la vieille pendule à balancier égrenait fidèlement les secondes dans le silence oppressant. Le salon était empli de tonalités sombres, mornes ; les têtes d'impalas et de buffles contemplaient des sofas et des fauteuils qui n'avaient pas vu d'occupants depuis des semaines. Les surfaces cirées et l'argenterie brillante étaient la seule preuve qu'un être humain, avec un balai et un chiffon, était passé par là.

Grace se figea pour écouter. Bellatu était aussi silencieux et peu accueillant qu'un mausolée. Elle savait que Valentin, accablé par la mort de son fils, était parti chasser le lion au Tanganyika et que Rose affrontait son deuil de la seule manière qu'elle connaissait : dans la solitude monacale de la clairière aux eucalyptus. Mais où était Mona ?

Elle entendit un bruit. En se retournant Grace constata que le salon n'était finalement pas désert. Geoffrey Donald se levait du canapé de cuir.

— Bonjour, Tante Grace. J'espère que je ne vous ai pas fait peur.

— Où sont les domestiques ?

Il haussa les épaules.

— Aucune idée. Personne n'est venu répondre à la porte quand j'ai frappé. Je suis entré tout seul.

— Où est Mona ?

— Au premier. Je l'ai vue à la fenêtre. Elle refuse de descendre me parler.

— Avez-vous vu ceci ?

Grace lui tendit le journal.

Les sourcils de Geoffrey se haussèrent.

— Pas possible ! Bonne nouvelle, non ?

— J'espère que Mona sera de cet avis. Peut-être cela lui apportera-t-il une certaine paix de l'esprit. Je vais monter la voir, Geoff. Mettez donc la bouilloire sur le feu et je la ferai descendre pour prendre le thé.

Quand les morts sont oubliés, ils sont morts deux fois.

Où avait-elle lu cela ? Mona ne s'en souvenait plus. Peu importait, d'ailleurs : ce n'en était pas moins vrai. Et pour cette raison, jamais elle n'oublierait son frère.

Mona était assise sur la banquette dans l'embrasure de la fenêtre, dans la chambre d'Arthur, regardant le mont Kenya au loin, par-delà l'immensité des hectares de caféiers. Dans son giron, il y avait le poème écrit par Tim Hopkins qu'il lui avait donné le matin du défilé et qu'elle n'avait pas eu l'occasion de passer à son frère. Elle l'avait relu si souvent qu'elle le savait par cœur.

— Mona ? dit Grace depuis le seuil de la chambre.

Elle traversa la pièce, en frissonnant et se demandant comment sa nièce pouvait supporter le froid glacial de cette pièce. En approchant, Grace examina Mona avec sollicitude. Elle avait hérité la beauté brune de son père, mais ces dernières semaines elle était devenue pâle. Le hâle du Kenya, commun à tous les colons anglais, s'était mué en une blancheur inquiétante qui rehaussait le noir de ses yeux et de ses cheveux. Elle avait perdu du poids ; sa robe pendait sur elle.

— Mona ? dit Grace en s'asseyant en face de sa nièce sur la large banquette de la fenêtre. Geoffrey est en bas. Pourquoi refuses-tu de le voir ?

Mais Mona ne répondit pas.

Grace soupira. Elle savait que la douleur de sa nièce était imbriquée dans un réseau complexe de culpabilités et de châtiments. Mona s'accusait de la mort de son frère parce que, comme elle l'avait dit, sans son intervention il n'aurait pas été désigné pour couper le ruban, il se serait trouvé en sécurité dans la tribune d'honneur, au moment de l'incident. Elle blâmait aussi Geoffrey Donald qui, Mona l'avait déclaré avec violence, « ne faisait rien », pendant que son frère était assassiné. Valentin aussi était coupable — pour n'avoir pas mieux su maîtriser la manifestation des Africains et pour avoir laissé David Mathengé s'évader ; même Lady Rose, dans la pensée torturée de Mona, avait sa part de culpabilité dans la mesure où elle n'avait jamais été une bonne mère pour Arthur.

Enfin, Mona rejetait sur David Mathengé la responsabilité de la mort de son frère.

Grace lui montra le journal.

— En fin de compte, il est innocent, dit Grace pendant que Mona lisait. Cet autre garçon, Matthew Munoro, s'est livré à la police et a avoué qu'il a poignardé Arthur. Ce n'était pas David.

Mona mit longtemps à lire l'article ; puis Grace se rendit compte qu'elle ne lisait pas mais regardait simplement la page.

— Apparemment, expliqua Grace doucement, des pressions très fortes se sont exercées au sein de la tribu pour que le vrai meurtrier se dénonce et innocente David. On veut que le fils de Wachéra puisse sortir de sa cachette, or il ne peut pas le faire tant que la police le recherche pour meurtre. Il paraît que le chef Muchina se trouve sous le coup d'un *thahu* et serait terriblement malade. J'imagine que ce jeune Matthew a préféré affronter la justice de l'homme blanc plutôt que le *thahu* de Wachéra.

Mona détourna la tête et son regard se posa sur l'océan de verdure des caféiers qui s'étendait jusqu'aux contreforts de la montagne.

— David Mathengé est quand même coupable, dit-elle à mi-voix.

— Mais tu as affirmé toi-même à la police que tu n'as pas vu donner le coup de poignard. Tim Hopkins, la seule autre personne sur les lieux, était inconscient et n'a rien vu non plus. Mona, ce garçon a avoué.

— David Mathengé est coupable de la mort de mon frère,

continua Mona à mi-voix, parce que s'il ne s'était pas évadé, Arthur ne serait pas mort. Il n'a peut-être pas plongé le poignard dans le dos de mon frère, mais il n'en est pas moins coupable de meurtre. Un jour, David Mathengé paiera.

Grace s'adossa à la banquette. Cette affaire cauchemardesque avait déchiré la famille Treverton. Mona était là, plongée dans un bourbier de chagrin et d'auto-accusation ; Valentin avait couru exhaler sa colère et sa rage impuissante dans les plaines du Sérengéti ; et Rose se faisait plus invisible que jamais au milieu de ses chers arbres, avec pour seule compagnie — ironie du sort — Njéri, la demi-sœur de David.

— Mona, descends parler à Geoffrey, je t'en prie.

— Je n'ai pas envie de le voir.

— Que vas-tu faire alors ? Ne plus voir personne jusqu'à la fin de tes jours ? Ton chagrin passera. Je te l'affirme. Tu n'as que dix-huit ans. Tu as ton avenir devant toi : le mariage, les enfants.

— Je ne veux ni mariage ni enfants.

— Tu ne peux pas en décider pour l'instant, Mona chérie. Tu as tellement de temps devant toi. Les choses changent. Si tu ne te maries pas, quel genre de vie mèneras-tu ?

— Tu ne t'es jamais mariée.

Grace regarda sa nièce sans rien dire.

Puis Mona demanda, avec des larmes qui lui montaient aux yeux :

— As-tu jamais été amoureuse, Tante Grace ?

— Oui... il y a longtemps.

— Pourquoi ne l'as-tu pas épousé ?

— Nous... ne pouvions pas. Nous n'étions pas libres.

— Je vais te dire pourquoi je t'ai demandé cela, Tante Grace. Parce que je sais maintenant que je suis incapable d'aimer. J'ai passé bien des heures assise ici, à réfléchir. Et j'ai fini par comprendre qu'Arthur et moi étions différents des autres. Je vois bien maintenant que je suis exactement comme ma mère, que je suis née incapable d'éprouver de l'amour. Jamais elle n'a eu la moindre affection pour Arthur, à présent j'en suis certaine. Elle ne nous a jamais aimés ni l'un ni l'autre. Quand j'essaie de me représenter ma mère, Tante Grace, je ne parviens pas à la *voir*.

Les larmes de Mona jaillirent.

— Elle n'est qu'une ombre. Une femme incomplète. Et je ne serai pas capable d'aimer, exactement comme elle. Maintenant qu'Arthur est mort, je serai toute seule dans la vie.

Quand Mona se mit à pleurer, les souvenirs affluèrent soudain dans l'esprit de Grace : cette terrifiante nuit de février, dix-huit ans auparavant, où elle avait mis au monde, dans un wagon de chemin de fer, un bébé qui ne respirait pas ; le premier rire de Mona, ses premiers pas ; la créature pareille à un singe qui avait bondi de la Cadillac en criant « Tantine Grace ! Nous sommes rentrées, et je ne serai jamais obligée de retourner en Angleterre ! » Grace sentit soudain le poids de chaque jour de ses quarante-sept ans.

— Mona, écoute-moi ! dit-elle en prenant les mains de la jeune fille dans les siennes. Le poignard qui a frappé ce jour-là continue de frapper. Il te vide de tout ce qu'il y a de vie et d'amour en toi. Ne le laisse pas te tuer toi aussi, Mona. Sors de cette chambre. Ferme-la et dis adieu au fantôme qui l'habite. Tu appartiens au monde des vivants. Arthur ne voudrait pas que tu agisses comme tu le fais. Et je te promets une chose : il y aura dans ta vie quelqu'un que tu pourras aimer.

Mona s'essuya les yeux avec le dos de la main. Ses yeux d'ardoise sombre avaient leur regard morne ; sa voix vibrait de solitude.

— Je sais ce qui m'attend, Tante Grace. Maintenant que mon frère est mort, je suis l'héritière de Bellatu. Tout cela m'appartiendra un jour, et je vais faire de cette plantation ma vie. Je vais apprendre à la diriger, à cultiver le café, à être indépendante, le seul maître que j'aurai sera Bellatu. Ce sera la seule chose que j'aimerai jamais.

Il y avait une flamme dans les yeux de Mona qui rappela à Grace un autre souvenir datant aussi de dix-huit ans. Elle et Valentin s'étaient tenus à cet endroit même, sur une colline nue où la maison s'élèverait un jour et elle l'avait écouté évoquer ses projets pour cette immensité déserte. Grace avait entendu la conviction dans sa voix lorsqu'il parlait de posséder ces terres, elle avait vu ses yeux noirs s'illuminer étrangement tandis qu'il décrivait sa vision de l'avenir. Et Grace comprit soudain qu'elle assistait à la même scène avec la fille de Valentin.

— Ce sera une existence solitaire, Mona, dit-elle tristement. Rien que toi, toute seule dans cette grande maison.

— Je ne serai pas solitaire, Tante Grace. Parce que je serai très occupée.

— Sans rien dans ta vie que des caféiers ?

— J'aurai quelque chose pour quoi je vivrai.

— Quoi donc ?

— Faire payer son crime à David Mathengé.

— Mona, murmura Grace, allons. Enterre ton chagrin. La vengeance n'a jamais soulagé personne !

— Il reviendra ici un jour. Il sortira de sa cachette, où qu'elle soit, et il reviendra ici. Ce jour-là, je veillerai à ce que David Mathengé paie le meurtre de mon frère.

Au rez-de-chaussée, une porte claqua. Des pas retentirent dans la maison. Finalement, la voix de Mario résonna dans le couloir.

— Memsaab Daktari !

— Bonté divine, dit Grace en se levant. Je suis ici, Mario.

Il entra précipitamment.

— Memsaab ! Dans la forêt ! Il faut venir.

— Qu'y a-t-il ?

— Une initiation, Memsaab ! Une grande ! Très secrète !

— Où ? Une initiation pour qui ?

— Dans les montagnes. Là-bas. Pour des *jeunes filles*, memsaab.

Grace comprit soudain le comportement étrange de ses infirmières, l'absence du personnel de Bellatu, le silence anormal de la mission. Ils s'étaient réunis pour une importante initiation secrète, la première depuis des années, c'était la cérémonie interdite de l'excision des jeunes filles — la clitoridectomie qui avait tué la sœur de Mario.

— Memsaab, dit-il. La petite Njéri Mathengé...

Grace passa devant lui comme une flèche et s'élança dans le couloir.

Mona resta sur la banquette de la fenêtre, écoutant décroître le bruit de leurs pas. Elle regarda au-dehors et vit Grace et son boy traverser la pelouse en courant vers le sentier qui descendait à la mission.

Un instant plus tard, une voiture — une voiture officielle — arriva de la direction opposée. Quand Mona vit un officier de police en sortir, elle quitta sa banquette et alla au rez-de-chaussée.

Geoffrey se leva à son entrée dans le salon.

— Que se passe-t-il ? questionna-t-il.

— Un policier vient d'arriver. Sans doute à cause de l'initiation.

Mais ce n'était pas du tout pour cette raison-là. Il avait apporté un télégramme, qu'il remettait maintenant à Mona.

— C'est pour le docteur Treverton, mais personne à la mission ne semblait savoir où elle était. Je me demandais si vous voudriez bien le lui remettre.

Mona regarda l'enveloppe jaune en fronçant les sourcils. Voyant que le télégramme venait de l'Ouganda, elle l'ouvrit sans hésiter.

Il avait été envoyé par Ralph, le frère de Geoffrey, et disait : TANTE GRACE. GRAVE ÉPIDÉMIE DE MALARIA. MÈRE DÉCÉDÉE. PÈRE MOURANT VOUS RÉCLAME. VENEZ VITE. AMENEZ GEOFFREY.

— Oh, mon Dieu ! s'écria-t-elle.

Elle tendit le télégramme à Geoffrey et avant qu'il ait eu le temps de réagir, Mona dévala les marches de la véranda en direction de la rivière.

Quand elle parvint sur la crête de la colline, d'où elle pouvait voir l'ensemble de la mission, le terrain de polo et la hutte de Wachéra, Mona n'aperçut sa tante nulle part.

32

L'opération rituelle s'appelait *irua* et se composait de trois éléments : l'ablation du clitoris, la taille des lèvres et la suture de la vulve.

Elle avait pour but de décourager le désir sexuel des jeunes filles, de limiter la promiscuité et d'empêcher la masturbation. On croyait qu'une fois la partie sensible des organes génitaux enlevée et l'ouverture vaginale réduite à la grosseur du petit doigt, les jeunes filles seraient détournées des expériences sexuelles avant le mariage. Plus tard, au moment de l'achat par l'époux, chacune d'elles subirait un examen pour vérifier sa virginité, et l'on procéderait à une incision pour permettre les rapports sexuels.

L'*irua* était l'un des plus anciens rites des Kikuyus, et l'un des plus vénérés ; il marquait l'entrée officielle de la jeune fille dans la tribu et célébrait son passage au rang de femme. Toutes celles qui subissaient l'*irua* étaient honorées et respectées dans le clan ; les autres étaient bannies.

Wachéra avait préparé ses instruments et ses médicaments pendant des jours.

De nombreuses moissons s'étaient succédé depuis la dernière fois qu'elle avait célébré l'*irua* sacrée — la crainte qu'éprouvait son peuple pour les représailles de l'homme blanc avait arrêté la pratique de bien des rites kikuyus importants — et Wachéra se sentait fière et honorée de pouvoir l'accomplir ce jour-là. Les ancêtres étaient satisfaits ; ils le lui avaient dit. De même qu'ils lui avaient appris l'endroit où son fils se cachait — au pays où dort le soleil.

Toutefois ils ne lui avaient pas indiqué la date de son retour.

Mais Wachéra était patiente. Elle croyait fermement qu'un jour son fils reviendrait au pays kikuyu prendre sa place à la tête de son peuple. Ce jour-là, Wachéra en était certaine, David reconquerrait ses terres volées par l'homme blanc et le chasserait du pays kikuyu.

Son *thahu* n'était-il pas efficace ?

La terrible malédiction que Wachéra avait prononcée de nombreuses moissons auparavant dans la grande case de pierre du bwana avait fini par emporter la vie de l'unique fils du bwana. Le reste du *thahu* se réaliserait avec le temps, la guérisseuse en était persuadée, et anéantirait la semence de l'homme qui avait abattu le figuier sacré. Le jour viendrait où le bwana et sa famille n'existeraient plus, et tout serait comme s'ils n'avaient jamais existé.

N'empêche, les fruits de la vengeance n'offraient guère de soulagement pour la douleur que Wachéra portait jour et nuit dans sa poitrine — la douleur de ne pas avoir son seul fils auprès d'elle, de l'attendre, de s'inquiéter pour sa sécurité et son bonheur. Elle éprouvait une certaine consolation, cependant, à savoir que David était soumis à une épreuve spéciale de virilité, comme les guerriers d'autrefois. Quoi qu'il ait subi aux mains du chef Muchina et dans la prison de l'homme blanc, quelles que soient les épreuves qu'il devait endurer dans les terres de l'Ouest, Wachéra savait que son fils deviendrait un vrai guerrier, un vrai Mathengé.

Elle s'interrompit dans ses derniers préparatifs pour guetter le chant des jeunes filles, qui indiquerait qu'elles venaient du côté de la rivière, prêtes à être opérées.

Personne n'aidait la guérisseuse dans son travail secret. En raison de son caractère sacré, l'*irua* exigeait une propreté rituelle et une pureté spirituelle particulières. Le rasoir ne pouvait pas être tenu par n'importe quelle main de même que l'exécution de l'acte ne pouvait pas être vue par n'importe qui. Seules les femmes elles-mêmes excisées et de bonne réputation dans la tribu pouvaient assister à la cérémonie. Et les hommes encouraient des châtiments s'ils essayaient d'épier le rite.

Wachéra savait que ce qu'elle allait faire ce jour-là était condamné par l'homme blanc. Ce n'était pas contraire à la loi ; en dépit de leurs efforts pour extirper l'antique rite, les missionnaires n'avaient pas réussi à le faire déclarer officiellement illégal. Toutefois ils tentaient par d'autres moyens de détourner les Enfants de Mumbi des pratiques traditionnelles, et par ces moyens les missionnaires obtenaient de très bons résultats, par exemple en interdisant à tout enfant circoncis l'accès de leurs écoles. Les écoles des missions étaient les meilleures, et comme la plupart des parents désiraient faire bénéficier leurs enfants des avantages et de l'instruction de l'homme blanc, ils avaient conclu un déplorable marché avec les missionnaires, renonçant aux modes de vie ancestraux afin de recevoir les miettes qui tombaient de la table de leurs suzerains blancs.

Tel avait été l'état d'esprit au pays kikuyu jusqu'au jour de l'arrestation de David Mathengé.

Mais à partir de ce moment-là, grâce aux discours convaincants de la jeune Wanjiru et d'autres comme elle, les Enfants de Mumbi commençaient à se rendre compte qu'ils avaient conclu avec leurs oppresseurs blancs un pacte stérile. Le jour de la grande manifestation de Nairobi, quand David s'était évadé et que les soldats avaient tiré à balles sur la foule sans défense, les yeux des Kikuyus s'étaient ouverts. Les uns après les autres ils étaient venus demander conseil à Wachéra. Et elle avait répondu : « Retournez à la façon de vivre des ancêtres, qui sont malheureux. »

Bien que de nombreux Kikuyus n'aient pas été de cet avis et aient refusé de participer à l'*irua* de ce jour, croyant les missionnaires qui l'appelaient monstrueux et barbare, les vrais Enfants de Mumbi avaient conduit leurs sœurs et leurs filles dans la forêt pour la cérémonie.

Elle guetta de nouveau les chants.

Pendant que Wachéra s'affairait dans la solitude de la hutte de l'initiation, des jeunes filles de tout le district, âgées de neuf à dix-sept ans, se baignaient dans l'eau glacée de la rivière jusqu'à hauteur de la poitrine. Tandis que les anciennes de la tribu montaient la garde sur la berge pour s'assurer qu'aucun homme et aucun non-Kikuyu ne les épiait, les initiées frissonnaient dans l'eau destinée à les insensibiliser, car l'opération se ferait sans anesthésie. Elles chantaient les chants rituels et laissaient tomber des feuilles dans la rivière, symbole signifiant qu'elles noyaient leur esprit d'enfant. Elles resteraient dans l'eau glacée jusqu'à ce qu'elles ne sentent presque plus rien au-dessous de la taille, puis elles suivraient un sentier conduisant à un ensemble de huttes bâties pour la circonstance au milieu de la forêt.

Wachéra s'était baignée dans la rivière avant l'aube et s'était rasé la tête. À présent, elle peignait son corps à la peinture sacrée — chaux blanche du mont Kenya et ocre noire[1]. Elle psalmodiait en même temps des paroles sacrées qui feraient de la chaux et de l'ocre un talisman puissant contre les esprits mauvais. Quand ce fut terminé, elle vérifia de nouveau ses feuilles de pansement, les « bannisseurs » qui faisaient fuir les esprits de l'infection, ainsi que le mélange de lait et d'herbes calmantes avec lequel elle baignerait les plaies vives. Des feuilles odorantes avaient été mises à part pour la dernière partie de l'opération, où elles seraient fixées entre les jambes de chaque jeune fille avant qu'on l'emporte dans la hutte de guérison. Enfin, Wachéra vérifia son rasoir de fer. Il était affûté et nettoyé, comme sa grand-mère, la vieille Wachéra, le lui avait enseigné. Il était rare que *ses* jeunes filles souffrent au moment de l'incision ou meurent par suite d'empoisonnement du sang.

Les chants dans le lointain attirèrent Wachéra sur le seuil de la hutte d'initiation, terminée depuis peu. Elle vit les tantes et les mères en train de construire joyeusement l'arche de cérémonie avec des bananiers, des cannes à sucre et des fleurs sacrées, à l'entrée du village temporaire. Cette arche constituait un moyen de communication avec les esprits des ancêtres ; personne, en dehors des initiées, ne devait la franchir. D'autres femmes étalaient par terre des peaux de vache toutes fraîches ; les jeunes filles s'assiéraient dessus pendant l'opération. Et d'autres encore préparaient le festin de mouton rôti et de bière de canne qui suivrait l'épreuve.

L'*irua* était l'une des fêtes les plus solennelles des Kikuyus, mais aussi l'une des plus joyeuses. Wachéra sentit son cœur bondir au spectacle de son peuple de nouveau uni dans la tradition. Le Dieu de Lumière devait être satisfait ! Ce retour aux coutumes des ancêtres indiquait sûrement que l'homme blanc ne tarderait pas à quitter le pays kikuyu. Cela voulait dire que son fils David rentrerait bientôt.

Wachéra Mathengé, pour la première fois depuis de nombreuses années, se sentit soudain très heureuse.

Grace n'eut pas besoin de demander à Mario où se trouvaient les jeunes filles. Elle les entendait chanter dans la rivière.

Avant qu'elle arrive jusqu'à elles, la route lui fut barrée par des hommes — les pères et les frères des initiées, expliqua Mario — qui se passaient de main en main des calebasses de bière de canne. Ils se montrèrent polis envers la Memsaab

1. L'*ocre noire* ou encore *nad* ou *écume de manganèse :* oxyde de manganèse utilisé comme pigment brun foncé ou noir. (N.d.T.)

Daktari mais refusèrent de la laisser avancer. Il y avait déjà sur place le commissaire-adjoint Shannon, de la police du district, qui avait laissé sa voiture dans la route et s'était frayé un chemin dans la brousse avec deux *askaris* africains. Et en même temps que Grace survinrent deux missionnaires de l'église méthodiste de Nyéri, ainsi qu'un groupe de prêtres de la mission catholique, visiblement bouleversés.

— Bonjour, docteur Treverton, dit le commissaire-adjoint Shannon en arrivant près de Grace.

C'était un homme de haute taille, d'une raideur militaire, qui dirigeait son district avec efficacité et savait quand il valait mieux ne pas se mêler des « affaires d'indigènes ».

— Ils ne nous laisseront pas aller plus loin, j'en ai peur, dit-il avec un signe de tête en direction des pères et des frères joyeusement ivres. Les jeunes filles sont dans la rivière, mais elles passeront par ce chemin. Ce sera votre seule chance de les voir.

— Où la cérémonie aura-t-elle lieu ?

— Là-haut, au milieu de ces arbres. Ils ont passé des semaines à défricher un emplacement pour les huttes.

— Je ne m'attendais pas à vous trouver ici. Vous n'allez pas essayer de les arrêter ?

— Je ne suis pas ici pour intervenir, docteur. Mais pour maintenir la paix et éviter que cela se termine par une vilaine affaire.

Il faisait allusion aux missionnaires qui semblaient agités et d'humeur à s'interposer.

— Croyez-moi, reprit le commissaire à mi-voix. Je n'approuve pas ce que font les indigènes, pas plus que vous. Mais je n'ai pas le pouvoir de l'empêcher, et même si je l'avais, je me garderais d'essayer. Ces Africains sont beaucoup plus nombreux que mon petit détachement, et ils sont complètement ivres. Ils ont sans doute été aiguillonnés par des agitateurs politiques. Ces gens deviennent de plus en plus difficiles à tenir en main.

— Je n'en avais même pas entendu dire *un mot !*

— Personne n'était au courant. Ils l'ont vraiment gardé secrète, celle-là. Elle est liée à l'affaire David Mathengé.

— Savez-vous où il se trouve ?

— Des bruits courent. Certains disent qu'il est au Tanganyika ; d'autres, au Soudan. Le gouvernement n'a pas assez de personnel pour le faire rechercher dans toute l'Afrique-Orientale, et maintenant que cet autre garçon a avoué qu'il a tué votre neveu, ma foi, en toute franchise, docteur, je crois que plus personne ne se soucie de l'endroit où est David Mathengé.

— *Mi scusi, signor,* dit un prêtre aux cheveux blancs en venant d'un air bouleversé trouver le commissaire. Il faut que vous fassiez cesser cette abomination !

— Ils n'enfreignent aucune loi, mon père. Et je vous conseille de ne pas intervenir. Si vous essayez, à mon grand regret, je serai contraint de vous arrêter.

— Mais c'est scandaleux ! Ce n'est pas *nous* qui accomplissons ce rite impie ! Au nom de ces pauvres jeunes filles, vous devez les empêcher de continuer !

— Père Vittorio, répondit Shannon avec une patience professionnelle, vous savez aussi bien que moi que ces gens ne m'écouteront pas. Et si j'essaie de les arrêter, il y aura du sang versé. Attendez dimanche, mon père, vous les sermonnerez en chaire.

Le vieux prêtre lança un regard noir au commissaire puis se tourna vers Grace.

— Signora dottoressa, vous désirez sûrement vous aussi que cela cesse ?

Oui. Grace le désirait. Elle était si violemment opposée à l'*irua* que six ans auparavant elle s'était rendue à Genève pour participer à la conférence sur l'enfance africaine, organisée sous les auspices du Fonds de Secours aux Enfants. Avec plusieurs autres délégués européens, elle s'était élevée contre cette coutume barbare, déclarant que c'était le devoir de tous les gouvernements des pays dans lesquels cette coutume était pratiquée de la décréter acte délictueux. La clitoridectomie était pratiquée non seulement au Kenya, mais dans toute l'Afrique et le Moyen-Orient ; des centaines de tribus, des Bédouins de Syrie aux Zoulous d'Afrique du Sud, forçaient les fillettes à subir un rite douloureux et traumatisant qui engendrait des complications plus tard dans la vie, notamment lors de l'accouchement. Grace avait exposé aux membres de la conférence le cas de Gachiku et la naissance par césarienne de la petite Njéri.

Toutefois, les membres de la conférence ne pouvaient pas admettre sans réticence l'abolition d'une coutume sociale profondément enracinée dans un peuple et considérée comme sacrée ; à la place, ils avaient opté pour l'instruction de ces peuples, en vue de les aider à renoncer de leur propre chef à ce genre de pratique.

À la connaissance de Grace, aucune *irua* n'avait été célébrée dans cette province depuis des années. Si, comme le croyait le commissaire Shannon, cette cérémonie de masse était liée en quelque manière à l'arrestation de David Mathengé, alors l'*irua* d'aujourd'hui était bien plus qu'un simple rassemblement tribal traditionnel.

C'était une gifle au visage de l'homme blanc.

— Les voici ! dit l'un des Méthodistes.

Pendant toute la cérémonie, c'était le seul moment où d'autres pouvaient voir les initiées. Les jeunes filles, nues hormis un collier d'un seul rang, suivaient le sentier conduisant de la rivière au groupe de huttes, en chantant des chants ancestraux mélancoliques, d'une voix lente et douce. Elles avançaient deux par deux, les coudes pliés pressés contre leurs côtes, les mains levées fermées en poing avec le pouce entre l'index et le majeur, pour indiquer qu'elles étaient prêtes à supporter la douleur imminente.

Grace demeura clouée sur place. Les prêtres et les missionnaires ne réagirent pas non plus, parce que rien ne les avait préparés à la scène qui se déroulait sous leurs yeux.

Les jeunes filles avançaient d'un air grave et majestueux, chantant avec une harmonie d'une beauté parfaite, la tête rasée de près, leur corps nu luisant de l'eau de la rivière. Elles ne regardaient ni vers les bords du sentier, ni derrière elles, car cela leur aurait porté malheur ; elles ne témoignèrent pas qu'elles avaient remarqué la présence des Kikuyus, qui se tenaient maintenant avec gravité à distance respectueuse, ni des Européens qui regardaient, interdits. Les initiées marchaient comme en transe, elles s'hypnotisaient par leur psalmodie mélodieuse ; à chaque pas, leurs corps sveltes se balançaient légèrement.

Leur âge, estima Grace, allait de huit ou neuf à dix-sept ans. Une si grande différence n'aurait jamais existé autrefois, mais comme il n'y avait pas eu d'*irua* depuis longtemps, les plus âgées s'étaient jointes aux plus jeunes. Et elle les connaissait presque toutes. Il y avait Wanjiru, la militante qui avait orchestré l'évasion de David Mathengé ; il y avait les trois filles de l'infirmière Rébecca ; il y avait Njéri, la demi-sœur de David, la dame de compagnie de Rose.

Quand avaient-ils organisé tout cela ? Comment étaient-ils parvenus à garder le secret ? La monstrueuse procession se composait d'au moins cent jeunes filles ! Pourquoi pas un seul blanc n'en avait-il entendu parler ?

Grace se sentit glacée soudain. Pour la première fois depuis dix-huit ans qu'elle vivait en Afrique-Orientale, elle éprouva une étrange, une profonde frayeur. Il y avait quelque chose d'impressionnant chez ces innocentes jeunes filles nues, quelque chose de brut et de primitif. Grace eut l'impression de regarder en arrière dans la nuit des temps. C'était comme si elle regardait des adolescentes ayant vécu cent ans plus tôt, en route vers l'antique épreuve de force, de courage et d'endurance.

Et cela lui fit peur.

Quand les jeunes filles furent hors de vue, les Kikuyus hommes se rassemblèrent et observèrent les Européens d'un air méfiant.

— Pourquoi ne rentrez-vous pas tous chez vous ? dit le commissaire-adjoint Shannon aux missionnaires. Il n'y a rien que vous puissiez faire ici.

Le père Vittorio, se ressaisissant soudain, s'écria :

— Allez vous rester planté là, en sachant ce que ces pauvres fillettes vont subir ?

Shannon jeta un coup d'œil aux Africains, puis offrit un large sourire au prêtre.

— Attention, mon père. Ils nous observent. Et ce sont les frères et les pères des jeunes filles. Si vous faites un faux pas, à présent je ne pourrai pas vous tirer de leurs mains.

Le prêtre se tourna vers les Africains. Il en connaissait beaucoup. L'un d'eux s'occupait du jardin de son église, un autre prenait soin de ses vêtements sacerdotaux. C'étaient des hommes qui participaient régulièrement à la messe, s'agenouillaient devant la grille de l'autel pour recevoir la sainte communion, faisaient baptiser leurs enfants avec des noms chrétiens, mais qui étaient maintenant, le prêtre s'en rendait compte, des inconnus.

Le père Vittorio cligna des paupières. Il avait une soudaine révélation qui, pour une raison qu'il ne s'expliquait pas, le frappait de terreur : l'Afrique sauvage battait encore dans ces cœurs catholiques.

Tandis que les Européens continuaient de discuter sur ce qu'il fallait faire, tout en surveillant du coin de l'œil les Africains qui bloquaient le passage, Grace quitta discrètement le groupe et s'enfonça dans les broussailles. À sa connaissance, aucun blanc n'avait assisté à une *irua*. Elle-même n'en avait vu que les conséquences : le décès de la sœur de Mario et l'accouchement difficile de Gachiku.

Elle avança parallèlement au sentier et aperçut bientôt entre les arbres l'arche sacrée décorée de fleurs. Quelques Kikuyus montaient la garde. Grace continua à travers bois pour contourner la clairière qui constituait l'enclos rituel. Enfin elle arriva près d'un rocher entouré de marronniers du Cap. En montant dessus, elle bénéficiait d'une vue parfaite sur l'enclos tout en restant cachée.

Elle observa, en retenant son souffle.

Le commissaire-adjoint Shannon avait raison. Intervenir dans un accouchement, comme elle l'avait fait pour Gachiku, était une chose, mais interrompre un rite solennel et sacré en était une autre bien différente. Pas plus que le commissaire et ses *askaris,* elle ne pourrait empêcher la cérémonie, Grace le savait. Et les Kikuyus aussi. L'*irua* qui allait avoir lieu constituait un pied de nez impudent aux autorités blanches. Depuis la débâcle de la Semaine du Défilé où plusieurs milliers d'Africains avaient été humiliés dans les yeux de leurs maîtres blancs, ils avaient cherché un moyen de riposter — et ils l'avaient trouvé.

C'était de la révolte ouverte, et nul ne l'ignorait.

Les jeunes filles entrèrent à la file dans l'enceinte où les mères les attendaient. Grace connaissait vaguement les règles du rite. Traditionnellement, chaque jeune fille avait une marraine, une autre femme de la tribu qui devenait pour elle une seconde mère. Mais elle vit ces adolescentes se diriger vers leur mère par le sang. Peut-être parce qu'il n'y avait pas assez de femmes disponibles. Après tout, si nombreux que fût ce groupe, il ne représentait pas l'ensemble des Kikuyus de la province, Grace s'en rendait compte. La majorité s'était tenue prudemment, sagement, à l'écart.

Les jeunes filles s'avancèrent vers leur mère, qui attendait sur les peaux de vache, et elles s'assirent. Elles étaient réparties par groupes de dix, pendant que le reste formait un cercle protecteur autour d'elles. De son poste d'observation, Grace pouvait voir par-dessus les têtes des femmes. Chaque jeune fille s'asseyait, les jambes ouvertes ; sa mère s'asseyait derrière elle et nouait ses jambes avec celles de sa fille, pour les maintenir écartées et immobiles. La fille reposait dans les bras de sa mère, la tête rejetée en arrière de sorte qu'elle regardait le ciel. Quand les jeunes filles furent en position, une femme âgée passa parmi elles aspergeant le sexe de chaque adolescente avec un liquide — sans doute de l'eau glacée, se dit Grace. C'était censé insensibiliser davantage et retarder l'hémorragie, mais Grace savait que cela ne ferait guère d'effet.

Ainsi maintenue par sa mère, chaque jeune fille devait garder les yeux fixés sur le ciel, sans bouger ni crier, ni même ciller pendant la durée de l'opération. Broncher en quelque manière entraînerait la honte sur elle-même et sa famille.

Grace ne fut pas surprise de voir paraître Wachéra, peinte de noir et de blanc, à l'entrée de la case.

Wanjiru était la première candidate. Elle était allongée dans les bras de sa mère et pour autant que Grace puisse le voir, elle ne montrait aucun signe de frayeur. Au contraire, elle semblait fière, comme si elle se faisait une joie de subir cette épreuve atroce. Et sous le rasoir de Wachéra, Wanjiru demeura sereine.

Grace ferma les yeux.

Quand elle les ouvrit de nouveau, on emportait Wanjiru, pansée avec des feuilles, vers la case de guérison.

Grace regarda opérer les suivantes. Les plus jeunes pleuraient. Quelques-unes hurlèrent. Il n'y en avait pas beaucoup comme l'extrémiste Wanjiru.

Grace eut l'impression que le temps s'était arrêté. Les femmes chantaient en une sorte d'harmonie primitive lancinante et se réjouissaient à chaque mutilation comme leurs mères l'avaient fait pour elles, et leurs grand-mères avant elles, et ainsi de suite en remontant dans l'histoire, selon un héritage ancestral immuable et fidèlement transmis. À chaque coup de rasoir sur ces jeunes filles, Grace sentait l'emprise de la civilisation européenne se relâcher. Devant elle, ces femmes qui portaient des noms chrétiens chantaient des louanges à Ngaï, le dieu du mont Kenya. Et elle se sentit devenir elle-même comme engourdie.

Mais quand le nouveau groupe de jeunes filles vint sur les peaux de vaches et qu'elle vit Njéri, terrifiée, s'allonger entre les jambes de Gachiku, Grace reprit soudain vie.

Wachéra exécuta son habile et rapide chirurgie sur quatre adolescentes avant d'arriver devant Njéri et quand Grace vit la peur dans les yeux de la jeune fille de dix-sept ans, quand elle la vit se débattre dans l'étreinte de sa mère et quand elle se rappela le jour où elle avait sorti le bébé du ventre de Gachiku, Grace cria : « Arrêtez ! » et descendit du rocher.

Les chants s'interrompirent. Les femmes se retournèrent.

C'était le pire des sacrilèges, l'intrusion d'une femme non-Kikuyu, non excisée, parmi elles. L'intervention de Grace jetait un *thahu* sur l'*irua* sacrée. Mais les femmes étaient trop choquees pour réagir. Elles s'écartèrent devant elle, quand elle se dirigea vers le cercle intérieur.

— Attendez ! dit Grace d'une voix haletante en arrivant derrière la guérisseuse agenouillée. Je vous en prie, arrêtez !

Wachéra s'assit sur ses talons, le rasoir à la main, marqua un temps puis se leva et fit face à Grace. Elle ne parut pas surprise de trouver la memsaab au milieu de la cérémonie ; en fait, Grace le comprit, Wachéra se félicitait même de cette interruption. *Comme si c'était enfin l'occasion de me livrer bataille,* pensa Grace.

— Je vous en prie, ne faites pas cela, Wachéra, dit Grace en kikuyu. Laissez partir cette enfant. Regardez comme elle a peur.

— Elle ne couvrira pas de honte sa famille.

Grace en appela à la mère de Njéri.

— Gachiku, n'est-elle pas votre enfant préférée ? N'est-ce pas la fille de votre bien-aimé Mathengé ? Comment pouvez-vous lui infliger une chose pareille ?

— Je le fais parce que je l'aime, répondit Gachiku d'une voix nouée, sans croiser le regard de Grace. Et pour honorer mon époux défunt.

— Vous voulez donc que votre fille souffre en accouchant comme vous avez souffert ?

Gachiku ne répondit pas.

— Donnez-moi cette jeune fille ! dit Grace à Wachéra. Elle m'appartient ! Je lui ai donné la vie alors que tout le monde l'aurait laissée mourir. Votre grand-mère, Wachéra l'Ancienne, voulait la laisser périr. Le Chef Mathengé aussi. J'ai sauvé Njéri ! Mais pas pour ça !

— Elle appartient au peuple kikuyu. Elle va devenir une authentique Fille de Mumbi.

— Je vous en prie, Wachéra ! Je vous en supplie !

— Vous me suppliez ? Comme ma grand-mère a supplié jadis le bwana votre frère de ne pas couper le figuier sacré ?

— Je suis désolée de cela, Wachéra. Mais je ne suis pas responsable des actes de mon frère.

— Où est mon mari ? s'exclama Wachéra. Où est mon fils David ? Où sont les enfants que je n'ai pas portés ? Si votre frère n'était pas venu au pays kikuyu j'aurais toute ma famille à côté de moi aujourd'hui. Au lieu de cela, je suis seule. Allez-vous-en. Vous n'appartenez pas au pays kikuyu. Repartez là où sont vos ancêtres.

Avant que Grace ait pu répondre, Wachéra se laissa tomber à genoux et accomplit sur Njéri les gestes sacrés.

Le hurlement de l'adolescente déchira l'air, faisant s'enfuir à tire-d'aile les oiseaux des arbres environnants.

Wachéra versa le lait d'herbe sur Njéri puis appliqua les feuilles guérisseuses. Elle déclara :

— À présent cette enfant est une vraie fille de Mumbi.

Grace abaisssa son regard. Elle se mit à trembler quand les pleurs de Njéri emplirent ses yeux. Aussi longtemps qu'elle vivrait, Grace le savait, jamais elle n'oublierait le hurlement de la jeune fille.

Cependant que Gachiku aidait sa fille à gagner la hutte de guérison, Grace se tourna vers la femme suivante, sur les peaux de bœuf.

— Rebecca, dit-elle d'une voix égale, je vous ai enseigné la chirurgie. Je vous ai donné des leçons sur la propreté et les infections. Vous savez que ce que vous faites ici aujourd'hui est dangereux. Vous savez que vous faites courir un grand risque à vos filles. Laissez-les aller. Parce que si vous ne le faites pas, plus jamais vous ne travaillerez avec moi.

L'infirmière kikuyu, qui portait une petite croix d'or autour du cou, regarda la femme blanche d'un air impassible.

— Et je vous le dis à toutes ! continua Grace en regardant tour à tour chaque femme. Si vous ne cessez pas cette pratique détestable tout de suite, jamais plus je ne vous accueillerai dans ma mission. Si vous tombez malades, ne vous présentez pas à mon dispensaire. Vous n'y serez pas reçues.

Elles la dévisagèrent sans broncher.

— Elles ne vous écouteront pas, dit Wachéra, parce que je leur ai expliqué que votre dispensaire ne sera plus là bien longtemps. Le jour où l'homme blanc quittera le pays kikuyu est proche. Nous sommes en train de revenir à nos anciennes coutumes, et vous serez oubliés.

Grace regarda le visage dissimulé derrière la peinture noire et blanche, le visage d'une femme qu'elle avait cru connaître mais qui, elle le comprenait maintenant, était une étrangère. Et un pressentiment, froid et gris, passa sur elle comme un nuage cachant brièvement le soleil. Elle songea aux quelques milliers de blancs qui imposaient leur loi à des millions d'Africains, elle entendit la voix du commissaire Shannon disant : « Ils sont de plus en plus difficiles à tenir en main », elle baissa les yeux vers les peaux de vache tachées de sang et elle comprit soudain, sans l'ombre d'un doute, qu'un seuil terrible, irrévocable, venait d'être franchi ce jour-là.

Avec une grande dignité, son attitude masquant la colère de son cœur et le trouble de son âme, Grace tourna le dos à la guérisseuse et sortit du compound. Quand elle passa sous l'arche sacrée des ancêtres, elle entendit derrière elle résonner de nouveau la douce psalmodie des Africaines.

33

Mona prit la main de sa tante non pas parce qu'elle avait peur de voyager en avion mais parce que Grace semblait pâle comme la mort.

Ce n'était pas un voyage d'agrément ; elles allaient à un enterrement.

Mona observa le profil strict de sa tante. Grace semblait inconsciente de la présence de sa nièce dans le fauteuil voisin du sien. Mona se dit que c'était peut-être parce qu'elle était assise du côté « aveugle » de sa tante, le côté de son œil blessé. Il n'y avait que les gens ne connaissant pas Grace Treverton pour s'asseoir ou se tenir à sa gauche, ne se rendant pas compte qu'elle ne les voyait pas. Mona serra plus fort la main inerte de Grace puis se tourna de nouveau vers le hublot.

Le monoplan Avro volait bas au-dessus de la forêt dense et de la jungle. D'en haut, se dit Mona, l'Afrique paraissait beaucoup plus sauvage et intimidante que vue du sol, mais elle était aussi plus attirante et saisissante de beauté ! Ce continent noir était son foyer. Ses fleuves coulaient dans son sang, ses arbres prenaient racine dans sa chair ; elle était convaincue que, parce qu'elle était née là, elle aimait l'Afrique avec plus de passion que tous les autres, et notamment les gens comme son père, intrus dans un monde qu'ils comprenaient à peine. Elle aurait aimé ôter le verre du hublot pour tendre les bras au-dehors, pour l'embrasser toute, pour lancer des appels aux troupeaux qui paissaient dans les plaines au-dessous, pour héler les bouviers appuyés sur leurs longs bâtons. Mona croyait qu'à cause de cet amour unique pour cette terre, l'Afrique ne la décevrait jamais, ne l'emplirait jamais d'amertume.

Elle regarda de nouveau sa tante.

Grace n'avait presque rien dit quand elle avait reçu le télégramme de Ralph Donald, trois jours auparavant. Mona se doutait que quelque chose s'était produit à la cérémonie de l'*irua,* mais Grace avait refusé d'en parler. Tout ce qu'elle avait dit, c'est :

— Je perdais mon temps pendant que James était en train de mourir.

Et maintenant, elle craignait d'arriver trop tard.

Grace avait tenu à ce qu'elles se mettent en noir. Même

pour Arthur, Mona n'avait pas porté de noir ; sa garde-robe ne contenait rien de plus sombre que du marron, les couleurs claires étaient plus pratiques dans un climat équatorial. Mais elles avaient trouvé à Nairobi une *duka* hindoue où on leur avait vendu des robes de deuil et de petits chapeaux noirs avec des voilettes noires.

Mona sentit vibrer l'avion, regarda les ailes recouvertes de toile se balancer légèrement sous les vents d'Afrique-Orientale. Pas plus tard que la semaine précédente un bimoteur Hanno qui apportait le courrier en Ouganda avait capoté à l'atterrissage.

Elle songea à la mort. Elle songea à Arthur dans sa tombe solitaire du petit cimetière derrière Bellatu, la première tombe dans un coin de terre qui attendait d'autres Treverton. Il n'était mort que depuis deux mois. Cela semblait deux années entières. Et maintenant, peut-être Oncle James, dont Mona se souvenait à peine.

Geoffrey Donald était à l'arrière de l'avion, dans la partie la plus étroite de la cabine, où il partageait un hublot avec deux religieuses catholiques qui se rendaient dans une mission à Entebbe. La perte éprouvée par Geoffrey avec la mort de sa mère avait inspiré à Mona de la compassion pour lui, avait fait naître en elle une tendresse inattendue envers lui, si bien qu'au moment où l'avion vira sur l'aile pour amorcer l'étape finale du vol, ses pensées allèrent à Geoffrey Donald.

Comme Grace avait envoyé à Ralph un télégramme l'informant de leur arrivée par avion, il se trouvait à l'aérodrome, dans la banlieue d'Entebbe. Il portait un brassard noir sur la manche de sa veste kaki.

Les frères s'embrassèrent gravement ; puis Ralph se tourna vers Grace, qui dit :

— Je suis navrée de votre deuil, Ralph.

Finalement il se tourna vers Mona et la prit dans ses bras.

— Je suis content que vous soyez venue, murmura-t-il.

Et elle le regarda, cet homme à l'air las qui était tellement incolore en comparaison de son frère. Elle se demanda ce qui avait bien pu la captiver naguère.

— Votre père... commença Grace, près de la portière ouverte de la Chevrolet de Ralph.

— Il en est à trente grains de quinine par jour, mais son état s'est stabilisé.

Grace baissa la tête et murmura :

— Dieu merci.

— Ça a été un vrai cauchemar, continua Ralph, tout le monde était atteint par la malaria.

Sa voix se brisa. Geoffrey le prit par l'épaule.

Ralph s'essuya les yeux.

— C'était fou. Une forme inhabituelle, nous ont expliqué les spécialistes de l'hôpital de Makéréré. Maman a été emportée très vite, Dieu merci. Elle a à peine souffert. Puis Gretchen a lutté comme un lion. Elle est tirée d'affaire à présent, mais j'ai peur que vous ne la reconnaissiez pas.

— Ralph, dit Grace à voix basse, la gorge nouée, emmenez-nous maintenant auprès de votre père, s'il vous plaît.

Sir James était assis dans son lit, en train de déclarer à sa fille qu'il était absolument incapable d'avaler une autre tasse de thé. Quand les quatre entrèrent dans la chambre, il s'interrompit au milieu de sa phrase, le regard fixe comme s'il ne parvenait pas à en croire ses yeux.

Geoffrey s'avança, s'assit au bord du lit et étreignit son père.

— Merci d'être venues, dit Gretchen à Mona et à Grace.

Mona fut horrifiée, Ralph l'avait prévenue qu'elle ne reconnaîtrait pas son amie. Gretchen paraissait bien plus que ses dix-huit ans. Elle dit :

— Nous sommes venues le plus vite possible. Par avion.

— Tu as bien du courage. Jamais je ne pourrais monter dans un avion.

— Je suis désolée pour ta mère, Gretchen.

Les yeux de son amie s'emplirent de larmes.

— Oh, au moins ça a été rapide. Elle n'a pas souffert.

Geoffrey se leva du lit et Mona regarda sa tante. Mais Grace semblait incapable de bouger. Alors Mona s'avança et dit timidement :

— Bonjour, Oncle James. Je suis contente de voir que vous vous sentez mieux.

— Je ne me sens pas mieux, mais je vais mieux, répondit-il d'une voix faible mais avec un sourire. Quelle joie de te voir, Mona. Tu es devenue une ravissante jeune fille.

Un instant de silence suivit. James regardait Grace de l'autre bout de la pièce. Finalement, il tendit un bras vers elle et elle alla à lui.

Mona vit sa tante se blottir avec aisance d'un geste naturel dans ses bras, cacher son visage contre son cou en pleurant tout bas. Elle vit les mains de James lui caresser le dos, les cheveux, la réconforter. Et soudain Mona comprit. C'était lui, cet amour d'autrefois dont sa tante lui avait parlé, l'homme qu'elle ne pouvait pas épouser.

Grace se dégagea pour regarder le visage blême de James. Les années et la rude vie en l'Ouganda, puis cette maladie avaient buriné ses traits. Les pommettes étaient plus osseuses ; la bouche était plus mince.

— Nous avons eu peur de vous perdre, dit-elle.

— Quand Ralph m'a dit que vous veniez avec Mona et Geoffrey, ça a été le remède idéal. J'ai décidé aussitôt de ne pas m'en aller je ne sais où.

— Je suis désolée pour Lucille.

— Elle a été très heureuse ici, Grace. Elle a fait du bon travail et a laissé sa marque. Beaucoup de gens se souviendront d'elle avec affection. Peu avant sa mort, elle m'a dit que mourir lui était égal : elle avait accompli sa tâche et elle retournait à Dieu. S'il y a un paradis, elle y est en ce moment.

Il soupira, puis laissa retomber sa tête sur l'oreiller et dit :

— Mais j'en ai terminé avec l'Ouganda, Grace, je veux revenir au Kenya. Je veux rentrer chez moi.

Entebbe, petite ville portuaire sur la côte nord du lac Victoria, était le centre administratif de l'Ouganda. Un jeune Africain, comme chaque jour, rôdait discrètement près des bâtiments officiels dans l'espoir de recueillir des nouvelles de son pays. Quand il vit les quatre blancs sortir du bungalow du Haut-Commissaire de la Province, et reconnut dans les deux femmes Grace et Mona Treverton, David Mathengé recula dans l'ombre du bâtiment et les regarda traverser la route non revêtue.

Il pouvait presque sentir dans sa bouche le goût délicieux de la vengeance.

À cause de ces gens et de leurs pareils, il avait dû fuir sa patrie et vivre en exil, pourchassé pour un crime qu'il n'avait pas commis — en homme humilié. Mais sa mère lui avait promis qu'un jour la terre serait rendue aux Enfants de Mumbi et qu'un jour son *thahu* jeté sur les Treverton s'accomplirait. Les blancs étaient pour le moment les maîtres de l'Afrique, mais David Mathengé se jura qu'ils ne le resteraient pas à jamais. Il retournerait un jour au Kenya, quand il serait prêt, quand il aurait appris ce qu'il devait apprendre, et il veillerait alors à obtenir sa revanche.

CINQUIÈME PARTIE

1944

34

La radio diffusait une chanson de Glenn Miller et Rose fredonnait l'air à l'unisson tandis qu'elle passait sa garde-robe en revue, essayant de choisir ce qu'elle allait mettre.

Elle regarda par la fenêtre de la chambre pour se laisser guider par le temps. Comme la journée était merveilleusement ensoleillée et toute bariolée de couleurs de fleurs nouvellement écloses, et comme elle allait broder au point de surjet les gardénias de sa tapisserie aujourd'hui, elle opta pour une robe de crêpe jaune primevère.

C'était impossible de trouver des robes neuves, à présent. La guerre en Europe avait mis la haute couture au point mort. La mode n'avait pas changé depuis cinq ans ; les robes avaient encore des épaules rembourrées et une jupe ample s'arrêtant au-dessous du genou. Pis, les vêtements étaient rationnés en Angleterre et la seule « nouvelle mode » créée depuis des années était le « tailleur utilitaire ». Rose trouvait tout cela effarant. La guerre avait fait des uniformes militaires et des vêtements de travail des modèles de haute couture !

Elle s'assit à sa coiffeuse pour que Njéri coiffe ses cheveux. Après s'être fait couper les cheveux pour la soirée inaugurale de Bellatu, vingt-cinq ans auparavant, Rose les avait laissés repousser, et ils lui tombaient maintenant jusqu'à la taille. Ils avaient encore la couleur de la lune à l'époque des moissons et ils demeuraient jeunes et brillants, sans une trace de gris bien que Lady Rose Treverton eût célébré récemment son quarante-cinquième anniversaire.

La radio crépita, le son baissa, puis se tut. Rose adressa à l'appareil un regard désolé. On ne pouvait apparemment plus compter sur rien.

Elle trouva une situation guère plus brillante dans la cuisine où, quelques minutes plus tard, elle vit une des servantes africaines en train de beurrer les tartines *avant* de les faire griller.

— Et la réserve de thé diminue, murmura-t-elle quand elle regarda dans la boîte.

Les approvisionnements de Nairobi étaient devenus irréguliers et il manquait toujours ceci ou cela. Il fallait tant consacrer à l'effort de guerre — nourrir les soldats du Kenya et les milliers de prisonniers italiens qui venaient dans la colonie — qu'il ne restait pas grand-chose pour les civils, semblait-il à Lady Rose.

Si Valentin était ici, elle en était sûre, ce ne serait pas le cas.

Mais Lord Treverton s'était engagé dans les Fusiliers Africains quatre ans plus tôt, quand les armées italiennes avaient envahi le nord du Kenya. Il y était resté depuis, participant d'abord à la campagne d'Éthiopie, qui avait marqué l'effondrement de l'armée italienne en Afrique Orientale, et maintenant, comme officier de renseignements de l'Administration du Territoire Ennemi Occupé, surveillant la frontière entre le Kenya et la Somalie. Pendant tout ce temps-là il n'était rentré à la maison qu'une seule fois. Et maintenant, suprême ironie, songea Rose en déposant dans la théière une mesure de thé Comtesse Treverton, après qu'un si grand nombre de jeunes du Kenya s'étaient battus et étaient morts dans cette campagne acharnée contre les Italiens, et que son propre mari avait failli mourir d'une blessure infectée, il y avait quatre-vingt mille Italiens enfermés dans des camps dans tout le Kenya.

Elle s'en irritait et se demandait pourquoi le gouvernement anglais ne les réexpédiait pas tous vers l'Italie.

— Bonjour maman ! dit Mona en franchissant le seuil de la porte de la cuisine, un fusil à la main. J'ai enfin eu le léopard qui s'attaquait aux cochons ! J'ai dit aux gars de te donner la peau quand ils l'auront tannée.

Rose adressa à sa fille un regard désapprobateur — pour plusieurs raisons. La première était la conduite inconvenante de Mona. L'Honorable Mona Treverton ne devrait pas arpenter la brousse un fusil d'homme à la main pour abattre des léopards. La deuxième concernait la façon dont Mona passait ses journées ces temps-ci. En l'absence de son père, Mona avait progressivement pris en main la direction de la plantation, au point de travailler au milieu de leurs Africains et même de réparer des machines de ses propres mains! Mais enfin et surtout, Lady Rose n'approuvait pas l'allure de sa fille, qui était indigne d'une jeune femme bien élevée.

Mona était vêtue d'un pantalon et de bottes, avec un corsage kaki enfoncé dans le pantalon. Ses cheveux noirs coiffés à la page, qui lui arrivaient à l'épaule étaient retenus par un simple foulard noué sur le sommet de sa tête. Et de l'endroit où elle était assise à table pour surveiller les tartines en train de griller, Lady Rose pouvait voir les mains de sa fille, qui les lavait au-dessus de l'évier : elles étaient rugueuses et hâlées par le travail de la ferme.

— Où est Tim ? demanda Rose.

Elle parlait du jeune homme qui avait été l'ami d'Arthur et dont ce dernier avait sauvé la vie sept ans auparavant. Il était devenu une figure familière dans la plantation Treverton.

— Il est monté à Kilima Simba pour rechercher les Italiens avec Oncle James.

— Quels Italiens ?

— Je vous l'ai expliqué hier, maman.

Mona vérifia la force du thé, remplit deux tasses et s'assit à table avec Rose.

— Trois prisonniers se sont évadés du camp près de Nanyuki. On a organisé une grande chasse à l'homme pour les rattraper.

— Mais pourquoi ? Les Italiens pullulent pratiquement partout. James en a plusieurs qui travaillent dans son ranch, et ta tante Grace en a deux dans la cuisine de son hôpital. Ils sont libres de leurs mouvements, ce me semble.

Mona prit le paquet de courrier resté intact sur la table ; sa mère ne s'en occuperait pas avant des jours, elle le savait.

Mona connaissait les sentiments de Rose à l'égard des Italiens. C'était leur faute si Valentin n'était pas à Bellatu et ils constituaient une lourde charge pour le Kenya — quatre-vingt mille hommes à qui il fallait donner cinq cents grammes de viande par jour. Voilà pourquoi on massacrait abondamment tant d'animaux sauvages dans les forêts. Tous les jours des camions chargés de carcasses de zèbres et d'antilopes passaient devant Bellatu. Ces chasses massives, irréfléchies, mettaient Rose en rage, et elle en rendait les Italiens responsables.

— Ces trois-là n'étaient pas des prisonniers comme les autres, expliqua Mona en examinant les enveloppes. C'étaient des officiers. L'un d'eux est un général, à ce qu'on m'a dit. Ils étaient étroitement surveillés. Il paraît que, quand ils se sont enfuis, un des gardiens a été tué, alors ça fait toute une histoire.

Rose beurra légèrement le pain grillé, coupa les croûtes et tendit une assiette à Mona.

— J'espère que Tim et James se montreront prudents.

— Oui. Et j'aimerais bien que vous n'alliez pas dans la clairière aujourd'hui, maman. Ou du moins, si vous y allez, emmenez deux ou trois hommes avec vous.

Rose secoua la tête.

— Les prisonniers évadés n'ont pas pu venir aussi loin. Je les verrais plutôt se dirigeant vers le nord, vers la Somalie. Peut-être votre père va les capturer. De toute manière, ce sujet me déplaît...

— Maman, j'aimerais vraiment que vous soyez un peu plus réaliste ! Ces hommes sont désespérés et dangereux ! Le gardien qu'ils ont tué... Ils l'ont massacré. Il était *mutilé !* Je vous en prie, restez dans la maison jusqu'à ce que...

Rose se leva brusquement.

— Vous m'avez rendue malade, Mona. Oui, vraiment, avec vos histoires. Je me passerai de petit déjeuner.

— Maman...

— Venez, Njéri.

Njéri Mathengé, qui, près du plan de travail, était en train de ranger le pique-nique — fraises à la crème, pâté en croûte froid et fromage blanc —, dit :

— Oui, memsaab.

Elle prit le panier et le parasol de Rose, puis franchit la porte de la cuisine à la suite de sa maîtresse.

Dès que Rose se trouva dans le jardin, à l'air frais et au soleil, elle se sentit mieux. Et plus elle avançait sur le sentier, Bellatu disparaissant peu à peu derrière les arbres, plus elle s'enfonçait dans la dernière réserve de forêt intacte, où personne n'entrait jamais sauf elle et Njéri, plus elle sentait le trouble s'estomper dans son cœur.

La clairière demeurait à peu près la même que le jour où elle l'avait découverte, vingt-cinq ans auparavant. Le belvédère avait souffert du passage du temps et sa peinture s'écaillait, mais les arbres étaient luxuriants et verts, les fleurs formaient une masse de couleur, les oiseaux et les insectes emplissaient de leurs chants et de leurs bourdonnements l'air qui sentait bon la frangipane. C'était un monde à part séparé du monde mauvais, plus vaste, où les hommes tuaient et où des animaux sauvages innocents étaient massacrés. Rose détestait ce monde-là ; elle l'écarta de son esprit.

La tapisserie était fixée à un grand métier pliant qui

s'enroulait de gauche à droite. Au fur et à mesure qu'elle travaillait, Rose faisait tourner un des montants de sorte que le tissu était enroulé et restait propre. Elle l'avait presque terminée. Immense, de la taille d'une nappe, cette tapisserie était entièrement recouverte de soies floches et de fils aux couleurs vives, brodés en points variés. Il ne restait plus que l'endroit vide au milieu des fougères et des lianes de la jungle — les quelques centimètres pour lesquels elle n'avait rien trouvé pendant toutes ces années. Rose décida d'y mettre un éléphant, peut-être, ou une hutte africaine.

Et après cela, quoi ? La tapisserie lui avait pris vingt-cinq années. Si elle en commençait une autre maintenant, Rose estima qu'elle l'occuperait jusqu'à la fin de sa vie. Quand elle mourrait, deux tapisseries témoigneraient qu'elle avait vécu.

Une petite serre s'élevait au bord de la clairière, entre deux châtaigniers majestueux. Elle avait été construite des années auparavant, à une époque où Rose, découvrant qu'elle en avait parfois assez de broder, avait décidé de s'intéresser à la culture des fleurs. La serre avait des murs de pierre mais le toit était un châssis de verre. Il y avait une fenêtre ; ses carreaux étaient devenus opaques avec les années, si bien qu'en regardant à l'intérieur, on ne distinguait que des ombres vagues et des taches de couleur. C'était là que Rose plantait et soignait ses précieuses fleurs. Elle commandait sur catalogues des graines et des bulbes ; elle expérimentait des hybridations. Elle taillait, elle faisait des boutures et elle parlait à ses plantes comme si c'étaient des enfants. Rose remportait des prix chaque année à l'Exposition Florale de Nairobi. Elle passait pour cultiver les orchidées les plus étonnantes de toute l'Afrique-Orientale.

Et aussi dans la serre, parmi les plateaux de delphiniums et de pousses d'iris, entre deux nénuphars du Nil dont les couronnes bleues commençaient juste à s'épanouir, il y avait des chaises pliantes que Rose prenait quand elle avait envie de travailler au soleil — comme ce jour-là. Tandis que Njéri installait le cadre de la tapisserie sur l'herbe, Rose se dirigea vers la serre pour prendre une chaise.

Quand elle suivit l'étroit sentier, elle ne remarqua pas, par terre, des gouttes de sang frais qui allaient jusqu'à la porte.

Mona regarda sa mère sortir du potager et se demanda si elle ne devrait pas envoyer deux ou trois hommes monter la garde dans la clairière. Puis elle se dit que sa mère avait probablement raison. Il n'y avait aucune raison pour que les prisonniers de guerre soient venus dans cette direction. Ils avaient plutôt fui vers l'ouest et les Aberdares, ou vers le nord en direction de l'Éthiopie. En fait, James Donald et Tim Hopkins concentraient leurs recherches au nord de Nanyuki, et Mona priait pour qu'ils se montrent prudents. La chasse à l'homme, elle le savait, n'avait rien à voir avec la chasse aux animaux.

Tim avait peu à peu remplacé dans la vie de Mona le frère qu'elle avait perdu. Après le meurtre d'Arthur, sept ans auparavant, elle et Tim avaient cherché l'un auprès de l'autre consolation et réconfort, parlant d'Arthur, maintenant vivants son souvenir et leur affection pour lui. Avec le temps, Tim avait fini par voir Arthur en Mona et Mona avait vu son frère en Tim. Cela avait abouti à une douce amitié que même Alice, la sœur possessive de Tim, avait approuvée après s'être assuré que leurs relations demeuraient platoniques.

Le pauvre Tim avait fait des pieds et des mains pour s'engager quand la guerre avait éclaté, mais il avait été réformé à cause de ses poumons. L'officier recruteur avait assuré au jeune homme accablé qu'il servirait grandement la cause du Kenya en restant dans son ranch de la Rift Valley pour fournir des vivres aux troupes de la colonie. Tant et si bien que Tim et Alice Hopkins — comme James Donald à Kilima Simba et Mona Treverton à Bellatu — s'enrichissaient grâce à la guerre.

Reportant son attention sur le tas de lettres sur la table et songeant à tout ce qu'elle avait à faire ce jour-là — le problème posé par les vipères près du parc à bestiaux ; celui des porcs-épics qui entraient dans le champ de pommes de terre ; la résistance continuelle des Africains de son père lorsqu'elle leur donnait des ordres. Mona prit le dernier numéro de l'*East African Standard* et regarda la photographie de la première page.

Grace s'était rendue à Nairobi pour représenter les Treverton à la cérémonie où devait prêter serment Eliud Mathu, le premier Africain élu membre du Conseil Législatif, l'assemblée qui gouvernait le Kenya. C'était un événement sensationnel, dont la plupart des gens avaient prédit qu'il ne se produirait jamais. Un *Africain* au gouvernement et la tante de Mona était là, assise entre le gouverneur et M. Mathu. La légende dans la photo disait : « ... se trouvait également présente le Dr Grace Treverton, affectueusement surnommée Nyathaa. »

C'était le nom donné à Grace par les Africains, Nyathaa, qui signifie « mère de toute bonté et d'amour ».

Tout en buvant son thé à petites gorgées, Mona songea à sa

tante. Le nom de Grace Treverton était devenu légendaire au Kenya et se répandait dans le monde entier. La septième édition de son manuel de médecine, *Quand c'est à vous d'être médecin,* avec sa dédicace simple et touchante : « Pour James », était utilisée par les soldats sur le champ de bataille. L'énergie de Grace semblait sans limite. À cinquante-quatre ans, elle ne ralentissait absolument pas, au contraire semblait prendre de la vitesse comme un tourbillon, arpentant toute l'Afrique Orientale et centrale, distribuant le nouveau vaccin contre la fièvre jaune envoyé par la Fondation Rockefeller, visitant les dispensaires et les hôpitaux de brousse, soignant des soldats blessés à Nairobi, et, tout récemment, faisant des conférences sur la dernière en date de ses grandes causes : la protection des animaux sauvages au Kenya.

Mona comprenait maintenant pourquoi, en fin de compte, Grace n'avait pas épousé James. Ils en avaient discuté interminablement, à leur retour d'Ouganda sept ans auparavant. Mais à la fin, Grace et James avaient dû l'un et l'autre reconnaître que le mariage pour eux n'était pas rationnel. Ils avaient une vie et des projets séparés. Grace ne pouvait pas s'installer à Kilima Simba ou James à la mission ; elle voyageait d'un côté, lui de l'autre. Ils se verraient à peine, ils s'en rendaient compte, et comme ils ne pouvaient plus avoir d'enfants, un mariage semblait presque inutile.

Ils demeuraient donc bons amis, passant autant de journées ensemble qu'ils le pouvaient, prenant de brèves vacances sur la côte, Grace montant à Kilima Simba pour un jour ou deux dans sa vieille Ford. C'était un arrangement qui leur convenait à tous les deux, et ils en étaient heureux.

Il y avait trois lettres de l'étranger. La première venait d'Edith, la tante de Mona, à Bella Hill.

Comme l'oncle Harold avait été tué à son Club de Londres par une bombe allemande au début de la guerre, et comme Charlotte, la cousine de Mona, se battait contre les Japonais dans le Pacifique Sud, Tante Edith se trouvait seule à Bella Hill — avec soixante-dix-huit enfants évacués de Londres pendant le blitz. Edith écrivait :

Ils emplissent de leurs rires ces vieux murs sinistres. Je les aime tous comme si c'étaient les miens. Nous n'avons eu que Charlotte. J'avais toujours eu envie d'en avoir d'autres. Je crois que beaucoup sont orphelins ; certains sont sans nouvelles de leurs parents depuis les premiers bombardements. Qu'adviendra-t-il d'eux après la guerre ? Cette vieille maison immense va paraître bien vide à ce moment-là.

Maintenant que Charlotte est mariée à son aviateur américain, je serai complètement seule ici, et cela ne m'enchante pas. Trop de souvenirs et de fantômes. C'était Harold qui tenait à conserver Bella Hill. Comme vous le savez, il s'est disputé avec Valentin pendant vingt et un ans pour empêcher son frère de vendre à tout-va les terres de Bella Hill afin de payer les pertes de Bellatu. Maintenant que Valentin en fasse ce qu'il veut. Après tout, Bella Hill vous appartient, à lui et à vous, Rose. Peut-être aimerez-vous revenir y vivre ? Quoi que vous décidiez, ma résolution est prise : quand cette guerre sera terminée et que les enfants seront retournés dans leurs familles, j'irai à Brighton vivre avec ma cousine Naomi. J'apprécierais beaucoup une pension annuelle de Valentin...

La deuxième lettre venait du père de Mona. Elle hésita avant de l'ouvrir. Elle ne lui était pas adressée ; il écrivait à son régisseur kikuyu.

Mona savait que la lettre contenait des ordres pour la gestion de la plantation. Et Mona en était ulcérée. Depuis son départ en 1941, Valentin avait envoyé régulièrement des lettres à Bellatu pour donner ses instructions aux régisseurs africains. Quand Mona lui avait écrit en retour, pour suggérer qu'il la laisse surveiller les travaux, son père avait répondu par un refus catégorique. Le rêve de Mona, né sept ans plus tôt, d'apprendre à diriger la vaste plantation de café, ne s'était jamais matérialisé. Elle avait eu beau discuter avec son père et tenter de le raisonner — « Que se passera-t-il à votre mort ? Qui dirigera Bellatu ? » — rien n'avait pu le décider à lui apprendre à suivre ses traces. C'était à Arthur que cela aurait dû échoir.

Mona avait montré aux régisseurs les premiers ordres écrits envoyés d'Éthiopie, où son père était mobilisé — des ordres relatifs à la taille des caféiers, à la fumure de feuilles, aux puits forés et à l'irrigation. Mais alors les circonstances avaient commencé à changer. Il fallait nourrir les troupes du Kenya. Et les milliers de prisonniers de guerre italiens que son père envoyait dans les camps avaient aussi besoin de nourriture. Le gouvernement avait prié les planteurs d'utiliser leurs terres au mieux en fonction des besoins et cela avait signifié pour Mona moins de café et davantage de polyculture.

De nouveau, elle avait écrit à son père pour le lui expliquer ; de nouveau, il n'avait tenu aucun compte de son avis, insistant pour qu'ils continuent à produire uniquement du café. Mona s'était alors embarquée dans un programme conçu par elle-même. Le bureau de son père contenait une importante collection de livres sur l'agriculture, accumulés au cours des années. Mona les avait étudiés, avait écouté les conseils des autres propriétaires, était allée à Nairobi voir ce dont on avait besoin, puis elle avait commencé à fabriquer de nouvelles séries d'« ordres » de son père. La première culture sur les hectares défrichés avait été du maïs, et elle avait obtenu d'excellents résultats.

Mona avait reçu l'aide de Sir James et de Tim, qui arpentaient les sillons avec elle, lui montraient ceci ou cela et la guidaient au fur et à mesure. Et aussi des régisseurs, qui étaient de bons cultivateurs. Ils sentaient venir les pluies, ils savaient reconnaître un sol trop pauvre, deviner la menace des sauterelles, défendre les récoltes contre les vers. Il en était résulté que le subterfuge de Mona avait été une première victoire sur son père.

Elle redoutait son retour, une fois la guerre terminée. Il y aurait une scène terrible, elle le savait, à propos de ce qu'elle avait fait. Puis il reprendrait le domaine en main et interdirait toute intervention de sa part. Ce qu'elle ne pourrait pas supporter, elle le savait. Dans ces quatre années, Mona en était venue, pour la première fois de sa vie, à avoir l'impression que Bellatu était vraiment son foyer. Jamais elle ne s'était sentie appartenir à ce point à des milliers d'hectares d'arbres verts, en faire partie. Quand elle revenait pour les vacances scolaires, elle était là pour ainsi dire en invitée, dormait dans une chambre qui pouvait être celle de n'importe qui, et prenait ses repas avec des parents qui étaient pratiquement des inconnus. Mais *à présent*...

Bellatu était à elle. Et elle le garderait.

La troisième lettre venait de Geoffrey.

Mona se servit une deuxième tasse de thé avant de l'ouvrir, retardant le moment de la savourer. Elle attendait ses lettres avec impatience ; depuis peu, elle vivait pour elles.

Geoffrey Donald se trouvait en Palestine, où il faisait des « opérations de police ». Il ne pouvait pas dire grand-chose sur ses activités, mais d'après ce qu'elle avait lu dans les journaux, Mona avait compris à quel point la situation était dangereuse. Un grand nombre de Juifs européens qui fuyaient les nazis cherchaient refuge en Palestine et les Arabes du pays s'étaient sentis menacés et par conséquent réagissaient. En représailles, certains groupes secrets juifs lançaient des contre-attaques pour rappeler aux Anglais leur engagement en faveur du sionisme. Ce n'était donc pas le coin du monde le plus tranquille, mais Mona préférait savoir Geoffrey là-bas plutôt qu'en Birmanie, par exemple, où les troupes du Kenya subissaient de lourdes pertes. Voici ce qu'il écrivait :

La guerre ne durera pas éternellement, et quand elle s'achèvera, nous assisterons à la naissance d'un monde nouveau. Crois-moi, Mona, tout sera différent. Ce sera un Âge Moderne et j'ai l'intention d'y participer. À mon retour, j'ai l'intention de me lancer dans quelque chose d'entièrement nouveau : le Tourisme, *Mona. Cette guerre a ouvert le monde. Elle a obligé les gens à se déplacer, à voir d'autres endroits. Elle a déclenché un intérêt pour les voyages. Dans le passé, le tourisme demeurait un sport de riches, mais je crois que l'homme ordinaire, quand il reprendra sa vie ordinaire après s'être battu dans des pays exotiques, aura envie d'en voir davantage. Et j'ai l'intention de placer le Kenya sur la carte des destinations touristiques. Écris-moi ce que tu en penses ; tu sais à quel point j'apprécie ton opinion.*

J'ai trouvé une merveilleuse babiole pour toi l'autre jour. Un vieil Arabe l'a apportée à la garnison ; il en voulait beaucoup trop d'argent, mais je l'ai fait baisser. Il prétend que c'est une antiquité authentique. C'est un fragment de vieux rouleau de parchemin, sans doute fabriqué dans sa cuisine mais il a l'air *vraiment d'époque. Cela fera une belle décoration au-dessus de la cheminée à Bellatu. J'espère que tu es en bonne santé, Mona. Merci pour les chocolats. Tu es un amour.*

Elle replia la lettre avec soin et la glissa dans sa poche. Elle la lirait plusieurs fois dans la journée, en parcourant le domaine en voiture pour surveiller les travailleurs dans les champs. Et le soir venu, dans son lit, elle penserait à Geoffrey.

Il était enfin venu pour elle… l'amour. Mona avait entendu dire que la guerre déclenchait parfois cela ; que la menace du danger et de la mort rapprochait les êtres. N'existait-il pas une vieille histoire de famille sur les amours de Tante Grace à bord d'un bateau pendant l'autre guerre ? Mona s'émerveillait maintenant, en quittant la cuisine pour commencer sa journée de travail, de la rapidité avec laquelle l'amour était venu : sept ans plus tôt, dans la chambre de malade de Sir James, en Ouganda, elle avait regardé Geoffrey en se demandant si elle pourrait un jour éprouver pour lui l'amour que sa tante ressentait pour le père du jeune homme. Et elle avait alors décidé d'attendre pour voir.

— Je ne te dis pas non, avait-elle répondu à Geoffrey à leur retour au Kenya, lorsqu'il l'avait de nouveau demandée en mariage. Mais je sors tout juste de pension. Laisse-moi m'habituer à cette idée.

Il avait accepté, et ils avaient passé les deux années suivantes comme un « couple », se rendant à toutes les réceptions ensemble, faisant partie de la jeunesse dorée. Ils s'étaient même embrassés ; mais Mona n'avait pu se résoudre à accorder au jeune homme plus de privautés et Geoffrey avait respecté son souhait et n'avait pas insisté.

Puis la guerre avait éclaté et tout avait changé. Soudain le monde se trouvait sens dessus dessous. Tous les jeunes du Kenya avaient endossé l'uniforme et commençaient à s'en aller vers de mystérieuses contrées — pour Geoffrey, une garnison de Palestine où il commandait un régiment « de couleur ». Les lettres étaient arrivées et Mona avait commencé à regretter de plus en plus sa présence. Puis elle avait ressenti la brûlure du désir — pour la première fois — et elle s'était rendu compte, à son vif soulagement, qu'elle n'était finalement pas comme sa mère : incapable d'aimer.

Quand Geoffrey rentrerait pour de bon, décida Mona, elle lui dirait oui.

Rose s'arrêta devant la porte de la serre. Elle vit que le cadenas avait été forcé et gisait à terre.

Encore un cambriolage ! se dit-elle alarmée. *Le quatrième cette année !*

Cela ne s'était jamais produit avant la guerre, quand Valentin était toujours dans les parages. Mais comme le bwana avait disparu depuis si longtemps, certains indigènes commençaient à enfreindre les lois. En général, ils ne volaient que des outils — des choses qu'ils pouvaient vendre — mais une fois ils avaient emporté plusieurs plantes de valeur. Inquiète, Rose se précipita dans la serre.

Une main jaillit de derrière la porte et l'empoigna. Elle fut tirée en arrière, son bras tordu dans le dos et une voix d'homme murmura contre son oreille :

— Ne bougez pas, signora.

Rose fixa d'un regard vide ses rangées de fleurs en sentant la lame d'un couteau lui effleurer la gorge.

35

Rose resta figée, le couteau sur sa gorge et l'homme contre son dos qui la maintenait d'une prise douloureuse. Elle regarda la porte entrebâillée et songea à Njéri en train de mettre la tapisserie en place à quelques mètres de là. Elle ouvrit la bouche ; le couteau mordit dans sa peau.

— Pas de bruit ! murmura-t-il.

Rose ferma les yeux.

— Ne bougez pas, signora. Écoutez-moi.

Elle écouta ; elle attendit. Il avait du mal à respirer. Elle sentit que son corps frémissait. La main qui tenait son bras nu était brûlante et moite.

— *Per favore... mi aiuti...*

La main serra moins fort puis glissa.

— Je vous en prie, chuchota-t-il, aidez-moi.

Soudain le couteau tomba, et Rose se trouva libre. Elle s'écarta brusquement tandis que l'inconnu s'effondrait sur les genoux. Le couteau fit un bruit métallique sur les dalles de pierre.

— Je vous en prie, répéta-t-il, les mains crispées sur sa poitrine, la tête penchée en avant. J'ai besoin...

Rose baissa les yeux vers lui. Elle avait du sang sur le bras — son sang à lui.

Elle le vit s'affaler par terre et demeurer immobile sur le flanc. Ses yeux étaient clos, son visage contracté par la souffrance.

— *Ascolti,* dit-il dans un souffle, *chiami un prete.* Faites venir un...

Rose recula jusqu'au mur.

— Je vous en supplie, reprit-il. Faites venir un *prete.*

Elle se mit à trembler. Elle vit le sang sur sa chemise et les taches d'herbe et de boue indiquant qu'il avait fui à travers la brousse. Il était pieds nus ; ses pieds étaient écorchés et saignaient. Et il avait le visage couvert de poussière et de sueur.

— Un prêtre, dit-il. Je vais mourir. Je vous en supplie, signora. Appelez un prêtre.

Rose s'écarta, terrifiée. Elle trébucha sur un pot de fleur vide ; elle tâtonna pour trouver la porte. La voix de Mona lui résonnait à l'esprit : *Ils ont massacré un gardien.*

C'est alors qu'elle remarqua quelque chose qui la fit s'arrêter.

Du sang formant des raies rouges imbibait le dos de sa chemise.

Elle restait en contemplation. Elle était troublée ; elle essayait de réfléchir.

— Qui... commença-t-elle. Qui êtes-vous ?

Il ne répondit pas.

— Je vais prévenir la police, dit-elle.

Rose tremblait tellement qu'elle avait peur que ses jambes cèdent sous elle.

Mais il ne réagit pas, ne bougea pas.

Elle continuait de regarder les raies sanglantes sur la chemise. Puis, avec précaution, comme si elle s'avançait vers un animal dangereux et blessé, Rose fit un pas vers lui. Elle s'arrêta pour l'observer, puis se rapprocha d'un autre pas, puis d'un autre, jusqu'à ce qu'elle se trouve au-dessus de lui.

L'inconnu gisait recroquevillé sur le flanc, les yeux clos, haletant.

— Vous êtes un des prisonniers évadés, n'est-ce pas ? dit Rose d'une voix tremblante.

Il gémissait sans bouger. Rose se tordit les mains.

— Pourquoi êtes-vous venu *ici* ? Je ne peux pas vous aider !

Ses yeux étaient fixés sur les raies de son dos ; le sang continuait de suinter à travers le tissu.

Elle était remplie de terreur.

— Vous êtes l'ennemi, dit-elle. Comment osez-vous me demander de l'aide ? Je vais prévenir les gens qui vous recherchent. Ils sauront que faire de vous.

Il murmura un seul mot :

— Prêtre...

— Vous êtes fou de croire que je vous aiderai ! s'écria-t-elle. Mon Dieu !...

Rose voyait qu'il souffrait atrocement ; et elle se dit : *Il est en train de mourir.*

Quand elle eut compris qu'il ne pouvait plus lui faire de mal, et qu'il n'avait sans doute jamais eu l'intention de lui en faire, elle s'agenouilla lentement et regarda de nouveau les raies rouges sur la chemise. Elle était bouleversée.

— Ils vous ont fouetté..., murmura-t-elle.

Ses yeux s'ouvrirent pendant un instant. Ils étaient noirs et humides ; ils rappelèrent à Rose les yeux d'une antilope blessée. Son corps frissonna. Il gémit.

— Aidez-moi, murmura-t-il. Au nom de Dieu...

Ses yeux se fermèrent. Son corps ne bougea plus.

Rose se mordit la lèvre.

Et soudain, elle fut debout.

— Njéri ! appela-t-elle en franchissant la porte de la serre.

La jeune Africaine lèva la tête, surprise.

— Retournez à la maison, dit Rose d'une voix haletante. Rapportez-moi du savon, de l'eau et des serviettes.

Njéri ne bougea pas, déconcertée.

— Dépêchez-vous !

— Oui, memsaab.

— Et des couvertures, cria Rose qui se hâtait sur le sentier partant de la clairière.

Tout en descendant quatre à quatre les marches conduisant à la mission, Rose se demandait où se trouverait sa belle-sœur à cette heure-là. Grace saurait soigner cet homme ; elle s'occuperait de lui.

Mais en débouchant sur l'allée sablée qui menait à la maison de Grace, elle se rappela soudain que Grace était à Nairobi.

Rose s'arrêta au croisement de trois chemins et regarda autour d'elle. Elle se tordit les mains. Voyant la tache de sang sur son bras elle songea à l'infirmerie, un petit bâtiment en parpaings où l'on soignait les blessures légères.

Elle s'en approcha d'un pas hésitant, craignant d'être vue et ne sachant trop ce qu'elle ferait une fois à l'intérieur. Mais quand Rose eut gravi le perron et entra, une idée lui vint.

Grace avait parlé récemment d'un nouveau remède « miracle », qui arrêtait l'infection et sauvait des vies même dans les cas les plus désespérés, une découverte qui allait révolutionner la médecine. Mais comment s'appelait-il ?

L'infirmerie était vide. Son unique pièce était baignée de soleil, propre et nette, prête pour les malades. Rose regarda autour d'elle. L'infirmier de garde arriverait sans doute d'une minute à l'autre, après avoir pris son petit déjeuner ; il fallait que Rose fasse très vite.

Le nom du remède miracle commençait par un P, lui semblait-il. Elle se dirigea vers l'armoire à pharmacie et regarda à travers les portes vitrées. Elle essaya de lire les étiquettes. Quelques noms lui étaient familiers, mais la plupart non. Aucun ne commençait par un P. Quand elle vit la bouteille de morphine, elle décida de la prendre.

Elle s'apprêtait à repartir précipitamment quand elle le vit : un petit carton de médicaments arrivés depuis peu. Et sur la boîte le nom qu'elle cherchait : pénicilline. Le remède miracle de Grace.

S'emparant de plusieurs autres médicaments mais sans savoir vraiment ce dont elle aurait besoin, ni la quantité à utiliser, ni même le mode d'emploi, Rose enveloppa le tout dans un torchon de toile et quitta vivement l'infirmerie.

À son arrivée dans la clairière, elle trouva Njéri assise dans le belvédère avec un seau d'eau, une bouteille de savon liquide pour laver les sols, une seule serviette et pas de couverture.

— Du savon de toilette, Njéri ! dit-elle. Pour se laver les mains. Avec une couverture et un oreiller. Courez ! Et ne parlez à personne.

Rose poussa la porte de la serre et regarda à l'intérieur. L'inconnu n'avait pas bougé. Il gisait dans la lumière diffuse qui tombait de la verrière, son corps horriblement meurtri au milieu des fleurs éclatantes et des arbres fruitiers en pots.

Rose sentit monter en elle une émotion violente, une émotion à la fois familière et pourtant étrangère. Rose avait éprouvé à maintes reprises dans le passé ce besoin irrépressible de sauver des animaux blessés ou orphelins, de les protéger et de les nourrir. Mais jamais à l'égard d'un être humain. Cela la déconcertait. Cet homme était un ennemi, son mari était dans le nord en train de se battre. Et pourtant Rose ne voyait pas un ennemi dans le pauvre corps torturé gisant parmi ses fleurs. Elle observait le prisonnier non pas avec ses yeux mais avec son cœur, et son cœur voyait seulement une créature vivante qui avait besoin d'aide.

Elle s'agenouilla près de lui. Il vivait encore mais tout juste, elle en avait peur.

— Vous m'entendez ? Je vais essayer de vous aider. J'ai apporté des médicaments.

Il gisait sur le côté, sans réaction.

Rose allongea la main, hésita, puis lui toucha le front. Il était brûlant.

Elle parcourut la serre des yeux. De l'autre côté de l'établi il y avait un espace vide assez large pour qu'un homme s'y allonge. Elle posa son paquet de médicaments et glissa les mains sous les aisselles de l'inconnu.

Mais elle fut incapable de le déplacer.

— Je vous en prie, dit-elle, il faut m'aider à vous bouger.

Il gémit.

Elle commença à prendre peur. Il gisait à découvert près de la porte ouverte. Pratiquement personne ne venait dans la clairière aux eucalyptus, mais si quelqu'un arrivait, il verrait l'inconnu.

Et Rose se rendit compte qu'il fallait qu'elle le cache. Elle ne se demanda même pas pourquoi. Des courants de pensée plus profonds, plus complexes, commandaient maintenant ses actes : l'instinct de protéger contre ses prédateurs une créature blessée.

Elle regarda de nouveau autour d'elle. Ses nouveaux rosiers, alignés le long du mur voisin sous les rayons du soleil tamisé, attendaient la transplantation. Vite, Rose traîna les pots pesants sur le sol de pierre jusqu'à ce qu'elle estime avoir dégagé assez d'espace pour l'inconnu. Puis elle revint vers lui et, tantôt tirant tantôt poussant, elle parvint à l'écarter de la porte.

Après avoir étalé une couverture sur les dalles, elle étendit l'inconnu au milieu de ses roses.

Njéri Mathengé aurait fait n'importe quoi pour sa maîtresse.

C'était Memsaab Grace qui avait mis au monde Njéri lorsqu'elle l'avait sortie du ventre de Gachiku, vingt-cinq ans auparavant ; et c'était également Memsaab Grace qui avait essayé de la sauver de la terrible cérémonie de l'*irua* sept ans plus tôt ; mais la demi-sœur de David Mathengé demeurait aveuglément dévouée à Memsaab Rose.

Njéri ne se souvenait plus d'un seul instant où elle n'ait pas désiré vivre dans la grande maison de pierre auprès de la belle Lady qui ressemblait à un esprit du soleil. Dès ses plus jeunes années, quand elle ne cessait de fuir la *shamba* de sa mère pour épier la dame de la clairière, Njéri avait toujours ressenti une magie spéciale qui émanait de sa memsaab. Une douce tristesse enveloppait l'épouse du bwana ; elle marchait entourée d'une aura de mélancolie que nul ne semblait percevoir mais que dans sa clairvoyance exceptionnelle la douce Njéri ressentait avec acuité.

Elles étaient toujours ensemble — Njéri et Lady Rose. Au début, Njéri s'échappait de la case de sa mère pour rejoindre, dans la clairière, la dame qui ne s'était jamais étonnée de la soudaine apparition de la fillette un beau jour, mais qui l'avait acceptée avec le sourire et lui donnait à manger en piochant dans le panier d'osier toujours présent. À l'époque, Memsaab Mona, qui était du même âge que Njéri, se trouvait aussi avec elles dans le belvédère, où des gouvernantes lui donnaient des leçons. Ensuite Mona était allée en pension à Nairobi et Njéri avait eu la dame pour elle seule. Plus tard, Memsaab Rose avait pris Njéri parmi le personnel de maison comme femme de chambre et l'avait payée trois shillings par mois, que Njéri versait à sa mère. Elle vivait maintenant une existence parfaite : elle portait les vieilles robes de la memsaab ; elle dormait devant la porte de sa chambre dans la grande maison ;

elle apportait à Lady Rose son thé du matin puis passait une heure à peigner sa cascade de cheveux blonds.

Njéri ne pouvait pas comprendre pourquoi son frère David ou la jeune Wanjiru n'aimaient pas les *wazangus*. Njéri les vénérait, eux, leur blancheur et leurs merveilleuses manières ; elle pensait qu'avant leur arrivée, le pays kikuyu avait dû être bien sombre et inhospitalier.

Elle avançait en ahanant sur le sentier, avec la couverture, l'oreiller et un morceau du savon spécial de la Memsaab — du Yardley à la lavande — et elle le faisait sans se poser de question. Jamais Njéri ne s'interrogeait sur les ordres ou les actes de sa maîtresse.

Mais au moment où elle franchit le seuil de la serre, elle poussa un cri et lâcha ce qu'elle tenait.

— Chut ! ordonna Rose. Venez m'aider !

Njéri fut incapable de bouger. Les vieux tabous kikuyus la clouaient au sol de pierre.

— Njéri !

La jeune fille regardait bouche bée l'homme qui gisait à plat ventre sur la couverture, sans chemise, le dos nu. La memsaab le touchait soudain — ses blessures, son sang.

Rose se releva brusquement, ramassa le savon tombé à terre et prit Njéri par le bras.

— Arrêtez de bayer aux corneilles et venez m'aider ! Cet homme est blessé.

Njéri, pétrifiée, s'agenouilla en face de la memsaab mais ne put se résoudre à le toucher. Elle regarda Rose laver doucement les plaies à demi refermées du dos, regarder ces belles mains blanches et fines, qui n'avaient jamais rien touché de sale ou de laid, enlever le sang séché et la poussière, sécher avec soin les blessures puis appliquer un baume cicatrisant.

Finalement, Rose se redressa et dit :

— Ce sera peut-être efficace. Je ne sais pas quoi faire d'autre. Je crois qu'il a beaucoup trop de fièvre. Il risque d'en mourir. Certaines de ces plaies se sont infectées, c'est ce qui provoque la fièvre.

Les yeux de Njéri glissèrent sur le dos de l'inconnu. Et elle vit ce que sa maîtresse avait certainement remarqué : d'anciennes cicatrices au milieu des nouvelles blessures.

— Il a été puni bien des fois, Memsaab, dit-elle.

Rose examina le flacon de pénicilline. Quelle quantité fallait-il donner ? Trop peu serait sans effet, certainement. Mais une trop forte dose pouvait-elle le tuer ? Que diable était donc cette pénicilline ?

Ses mains tremblaient quand elle emplit la seringue hypodermique, s'y prenant comme elle avait vu Grace le faire, avec deux doigts passés dans les anneaux de métal, le pouce guidant le piston. C'était un instrument lourd et malcommode dont l'aiguille avait l'air beaucoup trop longue.

Quand le médicament eut été pompé, Rose regarda alors l'inconnu inconscient et murmura :

— Où vais-je faire la piqûre ?

Concluant que les vaccinations se faisaient ordinairement au bras, elle nettoya un petit espace sur le muscle dur juste à l'épaule et elle y enfonça l'aiguille.

Il ne réagit pas.

Mon Dieu, pria Rose en appuyant lentement sur le piston, *faites que ce soit la dose exacte.*

Quand elle eut terminé, elle se redressa et l'examina. Il dormait profondément — trop profondément, se dit-elle. Puis elle remarqua qu'il avait un très beau profil.

Elle tâta le pouls sur son cou. Il ne battait pas régulièrement ; c'était comme si son cœur luttait ; chaque battement ressemblait à un appel au secours désespéré.

Rose se pencha et caressa les cheveux noirs emmêlés sur le front.

— Pauvre homme, dit-elle à mi-voix, qu'avez-vous donc fait pour mériter un traitement aussi inhumain ?

Puis elle s'enferma dans le silence, ses yeux bleus fixés sur le visage sombre. Le temps parut s'arrêter ; l'air devint humide et lourd de l'odeur de la riche terre végétale et des fleurs exotiques. Quelque chose courut le long de la verrière. Le soleil passa derrière un grand eucalyptus, et les couleurs et les ombres dans la serre s'adoucirent. Les deux femmes, la blanche et l'Africaine, demeurèrent assises pendant que l'inconnu dormait entre elles.

Au cours de sa longue veille au chevet de l'homme endormi, Rose fut accablée par un sentiment d'impuissance et de futilité extrême. En face du corps de ce malheureux dont la vie s'échappait lentement, elle maudit sa faiblesse et son incapacité à faire quoi que ce soit.

Vers le coucher du soleil, Njéri rappela à sa maîtresse que la nuit approchait. Rose avait une peur panique de l'obscurité et elle prenait soin d'être toujours à la maison avant que le jour tombe. Mais à présent elle hésitait à partir.

Elle posa sa main sur la joue brûlante et pensa : *Vous allez probablement mourir ici pendant la nuit, seul, en souffrant, sans personne pour vous réconforter.*

Mais la nuit lui faisait vraiment très peur, si bien que Rose finit par être obligée de quitter la serre. Après s'être assurée qu'il serait bien au chaud, aussi bien installé que possible, elle s'arrêta un instant sur le seuil de la porte pour regarder la silhouette émouvante endormie dans la pénombre.

Elle songea à sa tapisserie. C'était tout ce qu'elle avait fait de sa vie. Et à cette idée, pour la première fois, Rose éprouva pour elle-même une bouffée de mépris.

Elle ne parvenait pas à dormir.

Après s'être glissée dans la maison sans être vue, pour éviter de tomber sur Mona, Rose était montée directement dans sa chambre où elle était maintenant assise à la clarté d'une lampe tempête et regardait par la fenêtre la forêt sombre.

Incapable de supporter le silence, elle alluma sa radio, espérant de la musique, mais à la place elle entendit la voix d'un présentateur d'informations tardives. Elle baissa aussitôt le volume et écouta le bulletin.

« Deux des prisonniers italiens évadés du camp de Nanyuki ont été retrouvés. Le troisième est encore en fuite. Il s'agit du général Carlo Nobili, duc d'Alessandro. »

Il avait donc maintenant un nom.

Rose songea à lui, gisant dans la serre froide, en train de mourir lentement. S'éveillerait-il ? se demanda-t-elle, et serait-il saisi de terreur pour ses derniers moments de vie ? Elle revit les blessures sur son dos — les anciennes et les récentes — qui en disaient long sur le traitement cruel qu'il avait subi dans le camp. *Pas étonnant qu'il se soit évadé. Le gardien assassiné méritait peut-être de mourir.*

Puis elle pensa : *J'aurais dû faire davantage pour lui. Mais quoi ? Qu'aurais-je pu faire ?*

Rose se mit à pleurer.

Elle enfouit son visage entre ses mains et pleura. La porte de la chambre s'ouvrit et une bande de lumière venue du couloir tomba sur le tapis : Njéri, qui n'avait jamais vu sa maîtresse pleurer, passa la tête, déconcertée et effrayée.

Rose se retourna et jeta un coup d'œil à sa servante.

— Pourquoi ne suis-je bonne à rien ? s'écria-t-elle. Pourquoi suis-je une femme aussi inutile, aussi *ridicule ?* N'importe qui d'autre aurait sauvé ce pauvre homme ! Si seulement Grace avait été ici et non à Nairobi ! Elle aurait su ce qu'il fallait...

Rose regarda fixement sa femme de chambre.

— Grace ! s'exclama-t-elle. Bien sûr !

Quittant d'un bond la banquette de la fenêtre, Rose dit :

— Pourquoi n'y ai-je pas songé plus tôt ?

Elle sortit de sa chambre en coup de vent.

Njéri suivit sa maîtresse au rez-de-chaussée et la trouva dans sa bibliothèque — une pièce sentant le moisi, rarement utilisée, tout en cuir et en cuivre et tapissée de livres du sol au plafond.

— Il doit être là ! dit Rose en inspectant frénétiquement les rayons. Aidez-moi donc, Njéri ! Il est grand comme ça et épais comme ça, dit-elle en redessinant un livre invisible avec ses mains. La couverture est en carton, pas en cuir. Et elle est... elle est... — Rose se déplaçait le long des rayons, examinant rapidement le dos des livres. — C'est un livre vert, Njéri. Dépêchez-vous !

Décontenancée, la jeune Africaine qui n'avait jamais appris à lire alla vers un des murs et inspecta lentement les livres de cuir aux titres d'or à la recherche d'une couverture de carton vert. Derrière elle, elle entendit sa maîtresse s'écrier :

— Oh, nous devons en avoir un exemplaire. Grace nous en a sûrement donné un !

Rose courait le long des casiers, se hissant sur la pointe des pieds, puis se baissa vers les étagères inférieures. Il y avait tant de livres...

— Memsaab ? dit Njéri.

Rose se retourna. En voyant le manuel dans les mains brunes, elle s'écria :

— Oui, c'est lui ! le livre de Grace ! Apportez-le par ici, à la lumière.

C'était la quatrième édition de *Quand c'est à vous d'être médecin*, le manuel de médecine pratique publié en 1936, tout craquant encore de n'avoir jamais été feuilleté, jauni et couvert de poussière d'avoir été négligé. Rose fit courir son doigt le long de la table des matières.

— Voilà ! dit-elle en tapotant la page. Blessures infectées. Fièvre. Soins à donner à une personne gravement malade.

Elle prit un bloc de papier et un crayon dans le tiroir et se mit à écrire.

Njéri tremblait de peur quand, un peu plus tard, elle et sa maîtresse s'arrêtèrent dans l'embrasure de la porte de la cuisine, face à la fenêtre. Comme la plupart des Kikuyus, la jeune fille avait une peur instinctive de la nuit.

Cette fois, elles avaient les bras chargés de paquets soigneusement préparés d'après la liste indiquée dans le manuel. Rose avait trouvé un thermomètre et de l'aspirine dans sa salle de bains, du sucre, du bicarbonate de soude et du sel dans la cuisine, à quoi elle avait ajouté de la vaseline, du coton hydrophile, une montre avec une trotteuse indiquant les secondes, trois bouteilles thermos d'eau bouillie et deux lampes torches.

En regardant de l'autre côté du potager le mur noir de la forêt, où s'arrêtait la clarté venant de la cuisine, Rose fut emplie de terreur. Puis elle songea au général Nobili gisant sur le sol froid de la serre et sa résolution revint.

— Allons-y, murmura-t-elle, et elle se mit à descendre les marches.

Elle se retourna. Njéri était clouée sur place.

— J'ai dit allons-y !

La jeune fille marchait derrière la maîtresse comme son ombre, tandis qu'elles se hâtaient sur l'allée du potager.

— Prions pour qu'il soit encore en vie, Njéri, murmura Rose quand elles s'enfoncèrent sous les arbres. Prions pour que nous n'arrivions pas trop tard.

Elles coururent à travers la forêt, avec des fantômes invisibles et des animaux imaginaires claquant des mâchoires sur leurs talons, et arrivèrent à la serre frémissant de peur et de froid. Rose se dirigea aussitôt vers le général et vit qu'il était toujours vivant.

Pendant que Njéri tenait la lampe torche, qui tressautait tellement entre ses mains que le faisceau tremblotait sur l'homme sans connaissance, Rose ouvrit le manuel à la page intitulée « Comment examiner un malade » et se lança dans la vérification méthodique des signes de vie.

Parce qu'il avait le pouls faible et ténu et sa peau moite, indiquant un état de choc, Rose le tourna sur le côté et lui releva les pieds avec des briques. Il respirait au rythme de seize inspirations par minute, ce qui était rassurant ; et quand elle souleva ses paupières et rapprocha la torche, elle constata que les pupilles étaient de même taille et réagissaient à la lumière — bon signe d'après le livre de Grace. Mais la température était trop élevée.

Aussi Rose, selon les instructions du livre, chercha la page intitulée « Très fortes fièvres » et lut : « Si l'on ne fait pas tomber rapidement une forte fièvre, il peut en résulter des lésions au cerveau. »

Elle enleva la couverture, comme le recommandait le livre, pour que l'air de la nuit rafraîchisse son corps ; puis elle emplit une tasse d'eau dans laquelle elle fit dissoudre deux comprimés d'aspirine. Soulevant la tête du général dans le creux de son bras, elle porta la tasse à ses lèvres. Il ne but pas. Elle essaya de nouveau. Il fallait qu'il prenne cette aspirine pour faire tomber la fièvre.

Elle chercha de l'aide dans le livre, et trouva bientôt en caractères gras : *ne jamais rien donner par voie buccale à une personne sans connaissance.*

Rose mit la tasse de côté et réinstalla la tête du général sur l'oreiller. Elle continua à lire. Sous le titre : *Signaux de danger,* elle trouva : « Un jour sans absorber de liquide, voir page 89. » Et à cette page, sous le faisceau vacillant de la torche de Njéri, elle découvrit les dangers de la déshydratation.

Rose regarda sa montre. Elle estima qu'il était sans connaissance depuis douze heures.

— Si l'on ne lui donne pas du liquide tout de suite, murmura-t-elle, il va mourir de déshydratation. Mais que puis-je faire ? Je n'arrive pas à le faire boire. Il a besoin d'eau, et il a besoin d'aspirine pour faire tomber la fièvre. C'est un cercle vicieux !

Elle regarda le visage que baignait la clarté de la torche, et elle se demanda quel âge il avait, d'où il venait, s'il avait une famille qui s'inquiétait de son sort.

Njéri commença à claquer des dents.

— Rentrez à la maison, lui dit Rose. Je resterai près de lui.

Mais Njéri croisa les jambes et s'assit en tailleur sur le sol, la lampe posée sur sa jupe.

— Si j'envoie chercher un médecin, dit Rose à mi-voix, alors on le renverra dans le camp. Mais si j'essaie de le soigner moi-même, il risque de mourir. Que vais-je faire ?

De nouveau elle lui tâta le front. Il lui parut plus frais et plus sec qu'avant. Elle chercha son pouls, qu'elle jugea plus lent et plus fort. Il semblait aussi respirer un peu plus facilement.

— Njéri, donnez-moi ce panier.

Rose prépara la boisson de réhydratation en suivant la recette du manuel de Grace : du sucre, du sel et du bicarbonate dans de l'eau pure. Elle goûta le mélange pour s'assurer qu'il n'était pas « plus salé que des larmes », selon l'expression de Grace, puis elle le plaça à côté de la tasse contenant l'aspirine dissoute ; s'il reprenait conscience, elle lui donnerait les deux à boire.

Mais si le général n'avait pas repris conscience à l'aube, résolut Rose, elle irait chercher du secours.

Les premiers feux du soleil montèrent au-dessus des murs de pierre de la serre et envoyèrent des points de lumière à travers les branches en surplomb des eucalyptus. Rose remua sous sa couverture, tout endolorie d'avoir dormi par terre. Elle se souleva et chercha Njéri des yeux dans la clarté laiteuse. Apparemment la servante, maintenant qu'il faisait jour, s'en était allée.

Rose se tourna vers l'inconnu. Ses yeux étaient ouverts. Il la regardait.

Ils s'observèrent pendant un long moment : Rose enveloppée dans sa couverture, le général allongé sur le côté, face à elle, la tête sur l'oreiller.

Se rappelant le froid du couteau sur sa gorge et la douleur quand il lui avait tordu le bras, Rose fut soudain de nouveau sur ses gardes.

Il ouvrit la bouche. Il tenta de parler. Mais il ne put qu'émettre un son rauque, sec.

Rose prit la boisson de réhydratation et la présenta devant les lèvres de l'homme. Il en avala d'abord de petites gorgées puis il vida la tasse complètement et laissa retomber sa tête sur l'oreiller.

— Vous souffrez ? demanda-t-elle doucement.

Il hocha la tête.

Elle lui tendit la deuxième tasse, celle contenant l'aspirine, qui devait être amère car il fit la grimace. Mais il but tout également et quand il remit sa tête sur l'oreiller, il respirait plus facilement.

— Qui ?... commença-t-il.

— Je suis Lady Rose Treverton. Et je sais que vous êtes le général Nobili.

Ses yeux noirs étaient fixés sur elle, interrogateurs. Puis il dit :

— Vous ai-je fait mal ?

Elle secoua la tête. Ses cheveux, qui s'étaient dégagés de leurs épingles pendant qu'elle dormait, se répandirent sur ses épaules.

Le général Carlo Nobili les regardait avec stupeur.

— Je sais qui vous êtes, murmura-t-il. Vous êtes un des anges de Dieu.

Rose sourit et lui posa la main sur le front.

— Reposez-vous maintenant. Je vais vous chercher quelque chose à manger.

— Mais où...

— Ici, vous êtes en sécurité. Et vous pouvez me faire confiance. Je vais vous soigner et je veillerai à ce qu'on ne vous fasse plus jamais de mal.

Le général ferma les yeux et son corps se détendit.

36

L'explosion se produisit exactement à midi, pendant l'appel du muezzin. Le fortin de la police, aux environs de Jérusalem, subit des dégâts importants et cinq soldats anglais furent tués.

— C'est ce maudit Menahem Begin, s'exclama Geoffrey Donald, le chef de corps de David Mathengé.

Et ainsi commença la chasse à l'homme intensive en vue de retrouver le terroriste de l'Irgoun, qui avait tiré David de son lit de camp au milieu de la nuit pour rejoindre son régiment et attendre dans le froid et l'humidité de septembre les ordres du capitaine Donald.

C'était une coïncidence que David se trouve dans le régiment africain de Geoffrey Donald, en Palestine. Lorsqu'il s'était porté volontaire dans l'armée britannique au début de la guerre, il ne s'était pas attendu à une affectation en garnison mais avait espéré combattre les nazis racistes d'Hitler. David ne s'attendait pas non plus à se trouver sous les ordres d'un homme qu'il avait méprisé pendant sept ans.

Depuis le jour de son évasion de la prison de Nairobi, et l'exil en Ouganda qui avait suivi, David Mathengé éprouvait une haine farouche à l'égard des Treverton, et aussi, à cause de son amitié pour cette famille, à l'égard de Geoffrey Donald, un homme que David était maintenant forcé de saluer !

David était en Palestine depuis quatre ans et connaissait maintenant bien les divers camps en présence — les Arabes, les Juifs, les Anglais. La bombe terroriste qui avait explosé dans la forteresse de police britannique avait sans doute été placée là par l'Irgoun de Menahem Begin — ce ne pouvait pas être l'œuvre de la Haganah, l'armée secrète des Sionistes, David le savait, parce qu'elle annonçait toujours ses attentats à l'avance pour que les innocents puissent s'échapper. L'enjeu des combats était de savoir qui aurait pour patrie ce territoire sous mandat britannique. À David Mathengé, qui, comme tous les Kikuyus, était profondément attaché à la terre et qui comprenait très bien la notion de possession territoriale, cela semblait un problème *tribal.*

Il y avait les Arabes, qui avaient vécu là pendant des siècles mais que les réfugiés européens — des Juifs fuyant Hitler — poussaient hors de leurs terres héréditaires. Les Juifs réclamaient ce pays comme leur appartenant par droit d'héritage ancestral. Et entre les deux, se trouvaient les Anglais ménageant la chèvre et le chou, faisant des promesses aux uns et aux autres et les rompant tout aussi bien. Cela n'avait rien d'étonnant, en tout cas pour David Mathengé, si Menahem Begin, lassé de Churchill et de ses paroles vides, avait décidé d'appliquer sa tactique terroriste non plus aux Arabes, ses ennemis naturels, mais aux Anglais. Cela expliquait pourquoi le fortin de la police, près de Jérusalem, avait été pris pour cible.

David était profondément malheureux.

Que s'était-il passé ? À quel moment sa vie avait-elle pris le mauvais tournant ? Quatre ans auparavant, quand le gouvernement colonial avait lancé une campagne de recrutement massif pour les Fusiliers Africains Royaux, David Mathengé et des milliers de jeunes autres Africains comme lui s'étaient engagés avec enthousiasme, persuadés qu'Hitler allait envahir le Kenya et les déporter chargés de chaînes. Les jeunes Africains, frais émoulus des lycées, sans emploi et avides d'action, avaient été convaincus qu'ils partaient combattre un mal monstrueux et qu'ils auraient l'occasion glorieuse de défendre leur pays, la liberté et la démocratie, ainsi que leur mode de vie. Paré d'un bel uniforme neuf, avec un chapeau relevé sur un côté et orné d'une plume, David avait défilé fièrement sous les yeux de ses officiers blancs, se sentant pareil à un guerrier partant au combat, et il avait quitté sa patrie pour découvrir que le monde était un endroit infiniment plus vaste qu'il ne l'avait jamais rêvé. Sur le moment, il avait cru que s'engager dans l'armée anglaise était la décision la plus intelligente qu'il avait jamais prise de sa vie.

Maintenant il comprenait que non. David conclut que la décision la plus intelligente de sa vie avait été de rester en Ouganda après que le chef Muchina, malade et mourant à la suite d'un *thahu* lancé contre lui par Wachéra, avait abandonné toutes poursuites contre lui et déclaré son arrestation injustifiée. David avait été libre de retourner au Kenya mais il avait choisi de rester en Ouganda pour suivre les cours de l'université de Makéréré, dont il était sorti trois ans plus tard avec un diplôme d'ingénieur agronome.

Il avait étudié l'agriculture et la gestion agricole. Il était prêt à reprendre ses terres aux Treverton.

Mais quand cela se produirait-il? se demandait-il en quittant le casernement, le fusil, à l'épaule. Depuis des années, sa mère lui promettait qu'il récupérerait ses terres. N'avait-elle pas lancé un *thahu* sur les Treverton ? Et les malédictions de

Wachéra n'étaient-elles pas toujours efficaces ? Mais pas assez vite pour David. « La plantation de café Treverton marche très bien, avait écrit Wanjiru dans sa dernière lettre. C'est la jeune blanche, Mona, qui la dirige. » Ce n'était pas pour cela que David s'était engagé dans l'armée anglaise — pour perdre son temps dans un satané pays désertique, où les gens étaient résolus à s'exterminer mutuellement, avec lui au milieu, cible pour les deux camps parce qu'il était un soldat anglais, tandis que les Treverton s'engraissaient sur ses terres !

David était accablé de détresse.

Que pouvait-on aimer dans cette Palestine aride ? En été, la chaleur était meurtrière et des vents brûlants desséchaient les poumons ; en hiver, il y avait des pluies grises qui tombaient sans rémission et un froid mordant comme il n'en avait jamais connu au Kenya. Le cœur de David était lourd de nostalgie pour son pays natal. Il se languissait des forêts, des brumes pures du mont Kenya, des chants de son peuple, de la cuisine de sa mère et de l'amour de Wanjiru.

Wanjiru...

Elle était pour lui davantage que la femme qu'il aimait et espérait épouser ; Wanjiru en était venue à personnifier ce pour quoi il se rongeait de regret. Wanjiru était le Kenya. Il aspirait au réconfort de son étreinte.

En voyant les gros camions de transport commencer à s'aligner, leurs phares déversant sur place une clarté artificielle, David comprit que des recherches intensives étaient organisées. Où serait-ce ce matin ? se demanda-t-il en s'avançant vers l'un des véhicules et engageant la conversation avec le chauffeur.

— Petah Tiqva, répondit celui-ci, faisant allusion à une petite localité non loin de Tel-Aviv.

David hocha la tête et s'appuya au pare-chocs. Les autorités du Mandat répétaient à l'envi que « cette satanée Petah Tiqva était un nid de terroristes ». Et elles n'avaient pas tort.

Les Services de renseignements britanniques savaient pertinemment que les petits bois et les forêts des environs de Petah Tiqva dissimulaient des arsenaux et servaient de terrains d'entraînement clandestins aux forces rebelles. C'était un secteur dangereux ; les soldats anglais n'aimaient pas se rendre à Petah Tiqva.

David avait l'impression que depuis quelque temps sa mission se réduisait à une seule chose : rechercher l'insaisissable Menahem Begin. Quand il n'était pas affecté à un barrage routier pour inspecter toutes les voitures qui entraient dans Tel-Aviv ou en sortaient, David perquisitionnait dans des hôtels, interrogeait des piétons dans les rues ou frappait aux portes sur le coup de minuit et sortait les gens de leur lit. Les recherches pour Begin se multipliaient ; les Anglais voulaient à tout prix retrouver l'homme qui sabotait leurs moyens de communication et leurs bureaux civils. Depuis que David Ben Gourion, leader de l'Agence Juive et rival acharné de Begin, lui avait pour ainsi dire déclaré la guerre, coopérant sans réserve avec les Anglais, toute la Palestine était mise sens dessus dessous.

On avait même affiché une offre de récompense : quinze mille dollars à qui livrerait Menahem Begin aux autorités.

Quel redoutable guerrier ce doit être, se disait David Mathengé, pour avoir échappé aux Services de renseignements anglais pendant quatre ans, avoir organisé tant de sabotages avec succès, et tenir aussi bien en main l'Irgoun, son armée clandestine, sans se faire prendre une seule fois. Pour être toujours en mouvement, toujours en avance d'un pas sur ses poursuivants, de l'avis de David, il fallait être quelqu'un d'intelligent et de courageux. En fait, les Anglais n'avaient qu'une très vague idée du signalement de Begin. Lorsqu'ils fouillaient les rues d'une porte à l'autre, David et ses hommes recevaient l'ordre de rechercher « un Juif polonais d'une trentaine d'années, portant des lunettes, marié, avec un fils en bas âge ».

— J'espère qu'on va trouver ce salopard cette fois-ci, dit le chauffeur du camion en allumant une cigarette. Ce maudit Begin nous prend pour des cibles d'entraînement. Et je n'aime pas aller à Petah Tiqva. Un de ces jours le village sera piégé. Tu verras ce que je te dis. Ce Begin va déclencher une foutue guerre civile. Les Arabes rigoleront pendant que les Juifs s'entre-tuent, faisant le boulot d'Hitler à sa place.

David regarda le chauffeur, un type rubicond qui avait un accent écossais. Ce n'est que dans ce genre de circonstances, quand ils se rassemblaient pour une mission ou étaient affectés à un barrage routier, que les soldats blancs parlaient aux hommes du régiment de David. Sinon, il semblait exister une barrière invisible ou une étrange loi tacite interdisant le mélange des races.

Les Africains avaient été surpris, à leur arrivée dans le territoire sous mandat, de découvrir qu'ils avaient des quartiers et un mess séparés du reste du bataillon. Au Kenya, il était admis que les Africains et les colons blancs demeurent séparés — c'était simplement comme cela et il en avait toujours été ainsi — mais ils s'étaient attendus à ce que l'armée soit démocratique. En somme, ils portaient tous le même uniforme et servaient la même cause, non ? Pas plus tard que la semaine précédente, David avait appris que les soldats Africains recevaient une solde inférieure à celle de leurs homologues blancs.

Cela avait été un choc. Plusieurs de ses camarades avaient protesté contre cette différence, déclarant qu'un soldat était un soldat, noir ou blanc, et devait recevoir la même solde. Mais les officiers, tous blancs, avaient rappelé aux protestataires africains qu'ils étaient mieux lotis que les compatriotes restés en Afrique et devaient remercier l'armée de les avoir pris au lieu de les laisser trimer comme des femmes dans les plantations.

David regarda s'aligner les camions, les voitures blindées et les chars, les mitrailleuses et le matériel utilisé pour les barrages routiers. Il compris qu'ils allaient complètement encercler Petah Tiqva, enfermant dans le village les habitants qui ne se doutaient de rien, et que son régiment serait chargé de mener les recherches pour Begin.

Il se rappela soudain un incident à Haïfa où trois soldats avaient marché sur une mine. Lui-même suivait à quelques pas derrière eux et avait manqué de bien peu être tué.

Est-ce que Begin les attendait en ce moment même à Petah Tiqva ? David se le demanda. N'était-ce pas une ruse de l'Irgoun ? Cette journée verrait-elle son temps de service en Palestine s'achever brutalement dans le sang ?

David ne voulait pas mourir. Il voulait rentrer chez lui. Au Kenya. Auprès de Wanjiru.

S'asseyant sur le pare-chocs, il sortit de sa poche la lettre de Wanjiru et la lut à la lueur des phares. Elle avait écrit :

Nous prions pour les pluies. La semaine dernière, l'hôpital m'a accordé un congé. Je suis allée voir ta mère. Nous sommes parties dans la forêt, nous avons trouvé un vieux figuier, et nous avons prié pour la pluie.

Ta mère va bien, David. Je lui lis et relis tes lettres. Mais je ne lui lis pas le journal, les comptes rendus de la guerre en Palestine. Ils parlent des bombes, David, des mines, des tortures et des assassinats de soldats anglais. Quelle est donc la raison de ces combats ? Pourquoi es-tu là-bas ? Si les Masaïs et les Wakambas se battaient, est-ce que les Kikuyus iraient se mettre entre eux ? Non. Laisse les Arabes et les Juifs régler leur différend. Ce n'est pas ton combat, David. Je ne comprends pas pourquoi tu es là-bas.

David leva les yeux de la lettre et regarda l'horizon, teinté par la promesse orange de l'aube. Il se demanda si le soleil était en train de se lever sur le Kenya à cet instant même. Sa mère était-elle partie puiser de l'eau dans la rivière ? Et Wanjiru ? S'agitait-elle dans son lit en pensant à lui ?

Pour quoi est-ce que je me bats ?

Un autre incident lui revint à l'esprit. Un qui était aussi survenu à Haïfa, et qui l'avait souvent hanté depuis.

Cela s'était passé six mois plus tôt, au cours d'une patrouille. Pendant une fouille de routine dans un hôtel, David était tombé sur un homme qui l'avait tellement surpris que lui et son compagnon, un Luo nommé Ochieng, s'étaient arrêtés pour le regarder avec stupeur.

L'homme portait un uniforme américain et des galons de capitaine. Mais il était *noir*.

— Excusez-moi, capitaine, avait dit David à l'Américain. Simple vérification de routine.

Ils s'étaient mis à parler. À cause de l'accent de David, le capitaine avait cru qu'il venait d'Angleterre.

— Du Kenya, capitaine, avait expliqué David.

Finalement, il s'était payé d'audace pour dire :

— Je vous demande pardon, mais comment se fait-il que vous soyez capitaine ? Dans l'armée britannique, aucun noir n'est nommé officier.

L'Américain avait souri et dit :

— Eh bien, soldat, c'est parce que j'ai un diplôme universitaire.

— Moi aussi, répondit David, et ce fut au tour de l'Américain d'avoir l'air déconcerté.

L'expression de ce capitaine avait hanté David pendant les mois qui avaient suivi. Il la voyait partout : dans son sommeil, dans le désert, sur les visages des Juifs qu'il interrogeait. Elle ne le quittait pas un instant. L'Américain n'avait pas ajouté un mot, mais ses yeux avaient dit : quelle honte...

Mais pour qui ? — pour le jeune soldat ou pour lui-même ? David était incapable de le déterminer.

Il y eut soudain tout un remue-ménage. Les hommes formaient les rangs, des ordres retentissaient. David vit une jeep s'avancer ; le capitaine Donald se leva pour s'adresser aux soldats. Il prononça la harangue habituelle, mais pimentée cette fois de termes énergiques. Objectif : trouver Begin à tout prix avant de perdre d'autres vies anglaises.

En montant dans le camion, David traduisit le discours de l'officier à son camarade Ochieng, qui parlait seulement le luo, sa langue maternelle, et le swahili. Tout en expliquant leur mission, qui était de fouiller maison par maison le quartier Hassidoff de Petah Tiqva, David songea à l'injustice de la situation.

Voilà Ochieng, un illettré, un paysan de la région du lac Victoria qui comprenait à peine ce qu'on lui disait de faire mais suivait placidement les ordres, qui aimait se contempler dans son uniforme et, après la guerre, comme les quatre-vingt mille autres soldats africains, retournerait au Kenya vivre comme avant son existence primitive sans poser de questions. Et voilà David Mathengé, l'un des très rares Africains instruits du régiment, le seul nanti d'un diplôme universitaire, un homme débordant d'ambition, qui n'était pas traité mieux d'un iota qu'Ochieng. Cela rappela à David l'expression dans les yeux du capitaine américain. La *honte* extrême de la situation.

Mais, se mit à penser David tandis que les camions s'ébranlaient, s'il se fondait dans la masse aux yeux de ses officiers à cause de sa couleur, il devait se faire remarquer d'une autre manière. Il y avait une prime élevée sur la tête de Begin et une médaille pour le soldat qui trouverait le terroriste et l'arrêterait.

David Mathengé allait découvrir Menahem Begin.

Hassidoff était un quartier ouvrier entouré d'orangeraies. Les chars et les voitures blindées de l'armée d'occupation, en liaison avec la police palestinienne, encerclèrent le secteur tandis que des soldats parcouraient les rues en criant dans des haut-parleurs : « Couvre-feu ! Restez chez vous ! Toute personne qui sortira risque sa vie ! » Les hommes sautèrent à bas des camions, se souhaitèrent mutuellement « bonne chasse » et la fouille commença. Quand David et Ochieng se dirigèrent vers la première maison sur la route, un jeune berger arabe au milieu de son troupeau agita la main à leur adresse.

Quelques minutes plus tard les prisonniers commençaient d'affluer vers les camions ; beaucoup avaient encore les yeux papillotant de sommeil car l'aube venait juste de poindre. C'étaient des suspects qui devaient être conduits au quartier général de la police pour interrogatoire. L'opération se déroulait dans un calme et une coopération étonnants. Les gens se mettaient aux fenêtres pour regarder ; ils ouvraient leur porte et montraient leurs papiers. Les habitants — dont plusieurs, apprendrait-on plus tard, appartenaient effectivement à l'Irgoun de Begin — étaient beaucoup plus nombreux que les soldats, mais ceux-ci détenaient les armes et la population n'en avait pas.

David interrogeait pendant qu'Ochieng montait la garde avec son fusil.

Ce n'était pas facile de chercher un homme dont ils supposaient seulement qu'il pouvait se trouver là et que personne n'avait jamais vu en chair et en os. Mais David était résolu. L'avis de recherche sur le mur de la caserne comportait une vieille photo de Begin qui le représentait en uniforme de l'armée polonaise, debout à côté d'une jolie jeune femme, son épouse. David avait retenu le moindre détail de ce cliché flou : la ligne du front de Begin, la forme de ses yeux, l'avancée de ses lèvres. Et de même pour la femme, Aliza Begin.

David rencontra de jeunes Juifs nerveux, qu'il envoya aux camions, et des hommes dont les papiers n'étaient pas en règle ainsi que plusieurs qui protestaient. La plupart, il le savait, seraient relâchés avant la fin de la journée, et l'on tirerait d'eux très peu de renseignements, peut-être pas du tout.

David frappait à chaque porte tandis qu'Ochieng le couvrait avec son fusil braqué. Ils savaient que chaque porte pouvait être un piège, pouvait s'ouvrir sur une rafale de balles.

La matinée s'avança. L'anxiété de David augmenta. Le capitaine Geoffrey Donald sillonnait les rues dans sa jeep, interrogeant ses hommes, leur donnant des instructions. Ochieng devint nerveux. Il s'attendait à tout instant à entendre le crépitement de balles, le tonnerre d'une bombe.

David frappa à la porte d'une maisonnette modeste et elle fut ouverte par un homme de petite taille qui souriait.

— Les mains en l'air, dit David.

Il fouilla l'homme. Ne trouvant pas d'armes, il dit : « Vos papiers », et l'homme obtempéra. Il s'appelait Israël Halpérin, indiquait la carte d'identité en anglais et en hébreu, et c'était un réfugié de Pologne.

— Quelle est votre profession ? demanda David.

L'homme sourit, écarta les bras et dit quelque chose dans une langue que David ne comprit pas. Quand David recula en disant : « Il faut que vous alliez au commissariat de police », un autre homme apparut soudain, comme s'il avait écouté derrière la porte.

Il était plus grand que M. Halpérin, il portait la barbe et un long manteau noir. Il s'appelait Epstein, dit-il, et il était rabbin.

— Mon ami ne parle pas anglais. Peut-être puis-je servir d'interprète ?

David dévisagea le rabbin. Il n'avait aucune ressemblance avec la photo de l'avis de recherche. Après qu'Ochieng l'eut fouillé, David lui demanda :

— Que fait cet homme ?

— Il est avocat, il prépare ses examens ici, en Palestine.

David regarda le petit homme de la tête aux pieds. Il avait l'air timide et un sourire sympathique.

— Depuis combien de temps êtes-vous en Palestine ? lui demanda David.

M. Halpérin répondit et le rabbin traduisit :

— Quatre ans.

— David ! dit Ochieng en swahili. J'ai vu bouger près de la porte du fond.

David fit signe à son ami d'aller voir. Ochieng, l'arme à la hanche, contourna pas à pas la deuxième porte tandis que les deux Juifs le regardaient faire, apparemment sans inquiétude. Un instant plus tard, une femme sortit avec un petit garçon dans ses bras. Ochieng était derrière, le fusil braqué sur elle, dans une attitude nerveuse.

— Qui est-ce ? demanda David.

M. Halpérin parla, et le rabbin dit :

— Son épouse.

David regarda la femme. Elle avait un air familier. Son cœur se mit à battre plus vite. Il regarda de nouveau M. Halpérin, regarda les yeux qui croisaient les siens avec calme et assurance. Ce petit homme quelconque pouvait-il être le redoutable Menahem Begin ? David vit soudain une ressemblance avec l'avis de recherche. Les sourcils, la forme de la bouche...

Des cris retentirent dans la rue, et le rugissement de moteurs de camions. Quelques citoyens protestaient, proférant des insultes contre les soldats.

David et M. Halpérin se regardèrent longuement. Puis David dit :

— Vous allez venir avec moi.

— Mon ami, intervint le rabbin doucement, qu'est-ce que M. Halpérin a fait de mal ?

David plongea son regard dans la maison. Il cherchait un signe d'autres hommes à l'affût, une preuve d'activités terroristes, mais tout ce qu'il vit, c'était des piles de livres.

— Il doit être interrogé par la police, dit-il.

Puis M. Halpérin parla ; cela ressemblait à une question.

Le rabbin Epstein dit :

— M. Halpérin voudrait savoir, puisque vous êtes soldat, pour quoi vous vous battez.

David fut légèrement déconcerté.

— Dans le camion, tous ! Même la femme et l'enfant.

Mais M. Halpérin, calme, imperturbable, reprit la parole. Le rabbin traduisit à mesure.

— Vous êtes Africain, mon ami, membre d'une race opprimée. Pourquoi vous battez-vous pour les Anglais ? Pourquoi combattre pour des hommes qui vous asservissent ?

David hésita, et le petit homme continua, d'une voix calme et convaincante.

— Savez-vous ce qui se passe dans le monde ? Je vais vous le dire. Dans ma ville natale, en Pologne, nous étions trente mille Juifs. Aujourd'hui, il n'en reste qu'une dizaine. C'était notre pays, notre foyer, mais on nous en a chassés. Que se passe-t-il chez vous, mon jeune ami africain ?

Les yeux noirs de M. Halpérin demeuraient fixés sur le visage de David ; ils étaient pénétrants, persuasifs.

— Que vous a-t-on promis en retour de vous être battus pour les Anglais, mon ami ? À l'Inde, on a promis l'indépendance en compensation de s'être jointe au combat. Vous a-t-on promis cela, à vous autres Africains ?

David cligna des paupières. Il regarda, par-dessus l'épaule de M. Halpérin, Ochieng qui, ne comprenant pas l'anglais, continuait avec impatience de braquer son arme vers la femme et l'enfant. Le regard pénétrant de M. Halpérin attira de nouveau David.

— Si l'on ne vous a rien promis, traduisit le rabbin, vous vous battez pour rien. Vous avez été colonisés, il y a des années, parce que vous n'aviez pas d'armes ni d'instruction comparables à celles des Anglais. Mais à présent, vous savez vous servir des armes, vous avez de l'instruction. *Qu'est-ce que vous attendez ?*

David considéra cet homme qui lui arrivait à peine à l'épaule. M. Halpérin était pâle, ses cheveux commençaient à tomber, il avait la voix douce. Mais il existait en lui une puissance étrange dont David ne parvenait pas à se détacher.

— Il y a des choses plus précieuses que la vie, mon ami opprimé, reprit le Juif polonais. Et des choses plus horribles que la mort. Si vous aimez la liberté, vous devez détester la servitude. Si vous aimez votre peuple, vous ne pouvez que haïr ceux qui l'oppriment. Je vous le demande : si vous aimez votre mère, ne détesteriez-vous pas un homme qui chercherait à la tuer ? Et ne vous battriez-vous pas contre lui au prix de votre propre vie ?

Un souvenir traversa l'esprit de David. Il avait de nouveau dix-sept ans, il était juché sur une souche de figuier et criait au

Chef John Muchina : « L'homme qui n'aime pas son pays n'aime pas sa mère... Et l'homme qui n'aime pas sa mère... ne peut pas aimer Dieu ! »

David fut bouleversé. C'était pour ces paroles mêmes qu'il avait été arrêté et torturé, puis contraint de s'exiler en Ouganda.

Comment avait-il pu oublier ?

Soudain il eut une conscience aiguë de l'uniforme dont il était revêtu, de la mitraillette Thompson anglaise qu'il portait à l'épaule, des papiers d'identité de « M. Israël Halpérin » entre ses mains.

— Allez ! murmura le Juif de sa voix douce. Retournez en paix dans votre pays natal et laissez-nous ici faire ce que nous devons faire !

— Qu'est-ce que vous avez là, soldat ? dit une voix derrière David.

Il se retourna. Son chef de corps était debout dans la jeep, les yeux cachés par des lunettes de soleil. Il avait une cravache sous le bras ; les boutons de son uniforme étaient astiqués et brillaient au soleil. C'était Geoffrey Donald, l'ami des Treverton.

— Rien, capitaine, répondit David, d'un ton brusque en rendant ses papiers d'identité à M. Halpérin. Tout est en règle.

Il fit signe à Ochieng, qui sortit de la maison en courant. Quand la porte se referma derrière lui, David entendit prononcer à mi-voix :

— *Shalom.*

37

Tout un chacun dans le district savait que la serre était hantée.

Le soir, autour de leurs feux de cuisine, les Kikuyus parlaient à voix basse de l'esprit qui habitait là-bas ; à l'école, les enfants discutaient du fantôme ; au marché, les femmes murmuraient. En peu de temps, le bouche-à-oreille avait mis au courant tous les Africains de la région, si bien que personne, pas même des aspirants voleurs, ne s'aventurait plus à proximité de la serre tabou dans la clairière.

Njéri avait bien rempli sa mission.

Rose chantait en quittant la maison par cette belle matinée

de décembre. Comme chaque matin maintenant, elle avait accordé beaucoup de soin à sa coiffure, à sa toilette. Elle essayait des parfums différents ; elle choisissait les bijoux qu'il fallait. Elle souhaitait follement plaire à Carlo, obtenir son sourire. Mais c'était exactement ce que le général Carlo Nobili avait fait chaque jour depuis trois mois : il souriait à Rose.

En octobre, on avait trouvé les restes d'un blanc dans la forêt, près de Méru. On avait supposé qu'il était le troisième des prisonniers italiens évadés et qu'il avait trouvé la mort sous les crocs d'animaux sauvages. Les restes avaient été envoyés à son domaine ducal en Italie; la chasse à l'homme fut abandonnée ; l'affaire fut classée. Personne — ni Grace ou Sir James, ni Mona, et Tim Hopkins — n'était au courant de l'existence du mystérieux habitant de la serre ou que Rose avait cessé de travailler à sa tapisserie depuis des semaines et qu'elle allait maintenant chaque jour à la clairière dans un but fort différent.

Elle s'arrêta au bord de l'avenue et protégea ses yeux du soleil.

Mona conduisait un camion chargé de sacs de café. L'obsession de sa fille pour la plantation émerveillait Rose. C'était comme de la folie. Mona se montrait aussi possessive de Bellatu et de ses deux mille cinq cents hectares que Valentin lui-même, et Rose conclut que Mona était bien la fille de son père. Mais que se passerait-il quand la guerre serait finie se demanda Rose, et que Valentin reviendrait pour reprendre la direction de la plantation ?

Rose se sentit froid dans l'âme.

Valentin.

Elle espérait qu'il ne reviendrait jamais.

Le général était dans la serre, en train de tailler des plants de delphiniums avec un greffoir. Il les avait semés en terrine deux mois plus tôt, une de ses premières tâches après sa convalescence. Rose s'arrêta sur le seuil pour le regarder. Il se trouvait dans le rayon de soleil réfracté qui tombait de la verrière ; une aura légère et douce semblait l'envelopper. Rien n'était parfaitement net et distinct. Les fleurs bleu foncé et bleu lavande qui l'entouraient semblaient floues ; des feuilles d'un vert tendre se mêlaient à celles couleur d'émeraude. L'homme lui-même était transformé : Rose pensa qu'il ressemblait à un être mythique — si grand et élancé, sa tête brune inclinée — un dieu au teint olivâtre se déplaçant dans un jardin de l'Olympe.

Il leva les yeux. Elle n'avait fait aucun bruit mais il avait senti sa présence.

— Rosa, dit-il doucement.

Elle entra et posa le panier qui contenait leur petit déjeuner.

— N'est-il pas trop tôt pour séparer ces plants ? demanda-t-elle en allant près de lui et regardant la terrine.

— Pas au Kenya ! Ce pays est fantastique, Rosa ! Vous avez un climat si doux ici, sans hiver ni printemps ni automne. Rien ne s'endort dans la nature ; les fleurs s'épanouissent d'un bout de l'année à l'autre !

Il tourna vers elle son sourire radieux.

— C'est un paradis de jardinier.

Rose avait constaté que Carlo Nobili était un expert en matière de fleurs. Dans son domaine ducal du nord de l'Italie, il avait passé des années à cultiver, expérimenter, croiser, produire de nouveaux hybrides et créer un vaste jardin d'agrément qui faisait l'envie, prétendait-il, du Vatican même. Quand, pendant sa convalescence chancelante sur le lit qu'elle et Njéri avaient fabriqué avec des couvertures et de la paille, le général avait fait l'éloge des plantes de Rose, parlant d'elles avec compétence, ils s'étaient découvert un intérêt commun. Au cours des semaines suivantes, tandis que leur amitié chaste et douce se précisait, ils avaient passé des heures à échanger des conseils, à se communiquer leurs expériences, leurs réussites et leurs échecs. Carlo avait appris à Rose comment pincer les bégonias pour prolonger leur temps de floraison ; Rose lui avait montré comment cultiver le delphinium d'un étonnant bleu opalescent qui était originaire du Kenya et qu'elle avait trouvé dans la forêt et transplanté dans sa clairière.

Il la regardait à présent, regardait la lumière diffuse du soleil transformer en nimbe ses cheveux clairs, adoucir les couleurs de sa robe. Cette serre cachée au cœur d'un bois semblait au duc d'Alessandro un lieu enchanté. Il savait qu'il menait une vie ensorcelée sous son toit de verre, au milieu de sa terre riche, de ses parfums floraux entêtants, de ses grandes feuilles qui se balançaient, recevant chaque jour la visite de cette femme belle et pure qu'il n'avait pas encore touchée et qui, il en était sûr, sortait tout droit d'une toile de Botticelli.

— Avez-vous bien dormi, Rosa ? demanda-t-il en se rapprochant d'elle.

Elle sentit la respiration lui manquer.

— Oui. Et vous, signor ?

— Vous avez fait pour moi un palais ici.

Il eut un geste du bras vers l'angle de la serre où une paillasse grossière, un tapis, une chaise pliante et une table de toilette avec broc et cuvette, constituaient sa retraite.

— Et vous devez m'appeler Carlo, ajouta-t-il.

Rose rougit et alla prendre le panier.

L'incapacité où elle était de l'appeler par son prénom était quelque chose qu'elle ne pouvait expliquer. Voyons, pensait le duc, elle l'avait soigné pendant sa maladie, avait lavé ses blessures, lui avait donné à manger comme à un enfant puis l'avait aidé à faire ses premiers pas — sûrement, se disait le duc, après des jours pareils elle pouvait l'appeler Carlo. Et pourtant, si incroyable que cela parût, elle en était incapable !

Il l'avait vue changer au fur et à mesure qu'il se rétablissait, de l'infirmière douce mais ferme qui avait pris en charge sa vie et qui avait tout fait pour lui, en une créature timide et farouche, qui semblait maintenant sur le point de le fuir. Presque, songea-t-il, comme si plus il regagnait de force, plus elle perdait la sienne. À présent, elle osait à peine croiser son regard.

Elle vida le panier, étala une nappe propre et disposa les petits pains chauds, le beurre, le pot de miel et la théière de thé Comtesse Treverton. Tandis qu'ils mangeaient, Carlo parla à mi-voix de chez lui, de la propriété où il vivait seul, car sa femme était morte en couches cinq ans auparavant. Puis il discuta avec Rose de jardinage, de peinture, de tableaux, de musique et de livres, mais ils n'abordèrent ni l'un ni l'autre le sujet de la guerre ou de ses terribles épreuves dans le camp de prisonniers. Jamais ils ne parlaient de la raison de sa venue dans la serre, et de ce qui le maintenait ici à présent.

Chaque jour, Carlo lisait dans les yeux de Rose la question informulée : *Pourquoi restez-vous ?* Comme si elle craignait de le voir disparaître un jour. Et chaque jour il se posait lui aussi la même question, sans trouver de réponse, rien que le sentiment que plus il restait, plus il fallait qu'il reste.

Il ne vivait plus que pour ces heures volées, ce fragment de temps enchanté découpé dans l'étoffe cauchemardesque de la guerre, comme si passé et avenir n'existaient pas. Bien trop tôt, il le savait, il devrait s'arranger pour retourner à son armée, retourner à l'ignominie de la défaite.

La matinée s'écoula à soigner les orchidées primées de Rose, à les baigner et à les tourner du soleil à l'ombre. Tout en travaillant, Carlo posait des questions.

— Pourquoi les laissez-vous dans de si petits pots, Rosa ? Je crois que des pots plus grands seraient mieux pour elles.

La première fois qu'il lui avait posé une question, des semaines auparavant, Rose n'avait su que dire. Elle avait tellement peu l'habitude de répondre à des questions — même son personnel de maison africain ne venait pas lui demander ses ordres — qu'elle avait été interdite. Mais avec le temps, comme elle s'était habituée aux questions de Carlo et s'était aperçue qu'il l'*écoutait* quand elle parlait, expliquer les choses lui était devenu facile.

— Ce sont des orchidées sud-africaines, des orchidées *disa*. Elles aiment les petits pots parce qu'elles aiment se serrer contre les parois.

Ils se lavèrent les mains dans l'après-midi, quand Njéri leur apporta le thé, mettant la table et s'en allant ensuite. Tandis que Carlo et Rose mangeaient les petits sandwichs, ils s'aperçurent que le jour s'assombrissait. Des nuages passaient dans le ciel.

Quand les premières gouttes crépitèrent sur la verrière, Rose dit :

— Il faut que je parte.

Mais Carlo lui prit soudain la main.

— Non. Ne partez pas. Pour une fois, Rosa, restez avec moi.

Elle sentit son cœur culbuter. Elle baissa les yeux vers la main brune qui tenait son poignet — leur premier vrai contact. Et cela l'excitait, l'effrayait.

— Avez-vous peur de moi, Rosa ? demanda-t-il doucement.

Carlo se leva. Il se rapprocha d'elle.

— Restez, murmura-t-il. Restez avec moi ce soir.

— Non...

— Pourquoi non ?

De l'autre main, il lui toucha les cheveux.

— Vous voulez partir, Rosa ? demanda-t-il.

Elle ferma les yeux.

— Non.

— Alors restez.

Sa proximité lui donnait le vertige. Les odeurs de centaines de fleurs, dans la serre chaude et humide, l'oppressaient. Elle sentait le contact de ses doigts sur ses cheveux, sur son poignet. Bien que leurs relations fussent restées platoniques, la pensée de Carlo Nobili emplissait tous ses instants de veille aussi bien que ses rêves. Le jour, elle l'approchait modestement chaste, mais la nuit elle laissait aller à son imagination...

Quand elle sentit ses lèvres sur les siennes, ses yeux s'ouvrirent brusquement et elle recula. Mais il la retint et ordonna.

— Dites-moi que vous ne m'aimez pas, Rosa. *Dites-le-moi.*

— Signor, je vous en prie, laissez-moi partir.

— Mon nom est Carlo. Je veux vous l'entendre dire.

— Son étreinte se resserra sur son poignet. — Est-ce que vous m'aimez ? Sinon, dites-le et je vous laisserai partir.

Elle regarda ses yeux noirs et fut perdue.

— Oui, murmura-t-elle. Je vous aime.

Il la lâcha. Il sourit et lui prit tendrement le visage entre ses mains. Rose se raidit, mais elle sentit à peine son baiser.

— Dites-moi ce qui vous fait peur m'amie, murmura-t-il. Nous sommes seuls ici. Personne ne peut nous voir. Laissez-moi faire l'amour avec vous. J'en ai envie depuis la première fois qu'en ouvrant les yeux j'ai vu un des anges de Dieu.

— Non...

— Pourquoi ?

Vous me détesteriez, pensait-elle. *Je vous décevrais et vous cesseriez de m'aimer. Comme Valentin...*

Elle baissa la tête.

— Parce que... ça ne me plaît pas.

— Alors il faut que je fasse en sorte que cela vous plaise.

Il passa le bras autour d'elle et l'entraîna vers le lit. Elle se raidit et se prépara à lui résister, mais à sa surprise, au lieu de la forcer à se coucher, il l'invita à s'asseoir.

La pluie tombait lourdement sur la verrière. Carlo alluma une lampe tempête et s'assit à côté de Rose sur le lit. Il posa les bras autour de ses épaules et la tira en arrière de sorte que tous deux étaient appuyés contre le mur. Pendant longtemps ils restèrent assis à écouter la pluie.

Rose était troublée. Une partie d'elle-même le désirait ; une autre partie le rejetait. Elle éprouvait pour lui comme du désir, mais cela n'allait pas plus loin que des choses simples — un contact, un baiser. Au-delà, s'élevait en elle un mur de peur.

Il se mit à lui caresser les cheveux. Il lui baisa le front. Il murmura en italien. Elle sentait la chaleur de son corps à travers la chemise de soie qu'il portait ; elle sentait ses muscles fermes, la puissance virile contenue. Carlo avait la force, elle le savait, de la contraindre, comme Valentin l'avait fait une fois. S'il le faisait, alors le charme serait rompu à jamais.

Mais il n'y avait aucune exigence dans les gestes de Carlo. Rose ne sentait rien de la sollicitation pressante qu'elle avait expérimentée avec Valentin. Blottie dans la chaleur et l'éclat de la serre, entourée par une jungle de fougères, de lianes et de fleurs tropicales, avec la pluie qui ruisselait au-dessus de sa tête, elle fut prise peu à peu de langueur. Elle se laissa aller dans les bras de Carlo. Elle replia les jambes sous elle et appuya la tête contre son épaule. Cela devenait comme un rêve — sa voix douce, son contact, sa présence réconfortante.

Puis la main de Carlo descendit sur sa cuisse.

— Non, dit-elle.

— Je vous en prie, chuchota-t-il. Laissez-moi prendre soin de vous, m'amie.

Elle essaya de se détendre, essaya de l'accepter dans son corps, mais quand sa main monta plus haut, elle commença à être prise de panique.

— Rosa, dit-il en la sentant se raidir, regardez-moi.

— Je...

— *Regardez-moi !*

Elle recula la tête. Il avait les yeux à quelques centimètres des siens. Ils s'emparèrent de son regard et la retinrent captive pendant que sa main continuait son exploration tendre.

— Ouvrez vos jambes, murmura-t-il. Juste un peu.

— Non.

— Ouvrez-vous à moi, Rosa.

Sa main s'avança vers l'intérieur.

Elle sursauta et se raidit.

— Tss tss, dit-il. Ne vous défendez pas contre moi. Détendez-vous, m'amie.

— Qu'est-ce que vous... commença-t-elle.

Elle haletait.

— Continuez à me regarder, Rosa. Je vous aime. Je suis en train de vous dire que je vous aime.

Quelque chose d'étrange lui arrivait. Rose était alarmée. La main de Carlo avançait doucement ; ses yeux ne se détachaient pas des siens. Elle dit :

— Oh !

— Venez à moi, Rosa, dit-il. Venez à moi.

Le regard de Carlo la tenait captive. Elle ne pouvait bouger. Mais quelque chose se produisait.

— Attendez, murmura-t-elle. Je vais...

— Quoi ? Qu'allez-vous faire ?

Sa main continuait sa caresse rythmée.

— Oui, soupira-t-elle. Oh, oui.

Puis il la toucha. Rose poussa un cri quand la vague la souleva. Elle parut s'effondrer dans ses bras.

Carlo lui prit le menton, lui souleva la tête et pressa sa bouche sur la sienne.

— Carlo ! Oh, Carlo !

— Dites-moi quel est votre rêve, m'amie. Parlez-moi de vos rêves.

Rose sentit les larmes lui monter aux yeux. Elle avait fait un rêve jadis, des années auparavant, lors de son arrivée au Kenya, elle avait rêvé de devenir une vraie femme. Elle avait cru que l'Afrique la rendrait complète. À la place, les vents de la montagne avaient emporté son courage.

Mais ce soir-là, sous la pluie battante, dans les bras de Carlo, Rose se remit à rêver.

Elle se leva subitement et alla à la porte.

— Njéri, appela-t-elle à travers le déluge.

La jeune Africaine était assise dans le belvédère, attendant sa maîtresse.

— Njéri, rentrez à la maison. Je resterai ici. Si quelqu'un téléphone ou me rend visite, répondez que je suis couchée avec la migraine et que je ne veux pas être dérangée. Vous avez bien compris ?

Njéri lança un regard indécis à sa maîtresse qui était debout dans l'embrasure de la porte, puis elle répondit :

— Oui, memsaab.

Refermant la porte derrière elle, Rose se tourna vers Carlo et le regarda.

Il la contemplait avec une grande tendresse.

— Et maintenant, m'amie, dit-il, voulez-vous rêver avec moi ?

— Oui.

— Et vous n'aurez plus peur ?

— Non, dit-elle, je n'aurai plus peur.

Elle le trouva debout dans la clairière, contemplant la lune et les étoiles. Ses cheveux flottaient dans la brise légère, son visage était absorbé. Il était si grand, si beau, songea Rose, sans chemise, de sorte que le clair de lune répandait son éclat nacré sur sa poitrine et ses bras musclés. Tellement magnifique que Rose eut l'impression qu'il venait juste d'être créé, tel Adam au jardin d'Éden — neuf, magique et seul.

Mais en se rapprochant, elle vit les cicatrices sur son dos et son cœur souffrit pour lui. Il y avait eu des nuits, au cours de ces deux mois d'amour partagé, où Carlo avait crié dans son sommeil. Rose l'avait réconforté et il avait pleuré, lui parlant enfin du camp, des atrocités infligées à ses hommes. Carlo Nobili portait un lourd poids de culpabilité. C'était un homme troublé, profondément angoissé. Il était persuadé qu'il avait abandonné ses hommes et qu'il aurait dû mourir avec eux.

Elle approcha et lui toucha le bras.

— La guerre se termine, dit-il.

— Je sais.

Il se tourna vers elle et la regarda.

— La fin de notre temps ici ensemble est venue. Nous ne pouvons plus continuer comme ça.

Elle hocha la tête.

— Vas-tu rester avec lui ? demanda Carlo.

C'était un sujet que l'un et l'autre avaient prudemment évité au cours des huit semaines précédentes. Mais la question ne surprit pas Rose : elle savait qu'il faudrait se la poser un jour.

— Non, répondit-elle. Je ne resterai pas avec Valentin. Je ne veux plus vivre avec lui. Je n'ai pas envie d'être ici à son retour.

— Et ta fille ? Ton foyer.

— Mona n'a pas besoin de moi. Et Bellatu n'a jamais été qu'une maison pour moi, pas un foyer. Mon foyer, c'est toi, Carlo.

— Alors tu partiras avec moi ?

— Oui.

— Où je le dirai ? Où que j'aille ?

— Oui.

— Je ne sais pas ce que je vais faire ni où je vais aller. Ma famille me croit mort. J'ignore ce qui m'attend en Italie. Peut-être que je ne retournerai pas chez moi mais que je commencerai une nouvelle vie, dans un nouvel endroit. Je suis un homme sans foyer. Est-ce que cela te fait peur, Rosa ?

— Je n'ai pas peur, Carlo.

Il la prit dans ses bras et appuya son visage sur ses cheveux blonds.

— Qu'ai-je fait dans ma vie pour te mériter, m'amie ? Quand je pense à mes années de chagrin après la mort de ma femme... aux longues années solitaires dans la maison de mes ancêtres, persuadé que je ne connaîtrais plus jamais l'amour. Je n'étais plus qu'à demi vivant, Rosa, avant de te rencontrer.

Il l'embrassa, avec une grande douceur, et dit :

— Je ne peux pas te promettre plus que cela, m'amie. Cela, avec mon amour et ma dévotion éternelle.

— Je ne demande rien d'autre. Je n'ai jamais rien désiré d'autre. J'abandonnerai tout ici à la minute même si c'est ce que tu souhaites.

Il hocha la tête.

— En ce cas, nous partirons tout de suite.

Au même instant, Valentin, sur le quai de la gare de Nairobi, se demandait de nouveau s'il allait téléphoner pour prévenir Rose de sa permission inattendue ou s'il allait s'abstenir encore et faire de son retour une surprise.

Il voulait en faire une fête, un grand spectacle comme autrefois, quand tout le monde dans la colonie disait que Valentin Treverton était un metteur en scène consommé.

Il avait devant lui six bienheureuses semaines à passer dans sa propre maison, dans son lit, avec de la vraie cuisine à déguster. Après trois années passées dans ce maudit désert à combattre les Italiens, Valentin n'avait qu'une seule idée en tête : rentrer à Bellatu.

Il se faisait même une joie de revoir Rose. Peut-être, espérait-il, que quatre années de solitude l'auraient rendue plus compréhensive à son égard.

Aussi, ayant trouvé un boy pour porter ses bagages, Valentin s'éloigna de l'endroit où se trouvaient les téléphones et se mit en quête d'un taxi. Il avait décidé de faire de son retour une surprise.

38

Wanjiru avait dansé sous la pluie. À présent, elle était couchée sur son lit neuf en peaux de chèvre, son corps nu humide et luisant, prête à accueillir David.

Elle l'avait attendue longtemps, cette nuit. Cinq ans auparavant, quand David était enfin retourné au Kenya de son exil en Ouganda, ils n'avaient pas eu l'occasion de jouir l'un de l'autre. Il s'était engagé dans l'armée et avait été envoyé, presque aussitôt, dans cette terrible Palestine où il avait failli mourir.

Voilà pourquoi David était là maintenant, avant la fin de la guerre, à cause des blessures reçues quand sa Jeep avait sauté sur une mine. Après douze semaines d'hospitalisation à Jérusalem et quatre autres à Nairobi, David était enfin là et il était *à elle*.

Il y avait eu deux cérémonies de mariage : la civile exigée par les autorités britanniques et la kikuyu exigée par la tribu. C'est la seconde qu'ils étaient en train de célébrer sous la bruine de cette soirée d'avril. Toute la famille était venue du village, de l'autre côté de la rivière, pour partager le bonheur de Wachéra. David avait payé trente chèvres à la mère de Wanjiru — un bon prix ! Ensuite lui et ses amis avaient élevé les murs d'une hutte en pisé, après quoi, selon la coutume ancienne, Wanjiru et les femmes avaient passé la matinée à installer le toit. Deux semaines plus tôt, la mère de David avait effectué sur Wanjiru l'incision rituelle qui permettait d'avoir des rapports sexuels, défaisant ce qu'elle avait fait elle-même sur Wanjiru lors de l'*irua,* huit ans auparavant. La plaie s'était cicatrisée ; Wanjiru était couchée à présent, prête à recevoir son époux.

David avait l'impression que les festivités allaient durer toute la nuit.

Il était morose. Il aurait aimé être aussi joyeux que tous ses proches, qui dansaient et faisaient circuler des calebasses de bière de canne. Mais c'étaient des gens d'une bienheureuse ignorance, alors que David, trop instruit et trop au courant des choses de ce monde pour son propre bien, restait assis dans l'ombre morne de la réalité.

Pour ses blessures et les services rendus à la Couronne, les Anglais avaient donné à David une médaille et un certificat de démobilisation anticipée. Mais rien de plus. Il avait découvert à son retour qu'aucun emploi ne l'attendait, qu'il n'y avait pas de place au Kenya, comme quelqu'un le lui avait dit, pour un « nègre diplômé », il y avait des instituteurs africains dans des écoles « indigènes », des employés de bureau africains dans quelques services de l'administration, et un nombre croissant d'Africains dans les affaires, mais personne ne semblait avoir besoin d'un jeune homme brillant de vingt-sept ans diplômé d'agronomie avec de l'ambition dans les yeux.

Une calebasse de bière lui fut mise entre les mains, et il but.

Il savait que Wanjiru était entrée dans sa hutte neuve, qu'il avait construite avec ses amis à côté de celle de sa mère. Mais il ne se sentait pas encore prêt à affronter sa jeune épouse. Il était trop plein de colère et d'amertume pour aller à elle avec amour. Il but toute la bière et tendit la main pour en avoir d'autre. De l'autre côté du feu, autour duquel les jeunes dansaient, David vit que sa mère l'observait.

David estimait que sa mère devait avoir cinquante-cinq ans. Si elle avait cessé de se raser la tête, ses cheveux auraient sans doute été gris. Mais son visage demeurait lisse et beau ; son long cou se parait de nombreux rangs de colliers de perles. Elle portait encore la robe traditionnelle en peaux souples, et de gros anneaux de perles tombaient de chaque côté de son visage.

Wachéra symbolisait pour son peuple les traditions qui se perdaient, une Afrique qui disparaissait. David voyait sa mère comme une sorte d'icône sacrée représentant l'ordre ancien qui était en train d'être effacé de son pays. Et il souffrait pour elle. Toutes ces années de solitude ! Sans mari, sans autre enfant, seule dans une hutte qui avait été abattue à plusieurs reprises et qu'elle avait reconstruite jusqu'à ce que l'homme blanc la laisse finalement en paix. La mère de David, Wachéra Mathengé, était maintenant légendaire dans tout le Kenya à cause de sa résistance aux Européens.

Depuis son retour, David avait passé de longues heures à parler à sa mère, qui l'avait écouté en silence. Il lui racontait ses luttes d'étudiant solitaire en Ouganda, pour obtenir son diplôme, major de sa promotion, et ses pénibles années de Palestine où il s'était rongé de nostalgie, où son seul réconfort était la perspective de rentrer dans ses foyers. Et maintenant, combien en réalité ce retour était frustrant, puisqu'il revenait pour découvrir que, finalement, il n'était qu'un citoyen de seconde classe.

— Ils chantent nos louanges dans les journaux, lui avait-il dit devant le feu de cuisine dans sa hutte. Et à la radio, le gouvernement fait l'éloge de ses soldats « de couleur » ; le Parlement félicite ses héros « indigènes ». On nous instille de la fierté et de l'amour-propre ; on nous apprend à lire, à écrire et à nous battre unis pour la même cause — Luos et Kikuyus au coude à coude. Mais à notre retour au Kenya, on nous dit qu'il n'y a pas de place pour nous, pas d'emplois, et que nous devons retourner chez nous dans les réserves indigènes !

« Mère ! Dans tout l'empire britannique, les colonies obtiennent leur indépendance. Je te le demande : *Pourquoi pas le Kenya ?*

David savait qu'il n'était pas le seul à se plaindre. La déclaration de guerre avait brusquement interrompu chez les Africains une prise de conscience politique naissante à laquelle il avait participé en 1937 ; mais elle commençait à se réveiller. David savait qu'en ce moment même où il vidait une nouvelle calebasse de bière avait lieu à Nairobi une réunion clandestine, une séance de la *Kenya African Union,* dont certains leaders — des hommes jeunes, cultivés et énergiques — exposaient leur programme pour l'indépendance du Kenya. Le bruit courait également que Jomo Kenyatta, le célèbre « agitateur », projetait de retourner au Kenya après dix-sept années d'absence. Avec de telles forces en mouvement, et avec le retour imminent de soixante-dix mille soldats africains à la fin de la guerre, David était certain que le visage du Kenya serait modifié à jamais.

Cela signifiait que sa terre lui serait rendue.

Il se leva sur des jambes flageolantes et se tourna vers la colline qui dominait la rivière. Juste au-dessus des arbres, il aperçut les lumières de Bellatu, cette monstrueuse maison de pierre qui avait été construite avec le sang et la sueur des Kikuyus. Il songea aux blancs à l'intérieur de cette maison — les Treverton — et se dit : *Bientôt...*

Sa mère vint le rejoindre et dit :

— Va voir ton épouse à présence, David Kabiru. Elle attend.

Il entra dans la hutte et s'arrêta juste au-delà de la porte. Un feu mourant emplissait l'atmosphère de fumée ; l'air était chaud et renfermé entre les murs de terre ; il avait la tête pleine de l'odeur de la pluie et de la bière. Quand il vit Wanjiru allongée, voluptueuse et nue, quelque chose se noua dans sa gorge.

Il avait l'impression d'être un imposteur.

Une femme avait le droit d'avoir un *homme* pour époux. Selon la loi kikuyu, si elle n'était pas satisfaite sur le plan sexuel, s'il ne lui donnait pas d'enfants, s'ils ne pouvait pas se conduire en homme, elle avait le droit de le répudier et de retourner dans sa famille. David souhaitait désespérément lui montrer combien il l'aimait et la désirait, la prendre comme un guerrier et lui donner du plaisir. Mais il ne se sentait bon à rien. Il se sentait impuissant.

Wanjiru tendit les bras et il vint à elle. Se laissant tomber, il posa son visage entre ses seins généreux et essaya de lui dire ce qu'il avait dans le cœur. Mais il avait bu trop de bière. Sa langue ne voulut pas lui obéir. Ni aucune autre partie de son corps.

Wanjiru se montra patiente au début, elle comprenait mieux les hommes que la plupart des jeunes épouses parce qu'elle était une infirmière diplômée. Elle le caressa et l'apaisa. Elle murmura des mots tendres en kikuyu. Elle remua son corps de façon tentatrice, mais comme ses efforts ne parvinrent pas à susciter de la part du jeune homme une réaction satisfaisante, et qu'il demeura mou dans sa main, elle sentit flamber son ancienne colère.

Huit ans plus tôt, elle avait dû aiguillonner David Mathengé pour qu'il se conduise en homme, alors qu'il débitait des proverbes, planté sur une souche d'arbre. Maintenant il fallait qu'elle recommence — pour leur nuit de noces !

Elle s'assit.

— David, qu'est-ce qui ne va pas ?

Il était désespéré. La bière, le sentiment d'humiliation, l'impression qu'il avait été émasculé...

— Le *thahu* n'est pas sur eux, s'écria-t-il en tendant le bras dans la direction de Bellatu. Il est sur *moi !*

Wanjiru fut choquée. Et quand elle vit des larmes perler

dans les yeux de David, quand elle entendit l'accent d'attendrissement sur soi-même dans sa voix, elle fut révoltée. Rien ne pouvait lui faire mépriser davantage un homme que de le voir se conduire comme une femme.

— Laisse-moi, dit-elle. Tu reviendras dans mon lit quand tu seras un homme.

David sortit de la hutte en chancelant. Il jeta un coup d'œil à ses cousins et ses oncles qui faisaient la fête autour du feu, puis il se détourna et disparut dans la nuit.

— Tiens, dit Tim Hopkins quand Sir James vint le rejoindre sur la terrasse. On dirait qu'il se passe quelque chose près de la hutte de la vieille sorcière. Que croyez-vous que ce soit ?

James leva les yeux vers le ciel sombre et se demanda combien de temps la pluie attendrait encore avant de tomber. Rentrer à Kilima Simba en plein orage n'était pas sans risque. Il décida d'accepter l'offre que Valentin lui avait faite de passer la nuit à Bellatu.

— Val m'a dit que le fils de Wachéra se mariait. Ils construisent une nouvelle hutte pour l'épouse.

— Cela va faire trois huttes au bout du terrain de polo.

— Oui et Val est furieux. Il a déclaré qu'il allait faire tout raser demain matin, y compris la hutte de la vieille, cette fois.

Très bien, se dit Tim. *J'espère que le salaud tiendra parole. Les Kikuyus ne le supporteront pas et voudront se venger. Cette fois, peut-être qu'ils donneront Lord Treverton à manger à leurs chèvres !*

Grace apparut à la porte-fenêtre. En voyant le jeune Tim bavarder tranquillement avec James dans la nuit brumeuse, elle hésita. Grace portait des lunettes à présent, mais à cause de son œil droit aveugle, un des verres était ordinaire.

— James, dit-elle en allant les rejoindre.

Il vit qu'elle était troublée.

— Qu'y a-t-il, Grace ?

— Rose vient de me dire à l'instant quelque chose de tout à fait surprenant !

Elle lança par la porte-fenêtre un coup d'œil à la salle à manger où les domestiques mettaient le couvert pour le dîner.

— J'en suis encore bouleversée. Elle vient juste maintenant de m'appeler dans sa chambre, et elle m'a raconté l'histoire la plus extraordinaire ! Mona est là-haut en ce moment, et elle est sûrement en train d'entendre la même chose. James, Rose se propose de partir.

— Partir ? Que voulez-vous dire ?

— Elle s'en va, hors du Kenya. Rose quitte Valentin !

Il dit : « Quoi ? » si fort que Grace dut lui faire signe de baisser la voix.

— Valentin ne le sait pas encore, Rose va le lui apprendre au dîner.

— C'est absurde. Elle est ivre, peut-être ?

— Elle a toute sa lucidité, James. Vous comprenez... il y a un autre homme.

James et Tim regardèrent Grace sans comprendre.

— Rose a un amant, chuchota-t-elle.

— Quelle blague, dit James. Elle vous a raconté des histoires.

— Je ne crois pas. Rappelez-vous, je vous avais dit il y a quelque temps que ma belle-sœur avait changé ces derniers mois. Elle s'était soudain animée, elle avait pris de l'autorité. Elle a commencé à donner des ordres au personnel. Elle a carrément mis à la porte deux servantes. Et une fois, elle m'a même tenu tête, en me disant de m'occuper de mes affaires ! J'en avais discuté avec Mona, à l'époque, et comme Rose a quarante-six ans, j'ai cru qu'il s'agissait du retour d'âge. Mais maintenant Rose me dit qu'elle avait un amant tous ces mois-ci, et qu'ils s'en iront ensemble demain matin.

James fronça les sourcils.

— Je ne le crois pas. Si Rose avait eu un amant pendant tout ce temps, le bruit se serait répandu. Vous savez comment les ragots vont vite au Kenya !

— Apparemment, ils ont su garder le secret. Aucun de nous ne connaît l'homme, et Rose l'a tenu caché.

— Que me racontez-vous ?

— Rose dit que c'est un des prisonniers italiens évadés, ceux que vous avez recherchés avec Tim, en septembre dernier.

— Mais cela fait sept mois ! Voyons, si cet homme était parvenu jusqu'à Nyéri et essayait de se cacher, nous l'aurions trouvé.

— Pas où Rose l'avait gardé.

— Où ?

— Dans sa clairière aux eucalyptus. Dans la *serre*.

James et Tim se regardèrent.

— Elle l'a *gardé là ?* questionna le jeune homme.

— Au début, il était blessé, m'a-t-elle expliqué. Elle l'a soigné jusqu'à ce qu'il se rétablisse. Après quoi, ils se retrouvaient en secret dans la serre.

James secoua la tête.

— Cela ne tient pas debout. Ce n'est pas du tout dans le caractère de Rose.

Il réfléchit un instant avant d'ajouter :

— Et il serait encore là-bas en ce moment, cet Italien ?

— Dans la serre. Il attend Rose. Ils partiront au petit jour.

James dévisagea Grace un instant puis se mit à faire les cent pas sur les dalles luisantes de la terrasse. La pluie s'était remise à tomber.

— Vous la croyez, Grace ? demanda-t-il.

— Pour commencer, non. Mais elle est tellement calme, elle agit d'une façon si incroyablement équilibrée. Et les *détails !* Eh bien oui, je la crois, James.

— Ne devrions-nous pas essayer de l'en empêcher ?

— Je ne vois pas comment. Elle est très résolue. Surtout, de quel droit interviendrions-nous ?

— Valentin va être furieux.

— Je sais, dit-elle, et elle rentra précipitamment se mettre à l'abri de la pluie.

Dans la maison, où l'arôme de l'agneau rôti se mêlait à la bonne odeur d'un feu ronflant, Valentin s'écarta en chancelant de la fenêtre ouverte par où il avait entendu chaque mot de la conversation. Il s'appuya au mur et regarda dans le vide.

Mona toucha à peine à son dîner et se demanda comment sa mère pouvait manger étant donné ce qu'elle se proposait de faire à l'aurore. Et pourtant Rose coupait son agneau, se resservait de patates douces, tout le temps souriante, charmante, bavardant à bâtons rompus avec Tim Hopkins.

Grace et Sir James mangeaient en silence et échangeaient de fréquents regards tandis que Valentin parlait.

— Je vais vous dire où se trouve l'avenir, disait-il à James. L'arachide. Je compte défricher plus de mille hectares et planter de l'arachide.

Mona regarda son père.

— Elle ne poussera pas, dit-elle.

— Et pourquoi ?

— L'altitude est trop élevée pour l'arachide.

— Comment le sais-tu ?

— J'ai essayé il y a deux ans, et ça n'a pas marché.

— C'est que tu t'y es mal prise.

Tandis que son père s'adressait de nouveau à Sir James, Mona sentit le rouge lui monter aux joues. Cette façon désinvolte de ne tenir aucun compte de ce qu'elle pouvait avoir à dire la mettait en fureur. Mona s'était attendue à une scène épouvantable quand son père rentrerait du nord, et elle s'y était préparée. A la place, à sa vive surprise et à sa déception, il avait parcouru le domaine en voiture, il avait vu ce qu'elle avait fait, puis il avait dit vaguement :

— Tu as eu de la chance. Mais bien entendu, tout ça va devoir disparaître.

Pas de colère, pas de cri. Une simple indifférence humiliante à ses efforts et ses succès. C'était pire, conclut Mona, que la diatribe escomptée.

— Tu cesseras désormais de te mêler de mes affaires, avait-il dit ensuite. C'est *moi* qui vais diriger cette plantation.

Mona avait répliqué :

— Et que suis-je censée faire ?

Et Valentin avait dit :

— Est-ce que je sais, mon petit. Tu as vingt-sept ans ! Marie-toi !

Cela s'était passé une semaine plus tôt, et Mona continuait de fulminer. *Marie-toi !* avait riposté son père, autrement dit : *Fiche-moi la paix et va embêter quelqu'un d'autre.* Son père s'était même trompé sur son âge.

Mona songea à sa mère. Cela avait été un choc d'apprendre l'aventure amoureuse et le projet de fuite. D'abord, Mona avait été bouleversée puis elle s'était posé des questions sur l'état mental de sa mère. Très vite, cependant, Mona avait commencé à envier sa nouvelle vie, sa découverte de l'amour et de la passion, son désir de se consacrer entièrement à un seul homme. Elle se rappela le visage de Rose pendant qu'elle lui parlait de son cher Carlo ; Mona avait eu un pincement au cœur, puis s'était réjouie pour elle. *Oui,* avait-elle dit finalement à Rose, *faites-le. Suivez l'homme que vous aimez. Abandonnez Père. J'aimerais pouvoir en faire autant.*

Tout en chipotant sa nourriture dans son assiette et en écoutant son père parler de *ses* projets pour *sa* plantation, Mona songeait à Geoffrey Donald qui allait bientôt rentrer de Palestine. L'épouser conviendrait parfaitement à ses propres plans. Geoffrey n'avait plus envie de travailler à Kilima Simba ; il voulait lancer une affaire de tourisme. Et il pourrait le faire, se dit Mona, aussi bien de Bellatu que de n'importe où ailleurs. Au lieu de quitter la plantation quand elle se marierait, comme son père l'escomptait sans doute, Mona amènerait son mari pour y vivre. Parce que jamais Mona Treverton ne renoncerait à la possession de la plantation. Ni en faveur de son père, ni en faveur de quiconque.

— Savez-vous, James, dit Valentin en se resservant de vin, qu'il est question d'un *nouveau* projet d'affectation de terres aux anciens combattants ? Le but est de stimuler la reprise économique après la guerre. Attirer de nouveaux colons blancs en offrant des concessions de terres à bas prix.

— J'ai entendu ces rumeurs. Et il me semble qu'il n'y a déjà pas assez de terres.

— Le plan prévoit de renvoyer les squatters dans les réserves indigènes. Tous les Kikuyus de cette région devront retourner sur les terres que le gouvernement leur avait réservées au départ.

— Ils n'y consentiront pas volontiers, pas comme ils l'ont fait dans le passé.

James échangea un coup d'œil avec Grace. Il y avait une tension manifeste à la table. L'humeur aimable de Valentin semblait forcée, et il buvait trop.

Au beau milieu de ce que Valentin disait d'autre à Sir James, Rose écarta sa chaise et se leva.

— Je vais vous souhaiter bonne nuit à tous. Mais avant de monter dans ma chambre, j'ai quelque chose à dire.

Ses invités, attendant, appréhendant ce qui allait suivre, se tournèrent vers elle. L'homme à l'autre bout de la table possédait, ils le savaient, un caractère violent et destructeur.

Rose était en beauté. Pour la circonstance elle avait choisi une de ses plus jolies robes du soir — longue, élégante, noire, avec du strass autour du grand décolleté. Elle portait ses cheveux relevés sur le sommet de sa tête, maintenus en place par une orchidée.

— Valentin, dit-elle, j'ai quelque chose à vous annoncer.

Tous attendirent.

— Je vais vous quitter, Valentin. Je m'en irai demain matin et ne reviendrai jamais.

Elle marqua un temps. Les quatre autres convives eurent envie de regarder Valentin, mais personne n'osa bouger.

Rose était sereine et parfaitement maîtresse d'elle-même.

— J'ai trouvé quelqu'un qui m'aime rien que pour moi-même, Valentin, et non pour ce qu'il peut produire avec mon corps. Un homme qui me chérit, qui m'écoute, qui me traite en égale. Ma vie avec vous est terminée. Je vais commencer une nouvelle existence, loin du Kenya. Je ne revendique rien de votre argent, ni de Bellatu. Et je vous rends votre titre. Je n'ai jamais été une bonne comtesse.

Elle s'arrêta. Elle le regarda à l'autre bout de la table.

— Non, Rose, dit Valentin avec un soupir. Vous n'allez nulle part.

Grace regarda son frère. Elle vit la flamme dans ses yeux, le battement sur sa tempe.

— Si, Valentin. Je vous quitte et vous ne pourrez pas m'en empêcher.

— Je ne le permettrai pas.

— Vous ne pouvez plus m'intimider, Valentin. Je n'ai plus peur de vous. C'est une chose que Carlo m'a enseignée. Il m'a aussi appris à aimer. C'est quelque chose dont je m'étais toujours crue incapable parce que vous aviez tué l'amour en moi il y a des années. J'aurais pu vous aimer comme vous le souhaitiez, Valentin, mais votre impatience et votre manque d'égards pour mes sentiments m'ont éloignée de vous. Et même de ma propre fille, que j'aurais pu aimer si vous aviez fait seulement un geste quand je suis arrivée ici avec elle. Si vous aviez accueilli mon enfant, prononcé un seul mot d'appréciation ou d'affection, je me serais permis de l'aimer. Au lieu de cela, vous m'avez fait me sentir coupable de l'avoir mise au monde. Et donc je me suis punie, et je l'ai punie du même coup.

« Quant à votre fils Arthur, dont le seul désir pendant toute sa brève existence a été de vous plaire, vous l'avez également repoussé. Il a été tué parce qu'il essayait de se montrer brave, pour que vous soyez fier de lui. J'ai trouvé l'amour, et je ne laisserai pas passer cette chance. Je ne vous hais pas, Valentin. Simplement, je ne vous aime pas. Et je n'ai plus envie de vivre avec vous.

Elle regarda les autres, dit adieu, et sortit de la salle à manger.

Autour de la table, les cinq convives restèrent immobiles, écoutant le murmure de la pluie. Grace s'attendait à une explosion de Valentin et se prépara à subir le déchaînement de sa fureur.

Mais il dit simplement :

— Il est tard. Et il pleut. Vous feriez bien de passer tous la nuit ici. Inutile de vous tremper !

Ils le regardèrent quitter la table pour se diriger vers le bar roulant. Ils se levèrent lentement, l'un après l'autre. Mona et Tim sortirent les premiers, pour se rendre chacun dans leur chambre, puis Grace murmura à James qu'elle montait chez Rose.

Quand les deux hommes furent seuls, James voulut parler mais Valentin lui adressa un sourire majestueux.

— Elle ne partira pas, vous savez. Elle n'en a pas réellement l'intention. Rose ne possède pas assez de cran.

— Je crois qu'elle en a bien l'intention, Val.

Il avala d'une lampée son whisky et s'en servit un autre.

— Oh, elle s'imagine peut-être maintenant qu'elle va le

faire. Mais vous verrez, James... Demain matin, Rose sera encore ici. Je vous le garantis.

James s'approcha de lui.

— Valentin, dit-il, pourquoi ne pas la laisser partir ?

Valentin rit, doucement et sans rancœur.

— Vous ne comprenez pas, James, dit-il en posant une main lourde sur l'épaule de son ami. J'ai construit cette maison pour *elle*. Tout ceci pour ma ravissante Rose. Vous ne croyez tout de même pas que je vais la laisser, hein ? Allez vous coucher, mon ami. Demain, mes caféiers se couvriront de fleurs blanches. Pensez-y ! Des milliers d'hectares !

Il sourit.

— Dormez bien, James. Et ne vous faites pas de souci pour Rose et pour moi.

Grace s'éveilla en sursaut.

Elle cligna des yeux dans le noir, en essayant de définir ce qui l'avait réveillée.

Puis elle se rendit compte que c'était le bruit d'un moteur de voiture.

Elle essaya de lire l'heure sur le cadran de sa pendulette. Il était quatre heures cinq ou une heure vingt, elle n'aurait su le dire. Avait-elle seulement rêvé ce bruit de voiture ? Ou bien quelqu'un était-il réellement parti de Bellatu au milieu de la nuit ? Tim, peut-être, inquiet pour sa sœur, seule dans leur plantation.

Grace regarda la tête endormie sur l'oreiller voisin. Le bruit n'avait pas réveillé James.

Elle écouta le silence de la grande maison et se dit : *La pluie s'est arrêtée.*

Au moment où Grace sombrait de nouveau dans le sommeil, elle crut entendre craquer le parquet du corridor, comme si quelqu'un passait sur la pointe des pieds.

39

Le 16 avril 1945 au petit matin, juste avant l'aurore, une sage-femme européenne de la Mission Grace Treverton se trouvait au volant de sa voiture sur la route déserte venant de la ville de Kiganjo où elle avait passé toute la nuit à mettre un bébé au monde. Dans le noir, elle aperçut une voiture garée sur le côté droit de la route, l'arrière tourné vers elle, son moteur en marche et ses feux de position projetant deux faisceaux rouges sur le chemin boueux. Elle ralentit en approchant et vit que quelqu'un était assis dans la voiture, à l'avant du côté droit, le siège du conducteur. Elle s'arrêta à sa hauteur et découvrit un homme endormi. Reconnaissant Lord Treverton, la sage-femme le héla et lui demanda s'il avait besoin d'aide. Comme il ne s'éveillait pas, elle descendit de voiture et regarda par la portière du passager.

Le comte était affalé contre la portière de droite avec un trou dans la tempe gauche, un revolver dans la main.

La sage-femme se rendit aussitôt au poste de police de Nyéri, où elle réveilla l'agent de police Kamau, qui réveilla à son tour le caporal de service. Accompagnés de deux *askaris*, ils suivirent la memsaab jusqu'à la route de Kiganjo où, à un kilomètre six cents après le croisement avec la grande route de Nyéri, ils trouvèrent la voiture de Lord Treverton.

Dans la lumière faible de l'aube les agents tournèrent autour de la voiture en discutant entre eux de ce qu'il convenait de faire. Pendant ce temps, la sage-femme remarqua dans la boue des traces fraîches de pneus de bicyclette qui se dirigeaient vers le côté du passager de la voiture garée puis repartaient dans la direction d'où elles semblaient venir — Nyéri. Mais le temps que le caporal se décide à retourner au poste pour téléphoner à l'inspecteur Mitchell, qui habitait Nyéri, puis le temps que l'inspecteur se rende sur les lieux, toutes les traces de pneus de bicyclette avaient disparu, piétinées.

— Bon Dieu, s'écria l'inspecteur Mitchell quand il regarda dans la voiture, le comte s'est tué !

Annoncer ce genre de chose à la famille n'était pas une mission agréable. Et quelle sensation cela allait causer dans la région ! Voyons, le comte portait même son uniforme ! C'est sans doute une crise dépressive à cause de la guerre qui l'y a conduit, conclut l'inspecteur en suivant l'avenue qui montait en serpentant vers Bellatu. Plus d'un combattant s'était suicidé en rentrant dans ses foyers. Mais Lord Treverton ?

Il était neuf heures du matin quand l'inspecteur Mitchell, de la police de Nyéri, frappa à la porte de Bellatu et annonça au domestique africain qu'il désirait parler à Lady Rose.

A sa place, ce fut le Dr Grace Treverton qui entra dans le salon.

— Ma belle-sœur n'est pas chez elle, inspecteur, dit-elle. Lady Rose est partie en voyage très tôt ce matin. Que puis-je faire pour vous ?

— Eh bien, docteur, dit-il en faisant tourner son chapeau

mou entre ses doigts — l'inspecteur Mitchell détestait cette partie de son travail — c'est au sujet de monsieur le comte.

— Mon frère n'est pas encore descendu dans la salle à manger. Sir James Donald et moi-même sommes les seuls à être debout.

L'inspecteur inclina la tête. Il connaissait bien Sir James.

— Eh bien, docteur, puisque vous êtes la sœur du comte, je peux vous le dire et vous informerez Lady Rose à son retour.

— Me dire quoi, inspecteur ?

La maison baignait dans un silence inquiétant. Une horloge tictaquait quelque part ; des têtes d'animaux aux cornes magnifiques regardaient du haut des murs. L'inspecteur Mitchell aurait vraiment préféré que le comte ne choisisse pas ce secteur pour se tuer.

— J'ai bien peur que votre frère ne descende pas prendre son petit déjeuner, docteur Treverton, puisqu'il n'est pas ici.

— Pas ici ? Bien sûr qu'il est ici.

— Il a été découvert dans sa voiture, ce matin à l'aube, sur la route de Kiganjo. C'est une de vos sages-femmes qui l'a découvert, une certaine Billings.

— Comment cela, découvert ?

— J'ai le regret de vous faire part que Lord Treverton a pris sa voiture au milieu de la nuit et s'est suicidé avec un pistolet.

Grace resta assise sans bouger. Elle regarda l'inspecteur de police à travers ses lunettes cerclées d'or. Puis elle dit :

— Vous voulez dire que mon frère est *mort ?*

— Je suis vraiment désolé, docteur.

— Vous êtes sûr qu'il s'agit de Lord Treverton ?

— Tout à fait sûr.

Grace se leva.

— Excusez-moi, je vous prie, dit-elle, et elle quitta le salon.

Quand elle revint un instant plus tard, Sir James l'accompagnait.

— Expliquez-moi ce qui s'est passé, inspecteur, dit-il en s'asseyant sur le sofa à côté de Grace, visiblement ébranlée et bouleversée.

L'inspecteur répéta tout et ajouta :

— Le moteur tournait encore quand la sage-femme l'a découvert. Nous pensons qu'il n'était pas mort depuis longtemps. Le corps sera transporté au poste de police. Vous pourrez, euh... le voir là-bas.

Grace dit : « Oh, mon Dieu », et Sir James la prit dans ses bras.

— Merci d'être venu, inspecteur, dit-il d'une voix nouée quand le policier se leva. Je passerai au poste tout à l'heure pour confirmer l'identité.

— Nous vous en serons très reconnaissants, Sir James.

L'inspecteur se retourna pour partir, mais se figea brusquement en voyant Rose Treverton s'encadrer sur le seuil de la salle à manger.

Une large ecchymose s'étalait sur toute sa joue gauche.

— Que s'est-il passé ? demanda-t-elle.

James et Grace levèrent les yeux.

— Rose ! s'exclama Grace. Vous êtes encore ici !

Remarquant l'ecchymose, elle se leva et alla vers sa belle-sœur. Elle chuchota :

— Que diable est-il arrivé à votre figure ?

Mais comme elle levait la main pour toucher la tache noire et bleue, Rose se recula.

— Pourquoi ce policier est-il ici ? demanda-t-elle.

— Rose, dit Grace d'une voix tendue, venez vous asseoir, je vous en prie. Nous avons de mauvaises nouvelles.

Mais elle resta sur le seuil.

— Qu'est-ce que c'est ?

L'inspecteur oscilla d'un pied sur l'autre, gêné. Il avait aperçu la comtesse Treverton deux ou trois fois dans sa tribune à l'hippodrome de Nairobi ou dans sa voiture conduite par un chauffeur. Elle était toujours belle et aristocratique jusqu'au bout des ongles. Son aspect maintenant le scandalisait : les cheveux ébouriffés à moitié relevés, à moitié tombés ; la robe de chambre froissée ; les cernes sous les yeux, et cette ecchymose monstrueuse.

Grace dit :

— Rose, il y a eu...

Elle s'interrompit. Elle s'apprêtait à dire « un accident ».

— Il y a quelqu'un de blessé ?

Incapable de parler, Grace se tourna vers Sir James qui dit :

— Valentin est mort, Rose.

Rose tressaillit, comme si on venait de la frapper.

— Apparemment il s'est tué d'un coup de revolver.

La voix de James s'étrangla, Rose parut déconcertée.

— Valentin est mort ? murmura-t-elle. Il s'est *tué ?* Mais où ?

— Dans sa voiture, madame la comtesse, répondit l'inspecteur. Sur la route de Kiganjo, pendant la nuit. Je vous présente mes plus sincères condoléances.

Elle se retourna comme un automate et se dirigea vers une des chaises de la salle à manger. Elle posa la main sur le dossier comme pour la tirer en arrière mais resta debout, les yeux fixés sur la surface brillante de la table.

— Valentin, murmura-t-elle. Mort... Puis elle enfouit sa tête entre ses mains et s'écria :

— Je ne voulais pas cela ! Oh, Carlo !

Après le départ de l'inspecteur, James et Grace aidèrent Rose à venir dans le salon.

— Rose, demanda Grace d'une voix sans timbre, que s'est-il passé la nuit dernière ? Comment vous êtes-vous blessée ainsi ? Pourquoi n'êtes-vous pas partie avec Carlo ?

Rose regardait fixement son giron.

— Valentin m'a frappée. Il est monté dans ma chambre, il m'a dit qu'il allait m'empêcher de le quitter. Nous nous sommes disputés. Il m'a assené un coup à la figure.

Grace attendit.

— Que s'est-il passé ensuite ?

— Je ne sais pas. Il m'a assommée. J'ai repris conscience il y a seulement quelques minutes. Je ne l'ai pas entendu quitter la maison...

Rose se mit à sangloter.

— Il faut me croire ! Je ne voulais pas qu'il *meure !*

— Eh bien, dit l'inspecteur Mitchell en entrant dans le petit poste de police tout simple, voilà de quoi alimenter les potins.

Un agent de police africain leva les yeux de sa machine à écrire Corona et sourit.

Mitchell secoua la tête et accrocha son chapeau à une patère.

— Rien de mieux qu'un suicide dans le gratin pour faire marcher les langues.

Il allait s'asseoir à son bureau pour prendre son thé du matin avec des toasts quand un autre agent entra en courant.

— Bwana ! Venez vite !

Avec un soupir, en se demandant pourquoi diable il avait quitté son paisible Cheshire natal pour émigrer au Kenya, l'inspecteur Mitchell suivit l'agent qui sortit du poste et alla dans la cour de derrière. La voiture de Lord Treverton était là, portières et coffre grands ouverts, inspectée par deux agents de police.

Quand Mitchell arriva à l'arrière, il s'arrêta net et regarda dans le coffre.

— Seigneur ! Qui est-ce ?

— On ne sait pas encore, inspecteur, répondit l'agent Kamau. Il n'y a apparemment aucun papier d'identité sur lui. Mais nous ne l'avons pas encore examiné à fond. Je tenais à vous le montrer comme ça avant de le déplacer.

— Mort, je suppose ?

— Et depuis longtemps, à mon avis.

— Allez chercher le photographe.

Mitchell regarda de nouveau le cadavre dans le coffre et sentit s'évaporer tout appétit pour son petit déjeuner. La victime, qui ne portait qu'un pantalon et une chemise de soie blanche, était pieds nus et ligoté avec une corde aux chevilles et aux poignets. Il avait été tué d'une balle dans la tête.

— Ne dirait-on pas une exécution ? dit le commissaire Lewis, du service des Enquêtes Criminelles de Nairobi.

Il venait d'arriver à Nyéri, à la suite du coup de téléphone de l'inspecteur Mitchell, et l'avait accompagné dans la cour.

— Ça en a l'air, dit Mitchell. Il est troussé comme une chèvre pour un sacrifice. Et tué d'une seule balle, proprement, dans la nuque.

— Aucune idée de son identité ?

— Aucune. Nous avons enquêté un peu partout. Il a l'air d'un étranger. Personne ne le connaît et aucune disparition n'a été signalée.

Ils s'avancèrent vers la voiture et regardèrent le coffre vide. Il y avait des éclaboussures de sang près du logement de la roue de secours.

— A mon avis, il a été forcé de monter là-dedans, dit Mitchell. Puis il a eu les pieds et les poings ligotés, ensuite il a été abattu. Le comte s'est épargné la peine d'un cadavre dans le coffre.

Le commissaire Lewis, un homme petit et replet avec des verres à double foyer et une moustache de morse, se frotta pensivement le menton. Il avait été appelé sur l'affaire Treverton parce qu'elle impliquait à présent un meurtre.

— Les photos sont prêtes ? demanda-t-il.

— Pas encore, commissaire. Mais j'ai dit au gars de les développer le plus vite possible.

Lewis contourna la voiture sur la gauche et regarda à l'intérieur. Juste en face, sur la portière du conducteur, il vit une petite tache de sang, à peu près au niveau, estima-t-il, de l'endroit où se trouvait la tête du comte quand il était assis au volant.

— Le moteur tournait, vous dites ?

— Oui, commissaire. Dans mon idée, Lord Treverton a fait monter le type dans le coffre, l'a tué, puis est parti avec l'intention de balancer le corps à un endroit où des animaux le trouveraient ou peut-être de l'enterrer. Mais en cours de route, sur le chemin de Kiganjo, accablé par la culpabilité et le remords, il s'est arrêté et il a posé le revolver contre sa propre tempe.

— Le médecin légiste est arrivé ?

— Il a quitté Nairobi.

Le commissaire Lewis parcourut du regard l'intérieur de la voiture, remarqua les quelques objets épars — une paire de gants d'homme, un vieux magazine, une couverture pliée avec soin — puis ses petits yeux intelligents se fixèrent sur le siège du passager. Il y avait dessus des particules de boue séchée. Il recula, examina le marchepied et vit deux grosses traînées de boue qui étaient peut-être des traces de pas.

— Les membres de famille ont été mis au courant de ce fait nouveau ? demanda-t-il à l'inspecteur Mitchell.

— Pas encore. Je les ai informés du décès du comte ce matin. Pour le reste, j'ai préféré attendre que vous ayez jeté un coup d'œil à la situation avant d'aller plus loin.

Le commissaire regarda Mitchell par-dessus la monture de ses verres à double foyer.

— Si cela ne vous fait rien, inspecteur, j'aimerais leur annoncer la nouvelle moi-même.

Dans le bureau du poste de police, les deux hommes étudièrent les photographies qui venaient d'être développées. Le commissaire Lewis examina longuement les clichés de Treverton : sa tête, de profil, appuyée contre la glace ; le petit trou rond entouré de brûlures de poudre sur la tempe gauche. Il y avait aussi une photo du revolver dans sa main, reposant sur le siège à côté de lui. Sur le cliché on pouvait voir des particules de boue sur le siège du passager. Et la boue semblait fraîche.

Ils étaient assis à la table du petit déjeuner avec des tasses de thé froides devant eux, quand Rose entra et dit :

— Il n'est pas là-bas !

James se leva et l'aida à s'asseoir dans un fauteuil tandis que Mona prenait une théière de thé nouvellement fait et mettait la tasse fumante entre les mains de sa mère. Mais Rose ne but pas.

— Carlo n'est pas dans la serre ! dit-elle. Où a-t-il pu aller ?

Tim Hopkins se leva et se dirigea vers la fenêtre. Il regarda les champs de café déserts, écouta le silence de la rivière où la machine à décortiquer était immobile et entendit dans le lointain les chants de deuil au village kikuyu. Le comte, il le savait, serait beaucoup regretté.

Mais pas par lui.

— Où Carlo aurait-il voulu aller? demanda Mona en s'asseyant à côté de sa mère et en posant une main sur son bras.

Rose secoua la tête et des larmes lui montèrent aux yeux.

— Peut-être s'est-il inquiété de ne pas vous voir arriver à l'heure prévue, dit James. Cela se pourrait qu'il soit à la gare.

— Quelqu'un vient, annonça Tim. Oh, c'est encore cet inspecteur de police. Cette fois, un autre type l'accompagne.

— Grace, dit Rose en saisissant le poignet de sa belle-sœur, je ne veux pas leur parler! Je vous en prie, arrangez-vous pour qu'ils me laissent tranquille.

— N'ayez pas peur, Rose. James et moi nous chargeons de tout, répondit Grace d'une voix morne.

Elle avait le visage blême, les traits tirés. Elle n'avait pas touché à son thé.

Mais le commissaire Lewis désirait précisément poser quelques questions à Lady Rose. La première concernait la meurtrissure qu'elle avait au visage.

Elle se tordit les mains et ne regarda pas le policier en face quand elle répondit.

— Je suis tombée.

— Vous êtes tombée ?

— La nuit dernière. J'ai trébuché sur le bord du tapis et je me suis cogné la mâchoire contre le coin de la coiffeuse.

— Savez-vous à quelle heure votre mari a quitté la maison la nuit dernière ?

— Non, je... je dormais.

— Savez-vous *pourquoi* il a quitté la maison au milieu de la nuit ?

— Commissaire, intervint Sir James, est-ce vraiment nécessaire ? Lady Rose a subi un choc affreux. Je peux sans doute répondre à vos questions. J'étais dans la maison la nuit dernière, moi aussi.

Ses sourcils en broussaille se haussèrent.

— Vous y étiez ? Dans ce cas, vous pourrez peut-être nous aider.

Il sortit de sa poche de gilet un petit carnet et dit à James :

— Vous étiez un ami intime du comte, n'est-ce pas ?

— Nous nous connaissions depuis des années.

— Lord Treverton était-il droitier ou gaucher ?

— Droitier. Mais enfin, pourquoi tout ceci ? Pourquoi a-t-on fait intervenir le CID[1] ?

1. Le Service des Enquêtes Criminelles.

— Parce que, Sir James, il y a eu un fait nouveau grave depuis que le comte a été découvert ce matin.

— Quel fait nouveau ?

Il fouilla dans sa poche de gilet et en sortit une photographie.

— Apparemment, un meurtre a également été commis.

Lewis observa leurs visages tandis qu'il parlait du cadavre dans le coffre et de son hypothèse que Valentin avait abattu l'homme et était en route pour se débarrasser du corps quand il s'était suicidé.

— Nous essayons d'identifier la victime. Peut-être la connaissez-vous ?

Ils se penchèrent vers le cliché sinistre. Mona se détourna et porta la main à sa bouche. Tim s'exclama : « Bon Dieu. » James et Grace le regardèrent, frappés de stupeur.

Mais quand Rose se pencha à son tour et vit le cadavre de Carlo dans le coffre, pieds et poings liés avec une balle dans la tête, elle cria soudain :

— Valentin ! Espèce de monstre !

Puis elle s'écroula sans connaissance.

— Une réaction assez intéressante, déclara le commissaire Lewis à son retour au poste de police. Qu'en dites-vous ?

Mitchell but son thé à petites gorgées, les yeux fixés sur le mur de parpaing nu de son bureau.

— Je dirais que Lady Rose connaissait ce type.

— C'est aussi mon impression. Les autres ont réagi de façon assez prévisible. Je n'ai vu sur leurs visages aucun signe qu'ils le reconnaissaient. Ils regardaient simplement la photo impressionnante d'un cadavre. Par contre, madame la comtesse... Ça c'était une réaction.

— Commissaire ? — Le docteur Forsythe, le jeune médecin légiste envoyé de Nairobi, entra. — Je viens de commencer l'autopsie du comte que vous avez ordonné de faire, mais j'ai dû m'arrêter parce qu'il y a quelque chose que vous devez voir.

— Qu'est-ce que c'est ?

— Vous ne me croiriez pas. Mieux vaut que vous veniez voir vous-même.

La « morgue » de la police était en fait un débarras attenant à l'unique cellule munie de barreaux. Le cadavre de Carlo Nobili, protégé des regards par une bâche, gisait sur des caisses renversées. Valentin Treverton était étendu sur une table, nu.

Le médecin légiste n'eut pas besoin de montrer au commissaire ce qui avait attiré son attention. Le détective avait déjà vu des blessures dues à des coups de poignard.

La plaie était un trait net, juste à gauche du sternum, et presque exsangue.

— Voilà ce qui l'a tué, dit le Dr Forsythe, et non la balle dans la tête. J'en mettrais ma main au feu.

Mitchell siffla entre ses dents. La blessure semblait si inoffensive, à peine une fente dans la peau, de moins de quatre centimètres de long, avec un filet de sang noir.

Mais Lewis savait à quel point cette marque en apparence insignifiante pouvait être mortelle. Les coups de poignard, surtout quand la lame pénétrait dans des cavités du corps, comme le ventre ou la poitrine, faisaient rarement jaillir beaucoup de sang. Les dégâts étaient internes. Il se doutait que le poignard avait tranché une artère essentielle ou même touché le cœur. Quand on ouvrirait la poitrine du comte, on la trouverait pleine de sang.

— Vous affirmez que c'est la cause de la mort ? demanda-t-il au médecin.

— Je serai plus affirmatif quand je regarderai à l'intérieur, mais d'après l'emplacement de la plaie, je dirais que oui. Et quand je regarde de près la blessure de la tête, j'ai bien l'impression qu'elle a été infligée *après* la mort.

— Pour maquiller un meurtre en suicide ! dit Mitchell.

L'homme du CID tourna les talons et revint à grands pas dans le bureau où il ramassa les photos sur la table de Mitchell. Il étudia en particulier celles où l'on voyait de la boue sur le siège du passager. Quand l'inspecteur le rejoignit, Lewis dit :

— La voiture se trouvait sur le bord de la route, comme si le comte s'était arrêté pour une raison précise, et il a laissé tourner le moteur comme s'il n'avait pas l'intention de s'arrêter longtemps. Savez-vous ce que je crois ? Je crois que quelqu'un l'a rejoint et l'a forcé à s'arrêter. Quelqu'un qui était armé d'un poignard.

— A propos, dit Mitchell en prenant le dossier de l'affaire et en le feuilletant, cela me rappelle que la femme qui a découvert la voiture, la sage-femme Billings, a parlé dans sa déposition de traces de bicyclette autour de la voiture. Où est-ce donc ? Voilà.

Lewis lut le rapport de la sage-femme sur les traces qui aboutissaient à la portière de la voiture, côté du passager, puis repartaient vers Nyéri. Il reposa la feuille et dit :

— J'ai un autre scénario à vous proposer, inspecteur. Dites-moi ce que vous en pensez. Le comte tue le type dans le coffre. Nous déterminerons le mobile quand nous connaîtrons l'identité de la victime, et nous pouvons aller trouver Lady Rose pour cela. Les services de balistique de Nairobi nous diront si la même arme a tiré les deux balles. Nul doute que le comte venait de commettre le meurtre du coffre et était, comme vous le disiez, en route pour aller se débarrasser du cadavre. Mais à ce moment-là, supposons...

Il se mit à arpenter de long en large la petite pièce ; il s'arrêta et se tourna vers l'inspecteur Mitchell.

— Supposons que quelqu'un ait suivi le comte et l'ait rejoint sur la route de Kiganjo. Il lui fait signe et le comte s'arrête, probablement parce qu'*il connaît la personne sur le vélo*. Cette personne s'avance vers la voiture, monte s'asseoir à la place du passager, en laissant de la boue parce qu'il vient de pleuvoir, et poignarde le comte en pleine poitrine. Puis cette personne est prise de panique et, en voyant le revolver dont le comte s'est servi contre l'homme du coffre, elle décide de maquiller le meurtre en suicide.

— L'assassin se doutait bien que l'on découvrirait le coup de poignard.

— Pas forcément. Il n'y avait pas de sang sur les vêtements du comte. Et sans autopsie il aurait facilement passé inaperçu. Et il a bien failli le rester, parce que j'ai ordonné l'autopsie seulement après que vous avez découvert le gars dans le coffre.

— Cela implique, dit lentement Mitchell, qu'il y a des chances que la personne au poignard ignorait qu'il y avait le corps dans le coffre.

Les sourcils de Lewis se haussèrent.

— Peut-être... — Il se frotta le menton. — Peut-être que cette personne croyait *empêcher* le comte de commettre le meurtre, ne sachant pas que c'était déjà trop tard.

Les deux policiers se regardèrent. L'énormité de l'affaire qui avait lieu dans le secteur normalement paisible et sans problème de Mitchell commença à peser sur les épaules de l'inspecteur. En quelques minutes, son échine se voûta de façon marquée.

— Je veux que tous les témoins éventuels soient rassemblés, dit Lewis brusquement en sortant son bloc-notes et en se mettant à écrire. Je veux que toutes les pistes, même les plus insignifiantes, soient suivies. Je veux que cette bicyclette soit retrouvée. Je veux que le poignard soit retrouvé. Mais je vais vous dire une chose, Mitchell : il y a quelque chose qui cloche dans cette belle grande maison sur la colline.

Grace s'arrêta sur la véranda de Bellatu pour abaisser devant ses yeux la voilette noire de son chapeau. C'était aujourd'hui la deuxième fois qu'elle portait du noir depuis qu'elle avait quitté la Marine, vingt-six années auparavant.

Elle regarda tout le monde se diriger vers la file de voitures qui attendait le moment de partir vers le cimetière de la famille Treverton, où Valentin allait reposer auprès d'Arthur, son fils unique. Grace était bouleversée. Elle avait désespérément besoin du bras de James pour s'y appuyer.

Morgan Acres, fils aîné du banquier, était le notaire de la famille Treverton, et il venait d'apprendre à Grace quelque chose d'absolument stupéfiant.

Le testament de Valentin avait été ouvert le matin même, n'apportant aucune révélation : Lady Rose était une veuve riche, héritière de la plantation de café de Bellatu et du domaine ancestral en Angleterre, Bella Hill. Mais après le départ des autres, M. Acres avait pris Grace à part pour lui apprendre que malheureusement, par suite du décès de Monsieur le Comte, l'allocation annuelle que recevait la mission depuis des années cesserait d'être versée.

Grace avait été tellement abasourdie qu'elle avait dû s'asseoir.

— Valentin ? avait-elle dit. *Mon frère* était le bienfaiteur anonyme ? J'avais toujours cru qu'il s'agissait de James...

Après tout ce temps, Val, songea-t-elle tristement. *Et je n'ai jamais eu l'occasion de te remercier.*

James sortit enfin sur la véranda et prit le bras de Grace. Ils montèrent dans une limousine, qu'ils partageaient avec Rose et Mona, et le cortège se mit en route. Tim Hopkins venait le dernier, dans son camion, et il songeait à la tombe qu'il allait revoir, à laquelle il n'avait pas rendu visite depuis huit années : la tombe d'Arthur.

La file de voitures avançait lentement sur le chemin qui contournait la vaste propriété en direction de l'endroit solitaire où une parcelle de terrain avait été clôturée. Des Africains se tenaient le long du parcours, saluant tristement une dernière fois leur bwana. David Mathengé était là, avec sa mère, regardant en silence les blancs endeuillés qui allaient porter en terre encore un des leurs.

Le commissaire Lewis examinait les photos punaisées sur le panneau d'affichage — des photos de la voiture de Lord Treverton et du cadavre du comte — et le plan des lieux du crime, avec un pointillé indiquant le trajet suivi par la bicyclette d'après la déclaration de la sage-femme Billings, quand l'inspecteur Mitchell entra hors d'haleine.

— Nous l'avons ! dit-il en tendant une grande enveloppe au détective.

Lewis la prit et la soupesa d'un air songeur. Il était fatigué. Les deux hommes menaient l'enquête depuis cinq jours, avec le petit effectif de Nyéri et l'assistance de techniciens de Nairobi. Ils avaient pris trop peu de sommeil et beaucoup trop de café, et avaient les yeux injectés de sang. Le contenu de l'enveloppe marquait le point culminant de leurs cinq journées de recherches.

La veille, ils avaient retrouvé la bicyclette.

Elle avait été abandonnée dans la brousse à mi-chemin approximativement entre la voiture du comte et la ville de Nyéri, renversée sur le sol, le pneu arrière crevé. Les deux policiers supposèrent qu'après la crevaison l'assassin avait traîné la bicyclette dans les broussailles et fait à pied le reste du chemin pour rentrer chez lui. Elle avait été identifiée comme appartenant à la plantation Treverton.

Ils avaient mené une enquête minutieuse et approfondie. L'un et l'autre, accompagnés chacun de deux *askaris,* ils avaient parlé à toutes les personnes qui, si vaguement qu'elles aient pu être en relation avec le comte, étaient susceptibles d'offrir le moindre témoignage, le plus fragile indice. Ils étaient allés jusqu'à interroger les Africains qui travaillaient et vivaient sur le domaine Treverton, y compris la guérisseuse, Wachéra, qui avait seulement répété sans arrêt quelque chose à propos d'un *thahu.* Mais les entretiens les plus fructueux avaient été ceux avec les membres de la famille même.

Lady Rose se refusait à parler. Elle n'avait pas prononcé un mot depuis son effondrement, cinq jours plus tôt, quand elle avait vu la photo du mort. Elle était demeurée immobile et silencieuse pendant qu'il posait les questions, le visage d'une pâleur anormale, ce qui faisait ressortir d'autant mieux l'ecchymose. C'est le docteur Treverton qui avait répondu au détective.

L'homme du coffre, avait-elle expliqué, était un prisonnier de guerre italien évadé appelé Nobili.

— Personne d'autre dans le district ne le connaît, avait dit le commissaire Lewis. Comment se fait-il que vous le connaissiez, vous ?

— Rose m'a parlé de lui.

— Où habitait-il ? demanda Lewis, le crayon en l'air, prêt à noter l'adresse.

Mais quand elle avait marqué un trop long temps d'hésitation avant de mentionner la serre et l'intention de Rose de quitter le Kenya avec Nobili, Lewis avait mieux compris la situation.

Et maintenant, voilà la preuve décisive, selon l'inspecteur Mitchell.

Ils avaient détaché trois hommes sur la plantation pour surveiller les allées et venues de la famille, interroger le personnel et chercher des indices éventuels. Le matin même, un des *askaris* avait signalé que l'on brûlait des ordures dans une fosse non loin de la maison. C'était un travail de routine ; les employés de la plantation faisaient brûler les déchets régulièrement, en principe une fois par semaine. Lewis avait envoyé un expert légiste jeter un coup d'œil. Cette enveloppe contenait ses découvertes.

Il l'ouvrit et, quand il vit ce qu'elle contenait, il hocha la tête avec satisfaction. En ce qui concernait le commissaire Lewis, du Service des Enquêtes Criminelles, l'affaire était terminée.

Ils étaient là sous un ciel gris sombre, quelques personnes, la tête inclinée, rassemblées autour d'un trou dans le sol. Le révérend Michaelis, le pasteur de la mission de Grace, lut l'éloge funèbre pendant que le cercueil y était descendu. Il y avait de la tristesse, de la stupeur et du saisissement dans le cœur des assistants. Mais il y en avait un qui était plein d'amertume et de haine ; un autre, plein d'une satisfaction vengeresse que le comte soit mort.

James dit mentalement une prière et un adieu sincères à l'ami qui, vingt-huit ans auparavant, lui avait sauvé la vie près de la frontière du Tanganyika puis, par orgueil, lui avait fait jurer de garder le secret. James savait que Grace croyait que c'était lui qui avait sauvé Valentin, mais Valentin avait exigé qu'il ne parle jamais de l'extraordinaire acte de bravoure où lui-même avait frôlé la mort en sauvant James.

Mona disait adieu à un étranger. À présent, la plantation était à elle.

Tim Hopkins, à l'écart des autres, avait les yeux tournés vers la pierre tombale du seul être qu'il avait jamais aimé. Il pria pour qu'Arthur, au ciel, puisse enfin voir son père en enfer.

Non loin de là, derrière la grille de fer forgé, se tenaient quelques Africains : les domestiques, sincèrement attristés par le départ de leur bwana ; Njéri, qui se lamentait non pour l'homme dans la tombe mais pour sa pauvre maîtresse ; et

David Mathengé, qui pensait, le cœur froid : *Adhabu ua kaburi ajua maïti,* un proverbe swahili qui signifiait : « Seul le mort connaît les horreurs du tombeau. »

Au moment où elle lança une poignée de terre sur le cercueil de son frère, Grace était envahie par le sentiment que sa mort marquait la fin d'une époque. Il y avait du changement dans l'air, elle le sentait. Un vieux Kenya, le Kenya qu'elle connaissait et aimait, était en train de disparaître et quelque chose de nouveau et d'effrayant venait prendre sa place.

Le commissaire Lewis et l'inspecteur Mitchell attendirent que l'enterrement soit terminé et les assistants retournés vers leurs voitures. Ils s'approchèrent de Lady Rose qui marchait entre sa belle-sœur et Sir James.

Le détective du CID s'excusa de l'intrusion et montra un objet à la comtesse.

— Pouvez-vous identifier ceci, madame ?

Rose ne baissa pas les yeux. Elle fixait son visage avec un regard qui ne voyait rien, comme une somnambule.

Mais Grace et James examinèrent ce qu'il y avait dans sa main : un bout de toile, roussi et ensanglanté.

— N'est-ce pas votre monogramme, Lady Rose ? demanda le détective.

Elle continua de regarder très loin au-delà de lui.

— Ce mouchoir a été découvert ce matin dans votre fosse à ordures, enroulé autour d'un poignard ensanglanté. Voyons, Lady Rose, n'avez-vous rien à me dire concernant la nuit où votre mari est mort ?

Elle regardait derrière lui les hectares de caféiers en fleurs qui s'étendaient à perte de vue.

Lewis allongea la main pour prendre dans celle de Lady Rose le mouchoir qu'elle tenait. Il le plaça à côté de celui qui était calciné. Les monogrammes étaient identiques.

— Lady Rose Treverton, dit le commissaire Lewis à mi-voix, je vous arrête au nom de la Couronne pour le meurtre de votre mari, Valentin, comte de Treverton.

40

Le sensationnel procès de la comtesse de Treverton commença le 12 août 1945, quatre mois après son arrestation. Il avait fallu ce délai à l'accusation pour préparer son dossier contre elle. Entre-temps elle avait été incarcérée dans une cellule spéciale de la prison de Nairobi où, après un recours auprès du juge et des autorités de la prison, son avocat avait obtenu pour elle la permission de travailler à sa tapisserie.

C'était la seconde des deux seules requêtes que fit Rose.

La première avait été présentée aussitôt qu'elle était entrée en prison. Rose n'avait pas prononcé un mot depuis qu'elle avait vu la photographie du cadavre de Carlo ; à ce moment-là elle demanda que l'on fasse venir Morgan Acres, le notaire de la famille. Ils avaient passé ensemble, seuls dans la cellule, trois heures au cours desquelles Rose donna à M. Acres des instructions explicites sur ce qu'il fallait faire du corps du général Nobili. M. Acres n'était pas autorisé à discuter de ces projets avec le reste de la famille, sur la demande de Lady Rose, mais une semaine plus tard, quand Grace et Mona virent arriver, dans la clairière des eucalyptus, des ouvriers de Nairobi avec des camions, des tracteurs et des matériaux de construction, elles comprirent que c'était Rose qui les envoyait. En attendant, le corps de son bien-aimé Carlo était déposé dans une morgue de Nairobi.

La deuxième requête, pour sa tapisserie, était venue une semaine plus tard, et elle l'avait présentée à Grace.

— Elle n'est pas terminée, avait dit Rose, assise sur le lit de fer, les mains croisées sur ses genoux, les yeux fixés sur les plaines d'Athi au loin, derrière les barreaux de sa fenêtre.

— Rose, dit Grace, assise dans l'unique fauteuil de la cellule banale, écoutez-moi. Cette affaire est forgée de toutes pièces. Ce détective du CID ne se soucie pas de savoir s'il a arrêté la personne qu'il faut ; la seule chose qui l'intéresse, c'est de classer son dossier ! Il fonde son inculpation sur des preuves purement circonstancielles. Pourquoi ne parlez-vous pas ? Dites-leur que Valentin vous avait frappée, que vous aviez perdu connaissance, que vous étiez *incapable* de rouler à bicyclette au milieu de la nuit sur une route pleine de boue ! Rose, votre silence ressemble à un aveu de culpabilité. Pour l'amour du ciel, défendez-vous !

Rose ne détourna pas ses yeux bleus du paysage d'Afrique, loin au-delà de la prison de pierre, et dit doucement :

— J'ai cessé de travailler à la tapisserie le jour où j'ai rencontré Carlo. Maintenant, il faut que je la finisse.

— Écoutez-moi, Rose ! Pendant que vous les laissez vous crucifier, vous permettez au meurtrier de Valentin de rester en liberté. Ce mouchoir a été volé dans votre chambre, et vous le savez !

Mais Rose ne voulait plus parler. Et donc Grace et Maître

Barrows, l'avocat venu spécialement d'Afrique du Sud pour assurer la défense de Rose, présentèrent la requête au gardien-chef, en faisant valoir la situation extraordinaire de la comtesse Treverton : sur les mille trois cents détenus de la prison de Nairobi, il n'y avait que huit Européens et Rose était la seule femme blanche. Des exceptions furent faites, accordant à la comtesse le droit à la tapisserie, à des repas apportés de l'Hôtel Norfolk où ils étaient préparés personnellement par le chef cuisinier, et des chocolats, des draps de lit, un tapis sur le sol de pierre froid et, comme les détenus devaient entretenir eux-mêmes leur cellule, la visite quotidienne de Njéri, la femme de chambre de Rose, qui s'occupa de sa maîtresse pendant toute cette épreuve.

— Votre belle-sœur me complique vraiment la tâche, Docteur Treverton, dit Maître Barrows, l'avocat sud-africain. Elle refuse de me parler. Elle ne me regarde même pas. Son silence lui porte un tort énorme, vous savez.

— Si on la juge coupable, que se passera-t-il ?

— En tant que colonie, le Kenya suit le système anglais de procès avec jury. Et les peines encourues sont les mêmes. Si Lady Rose est reconnue coupable de meurtre, elle sera pendue.

L'avocat se leva du sofa et se dirigea à grands pas jusqu'au bord de la véranda, où il s'absorba dans ses réflexions.

Grace, James, Mona et Tim Hopkins étaient tous venus à Nairobi pour la durée du procès et avaient pris des chambres au club, qui n'était pas loin du palais de justice. Et maintenant, à la veille du procès, ils étaient assis dans un des salons privés, tout cuir et rotin, peaux de zèbre et têtes d'animaux.

— Vous savez, docteur, reprit Barrows à mi-voix, la position de l'accusation contre votre belle-sœur est très forte. D'abord, il y a le mobile. Ces histoires de triangle font toujours un effet déplorable. Lady Rose a reconnu devant quatre personnes — vous-mêmes — et en présence des domestiques qu'elle allait quitter son mari pour un autre homme. La sympathie des jurés se portera automatiquement sur Valentin, docteur, pas sur votre belle-sœur. Deuxièmement, il y a le couteau, dont l'expertise a déterminé sans l'ombre d'un doute que c'était bien celui qui avait tué le comte. C'est un couteau dont votre belle-sœur se servait depuis des années dans sa serre pour tailler ses plantes, et il a été trouvé dans un de ses propres mouchoirs.

Mona dit :

— N'importe qui a pu prendre ce couteau dans la serre et voler un mouchoir dans la chambre de ma mère.

— J'en suis tout à fait d'accord, Lady Mona. Malheureusement votre mère ne déclarera pas cela. Elle ne nie pas qu'elle a enveloppé le couteau dans le mouchoir et qu'elle a essayé de s'en débarrasser en le jetant dans la fosse à ordures le jour de l'incinération hebdomadaire. En fait, Lady Mona, pas une seule fois votre mère n'a jusqu'à présent nié qu'elle avait commis le meurtre ! Enfin, troisièmement, n'oubliez pas qu'elle est incapable de dire où elle se trouvait au moment de l'assassinat et elle n'a aucun témoin qui puisse le faire pour elle. Vous dormiez tous profondément, dites-vous.

M. Barrows revint vers le sofa et y installa sa longue silhouette maigre.

— Les affaires de ce genre, c'est redoutable à dire, sont souvent jugées sur des émotions davantage que sur des faits. L'accusation va essayer de présenter Lady Rose comme une femme dure, cruelle et insensible. On va mettre l'accent sur la sordide liaison dans la serre et peindre Valentin comme le suprême cocu. N'oubliez pas, Miss Treverton, que le jury se composera exclusivement d'hommes. Et ils pendront Lady Rose pour son adultère, je vous le garantis.

— Mais nous ne pouvons pas les laisser faire une chose pareille ! s'écria Sir James.

— Non, bien sûr. Et je ferai l'impossible pour attirer la sympathie des jurés sur *nous*.

— En attendant, dit Tim à mi-voix, le véritable meurtrier reste en liberté.

— Ce n'est pas notre problème en ce moment, monsieur Hopkins. Nous devons nous concentrer sur les moyens d'obtenir pour Lady Rose un verdict de non-culpabilité.

M. Barrows dévisagea ses interlocuteurs sous ses sourcils roux. Des petits yeux verts durs qui laissaient deviner le génie de l'avocat sud-africain, réputé pour gagner des causes difficiles et sensationnelles, se fixèrent sur chacun d'eux.

— Avant d'entrer dans la salle d'audience demain, je veux être certain que je possède *tous* les faits relatifs à l'affaire. Je ne veux pas de surprises. Si l'un ou l'autre d'entre vous a passé quelque chose sous silence, si l'un ou l'autre d'entre vous a sur cette affaire des idées, des soupçons, qu'il n'a pas encore exprimés, *n'importe quoi,* c'est le moment de m'en faire part.

C'est presque dans une atmosphère de fête que le procès s'ouvrit le lendemain matin. Le Palais de Justice de Nairobi était devenu le centre d'attraction des colons las de la guerre qui, désireux d'avoir de la distraction, s'engouffrèrent dans le sobre cadre édouardien de la salle d'audience, s'alignèrent sur trois rangs le long des murs et emplirent à craquer les tribunes réservées au public. La verrière de la coupole répandait une lumière diffuse sur des colons venus d'aussi loin que Moyalé, sur des éleveurs et des planteurs, sur des officiers en uniforme, sur des femmes arborant leurs plus belles toilettes qu'elles réservaient normalement à la Semaine des Courses. Le brouhaha était assourdissant tandis que chacun attendait avec impatience que débute ce qui promettait d'être un spectacle. Tout le petit peuple laborieux du Kenya, qui s'était diverti ces quatre derniers mois avec des ragots, des cancans et des hypothèses, dévorant les articles de presse sur le « nid d'amour dans la serre », fatigué par six années de guerre et de sacrifices, était venu dans l'espoir d'entrevoir la sordide vie intime de son aristocratie.

Peu de temps avant l'entrée de l'accusée, l'arrivée d'une nouvelle spectatrice provoqua d'abord des remous puis un silence choqué quand elle s'avança dans la tribune bondée réservée aux Africains, où les gens s'écartaient pour lui livrer passage. Quand Wachéra, la guérisseuse, arriva près de la balustrade et contempla en bas la salle d'audience, les Européens dans les tribunes la regardèrent tous avec stupeur.

Il n'y avait pas dans la salle une seule personne qui n'eût entendu parler de cette Kikuyu légendaire qui continuait à défier l'autorité des Européens et qui représentait une force spirituelle au sein de la plus grande tribu du Kenya. Elle se tenait devant la balustrade comme une impératrice passant en revue ses sujets. En toute autre circonstance, les blancs, hommes et femmes, auraient jugé son costume excentrique et amusant, ou bien de mauvais goût et déplacé en ce lieu, mais ce matin-là il y avait quelque chose dans le grand corps robuste vêtu de peaux et couvert de la tête aux pieds de perles et de coquillages, le crâne complètement rasé recouvert par des bandes de perles entrecroisées, qui fit résonner une note désagréable dans l'esprit des Européens. Wachéra leur rappelait ce à quoi ils préféraient ne pas penser : le fait que ce pays avait naguère été *son* pays, et qu'eux étaient venus plus tard.

L'histoire d'un ancien *thahu,* prononcé lors d'une réception de Noël il y avait des années, s'était frayé aussi un chemin dans les colonnes de potins de la presse. Les Européens y pensaient à présent tandis qu'ils regardaient la guérisseuse, et ils se demandaient si elle était venue voir les fruits de sa malédiction.

Deux Treverton morts, songeaient-ils. *Il en reste trois à partir...*

Le président de la cour, Sir Hugh Roper, en robe noire et perruque blanche, entra dans la salle et prit place sur son siège. Puis Lady Rose fut extraite de sa cellule. Elle s'avança dans le box des accusés comme une femme sous hypnose et parut ne pas entendre un greffier lire l'acte d'accusation. Elle se tenait comme une statue, les yeux vitreux, et clignant à peine des paupières. Le silence régna dans la salle tandis que chacun contemplait la fragile silhouette pâle. Beaucoup éprouvèrent une légère déception ; elle n'avait pas du tout l'air d'une femme adultère ou d'une criminelle.

Lorsque le représentant de la Couronne se leva pour prononcer son exposé des faits, Rose se tourna soudain sur son siège et leva les yeux, par-dessus son épaule, vers la tribune réservée aux Africains.

Les yeux de Wachéra croisèrent les siens.

Rose se trouva reportée vingt-six ans en arrière : elle était de nouveau debout sur la crête de la colline avec le bébé Mona dans ses bras, et regardait en bas une jeune Africaine qui portait un bébé dans le dos.

Wachéra aussi se rappela, tandis qu'elle regardait maintenant la *mzunga,* ce jour d'il y a cinquante-deux récoltes où elle avait levé les yeux vers la crête et vu l'apparition en blanc, se demandant ce que ce pouvait être.

Puis le procès commença.

Il devait durer en définitive dix semaines, pendant lesquelles témoins après témoins furent appelés à la barre, depuis le plus obscur des ouvriers du domaine Treverton qui n'avait même jamais vu son employeur jusqu'aux membres de la famille eux-mêmes. Des spécialistes furent amenés. Dans leur nombre, il y avait le docteur Forsythe, le médecin légiste, qui démontra en comparant une ébréchure du couteau à un sillon tracé sur une côte de Lord Treverton qu'il s'agissait bien de l'arme du crime et qui avait conclu en faisant l'autopsie que le comte était déjà mort d'une hémorragie interne massive avant que la balle lui soit logée dans le crâne.

Les domestiques furent interrogés.

— Êtes-vous *askari* sur le domaine Treverton ?

— Oui, bwana.

— Vous souvenez-vous de l'heure à laquelle vous avez fait une ronde dans la nuit du quinze avril ?

— Oui, bwana.

— Vous savez lire l'heure ?

— Oui, bwana.

— Regardez l'horloge sur ce mur là-bas et dites-moi quelle heure il est.

L'*askari* plissa les yeux vers l'horloge et dit :

— Il est l'heure du déjeuner, bwana.

Une bonne partie des questions posées, tant par l'accusation que par la défense, semblaient fastidieuses et hors de propos.

— Vous êtes la couturière de Lady Rose ?

— Oui.

— Lady Rose avait-elle l'habitude de se rendre à Nairobi pour ses essayages, ou alliez-vous chez elle ?

— Nous faisions tantôt l'un tantôt l'autre, cela dépendait des pluies.

Les jours où l'on interrogeait les jardiniers, ceux où l'on examinait à n'en plus finir les pièces à conviction insignifiantes, comme les lettres du comte à son épouse envoyées de son poste sur la frontière du nord, les spectateurs se firent rares et il y avait même des sièges vides. Mais lorsque les avocats se furent lentement rapprochés du point capital du procès — l'idylle dans la serre et le meurtre proprement dit — le public augmenta de nouveau.

Njéri Mathengé, la femme de chambre de la comtesse, fut appelée à la barre. Pendant qu'elle était interrogée ses yeux se déplaçaient nerveusement de Lady Rose à Wachéra, là-haut dans la tribune, puis revenaient à Lady Rose.

— Étiez-vous avec votre maîtresse quand elle a découvert dans la serre le prisonnier évadé ?

— Oui.

— Parlez plus fort, je vous prie.

— Oui.

— À quelle fréquence la memsaab rendait-elle visite à l'homme de la serre ?

— Tous les jours.

— La nuit aussi ?

— Oui.

— Les avez-vous observés pendant qu'ils étaient dans la serre ?

Njéri regarda Lady Rose.

— Répondez à la question, je vous prie.

— J'ai regardé par la fenêtre.

— Qu'avez-vous vu ?

Les yeux de Njéri se tournèrent vers la coépouse de sa mère, Wachéra, dans la tribune. Puis elle regarda David, son demi-frère. Et de nouveau Rose.

— Qu'avez-vous vu, Miss Mathengé ?

— Ils dormaient.
— Ensemble ?
— Oui.
— Dans le même lit ?
— Oui.
— Portaient-ils des vêtements ?
Njéri se mit à pleurer.
— Répondez à la question, je vous prie, Miss Mathengé. Lady Rose et Carlo Nobili étaient-ils nus dans le lit ensemble ?
— Oui.
— Les avez-vous vus faire autre chose que dormir ?
— Ils prenaient le dîner ensemble.
— Avez-vous observé des actes de caractère sexuel entre eux ?
Njéri baissa la tête et des larmes lui tombèrent sur les mains.
— Miss Mathengé, avez-vous vu Lady Rose et Carlo Nobili se livrer à des relations sexuelles ?
— Oui.
— Combien de fois ?
— Beaucoup...
Et pendant tout cela, Rose restait assise pâle et silencieuse dans le box, comme à mille lieues de la salle d'audience. Elle ne parlait jamais, ne regardait jamais les témoins, ne semblait même pas avoir conscience de ce qui se passait. Si elle est innocente, commençaient à se demander les gens, pourquoi ne le manifeste-t-elle pas ?

— Elle ne veut pas me parler, dit Mona en rejoignant les autres dans le petit salon du club.
Une assiette de sandwichs demeurait intacte au milieu de la table, mais le whisky et le gin avaient été sérieusement mis à contribution.
La tension du procès commençait à se voir sur le visage de la jeune fille. Les yeux noirs de Mona se détachaient sur son teint pâle.
— Je lui ai dit : « Maman, il faut que vous vous défendiez. » Mais elle a simplement continué de broder cette maudite tapisserie.
— Est-il possible qu'elle l'ait fait ? demanda James.
Grace secoua la tête.
— Je ne crois pas que Rose soit capable de tuer. Surtout de cette manière — un couteau utilisé avec une telle habileté.
— Il fut un temps où aucun de nous n'aurait cru ma mère

capable de cacher un prisonnier de guerre évadé et de nouer une intrigue amoureuse secrète avec lui !

Grace se tourna vers sa nièce.

— Ne sois pas si dure avec ta mère, Mona. Songe à quel point elle doit souffrir.

— Elle n'a sûrement pas jugé à quel point nous pourrions souffrir *nous*, à cause de son égoïsme ! Tous ces gens horribles dans la salle d'audience, qui dressent les oreilles quand ce satané procureur étale nos affaires de famille en public ! Et *vous !* lança-t-elle en se tournant vers Barrows, l'avocat de sa mère. Pourquoi avez-vous ressorti cette infecte histoire de Miranda West ?

— Il le fallait, Miss Treverton, répondit-il avec son accent traînant de l'Afrique du Sud. Le procureur s'efforce de fonder son argumentation sur la turpitude morale de votre mère. Il est en train de convaincre les jurés que votre père était un saint, qu'il a pratiquement rendu service au monde en tuant cet Italien, et que sa propre mort est la plus grande perte que le Kenya ait jamais connue. En mettant en évidence sa liaison avec Mrs West, j'ai rappelé aux jurés que Valentin Treverton n'était pas sans faiblesses ni défauts, et j'ai signalé que longtemps avant que votre mère s'embarque dans son unique liaison adultère, votre père en avait déjà vécu plusieurs.

Les larmes montèrent aux yeux de Mona. Elle souhaita de toute son âme que Geoffrey soit là. Il devait arriver d'un jour à l'autre.

— Que croyez-vous qu'ils construisent dans la clairière ? demanda Tim Hopkins pour changer de sujet et alléger la tension autour de la table. On dirait une espèce de temple païen.

Parce qu'elle ne pouvait pas s'absenter longtemps de la mission, Grace retournait fréquemment là-haut dans le nord et quand elle était là-bas elle surveillait les progrès du mystérieux édifice de béton que Rose avait ordonné de construire au milieu de ses eucalyptus. Il était assez imposant — il avait fallu défricher une bonne partie de la forêt pour lui — et faisait incontestablement songer à une église. Les ouvriers travaillaient jour et nuit comme s'ils luttaient contre la montre. Grace avait risqué un coup d'œil à l'intérieur et l'avait trouvé étrangement vide. Des colonnes de marbre soutenaient un plafond voûté ; les murs et le sol étaient nus. Mais la semaine précédente quelque chose avait été installé à l'intérieur, et l'édifice n'était plus mystérieux.

Les ouvriers avaient mis en place un sarcophage d'albâtre.

Et maintenant, des tailleurs de pierre sculptaient des mots

sur le linteau au-dessus de l'entrée : SACRARIO DEL DUCA D'ALESSANDRO.

— C'est la dernière demeure de Carlo Nobili, dit-elle sobrement.

— Une crypte ? s'exclama Mona. Elle l'enterre dans sa clairière derrière ma maison ? C'est monstrueux !

— Mona...

— Je vais prendre un peu l'air, Tante Grace. Puis je crois que je dînerai seule dans ma chambre.

Grace voulut la retenir, mais Mona traversait déjà le spacieux vestibule du club, provoquant des mouvements de tête qui se tournèrent et des chuchotements qui la suivirent.

Dans la rue, devant le club, Mona s'arrêta et s'appuya à un sycomore, les mains dans les poches de son pantalon de toile. Les gens qui passaient en voiture la dévisagèrent, un groupe de femmes sur la véranda se mit à chuchoter en jetant des coups d'œil dans sa direction. Un vieux journal voltigea dans la rue. Ce n'était pas un journal kenyan mais un morceau du *New York Times,* avec en première page un article sur le procès en cours concernant la scandaleuse affaire Treverton. Mona refoula ses larmes et sa colère, son sentiment d'humiliation et l'impression d'avoir été trahie.

De l'autre côté de la rue, réunis dans le bref crépuscule brumeux, des Africains en uniforme militaire bavardaient à mi-voix en faisant passer à la ronde une unique cigarette. Quand un couple de blancs survint, les soldats descendirent du trottoir et soulevèrent leurs calots, comme c'était la règle, et Mona s'aperçut alors que l'un d'eux était David Mathengé.

Il était venu s'asseoir dans la tribune chaque jour depuis le début des audiences. Sa mère et lui surveillaient les débats comme des vautours, songea Mona, comme de grands oiseaux noirs attendant que leur proie rende son dernier soupir. Elle les haïssait, avec la même violence qu'elle haïssait les blancs venus écouter, commenter et regarder la chute déshonorante d'une famille qu'ils avaient naguère vénérée.

Le hasard voulut que David soit tourné du côté de la jeune femme. Leurs regards se croisèrent.

— Mona ! lança une voix derrière elle.

Grace, à l'entrée du club, faisait signe à sa nièce de rentrer.

— Qu'y a-t-il ? demanda Mona en montant les marches.

— J'ai une surprise pour toi ! Viens !

Intriguée, Mona suivit sa tante dans le vestibule et trouva un groupe debout près de l'énorme cheminée de pierre. En voyant qui se trouvait au centre du groupe, Mona s'écria : « Geoffrey ! » et courut à lui.

Il la saisit dans ses bras et la serra à lui couper le souffle.

— Geoffrey ! s'exclama-t-elle de nouveau. Comme c'est merveilleux de te voir.

— Mona, tu es plus belle que jamais. Je comptais rentrer plus tôt, mais tu connais la paperasserie militaire !

Il se recula et il la contempla d'un air grave.

— Je suis sincèrement désolé pour Oncle Val et Tante Rose.

Elle leva les yeux vers lui et se dit qu'en ces cinq années de Palestine il était devenu plus grand et plus beau. Et il paraissait beaucoup plus âgé, également, comme si les vents et les sables chauds du Proche-Orient l'avaient éprouvé. Bien qu'ayant seulement trente-trois ans, Geoffrey Donald grisonnait aux tempes ; sa moustache aussi s'argentait. Mona vit les rides de la guerre et des privations gravées autour de ses yeux et se rappela qu'en plus d'une occasion il avait failli être tué dans des attentats terroristes.

Ils n'avaient parlé de mariage que juste avant la guerre, lorsqu'elle lui avait demandé du temps. Il n'avait pas abordé le sujet dans ses lettres, sans doute attendant qu'elle prenne à son tour l'initiative, ce qu'elle allait faire sans hésiter, maintenant qu'il était rentré. *Je serai capable de me sortir de ce cauchemar,* songeait-elle, *maintenant que tu es là...*

— Et voici Ilse, dit-il en s'écartant et tendant la main vers une jeune femme blonde.

— Ilse ? dit Mona.

— Ma femme. Ilse, voici Mona, la chère vieille amie dont je t'ai si souvent parlé.

Mrs Donald tendit la main, mais Mona ne pouvait que regarder avec stupeur les cheveux blonds, les yeux bleus, et le sourire timide.

— Ilse ne parle pas très bien anglais, malheureusement.

Mona se tourna vers Geoffrey.

— Ta femme ? Je ne savais pas que tu t'étais marié.

— Aucun de nous ne le savait, dit James en posant la main sur l'épaule de son fils. Apparemment, Geoff est arrivé avant ses lettres !

— Je suis si contente pour toi, dit Grace. Et soyez la bienvenue au Kenya, Ilse.

— Merci, répondit la jeune épouse d'une voix douce.

— Ilse est une réfugiée allemande, expliqua Geoffrey sans se rendre compte de l'effet profond que sa nouvelle faisait sur Mona.

Elle dut reculer d'un pas, elle dut s'appuyer au sofa pour se soutenir.

— Toute sa famille a été déportée dans les camps d'Hitler, poursuivit Geoffrey. Des sympathisants lui ont fait quitter le pays et l'ont introduite clandestinement en Palestine. Nous avons eu toutes les peines du monde à obtenir des papiers pour elle. Et c'est tout juste si on ne nous a pas empêchés de nous marier.

— C'est atroce, murmura Grace.

L'unique cinéma de Nairobi présentait les documentaires qui arrivaient maintenant au Kenya — des films américains d'endroits appelés Dachau, Auschwitz...

— Nous ferons de notre mieux pour qu'Ilse se sente ici chez elle, Geoffrey, c'est certain, reprit Grace. Dommage que vous rentriez juste au moment de ce terrible procès.

— Les journaux de Jérusalem en sont pleins depuis des mois. Je n'en croyais pas mes yeux ! J'irai rendre visite à Tante Rose, si c'est autorisé. Et si je peux faire quoi que ce soit...

— M. Barrows est un excellent avocat.

— J'ai entendu parler de lui.

— Tu feras sa connaissance au dîner.

— Je pense, dit James, qu'étant donné le retour de Geoff et de la jeune mariée, du champagne s'impose. Je vais réserver la table près de la volière. On y est toujours mieux servi.

— Excusez-moi, dit une voix discrète. Puis-je vous parler un instant, capitaine Donald ?

Tout le monde se retourna. Angus McCloud, l'un des responsables du club, se tenait à quelques pas.

— Oui ? dit Geoffrey. Qu'y a-t-il ?

L'homme parut gêné.

— Pouvons-nous, euh, parler en privé, capitaine ?

Geoffrey se hérissa, comme s'il savait déjà ce dont McCloud désirait discuter.

— Quel est le problème ? demanda James. Il y a bien une table libre pour le dîner, non ?

L'Écossais rougit.

— Ne pourrions-nous pas aller là-bas...

— Dites-le ici, Mr McCloud, dit Geoffrey. Devant ma femme et mes amis.

Grace adressa à James un regard surpris.

— Qu'est-ce qui se passe ?

— J'en suis désolé, mais c'est le règlement du club, capitaine Donald, dit Angus McCloud. Ce n'est pas moi qui ai établi les règles ; je suis simplement chargé de les faire appliquer. Si cela ne dépendait que de moi, vous comprenez... — il écarta les bras — Mais il faut tenir compte de tous les *autres* membres.

— Bonté divine ! s'exclama soudain James. Vous ne voulez pas dire ce que je pense que vous êtes en train de dire !

La gêne de McCloud redoubla.

— Geoffrey, dit Grace, explique-moi de quoi il s'agit.

Il avait les dents serrées quand il répondit.

— C'est à propos d'Ilse. Elle est Juive.

— Et ?

— Et il y a un règlement du club qui interdit aux Juifs l'accès de la salle à manger.

Grace regarda Angus. Il détourna les yeux. James déclara :

— Au diable le règlement. Nous dînerons ici ce soir, et à la table de la volière.

— Je ne peux pas le permettre malheureusement, Sir James, si Mrs Donald est parmi vous.

— Vous ne voulez pas dire que vous oserez...

— Peu importe, père, dit Geoffrey en tendant la main vers Ilse qui le regarda d'un air interrogateur. Je ne tiens pas à dîner dans ce maudit Club. Je ne tiens pas non plus à en être membre, merci. Ma femme et moi irons où nous serons bien accueillis. Et si nous ne sommes bien accueillis nulle part au Kenya, nous irons quelque part ailleurs dans le monde où nous le serons.

— Geoffrey ! appela James tandis qu'il sortait à grands pas.

Mona, bouleversée et toujours assise sur le dossier du sofa, regarda s'éloigner le couple, la belle silhouette en uniforme et la jolie femme qui l'accompagnait. Puis elle se détourna brusquement, traversa le vestibule en courant et suivit en courant toujours l'allée conduisant à son bungalow, où elle ferma la porte à clé derrière elle.

Rose brodait en silence lorsque Grace entra. Au-dehors, une nuit brumeuse s'étendait de la fenêtre close par des barreaux jusqu'à un horizon qui rejoignait des étoiles cristallines.

Grace s'immobilisa un instant pour parcourir des yeux l'humble cellule qui était devenue la demeure de Rose. Puis elle s'assit et dit :

— Rose, accepterez-vous de me parler ce soir ?

— La dernière demeure de Carlo est-elle presque finie ?

— Oui, presque, Rose.

Poussant un soupir, elle fixa son aiguille, écarta d'elle la tapisserie et pour la première fois depuis des mois, regarda sa belle-sœur dans les yeux.

— Quand elle sera terminée, vous donnerez l'ordre aux pompes funèbres d'y déposer Carlo, voulez-vous ? Puis vous demanderez au Père Vittorio de dire une messe pour lui.

— Je le ferai.

— Vous savez, Grace, dit Rose à mi-voix, Valentin n'était pas un mauvais homme. Il était simplement incapable d'aimer. Carlo était un homme bon et doux qui ne voulait de mal à personne. Il avait été torturé dans le camp de prisonniers. J'ai vu les cicatrices sur son pauvre corps. Valentin n'avait pas le droit de le tuer ainsi, comme une bête, ligoté et réduit à l'impuissance. J'espère que Valentin brûle en enfer pour toujours.

41

Au procès, les choses tournaient de plus en plus mal pour Rose, au point que même Barrows commençait à perdre espoir. Tous les témoignages donnaient l'impression de souligner la culpabilité de la comtesse.

Le commissaire Lewis, du CID, fut appelé à la barre.

— Commissaire, dit le procureur de la Couronne, un homme corpulent qui emplissait à craquer sa robe noire et dont la perruque blanche coiffait un crâne chauve, avez-vous demandé à Lady Rose comment elle avait eu la meurtrissure qu'elle portait au visage ?

— Oui.

— Qu'a-t-elle répondu ?

— Qu'elle était tombée et qu'elle avait heurté le rebord de sa coiffeuse.

— Et pourtant, elle a dit à sa famille que son mari l'avait frappée ! En d'autres termes, Lady Rose a raconté deux histoires différentes, dont l'une est forcément un mensonge. Ou peut-être même que *les deux* sont un mensonge. Seriez-vous d'accord, commissaire, de déclarer possible que Lady Rose se soit meurtrie alors qu'elle roulait sur une bicyclette, dont le pneu en éclatant l'a projetée à terre ?

L'inspecteur Mitchell, de la police de Nyéri, avait été appelé à la barre à plusieurs reprises.

— Vous avez déclaré, inspecteur, que le docteur Treverton paraissait croire que Lady Rose venait de partir en voyage ce matin-là ?

— Oui. Mais voilà que la comtesse était en robe de

chambre. Elle n'avait pas l'air de se préparer à aller quelque part.

— Quelle a été la réaction du docteur Treverton et de Sir James Donald en voyant Lady Rose dans l'embrasure de la porte ?

— La surprise. Ils la croyaient déjà partie.

— Partie pour où ?

— Eh bien, elle se proposait de filer avec son amoureux italien.

Et une autre fois :

— Inspecteur Mitchell, voulez-vous nous indiquer quelle a été la réaction de Lady Rose en apprenant la mort de son mari ?

— Elle a dit : « Je ne voulais pas cela. »

— Et qu'entendait-elle par « cela » ?

L'avocat de la défense se leva.

— Votre Honneur, cette question est abusive.

— Oui, Maître Barrows.

— Lady Rose a-t-elle dit autre chose ? demanda le procureur.

— Oui, elle a dit un mot.

— Quel mot ?

— Eh bien en fait, c'était un prénom. Elle a dit : « Carlo ».

Grace observait sa belle-sœur pendant les débats, étudiait l'air impénétrable, le visage qui devenait de plus en plus pâle, de plus en plus maigre. Que diable se passait-il, se demandait Grace, derrière ces yeux bleus toujours fixes ?

Finalement, le procureur de la Couronne appela le docteur Treverton à la barre. Grace regarda les visages blancs à l'affût, dans la salle pleine à craquer, les yeux avides dans les tribunes.

— Docteur Treverton, avez-vous examiné la meurtrissure sur le visage de Lady Rose ?

— Oui.

— En votre qualité de médecin, estimez-vous que le coup qui a provoqué cette meurtrissure l'avait rendue incapable de monter à bicyclette dans la nuit du quinze avril ?

— Elle m'a dit qu'elle avait été assommée.

— Répondez à ma question, je vous prie, docteur. Est-ce qu'un coup de cette force à la face fait perdre connaissance ?

— Pas toujours, mais...

— Avez-vous un moyen de prouver médicalement si Lady Rose avait effectivement été assommée ?

— Non.

— Docteur Treverton, répétez-nous je vous prie ce que

votre belle-sœur a dit quand l'inspecteur Mitchell lui a annoncé la nouvelle de la mort de Lord Treverton.

— Rose a dit qu'elle n'avait pas désiré sa mort.

Un chevalet sur lequel était fixé le plan de Bellatu fut apporté.

— Docteur Treverton, est-ce bien le plan du premier étage de Bellatu ?

— Oui.

— Montrez-nous, je vous prie, la chambre où vous dormiez. Celle qui est désignée par une croix rouge ? Merci, docteur. Donc, nous voyons sur ce plan que votre chambre était l'avant-dernière de cette aile. Pouvez-vous nous dire qui occupait la dernière chambre ?

— C'est celle de Lady Rose.

— Vous voulez dire : celle de Lady Rose et de Lord Valentin.

— Non. La chambre de mon frère était en face de la mienne.

— J'en déduis donc que le comte et la comtesse ne dormaient pas ensemble.

Grace darda un regard irrité sur l'avocat pontifiant.

— Ils avaient des chambres séparées. Je ne sais pas s'ils dormaient ensemble ou non.

— Très bien. La dernière chambre était celle de Lady Rose. Et elle ne la partageait avec personne ?

— C'est exact.

— Donc, quand vous avez entendu des pas devant votre porte au milieu de la nuit, la personne venait forcément de la chambre de Lady Rose ?

— Ou elle s'y rendait...

— Voyons, docteur, vous nous avez dit que vous aviez regardé votre pendule. Quelle heure était-il quand vous avez entendu la voiture ?

— Comme je l'ai dit à la police, il était soit quatre heures cinq, soit une heure vingt. Je n'avais pas mis mes lunettes.

— Comme l'heure de la mort du comte a été établie comme étant approximativement trois heures du matin, nous devons supposer que vous avez entendu la voiture à une heure vingt et que les pas dans le couloir venaient de la chambre de Lady Rose et se dirigeaient vers l'extérieur de la maison.

— Ce pouvait être n'importe qui dans le couloir ! Il y a des toilettes...

— Docteur Treverton, étiez-vous seule dans votre chambre cette nuit-là ?

Elle le regarda avec surprise.

— Je vous demande pardon ?

— Étiez-vous seule dans votre chambre cette nuit-là, docteur ?

— Je ne vois pas quelle importance cela peut avoir dans cette affaire.

— Cela en a. Nous nous efforçons d'établir où se trouvait chaque personne pendant la nuit du meurtre du comte. Répondez à ma question, je vous prie. Étiez-vous seule ?

Grace jeta un coup d'œil vers l'endroit où James était assis avec Geoffrey et Mona. Il sourit.

— Non, je n'étais pas seule.

— Qui d'autre se trouvait avec vous ?

— Sir James était avec moi.

— Je vois. Et dormait-il par terre ou peut-être sur une chaise ?

— Non.

— Alors, dites-nous, je vous prie, où était Sir James ?

— Dans le lit, avec moi.

Un murmure parcourut l'assistance.

Et Sir Hugh dut rappeler le public à l'ordre.

L'assistant de Barrows griffonna quelques mots sur son bloc et le fit glisser le long de la table. Il avait écrit : « Ils sont partis pour pendre toute la sacrée famille. »

Finalement, le procureur de la Couronne commença à déposer ses conclusions.

— Messieurs les jurés — sa voix retentit dans la salle bondée, — nous vous avons montré ce qui s'est passé au matin du seize avril de cette année, sur la route de Kiganjo, à moins de deux kilomètres de l'embranchement de Nyéri. Vous avez entendu des témoignages d'experts prouvant sans l'ombre d'un doute que l'arme trouvée dans le mouchoir de Lady Rose, en train de brûler dans sa fosse à ordures, était bien celle qui avait provoqué la mort du comte de Treverton, et que ce couteau appartenait à Lady Rose. Vous avez vu les résultats des analyses de laboratoire qui ont comparé de façon concluante la boue sur le siège du passager et sur le marchepied de la voiture du comte à la boue qui se trouvait sur cette partie de la route de Kiganjo. Vous avez entendu des témoins affirmer sous serment qu'une voiture avait quitté Bellatu au milieu de la nuit et que des pas avaient longé le couloir peu après, en provenance de la chambre de Lady Rose. Et nous avons retrouvé la bicyclette qui avait été abandonnée pendant la fuite, une bicyclette qui provenait de la plantation Treverton.

« Ainsi donc, messieurs les jurés, dit l'avocat, en tenant

compte de tout ceci et en y ajoutant les mobiles qui contraignaient Lady Rose à commettre cet acte, nous pouvons reconstituer ce qui s'est produit cette nuit-là.

Il le décrivit de nouveau en détail, avec des termes si vivants et avec une éloquence si convaincante qu'il n'y eut personne dans la salle d'audience qui n'ait vu la route déserte, le comte qui s'arrêtait, le cycliste qui entrait dans la voiture, le couteau qui frappait, le coup de revolver dans la tempe et la fuite de l'assassin pris de panique.

— Il est inconcevable, continua le procureur, que transportant un cadavre dans le coffre de sa voiture Lord Treverton se soit arrêté sur une route sombre et déserte pour quelqu'un d'inconnu. Par conséquent, nous pouvons donc conclure que la personne qui l'a suivi à bicyclette était bien connue du comte et qu'il a laissé monter cette personne de plein gré dans sa voiture !

« Je soutiens, messieurs les jurés, que cette personne était Lady Rose, l'épouse adultère du comte qui, craignant pour la vie de son amant et ayant été frappée au visage par un mari en proie à une juste colère, l'a suivi, animée par la peur et le désir de vengeance, dans l'espoir de l'empêcher de faire du mal à Carlo Nobili, un ennemi de la Couronne !

« Messieurs, je vous mets en garde, ne vous laissez pas abuser par les apparences. Cette femme assise dans le box n'est pas aussi désarmée qu'elle voudrait nous le faire croire. C'est une femme qui, en toute connaissance de cause, a recueilli un soldat ennemi, qui a tenu son refuge secret alors même qu'elle le savait recherché partout et qui s'est engagée dans de sordides relations sexuelles illégales avec lui. Une femme facile, je vous le dis, est loin d'être incapable de commettre un meurtre de sang-froid !

Pendant que le procureur parlait, un huissier était venu d'une porte latérale vers la table où était assis maître Barrows et lui remit un billet.

Barrows le lut et se leva sur-le-champ. Sir Hugh Roper, le président de la cour, admettant l'interruption, se tourna vers Barrows qui sollicita la permission de présenter une requête en l'absence du jury. Le public se répandit en exclamations de surprise et en conjectures quand le magistrat ajourna l'audience et s'enferma dans son cabinet avec le procureur et l'avocat de la défense pour un entretien à huis clos. Interrompre les débats aussi tardivement au beau milieu des conclusions de l'avocat de la Couronne !

Nul ne s'éloigna beaucoup du palais pendant la conférence des hommes de loi. En fait, la nouvelle de l'ajournement se répandit en ville, et quand la séance reprit, d'autres spectateurs jouèrent des coudes pour entrer et tous regardèrent avec étonnement et impatience le témoin surprise que M. Barrows appelait à la barre :

— Voulez-vous dire votre nom à la cour, je vous prie ?

— Hans Kloppman.

— Où habitez-vous, monsieur Kloppman ?

— J'ai une ferme, du côté d'Eldoret.

— Voulez-vous nous dire ce qui vous a poussé à venir au palais de justice de Nairobi aujourd'hui ?

— Eh bien, voyez-vous, ma ferme est isolée...

Tandis qu'il parlait, les membres du jury reconnurent en lui un personnage familier : le fermier du Kenya. Tous virent le visage hâlé, les vêtements de travail couverts de poussière, les solides mains rugueuses. Un homme qui leur ressemblait beaucoup ou qui ressemblait à un ami, à un proche voisin. Tous écoutèrent ce que Hans Kloppman avait à dire et aucun ne mit sa parole en doute.

— Ma ferme est isolée. Je ne reçois pas beaucoup de nouvelles. Je suis resté coupé de tout ces derniers mois, et c'est seulement quand je suis allé à Eldoret chercher des provisions que j'ai entendu parler de ce procès. Alors j'ai compris qu'il fallait que je vienne dire ce que j'ai à dire.

— Pourquoi, monsieur Kloppman ?

— Parce que vous vous êtes complètement trompés. Cette dame-là n'a pas commis le crime.

— Comment le savez-vous ?

— Parce que j'étais sur la route de Kiganjo cette nuit-là et j'ai vu la personne à bicyclette.

La salle se déchaîna ; le juge réclama le silence.

Quand l'ordre fut rétabli, maître Barrows demanda au fermier boer d'expliquer avec précision à la Cour ce qui s'était passé sur la route de Kiganjo la nuit du 15 avril.

— J'étais allé à Nyéri pour affaires et pour voir des amis. Je suivais la route de Kiganjo avec ma fourgonnette, quand j'ai vu cette voiture arrêtée devant moi sur le côté droit de la route. Les phares étaient allumés. En approchant, j'ai vu quelqu'un enfourcher un vélo, faire demi-tour et filer sur la route aussi vite qu'il pouvait.

— *Il,* monsieur Kloppman ?

— Oh, c'était un homme, pas de doute. Et il pédalait sur ce vélo comme s'il y avait le feu. Il est passé à côté de moi sans même me remarquer. Il pédalait et il zigzaguait dans cette boue comme s'il avait le diable en personne à ses trousses.

— Et ensuite, M. Kloppman ?

— Eh bien, je suis arrivé à la hauteur de la voiture garée et je me suis aperçu que le moteur tournait. J'ai jeté un coup d'œil à l'intérieur, j'ai vu un homme qui dormait et je me suis dit : Bah, toi aussi, et j'ai été obligé de m'arrêter pour cuver mon vin, alors je l'ai laissé tranquille.

— Vous affirmez, monsieur Kloppman, que le cycliste était un homme. Vous en êtes bien certain ?

— Oh, j'en suis bien sûr. Je n'ai pas vu sa figure ; il avait un chapeau rabattu dessus. Mais c'était un homme large d'épaules et très grand. Le vélo paraissait trop petit pour lui. Et il fallait qu'il soit costaud pour pédaler dans cette boue fraîche.

— Monsieur Kloppman, voulez-vous, je vous prie, regarder l'inculpée, Lady Rose Treverton, qui est assise dans le box. Voulez-vous nous dire s'il existe la moindre possibilité que cette femme soit votre cycliste.

Le fermier regarda Lady Rose et secoua la tête. Son visage refléta de la surprise.

— Cette petite-là ? Oh, non, monsieur ! dit-il sans hésiter. Ce n'était pas elle, sûr et certain. Je vous l'ai dit, c'était un *homme.*

Ce fut le tumulte dans la table.

— Maman ? appela Mona en frappant à la porte de la chambre. Es-tu réveillée ?

Mettant le plateau du petit déjeuner en équilibre sur son bras, elle ouvrit et jeta un coup d'œil. La chambre était vide ; le lit n'avait pas été dérangé.

Mona posa le plateau et descendit l'escalier quatre à quatre. Elle se doutait de l'endroit où était sa mère.

Il y avait trois semaines que le procès était terminé. M. Kloppman avait été soumis par le procureur à un contre-interrogatoire serré et un examen minutieux mais finalement les jurés avaient abouti à un verdict d'acquittement basé sur le fait qu'ils ne pouvaient plus être convaincus de la culpabilité de Lady Rose « de façon indubitable ». Depuis sa libération, Rose avait passé chaque heure du jour dans la clairière, apparemment indifférente aux récents événements. Elle avait nettoyé, tendu et encadré la tapisserie achevée. La veille au soir, Rose et Njéri avaient emporté l'immense broderie et l'avaient suspendue dans le mausolée de Carlo Nobili.

Mona suivit le sentier à travers les bois qui se dressaient derrière Bellatu. Avant d'y arriver, elle aperçut le toit de marbre du *sacrario,* pareil à un antique temple grec niché dans un paradis sylvestre. Rose avait dépensé beaucoup d'argent pour la dernière demeure de son amant ; elle avait aussi institué une fondation perpétuelle pour son entretien à l'avenir.

Le belvédère et la terre se trouvaient encore dans la clairière, mais du côté nord la forêt avait été dégagée. Le mausolée brillait sous le soleil du matin. C'était un monument incroyable étant donné le peu de temps qu'avait pris sa construction. Mona estima qu'il avait à peu près les dimensions de la petite église presbytérienne de Nyéri et que s'il y avait eu des prie-Dieu à l'intérieur, il aurait pu recevoir une cinquantaine de personnes. Mais le mausolée était une coque creuse, son unique contenu était un simple sarcophage en albâtre.

Mona s'arrêta net, les yeux fixés sur le belvédère.

La jeune Africaine s'était servie d'un escabeau. Elle avait noué une des écharpes de soie de Lady Rose autour de son cou, avait jeté l'autre extrémité par-dessus la poutre maîtresse qui soutenait le toit du belvédère, avait renversé l'escabeau d'un coup de pied et s'était pendue.

Mona comprit sans avoir besoin d'approcher que Njéri était morte.

— Maman ? appela-t-elle.

Mona parcourut du regard la clairière paisible. Des oiseaux et des singes jacassaient dans les arbres. Des rayons de soleil jouaient sur le sol de la forêt. La serre resplendissait comme un joyau dans le soleil, les fleurs à l'intérieur chatoyant en facettes multicolores à travers la verrière.

— *Maman !*

Elle courut vers le mausolée. Les doubles portes n'étaient pas fermées à clé. Quand elle les poussa, Mona vit les ténèbres froides de la mort s'ouvrir devant elle.

L'unique flamme à la tête du sarcophage du général Nobili, prévue pour brûler perpétuellement, projetait une clarté irréelle. Mona resta silhouettée sur le seuil les yeux fixés sur le cercueil de pierre du duc, sur la forme reposant gracieusement, tragiquement, dessus.

Lady Rose semblait dormir. Ses yeux étaient clos ; son visage était aussi blanc que le couvercle d'albâtre sur lequel elle gisait. De minces rubans de sang descendaient de ses poignets et formaient une flaque sur le sol de pierre.

Plus tard, le médecin légiste devait conclure qu'elle était morte peu de temps avant l'aube mais qu'elle avait dû s'infliger les blessures peu avant minuit. Il semblait donc que Lady Rose était morte lentement dans le noir et le froid, seule avec son bien-aimé Carlo.

42

David Mathengé se tenait sur le bord de la route, regardant passer les camions. Il savait qui les conduisait, ce qu'ils signifiaient : c'était des immigrants blancs arrivant au Kenya pour exploiter des fermes offertes par la Grande-Bretagne dans le cadre d'un nouveau projet de colonisation en faveur des anciens combattants.

Un projet de ce genre avait déjà été mis en œuvre en 1919, quand la Couronne s'était demandé ce qu'elle pourrait bien faire des soldats qui rentraient en Angleterre après la première guerre et qui n'avaient pas d'emploi ni nulle part où aller. La solution aux yeux de David, avait été de les expédier aux colonies. Et de nouveau en ces premières semaines de 1946, les soldats au retour de guerre, se retrouvant chômeurs dans une Grande-Bretagne financièrement ruinée, se voyaient attribuer des concessions de terres cultivables dans les « montagnes blanches » du Kenya. Bien entendu, pour faire de la place aux nouveaux venus, les « squatters » africains étaient chassés des meilleures terres et refoulés dans les réserves indigènes.

C'était de la folie.

Quels hommes sans clairvoyance gouvernaient donc l'empire, s'étonnait David, s'ils croyaient que les Africains toléreraient pareil scandale une seconde fois ?

Déjà les graines de la rébellion étaient semées. De jeunes Kikuyus se demandaient les uns aux autres : « S'il y a de la place pour les colons blancs sur les terres les plus riches du pays, pourquoi n'y en a-t-il pas pour *nous ?* » La réponse, qu'il se produirait une vaste dépression économique si aucune mesure n'était rapidement prise, et que seuls les Européens, et non les Africains, possédaient les capitaux et les relations internationales pour faire vite des bénéfices, ne satisfaisait pas les jeunes Kikuyus impatients. « Donnez-nous une chance », avaient-ils dit à leurs maîtres coloniaux qui étaient restés sourds. Ainsi étaient nés les « enragés de Nairobi ».

Presque cent mille soldats africains, à leur retour en Afrique-Orientale après avoir combattu dans quelques-unes des campagnes les plus sanglantes menées par l'Angleterre, découvraient à Nairobi de grandes maisons neuves, des voitures, des hôtels et des magasins pleins d'articles de luxe.

C'étaient des hommes qui avaient reçu des formations techniques et ils cherchaient des occupations honnêtes. Quinze mille d'entre eux avaient appris à conduire des camions ; ils revenaient dans un pays où il n'y avait que deux mille camions. Il n'existait absolument aucun moyen de créer des emplois capables d'absorber cet afflux soudain de jeunes gens instruits et qualifiés, persuadés qu'ils méritaient des compensations et de la reconnaissance pour les services qu'ils avaient rendus sous l'uniforme. Ceux qui trouvaient malgré tout un emploi découvraient que le salaire était largement inférieur à ce qu'ils avaient reçu quand ils étaient dans l'armée. Amers, pleins de rancœur, incapables d'exprimer leurs doléances par le truchement d'institutions légales, ces jeunes sans foyer et sans terres — les enragés de Nairobi — commencèrent à organiser des réunions clandestines dans toute la province. David savait que cette fois ils réussiraient là où leurs prédécesseurs paralysés en 1939 à cause de la guerre avaient échoué.

Et il y avait une différence entre les têtes chaudes de 1946 et celles des débuts de la lutte politique de David. Les jeunes enragés de Nairobi avaient appris à se battre — par leurs officiers blancs qui le leur avaient enseigné.

Mais ce n'était pas un sujet sur lequel David pouvait s'attarder pour l'instant. Étant donné ses propres problèmes immédiats, il ne pouvait pas se payer le luxe de se faire du souci pour ses compatriotes. Tout d'abord, lui aussi était sans emploi ; ensuite, Wanjiru était enfin enceinte.

Tournant le dos à la route, David Mathengé, vingt-huit ans et inquiet pour son avenir, retourna à grands pas vers la rivière où, sur la rive en contrebas, trois cases s'élevaient autour d'une *shamba* cultivée. Sa mère et sa femme étaient là-bas en ce moment, à cultiver les lopins de terre, s'occuper des chèvres, porter l'eau, réparer les toits, brasser de la bière, cuisiner le dîner, pendant que lui, leur fils et mari, leur protecteur, leur *guerrier* demeurait aussi inutile qu'une calebasse percée.

La frustration lui emplissait la bouche d'un goût amer.

Savoir que la plantation Treverton était mal en point aurait au moins dû le consoler. Mais même cela ne parvenait pas à réjouir David. En fait, quand il avait appris les difficultés de Memsaab Mona avec le personnel, au lieu de s'en féliciter comme il l'aurait sans doute fait naguère, il avait trouvé la nouvelle désolante. Après tout, cette terre était la *sienne* et lui reviendrait un jour, selon la promesse et la prophétie de sa mère. Il n'aimait donc pas voir la plantation négligée simplement parce que les chefs de tribu, qui avaient autrefois loyalement servi le comte, refusaient à présent de recevoir des ordres de sa fille, une simple memsaab.

David s'arrêta sur la route de terre rouge qui s'écartait de la crête de la colline pour entrer dans le domaine et songea aux deux femmes avec qui il vivait : l'indomptable guérisseuse qui observait son fils dans un silence qui était en quelque sorte un châtiment, et l'épouse insatisfaite qui se plaignait de la lenteur avec laquelle les hommes passaient à l'action. Wanjiru avait incité David à se joindre à la *Kenya African Union,* la nouvelle organisation politique militante qui commençait à prendre corps d'un bout à l'autre du pays. Mais David avait eu son content de combats en Palestine. Il avait aussi vu que malgré leur nombre, les Kikuyus sans armes ne feraient pas le poids en face des chars et des avions de l'Angleterre.

Pour qu'un changement intervienne au Kenya, à son avis, il fallait s'y prendre de façon rationnelle et avec des méthodes prudentes. Seulement, quel pouvoir possédaient-ils, lui et d'autres comme lui, instruits mais sans travail, pour mettre en mouvement les roues en direction de ce changement nécessaire ?

C'était ce qui avait obsédé l'esprit de David depuis son retour du Proche-Orient, un an plus tôt. Pour qu'on l'écoute, pour qu'il puisse convaincre les hommes en place, et le reste du monde, de la légitimité des aspirations du Kenya à l'indépendance, il fallait d'abord qu'il devienne un homme responsable et respecté. Les Anglais ne prêtaient aucune attention aux jeunes enragés de Nairobi ni aux têtes chaudes de la KAU. Mais ils acceptaient de discuter avec des Africains quand ceux-ci étaient professeurs, hommes d'affaires ou possédaient une certaine influence.

En tant que propriétaire d'une vaste plantation au cœur des meilleures terres de la province la plus prospère, David Mathengé serait écouté. Il serait un leader.

La terre...

Il en avait soif — comme une racine a besoin d'eau, pensa-t-il, comme un oiseau a besoin de ciel. Il était né pour la terre, il était lié à la terre corps et âme, et toute cette terre aurait été la sienne si son père ne s'était pas laissé induire par duperie, trente ans auparavant, à la céder à l'homme blanc. Les paroles de Wachéra retentirent de nouveau dans les oreilles de David tandis qu'il contemplait la plantation Treverton : « Quand on te vole ta chèvre, mon fils, elle est rôtie et mangée : tu l'oublies. Quand on te vole ton maïs, il est moulu et mangé : tu l'oublies. Mais quand on te vole ta terre, elle reste toujours là et tu ne peux pas l'oublier. »

David n'oublierait jamais que ces riches arpents avaient été volés à son père ignorant, qu'ils étaient son héritage et qu'ils devraient légitimement lui être restitués. Mais, il le savait, la violence et l'impulsivité, qui étaient le credo des enragés de Nairobi, ne lui rendraient jamais sa terre. Prudence et action réfléchie, se dit-il, avancer comme un lion, étudier la proie, la suivre, rester à l'affût en attendant le premier signe de faiblesse — telles allaient être les armes de David Mathengé.

Il allait récupérer sa terre légalement, honorablement et en état de prospérité.

Il parcourut des yeux les deux mille cinq cents hectares de caféiers et prit sa décision.

David trouva Mona Treverton dans le secteur sud-est de la plantation, non loin en fait de l'embranchement fatal de la route de Kiganjo. Elle était debout sur le plateau à ridelles de son camion, la main en visière pour se protéger les yeux, et faisait un tour complet sur elle-même.

— Bon sang ! murmura-t-elle, et elle s'apprêtait à descendre quand elle vit David.

Il leva la tête vers elle, se rappelant soudain des choses : son attitude stoïque pendant le procès de sa mère ; la façon dont elle montait à cheval sur le terrain de polo ; la nuit de l'incendie quand ils avaient tous les deux été pris au piège dans la case de chirurgie.

Mona le regarda, se sentant soudain glacée sous le chaud soleil. À plusieurs reprises pendant le procès, elle s'était aperçue en levant les yeux que David Mathengé la regardait. Il l'observait de la même manière à présent, le visage pareil à un masque.

— Que cherchez-vous, memsaab ? demanda-t-il en anglais.

— Mes ouvriers. Ils sont encore partis. C'est la quatrième fois ce mois-ci.

Elle descendit du camion et écarta de son visage quelques mèches de cheveux noirs.

— Ces baies sont prêtes à être cueillies.

— Où sont les femmes et les enfants ?

— Dans le secteur nord. Je les ai envoyés désherber. J'ai besoin de ces hommes !

David l'examina. La memsaab était furieuse et frustrée, il le vit, une femme maintenant seule au monde dans cette grande maison sur ces deux mille cinq cents hectares, sans mari, sans homme.

Elle enfonça les mains dans ses poches et s'éloigna de quelques pas. Mona tourna son visage vers le moutonnement de collines couvertes de caféiers verts, son foulard flottant au vent. Elle respira à fond pour se calmer.

— Comment puis-je obtenir qu'ils travaillent pour moi? demanda-t-elle à mi-voix.

— Je sais où sont vos hommes, dit David.

Elle se retourna.

— Vous le savez?

— À Mweiga, pour boire de la bière. Ils y resteront plusieurs jours.

— Mais il faut ramasser le café! Je n'ai pas *plusieurs* jours à perdre! Dans une semaine, toute ma récolte sera perdue.

Ma récolte, pensa-t-il, puis il dit :

— Je peux vous ramener ces hommes.

Mona lui lança un regard défiant.

— Pour quelle raison le feriez-vous?

— Parce que vous avez besoin d'un régisseur, memsaab, et que j'ai besoin d'un emploi.

— Vous voulez travailler pour moi?

David hocha la tête.

Elle le considéra longuement.

— Vous croyez que vous pourriez le faire? Je veux dire, tout ça...

Elle écarta les bras.

Il lui parla de ses études en Ouganda, du diplôme qui lui avait été décerné.

Mona réfléchit. Elle était indécise. Pouvait-elle lui faire confiance?

— Je cherche un régisseur depuis quelque temps, dit-elle lentement. Mais tout le monde veut avoir sa propre ferme. Personne ne veut travailler pour quelqu'un d'autre. Je vous verserai un bon salaire et vous pourrez vous construire une maison dans le domaine.

— Il me faudra une autorité sans réserve sur les ouvriers. Il me faudra une liberté illimitée. C'est la seule manière.

Mona médita là-dessus. Puis elle songea aux chiffres dans la colonne débit de ses livres, aux dettes qui s'accumulaient parce que la plantation avait été négligée pendant le procès et les mois suivants.

— Très bien, répondit-elle. Marché conclu.

Quand elle lui tendit la main, il regarda cette main, déconcerté.

Elle continua.

Hésitant, David Mathengé leva la main droite et prit la sienne.

— Vous pouvez commencer tout de suite, dit-elle sobrement.

Il regarda les deux mains, la brune et la blanche, qui s'étreignaient.

SIXIÈME PARTIE

1952

43

Quand les douleurs de l'enfantement commencèrent, Wanjiru comprit qu'il se passait quelque chose d'anormal.

Posant une main au creux de ses reins et l'autre sur son ventre, elle se redressa et respira plusieurs fois à fond. Mama Wachéra l'avait prévenue de faire très attention pour cette grossesse, mais Wanjiru, entêtée et incapable de demeurer oisive ne serait-ce qu'un instant, n'avait pas tenu compte du conseil de sa belle-mère et était partie dans la forêt cueillir des feuilles de lantanier.

C'était la faute de David, décida Wanjiru en attendant que la contraction cesse. Sa mère entrait dans une phase de sa vie où elle aurait dû bénéficier de l'aide de plusieurs épouses de son fils pour la *shamba* au lieu d'avoir à se contenter d'une seule. Mais David avait épousé seulement Wanjiru, et dans les sept années qui avaient suivi n'avait même pas parlé d'acheter une autre femme. Voilà pourquoi Wanjiru, parce que Mama Wachéra avait besoin des feuilles vulnéraires pour ses remèdes, avait dû traverser la rivière ce jour-là et aller à la recherche de feuilles de lantanier.

Wanjiru s'irritait davantage de l'égoïsme de David que Mama Wachéra, trop indulgente envers son fils irresponsable. Wachéra prétendait que David avait encore largement le temps d'acheter d'autres épouses et qu'il était trop occupé maintenant à diriger la plantation Treverton pour remplir son devoir auprès de plus d'une femme. Déjà déclarait la vieille femme, Wanjiru ne voyait pas son époux autant qu'elle l'aurait souhaité. Que serait-ce si elle devait en plus le partager ? Wanjiru refusait d'en convenir. Même une seule coépouse de plus aurait facilité la tâche dans la *shamba* et aurait permis à la mère de David et à sa première bru de se reposer au soleil.

Une autre contraction survint et Wanjiru posa les deux mains sur son ventre. *Il ne fallait pas qu'elle perde cet enfant.*

Au cours de ses sept années de mariage avec David, Wanjiru Mathengé avait eu six grossesses. Sur ce nombre, une s'était terminée en fausse couche, pour une autre l'enfant était mort-né et trois enfants étaient morts en bas âge. Seule la dernière, Hannah, une petite fille robuste qui était restée à la shamba avec sa grand-mère, avait survécu. Wanjiru désirait de toutes ses forces un autre enfant en bonne santé, et elle priait pour que celui qui allait naître soit un garçon afin que puisse revivre l'esprit de son père.

David et Wanjiru s'étaient querellés au sujet du nom de l'enfant. Si c'était un garçon, elle voulait l'appeler Kamau, d'après son propre père, selon la tradition kikuyu. Mais David désirait que ses enfants portent des prénoms *mzungus* parce que, avait-il dit, « un jour, nous serons un pays moderne, libre et indépendant. Nous devons nous mettre au diapason du reste du monde ». Sarah, si c'était une fille : avait-il dit, Christopher, si c'était un garçon. Quelque têtue qu'elle fût, Wanjiru demeurait pourtant soumise à son mari et devait lui obéir. Mais dans son cœur, le garçon s'appellerait Christopher *Kamau* Mathengé.

Lorsque survint la contraction suivante, violente et douloureuse, Wanjiru leva les yeux vers le ciel pour lire l'heure. Peu de temps auparavant, les autorités européennes avaient imposé un couvre-feu au district de Nyéri. A cause de « certaines activités illégales », avaient-elles dit. Il y avait des « gangsters » à l'œuvre dans la région et des réunions interdites se tenaient la nuit. Les autorités, Wanjiru le savait, sacrifieraient à une organisation nébuleuse qui, pour des raisons que personne ne semblait connaître, se faisait appeler Mau Mau. Ses membres se cachaient dans la forêt, frappaient soudain les plantations blanches, à l'improviste et au hasard, puis disparaissaient dans les brumes du mont Kenya. Les autorités prétendaient qu'il s'agissait d'un mouvement extrémiste marginal, peu nombreux et sans leaders — pas de quoi s'inquiéter, vraiment, sauf que plusieurs colons blancs s'étaient plaints de vols de bétail. On avait donc établi le couvre-feu. Entre le coucher et le lever du soleil, aucun Africain ou Africaine ne devait se trouver en dehors de sa case.

À la position du soleil, qui descendait, un cercle voilé sur le ciel couvert de nuages de pluie, Wanjiru comprit qu'elle avait encore du temps avant de retourner à la *shamba*. Elle chercha un endroit où s'asseoir pour soulager son corps de son fardeau et déterminer si ces douleurs n'étaient pas par hasard une fausse alerte.

Elle avait eu des douleurs prématurées de ce genre, un mois avant terme, pour Hannah. Wanjiru s'était simplement reposée quelques jours, les douleurs avaient cessé et Hannah était demeurée dans sa mère jusqu'à ce que le Dieu de Lumière l'appelle. Il en serait de même pour cet enfant, se consola Wanjiru en s'asseyant sur un tronc abattu.

Toutefois, tandis qu'elle était assise à attendre que cela passe comme l'air devenait humide et frais et que le ciel devenait plus gris et plus sombre, Wanjiru commença à se rendre compte avec angoisse que non seulement les contractions ne cessaient pas mais qu'elles devenaient plus fréquentes et plus fortes.

Concluant que mieux valait s'en retourner, Wanjiru se leva et se tourna dans la direction de la rivière.

Elle se figea.

Au milieu des arbres il y avait une énorme forme sombre. Elle était accompagnée par des sons familiers et effrayants pour elle : des grondements et des grognements, le bruit d'écorce arrachée aux arbres.

Un éléphant !

Elle regarda et écouta. Combien y en avait-il ? Était-ce un solitaire ou s'agissait-il d'un troupeau ? Étaient-ce des femelles avec leurs petits, ou des jeunes mâles sans compagnes ? Soudain saisie de frayeur Wanjiru vit la cime des arbres se balancer et trembler, tandis que l'animal géant avançait en broutant dans la forêt. C'était leur habitude, Wanjiru le savait, de quitter les forêts de bambous quand commençaient les pluies, pour se nourrir dans les bois moins denses, où les pentes étaient moins raides. Mais c'était la première fois que Wanjiru voyait des éléphants descendre si bas dans la montagne.

Wanjiru essaya de repérer la direction du vent. S'il y avait des petits dans le troupeau, ou s'il s'agissait d'un vieux mâle agressif, l'odeur de Wanjiru provoquerait de l'inquiétude et déclencherait une charge.

Wanjiru regarda à droite et à gauche. De chaque côté elle entendit des pas lourds et lents, le « gargouillis de ventre » qui est la façon de parler des éléphants, le craquement de branches cassées et d'écorce arrachée. Il y en avait de trois côtés — un grand troupeau !

Wanjiru regarda par-dessus son épaule la forêt qui s'épaississait et le début de la pente de la montagne. Les arbres derrière elle ne bougeaient pas ; il n'y avait aucun bruit parmi eux. Elle décida de reculer lentement pour s'éloigner du troupeau, puis de le contourner pour rentrer chez elle.

Elle parcourut une courte distance et fut arrêtée par une contraction violente. Wanjiru se pencha en avant, les mains serrées sur son ventre, réprimant un gémissement. Elle tourna la tête ; les éléphants se rapprochaient. Elle aperçut l'éclair d'une défense blanche entre les troncs. Sa peur grandissant, Wanjiru précipita sa retraite dans la forêt plus dense, montant aussi vite et silencieusement que son ventre le permettait, s'arrêtant seulement quand une douleur la déchirait et jetant fréquemment un coup d'œil en arrière pour évaluer la distance entre elle et les éléphants.

Si la matriarche du troupeau flairait une bouffée d'odeur humaine…

Wanjiru se déplaçait aussi rapidement qu'elle le pouvait dans l'obscurité grandissante. La clarté déclinait de plus en plus à présent mais Wanjiru n'osa pas contourner le troupeau pour rentrer avant d'être certaine de s'être suffisamment écartée des éléphants.

Une liane passait en travers du sentier. Son pied s'accrocha dedans et elle tomba. Elle ne put retenir un cri.

Wanjiru demeura couchée où elle était et s'efforça d'écouter. Le grondement grave des éléphants, qui communiquaient entre eux dans la forêt, résonnait tout autour d'elle. Elle resta parfaitement immobile dans la nuit tombante, sur le sol humide et dur.

Le troupeau, songea-t-elle avec une terreur croissante, avançait à une allure d'escargots. Ils avaient l'air de rester au même endroit à dépouiller les arbres, leurs oreilles faisant des bruits d'éventail et leurs énormes pattes écrasant tout sous elles. La forêt s'assombrit ; les mélodies de la journée se muèrent en appels nocturnes sinistres. Wanjiru avait une peur panique de la nuit, et maintenant elle allait se trouver prise par la nuit.

Une seule chose pouvait lui arriver de pire, conclut-elle en attendant dans l'affolement que les éléphants bougent, et ce serait que la pluie se mette à tomber.

Et la pluie tomba, juste au moment où elle se levait pour retourner chez elle.

Ce ne fut au début que du crachin, mais Wanjiru ne voyait

qu'à un ou deux mètres devant elle — les formes effrayantes des arbres et des arbustes. Elle alla en trébuchant s'abriter sous un marronnier et fut saisie d'une violente contraction. Elle cria de nouveau et tomba à genoux.

La douleur dura plus longtemps que les précédentes, et Wanjiru sentit un mouvement révélateur des os de son bassin.

Le bébé descendait.

Non! songea-t-elle, affolée. *Pas ici, où les bêtes sauvages de la forêt me le voleraient!*

Wanjiru se remit péniblement debout. Elle se hissa sur ses pieds en s'accrochant au tronc de l'arbre, se raclant les paumes à les faire saigner, puis une fois debout elle tenta de dominer sa souffrance pour pouvoir marcher.

Oubliant les éléphants, les feuilles de lantanier dans son panier abandonné et le couvre-feu décrété par les blancs, Wanjiru parvint à s'écarter de l'arbre et à avancer de quelques pas chancelants sous la pluie légère. Elle était capable de marcher. Elle prit son ventre à deux mains et s'avança en aveugle sous la bruine sans se rendre compte, désorientée par ses souffrances et aveuglée par la pluie, qu'elle se dirigeait dans le mauvais sens.

Wanjiru ne savait pas depuis combien de temps elle marchait. La nuit semblait être tombée sur la forêt depuis longtemps; la pluie tombait sans discontinuer depuis des heures. Son *kanga,* le morceau de tissu de couleur vive qu'elle portait en turban autour de la tête, était plaqué par l'eau sur son crâne rasé. Sa jupe collait à ses jambes, rendant la marche presque impossible. Mais elle continuait d'avancer sous la pluie dans le noir, escaladant des rochers et des troncs d'arbre mort, cherchant à tâtons son chemin entre les arbres dont les troncs étaient de plus en plus serrés, s'efforçant désespérément de trouver la direction de chez elle.

Elle savait où elle était. Wanjiru gravissait en trébuchant la pente des montagnes que les blancs appelaient les Aberdares. Pour eux, c'était un parc national; mais pour Wanjiru c'était Nyandarua, « la peau qui sèche », la forêt de ses ancêtres. Elle savait aussi que seule, sans défense et sur le point d'accoucher, elle était sur le territoire des redoutables buffle et léopard noir.

Une fois, la douleur fut si atroce qu'elle s'effondra et resta longtemps dans la boue, la pluie glacée se déversant sur elle, des pierres et des branches mortes lui meurtrissant le corps.

Wanjiru avait les pieds et les mains engourdis; elle ne sentait ni les lacérations, ni le sang tiède qui coulait de ses blessures. À peine avait-elle conscience de l'humidité, du froid vif, de la faim. Wanjiru n'existait plus que par son ventre, où son enfant réclamait la liberté. Mais elle le gardait en elle ; elle portait sa douleur et sa torture à l'intérieur de son corps au milieu de la forêt sombre et dans la nuit terrifiante.

Cher Dieu, pria-t-elle avec désespoir quand elle trébucha, tomba, puis s'arracha à la boue et repartit dans le vide glacé, *Dieu de lumière, aide-moi !*

Elle hâta le pas, des sanglots lui secouaient le corps tandis que des branches humides la frappaient au visage, lui piquaient les bras. Ses pieds nus glissaient sur le sol boueux de la forêt. La pluie continuait à tomber, épaisse et violente, donnant l'impression de lui traverser la peau et de la tremper jusqu'aux os. Wanjiru songea à sa hutte chaude et sèche, au lit de peaux de chèvre, au ragoût d'*ugali* qui mijotait sur le feu, à la présence réconfortante de la mère de David en train de préparer patiemment une de ses tisanes. Mais dans cette forêt de cauchemar, Wanjiru savait avec désespoir qu'elle ne trouverait rien de sec ni de chaud.

Le tonnerre claqua, le sol trembla : Wanjiru entendit le barrissement d'éléphants surpris. Elle se demanda où ils se trouvaient, si c'était le même troupeau, si elle s'éloignait d'eux ou s'en rapprochait. Un vent glacé traversait ses vêtements trempés, accentuant les douleurs de l'enfantement.

Elle continua dans la nuit.

La pluie s'arrêta enfin et des brumes fantomatiques s'élevèrent du sol en tourbillonnant. Wanjiru devait avancer en écartant des branches chargées d'eau, le vent froid soufflait sur son corps trempé. Elle avait l'impression que le monde se transformait en glace, qu'elle allait être engloutie dans les lacs gelés et les brouillards de la montagne hostile.

Quelque chose de chaud gouttait entre ses jambes. La douleur de l'enfantement était devenue un ruban de feu ininterrompu. Le souffle lui manqua. Elle tomba contre un arbre. Wanjiru comprenait maintenant qu'elle se trouvait loin de chez elle, qu'elle s'était perdue et avait erré pendant des heures et que le bébé allait naître dans cet enfer froid et noir. Tout autour d'elle, elle entendait courir des animaux sauvages ; elle sentait des yeux de hyène fixés sur elle, avides, attendant qu'elle tombe une dernière fois. Wanjiru avait entendu au marché des femmes parler d'une jeune mère surprise dans les champs par les douleurs de l'accouchement et dont les hyènes avaient emporté le nouveau-né.

Je tuerai d'abord mon fils, se dit-elle en s'accrochant à

l'arbre, haletante, luttant pour conserver le bébé à l'intérieur juste un peu plus longtemps. *Puis je me tuerai…*

Wanjiru eut l'impression que son corps se déchirait. Un cri lui échappa. Puis elle hurla.

Elle glissa sur le sol, s'écorchant la joue contre l'écorce rugueuse, sentant le goût du sang sur ses lèvres et entendant dans la brume dense les claquements de dents et les grognements sourds de bêtes féroces en quête de charogne.

— Allez-vous-en ! cria-t-elle.

Elle tâtonna autour d'elle, à la recherche d'une arme sur le sol mouillé. Sa main se crispa sur une pierre. Elle voulut la lancer mais elle était trop faible. La vie s'échappait d'elle ; une nouvelle vie, forte, se poussait hors de son corps. Sa douleur s'enfla et sortit de sa peau et s'envola vers les nuages bas et les forêts de bambous embrumées. Wanjiru était parvenue au sommet de la montagne, et elle savait qu'elle n'en redescendrait jamais.

Mais son bébé ne servirait pas de pâture aux bêtes. Elle ne laisserait pas les animaux sauvages de cette forêt terrible se repaître du petit-fils du chef de guerre Mathengé.

Hébétée, affaiblie, l'enfant tout juste né, Wanjiru se mit à creuser dans la boue avec ses doigts engourdis. Une tombe, juste assez grande…

Elle avait l'impression qu'elle dormait et qu'elle était au chaud et au sec. La moitié d'elle-même lui disait que c'était une illusion, qu'elle était encore dehors dans le froid en train de creuser une tombe pour son enfant. Mais une autre partie d'elle-même lui affirmait qu'il s'agissait bien de la réalité.

Elle était de nouveau à l'Hôpital Indigène de Nairobi, où elle avait travaillé cinq ans comme infirmière avant de revenir dans le district de Nyéri et d'épouser David Mathengé.

Elle discutait avec quelqu'un :

— Pourquoi nos uniformes sont-ils différents des vôtres ? Pourquoi nos salaires sont-ils tellement inférieurs aux vôtres ? Pourquoi vous appelle-t-on « infirmières » alors qu'on nous appelle « filles de salle » ?

Le visage de sa supérieure blanche se matérialisa devant Wanjiru. C'était l'expression offusquée d'une femme qui dit à Wanjiru que les infirmières africaines n'avaient tout simplement pas qualité pour avoir le même statut que les infirmières blanches.

Puis Wanjiru, dans son étrange rêve, se rappela que c'était pour cette raison qu'elle avait abandonné son métier. « C'est de la discrimination contre nous, s'était-elle plainte à David.

Les Africaines reçoivent la même formation et font le même travail, mais on ne les considère jamais comme les égales des blanches. Pourquoi devrais-je le supporter ? »

À ce stade, Wanjiru ouvrit les yeux et au bout de plusieurs minutes, comprit qu'elle regardait la voûte d'une grotte.

Elle resta à réfléchir, essayant de découvrir si c'était réel ou un autre rêve. Le lit de feuilles sèches sous elle semblait bien réel, ainsi que la douleur de ses mains et de ses pieds. L'air de cette grotte mystérieuse était chaud et sec, mais doucement éclairé par un feu au milieu de son sol rocheux. Des silhouettes de gens étaient accroupies en train de manger autour de ce feu.

Wanjiru les observa. Puis elle s'explora ; elle tâta l'intérieur de son corps et comprit que le bébé n'était plus là.

Elle essaya de parler ; cela sortit en forme de gémissement. Une des silhouettes près du feu se leva et s'avança. C'était une femme qui tenait un nouveau-né.

— Ton fils, dit-elle doucement.

Désorientée, Wanjiru tendit les bras et posa son fils, Christopher, contre son sein, où il se mit à téter aussitôt. Elle examina la femme qui s'était agenouillée à son chevet. À ses traits, Wanjiru devina qu'elle appartenait à la tribu Méru.

— Où suis-je ? fut enfin capable de demander Wanjiru.

— Tu es en sécurité avec nous. Ne t'en fais pas, ma sœur.

Wanjiru tendit le cou et parcourut des yeux la vaste grotte. Elle vit d'autres gens, beaucoup d'autres, le long des parois, endormis dans des coins ou sur des épaulements de rocher. Elle vit des meubles en bambou, de grosses caisses avec des mots anglais peints sur le bois, des fusils en faisceaux dans l'ombre. Un silence étrange régnait dans la grotte, étant donné le nombre de personnes qu'elle abritait ; mais les odeurs étaient familières, réconfortantes, et la femme à côté de Wanjiru souriait d'une façon rassurante.

— Qui êtes-vous ? demanda Wanjiru.

— Nous t'avons trouvée dans la forêt et nous t'avons apportée ici. Tu es au milieu d'amis.

La femme marqua un temps, puis dit :

— La terre est à nous.

Elle regarda Wanjiru comme si elle s'attendait à une réponse particulière.

Mais Wanjiru, dans son épuisement et son désarroi, ne put que dire :

— Je... Je ne comprends pas. *Qui êtes-vous ?*

Le sourire de la femme s'estompa et elle dit d'un ton grave, presque triste :

— Nous sommes l'*uhuru*, ma sœur. Nous sommes Mau-Mau.

44

Mona crut que le train ne viendrait jamais.

Puis le voici qui arrivait enfin : le sifflet ; la voie qui ferraillait, la fumée qui montait par jets dans le ciel bleu. Des gens envahirent le quai — ceux qui attendaient quelqu'un, comme Mona, et d'autres prêts à monter dans les wagons et à se battre pour une bonne place jusqu'à Nanyuki. Elle demeura en arrière à côté de sa Land-Rover, regardant avec anxiété le train ralentir et s'arrêter. Elle n'accorda aucune attention aux voitures de première et de deuxième classe, dans lesquelles voyageaient les blancs et les Asiatiques, mais se concentra sur le wagon de troisième. À la fin — cela lui parut une éternité — elle le vit descendre.

— David ! appela-t-elle en agitant le bras.

Il leva les yeux, sourit et lui fit signe à son tour.

Mona se fraya un chemin et le rencontra à mi-chemin en disant :

— Je commençais à croire que vous n'arriveriez jamais ! Vous m'avez manqué, David ! Comment était-ce, en Ouganda ?

Ils posèrent ses bagages à l'arrière de la Land-Rover et s'éloignèrent de la gare bruyante, Mona au volant.

— Je n'ai pas pu ramener de parasites de la cochenille, dit-il au moment où la voiture s'engageait sur la route pavée. Mais je me suis arrêté à la station de recherches de Jacaranda, et j'ai observé les travaux qu'on y a faits. Plusieurs parasites ont été isolés.

— Ont-ils réussi à arrêter la cochenille ?

— Jusqu'ici, non.

— Il y a eu deux attaques de maladie des cerises [1] dans le district du Haut-Kiambu.

— Oui, je l'ai appris. Mais il n'y a eu qu'une faible partie de la récolte qui a été perdue et l'épidémie a été enrayée.

Ils suivaient la route étroite qui était une des nombreuses voies empierrées par les prisonniers italiens pendant la

1. Le fruit rouge du caféier (contenant 2 graines de café) est appelé *cerise*.

guerre, elle serpentait au milieu des collines entre Kiganjo et la plantation Treverton, riche région agricole verdoyante où de petites huttes rondes kikuyus s'élevaient parmi des champs de maïs, de bananiers et de canne à sucre. Des enfants africains, sur le bord de la route, s'arrêtaient pour héler la voiture au passage. Sur le chemin de terre parallèle à la chaussée, des femmes qui marchaient péniblement, courbées en deux, coltinant des fardeaux de bois ou d'eau retenus par des courroies passées sur le front, levaient la main en guise de salut. Mona leur rendait leur salut, soudain heureuse et exultante après avoir dirigé pendant deux mois la plantation sans David.

— Qu'avez-vous appris d'autre à Jacaranda ? demanda-t-elle, se tournant vers son compagnon.

Quelques jours auparavant, Mona avait entendu sa tante Grace déclarer que David Mathengé ressemblait trait pour trait à son père, le beau guerrier.

— Ils considèrent encore qu'étaler une bande de graisse autour du tronc constitue la méthode la plus efficace contre la cochenille. Le Bureau du Café recommande le Synthorbite et l'Ostico. À Jacaranda, on fait en ce moment des expériences avec la diéldrine, un nouvel insecticide fourni par Shell-Chimie.

David se déplaça légèrement sur son siège, posa le coude sur la portière et regarda Mona.

— Comment marche la plantation ?

— J'ai pu vendre la dernière récolte à quatre cent vingt-cinq la tonne.

— Les prix ont considérablement augmenté depuis l'an dernier.

Elle rit.

— Les dépenses d'exploitation aussi ! David, je suis si contente que vous soyez rentré.

Il la dévisagea pendant un instant, puis détourna les yeux. Les collines verdoyantes et les pistes de terre rouge défilaient ; de gros bosquets de bananiers se détachaient sur le ciel bleu. Des spirales de fumée s'élevaient d'innombrables toits conique de chaume. C'était un paysage paisible et familier qui avait énormément manqué à David. Mona aussi lui avait manqué.

— Viendrez-vous prendre le thé avec moi ? demanda-t-elle en conduisant la Rover sur le côté de Bellatu. — Elle la gara entre un camion Ford tout cabossé et une Cadillac poussiéreuse ; le premier servait tous les jours, la limousine n'avait pas bougé depuis les obsèques de Lady Rose, sept ans auparavant. — Ou bien avez-vous envie de vous reposer ?

Il descendit et épousseta son pantalon.

— J'ai dormi dans le train. Je prendrai du thé avec plaisir.

Mona dit : « D'accord » et monta devant lui le perron de la cuisine. Comme ils entraient, elle dit :

— J'ai encore dû réprimander Salomon. Je l'ai surpris ce matin en train de faire chauffer le pain grillé devant le feu.

— Qu'y a-t-il de mal à ça ?

— Il tenait la tartine entre ses orteils !

David rit. Mona rit aussi, s'apprêtant à dire autre chose quand l'apparition soudaine d'une autre personne sur le seuil de la salle à manger la surprit.

— Geoff ! s'écria-t-elle. Je n'ai pas vu ta voiture.

— Mon père m'a déposé. Il est descendu à la mission voir Tante Grace.

— Ilse est avec toi ? Nous allions prendre le thé.

Geoffrey lança un bref coup d'œil désapprobateur à David, puis dit :

— Je ne suis malheureusement pas là pour une visite de mondanité. Il faut que je te parle en privé, Mona. J'ai une nouvelle assez désagréable à t'annoncer.

— Qu'est-ce que c'est ?

Il regarda de nouveau, de façon significative, David, qui se hâta de dire :

— Je prendrai le thé plus tard, Mona. Il faut que je descende voir ma mère et Wanjiru.

— David... revenez déjeuner avec moi.

— Oui, dit-il. Il faut que nous examinions les livres de comptes.

— Vraiment, Mona ! s'écria Geoffrey quand David fut parti. Je ne comprends pas pourquoi tu laisses ton boy t'appeler par ton prénom.

— Ne sois donc pas si compassé, Geoffrey ! répondit-elle en se demandant pour la millième fois comment elle avait pu envisager d'épouser cet homme bourré de préjugés. Je te l'ai déjà dit : David Mathengé n'est pas un *boy ;* c'est mon régisseur. Et c'est mon ami. Alors, quelle est la nouvelle inquiétante ?

— As-tu écouté la radio ce matin ?

— Geoffrey, je me suis levée avant l'aube et j'ai passé toute la matinée dans les ateliers de préparation. Ensuite j'ai dû aller chercher David à la gare. Non, je n'ai pas écouté la radio. De quoi s'agit-il ?

Geoffrey aurait aimé dire son mot là-dessus, dire que Mona aurait bien pu envoyer quelqu'un d'autre chercher David ; et même que ç'aurait été plus *convenable* qu'elle le fasse. Mais Geoffrey, sachant que c'était inutile de discuter avec elle, aborda la raison de sa visite inattendue.

— Le gouverneur a déclaré l'état d'urgence au Kenya.

— *Quoi !*

— Hier tard dans la nuit, comme mesure visant à mettre fin à cette histoire de Mau Mau, Kenyatta et plusieurs de ses copains ont été arrêtés.

— Mais rien ne prouve que Kenyatta soit derrière les Mau Mau ! Il y a à peine deux mois, il a condamné publiquement ces actes de terrorisme.

— Bah, il faut bien les faire cesser d'une manière ou d'une autre. Et je suis prêt à parier tout ce que j'ai qu'avec le vieux Jomo sous les verrous et incapable de transmettre des messages au-dehors, la violence cessera.

Mona se détourna, la main appuyée sur le front.

— Qu'est-ce que cela implique, l'état d'urgence ?

— Cela veut dire que jusqu'à ce que ces bandits sortent de la forêt et se rendent, nous allons vivre sous un régime policier spécial.

Mona se dirigea vers le plan de travail carrelé où un poste de radio en plastique jaune trônait entre une cafetière électrique et un presse-orange électrique. Depuis sa construction en 1919, la cuisine de Bellatu avait subi plusieurs rénovations ; la dernière, deux ans plus tôt, avait éliminé la vieille cuisinière à bois Dover en faveur d'un fourneau moderne à butane.

Mona alluma la radio, et « *Your Cheatin'Heart* » résonna dans la cuisine. Elle tourna le bouton, capta brièvement une émission de la lointaine ville du Caire. Puis elle trouva la station de Nairobi.

« Nul doute que le Kenya se trouve menacé de troubles, dit la voix du gouverneur, Sir Evelyn Baring, mais j'appelle tous les citoyens à conserver leur calme et à ne pas provoquer la panique en propageant des rumeurs. J'ai signé une proclamation d'état d'urgence dans toute la Colonie, mesure grave qui a été prise à regret et non sans réticences par le gouvernement du Kenya. Mais il n'existait pas d'autre solution en face de l'escalade de l'illégalité, de la violence et du désordre dans une partie de la Colonie. Cette situation s'est imposée par suite des activités du mouvement Mau Mau. Pour rétablir la loi et l'ordre et pour permettre aux gens pacifiques et loyaux de toutes races de vaquer à leurs affaires en sécurité, le gouvernement a décrété des mesures d'urgence qui lui permettront d'arrêter certaines personnes qu'il juge dangereuses pour l'ordre public. »

Mona regarda Geoffrey.

— « Certaines personnes » ? Que veut-il dire ?

« À cet effet, continuait Sir Evelyn, une nouvelle répartition des forces de police et des forces militaires a été effectuée. En outre, un bataillon de l'armée britannique va arriver à Nairobi par voie aérienne ; les premiers soldats ont atterri hier soir. Le *Kenya* arrivera également au port de Mombasa dans le courant de la journée. »

— Des soldats ! s'exclama Mona en coupant la radio. Est-ce vraiment nécessaire ? Je ne croyais pas la situation si mauvaise !

— Elle ne l'était pas au début. Les Mau Mau — Dieu seul sait ce que cela signifie — n'étaient à l'origine qu'une bande de cinglés marginaux, des enragés de Nairobi chômeurs et fauchés, qui s'étaient réfugiés dans la forêt et faisaient des coups de main de temps en temps n'importe où, surtout pour voler de la nourriture et de l'argent. Il y a eu un ou deux agents de police africains qui ont disparu ; quelques têtes de bétail qui ont été volées ; une hutte incendiée. Mais il semble que de plus en plus de jeunes indigènes mécontents rejoignent leurs rangs, et cela dégénère. Cela nous a tous un peu pris au dépourvu, j'en ai peur.

Mona eut soudain froid dans le dos. Elle se dirigea vers le fourneau et alluma le gaz dans la bouilloire. Elle avait entendu le terme *Mau Mau* pour la première fois deux ans auparavant, à une époque où peu de monde y prêtait attention en dehors des services secrets. Puis des incidents avaient commencé à se produire : cambriolages de postes de police et vols de munitions ; incendie d'un champ de maïs ; tracts menaçants qui apparaissaient mystérieusement dans tout Nairobi. Le mois précédent, une bande d'Africains avait attaqué la mission catholique, enfermé les missionnaires dans une pièce puis filé avec de l'argent et un fusil de chasse. Une semaine plus tard, on avait trouvé un chien étranglé pendu au milieu du marché de Magenjo, en guise d'avertissement des Mau Mau à tous les colons blancs. Enfin, juste deux semaines auparavant, un vieux chef tribal, un homme très respecté aussi bien par les Africains que les blancs, avait été assassiné en plein jour.

Geoffrey entra dans la cuisine, croisa les bras et s'appuya à l'évier.

— La goutte d'eau qui fait déborder le vase s'est produite ce matin même, dit-il sobrement. Tu connais Abel Kamau, l'éleveur de Mweiga ?

Mona hocha la tête. Abel Kamau était un de ces soldats

africains qui étaient revenus de la guerre avec une épouse européenne. Les Kamau s'étaient installés à quelques kilomètres au nord de Bellatu pour mener une vie calme et tranquille. Ils étaient l'un des très rares couples inter-raciaux du Kenya et étaient donc frappés d'ostracisme par tout le monde, évités par les Africains et par les blancs, rejetés par la famille de l'un comme de l'autre, de sorte qu'ils avaient peu d'amis et vivaient une existence solitaire. Mona, qui les avait rencontrés, les avait trouvés sympathiques et aimables. Ils avaient un fils de quatre ans.

— Ils ont été attaqués dans leur lit en pleine nuit. Massacrés. Abel et sa femme étaient à peine reconnaissables à cause des nombreux coups de *panga*[1], d'après la police.

Mona tendit la main pour prendre une chaise.

— Mon Dieu. Et le petit garçon ?

— Il est vivant mais il y a peu d'espoir qu'il le reste. Les brutes lui ont arraché les yeux.

— Miséricorde, *pourquoi ?*

— Ils se servent d'yeux dans les cérémonies où ils prêtent serment, répondit Geoffrey qui prit une chaise et s'assit en face de Mona. Les Mau Mau les ont pris pour cible parce qu'ils avaient enfreint le tabou racial. Tu le sais, le mariage mixte est aussi mal vu des Africains que des blancs. Le grand crime d'Abel Kamau était d'avoir épousé une blanche et aussi d'être loyaliste. En dehors de quelques blancs isolés, les Mau Mau semblent prendre pour cible les Africains qui soutiennent le gouvernement colonial.

La bouilloire se mit à siffler. Mona la regarda mais ne bougea pas.

— Quel était le crime de ce pauvre petit garçon ? murmura-t-elle.

— Son père avait couché avec une blanche.

Mona finit par se lever et se mit à préparer le thé. Sa joie de ce matin-là, à cause du retour de David, était morte.

— La police a-t-elle une idée de qui a fait ça ?

— Elle le sait parfaitement. Le boy de Kamau. Chégé.

Mona se retourna brusquement.

— Ce n'est pas possible ! Chégé est un vieil homme doux et gentil, incapable de faire du mal à une mouche ! Voyons, c'était le meilleur ami du père d'Abel.

— Oui, et c'est ce que ça a de monstrueux. Les Mau Mau commencent à agir par l'intermédiaire de personnes proches de leur cible.

1. La machette kikuyu.

— Mais comment est-ce possible ? Chégé était *dévoué* à Abel et à sa femme.

— L'affection et le dévouement, Mona, ne sont rien, comparés à la puissance d'un serment Mau Mau.

Elle connaissait l'importance des serments, elle en avait entendu parler toute sa vie. Prononcer un serment était quelque chose qui liait le Kikuyu à sa parole ; il était partie intégrante de la structure sociale tribale et était si profondément ancré dans la superstition et les tabous ancestraux que très peu de Kikuyus pouvaient se résoudre à enfreindre un serment une fois qu'il était prononcé.

— Mais comment amènent-ils quelqu'un à prêter serment contre sa volonté, puis à commettre un crime odieux ?

— Ils les forcent à prêter serment. Ils les terrorisent jusqu'à ce qu'ils jurent. Très probablement Chégé a été enlevé, conduit dans la forêt, contraint à participer à un rite immonde, puis relâché.

— Comment savaient-ils qu'il exécuterait leur ordre ?

— Les Mau Mau peuvent compter sur ceux qu'ils ont forcé à prêter serment. Et si le serment lui-même ne suffit pas à terrifier suffisamment le pauvre bougre, pour qu'il fasse ce qu'ils exigent, la menace d'être exécuté par eux y réussit très bien.

Mona plaça la théière, des tasses, du sucre et du lait sur un plateau et l'emporta hors de la cuisine. Elle trouva Ilse, la femme de Geoffrey, dans le salon en train de regarder la publicité d'un catalogue de Londres offrant des « sacs à main pour la génération à nattes amateur de Coca Cola ». Ilse avait pris du poids en sept ans de mariage avec Geoffrey et était encore plus forte en ce moment parce qu'elle était enceinte.

— Quelle horreur ! s'écria-t-elle en posant le catalogue. Et dire que cela s'est produit si près de chez nous !

En voyant Ilse si pâle et bouleversée, Mona se rappela que la ferme des Kamau était à moins de deux kilomètres de Kilima Simba.

Perdue dans ses pensées, Mona fit fondre le sucre dans son thé. Elle n'avait jamais entendu parler Jomo Kenyatta mais elle avait lu dans le journal des extraits de ses discours. Il avait pris la tête de la *Kenya African Union,* puissante organisation politique en plein essor qui se donnait pour objectif, selon les termes de Kenyatta, d'abattre la barrière de couleur au Kenya et d'obtenir pour les Africains plus de terres, plus d'éducation, plus de leadership, le but final étant bien entendu l'autonomie politique. « Nous ne désirons qu'une seule chose, avait déclaré le charismatique Jomo, et c'est la paix. »

Bien que Kenyatta ait condamné à maintes reprises l'action des Mau Mau, le gouvernement avait conclu que lui et la KAU étaient les instigateurs du terrorisme et l'avait fait arrêter. Décision dangereuse, songea Mona, peut-être même complètement stupide.

— Aucune raison de s'inquiéter outre mesure, Mona, dit Geoffrey. Sans ses chefs, cette affaire Mau Mau va s'éteindre d'elle-même. Baring a promis que Kenyatta ne serait jamais libéré. Et pour montrer aux terroristes que nous ne plaisantons pas, nous avons mis en place dans la province l'équivalent de cinq bataillons, en plus des trois bataillons kenyans des King's African Rifles, du bataillon ougandais stationné dans la Rift Valley et de deux compagnies d'un bataillon du Tanganyika. La nuit dernière, on a envoyé par avion des Fusiliers du Lancashire qui étaient stationnés sur le canal de Suez. Ils ont atterri sur la base de la Royal Air Force, à Eastleigh, et constituent une réserve installée à Nairobi. Nous sommes également en train de créer une milice en recrutant d'anciens soldats africains qui ont suivi pendant la guerre et qui sont loyaux. En ce qui me concerne, Mona, je suis content de voir que nous allons nous montrer fermes, je te le garantis. Nous démontrons aux nègres et au monde que nous sommes capables de défendre cette colonie sur-le-champ, par air et par mer.

— Je me demande... commença Mona.

Elle regardait par la large baie du salon qui laissait entrer la clarté d'une journée magnifique répandant le soleil équatorial sur le beau et sombre mobilier ancien de Bellatu. Des bougainvillées rose vif et orange encadraient la profonde véranda, des rangées de caféiers verts ondulaient sur un paysage de collines douces, et dans le lointain, violet et couronné de neige, le mont Kenya s'élevait majestueusement dans un ciel sans nuage.

— Je me demande, Geoffrey, si la décision du gouverneur n'est pas en réalité une erreur. En faisant intervenir des forces militaires si importantes, autant dire qu'il avoue au monde et aux Mau Mau que le gouvernement des colons blancs du Kenya est incapable de défendre la colonie à lui seul.

— Mais enfin, Mona ! Tu parles comme si tu voulais que les nègres gouvernent ce pays !

— Je ne trouve pas déraisonnable leur désir d'autonomie politique.

— Je partage ton opinion jusqu'à un certain point. Je revendique l'autonomie politique depuis des années, tu le sais. Nous n'avons vraiment plus aucune raison de rendre des comptes à Londres. Mais je parle d'une autonomie politique *blanche*.

— Geoffrey, nous sommes quarante mille dans ce pays, et il y a *six millions* d'Africains ! Tu devrais te rendre compte, tout le monde devrait comprendre que le modèle d'apartheid de la Rhodésie ne pourra jamais fonctionner au Kenya. Nous n'avons pas le droit de faire ça.

— Tu te trompes, Mona. Nous en avons parfaitement le droit. Souviens-toi des miracles que notre petite communauté européenne a accomplis en Afrique Orientale. Les contribuables anglais, très durement touchés par la guerre, ont déversé des sommes énormes dans cette colonie, de l'argent qui a aidé les Africains ! Quand on considère tout ce que nous avons fait pour eux, nous les avons pratiquement sortis de l'âge de pierre et nous avons pris soin d'eux pendant toutes ces années, c'est scandaleux d'avoir laissé s'installer la situation actuelle. Si tu veux mon avis, Mona, nous avons eu tort de refuser le plan Montgomery quand on nous l'a proposé.

— Qu'est-ce que c'était que ce plan ?

— En 1948, le maréchal Montgomery avait proposé l'installation de bases militaires au Kenya parce qu'il prévoyait justement les dissenssions qui se produisent aujourd'hui. Parce que nous ne l'avons pas écouté, les Africains ont fait le jeu des Communistes et voilà justement en face de quoi nous nous trouvons maintenant. Tout le Mau Mau, je te dis, s'appuie sur une idéologie communiste.

— Oh, Geoffrey ! dit Mona avec impatience. Je dis tout de même que ce pays leur appartient autant qu'à nous, et que nous ne devrions pas tenir pour nuls les besoins et les sentiments de six millions d'êtres humains.

Geoffrey adressa à la jeune femme un sourire ironique.

— Tu les crois vraiment capables de se gouverner ? Ces nègres, je crois les entendre : « Donnez-nous le boulot et nous finirons les outils ! »

— Tu es injuste.

— Et je dis qu'ils sont d'une ingratitude scandaleuse ! Mais que pouvait-on espérer d'autre ? Il n'y a même pas de mot en kikuyu pour dire « merci ». Nous avons dû le leur enseigner.

Geoffrey se leva brusquement. Il détestait ces discussions avec Mona. Elle le mettait en fureur. Tout en elle l'agaçait : ses opinions politiques ; sa façon de vivre — surtout sa façon de vivre.

Mona était une jolie femme, pensa-t-il, elle aurait pu être une beauté si elle ne voulait pas à toute force s'afficher en tenue de simple fermière. Elle avait hérité une combinaison assez séduisante, à son avis, de la beauté de sa mère et de la belle mine et des cheveux noirs de son père, et elle aurait dû la mettre en valeur avec des vêtements plus seyants et en allant de temps en temps chez le coiffeur. Mais Mona s'acharnait à ramener en arrière ses longs cheveux noirs en une banale queue de cheval et à porter des chemises d'homme. Elle n'avait pas une once de chic, pensa-t-il, à passer ses journées dans les champs de caféiers, à travailler avec ses Africains. Elle n'avait apparemment rien hérité du caractère aristocratique de ses parents. L'époque du champagne et des parties de polo était, hélas, révolue ; elle semblait être morte avec Valentin. Les chambres d'invités, Geoffrey le savait, étaient fermées depuis longtemps. Les limousines ne remontaient plus l'allée ; les joyeuses fêtes avaient cessé d'égayer ces salons lugubres. Les seuls visiteurs que Mona recevait étaient des membres de l'Office du Café, des planteurs comme elle, avec qui elle fumait des cigarettes, buvait du cognac et discutait des prix sur le marché mondial. Ce dont Mona avait besoin, c'est d'un homme pour lui rappeler qu'elle était une femme, songea Geoffrey — et il décida qu'il serait cet homme.

Un remords de conscience lui fit regarder sa femme, qui était assise vêtue d'une robe de grossesse en coton, grasse et béate, n'ayant pour seul intérêt dans la vie que leurs enfants. Ilse s'était laissée aller. Après quatre accouchements et enceinte pour la cinquième fois, elle avait perdu tout attrait. C'était une bonne mère, Geoffrey le reconnaissait volontiers, mais comme partenaire de lit elle ne suscitait plus en lui, depuis longtemps, le moindre désir. Quelle idée l'avait pris de l'épouser parce qu'elle avait été persécutée et qu'il avait eu pitié d'elle ? À la place, il aurait dû revenir se marier avec Mona !

Il avait de plus en plus de mal à dominer son désir pour Mona. La vie de célibat qu'elle menait le stupéfiait. C'était contre nature. Sûrement, elle aussi devait aspirer à de l'intimité avec un homme. Et pourtant, chose surprenante, il n'y avait dans sa vie aucun homme en dehors de ses relations strictement commerciales. Geoffrey était certain qu'il existait en elle un profond désir quelque part ; que la nuit, seule dans son lit, elle devait se rappeler son existence stérile. Mona devait être mûre, conclut Geoffrey, pour l'homme qui surviendrait. Un de ces jours, se promit-il, ou une de ces nuits, il allait céder à son désir, venir à Bellatu et la trouver seule. Et elle serait prête pour lui comme il l'était pour elle.

— En tout cas, dit-il en se dirigeant vers la fenêtre, son

corps, encore mince à quarante ans, se silhouettant sur la clarté solaire d'octobre, j'ai l'intention de prouver à ces bandits de Mau Mau qu'ils ne m'intimident pas. Pour moi, rien de changé malgré tout le mal que nous a fait la mauvaise presse. Dès que ces idioties Mau Mau se seront calmées — et elles se calmeront, je te le promets — mes clients reviendront.

Geoffrey faisait allusion à l'agence de voyages, encore embryonnaire, qu'il avait fondée après sa démobilisation. Sa prophétie que la guerre allait déclencher une nouvelle ère pour le tourisme s'était réalisée. Dans le monde entier les soldats, de retour chez eux, avaient régalé leurs familles de récits enthousiastes sur les endroits exotiques qu'ils avaient vus : Paris, Rome, l'Égypte, Hawaï, le Pacifique Sud. Ces découvertes, ainsi que la récente introduction de la propulsion à réaction dans l'aviation commerciale qui réduisait de façon spectaculaire la durée des voyages, avaient déclenché une soudaine passion pour le tourisme dans le monde entier. La Donald Tour Agency, qui fonctionnait à partir du living-room de Geoffrey à Kilima Simba, connaissait des débuts difficiles car le Kenya ne figurait pas encore comme destination touristique dans l'esprit des vacanciers en puissance. Jusqu'à présent, Geoffrey n'avait organisé que des safaris de chasse, mais il avait l'intention de lancer un produit entièrement nouveau : le safari *photographique*.

— Je travaille sur une nouvelle campagne publicitaire, dit-il en reprenant sa tasse de thé et en changeant de sujet avec une désinvolture que Mona jugea exaspérante. J'ai fait préparer une brochure avec des photos de lions, de girafes et d'indigènes, et l'assurance que le cadre moyen de Manchester peut prendre deux semaines de vacances en Afrique avec sécurité et confort garantis. Maintenant que nous avons ces réserves naturelles, grâce aux efforts de Tante Grace, autant en tirer profit.

— Mais même avec nos bêtes sauvages, dit Mona, je ne vois pas ce que le Kenya peut offrir d'autre au vacancier moyen. Les gens risquent de finir par se lasser de photographier des animaux tous les jours.

Un des problèmes de Mona, conclut Geoffrey, c'était son manque d'imagination.

— Cela fait partie de mon nouveau programme. La brochure aura des photos des hôtels de Nairobi. J'insisterai sur le luxe, la grande cuisine, la vie nocturne. Maintenant que Nairobi est enfin une vraie ville, j'ai l'intention de l'inscrire sur la carte du monde.

Mona rit.

— Il ne te manque plus qu'un slogan. Pourquoi pas : « Bienvenue à Nairobi, la Ville du Soleil » ?

Et comme elle rassemblait les tasses à thé vides, elle ne remarqua pas que Geoffrey sortait un petit carnet de sa poche kaki et y inscrivait quelque chose.

— Ne t'en fais pas, dit Geoffrey quelques minutes plus tard, quand lui et Ilse s'apprêtaient à prendre congé dans la cuisine. (Sa main était posée sur le bras de Mona, l'étreignant fortement.) Je te garantis qu'avec Kenyatta coupé de ses assassins de la forêt, ils vont tous se ramener la queue entre les pattes et toute l'affaire s'achèvera en eau de boudin.

Il se rapprocha d'elle, Mona voyait les rides soulignées par le hâle au coin de ses yeux.

— Mais si tu as peur, dit-il à mi-voix, si tu te réveilles en croyant qu'il y a quelqu'un dans la maison, donne-moi un coup de fil et je viendrai aussitôt. Tu me le promets ?

Mona s'écarta de lui et tendit un panier à Ilse.

— Du miel pour les enfants, dit-elle.

Au-dehors, Geoffrey s'arrêta un instant sur le perron et dit :

— Tiens, est-ce qu'on interroge ton boy ?

Mona regarda. Trois *askaris* de la Réserve de Police du Kenya, en chandail bleu marine et fez rouge, étaient à une courte distance dans l'avenue et semblaient examiner les papiers d'identité de David. Geoffrey se tourna vers Mona.

— Je voudrais que tu fasses attention avec ce gars.

Geoffrey détestait David Mathengé et n'en faisait pas mystère. Ses critiques constantes des relations de Mona avec son régisseur africain étaient un sujet de dispute entre eux.

— J'ai confiance en David, dit-elle.

— Tout de même, pendant les semaines qui viennent, jusqu'à la fin de l'état d'urgence, je tiens à ce que tu sois très prudente en ce qui le concerne.

Mona quitta Geoffrey et sa femme en haut de l'escalier qui conduisait à la mission, et continua à suivre l'allée jusqu'à l'endroit où se trouvaient David et les *askaris*.

— Quel est le problème ? demanda-t-elle.

Les soldats étaient courtois et parlaient avec l'accent anglais précis et mélodieux des Africains cultivés.

— Pardonnez-nous notre intrusion, memsaab, mais une ferme a été incendiée ce matin et nous interrogeons tout le monde.

— Une ferme ? Laquelle ?

— Celle de Muhori Gathéru. Ses bâtiments sont détruits, tout son bétail a été tué. C'est l'œuvre des Mau Mau.

— Comment le savez-vous ?
— Ils ont laissé un message. Il disait : « La Terre est à nous. »
— Qu'est-ce que cela signifie ?
— C'est le serment Mau Mau.
— Je peux me porter garante pour M. Mathengé. Ce matin, il se trouvait dans le train de Nairobi.
— Je vous demande pardon, memsaab, mais ce matin le train a été retenu à Karatina pendant un certain temps, et la ferme de Muhori Gathéru se trouve à Karatina.
— Je me porte tout de même garante pour lui. Au revoir.
En repartant vers la maison où elle et David passeraient l'après-midi à étudier les livres de comptes, les factures et la correspondance, et discuteraient du séjour de David en Ouganda, où il avait espéré trouver une solution à leur problème d'invasion par les cochenilles, Mona dit :
— Je ne parviens pas à croire que ces horribles histoires Mau Mau existent ! Vous êtes au courant de l'état d'urgence ?
— Oui.
— Je vais demander à Salomon de nous préparer des sandwichs, dit-elle en entrant dans la cuisine. Oh, mais où est donc ce vieux flemmard ?
— Ne vous en faites pas pour moi, Mona. Je n'ai pas faim. J'ai mangé dans le train.
— Qu'est-ce qui a retardé le train à Karatina ? Vous le savez ?
Il marqua un temps avant de répondre, puis dit :
— Non.
Mona avait annexé le bureau de son père depuis longtemps, enlevant tous ses trophées, médailles et photographies. Des rideaux de chintz remplaçaient maintenant les lourdes tentures, et les lourds fauteuils apportés d'Angleterre trente-trois ans auparavant, commençant à trahir leur long usage, avaient été recouverts de tissu à fleurs de couleur gaie.
Mona s'installa derrière le grand bureau de chêne tandis que David prenait un siège pour s'asseoir à côté d'elle.
— Comment va le bébé ? demanda-t-elle en sortant les registres de leur tiroir.
— Mon fils va très bien.
— Et Wanjiru ?
— Nous nous sommes encore disputés, dit David avec un soupir. Je suis parti depuis deux mois et ma femme me reçoit avec des jérémiades.
Mona était au courant des discussions. Wanjiru désirait que David prenne d'autres épouses pour lui tenir compagnie et

l'aider aux travaux de la *shamba ;* elle souhaitait qu'il se fasse élire à la tête de la cellule locale de la KAU ; elle voulait qu'il quitte la maison de régisseur qu'il avait construite six ans auparavant et habite avec elle et sa mère près de la rivière.

Wanjiru ne cessait de répéter ces exigences et David, Mona le savait, ne cédait pas d'un pouce. Et elle en était ravie. Elle n'avait pas d'opinion sur l'action de la KAU, mais elle était contente qu'il n'ait pas cherché de deuxième et de troisième épouse et qu'il préfère vivre seul dans la petite maison au bord de la route. La raison pour laquelle cela lui faisait plaisir, se disait Mona, c'est que cela laissait David libre de se concentrer sur les travaux de la plantation.

Mais ce que Mona ignorait, et que David n'allait pas lui dire, c'est que sa discussion avec Wanjiru avait porté ce jour-là sur un nouveau sujet. C'était à propos des Mau Mau.

— Christopher est un beau petit garçon, dit-elle en tendant à David la pile de factures qui s'était accumulée. Il n'a guère que sept mois et il commence à ramper !

David regarda Mona et sourit.

— Vous devriez avoir des enfants, dit-il à mi-voix.

Elle détourna les yeux.

— Ce n'est plus de mon âge ! À trente-trois ans, je peux difficilement penser à fonder une famille.

— Toutes les femmes devraient avoir des enfants.

— J'ai la plantation. Cela me satisfait.

Mona détestait que David aborde la question de son célibat. Cette idée d'homme qu'une femme sans enfant était malheureuse l'agaçait ! Le mariage et les enfants, avait-elle essayé de lui expliquer un jour, n'était pas seulement une question d'achat par un homme en échange de quelques chèvres. Il y avait en cause l'amour.

— J'avais peur de devenir comme ma mère, lui avait-elle confié un soir pluvieux d'avril alors qu'ils se réchauffaient près du feu après une journée de travail intensive dans les champs, parce que je la croyais, bien à tort, incapable d'aimer. Puis j'ai découvert que ma mère était une femme qui ne peut aimer qu'un seul homme dans sa vie, mais d'un amour si total et complet qu'il lui est absolument impossible de survivre sans lui.

Mona s'était tue, se rendant soudain compte qu'elle avait été sur le point de parler de choses trop intimes pour les confier. Personne, même pas sa tante Grace, la plus proche amie de Mona et sa confidente, ne savait qu'elle avait décidé d'attendre toute sa vie s'il le fallait, seule et sans enfant, de rencontrer l'homme qu'elle aimerait. Se contenter de n'importe qui simplement pour se marier semblait à Mona ne pouvoir apporter que chagrin et regret.

David avait remonté les manches de sa chemise. Tandis qu'il triait les factures en plusieurs tas, ses bras nus allaient de l'ombre au soleil qui inondait le bureau. Mona s'aperçut qu'elle observait le mouvement des muscles sous la peau brun sombre.

Elle prit la lettre en provenance de Bella Hill. « Chère Lady Mona, lui écrivait le gérant, je regrette de vous importuner avec cette question, mais inévitablement il va falloir faire quelque chose, sinon nous perdrons nos derniers locataires. »

Mona la mit de côté. Elle n'était pas d'humeur à se plonger dans les problèmes apparemment permanents de Bella Hill. Lorsque sa tante Edith était partie vivre à Brighton avec sa cousine, Mona avait fait convertir la grande demeure du Suffolk en appartements, avec des loyers bon marché au lendemain de la guerre. Des soldats démobilisés avaient sauté dessus et s'y étaient installés avec leurs jeunes épouses. Mais comme la prospérité était revenue, en Angleterre, que le niveau de vie s'était amélioré et que les épouses avaient commencé à avoir des enfants, la dégradation avait commencé à se manifester sur le vieux Bella Hill, et la demeure ancestrale qui avait été jadis une source de revenus, quand Bellatu manquait d'argent, était devenue un gouffre. Les locataires se plaignant des défauts de la plomberie, de l'insuffisance de chauffage et désirant des modernisations, déménageaient plus vite que le gérant ne parvenait à les remplacer. Mona savait qu'elle devrait prendre rapidement des dispositions.

Bella Hill...

Elle jeta un coup d'œil à David. Il pianotait des chiffres sur la machine à calculer, la tête penchée, son beau visage était un masque de concentration.

Elle se rappelait trois incidents. Le premier s'était produit dans un couloir obscur de Bella Hill, vingt-quatre ans auparavant, quand une malheureuse petite Mona avait essayé de contraindre la sœur de David, Njéri, à s'enfuir avec elle. Le deuxième était survenu très vite après le premier : Mona et David pris au piège dans la case de chirurgie en feu. Mais le troisième qu'elle se remémorait maintenant en le regardant travailler remontait à sept ans seulement — sept ans, peu après qu'il avait pris l'emploi de régisseur du domaine.

« Je voudrais vous présenter des excuses, David, lui avait

dit Mona. Je me suis montrée cruelle à votre égard quand nous étions enfants, et je le regrette. J'ai failli nous faire tuer tous les deux. »

Une expression que Mona n'avait pas été capable de déchiffrer s'était peinte sur son visage, puis il avait répondu :

« Cela s'est passé il y a longtemps. C'est oublié. »

Comme s'il sentait son regard posé sur lui, David leva les yeux de la machine à calculer et sourit.

— J'ai failli oublier, dit-il en s'écartant du bureau. Je vous ai rapporté quelque chose d'Ouganda.

Elle le regarda fouiller dans la poche de son pantalon et en sortir un gros objet, enveloppé dans un mouchoir. Il le lui tendit.

Intriguée, Mona le prit. Jamais David ne lui avait encore fait de cadeau. Et quand elle déplia le mouchoir et vit ce que c'était, sa perplexité se mua en stupéfaction :

— Mon Dieu, murmura-t-elle. Que c'est beau !

— C'est le collier que font les gens de Toro. Vous voyez ces perles vertes ? Elles sont en malachite du Congo Belge. Et cela, c'est de l'ébène sculptée.

Mona admira le collier qui était étalé dans le rayon de soleil. C'était une création stupéfiante en cuivre poli, morceaux d'ambre, rosettes d'ivoire et maillons de fer — africain et primitif, pourtant étrangement moderne, presque intemporel. Une œuvre d'art, semblait-il à Mona, qu'il serait sacrilège de passer au cou de quelqu'un.

— Tenez, dit David, laissez-moi vous le mettre.

Il passa derrière elle. Elle sentit ses mains qui lui écartaient les cheveux. Elle vit le collier descendre devant ses yeux, le sentit reposer, lourd mais doux, sur sa poitrine. Les doigts de David lui effleurèrent le cou lorsqu'il fixa le fermoir.

— Allez vous voir dans la glace, Mona. Regardez-vous.

Elle n'en crut pas ses yeux. Mona avait l'impression d'être différente, elle n'était plus quelconque mais en quelque sorte métamorphosée. Le collier reposait sur son corsage de coton dans une sorte de gloire qui donnait à tout le reste — la pièce, les meubles, le soleil au-dehors — un air banal.

— Il est magnifique, David, murmura-t-elle.

— Les femmes de Toro portent ces colliers.

— Les femmes de Toro sont belles. Sur moi, il a l'air déplacé.

— Dès que je l'ai vu, j'ai pensé à vous, Mona.

Elle se représenta les femmes de Toro, en Ouganda, avec leurs longs cous sombres et leurs têtes fières.

— Je ne le mets pas en valeur, dit-elle. Je n'ai pas la peau qu'il faut.

David dit très doucement :

— Votre peau va très bien avec, Mona.

Elle regarda le reflet de David dans le miroir. Il était tout près derrière elle. Leurs yeux se rencontrèrent dans le miroir.

Quand Mona se retourna pour le remercier, le silence fut rompu par l'éclat soudain d'une voix à la radio.

C'était l'émission de midi en langue kikuyu. Dans la cuisine, Salomon venait d'ouvrir la radio. Le speaker annonçait le meurtre d'Abel Kamau et de son épouse européenne par les Mau Mau. Leur fils de quatre ans, poursuivit-il, qui avait été gravement blessé aux yeux, venait de mourir au King George Hospital.

45

Wanjiru et sa belle-mère chantaient en travaillant. C'était une chanson simple avec les mêmes paroles qui revenaient sans cesse et elles la chantaient en plaisante harmonie, la modifiant, l'improvisant à mesure. C'était un hymne à Ngaï, le dieu qui habitait sur le mont Kenya ; c'était une prière pour l'*uhuru,* la liberté.

Le cœur de Mama Wachéra était chargé de tristesse par cette journée fraîche à l'air vif, avant le début des pluies. Tout en arrachant des patates douces dont elle enlevait les feuilles pour nourrir ses chèvres, la vieille guérisseuse songeait au départ imminent de sa belle-fille. Elle n'avait pas envie que l'épouse de son fils s'en aille, mais Mama Wachéra n'essaierait pas de la retenir. Il y avait un appel dans le cœur de la jeune femme, la mère de David le savait, un appel que seule Wanjiru entendait et auquel elle se devait de répondre. Mama Wachéra avait déjà supporté la solitude ; elle la supporterait de nouveau.

Dans quelle situation étrange s'était mis le monde ! Même son Sac des Questions n'aurait pas pu prédire pour Mama Wachéra la guerre d'extermination qui déchirait maintenant le pays kikuyu ; même le plus prophétique de ses rêves n'aurait pas pu lui montrer ce combat du frère kikuyu luttant contre son frère kikuyu, sous le regard des autres tribus du Kenya. Comme les ancêtres devaient se lamenter, songea Mama Wachéra, de voir les guerriers de la forêt descendre de la montagne pour tuer leurs frères africains et de voir les camarades de ces hommes assassinés se venger en pourchassant et en torturant tous ceux qu'ils soupçonnaient de complicité avec les hommes de la forêt. Comment cette folie avait-elle pu survenir ?

Mama Wachéra se redressa et leva les yeux vers la crête de colline couverte d'herbes qui dominait la rivière.

Tout avait commencé avec l'arrivée de l'homme blanc, conclut-elle. C'était *eux* la cause de cette terrible guerre qui détruisait sa tribu. Ils étaient arrivés il y avait bien des récoltes avec leurs chariots bâchés et leurs femmes à la peau de lait, et ils avaient commencé à répandre leur poison. Quand cela s'achèverait-il ? se demanda la vieille guérisseuse. Quand les Kikuyus cesseraient-ils de tuer des Kikuyus pour s'unir et chasser l'homme blanc du Kenya ? Quand comprendraient-ils l'insanité et la honte de cette guerre stérile et associeraient-ils leur force de combat contre leur seul véritable ennemi ?

Mama Wachéra songea à son fils et se demanda de quel côté allaient les sympathies de David.

Comme de nombreux Kikuyus, il avait décidé de travailler pour l'homme blanc et de vivre dans une maison de pierre à côté de son travail, laissant sa femme travailler à la *shamba.* Wanjiru avait plus de chance que la plupart, car David n'habitait pas loin de sa hutte. Les femmes à plaindre étaient celles que leurs maris avaient quittées pour des emplois à Nairobi, où ils vivaient dans des appartements, buvaient de la bière européenne et couchaient avec des prostituées. Ces pauvres épouses ne voyaient presque jamais leur mari, parfois pendant des années, alors que David rendait visite à Wanjiru une fois par semaine, il passait la nuit dans sa hutte et mangeait le repas préparé par sa femme et sa mère. Au cours de ces visites, David Mathengé honorait ses femmes de cadeaux d'*américani,* de sucre et d'huile. À bien des égards, la mère de David le reconnaissait, son fils se comportait en bon Kikuyu.

Mais comment, s'étonna-t-elle en voyant passer un camion sur un des chemins de terre au milieu des caféiers Treverton, pouvait-il travailler pour la femme même dont le père avait volé sa terre ? C'était un mystère que Mama Wachéra ne parvenait pas à sonder. Mais comme elle était une mère respectueuse et attentive à ne pas se mêler de la vie privée de son fils, jamais elle n'aurait envisagé de le lui demander.

Elle se rendit de l'autre côté de la *shamba,* où Wanjiru cueillait des feuilles de citrouille, et elle vérifia ses bananiers.

Elle savait que sa belle-fille avait prêté un serment Mau

Mau. Bien des années auparavant, la nuit d'un orage terrifiant, alors que sa grand-mère gisait à l'agonie et attendait que les hyènes dévorent sa chair, Wachéra qui alors était jeune avait « mangé » un serment similaire. Jurer ainsi faisait partie du mode de vie des Kikuyus ; c'était une pratique aussi ancienne que les brumes du mont Kenya. Sans serments, les Enfants de Mumbi cesseraient d'exister. Mais le serment mangé par Wanjiru avait été étrangement modifié. Pour des raisons indiscernables par Mama Wachéra, sa belle-fille avait prêté serment en tenant à la main une Bible *mzungu;* elle avait mangé la terre, mais engagé également sa parole sur Jéhovah.

Qu'est-ce que cela signifiait ? Pourquoi cette altération du rite sacré de la tribu ?

Mama Wachéra craignait que ces maudits Mau Mau détruisent à jamais les coutumes anciennes. Ces hommes de la forêt, estimait-elle, n'étaient pas d'authentiques, d'honorables Fils de Mumbi ; mais précisément ce que les hommes blancs les appelaient, des « bandits ». La discipline tribale s'effritait, la société kikuyu se désintégrait et des jeunes gens dévoyés se moquaient de leurs aînés.

Ils ne se battent pas pour la terre, songeait Mama Wachéra en remplissant son panier. *Ils se battent pour faire le mal et pour défier les ancêtres.*

L'hymne s'acheva quand les deux femmes retournèrent à leurs huttes, desquelles s'élevaient les deux spirales jumelles de fumée des feux de cuisine. Wanjiru savait que sa belle-mère n'approuvait pas sa décision de partir. Elle savait que, sur ce problème, jamais elles ne tomberaient d'accord, parce que Mama Wachéra était une vieille femme, âgée de plus de cent vingt récoltes de son propre aveu, donc soixante ans selon le calcul de Wanjiru, et elle vivait dans le passé. Quand elles discutaient de la récupération par les Enfants de Mumbi de la terre qui leur appartenait de droit, Mama Wachéra ne parlait jamais que de *thahu.*

— Ils ont été maudits, répétait-elle à Wanjiru. Je leur ai signifié qu'ils ne connaîtraient que malchance et malheur, jusqu'à ce que la terre soit rendue aux Africains. Et tu vois les malheurs qu'ils ont eus. Ils sont tous morts sauf deux et n'ont aucun fils pour hériter la terre.

Ces idées désuètes et cette obstination agaçaient Wanjiru, mais ayant été élevée à se montrer réservée et respectueuse en présence de ses aînés, elle ne discutait pas. *Combattre,* voilà la seule chose en quoi croyait Wanjiru. Seule la guerre rendrait à l'Africain la terre usurpée. « L'arbre de la liberté s'arrose avec du sang », avait-elle dit à sa belle-mère.

Mais Wanjiru ne se battait pas seulement pour récupérer la terre. Comme beaucoup de femmes qui se ralliaient aux Mau Mau, Wanjiru se battait pour les droits de sa fille. Elle envisageait un avenir dans lequel Hannah aurait la liberté de fréquenter l'école sans devenir l'objet des brimades de garçons cruels, comme Wanjiru en avait fait la triste expérience dans son enfance ; la liberté de travailler hors de la *shamba,* au coude à coude avec les hommes ; la liberté de choisir et de poursuivre une carrière honorable ; la liberté de marcher à côté de son mari comme son égale et non derrière comme sa bête de somme. Les mères kikuyus, estimait Wanjiru, devaient ce combat à leurs filles.

— Prends de l'écorce d'acacia, recommandait maintenant Mama Wachéra à la femme de son fils en voyant Wanjiru se préparer à partir. L'écorce des plus jeunes branches. Roule-la dans le sel et suce-la. Cela guérit les maux d'estomac et la diarrhée.

Wanjiru écouta tandis que sa belle-mère parlait. Elles étaient en train de garnir un panier de remèdes et de charmes curatifs. Par-dessus, elles placèrent des arrowroots bouillis et des patates douces froides, quelques bananes et de la farine de maïs. Quand le panier fut plein, Wanjiru l'enveloppa dans la couverture qui allait lui servir de sac, coinça une grosse calebasse d'eau à côté, puis glissa sur le côté les balles et les trois pistolets qu'on lui avait remis en secret le matin même. Enfin elle ajouta des lettres et des messages écrits à la hâte par des femmes dont le mari, combattant de la liberté, se trouvait dans la forêt.

Quand tout fut prêt, Wanjiru enfila deux robes sur celle qu'elle portait déjà, enroula un *kanga* rouge vif sur sa tête rasée et plaça avec l'aide de sa belle-mère la lourde couverture-sac sur son dos. Une courroie sur son front maintenait le fardeau en place, ce qui lui laissait les mains libres pour porter Christopher, qui était attaché devant sa poitrine dans un *kanga,* et Hannah qu'elle tiendrait à cheval sur sa hanche.

Devant la hutte, Mama Wachéra s'arrêta pour bénir cette fille qu'elle pensait ne jamais revoir.

— Je prendrai soin de David à ta place, dit-elle.

— David n'est plus mon époux, dit Wanjiru.

Puis elle ajouta les paroles par lesquelles, selon la tradition kikuyu, une femme pouvait dissoudre son mariage :

— *Je le répudie.* Ne crains pas pour moi, car je ne suis née qu'une fois, et je ne mourrai qu'une fois.

Mama Wachéra la regarda tristement tandis que, ployée sous le poids de sa charge, avec un bébé au sein et un enfant sur la hanche, la jeune et forte Wanjiru traversait la rivière et finissait par disparaître hors de vue.

Elle avançait sous le soleil de l'après-midi, le long d'un sentier coupant en deux des champs récemment plantés qui attendaient les pluies. Wanjiru marchait dans la chaleur et la langueur du jour, dans le bourdonnement des mouches sous le soleil ardent, dans la poussière qui s'élevait sous ses pieds nus. Christopher, qui avait presque un an et était très lourd, dormait contre le sein rassurant de sa mère, tandis que la tête d'Hannah, âgée de trois ans, dodelinait sur son épaule.

Il ne se passa guère de temps avant que Wanjiru soit rejointe sur le sentier par une femme plus jeune qui portait quatre robes, un *kanga* jaune sur la tête, et un baluchon plein de nourriture et d'eau sur son dos. Elle sortit de la brousse et emboîta le pas à Wanjiru sans un mot. Plus tard, elles rencontrèrent la vieille Mama Gachiku, la mère de Njéri — qui avait été sortie de son ventre par une memsaab et qui s'était pendue dans le belvédère d'une autre memsaab. Mama Gachiku, comme Mama Wachéra, était la veuve du légendaire Chef Mathengé, et elle portait la machette kikuyu, appelée *panga*.

Peu de temps après, elles arrivèrent à un torrent. Après s'être aidées mutuellement à déposer leurs fardeaux, les femmes s'agenouillèrent pour boire. Elles rafraîchirent leur crâne rasé dans le courant impétueux puis enroulèrent de nouveau leur *kanga* en turban. Mama Gachiku et la plus jeune des femmes se partagèrent une patate douce pendant que Wanjiru nourrissait ses deux enfants au sein.

Elles reprirent leurs fardeaux et continuèrent à monter sur la pente douce de la montagne, sans parler, concentrées sur leur destination. D'autres femmes apparurent sur le sentier, si bien qu'au moment où elles s'enfoncèrent dans des bois profonds, elles étaient douze.

Elles suivaient Wanjiru qui avait emprunté ce chemin bien des fois au cours de ses missions secrètes pour apporter clandestinement de la nourriture et des armes aux combattants de la liberté qui se cachaient dans les bois. Quand les femmes arrivèrent près d'une cascade, Mama Gachiku cueillit une feuille d'arrowroot, la roula en cornet, la remplit d'eau et la passa à ses compagnes.

Elles poursuivirent rapidement leur marche, silencieuses et résolues, chacune entraînée par la vision qui la stimulait. Mama Gachiku revoyait le corps de sa pauvre fille pendu à une solive dans la clairière aux eucalyptus — Njéri, ensorcelée par les façons de l'homme blanc et acculée à une mort honteuse et déshonorante. Nauta voyait le visage de son mari, assommé à force de coups par des hommes de la Réserve de Police du Kenya. Njambi et Muthoni étaient enflammées par le souvenir du meurtre de leur père des mains de jeunes blancs kenyans. Et Nyakio, la plus jeune, était poussée par le souvenir de son viol brutal par quatre soldats anglais ivres. Les douze femmes avaient prêté serment à Wanjiru ; elles avaient toutes juré de tourner le dos à leur ancienne vie et de combattre pour la liberté. Elles avaient toutes pris la décision sur l'honneur de se battre jusqu'à ce que le dernier homme blanc soit chassé du Kenya. et même si nécessaire de mourir en essayant. Chacune savait que le serment prononcé les liait corps et âme à leur parole. Si l'une d'elles trahissait cette confiance, si l'une donnait des renseignements aux autorités sur le camp secret de la forêt, si l'une désobéissait à un ordre du général en chef, alors elle mourrait d'une mort atroce.

À mesure que le jour s'assombrissait et se refroidissait, que la forêt devenait tout ombre et masse, les femmes se rapprochèrent les unes des autres et se guidèrent sur le turban rouge de Wanjiru comme si c'était un phare.

Enfin, avant que la lumière disparaisse complètement de la forêt, Wanjiru fit arrêter son groupe à la base d'un très vieux et très gros figuier. Sans rien dire, elle déposa son fardeau et ses enfants, aida les autres à faire de même, puis alla s'agenouiller au pied de l'arbre.

Les autres la rejoignirent. Les femmes étaient agenouillées en cercle, le front appuyé contre le tronc, et elles psalmodièrent une prière à Ngaï, le dieu de leurs ancêtres. Puis Wanjiru se redressa, sur ses talons, prit une poignée de riche terre noire, la regarda et dit :

— La terre est à nous.

Ses compagnes firent de même jusqu'à ce que douze voix psalmodient à voix basse :

— La terre est à nous. La terre est à nous.

Enfin, juste avant que le dernier rideau de la nuit tombe sur les bois, Wanjiru prit un peu de terre dans sa bouche et la mastiqua gravement. Ses sœurs d'armes l'imitèrent. Elles mangèrent la terre pour renouveler leur serment, et jurèrent de nouveau que la terre était à elles.

Quand la pancarte fut dévoilée, Mona ne fut pas surprise de voir qu'elle annonçait : BIENVENUE À NAIROBI, LA VILLE DU SOLEIL.

Les trois cents personnes présentes à la cérémonie, debout à l'ombre ou assises sur des chaises pliantes au bord de cette route paisible en lisière de la Réserve Naturelle de Nairobi, applaudirent et félicitèrent Geoffrey Donald de son ingéniosité. Le slogan donnait incontestablement une meilleure image internationale de leur capitale, déclarèrent-ils tous, et l'on en avait particulièrement besoin avec la presse étrangère qui montait en épingle cette affaire de Mau Mau. Cela faciliterait les relations commerciales avec les agences de voyages d'outre-mer.

Mona jeta un coup d'œil discret à sa montre. Elle détestait ces rites organisés mais savait qu'ils jouaient un rôle bien nécessaire dans la colonie déchirée. D'une part, participer à une cérémonie familière en période de troubles créait parmi les colons blancs un sentiment d'unité et de stabilité. Ensuite, ces événements devaient démontrer que les relations interraciales étaient bonnes au Kenya malgré les Mau Mau, et que la majorité des Africains étaient des gens disciplinés et soumis aux lois. Près de la moitié de l'assistance se composait d'indigènes, assis par terre ou appuyés à des bâtons de marche pour écouter l'allocution de Geoffrey Donald. Il y avait dans la masse plusieurs chefs éminents, de fiers anciens Kikuyus caractéristiques par le mélange mi-occidental mi-africain de leur tenue. Comme le vieil et majestueux Irungu, le chef puissant et influent qui avait convaincu les hommes de la tribu d'assister à la cérémonie et d'ainsi démontrer leur sympathie à l'égard des blancs. Irungu portait un short kaki, une nappe à carreaux sur les épaules, et ses pieds étaient chaussés de sandales découpées dans un pneu. Il avait dans les lobes de ses oreilles les bâtons traditionnels ; à son cou pendaient une gourde de tabac et une lanière soutenant son nécessaire à priser. Il avait mis une montre-bracelet à chaque bras et il était assis à côté du vice-gouverneur, en complet bleu marine et cravate d'Eton. Les Mau Mau semblaient vraiment le dernier des soucis de ces augustes chefs.

Mona regarda de nouveau l'heure, sans prêter attention au discours de Geoffrey. Elle chercha David des yeux à la lisière de la foule, mais elle ne vit que des « tommies », des soldats anglais armés de mitraillettes Sten, formant un grand cercle protecteur autour de l'assistance. Tout rassemblement d'Européens et d'Africains loyalistes constituait un objectif de choix pour les Mau Mau, estimait-on, bien que depuis la déclaration de l'état d'urgence, cinq mois auparavant, aucun incident de ce genre ne se soit produit jusqu'à présent.

Il était midi. Mona se demanda où était David.

Elle aurait aimé ne pas être obligée d'assister à ces cérémonies, mais parce qu'elle était une Treverton et que les Blancs du Kenya étaient enchaînés par leurs précieuses traditions, elle n'avait pas le choix. Des années auparavant, ses parents avaient comblé la soif des colons pour l'aristocratie. C'était maintenant à Mona et à Grace de remplir le rôle. Elle détestait qu'on l'appelle Lady Mona, mais cela plaisait aux femmes de planteurs de le faire. Plus encore, par cette journée torride avec des rafales de vent desséchant, elle détestait le tailleur de gabardine bleu roi qu'il lui fallait porter, avec sa veste ajustée à la dernière mode, aux manches étroites, la taille serrée et une large jupe évasée. Pour compléter son inconfort, elle avait enfilé des gants blancs et était munie d'un sac de plastique blanc, tandis que ses pieds étaient comprimés dans des escarpins blancs absolument pas pratiques. Elle avait hâte de rentrer pour enfiler un pantalon et une chemise ample.

Elle sentit les personnes autour d'elle commencer à s'impatienter. Une petite toux ici, une mouche chassée là, et beaucoup d'éventails improvisés tentant de rafraîchir des visages échauffés. Les pluies de novembre n'étaient jamais venues ; puis celles de février avaient manqué le rendez-vous. On était arrivé en mars sans signe ni odeur de pluie imminente ; Geoffrey avait mal choisi son moment pour démontrer son talent d'orateur intarissable, se dit-elle en songeant à ses caféiers qui flétrissaient sous le soleil. Le sujet de son discours peu inspiré était le revenu qui serait tiré des dollars et des livres sterling des touristes, et apparemment il allait réaliser cet exploit à lui tout seul, en charroyant des vacanciers de classe moyenne dans des safaris d'aventures africains.

Mona ferma ses oreilles à la voix monotone de Geoffrey, qui lui semblait chaque année plus nasillarde et pontifiante, et elle songea à David.

Il était venu à Nairobi en voiture avec elle, ce matin, un trajet qui ne prenait en moyenne guère plus de trois heures avec la nouvelle route empierrée depuis Nyéri. Ils ne s'étaient arrêtés que deux fois pour des crevaisons et une fois parce que l'eau bouillante du radiateur débordait. Elle lui avait laissé la Mercedes pendant qu'elle se rendait à la cérémonie d'inauguration avec Geoffrey et Ilse.

David utilisait la Mercedes pour chercher sa femme. Comme c'était inhabituel de voir un Africain au volant d'une si belle voiture et qu'il serait sûrement arrêté et interrogé, Mona lui avait remis une lettre d'autorisation. Mais il aurait déjà dû revenir à cette heure-ci ; elle espéra qu'il n'avait pas eu d'ennuis. Certains miliciens, anciens combattants africains qui s'étaient portés volontaires pour combattre les Mau Mau et qui abusaient de leurs privilèges temporaires de policiers avec arrogance des méthodes dignes de la Gestapo, étaient connus pour d'abord passer à tabac puis poser des questions. Mona essaya de se rassurer en se disant que David était capable de se défendre.

Elle n'en demeurait pas moins inquiète. En fait, Mona commençait à s'inquiéter de plus en plus au sujet de David. Les incidents Mau Mau se multipliaient. Au lieu de tourner en eau de boudin comme l'avait prédit Geoffrey en octobre, la campagne de terrorisme s'était amplifiée, et la majorité des cibles étaient des loyalistes — des Africains qui travaillaient pour des Européens ou étaient leurs amis.

David était venu à Nairobi pour chercher Wanjiru, qui avait disparu mystérieusement quelques jours plus tôt avec les deux enfants.

Depuis la déclaration de l'état d'urgence, les routes du Kenya voyaient des déplacements massifs, inhabituels et inexplicables, de femmes et d'enfants. Mona les avait regardés cheminer péniblement le long des chemins poussiéreux qui longeaient sa plantation, des femmes silencieuses en marche avec des fardeaux sur le dos et des enfants accrochés à leurs jupes. Où allaient-elles ? se demandait tout le monde. Qu'est-ce qui avait déclenché cet exode bizarre ? « Quelque chose se prépare » était la conjecture. Quoi qu'il en fût, des milliers de femmes affluaient dans Nairobi, la majorité d'entre elles effrayées par les Mau Mau et espérant retrouver leur mari dans la capitale. David y était allé dans le faible espoir que Wanjiru s'était jointe à cet exode et qu'il la trouverait là-bas.

Quand la foule rit à un bon mot de Geoffrey, Mona fut sortie de ses réflexions. Elle se rendit compte soudain qu'elle avait passé la matinée à penser à David. Encore une fois.

Elle n'aurait su dire depuis quand David Mathengé avait

commencé à s'insinuer ainsi dans ses pensées — apparaissant sans y être invité — sous forme d'une image de son beau sourire ou du souvenir d'une phrase qu'il avait dite. Mona, en train de lire un livre ou d'arranger des fleurs, se retrouvait en train de songer à lui. En fait, quand elle y réfléchissait sérieusement, cela semblait avoir commencé depuis longtemps.

Quand elle scrutait sa mémoire, Mona y trouvait David jusque dans son enfance. Petite fille, elle lui en avait voulu de l'attention que sa mère accordait à sa sœur; adolescente, Mona l'avait vu se muer en agitateur politique arrogant ; puis, elle lui avait fait porter la responsabilité de la mort de son frère ; et dernièrement elle avait entendu parler des actes héroïques de David en Palestine, et de la décoration qui lui avait été décernée. Il avait assisté chaque jour au procès de sa mère puis il avait pris ce poste de régisseur de sa plantation, qu'il gérait depuis ces sept dernières années. Cela avait été pour Mona un certain choc quand elle s'était aperçue à quel point le fils de Wachéra faisait partie de sa propre existence ; en fait, Mona avait découvert avec une légère surprise qu'il n'y avait jamais eu vraiment une période de sa vie où elle n'avait pas pensé peu ou prou à David Mathengé.

Mais elle se rendait compte à présent, avec une consternation grandissante, que ces pensées étaient en train de se changer en sentiments. Et eux aussi, elle le découvrit après examen, existaient déjà en elle depuis longtemps.

Deux girafes, qui broutaient un acacia voisin à la cime toute plate, s'interrompirent pour observer la foule des humains. Mona les regarda qui demeuraient immobiles, leurs grands corps dégingandés se découpant sur des plaines jaunes s'étendant à perte de vue vers des collines bleu lavande ; puis elles se détournèrent et s'éloignèrent. Elles semblaient manifestement indifférentes à la présence humaine. Peut-être ces deux-là n'avaient-elles pas appris à craindre les humains, conclut Mona, puisqu'elles vivaient dans une réserve protégée. La chasse et le braconnage étaient interdits dans cette région, par suite de la campagne menée avec acharnement par Grace Treverton pour la sauvegarde des animaux sauvages du Kenya. C'est dans ces réserves que Geoffrey Donald conduisait ses petits groupes de vacanciers, leur garantissant de bonnes occasions de photographier des lions, des girafes, des éléphants et des zèbres.

Mona concentra de nouveau son attention sur la route et sentit son inquiétude augmenter. David était en retard.

Il conduisait lentement, en redoutant par avance le prochain barrage routier, le prochain interrogatoire mené par des gardes nationaux arrogants à moitié illettrés qui aimaient malmener les hommes comme lui.

Les mains de David se crispèrent sur le volant au point que ses doigts s'enfoncèrent dans ses paumes. Il avait passé des heures à chercher, mais n'avait pas trouvé Wanjiru

En revanche, ce qu'il avait découvert l'avait épouvanté.

Des milliers de femmes sans foyer et sans mari vivaient dans les quartiers africains de Kariorkor, Bahati et Shauri Moyo, entassées dans de lugubres logements d'une seule pièce sans sanitaires ni cuisine, se débrouillant avec l'eau des fontaines installées dans la rue, vivant dans le dénuement et la crasse parce qu'elles avaient quitté leurs fermes, où elles se sentaient vulnérables aux attaques des Mau Mau, pour la sécurité imaginaire de la grande ville. Au cours de ses recherches, David avait appris comment la majorité de ces femmes désemparées parvenaient à survivre : en s'attachant à des hommes en échange de faveurs sexuelles. Un système de laissez-passer avait été instauré à la déclaration de l'état d'urgence : il était destiné à aider les autorités à contrôler les déplacements des gens et à identifier et capturer éventuellement des rebelles. Tout habitant de Nairobi était requis d'obtenir un laissez-passer et les conditions nécessaires pour l'obtenir étaient pour un homme la preuve qu'il avait un emploi, pour une femme qu'elle avait un soutien. Toute femme qui ne pouvait pas présenter un mari ou un autre homme responsable d'elle — un frère ou un père — était étiquetée prostituée, arrêtée et déportée vers son village d'origine où elle ne possédait plus de foyer. Comme aucune ne voulait retourner dans les *shambas,* les femmes se cachaient et vivaient dans la crainte d'être découvertes ou bien se débrouillaient d'une manière ou d'une autre pour trouver un « mari ».

Horrifié par la saleté, la puanteur et l'existence misérable de ces femmes abandonnées et sans protection, David avait parcouru les taudis et à chaque expression affolée ou morose qu'il avait rencontrée il avait prié pour ne pas trouver là sa femme et ses enfants.

Finalement, il ne les avait pas trouvés et il roulait à présent sur la route sortant de la ville pour rejoindre Mona près de la nouvelle pancarte de Geoffrey Donald.

Était-ce le moment, se demanda David en concentrant sa colère et sa frustration sur cet homme qu'il détestait, de lancer des slogans pour attirer les touristes? Alors que Jomo Kenyatta, un homme innocent et pacifique aux yeux de

David, était soumis à un procès injuste et une détention cruelle, alors que vingt mille enfants africains se trouvaient sans école parce que les Anglais avaient fermé les Écoles Indépendantes des Kikuyus, alors que des gens étaient assassinés dans leur hutte, que des femmes étaient terrorisées et violées par des gardes nationaux indisciplinés, et se donnaient à des inconnus en échange de protection, alors que des Kikuyus tuaient des Kikuyus et que le Kenya entier se désintégrait et se couvrait de honte aux yeux du monde entier. Était-ce bien le moment de faire des discours et d'inaugurer des pancartes ? *Mon Dieu,* se dit David, *ce type doit être aussi bête qu'il le paraît.*

Mais David savait que Geoffrey Donald n'était pas stupide ; il était très intelligent, au contraire, par conséquent devait être surveillé avec une grande circonspection. C'était là l'une des raisons pour lesquelles David détestait Geoffrey. Une autre était l'amitié étroite entre Geoffrey et Mona. Cet homme essayait de diriger la vie de Mona, David l'avait remarqué, lui donnant à tout bout de champ des conseils inutiles ou critiquant sa façon de faire ; Mona, pour des raisons qui échappaient à David, le tolérait. Il n'aimait pas non plus le fait que Geoffrey était toujours à Bellatu et qu'il avait l'air de passer plus de temps avec Mona qu'avec sa propre femme. Mais ce que David détestait le plus en Geoffrey Donald, c'était la façon dont il regardait parfois Mona.

David se rappelait maintenant que Mona et Geoffrey avaient galopé jadis sur le terrain de polo. Il se rappelait le jour où Mona était tombée de cheval et où Geoffrey l'avait prise dans ses bras et l'avait embrassée.

Les mains de David se crispèrent plus fortement sur le volant.

Un assez grand nombre de soldats africains stationnés à l'étranger pendant la guerre avaient eu des relations intimes avec des blanches — surtout des prostituées, mais aussi des Européennes curieuses de connaître des Africains, et qui n'avaient pas grandi avec les préjugés raciaux de la plupart des blanches du Kenya. Ces soldats s'étaient beaucoup vantés. Les Européennes, déclaraient-ils à leurs camarades dans les casernes réservées aux noirs, réagissaient davantage que les Africaines et étaient plus faciles à satisfaire parce qu'elles n'avaient pas subi l'opération de l'*irua.* En outre, elles appréciaient les talents amoureux du guerrier africain.

Tout cela avait indigné David, dont le cœur et le corps brûlaient alors pour Wanjiru. Et après la guerre, il avait désapprouvé les hommes qui avaient ramené des épouses européennes. C'était une insulte à leurs sœurs africaines, avait-il dit.

Quand il aperçut finalement la foule au bord de la route, David cessa d'appuyer sur le champignon et laissa rouler la voiture jusqu'à ce qu'elle s'arrête. Il chercha des yeux Mona dans la foule — qui, remarqua-t-il avec rancœur, était nettement divisée entre Africains et blancs, les premiers assis par terre sous le soleil brûlant, les autres sur des chaises à l'ombre. Il s'était laissé dire que plus tard des rafraîchissements seraient servis à l'Hôtel Norfolk, avec les blancs à l'intérieur, dans la fraîcheur de l'élégante salle à manger, et les « indigènes » sur la pelouse. Autant pour l'intégration raciale, conclut-il avec amertume.

Il aperçut Mona, assise à côté de l'estrade.

Tandis qu'il la regardait, David se rappela de nouveau cette matinée d'il y a seize ans où il avait vu Mona et Geoffrey galopant sur le terrain de polo. Il se les représentait à présent, la façon dont ils s'étaient tenus enlacés dans les bras l'un de l'autre, leurs bouches jointes. Les soldats kikuyus qui avaient découvert le baiser auprès des femmes d'Europe avaient déclaré que c'était le plus beau cadeau que la civilisation ait apporté à l'Afrique.

David observa Mona qui parcourait discrètement des yeux les abords de la foule. Quand elle croisa le regard de David, sa bouche esquissa un sourire bref. Il crut lire une expression de soulagement sur ses traits, comme si elle s'était inquiétée pour lui.

Il maudit les sentiments qu'il éprouvait pour elle ; il les ressentait comme une trahison à l'égard de son peuple.

Tout en écoutant les applaudissements qui suivirent le discours insipide de Geoffrey Donald, David essaya de nouveau, comme il l'avait fait bien souvent, d'analyser et de comprendre son désir croissant pour Mona Treverton et par conséquent de trouver comment s'en débarrasser.

Instruit, intelligent, David Mathengé était convaincu que n'importe quelle difficulté pouvait être surmontée et résolue quand on s'y attaquait avec application, d'une façon rationnelle. C'était ce qu'il disait aux réunions de la KAU, exhortant ses camarades à ne pas s'engager dans la voie du terrorisme, expliquant que ce genre d'action, comme il l'avait vu de ses yeux en Palestine, provoquait seulement une riposte de même nature, avec pour résultat une guerre interminable. « Nous devons obtenir le respect de toutes les autres nations du monde, répétait-il. Si nous devons nous gouverner nous-mêmes, en toute indépendance, comme les autres pays, il faut que ce soit dans l'honneur. Le mouvement Mau Mau est sans honneur. Je ne veux pas d'une *uhuru* obtenue par de tels moyens. Il ne faut pas laisser triompher les Mau Mau. » C'était la seule manière, pensait-il, de débarrasser le Kenya d'un mal indésirable. C'est pourquoi David espérait de même se débarrasser de son indésirable désir pour Mona.

À quand remontait ce désir ? Il l'ignorait. La naissance de cette deuxième faim non souhaitée datait peut-être de la mort de son amour pour Wanjiru, six ans auparavant, quand elle avait chassé de son cœur l'amour qu'il avait pour elle par sa voix cassante, ses paroles acides, son mépris patent pour sa foi en une révolution pacifique. Peut-être s'était-il trouvé vulnérable quand son cœur, soudain vidé de désir et d'affection pour son épouse, était resté froid, vacant. Mais pourquoi Mona Treverton ? s'étonnait-il. Une femme qui était, en fait son ennemie. Pourquoi n'avait-il pas accordé son affection à une des nombreuses femmes sans mari du village, dont toutes avaient été désireuses de lui plaire et dont bon nombre étaient jeunes et jolies ? Pourquoi cette femme blanche, qui était trop pâle et trop maigre selon le goût africain, qu'il avait détestée à un moment donné, qui vivait une existence complètement étrangère à la sienne, et qui ne connaissait ni ne comprenait vraiment la façon de vivre des Kikuyus ?

Je pourrais le lui enseigner, lui chuchotait son cœur traîtreusement.

Ce n'était pas si simple, toutefois. Des obstacles insurmontables s'opposaient aux illusions scandaleuses dont se berçait David.

Les Kikuyus qui épousaient des blanches étaient bannis de la tribu et déshérités, car pour un Kikuyu coucher avec une femme qui n'a pas été excisée était tabou. Il attirait la honte sur lui-même et les siens, il déshonorait le nom de son père et ses ancêtres. David savait que sa mère serait anéantie si elle soupçonnait ses sentiments pour une femme blanche — cent fois plus encore parce que cette blanche-là se trouvait parmi ceux qu'elle avait maudits un soir de Noël près de trente-quatre ans auparavant. David martela le volant.

C'était tellement compliqué ! David respectait et craignait le *thahu* de sa mère, et il avait foi en son pouvoir. Il croyait Mona irrémédiablement condamnée, comme son frère et ses parents l'avaient été. Il désirait sauver Mona de la malédiction de sa mère. Mais défier Wachéra serait se déshonorer lui-même et avilir ses ancêtres. Il ne vaudrait alors pas mieux qu'un Mau Mau et ne serait plus digne de vivre.

Il existait un obstacle encore plus grand à sa folie. C'était la question des sentiments de Mona à son égard.

Le jour où elle l'avait engagé comme régisseur de sa plantation, Mona s'était excusée de sa cruauté envers lui pendant leur enfance. Elle l'avait fait d'une voix tellement sincère, avec un sourire si chaleureux, en lui tendant la main — geste pour lequel un Africain pouvait se retrouver en prison s'il avait eu quelqu'un pour témoin — que la rancœur de David et ses projets de vengeance en avaient été ébranlés. Au cours des sept années qui s'étaient écoulées, elle l'avait traité en ami et en égal. Les moments où il avait eu conscience de leur différence de race étaient rares et éloignés les uns des autres. Mais sans doute, se dit-il en regardant la foule se disperser maintenant que l'allocution de Geoffrey était terminée, sans doute David n'était-il pas autre chose pour Mona : un ami !

Enfin, il y avait la barrière de la couleur.

C'est ce qui condamnait au ridicule son désir fou pour Mona et lui donnait la conviction que jamais elle ne verrait en lui autre chose qu'un ami, le fait que, tout simplement, les Africains kenyans et les blancs Kenyans ne franchissaient jamais cette barrière cruciale.

David fit démarrer le moteur et se rapprocha. Il se gara, descendit et attendit que Mona ait fini de parler à Geoffrey. Les blancs se serraient la main et se félicitaient copieusement tandis que les Africains se dispersaient lentement et commençaient la longue trotte échauffante de retour au Norfolk pour les rafraîchissements gratuits qui leur étaient offerts.

Geoffrey accompagna Mona à sa voiture, la main posée sur son bras, l'un et l'autre riant. Quand il vit David, Geoffrey dit à voix haute :

— Franchement, Mona, tu ne crois pas que c'est plutôt exagéré de laisser ton boy conduire ta voiture ?

Elle s'arrêta et dégagea son bras.

— Je regrette que tu aies dit cela, Geoff. Et je te saurai gré d'éviter ce genre de réflexion en ma présence à l'avenir.

Il la regarda s'éloigner, avec une sorte de rage froide sur son visage.

— Je suis désolée, David, dit Mona sobrement. Désolée que vous ayez entendu ça.

— Il est libre de ses opinions, du moment que je suis libre des miennes.

Elle sourit. Puis se rappelant la raison pour laquelle il avait eu besoin de la voiture, elle lui demanda quel succès il avait eu à Nairobi.

Il regarda les plaines par-dessus l'épaule de Mona. Elle s'était de nouveau parfumée à la lavande.

— Aucun. Je n'ai pas trouvé la moindre trace de Wanjiru, ni personne qui puisse me renseigner. Je crains maintenant qu'elle ne soit pas à Nairobi.

Ce n'est pas que David souhaitait récupérer son épouse — elle l'avait répudié, elle était libre de partir — mais les enfants lui appartenaient, et c'était eux, Christopher et Hannah, qu'il cherchait.

Il allait ajouter quelque chose quand un rugissement violent emplit soudain le ciel. Tous levèrent les yeux et virent quatre chasseurs à réaction néo-zélandais traverser comme des flèches le ciel bleu. Ils se dirigeaient vers la forêt des Aberdares, au nord.

— Cela leur montrera que nous ne rigolons plus ! lança une voix. Ça va mettre la crainte de Dieu au cœur de ces salopards de Mau Mau !

Une voiture de police apparut sur la route, roulant à une allure folle, sans ralentir pour éviter les gens sur la route sauf quand elle approcha du vice-gouverneur. Avant même qu'elle soit complètement arrêtée, un policier blanc en uniforme kaki jaillit de la voiture et accourut avec une feuille à la main. Tout le monde regarda le vice-gouverneur lire la dépêche. Quand il dit : « Oh, mon Dieu », Geoffrey prit le papier et le lut.

— Qu'est-ce qui se passe ? demanda Mona.

— Il y a eu un massacre au village de Lari ! Les Mau Mau ont barricadé les huttes et mis le feu aux toits. Cent soixante-douze personnes ont été brûlées vives ou tuées à coups de *pangas* quand elles ont tenté de s'échapper.

— Quand ?

— Ce matin. Personne ne connaît l'identité des agresseurs...

Geoffrey regarda David.

47

Le 14 juin 1953, quatre Africaines entrèrent dans la salle à manger du très luxueux et élégant Hôtel Queen Victoria sur l'avenue Lord Treverton, et s'installèrent à une table où porcelaine et argenterie étaient dressées sur une nappe en lin d'Irlande.

Les clients blancs de la salle à manger médusés écoutèrent

en silence les quatre femmes passer leur commande au serveur africain abasourdi. Ces femmes, qui portaient des robes de coton imprimé et des *kangas*, en turban sur la tête demandèrent de l'*irio* et du *posho*, plats traditionnels kenyans, que bien entendu le Queen Victoria ne servait pas.

S'étant ressaisis et comprenant de quoi il retournait, les clients blancs indignés se levèrent et quittèrent la salle. Quelques minutes plus tard, la police arriva. Les quatre femmes livrèrent une bataille fantastique, qui se solda par la destruction de beaucoup de porcelaine et de cristal, de vases à fleurs et du chariot à desserts. Trois furent arrêtées, mais la quatrième parvint à s'échapper, en traversant les cuisines avec son bébé qui rebondissait dans son dos. Avant de disparaître au fond de la ruelle puis dans le dédale des quartiers africains surpeuplés de Nairobi, elle se retourna et lança un caillou dans une des fenêtres du Queen Victoria. Attaché autour il y avait un bout de papier sur lequel on put lire : « La terre est à nous », avec en signature « Général Wanjiru Mathengé ».

— James, je te l'ai déjà dit et je n'en démordrai pas ! Je ne veux pas être armée.

Grace lui rendit le revolver et s'éloigna.

— Bon sang, Grace ! Écoute-moi ! La situation est terriblement grave, ici. Toutes les missions sont attaquées. Tu as appris ce qui s'est passé à la mission des Écossais la semaine dernière.

Grace plissa les lèvres en une moue entêtée. Oui, elle en avait entendu parler ; cela l'avait rendue malade et elle n'avait pas dormi depuis. Ce que les Mau Mau avaient fait à ces pauvres gens innocents ! Pis que le massacre de Lari en mars. Et cette attaque avait eu lieu en plein jour ! Les Mau Mau devenaient plus audacieux, leur tactique plus abominable.

Le gouvernement, de l'avis de Grace, avait commis une erreur grave en déclarant coupable Jomo Kenyatta et en le condamnant à sept ans de travaux forcés. Il n'aurait même pas dû être arrêté, à son avis, rien ne prouvait qu'il était derrière le mouvement Mau Mau. Et maintenant, au lieu de mettre fin au mouvement pour la « liberté », le traitement injuste de Kenyatta avait jeté de l'huile sur le feu. Des milliers d'Africains — des jeunes desperados dissolus et sans travail, sans aucun but dans la vie et ne songeant qu'à tuer et à voler — s'en allaient chaque jour dans les forêts.

Le secteur où l'activité Mau Mau était la plus intense se situait dans les environs de Bellatu et de la mission de Grace. La Royal Air Force bombardait régulièrement et systématiquement les forêts d'Aberdare, tout près ; on voyait un nombre impressionnant de soldats anglais qui établissaient des barrages routiers et interrogeaient tout le monde ; tous les téléphones étaient contrôlés par le gouvernement, toutes les conversations étaient mises sur écoute et seule la langue anglaise était autorisée.

Les Mau Mau prenaient de l'importance, non seulement du point de vue des effectifs des combattants de la liberté dans la forêt mais aussi en général dans l'estime des Kikuyus. Les enfants africains apprenaient à chanter des hymnes en remplaçant *Dieu* par *Jomo ;* des serviteurs naguère loyaux devenaient, de bon gré ou à leur corps défendant, les agents des Mau Mau ; à présent, les colons blancs étaient sommés de mettre à la porte de chez eux leur personnel dès six heures du soir et de ne le laisser rentrer que le matin à six heures. Au total, plus personne ne savait à qui faire confiance, qui soupçonner.

Et les atrocités se multipliaient — dans les deux camps. Chaque jour, des chefs loyalistes étaient assassinés, les missions attaquées, le bétail des colons mutilé ; des miliciens torturaient les suspects en leur brûlant les tympans avec des cigarettes. La cérémonie du serment, décrite naguère dans les journaux, devenait de plus en plus barbare et abominable — on utilisait maintenant des enfants et des animaux — de sorte que toute description aurait été impubliable.

Le monde entier, semblait-il, était devenu fou.

— Je te le demande pour moi, Grace, dit James en la suivant dans le salon. Je ne connaîtrai aucun repos tant que je te saurai sans protection.

— Si je prends une arme, James, cela signifie que je suis prête à tuer quelqu'un. Je ne tuerai jamais, James.

— Même pas en légitime défense ?

— Je sais me défendre autrement.

Exaspéré, il rangea l'arme dans son étui, qu'il posa sur la table. Tous les colons de la province s'étaient armés, à la seule exception de cette femme têtue, inflexible. À soixante-quatre ans Grace se comportait encore avec la même détermination que par le passé, cette opiniâtreté à épaules raides et dents serrées qui avait été une des raisons pour lesquelles il était tombé amoureux d'elle. Mais elle avait les cheveux gris et portait des lunettes à présent. Aux yeux des Mau Mau, ce n'était qu'une faible femme blanche sans défense.

Mario entra, légèrement voûté et complètement gris après toutes ces années auprès de Memsaab Daktari. Il portait un plateau de thé et de sandwichs et allait le placer sur la table quand il vit le revolver.

— Ce sont de mauvais jours, bwana, dit-il tristement. De très mauvais jours.

— Mario, dit James en prenant l'arme pour que le vieux serviteur puisse poser le plateau, nous sommes certains qu'il y a dans les environs une personne qui fait prêter serment. Estu au courant ?

— Non, bwana. Je ne crois pas aux serments. Je suis un bon chrétien.

Oui, songea James, mélancoliquement. Et une autre cible de choix pour les Mau Mau. Était-ce cela la défense de Grace ? Un boy vieillissant dont la dévotion à sa maîtresse blanche risquait de lui valoir une sentence de mort ?

— Memsaab, dit Mario, Daktari Nathan vous fait dire qu'il aura besoin de vous cet après-midi en chirurgie. Il y a encore douze garçons à faire.

— Merci, Mario. Dis-lui que j'y serai, répondit Grace en s'asseyant près de la radio. Pauvre Dr Nathan ! Il fait vingt circoncisions par jour en ce moment. Et il paraît que les hôpitaux de Nairobi sont submergés.

C'était parce que tous les circonciseurs tribaux — des sorciers — avaient été arrêtés et incarcérés comme suspects Mau Mau. Les parents kikuyus, acharnés à maintenir la tradition, s'adressaient aux hôpitaux locaux, où les chirurgiens exécutaient l'opération dans des conditions rien moins que traditionnelles. Seules les filles continuaient d'être excisées à l'ancienne, par Mama Wachéra.

Grace alluma la radio. Quand *Doggie in the Window* résonna, elle murmura : « Tout est américain, maintenant. »

Elle changea de station. L'émission d'information de Nairobi présenta d'abord les événements internationaux — aux États-Unis les Rosenberg accusés d'espionnage avaient été exécutés ; l'Union Soviétique venait de faire exploser sa première bombe à hydrogène — puis sur les ondes vint la voix du général Erskine, le nouveau commandant en chef pour l'Afrique-Orientale.

Il annonça en premier l'interdiction de la KAU et les restrictions apportées par le gouvernement à la formation de tout groupe politique africain. Puis il dit : « Par votre amère expérience personnelle, vous en savez plus long que moi sur le mouvement Mau Mau. Je sais simplement que cette croyance maléfique a conduit à des crimes de la plus grande violence et de la plus grande sauvagerie. Le respect pour la loi et l'ordre doit être rétabli sans délai. Le ministère de la Défense m'a envoyé et je me mettrai à la tâche sur-le-champ. Je ne serai satifait que le jour où chaque citoyen loyal du Kenya pourra vaquer à son travail en paix et en toute sécurité. »

— Eh bien, le général Erskine est arrivé, dit James à mi-voix. J'ai l'impression qu'ils font donner la grosse artillerie.

À la fin du bulletin d'infòrmation, James et Grace sortirent de la maison et s'engagèrent sur l'une des voies pavées qui sillonnaient les quinze hectares de la Mission Grace. Ce lieu avait été choisi comme étant le plus propice aux réunions des colons en cas d'urgence. La mission occupait une position centrale par rapport à la plupart des plantations et une des salles de classe pouvait recevoir l'assistance, toujours nombreuse. À leur arrivée, ils trouvèrent Tim Hopkins, debout sur une caisse devant le tableau noir, qui réclamait le silence.

Même avec toutes les fenêtres ouvertes, il faisait une température insupportable dans la salle. Près d'une centaine de colons en colère et effrayés, l'étui à revolver sur la hanche ou le fusil à la main, transpiraient dans la chaleur torride qui accablait la colonie sans relâche depuis le mois de mars. La tension qui régnait n'était pas due seulement aux Mau Mau : avec la sécheresse qui persistait, on prévoyait une récolte réduite de quatre-vingt-quinze pour cent.

— Pouvons-nous avoir du silence, s'il vous plaît ? demandait Tim, mais sans résultat.

Tout le monde apparemment parlait en même temps. Hugo Kempler, un rancher de Nanyuki, racontait à Alice Hopkins qu'il avait eu trente-deux vaches empoisonnées par les Mau Mau.

— L'autopsie a révélé l'existence d'arsenic dans leur maïs.

Alice à son tour le mit au courant de la disparition de l'ensemble de son personnel.

— Soixante, qui ont tous filé la même nuit. C'était la semaine dernière et pas un n'est revenu. Mon sisal et mon pyrèthre ne seront pas récoltés. Si je ne trouve pas de main-d'œuvre dans les jours qui viennent, c'est la faillite pour ma plantation.

À la fin, comme il ne parvenait pas à se faire entendre dans ce vacarme, son frère sortit son revolver et tira en l'air. Aussitôt tout le monde se tut.

— Maintenant écoutez ! cria-t-il en essuyant son visage en sueur avec un mouchoir. Il faut que nous fassions quelque chose ! Il y a dans ce secteur une personne qui fait prêter serment. Nous devons la trouver. Et vite !

Un murmure d'approbation parcourut la foule. Mme Langley, venue au Kenya avec son mari en 1947 à la suite de l'Indépendance de l'Inde, se dressa dans sa robe de coton austère, un étui à pistolet sur la hanche.

— Nous avons essayé de parler à nos garçons, dit-elle, mais sans aboutir à rien. Nous les avons soudoyés, nous les avons menacés, mais ils ne veulent rien dire.

Des têtes acquiescèrent ; des murmures se propagèrent. Ils savaient tous qu'il était impossible de faire parler les Kikuyus au sujet des Mau Mau. Si de nombreux Africains étaient des sympathisants, beaucoup ne l'étaient pas mais gardaient le silence par peur. Pas plus tard que le mois dernier, un homme qui avait accepté de témoigner à Nairobi devant un tribunal spécialement créé pour juger les Mau Mau avait été vu contraint par quatre hommes de monter dans une voiture et personne ne l'avait revu depuis. Même ceux qui déposaient lors d'interrogatoires de la police et signaient des déclarations ne se présentaient pas au tribunal et il y avait peu de chances qu'on entende reparler d'eux.

M. Langley se leva à côté de sa femme. C'était un petit homme buriné qui avait quitté l'Inde parce que, comme des centaines d'autres qui avaient afflué au Kenya en 1947, il ne pouvait pas supporter de vivre sous l'autorité des « indigènes ».

— J'ai perdu mon meilleur chef de tribu dans la nuit d'avant-hier, dit-il. On l'a enfermé dans sa case et on l'a brûlé vif avec sa femme et ses deux enfants. Puis tous mes chiens ont été empoisonnés. — Il marqua un temps. Il avait les larmes aux yeux. — Jusqu'ici, nous n'avions pas été touchés. Ce sont nos propres gars qui l'ont fait, j'en suis sûr. Ils étaient loyaux jusqu'au jour où on les a forcés à prêter le serment.

De la peur se lisait sur le visage de tous les colons. Le pouvoir du serment, une fois prononcé, constituait pour eux la menace la plus dangereuse, la plus insidieuse. Des boys dévoués, traités depuis des années comme des membres de la famille, pouvaient se muer en assassins du jour au lendemain. Même s'il prêtait serment sous la contrainte, quand un Kikuyu avait mangé la chair crue d'un chien et bu la tasse de sang, il ne pouvait plus désobéir aux ordres des Mau Mau.

— La difficulté, dit Tim, c'est de trouver un moyen plus efficace de combattre ces monstres. Comment combattre un ennemi qui ne se montre jamais ? Nous ne savons d'eux que leur nom : Mau Mau. Ils vivent dans des camps dissimulés dans la forêt, ils sont approvisionnés en nourriture, vêtements et médicaments par des femmes, qui les apportent clandestinement, et ils reçoivent des renseignements sur les déplacements des forces de sécurité. Ils ont un invraisemblable réseau de communication — ils se servent d'arbres creux comme boîte aux lettres ! Pas plus tard que la semaine dernière, ils ont réussi à organiser le boycott des autobus de Nairobi, et ils ont empêché les Africains d'acheter des cigarettes et de la bière européennes. La peur des Mau Mau fait plus d'effet sur les nègres que tout désir de rétablir la loi et l'ordre !

Tout le monde se mit à parler en même temps, et Tim dut tirer de nouveau en l'air.

— Ce qu'il faut que nous fassions, c'est trouver les donneurs de serment. Voilà notre première tâche. Ensuite nous avons à découvrir le réseau clandestin. À trouver qui apporte en fraude des armes et des munitions aux Mau Mau. Et une fois cela terminé nous couperons leurs maudits réseaux et nous les affamerons pour les faire sortir de leurs maudites forêts.

Mona, qui était debout au fond de la classe à côté de Geoffrey, regardait avec stupeur Tim Hopkins, que jamais elle n'avait vu ainsi. Son visage était écarlate, ses yeux flamboyaient. Il explosait de colère sanguinaire. Au cours des mois précédents, Tim était devenu ce que les gens appelaient un « cow-boy du Kenya », un membre d'un comité de surveillance volontaire avec un contingent de cavaliers, une sorte de cavalerie formée de planteurs qui se donnait pour but d'aider des plantations isolées. Ces milices privées se composaient en majorité de fils de colons, jeunes Européens nés au Kenya prêts à se battre pour conserver des terres qu'ils estimaient être à eux autant qu'aux Africains. Les jeunes comme Tim n'aimaient pas que le mot *indigène* soit utilisé pour qualifier les tribus noires, estimant que les blancs nés au Kenya étaient tout aussi « indigènes » et avaient autant de droits que les Africains sur ce pays. Alors que quelques-uns de ces « cow-boys » animés par des visées nobles agissaient de manière civilisée, bon nombre se montraient aussi barbares et sadiques que les Mau Mau. Ils étaient connus pour arrêter des Africains de façon arbitraire et les tabasser pour des raisons infimes ou pas de raison du tout. Mona espérait que Tim ne deviendrait pas l'un d'eux.

— Ce que je ne comprends pas, dit la voix onctueuse du père Vittorio, c'est pourquoi le gouvernement ne leur donne pas simplement ce qu'ils réclament.

— Pourquoi le ferait-il ? questionna M. Kempler.

— Les Africains ne demandent pas grand-chose, n'est-ce pas ? De meilleurs salaires, des syndicats, la liberté de planter des caféiers, l'élimination de la barrière de couleur…

— Si nous cédons le bout du petit doigt à ces négros, cria un autre homme, ils nous prendront tout !

— Mais le mouvement Mau Mau cesserait d'exister si le gouvernement accordait aux Africains l'égalité économique et politique avec nous.

— Et pourquoi ne pas tout leur abandonner, plier bagage et ficher le camp ?

— Messieurs ! cria Tim. Je vous en prie ! Ne nous disputons pas entre nous. Nous devons prendre une décision au sujet de ces serments.

Mona s'impatientait. Cette réunion ne lui apprenait rien de nouveau, la chaleur était atroce et l'étui à revolver pesait désagréablement sur ses hanches. Reculant de quelques pas de sorte qu'elle se tenait sur le seuil de la porte ouverte, elle jeta un coup d'œil sur la mission. Tout semblait anormalement silencieux ce jour-là.

Elle pensa à David. En ce moment, il travaillait sous le soleil ardent quelque part sur la plantation, essayant de sauver sa récolte. Elle savait qu'elle aurait dû être avec lui.

Mona se rappela leur conversation de l'avant-veille, quand ils avaient interrompu leur travail pour s'asseoir sous un arbre avec une thermos de limonade froide. David avait parlé doucement, d'une voix à peine plus forte que le bourdonnement des abeilles autour d'eux.

— La violence porte tort à la cause africaine. Il est essentiel que les solutions de nos problèmes soient basées sur la raison et la non-violence. J'ai vu ce que le terrorisme a fait en Palestine, et ce qu'il continue de faire maintenant dans le nouvel État d'Israël. Je me demande si dans trente ans le combat entre Arabes et Juifs aura cessé. Nous devrions tous suivre le magnifique exemple du Mahatma Gandhi.

« Vous savez, Mona, les Mau Mau cesseraient d'exister si l'Angleterre acceptait d'accorder aux Kenyans ne serait-ce que la liberté économique et politique. Au lieu de cela, le gouvernement a commis l'erreur d'interdire la KAU. Mon parti politique n'avait rien à voir avec les Mau Mau. Nous nous réunissions paisiblement et nous tentions de résoudre nos divergences par des moyens légaux. Mais le gouvernement a interdit la KAU, et c'était une grave erreur.

David lui parlait toujours ainsi — franchement, sans détours, pour bien clarifier sa position. Pas du tout comme Geoffrey, qui la sermonnait et lui parlait de haut, comme à une gamine. Au cours de cet après-midi étouffant sous l'arbre, seuls et à l'abri de regards inquisiteurs, en partageant la limonade, David lui avait dit :

— Un monde nouveau est né de cette dernière guerre, Mona. L'Angleterre n'est plus le maître du monde. Elle doit comprendre que l'Asie et l'Afrique la rejettent. Quand un peuple a recours à la violence, la violence continue sur sa lancée, et au bout du compte le gouvernement sera contraint à des concessions — nous le savons bien. Alors pourquoi ne pas accorder ces concessions *maintenant* ?

Il s'était tourné vers elle, la voix pressante.

— La politique britannique au cours de ces cinquante dernières années a forcé les Africains à recourir à la violence pour arracher bribe par bribe une certaine part de liberté. Regardez les exemples tragiques de l'Irlande, d'Israël, de la Malaisie, de Chypre. Je me demande, Mona, quand l'Angleterre comprendra la folie de la répression et du déni de toute dignité humaine.

Un vent brûlant se leva. Mona fit quelques pas dehors, en quête de soulagement. L'air était lourd. Des mouches et des abeilles emplissaient la chaleur de leur bourdonnement. Les toits de tôle ondulée des nombreux bâtiments de la mission miroitaient sous le soleil et envoyaient des ondes de chaleur transparentes. Le silence était profond, Mona avait l'impression que le monde était endormi. La Mission Grace, centre d'une activité constante en temps normal, paraissait dormir dans l'après-midi oppressant. En fait, elle s'en rendit compte avec perplexité, il n'y avait pas l'habituel va-et-vient de piétons. Au cours des quelques dernières minutes, tout le monde avait disparu : infirmières ; malades ; médecins en blouse blanche ; visiteurs qui apportaient de la nourriture et des fleurs.

Dans la salle de classe, Sir James essayait de convaincre les colons pris de panique de ne pas perdre la tête quand Mona vit une voiture apparaître subitement sur une des voies pavées. Elle approchait à une vitesse folle, le conducteur appuyant sur le klaxon. Quand elle vit David bondir de la voiture et courir vers elle, elle alla à sa rencontre.

— Qu'y a-t-il, David ?

Il lui saisit le bras.

— Il faut vous enfuir ! *Tout de suite !*

— Mais que...

Il commença à l'entraîner.

Les autres, qui avaient entendu le klaxon et le crissement des freins, se précipitèrent vers les fenêtres et la porte pour regarder au-dehors.

— Partez ! leur cria David. Mau Mau !

Et l'attaque se déclencha.

Ils surgirent de nulle part, tous à la fois encerclant la classe. Des hommes armés de *pangas*, de sagaies et de fusils se matérialisèrent dans les buissons et les arbres, avec leurs cheveux longs tordus pour former la redoutable coiffure de guerre des Mau Mau.

David courut avec Mona comme la fusillade éclatait tout autour d'eux. Des torches enflammées volèrent à travers les airs et tombèrent par les fenêtres de la classe. De l'intérieur s'élevèrent des hurlements.

Une pierre manqua de peu la tête de Mona. Des balles sifflèrent à ses oreilles tandis qu'elle courait avec David dont la main serrait étroitement la sienne. Ils atteignirent un petit hangar. Mona trébucha et tomba. David la releva et l'attira contre lui. Dans le bref abri derrière le hangar, il la serra très fort et elle se cramponna à lui. Ils entendirent les hurlements frénétiques des hommes de la forêt qui assiégeaient la salle de classe. Les coups de feu claquaient ; du verre volait en éclats. Il y avait des hurlements et des appels. Dans le lointain monta la plainte de la sirène d'alerte.

Mona et David restèrent enlacés un instant. Puis il se dégagea et dit :

— Allez dans la hutte de ma mère ! Vous y serez en sécurité !

— Non.

— Mona, bon sang ! Faites ce que je vous dis ! C'est *nous* qu'ils cherchent ! Vous ne comprenez donc pas ?

— Je ne veux pas vous quitter.

Il prit l'arme dans l'étui de la jeune femme.

— Courez vers la voiture aussi vite que vous pourrez. Je vais vous couvrir avec ça.

— Non.

Une sagaie rebondit sur le toit de tôle du hangar. Une balle explosa dans la maçonnerie à côté du bras de Mona. David la reprit par la main ; ils s'élancèrent du hangar et tombèrent dans le refuge d'une grande haie. Mona contempla, saisie, le spectacle qu'elle avait sous les yeux. La salle de classe était en feu ; des cadavres de Mau Mau et de colons jonchaient déjà le sol. Elle vit David lever le revolver, viser et tirer. Un terroriste, sur le point de lancer une bombe, se figea puis s'écroula. David tira de nouveau. Un autre Mau Mau tomba. Aux fenêtres de la classe, elle vit Geoffrey et son père tirer sur les assaillants africains à travers les vitres brisées. Une femme, Mme Langley, sortit en courant. Un Mau Mau lui planta sa sagaie dans le ventre.

Il semblait y en avoir des centaines, des hommes vêtus

de haillons, brandissant des *pangas* et des sagaies, l'air farouches et assoiffés de sang. Mona vit l'un d'eux essayer de grimper dans la classe par une fenêtre du fond.

— David ! cria-t-elle.

Il tira. L'homme tomba mort.

Ils continuaient d'affluer. Ils tombaient quand les balles des colons touchaient leur cible, mais les Mau Mau aussi avaient des fusils, leurs balles entrant par les fenêtres et trouvant des cibles à l'intérieur. Des flammes jaillissaient de partout. La fumée montait en ondoyant vers le ciel placide. Deux autres blancs, des hommes, sortirent de la salle de classe en trébuchant et en toussant. Ils tombèrent tous les deux sous les *pangas* des Mau Mau qui les attendaient.

Mona vit M. Kempler tomber à genoux tandis que six Africains le massacraient avec leurs armes blanches.

Le Père Vittorio sortit en agitant un linge blanc. Une torche enflammée fut lancée sur lui et sa soutane noire prit feu.

Mona entendit le pistolet de David percuter dans le vide.

— Il me faut d'autres balles, dit-il, et elle le regarda d'un air déconcerté.

— Je n'en ai pas.

Un Mau Mau les repéra tous deux derrière la haie. Il poussa un ululement guerrier et un groupe de camarades le suivit. David et Mona se levèrent d'un bond et coururent. Ils zigzaguèrent le long des allées du jardin, entre les bâtiments de la mission. Ils sautèrent par-dessus des haies, foncèrent au coin des maisons. Les Mau Mau suivaient en jappant comme des chiens de chasse, lançant pierres et sagaies, ou tirant des coups de pistolet.

L'entrée de la mission, une large grille en fer forgé arrondie en haut, apparut devant eux. Au-delà s'étendait le terrain de polo, envahi de mauvaises herbes que la sécheresse avait jaunies. À l'autre extrémité, derrière le grillage en train de rouiller, s'élevaient les huttes de Mama Wachéra et de la femme qui avait été l'épouse de David.

— Allez chez ma mère ! dit de nouveau David. Elle vous protégera. Je vais partir par ici et ils me suivront.

— Non, David. Je ne veux pas vous quitter.

Il la regarda. Puis il dit :

— Par ici !

Ils trouvèrent ouverte la porte de l'atelier de mécanique. Il faisait sombre et frais à l'intérieur ; il s'y trouvait des voitures et des camions à divers stades de réparation. Comme le reste de la mission, l'atelier était désert. David prit la main de Mona ; ils se précipitèrent à l'intérieur.

Ils se glissèrent vite et sans bruit entre les voitures, contournèrent les gros bidons de pétrole, évitèrent les pneus suspendus aux poutres. Puis la lumière venant de la porte se trouva bloquée par les silhouettes de leurs poursuivants. Les terroristes hésitèrent.

David entraîna Mona dans le coin le plus sombre, où ils s'accroupirent derrière un établi. Il chercha une arme et saisit une chaîne de bicyclette. Mona s'accrochait à lui. Elle avait du mal à respirer ; sa bouche était sèche de frayeur.

Ils regardèrent les silhouettes bouger sur le seuil et entendirent les hommes discuter entre eux à voix basse.

Mona sentit les muscles de David se bander. Son corps était dur, tendu comme un ressort. Elle se mit à trembler. Il passa le bras autour de ses épaules et la serra contre lui.

Soudain une forme apparut à côté d'eux, et une main jaillit de l'ombre. Mona hurla. Elle parut s'envoler des bras de David ; ses pieds quittèrent le sol.

David vit l'énorme main qui l'avait saisie par les cheveux. Il vit l'autre main qui s'élevait avec la *panga* ensanglantée prête à descendre en travers de sa gorge.

Il se jeta sur l'homme, abattant la chaîne sur la tête du Mau Mau.

La main lâcha Mona. Elle tomba au milieu des outils et des crics. Étourdie, elle vit les deux hommes se battre. Puis elle vit les autres se précipiter.

Elle fouilla frénétiquement dans le noir. Sa main tomba sur un démonte-pneu.

Le premier Mau Mau qui arriva près d'elle reçut sur les tibias un coup qui claqua. Il poussa un cri et lâcha sa sagaie.

Mona se dressa et frappa de nouveau. Elle entendit avec satisfaction le craquement d'un os qui se casse quand le démonte-pneu s'abattit sur son épaule.

Mais maintenant les autres arrivaient sur eux. Elle vit David écrasé par le nombre ; il tomba sous les coups de pied et de poing. Mona sentit des mains se porter sur elle, tirer sur ses vêtements. Elle essaya de résister. Elle frappa en aveugle avec le démonte-pneu. Mais elle savait qu'il n'y avait pas d'espoir.

David...

Soudain les terroristes reculèrent et se mirent à sortir en courant du garage. Mona cligna des yeux avec stupeur. Puis elle entendit les sirènes de police, le grondement des moteurs d'avions.

Elle se laissa tomber à genoux et allongea la main pour trouver David. Il était couché sur le côté, il gémissait.

— Ils sont partis... dit-elle. Les soldats sont arrivés.

Au bout d'un moment, ils furent capables de s'aider mutuellement à se relever. Ils demeurèrent dans le noir, chacun soutenant l'autre, puis sortirent en chancelant au soleil.

Quand ils arrivèrent à la salle de classe, où des gens faisaient la chaîne avec des seaux pour éteindre l'incendie et des soldats passaient les menottes à des Mau Mau faits prisonniers, Mona s'élança vers sa tante qui pansait la tête de M. Langley.

— Huit morts parmi nous, dit Grace. Ils ont tué huit d'entre nous.

Elle n'avait pas été blessée mais elle avait le visage couvert de terre ; ses cheveux argentés s'échappaient de son chignon et tombaient sur ses épaules.

— Ils ont tué huit des nôtres.

Mona regarda autour d'elle, elle vit Sir James, Geoffrey et Tim qui conféraient avec le commandant du détachement. Elle vit Mme Kempler qui pleurait sur le corps à peine reconnaissable de son mari et une infirmière qui essayait de la consoler. Les Mau Mau prisonniers étaient traités rudement ; plusieurs reçurent des coups de matraque sur le crâne. À la périphérie de cette scène brutale quelques Africains regardaient d'un œil vide. Mona savait qui ils étaient : des employés de la mission. Où avaient-ils disparu ? se demanda-t-elle. Comment avaient-ils été prévenus de l'attaque ?

Puis le pauvre vieux Mario, tout tremblant et en larmes, sortit de la maison et se précipita vers Grace en se tordant les mains.

Mona se retourna pour regarder par-dessus son épaule. Elle vit quatre soldats anglais autour de David. L'un d'eux lui lança soudain un coup de poing dans l'estomac. David tomba à genoux, plié en deux.

— Arrêtez ! s'écria Mona en courant à eux.

Geoffrey, en entendant sa voix, s'élança lui aussi.

— Arrêtez ! hurla-t-elle en se frayant un passage au milieu des soldats.

Elle s'agenouilla à côté de David et passa les bras autour de lui.

— Qu'est-ce qui vous prend ?

— C'est un suspect, Miss Treverton. Nous voulons lui tirer les vers du nez.

— Cet homme n'est pas suspect, imbécile ! C'est le régisseur de ma plantation.

— Pour moi, il a une tête de Mau Mau, dit un autre.

— De quoi s'agit-il ? demanda Geoffrey en arrivant.

— Ce boy a résisté quand nous avons voulu l'arrêter, monsieur. Nous l'emmenons pour interrogatoire.

— Non, vous ne l'emmènerez pas ! répondit Mona. Et ce n'est pas *un boy*.

Geoffrey regarda Mona. Elle était agenouillée dans la poussière à côté de David Mathengé.

— Il faut qu'ils l'emmènent, Mona. Ils doivent interroger tout le monde.

— Ne lui touchez pas un seul cheveu. *David m'a sauvé la vie !*

Les soldats se regardèrent. Geoffrey lança à Mona un regard noir.

— Il est venu nous prévenir, dit Mona. Vous le savez très bien, Geoffrey.

— Oui, mais il est arrivé un peu trop tard pour que ce soit efficace, ne pensez-vous pas ? Je me demande comment il avait appris que nous serions attaqués.

Mona le foudroya du regard, un bras protecteur autour de David.

Geoffrey soutint son regard un instant, vit le défi dans ses yeux, le pli déterminé de sa bouche — il crut pendant une fraction de seconde revoir le visage de Valentin Treverton —, puis il fit claquer sa main sur sa cuisse et dit aux soldats :

— Vous l'avez entendue. Ce boy nous aidait à combattre les Mau Mau. Il n'est pas des leurs. Vous pouvez le laisser partir.

Après le départ de Geoffrey et des soldats, Mona demanda :

— Ça va, David ?

Il hocha la tête. Mais il avait une vilaine blessure au front, un hématome sur la joue et quelques gouttes de sang coulaient du coin de sa bouche.

— Venez. Tante Grace va vous soigner.

Mais David dit :

— Non. — Il se dégagea du bras de Mona et se releva. — Ma mère me soignera. Elle est guérisseuse.

Mona le regarda s'éloigner en boitant ; puis elle se dirigea vers Mme Kempler qui sanglotait irrépressiblement, en regardant le sang de son mari sur ses mains.

Plus d'une personne parmi ceux qui s'étaient trouvés là ce jour-là, pleins d'amertume, de colère et d'idées de vengeance — aussi bien Africains que blancs — remarqua la façon dont Mona Treverton avait passé son bras autour de David Mathengé.

48

Les pluies étaient enfin venues.

Une bruine légère murmurait de l'autre côté des fenêtres fermées par de lourds rideaux à Bellatu, détrempant les bougainvillées rouges et lavande qui poussaient le long des colonnes et des gouttières de la véranda. À l'intérieur, un bon feu crépitait dans la cheminée du salon, lançant des langues de lumière jaune sur les meubles, les peaux de zèbre et les défenses d'éléphant croisées sur les murs.

David referma le registre.

— Il est tard. Il faut que je parte.

Mona ne répondit pas. Elle rangea en silence le dessus de son bureau, où ils avaient travaillé tout l'après-midi à essayer de trouver un moyen de payer les dettes de la plantation, de plus en plus lourdes depuis la perte de la récolte. Les pluies tardives arrosaient maintenant les nouveaux plants, mais le revenu de cette future récolte n'arriverait pas à temps pour sauver le domaine. La seule solution, avait conclu Mona, était de vendre Bella Hill.

— J'écrirai à M. Treadwell dès demain matin, dit-elle en se levant en même temps que David et en éteignant la lampe du bureau. Je lui dirai que j'accepte son offre. C'est un bon prix, je crois. Et Bella Hill fera un excellent pensionnat. Cela m'est égal de ne plus l'avoir. Cette maison ne me rappelle que de mauvais souvenirs.

Pendant un instant, Mona et David se regardèrent dans la pénombre du bureau. Puis Mona se détourna brusquement et se dirigea vers la lumière et la chaleur du salon.

Elle avait peur. Toute la journée elle avait hésité à montrer à David le billet qu'elle avait trouvé dans sa boîte aux lettres. En temps normal, elle lui en aurait parlé sur-le-champ. Mais au cours des deux semaines précédentes — depuis le raid des Mau Mau contre la Mission Grace, leurs relations s'étaient modifiées de façon radicale.

Quelque chose s'élevait entre eux, Mona s'en rendait compte, quelque chose de sombre, d'informe et de terrifiant. C'était comme un lion géant endormi — inoffensif quand on le laissait en sommeil mais meurtrier une fois réveillé. C'était la passion à laquelle leur désir mutuel avait donné naissance qui les avait amenés au seuil terrible des tabous raciaux.

Mona ne pouvait pas s'empêcher de penser au jour de

l'attaque. Et elle se concentrait sur le souvenir du contact de la main de David qui tenait la sienne, de la façon dont il l'avait ramenée contre lui, de la fermeté de son corps, de l'enlacement étroit de ses bras. Elle l'avait regardé dans les yeux à ce moment-là, sous l'abri précaire de l'appentis, et elle y avait vu reflété son propre désir éperdu. Pendant un bref instant, il avait resserré son étreinte et leurs corps s'étaient rejoints, puis ils s'étaient séparés et s'étaient mis à courir.

Elle le revivait sans cesse, elle en était obsédée — non pas avec tendresse, avec amour, mais avec crainte. Mona avait peur de ce seuil périlleux qu'elle et David avaient atteint. Naguère, ils auraient été simplement méprisés par la société et bannis du cercle de la famille et des amis. Mais à présent, à cause du cauchemar Mau Mau, parce que la haine raciale avait atteint des proportions monstrueuses, parce que le pays entier se trouvait en proie à la panique, à la terreur et au soupçon, Mona savait que leur amour était suicidaire.

Il fallait qu'elle le combatte. Pour sa vie, elle le devait. Et pour la vie de David.

Le matin même dans un village voisin de Méru, un groupe de miliciens, sous prétexte de poursuivre un sympathisant Mau Mau, s'était introduit dans la maison d'un homme d'affaires africain marié à une Européenne. La bande avait torturé l'homme, violé son épouse blanche et les avait laissés morts tous les deux.

— Je vais vous aider à fermer la maison, dit David comme ils entraient dans le salon. C'est l'heure de renvoyer les domestiques chez eux.

C'était une façon ignoble de vivre. Dans toute la Province Centrale — au ranch Donald, chez Grace Treverton à la mission, à Bellatu — les blancs mettaient dehors leurs serviteurs africains au coucher du soleil et les laissaient entrer de nouveau le lendemain matin.

— Salomon est dans ma famille depuis des années. Jamais il ne me ferait de mal ! avait protesté Mona quand le commissaire de district avait insisté pour qu'elle se conforme au règlement.

— Je vous demande pardon, Lady Mona, mais si on l'a contraint à prêter serment, alors vous n'êtes plus en sécurité avec lui. Et tant que nous n'aurons pas trouvé la personne qui fait prêter serment dans ce secteur, vous devez considérer tous vos serviteurs comme dangereux.

Geoffrey avait alors installé une sirène sur sa véranda, ainsi que deux fusées de détresse — l'une près de la cuisine, l'autre à côté de la porte d'entrée. Si on les allumait, elles monteraient très haut dans le ciel avant d'exploser ; on les verrait au poste de guet d'Allsop Hill, à Nyéri, une tour construite par un Sikh du nom de Vir Singh et occupée par des miliciens d'origine asiatique.

Si de nombreux Européens quittaient leur plantation pour s'installer dans la sécurité relative de Nairobi ou même abandonnaient carrément leurs foyers pour fuir en Angleterre, quelques-uns restaient sur leurs terres, bien décidés à ne pas céder. Avec l'aide des sirènes et des fusées, combinée avec une surveillance aérienne périodique par avions et hélicoptères, les colons tenaient bon.

Le dîner de Mona avait été servi par Salomon sur la table de la cuisine. Mona souhaita bonne nuit à ses servantes et ses domestiques, puis ferma la porte à clé derrière eux. Une lampe torche à la main, David monta au premier et fit le tour de toute la maison pour s'assurer que les portes et les fenêtres étaient barricadées et pour vérifier que les balcons et les vérandas ne recelaient personne puis revint dans la cuisine et se disposa à partir.

Il s'arrêta près de la porte et regarda Mona.

— J'ai peur, dit-elle à mi-voix.

— Je sais.

— Il fait presque nuit. Et c'est loin jusqu'à votre cottage. Il pourrait y avoir des Mau Mau là-bas...

— Je n'ai pas le choix, Mona. Je dois m'en aller, l'heure du couvre-feu est déjà passée. Je marcherai vite.

— David, attendez.

Elle fouilla dans sa poche.

— J'ai trouvé ceci dans ma boîte aux lettres ce matin.

Il lut le billet. Lequel ne contenait que quatre mots : « Tu aimes le nègre. »

— Qui a pu faire ça ? dit-elle en jetant un coup d'œil aux rideaux fermés devant les fenêtres de la cuisine et sentant la nuit sombre qui était tapie au-dehors. Aussi longtemps qu'elle vivrait, Mona n'oublierait jamais l'image de Mme Langley avec la sagaie Mau Mau plantée dans le ventre, du Père Vittorio qui courait en hurlant dans sa soutane en feu, et de David dans le garage tombant sous les coups de poing et de pied.

— Malheureusement, nous nous trouvons tous les deux dans une position unique, Mona, dit-il d'un ton mélancolique. Nous n'avons pas qu'un seul ennemi, les deux camps nous haïssent. Nous sommes pris au milieu de quelque chose qui n'est pas de notre fait et qui nous échappe complètement.

Mona retint son souffle. David était dangereusement près

de réveiller la chose non dite qui dormait entre eux. Au cours des deux dernières semaines, ils avaient travaillé dur ensemble sur la plantation, arrachant les caféiers morts, mettant en terre de nouveaux plants, parlant rarement sauf pour ce qui concernait la plantation, puis rentrant chacun chez soi avant la tombée de la nuit. Ils avaient vécu dans une sorte de monde hermétiquement clos, un lieu stérile où l'on n'avait jamais entendu parler de Mau Mau et d'où la haine et l'amour demeuraient exclus. Mais cet après-midi, ils avaient dû s'attaquer au problème des graves pertes financières de Bellatu. Et ils avaient dépassé l'heure du couvre-feu.

Maintenant, ils étaient bloqués. La nuit les avait surpris.

Mona avait ses idées sur l'auteur du billet. Elle soupçonnait un colon à la tête chaude du nom de Brian, qui avait été arrêté une fois pour avoir maltraité un de ses vachers africains. Brian avait enfilé une corde dans ses oreilles percées, puis avait lancé son cheval au galop en tenant l'autre bout de la corde de sorte que le malheureux avait dû courir derrière.

— Pourquoi en est-on arrivé là, David ? murmura-t-elle. Qu'avons-nous fait pour mériter cela ?

Il la regarda longuement, les yeux tristes, l'air inquiet. Puis il tendit la main vers la poignée de la porte.

— Ne partez pas, dit-elle.

— Il le faut.

— Peut-être que des Mau Mau vous attendent dehors. Ou un jeune blanc vindicatif.

— Je ne peux pas rester ici.

— Pourquoi ? Vous y serez en sécurité.

Il secoua la tête.

— Vous savez pourquoi je ne peux pas rester, Mona, dit-il d'une voix douce, à peine audible sous le murmure de la pluie. C'est une chose de rester avec vous en plein jour avec d'autres gens autour de nous, à faire des travaux agricoles. Mais rester seul avec vous dans cette maison la nuit en est une autre bien différente.

Elle le regardait de l'autre bout de la pièce. Son cœur battait la chamade.

— Mona, reprit-il d'une voix tendue, vous et moi, ce ne sera jamais possible. Peut-être dans un autre lieu, en d'autres temps, parmi des gens plus tolérants. Mais nous sommes ici, au Kenya, au milieu d'une guerre raciale honteuse. Nous ne devons pas franchir ce dernier pas, irréversible, parce que jamais nous ne pourrions ensuite revenir du côté de l'innocence et de la sécurité.

— Est-ce donc si mal ce que nous ressentons ?

— Pour vous et pour moi, oui.

Il fit tourner la clé et il allait baisser le loquet quand un fracas leur parvint de la direction du salon.

Les yeux de Mona s'agrandirent de peur.

— Passez-moi votre revolver, chuchota David ; puis : — Ne bougez pas !

Mais elle le suivit quand il passa lentement de la cuisine dans la salle à manger obscure. Sur le seuil du salon, il s'arrêta, Mona tout près de lui, et jeta un coup d'œil circulaire.

Il n'y avait pas de lampe allumée. La seule lumière venait du feu pétillant dans la cheminée. L'âtre était brillamment éclairé, révélant des seaux à charbon en cuivre, des chenets, un briquetage au dessin complexe, une patte d'éléphant contenant un tisonnier, et les trois divans de cuir qui faisaient face au feu. Mais à partir de là, la clarté diminuait ; elle s'éparpillait au milieu de tables d'acajou, vacillait sur une périphérie mal définie. Les objets semblaient bouger au rythme des flammes : des magazines, des cendriers, un pied d'antilope monté en briquet. Et, au-delà, des ombres d'un noir d'encre se collaient aux murs, dissimulant des bibliothèques et d'autres embrasures de portes. De temps à autre, la tête naturalisée d'un animal se trouvait prise dans le faisceau d'une lueur qui passait ; les yeux de verre au regard fixe d'un oryx ou d'une gazelle lançaient un éclair.

David s'avança pas à pas en longeant le mur. Quand il arriva près des tentures de velours qui recouvraient les baies donnant sur le mont Kenya, il s'arrêta, leva le revolver et écarta les rideaux. Mona, derrière lui, regarda par-dessus son épaule.

La véranda était sombre et balayée par la pluie. L'unique ampoule allumée, au-dessus des marches, projetait un cercle brumeux de lumière jaune sur des meubles en osier, des palmiers en pots et des pétales de bougainvillées rouges et bleu lavande.

David et Mona virent les morceaux du pot de fleurs brisé, la terre éparpillée, la petite azalée tombée sur le sol de la véranda. Quelques pas plus loin, ils virent ce qui l'avait renversée : une petite forme lourde qui furetait du bout du nez au milieu des plantes.

— Un hérisson ! dit Mona.

— Il cherchait sans doute à s'abriter de la pluie.

David se tourna vers Mona en riant. Elle aussi, elle rit, avec nervosité, de soulagement.

Puis leurs sourires s'estompèrent et ils se regardèrent dans la demi-clarté intime à la lisière du cercle éclairé par le feu.

— Je veux que vous me promettiez, dit David à mi-voix au bout d'un instant, que vous quitterez cette maison demain et que vous irez vous installer chez votre tante Grace. Tim Hopkins est avec elle ; vous y serez plus en sécurité qu'ici. Me le promettez-vous, Mona ?

— Oui.

Il redevint silencieux, ses yeux scrutant son visage, suivant la ligne de ses cheveux, son cou, ses épaules.

— C'est dangereux pour vous d'être seule, dit-il finalement en songeant au billet. Quelqu'un d'autre que les Mau Mau vous a menacée maintenant.

— Vous aussi.

— Oui...

David leva la main et la posa doucement sur la joue de Mona.

— Je me suis bien souvent demandé l'effet que faisait votre peau au toucher. Si douce...

Elle ferma les yeux. La main de David était dure et calleuse. Son contact la fit défaillir. Elle sentit sa respiration se bloquer dans sa gorge, son cœur soudain se crisper.

— Mona, dit-il dans un souffle.

Elle allongea la main et lui effleura la joue du bout du doigt. Elle retraça les rides sur son visage, du nez jusqu'au coin des lèvres, puis le sillon entre ses sourcils, la patte d'oie au coin de ses yeux.

La main de David glissa vers sa nuque. Il enfonça les doigts dans ses cheveux. Il se pencha pour l'embrasser mais hésita. Quand leurs lèvres se rencontrèrent, ce fut timidement, comme si elles faisaient un premier pas hésitant. Puis elle passa les bras autour du cou de David et encouragea le baiser, guidant David, lui montrant comment cela se faisait. Leurs corps se rejoignirent dans la clarté vacillante du feu.

Au bout d'un instant, David s'écarta et défit les boutons de son corsage. Il s'émerveilla devant les petits seins blancs de Mona, que ses mains recouvraient complètement. Elle ouvrit sa chemise et posa ses paumes à plat sur la poitrine noire. Quand David fut nu, elle vit l'héritage de ses ancêtres masaïs dans ses fesses finement sculptées et ses longues cuisses puissantes.

David la souleva, puis la déposa devant le feu. Il explora son corps. Il la caressa. Et Mona répondit à ses caresses parce qu'elle n'avait jamais connu le couteau de l'*irua*.

Il posa de nouveau sa bouche sur la sienne et elle cambra les reins pour le recevoir. Ils reposaient dans la lumière dansante des flammes, peau noire contre peau blanche.

Mona s'éveilla en sursaut, se demandant ce qui l'avait tirée du sommeil. Elle se tourna vers l'homme à côté d'elle dans le lit : David, profondément endormi. Depuis combien de temps dormait-elle ? Elle s'étira. Jamais elle ne s'était sentie aussi bien. Jamais elle n'avait été aussi heureuse.

Ils avaient fait l'amour à plusieurs reprises, chaque fois mieux qu'avant. David avait appris les arts et techniques de ses ancêtres guerriers ; Mona l'avait ravi par ses réactions intenses, inattendues.

— Mona ! lança une voix provenant du rez-de-chaussée.

Elle se mit sur son séant. Voilà ce qui l'avait réveillée ! Quelqu'un entrant dans la maison !

C'était Geoffrey. Il allait et venait au rez-de-chaussée en l'appelant.

Elle sauta du lit et enfila une robe de chambre. Jetant un coup d'œil en arrière à David pour s'assurer qu'il dormait toujours, elle sortit dans le couloir et referma la porte.

Elle rencontra Geoffrey dans le salon, où quelques braises luisaient encore dans l'âtre.

— Que diable fais-tu ici, Geoffrey ?

— Bon dieu, Mona ! Tu m'as fait vieillir de dix ans. Quand j'ai trouvé la porte de ta cuisine pas fermée à clef, je n'ai su que penser !

Elle porta la main à sa bouche — elle et David avaient laissé la maison ouverte !

— Pourquoi es-tu ici ? demanda-t-elle de nouveau, remarquant que l'imperméable de Geoffrey était trempé, que de l'eau dégouttait du bord de son chapeau. Il avait un fusil à la main et deux soldats de la réserve se tenaient sur le seuil de la salle à manger.

— Cette nuit, une patrouille de routine a trouvé un chat mort pendu à la grille de Bellatu. Tu sais ce que cela signifie.

Mona le savait. C'était un avertissement des Mau Mau que les habitants de la maison seraient les prochaines victimes.

— Alors nous organisons le rassemblement général de tous les négros du secteur. Quand je suis arrivé à la maison de David Mathengé, j'ai découvert qu'il n'était pas chez lui. Et tout indiquait qu'il n'avait pas passé la nuit dans son lit. Alors je suis monté ici pour te demander si tu sais où le trouver.

Mona resserra la robe de chambre sur sa poitrine. La maison était abominablement froide.

— À quelle heure est-il parti la nuit dernière, Mona ?

La nuit dernière ?

— Quelle heure est-il, Geoffrey ? demanda-t-elle.

— Presque l'aube. J'ai dépêché plusieurs patrouilles à sa recherche. J'ai toujours soupçonné ce boy d'avoir des sympathies pour les Mau Mau. C'est peut-être même l'homme que nous cherchons, celui qui fait prêter serment.

— Ne sois pas ridicule. Et voudrais-tu, s'il te plaît, faire sortir ces hommes ? Je ne suis pas habillée.

Geoffrey donna aux *askaris* un ordre en swahili, et quand ils furent sortis, il demanda :

— Sais-tu où est David Mathengé ?

— Il n'a rien à voir avec le chat mort.

— Comment le sais-tu ?

— Je le sais, voilà tout.

— Je ne comprends pas comment tu peux lui accorder une confiance aussi aveugle. Quel genre d'emprise ce boy exerce-t-il sur toi, je te le demande ?

— Je sais qu'il est innocent.

— En tout cas, je veux l'emmener pour interrogatoire. Il est grand temps de l'arrêter. Tu t'es portée garante pour lui trop longtemps. Et maintenant, réponds-moi : à quelle heure est-il parti hier soir ?

Mona ne répondit pas.

— Sais-tu où il est allé ? Sais-tu où il se trouve en ce moment ?

Elle se mordit la lèvre.

— Si tu ne me le dis pas, nous le trouverons de toute manière, et cela ne se passera pas trop bien pour lui, l'interrogatoire, je te le garantis. Il n'a pas respecté le couvre-feu. Il est en infraction.

— Ce n'est pas de la faute de David. C'est moi qui en suis responsable.

— Que veux-tu dire ?

Mona essaya de réfléchir. Si David était soupçonné d'avoir participé à l'affaire du chat mort, il serait torturé au cours de l'interrogatoire. Mais si elle prenait sa défense et démontrait qu'il n'était pas impliqué puisqu'il avait passé avec elle toute la nuit, ce serait avouer ce qu'ils avaient fait.

Avant que Mona prenne sa décision, Geoffrey s'écria :

— Nom de Dieu !

Et elle se retourna pour voir. David était sur le seuil. Il ne portait qu'un pantalon et tenait un pistolet à la main.

— J'ai entendu des voix, Mona. J'ai pensé que vous aviez des ennuis, dit-il.

Geoffrey, sous le choc, demeura sans voix.

Mona se dirigea vers David et posa la main sur son bras.

— Nous avions laissé la porte de la cuisine ouverte, David. Geoffrey est venu m'annoncer qu'on avait pendu un chat mort à ma grille cette nuit. Il croyait que c'était vous qui l'aviez fait.

Elle regarda Geoffrey.

— Mais David n'a pas pu le faire, parce qu'il était ici avec moi toute la nuit.

Plusieurs expressions se peignirent sur le visage de Geoffrey avant qu'il puisse répondre.

— Ah, dit-il en rejoignant Mona. Je m'en doutais. Mais je n'en étais pas sûr. Après tout, je me disais que tu ne tomberais pas aussi bas.

— Tu ferais mieux de t'en aller, Geoffrey. Ceci ne te regarde pas.

— Je pense bien que non ! Et je ne veux rien avoir à faire avec ça ! Bon Dieu, Mona, cria-t-il. Coucher avec un nègre !

Elle le gifla avec violence.

— Va-t'en, dit-elle d'une voix. Disparais, ou je décharge cette arme sur toi. Et ne remets jamais les pieds dans ma maison.

Il ouvrit la bouche pour dire quelque chose. Puis il jeta à David un regard venimeux, menaçant, tourna les talons et sortit à grands pas.

Quand ils entendirent claquer la porte de la cuisine, Mona enfouit son visage entre ses mains et alla dans les bras de David.

— Je suis vraiment navrée ! s'écria-t-elle. C'est un homme si détestable ! Tout est de ma faute, David.

— Non, dit-il à mi-voix en lui caressant les cheveux.

Il fixa les yeux sur les rais de lumière laiteuse qui entraient par la fente des rideaux. Le jour se levait.

— Ce n'est la faute de personne, Mona. Nous sommes simplement victimes de forces qui dépassent notre entendement.

Il se recula et la tint à bout de bras.

— Mona, regardez-moi et écoutez ce que j'ai à vous dire. Ce monde n'est pas un monde dans lequel nous pouvons vivre ; notre amour en mourrait. Un jour, ils vous amèneront à me regarder en pensant *nègre ;* ou bien c'est moi qui vous regarderai et penserai *pute blanche.* Et notre bel amour sera détruit.

Il dit d'une voix ardente :

— Il faut qu'il y ait un avenir dans lequel nous pourrons vivre ensemble et nous aimer librement et sans peur. Il faut que nous puissions vivre comme mari et femme, Mona, au lieu de nous dissimuler piteusement sous le couvert de la nuit. Je vous aime de tout mon cœur, plus que je n'ai jamais aimé personne, et pourtant quand cet homme vous a insultée, j'ai été incapable de vous défendre ! Je ne peux pas me laisser dépouiller de ma virilité, Mona, ou alors, autant mourir ! Je comprends à présent que je me suis trompé depuis le début : le seul moyen de nous assurer un avenir ensemble, c'est de lutter pour l'obtenir ! Je ne peux plus rester le « boy » des blancs.

Elle le regarda, pétrifiée de peur.

— Je vais faire aujourd'hui ce que j'aurais dû faire depuis longtemps, Mona. Et je le fais pour nous deux. Souviens-toi que je t'aime. Il se passera peut-être longtemps avant que tu me revoies, mais tu seras toujours dans mon cœur. Et si jamais tu as peur ou si tu te sens en danger et que tu aies besoin d'entrer en contact avec moi, adresse-toi à ma mère. Elle saura ce qu'il faut faire.

— Où vas-tu, David ? dit-elle tout bas.

— Dans la forêt, Mona. Avec les Mau Mau.

49

Ce devait être l'attentat le plus important des Mau Mau à cette date. Et le général Wanjiru Mathengé devait mener l'opération.

En comptant les derniers bâtons de dynamite qui venaient de lui arriver, elle sentit dans son cerveau l'afflux enivrant du sang qui accélère sa course et sur les lèvres le goût de la peur et de l'excitation. Elle avait éprouvé la même joie chaque fois qu'elle était allée dans la forêt apporter en fraude des armes, laisser de la nourriture ou des messages dans des arbres creux pour les combattants de la liberté. Elle avait la tête qui lui tournait à la perspective de la grande opération qu'elle allait diriger : faire sauter l'Hôtel Norfolk.

Une réunion avait été prévue là dans l'après-midi. Le gouverneur et le général Erskine avaient convoqué un conseil général de colons blancs pour définir une nouvelle vaste offensive contre les Mau Mau. Un des lieutenants de Wanjiru, une belle jeune femme de la tribu Méru répondant au nom de Sybill, couchait avec l'un des collaborateurs du gouverneur. Naïvement, celui-ci l'avait mise au courant de la réunion secrète.

Tout se passait si vite, à présent ! Les Mau Mau avaient redoublé leur action. La guerre se développait dans des proportions incroyables. Wanjiru en connaissait la raison : il y avait un nouveau leader dans la forêt, un homme qui était apparu soudain un jour de juillet. Wanjiru ne l'avait jamais vu — elle prenait ses ordres auprès d'un de ses subordonnés — et seul le haut commandement Mau Mau était au courant de sa véritable identité. Pour Wanjiru et les autres combattants de la liberté de même que pour les Européens, il était connu sous le nom de « léopard ». Qui que ce fût et d'où qu'il vînt, Wanjiru l'admirait. Depuis qu'il avait rejoint les armées de la forêt, les Mau Mau avaient lancé une offensive massive contre les blancs. Léopard avait enseigné aux Mau Mau de nouvelles tactiques, de nouvelles façons de se battre ; il avait l'expérience et la ruse d'un soldat et semblait connaître le fonctionnement interne de l'armée britannique. Les raids couronnés de succès contre les colons, depuis ces derniers mois, étaient tous son œuvre, de même que l'attentat prévu pour ce jour-là, qui avait été étudié pendant des semaines : une fois exécuté, le dynamitage du plus grand hôtel de Nairobi avec tous les leaders du Kenya à l'intérieur porterait aux blancs un coup paralysant.

C'était la première fois que Wanjiru venait à Nairobi depuis l'incident du Queen Victoria. Après avoir lancé le caillou par la fenêtre de l'hôtel, elle s'était enfuie dans les forêts et elle avait pris part à l'organisation de nouveaux camps, elle avait fabriqué des fusils de fortune avec des tuyaux, supervisé les femmes et formé des réseaux clandestins de communication. Wanjiru s'était vite élevée dans les rangs des Mau Mau et était maintenant considérée comme la plus puissante des femmes qui combattaient pour la liberté. Les Anglais avaient lancé un ordre de recherche contre elle ; sa tête était mise à prix pour cinq mille livres.

Elle était arrivée à Nairobi la semaine précédente, venant à pied des Aberdares sous un déguisement. Des amies lui avaient fabriqué un *buibui* musulman, un voile noir qui lui couvrait tout le corps, ne laissant qu'une fente pour les yeux. Elle avait amené avec elle Christopher et Hannah de leur camp secret de la forêt, marchant péniblement sous le soleil brûlant, mendiant de quoi manger dans les villages, buvant dans les ruisseaux. En approchant de la ville, quand elle avait été interpellée à des barrages routiers, elle avait prétendu ne parler ni anglais, ni swahili, ni kikuyu mais un dialecte somali qu'aucun des soldats ne comprenait. Elle avait l'air bien inoffensif — une réfugiée du district de la frontière nord avec ses deux jeunes enfants — et les soldats l'avaient laissée passer. Une fois dans la ville, toutefois, les choses étaient différentes. Elle avait besoin de papiers d'identité. Il avait été arrangé qu'elle deviendrait l' « épouse » d'un sympathisant Mau Mau, un musulman qui travaillait pour les Chemins de fer de l'Ouganda et qui était donc absent de son logement la plupart du temps. L'homme avait emmené Wanjiru au Bureau de la Main- d'Œuvre, avenue Lord Treverton, où on lui avait pris ses empreintes digitales, on l'avait photographiée et on lui avait remis un laissez-passer au nom de Fatma Hammad.

A présent sur le coup de midi par cette journée brûlante d'octobre, alors qu'approchait l'heure fixée pour l'attentat, Wanjiru disposait sur le ventre de Sybill les derniers bâtons de dynamite.

Elle y avait passé toute sa matinée. Au lever du jour, Wanjiru s'était rendue au marché près de Shauri Moyo, le quartier populaire où le sympathisant musulman tenait une chambre minable. Au marché, Wanjiru avait rencontré plusieurs femmes, comme convenu, et leur avait passé, au milieu d'épis de maïs et dans des calebasses, quelques bâtons de dynamite, en chuchotant hâtivement de venir au Norfolk à une heure.

L'attaque de l'hôtel était l'idée de Léopard, mais Wanjiru avait mis au point les modalités d'exécution. Aucun homme n'était libre de ses mouvements à Nairobi. Les soldats anglais et les miliciens interpellaient tout le monde, opéraient des fouilles, faisaient des arrestations arbitraires. Mais Wanjiru avait observé que les femmes risquaient moins d'être inquiétées. Beaucoup étaient interpellées et interrogées et emmenées dans des camions mais on laissait la plupart vaquer à leurs interminables occupations : le marché, la lessive, la vente de légumes, la grossesse — les corvées incessantes de la femme africaine.

Les paniers et les calebasses étaient fouillés, Wanjiru le savait, et même les grandes écharpes qui maintenaient les enfants sur le dos de leur mère. Mais les soldats examinaient rarement le ventre des femmes enceintes. Voilà pourquoi Wanjiru avait donné instruction aux femmes de bien se rembourrer et de placer la dynamite contre leur corps, et voilà pourquoi elle faisait maintenant un ajustement de dernière minute au tampon de drap sur l'abdomen de Sybill.

Chaque femme s'était vu assigner une place. Trois jours plus tôt, Wanjiru avait examiné les jardins de l'hôtel, dressé un plan et marqué au crayon les positions de sa section de sabotage. Pendant qu'elle et Sybill transpiraient dans la chambre qui était une véritable fournaise à Shauri Moyo, les autres étaient en train de se rassembler — dix-huit femmes qui s'avançaient sur les trottoirs bondés sans qu'on y prête attention, l'une s'arrêtant pour enlever une écharde de son pied, une autre pour faire téter son bébé, et ainsi de suite, jusqu'à ce qu'elles forment autour de l'hôtel un cercle peu frappant et sans lien apparent les unes avec les autres ; Wanjiru arriverait la dernière. À une heure, elle crierait : « Mères du Kenya ! », ses sœurs allumeraient leurs bâtons de dynamite et les lanceraient par les fenêtres du Norfolk.

Un plan que Léopard avait approuvé sans réserve.

Quand Sybill fut prête, elle drapa un *kanga* jaune vif autour de sa tête rasée, hissa sa lourde charge d'oignons sur son dos — elle devait les étaler sur une pièce d'étoffe devant l'hôtel, en faisant semblant de les vendre —, dit à Wanjiru « La terre est à nous » et partit.

Quand elle fut seule, Wanjiru commença ses derniers préparatifs personnels. Elle se créa un ventre de femme enceinte avec l'oreiller restant, s'arrêtant un instant pour regarder ses deux petits endormis sur le lit de fer. Hannah avait beaucoup grandi et Christopher, à dix-huit mois, était fort et beau. Il ressemblait trait pour trait à son père, David.

À cette pensée, l'expression de Wanjiru s'assombrit. Elle méprisait l'homme qu'elle avait répudié et s'en voulait de l'avoir aimé. David Mathengé n'était qu'un lâche, conclut-elle, il était la honte des Enfants de Mumbi. Elle espéra qu'il était malheureux à travailler sur la plantation de la putain blanche.

Le souvenir de Mona Treverton emit Wanjiru de bonne humeur. Le rapport de Sybill sur la réunion secrète des colons aujourd'hui contenait un renseignement merveilleux : le Dr Grace Treverton et sa nièce Mona devaient y assister.

Que feras-tu alors, David, sans ta memsaab ?

Elle réveilla les enfants.

— Venez, mes petits. Nous allons nous promener.

Ils étaient sans énergie et se déplaçaient avec des gestes lents dans la chaleur. Hannah mit son unique robe, qui était sale, déchirée et trop petite pour son corps en pleine croissance. Christopher n'avait que son short. Ils avaient faim, ils étaient pieds nus. Au moment de sortir de l'immeuble, avec le panier d'arrowroots qu'elle ferait semblant de vendre sur le trottoir devant le Norfolk, le général

Wanjiru Mathengé réaffirma sa résolution. *Je le fais pour mes enfants, pour leur avenir, pour qu'ils ne subissent jamais l'humiliation qu'ont subie leurs parents.*

Après les pluies de juillet, la ville avait reverdi. Tandis que Wanjiru marchait sous le soleil, Christopher sur sa hanche, Hannah à côté d'elle en lui tenant la main, les arrowroots pesant lourd sur son dos comme les explosifs cachés contre son ventre, elle se rappela le Nairobi qu'elle avait connu seize ans plus tôt quand, pas encore mariée, elle était venue pour être la première élève infirmière à l'Hôpital Indigène. La ville paraissait alors beaucoup plus petite et plus silencieuse. Les démarcations étaient clairement tracées ; les règles qui présidaient aux rapports des races et de la société étaient simples. Les Africains restaient dans leurs villages sordides ; les blancs avaient tout le reste. En ce temps-là, semblait-il maintenant à Wanjiru, une sorte de paix innocente enveloppait Nairobi ; les gens ne prêtaient guère attention aux discours d'adolescents comme David ou elle-même. En ce temps-là, l'Africain « restait à sa place ».

Quand elle passa à l'endroit où s'était produite la grande manifestation avortée, le jour du défilé où le fils Treverton avait été tué et David avait fui en Ouganda, elle vit que les choses avaient changé. Les bâtiments étaient plus grands et les rues pavées, il y avait davantage de voitures et de gens, et elle éprouva presque de la nostalgie pour ces jours enfuis d'autrefois.

Mais c'étaient de mauvais jours, se rappela-t-elle en tournant sur la route en direction du Norfolk. *Des jours injustes, et nous nous battons maintenant pour des jours meilleurs.*

Elle s'arrêta au coin d'une rue et regarda autour d'elle. Nairobi s'était transformée en camp militaire. Jamais depuis la guerre on n'avait vu autant d'uniformes dans les rues bordées d'arbres. Des soldats anglais patrouillaient de long en large, sans tenir compte des regards moroses des Africains. Et les miliciens, des Kikuyus comme elle mais aussi exécrables que les blancs dans l'esprit de Wanjiru, se pavanaient avec leur insigne de police et leur matraque. Elle se demanda lesquels elle devait le plus redouter.

Quand elle arriva près du Norfolk, Wanjiru repéra ses sœurs au milieu des piétons. Il y avait Ruth qui remplissait nonchalamment sa gourde à un robinet de la rue ; Damaris avait enlevé son écharpe et la réajustait sur son dos ; Sybill avait étalé ses oignons ; Muthoni, assise sur le bord du trottoir, allaitait sa fille ; et il y avait aussi la vieille Mama Joséphine, qui avait écrit à la reine Élisabeth de libérer Jomo

Kenyatta, en faisant appel à l'instinct maternel de la reine. Elles se fondaient dans la foule, quelques africaines comme les autres en train de se livrer à leurs tâches habituelles. Les soldats qui avaient regardé leurs laissez-passer les avaient jugées insignifiantes et indignes de plus d'attention. Wanjiru savait que les autres devaient être également à leur poste, des femmes qui paraissaient n'avoir aucune préoccupation mais qui, en fait, étaient sur le qui-vive et attendaient un signal terrible.

Garées dans la rue, Wanjiru le vit avec satisfaction, il y avait les voitures des colons blancs, gardées par des soldats blasés. Elle reconnut celle de Mona Treverton ; c'était la voiture dans laquelle le comte avait été assassiné huit ans auparavant.

Donc ils étaient tous à l'intérieur, comme des moutons dans un enclos, attendant l'abattage. Wanjiru leva les yeux vers l'horloge de l'église. Une heure moins dix.

— Hep, là, mama ! lança une voix derrière elle.

Elle se retourna et sourit aux deux miliciens. Parce qu'elle ne pouvait pas risquer d'être gênée dans ses mouvements ce jour-là, Wanjiru ne portait pas le *buibui* protecteur.

— Votre laissez-passer, mama.

Elle le lui tendit.

Pendant que le premier *askari* examinait sa photo et son signalement, l'autre, un jeune Embu, toisa Wanjiru de la tête aux pieds.

— Qu'est-ce que vous faites ici, mama ? demanda le premier en lui rendant le laissez-passer.

Elle se retourna pour qu'ils puissent examiner son panier d'arrowroots.

— Je vais les vendre.

— Ici ? Pourquoi pas au marché ?

— Ah ! Trop de concurrence au marché ! Et j'ai besoin d'argent. Mon mari est un paresseux bon à rien qui dépense tout notre argent en bière.

— Une jolie femme comme vous pourrait gagner de l'argent bien plus facilement, dit le second *askari*, le sourire aux lèvres.

— Je suis une musulmane pieuse, monsieur. Ce que vous dites m'insulte !

Ils la considérèrent d'un regard pensif. Wanjiru avait envie de jeter un coup d'œil à l'horloge mais n'osa pas.

— D'où venez-vous ? demanda le premier.

— C'est écrit dans mon laissez-passer.

— Dites-moi où.

Elle essaya de conserver son sourire, son air dégagé. Wanjiru avait subi beaucoup d'interrogatoires de ce genre ; elle devait garder son sang-froid pendant celui-là.

— Du nord, dit-elle. Près de la frontière.

— C'est vendredi aujourd'hui, mama, dit le second soldat, qui ne souriait plus. Pourquoi n'êtes-vous pas à la mosquée ?

Le cœur de Wanjiru fit un bond. Elle avait oublié !

— Mon mari y va pour nous deux. Allah comprend nos besoins.

Le second *askari* posa longuement sur elle un regard scrutateur. Il plissa les yeux et pendant un instant de panique, Wanjiru eut l'impression qu'elle l'avait déjà vu. Mais elle fut incapable de se rappeler où et quand. Puis il chuchota quelques mots à son compagnon et Wanjiru sentit la sueur lui couler dans le dos. Elle songea aux autres femmes encerclant le Norfolk. L'une ou l'autre allait-elle perdre son calme et commencer l'attaque avant d'entendre son signal ?

Elle avait désespérément envie de continuer son chemin, de gagner son poste. Mais elle devait avoir l'air d'avoir tout son temps à elle et d'être sans souci devant les deux *askaris*.

Enfin, à son immense soulagement, ils dirent :

— Vous pouvez partir, mama. Et évitez les ennuis.

— *Inchallah*, répondit-elle en se détournant.

Elle regarda l'horloge. Une heure moins quatre. Elle vit Sybill lui lancer un regard énervé ; d'autres aussi commençaient à s'agiter nerveusement.

Attendez, pensa Wanjiru. *N'agissez pas encore...*

Les attaques surprises, c'était ce que Léopard avait enseigné à ses combattants de la forêt. Il leur avait montré ce que l'avait entraîné à faire l'armée britannique et ce qu'il avait vu faire par les terroristes dans d'autres pays. Wanjiru savait qu'il était vital que toutes les femmes allument leurs bâtons de dynamite en même temps et les lancent ensemble, d'un seul mouvement, avant que les soldats puissent réagir. Sinon tout serait inutile.

Un embouteillage l'arrêta au coin du trottoir. Wanjiru regarda de l'autre côté Sybill qui se levait et passait la main à l'intérieur de sa robe. Il était une heure moins deux et toutes les femmes étaient en train de prendre subrepticement leurs allumettes. Au moment où l'aiguille des minutes marquerait une heure moins une, elles devaient sortir leur dynamite et attendre son cri.

La circulation s'arrêta complètement. Des avertisseurs klaxonnaient ; des vapeurs d'échappement lui montaient à la tête. Estimant qu'il n'y avait plus de temps, Wanjiru empoigna solidement ses enfants et s'élança entre les voitures et les camions, provoquant une nouvelle cacophonie de coups de klaxon et de freins. Quand elle atteignit l'autre côté, sautant sur le trottoir juste comme une moto de l'armée arrivait comme une flèche, son regard croisa celui de Sybill.

Wanjiru passa la main à travers la poche de sa robe, où elle avait fait un trou. Elle tâta la dynamite.

Les femmes attendaient le signal.

L'aiguille de l'horloge avançait lentement vers le douze. Le sang trottait dans les oreilles de Wanjiru. Le bruit des voitures et des gens parut s'éloigner. Plus rien n'existait en dehors des aiguilles de l'horloge et du bâton de dynamite dans sa main. Juste quelques secondes encore... Quand l'aiguille serait sur le douze elle crierait « Mères du Kenya ! » et dix-huit bâtons de dynamite s'abattraient dans la salle à manger où les colons blancs étaient réunis.

Les quelques dernières secondes maintenant...

— Mama ! cria une voix.

Elle se retourna vivement.

Les deux miliciens traversaient la rue en courant.

Wanjiru se figea. Devait-elle lancer le signal ou s'enfuir ?

— Qu'est-ce que... commença-t-elle.

Mais ils avaient dégainé et ils tiraient en l'air.

Les gens sur le trottoir se dispersèrent instantanément. Des soldats anglais descendirent en courant le perron du Norfolk, leurs mitraillettes Sten braquées sur Wanjiru. Elle sentit que Sybill, derrière elle, se levait d'un bond et se mettait à courir. Les autres femmes aussi prenaient la fuite.

— Vous êtes Wanjiru Mathengé ! dit l'*askari* Embu. Je savais bien que je vous avais déjà vue quelque part.

— Vous vous trompez ! cria-t-elle.

Et le cœur battant, elle se souvint de l'endroit où elle l'avait vu. Il avait été aide-soignant à l'Hôpital Indigène, bien des années auparavant.

— Nous allons voir ça, dit un caporal anglais, qui la saisit avec rudesse par le bras. Vous venez pour interrogatoire.

Hannah se mit à pleurer. Wanjiru la souleva et, avec ses deux enfants dans les bras, suivit les soldats dans le camion militaire.

50

Mona écrivait.

Mon très cher David,

Quatre mois se sont écoulés depuis ton départ. Tu me manques plus que je ne peux dire. Comme tu me l'as demandé, j'habite maintenant avec Tante Grace et Bellatu est fermé. La plantation, j'ai le regret de le dire, décline. Après ta disparition, une bonne partie des ouvriers agricoles m'a abandonnée. Une poignée de loyaux sont restés mais je pense que la majeure partie des cultures vont périr. J'ai reçu le produit de la vente de Bella Hill. Cela suffira pour quelque temps, après, je ne sais pas.

J'ai entendu hier à la radio que Wanjiru a été arrêtée à Nairobi. On a dit qu'elle avait été conduite au Camp de Détention pour Femmes de Kamiti, et que vos deux enfants sont avec elle.

J'avais espéré te voir au cours de ces quatre mois, mon bien-aimé et pouvoir te donner moi-même ces lettres. Mais je me rends compte maintenant que nous ne serons pas réunis avant la fin de ce conflit terrible. Je vais faire ce que tu m'as recommandé, je remettrai ces lettres à ta mère. Tu as dit qu'elle saurait entrer en contact avec toi.

Crois-tu encore, David mon amour, qu'il y aura une place pour nous dans le nouveau Kenya ? Je prie pour que tu aies raison.

Entendant des pas sur la véranda, Mona leva les yeux et aperçut Grace qui entrait en blouse amidonnée, le stéthoscope autour du cou.

— Je viens voir si tu as eu des nouvelles de la livraison que j'attends. Toujours rien ?

— Non, Tante Grace.

Grace proposa les sourcils. Elle avait un besoin urgent du nouveau vaccin Salk contre la poliomyélite, importé d'Amérique, et elle espérait que le colis n'avait pas été intercepté par les Mau Mau.

— Je prendrai un petit thé, dit Grace. Et toi ?

Mona ne cessait de s'émerveiller de l'énergie apparemment inépuisable de sa tante. À soixante-cinq ans, Grace continuait de diriger son énorme mission avec l'allant et l'efficacité d'une femme bien plus jeune.

Mona posa sa plume et suivit sa tante dans la cuisine où Mario découpait des tranches de jambon pour leur dîner froid. Au coucher du soleil il serait mis à la porte de la maison.

— Dieu merci, les Mau Mau n'ont pas touché aux plantations de thé, dit Grace en mettant dans la théière du thé Comtesse Treverton. Les Anglais se rendraient sur-le-champ si leur thé était menacé.

Le boy regarda par-dessus son épaule en souriant.

Mona lui rendit son sourire et secoua la tête. C'était l'attitude intrépide de Tante Grace en face d'un si grand danger qui maintenait sa mission en activité alors que d'autres avaient été abandonnées. Il y avait encore eu deux attaques Mau Mau, mais néanmoins elle tenait bon. Malgré les troupes stationnées tout près, malgré les bulletins d'information quotidiens faisant état de cadavres africains mutilés et de chats empalés sur des clôtures, malgré le vacarme constant des avions survolant la forêt avec leurs haut-parleurs qui invitaient les terroristes à se rendre, Grace réussissait à conserver son équilibre et son optimisme.

— À quoi bon écouter les nouvelles, dit Mona en mettant le couvert. — Elles allaient s'asseoir dans le chaud soleil, près d'une fenêtre encadrée de fleurs. — Ils cherchent toujours la personne qui fait prêter serment dans la région. Les autorités se concentrent là-dessus en ce moment ; elles disent qu'une fois qu'il sera découvert, une bonne partie du danger disparaîtra.

Grace, devant le fourneau, attendait que l'eau se mette à bouillir. Elle regarda sa nièce, qui portait sa tenue habituelle, pantalon et chemise d'homme trop grande.

— Je ne voudrais pas me montrer indiscrète, Mona, dit-elle, mais j'ai vraiment l'impression que tu prends du poids. Ce ne peut pas être à cause de la cuisine de Mario !

— Oui, je prends du poids, répondit Mona, le dos tourné à sa tante. Mais cela n'a rien à voir avec la cuisine de Mario. Je suis enceinte.

Grace regarda sa nièce à travers ses lunettes cerclées d'un fil doré. Elle cligna des paupières et dit :

— *Quoi ?*

Mario, qui connaissait Mona depuis qu'elle était toute petite, se retourna.

Mona continua de mettre le couvert et posa des serviettes en papier sur les assiettes à sandwichs.

— Je vais avoir un enfant, Tante Grace. L'enfant de David Mathengé.

Mario laissa tomber son couteau ; il cliqueta sur le linoléum, rompant la paix de l'après-midi.

— Mona ! murmura Grace. Qu'est-ce qui t'a pris ?

— J'étais amoureuse, Tante Grace. Je suis encore amoureuse. Nous avons une grande affection l'un pour l'autre, David et moi.

— Mais... *il a disparu !*

— Oui. Il m'a dit qu'il devait partir, et je ne l'ai pas retenu.

— Tu sais où est David Mathengé ?

Mona marqua un temps. Sa gorge se nouait ; des larmes lui montaient aux yeux. Elle n'avait pas pu se résoudre à dire à quiconque que David était devenu l'un d'*eux*.

Grace dévisagea sa nièce un instant puis lança un regard significatif à Mario. Comprenant, il quitta discrètement la cuisine. Grace et Mona s'assirent. Elles étaient en face l'une de l'autre.

— Ma pauvre chérie, dit sa tante, que vas-tu faire ?

— Faire ? Je vais avoir l'enfant de David.

— Et ensuite ? Comment vivras-tu ?

— Comme j'ai vécu depuis trente-quatre ans. Comme tout le monde vit, un jour à la fois. J'attendrai que David me revienne.

— Tu sais donc où il est.

— Oui.

Grace lut dans les yeux de sa nièce une réponse qu'elle aurait préféré ne pas connaître.

— Et l'enfant ? Quelle sorte de vie aura-t-il ?

— Il sera aimé, Tante Grace. Il a été conçu dans l'amour, il sera élevé dans l'amour.

— Et si David ne revient jamais ?

— Il reviendra...

La voix de Mona se bloqua, puis elle reprit :

— Dans ce cas, j'élèverai l'enfant seule et je lui enseignerai à être fier de son père, de ses *deux* races.

Grace baissa les yeux vers ses mains. Elle écouta les oiseaux qui chantaient au-dehors — la raison pour laquelle sa première maison qui avait brûlé à cet emplacement voilà bien des années avait été appelée Chantoiseau. Elle songea à la case de chirurgie en feu et aux voix d'enfants qu'elle avait entendus crier à l'intérieur.

— Mona, dit-elle lentement. Tu dois savoir que si David revient ce ne sera plus le même homme. Il aura changé.

— Je n'en crois rien.

— S'il est avec les Mau Mau, il a prêté serment, et on ne pourra plus lui faire confiance.

— Pas David.

— Tu connais le pouvoir du serment, Mona ! Il peut changer en monstres des êtres rationnels et intelligents. C'est une sorte de maladie psychologique. Ils *croient* en la force contraignante du serment. David est un Kikuyu, Mona !

— Il est différent.

— Tu crois ? As-tu entendu parler des prisonniers dans les camps de détention ? Des Africains qui avaient été naguère de loyaux chefs de tribu mais qui se sont retournés contre leurs amis blancs sont soumis à des programmes rigoureux de rééducation. Le gouvernement envoie de vrais sorciers dans les camps faire prêter des serments anti-Mau Mau ! Mona, ne comprends-tu pas ? David est l'un d'eux ! Et il les a rejoints volontairement, pas contre son gré. Même quand un homme se déclare loyal au gouvernement, on ne peut pas s'y fier, et moins encore à un homme qui a adhéré spontanément aux Mau Mau.

Mona se leva brusquement.

— Jamais David ne me fera de mal. Je le sais.

— Mona, écoute.

— Tante Grace, j'ai besoin de ton aide pour quelque chose. Je veux te demander un service.

La bouche de Grace devint une ligne mince.

— Lequel ?

— J'ai écrit des lettres à David. Je désire les lui faire parvenir.

— Eh bien, tu sais où il est.

— Je ne sais pas exactement où il est, et je ne sais pas comment lui transmettre ces lettres. Il m'a dit que si j'avais besoin de communiquer avec lui, je m'adresse à sa mère. Il a dit qu'elle saurait quoi faire.

— Oui, dit Grace tristement, ressentant pour la première fois depuis le début des hostilités le vrai crime de cette guerre révoltante. Il existe un réseau clandestin. Les messages sont déposés pour eux dans des arbres creux.

— Mama Wachéra saura comment faire parvenir ma lettre à David.

— Et qu'attends-tu de moi ?

— Elle ne parle pas anglais et je ne connais que quelques mots de kikuyu. Veux-tu m'accompagner pour tout lui expliquer ?

Grace leva les yeux.

— À la hutte de Wachéra ?

Mona hocha la tête.

— Je n'ai pas parlé à cette femme depuis des années. Pas depuis le jour de l'*irua*... quand j'ai essayé de sauver Njéri.

— Je t'en prie, dit Mona.

Le terrain de polo n'avait pas été utilisé depuis le suicide de Rose. Mona parlait toujours de le remettre en service ou de le transformer en un vaste jardin, mais elle n'avait jamais pris le temps de le faire. Il était envahi par des mauvaises herbes, son grillage rouillait. Récemment, Grace avait songé que ce serait une bonne addition à sa mission comme terrain de sport pour les trois cents élèves africains qui fréquentaient son école.

Un sentier battu longeait la rive couverte d'herbe. Mona et Grace le suivirent après avoir passé sous l'arcade en fer forgé de l'entrée de la mission. Deux soldats anglais avaient proposé d'accompagner les deux femmes, mais elles leur assurèrent qu'elles n'avaient rien à craindre de Mama Wachéra. Les Africains des deux camps respectaient la guérisseuse légendaire et la laissaient en paix.

En approchant du groupe d'humbles huttes, Grace fut assaillie par des souvenirs : la journée pluvieuse de son arrivée en 1919 dans les chariots à bœufs, avec la petite Mona dans les bras de Rose, la première fois où elle avait serré la main de James ; le jour où Valentin avait fait couper l'arbre sacré, à l'endroit où se trouvaient maintenant les buts de polo du côté sud ; la nuit de l'incendie et les journées de convalescence qui avaient suivi, dans la hutte de Wachéra. Longeant à présent la *shamba* de la sorcière, où les haricots et le maïs attendaient les pluies, Grace eut l'impression que sa mission moderne, avec son électricité et son équipement médical dernier cri, disparaissait lentement derrière elle tandis qu'elle entrait dans une ère différente — le Kenya d'autrefois.

Mama Wachéra, assise au soleil, arrachait les feuilles d'une plante que Grace reconnut être une plante médicinale. La guérisseuse psalmodiait une mélopée en préparant son remède, rangeant ensuite la mixture dans des gourdes marquées de signes magiques. Wachéra portait le costume qui l'avait rendue célèbre : colliers de perles, bracelets de cuivre ; énormes pendants d'oreille qui avaient étiré ses lobes jusqu'à ses épaules ; sa tête rasée luisait au soleil ; des charmes rituels et des talismans sacrés tintaient à ses poignets.

Elle leva les yeux vers la memsaab aux cheveux d'argent, avec sa blouse blanche et son ornement en caoutchouc et métal autour du cou. Elles ne s'étaient pas parlé depuis de nombreuses moissons.

Mona éprouva de l'appréhension en présence de la vieille Africaine. Elle avait tellement entendu parler de Wachéra ; cette hutte se dressait là du plus loin que se rappelait Mona.

Et il y avait un souvenir fuyant presque comme un rêve, d'un incendie, puis de la pluie et finalement un lit de peaux de chèvres et des mains douces qui apaisaient sa fièvre. Mona savait que Mama Wachéra lui avait sauvé la vie un jour.

Grace s'adressa à la mère de David avec une politesse et un respect extrêmes, dans son excellent kikuyu qu'elle avait perfectionné au cours des années. En retour, Mama Wachéra se montra excessivement polie et humble mais, Grace le remarqua, n'offrit pas une calebasse de bière.

— Ces lettres, Dame Wachéra, sont pour votre fils David, dit Grace en lui tendant le paquet attaché par une ficelle. Nous nous demandions si vous pouviez les lui faire parvenir ?

Mama Wachéra leva les yeux vers Grace.

Elles attendirent. Des mouches bourdonnaient dans la chaleur ; un nuage errant recouvrit le soleil. Mais la guérisseuse ne parla pas.

Mona dit « *Please* », en anglais, puis elle expliqua dans son kikuyu rudimentaire l'importance de ces lettres pour David.

Les yeux de Wachéra descendirent jusqu'à la taille de Mona puis remontèrent à son visage. Il y avait du mépris dans son regard, comme si l'Africaine savait quel secret se trouvait sous la chemise de Mona.

— Dame Wachéra, dit Grace, votre fils serait très heureux de lire ces lettres. Nous ne savons pas où il est. Nous savons seulement qu'il est allé dans la forêt. Mais quand il est parti, il a dit à ma nièce qu'elle pourrait entrer en contact avec lui par votre intermédiaire. Il a dit que vous l'aideriez.

Mama Wachéra leva les yeux vers la femme qui avait bâti il y avait des années une hutte étrange se composant simplement de quatre poteaux et d'un toit de chaume, mais qui possédait à présent de nombreux édifices de pierre avec des routes pavées et des automobiles. Elle dit :

— Je ne sais pas où est mon fils

Grace posa néanmoins le paquet de lettres sur le sol à côté de la guérisseuse, dit : *Mwaïga,* qui signifie « Tout est bien, allez en paix » et se détourna.

En repartant sur le sentier qui les ramenait à la maison, Grace dit à Mona :

— Ne t'inquiète pas. Elle sait où est David. Et elle voudra exécuter ses désirs. Elle lui transmettra les lettres.

51

Simon Mwacharo, l'un des gardiens du camp, à la fois détestait et désirait Wanjiru Mathengé. Il l'avait fait amener à maintes reprises dans son bureau, à n'importe quelle heure du jour ou de la nuit, interrompant un repas ou la tirant du sommeil, pour l'interroger, pour briser sa résistance.

— Qui est ton supérieur immédiat chez les Mau Mau ? lui demandait-il cent fois. Quelles sont les lignes de communication ? Comment reçois-tu tes ordres ? Qui est Léopard ? Où est son camp ?

Mwacharo effectuait ces interrogatoires surprises dans son bureau, une cabane construite précipitamment, en tôle ondulée pour les murs comme pour le toit, avec à l'intérieur juste une table, une chaise et un radiophone. Il interrogeait toujours Wanjiru en présence d'un officier blanc et de quatre *askaris,* et continuait pendant des heures en la laissant debout sur les dalles de pierre, que la journée soit brûlante et la cabane transformée en fournaise ou que des pluies glacées emplissent le bureau d'un froid mordant. Wanjiru grelottait ou transpirait, elle était faible et épuisée, mais elle gardait toujours le silence. Depuis son arrivée au Camp de Sécurité maximum de Kamiti elle n'avait pas dit une parole aux autorités.

Finalement au bout d'une heure ou deux de questions incessantes, Simon Mwacharo, n'ayant rien appris, la laissait repartir.

Mais c'était un homme résolu. Wanjiru Mathengé avait reçu des Mau Mau le rang de général ; elle avait été cataloguée « irréductible », par les autorités et avait reçu une « carte noire » — ce qui signifiait qu'on l'avait classée parmi les détenus les plus dangereux. Lui arracher des renseignements, Mwacharo le savait, lui vaudrait des louanges de la part de ses supérieurs et probablement une promotion.

Il interrogeait Wanjiru depuis cinq mois. Il était certain qu'elle craquerait un jour.

— Regarde bien Hannah ! dit Wanjiru à sa fillette de quatre ans. Fais bien attention à ce que je fais, parce qu'un jour tu seras guérisseuse comme ta grand-mère.

Les anecdotes sur Mama Wachéra, la mère de son père, étaient ce que préférait la petite Hannah, plus encore que les histoires du mont Kenya. Elle aurait aimé que sa mère lui en raconte une maintenant au lieu de lui montrer comment enlever une vilaine chique d'un orteil.

— Voilà, dit Wanjiru à la vieille femme d'un certain âge appartenant à la tribu des Embus qui était assise par terre, le dos contre le mur du baraquement. Lavez-vous bien le pied, mama, et faites attention où vous marchez.

Elle nettoya son aiguille, une de ses possessions les plus précieuses, la fixa à son col et se tourna vers la femme suivante.

Les trois mille femmes détenues au camp de concentration de Kamiti n'occupaient que le quart de cette prison de plus de quatre mille hectares ; elles étaient séparées des hommes par une haute clôture à mailles losangées, des miradors et des rouleaux de barbelés. Tous les détenus de Kamiti étaient considérés comme des prisonniers politiques dangereux, et par conséquent c'était un camp de haute sécurité. Les conditions étaient très dures à la fois pour les hommes et pour les femmes et les enfants ; la nourriture était déplorable, les cellules surpeuplées, et l'assistance médicale trop réduite pour servir à grand-chose. Voilà pourquoi Wanjiru, à cause de sa formation d'infirmière, était devenue presque la seule à assurer un service sanitaire à la Section D.

Après avoir examiné les bras de la femme suivante qui avait des blessures infectées, par suite de tortures, Wanjiru dit avec douceur :

— Maintenez-les très propres, mama. Et laissez le soleil de notre Mère Afrique les guérir.

Wanjiru se sentait tellement impuissante. Sans médicaments, sans pansements, sans nourriture adéquate, il lui était impossible de faire grand-chose pour ces femmes déshéritées qui souffraient. Toutefois, elle faisait de son mieux. Elle s'inspirait des connaissances acquises auprès des infirmières anglaises — qui lui avaient enseigné la médecine moderne et l'hygiène — et aussi des méthodes traditionnelles que lui avait enseignées Mama Wachéra. Parfois, le simple fait que Wanjiru Mathengé examinait leur mal ou écoutait leurs souffrances suffisait à soulager un peu les détenues. Elles avaient de la chance de l'avoir, toutes les femmes le disaient.

Après avoir examiné la dernière femme, Wanjiru se leva et prit sa fille par la main. C'était l'heure d'aller chercher l'eau au puits commun.

Elle marchait avec Christopher attaché dans son dos. Il avait deux ans et devenait lourd. Wanjiru aurait pu confier ses enfants à la garde d'autres femmes de la Section, comme la plupart des mères le faisaient au camp, mais depuis le jour où chacun d'eux était né, jamais elle ne les avait quittés des yeux. Elle ne voulait pas être séparée d'eux maintenant.

Le ciel était gris et menaçant, tandis qu'elle cheminait péniblement sous les yeux des gardiens blancs et africains, là-haut dans leur mirador, où le drapeau anglais flottait au vent. Elle passa devant des groupes de femmes assises ou allongées par terre, alignées contre les parois de baraquements, à l'abri du froid, bon nombre d'entre elles insuffisamment vêtues. Elle se demanda de nouveau quels crimes ces malheureuses avaient commis. Voyons, pensa-t-elle, sur les trois mille femmes du camp, il y en avait peut-être cinquante seulement qui étaient des Mau Mau comme elle-même. Qu'avaient donc fait les autres pour mériter pareil traitement ?

Elles n'ont pas de mari, se dit-elle. *Personne n'en veut. Elles sont considérées comme des non-valeurs. Et c'est cela leur grand crime.*

L'eau était saumâtre et sale ; mais c'était mieux que pas d'eau du tout, aussi Wanjiru recommandait-elle constamment aux femmes de sa section de se maintenir propres, ainsi que leurs enfants. Au camp de Kamiti, la maladie était le principal ennemi et Wanjiru ne cessait de prêcher la tactique pour la combattre.

Elle s'arrêta, sa calebasse à la main, pour regarder à travers les énormes rouleaux de barbelés qui serpentaient autour du camp. C'était un site désolé. Elle pouvait voir à une grande distance dans le lointain qu'une pluie diluvienne s'abattait sur les montagnes. Dans le vent qui se levait, elle entendit de nouveau la sentence rendue à son procès. *Inculpation : activités terroristes contre la Couronne. Sentence ; au gré du gouverneur, sécurité maximum, à vie.*

À vie...

Allaient-ils vraiment lui faire ça ? Les garder, elle et ses enfants, derrière des barbelés jusqu'à la fin de leur vie ? Wanjiru n'avait que trente-six ans ; *à vie* faisait très longtemps.

Elle sentit Christopher, chaud et lourd sur son dos, et la petite main d'Hannah dans la sienne, et elle fut soudain prise de panique et de fureur. Quel crime avaient commis ces petits, sinon d'être nés avec le droit d'être libres ?

Une gardienne s'avança. C'était une grande Wakamba tenant en laisse deux chiens féroces, qui talonna Wanjiru pour qu'elle rentre dans son baraquement. Wanjiru songea à David. Où était-il ? Qu'est-ce que cette guerre était en train de lui faire, à *lui ?*

— Il était une fois, dit Wanjiru d'une voix douce qui dominait le bruit de la pluie, une guérisseuse très sage qui habitait une hutte sur la berge d'une rivière. Elle vivait avec sa grand-mère et son fils, et ils étaient très heureux sur la berge de cette rivière qui leur donnait de l'eau et nourrissait leurs récoltes de maïs, de sorgho et de haricots. Un jour, un homme étrange vint à la rivière. Jamais la guérisseuse n'avait vu son pareil. Sa peau avait la couleur de la rainette blanche et il parlait dans une langue inconnue des Enfants de Mumbi. La guérisseuse l'appela *Mzungu*, à cause de son étrangeté.

Les femmes de la cellule de Wanjiru, blotties les unes contre les autres pour se défendre du froid, écoutaient son récit avec attention. Elles n'avaient jamais encore entendu cette histoire.

— Or donc Mzungu dit à la guérisseuse que cet endroit près de la rivière lui plaisait et qu'il aimerait y vivre. Elle lui répondit qu'il était le bienvenu, parce qu'il y avait assez de nourriture, d'eau et de soleil pour tout le monde. Il alla donc se construire une maison à un autre endroit, près de la rivière.

« La guérisseuse, sa grand-mère et son fils vivaient en paix au bord de la rivière. Ils étaient très heureux et ils s'aimaient. Et cela ne les gênait pas d'avoir Mzungu pour voisin. Mais bientôt Mzungu se montra avide.

Christopher gigota sur les genoux de sa mère. Elle avait déjà raconté cette histoire ; il avait envie d'entendre celle où est dit comment le dindon sauvage a reçu ses taches. Hannah, roulée en boule contre le flanc de sa mère, dormait avec trois doigts dans la bouche.

Dans cette cellule qui avait été construite pour dix personnes, vingt-six femmes, certaines avec des nouveau-nés et des enfants en bas âge, étaient assises contre les murs froids et humides ou allongées par terre en train d'écouter l'histoire de Wanjiru. Peu importait que ce ne soit pas un conte traditionnel et familier — bien que ce fussent les meilleurs — du moment qu'elle leur fournissait une distraction de sorte qu'elles pouvaient oublier un instant à quel point elles étaient fatiguées d'avoir travaillé toute la journée aux champs à cultiver de quoi nourrir les détenus, à charroyer des pierres pour de nouvelles routes, ou à enterrer les nombreux morts. Toutes avaient faim, mais Wanjiru les empêchait pendant un moment de penser à leur dîner de bouillie de maïs mal cuite, servie sans sel ni sucre.

— Mzungu a déclaré à la guérisseuse qu'il voulait davantage de terre, que celle qu'il avait ne suffisait pas. Alors elle lui a répondu : « Prends ce dont tu as besoin ; il y en a largement pour tout le monde. » Et Mzungu prit davantage de terre et agrandit sa *shamba.*

La pluie s'abattait sur le toit de tôle ondulée et contre l'unique fenêtre de la cellule. Au-dehors il faisait encore jour mais les baraquements étaient sombres et il n'y avait ni ampoules électriques ni lampes. Les femmes ne pouvaient rien faire d'autre que dormir et s'éveiller le lendemain pour une autre journée à s'échiner, à se demander où étaient leurs maris, à se demander quand elles seraient libérées, à s'interroger sur la raison pour laquelle elles se trouvaient en prison.

C'était lié aux Mau Mau, aucune ne l'ignorait. Mais le gouvernement croyait-il vraiment que *toutes* ces femmes étaient des combattantes de la liberté ? La vieille Mama Margaret tout édentée, par exemple, ou bien Mumbi la boiteuse ? Un « sorcier de réhabilitation » était venu à la Section D dans l'après-midi pour administrer aux femmes des « anti-serments ». Rituel inutile pour presque toutes, puisqu'elles n'avaient prononcé aucun serment Mau Mau.

— Mzungu revint à la hutte de la guérisseuse et lui dit qu'il avait encore besoin d'autre terre. Et elle dit : « Prends ce dont tu as besoin, il y en a largement pour tout le monde. » Et Mzungu revint ainsi jour après jour, et prit de plus en plus de terre jusqu'à ce qu'il n'ait plus à marcher longtemps jusqu'à sa *shamba :* elle touchait celle de la guérisseuse ! Alors il dit : « Je veux d'autre terre » et elle répondit : « Prends ce que tu veux, il y en a largement pour tous. » Mais Mzungu convoitait à présent la terre où s'élevait le figuier sacré, et la guérisseuse dit poliment : « Non, mon ami. Tu ne peux pas prendre cette terre-là, car, vois-tu, elle appartient à Ngaï, le Dieu de Lumière. »

Des murmures s'élevèrent parmi les femmes, ravies de la réponse de la guérisseuse. Mais quand Wanjiru raconta que Mzungu avait quand même déraciné l'arbre, toutes se récrièrent.

— La guérisseuse a lancé un *thahu* sur Mzungu et toutes ses générations à venir, et dit qu'il serait maudit jusqu'au jour où la terre sacrée serait rendue aux Enfants de Mumbi.

Les femmes applaudirent et convinrent que c'était une bonne histoire. Puis elles se préparèrent pour leur long sommeil affamé, s'efforçant de s'installer confortablement sous l'unique couverture que chacune avait reçue, certaines essayant de faire téter leur bébé à leurs seins taris, d'autres pleurant au souvenir des foyers auxquels on les avait arrachées. Pour la plupart, il y avait eu la rafle soudaine au village ; les femmes avaient été emmenées dans des camions différents de ceux où étaient leurs hommes, et avaient vu en partant les soldats entrer dans leurs huttes et en ressortir les bras chargés.

— Mama Wanjiru ! appela une voix pressante sur le seuil sans porte de la cellule. Venez vite ! Maman Njoki est très malade !

Wanjiru se rendit avec la femme dans la cellule voisine, où Njoki était assise adossée contre le mur. Dans la lumière voilée qui tombait de la fenêtre, Wanjiru vit qu'elle avait la langue gonflée et rouge vif. Il y avait aussi des plaies sur son corps et par endroits sa peau semblait curieusement flasque.

— Comment vous sentez-vous, mama ? demanda Wanjiru doucement. Est-ce que vous avez vomi ?

La femme hocha la tête.

— De la diarrhée ?

Un autre hochement de tête.

— La gorge vous brûle ?

Wanjiru vit que les mains de Njoki s'ouvraient et se refermaient sans arrêt en un geste réflexe de préhension qu'elle était incapable de maîtriser. Elle comprit aussi que le délire n'était pas loin et, après cela, la mort.

— Y en a-t-il d'autres ? demanda Wanjiru à la femme qui était venue la chercher.

Oui, il y en avait d'autres, mais aucune aussi atteinte que Mama Njoki.

— Il faut que je voie Simon Mwacharo, dit Wanjiru à la gardienne qui surveillait les baraquements. C'est urgent.

Un officier blanc anglais, Dwyer, se trouvait dans le bureau de Mwacharo. Ils avaient joué aux cartes dans le vacarme de la pluie battante sur les tôles. Les deux furent surpris de l'arrivée de Wanjiru trempée jusqu'aux os. Mwacharo eut un bref instant l'espoir qu'elle venait lui livrer les renseignements qu'il souhaitait, mais cet espoir fut déçu quand elle dit :

— Il y a une épidémie de pellagre à la Section D.

— Comment le savez-vous ?

— J'ai vu les malades. Certaines sont très touchées. Elles mourront si le régime alimentaire n'est pas modifié. Nous avons besoin de quelque chose de plus que du maïs.

— Qu'est-ce que vous racontez ? dit l'officier Dwyer. Dans vos villages, vous ne mangez jamais que du maïs.

— Nous avons besoin de haricots mangetout ! Le maïs n'a pas de vitamine B.

Il haussa les sourcils.

— Comment savez-vous ça, vous ?

Elle adressa à l'officier blanc un regard de mépris.

— J'ai fait des études d'infirmière à Nairobi. Je sais qu'il existe une relation entre le régime alimentaire et la santé. Et je peux vous dire que la nourriture servie dans ce camp est malsaine.

L'officier Dwyer fut momentanément impressionné. C'était la première fois qu'il rencontrait une Africaine cultivée.

— Et pourquoi devrions-nous vous nourrir? Pour vous donner des forces et vous permettre de regagner la forêt et de reprendre le combat contre nous?

— Tu veux donc que je vous organise un banquet tous les soirs? lança Mwacharo en s'avançant vers elle.

— Laissez-nous simplement cultiver des haricots. Ou faites-nous donner des comprimés de vitamines par le *daktari*. Si on ne l'arrête pas tout de suite, la pellagre va se répandre.

Mwacharo sourit, et soudain Wanjiru se sentit glacée.

— Que feras-tu en échange? demanda-t-il.

— Donnez-nous de la nourriture plus saine, je vous en prie, dit-elle à mi-voix.

Le gardien posa la main sur son sein et pinça. Wanjiru ferma les yeux.

— Quand tu me donneras les renseignements que je veux, sur le réseau clandestin des Mau Mau et sur Léopard, dit-il, tu auras tes vitamines.

Mama Njoki mourut le lendemain, ainsi que deux autres femmes et trois enfants. On retira Wanjiru de la carrière où elle cassait des cailloux du matin au soir pour la mettre à la corvée d'enterrement. Le soir, elle visita toutes les cellules de la Section D et elle constata que la pellagre faisait de plus en plus de ravages.

Elle commença sa protestation au milieu des femmes de sa cellule et de là cette protestation se répandit dans toute la Section :

— Mères du Kenya! s'écria-t-elle, ils nous tuent avec leur mauvaise nourriture! Nous devons nous unir pour résister! Nous ne pouvons pas les laisser nous assassiner de cette façon insidieuse! Ne laissons pas le tribalisme nous empêcher de former un front uni! Nous ne devrions pas être des Kikuyus, des Luos ou des Wakambas; rappelons-nous que nous sommes toutes des mères kenyanes qui nous battons pour l'avenir de nos enfants!

En punition d'avoir prêché l'insurrection, Wanjiru en compagnie de Mama Ngina, la femme de Jomo Kenyatta, fut obligée de vider les seaux d'excréments des détenues.

Mais elle continua de parler aux détenues et de les stimuler, de sorte qu'elle fut enfermée au cachot sans ses enfants, pendant vingt et un jours. Mais même depuis sa cellule Wanjiru continua d'organiser une grève de la faim. Sachant que les gardiennès n'étaient pas des Kikuyus, elle chantait des chansons chaque soir, près de sa fenêtre ouverte, sa voix résonnant dans toute la section, et dans ses chants kikuyus elle disait aux mères du Kenya de refuser le gruau qu'on leur donnait le matin, de poser leurs bêches dans le sillon et de refuser de porter les couffins de pierres jusqu'à ce que la nourriture soit améliorée.

Quand elle sortit du cachot trois semaines plus tard, clignant des paupières sous le soleil, Wanjiru découvrit à sa grande joie que son plan avait fonctionné ; les femmes avaient écouté ses chants et agi selon ses instructions. Le boycott de la nourriture avait abouti à la concession de lopins de terre pour cultiver des haricots et à la distribution de comprimés de vitamines.

Mais, c'était trop tard, elle l'apprit, pour la petite Hannah.

— Nous avons fait ce que nous avons pu, dirent à Wanjiru les femmes de sa cellule. Mais les secours ont trop tardé. Maintenant, elle ne peut plus manger.

Wanjiru prit dans ses bras l'enfant apathique et se mit à chanter une berceuse kikuyu tandis que Christopher regardait avec de grands yeux graves. Au milieu de la nuit, Hannah remua, murmura « Mama » et mourut.

Le lendemain matin, Wanjiru creusa elle-même la tombe, une parmi bien d'autres dues à la pellagre, et rendit sa fille à la terre de leur Mère Afrique.

Cela continuait depuis des heures ; Wanjiru pouvait à peine tenir debout. Simon Mwacharo n'interrompait jamais sa litanie de questions :

— De qui recevais-tu tes ordres ? Où était ton camp dans la forêt ? Qui est Léopard ?

La séance se révéla même trop longue pour l'officier Dwyer qui finalement se leva et partit.

— Laissez-moi dormir, supplia Wanjiru. Je vous en prie...

— Quand tu m'auras dit ce que je veux savoir. Donne-moi ces renseignements sur les Mau Mau et tu auras tout ce que tu voudras. Je te le promets.

Wanjiru sentait sa tête tourner. Elle n'avait rien mangé

depuis la veille et Simon Mwacharo l'obligeait à rester debout depuis des heures.

— Espèce d'imbécile, cria-t-il. Ton entêtement te vaudra la mort, tu sais ça ? Et si tu crèves, que deviendra ton fils ?

Elle songea à Christopher, là-bas dans la cellule, aux soins des autres femmes. *S'il doit mourir pour l'*uhuru, *tant pis,* songea Wanjiru. *Je ne trahirai pas ma cause simplement pour sauver ma vie ou celle de mon fils.*

— Dis-moi ce que je veux savoir, dit Mwacharo ou je te forcerai à parler.

Il se dirigea vers la porte et la ferma à clé. Quand il fit signe aux quatre *askaris,* Wanjiru reprit soudain toute sa lucidité.

— Tu le cherches depuis longtemps, dit-il en commençant à déboucler son ceinturon. Avec tes vitamines, tes boycotts et tes airs supérieurs, je vais te montrer ce que tu es en réalité. Je vais te montrer ce que tu mérites. Et crie tant que tu voudras ; si quelqu'un t'entend, il n'interviendra pas.

Les gardiens précipitèrent d'une bourrade Wanjiru par terre. Deux lui clouèrent les bras au sol, les deux autres lui tinrent les jambes.

Simon Mwacharo déboutonna son pantalon et dit :

— Quand j'en aurai fini avec toi, ces quatre *askaris* prendront leur tour.

Wanjiru regarda le plafond avec horreur. Elle se concentra sur les collines et les vallées de la tôle grise, en se souvenant des collines et des vallées verdoyantes de chez elle, dans le district de Nyéri. Elle songea aux forêts de pins odorants, aux ruisseaux et aux cascades, à la profusion des oiseaux et des fleurs, aux enfants qui chantaient dans le village, aux femmes qui travaillaient joyeusement au soleil, au mari qu'elle avait jadis tant aimé...

Wanjiru resta la tête en arrière et hurla :

— *David !*

52

Mona était assise près de la fenêtre depuis près de deux heures, quand sa patience fut enfin récompensée.

— Oncle James ! s'écria-t-elle, en se levant d'un bond.

Elle se précipita à sa rencontre sur la véranda de la maison de Grace, son bébé de trois mois dans les bras, mais dès qu'elle vit l'expression de son visage en descendant de voiture, elle comprit que son voyage à Nairobi s'était soldé par un échec.

— Désolé, Mona, dit-il en montant les marches en boitant. — Il avait soixante-six ans et sa vieille blessure à la jambe récoltée pendant la Première Guerre mondiale le faisait souffrir. — J'ai fait des recherches très complètes et David Mathengé n'était pas parmi ceux qui ont été arrêtés.

— Ce qui veut dire qu'il se trouve toujours dans la forêt.

— Ou qu'il est mort, répondit James en lui posant la main sur l'épaule. Tu dois accepter cette possibilité, Mona. Un grand nombre ont été tués.

James Donald faisait allusion à l'opération Enclume, qui s'était déroulée trois mois plus tôt, en avril — une campagne massive contre les Mau Mau, organisée par les Anglais, qui avait abouti à l'arrestation et la détention de trente-cinq mille Africains. Comme Mona n'avait aucune nouvelle de David au cours de l'année depuis sa disparition et n'avait reçu aucune réponse aux lettres qu'elle continuait de remettre à Mama Wachéra, elle avait pensé qu'il devait se trouver dans un camp d'internement et par conséquent incapable d'entrer en communication avec elle.

Aussi James avait-il proposé d'user de son influence pour faire des recherches. Geoffrey, Grace, Mario, le domestique et lui-même étaient les quatre seules personnes à savoir que David avait rejoint les rangs des Mau Mau et que l'enfant dans les bras de Mona était le sien.

La colonie bourdonnait d'hypothèses sur l'enfant illégitime de Mona Treverton. De qui pouvait-il bien être ? Elle avait paru une femme si sympathique et si convenable, déclaraient les mauvaises langues, mais aussi rappelez-vous comment sa mère a tourné. L'opinion générale attribuait le bébé à Geoffrey. Il était toujours fourré à Bellatu.

Mona ne se préoccupait pas des commérages. Le bébé n'avait pas beaucoup de cheveux sur la tête et sa peau était d'un blanc crémeux. Il ressemblait à n'importe quel bébé. Mais Mona savait que le temps viendrait où l'ascendance africaine de sa fille commencerait à apparaître, et alors les sourcils se hausseraient certainement. Elle espérait que d'ici-là, le Kenya aurait résolu ses problèmes et que sa fille n'aurait pas à souffrir d'un stigmate social et racial.

Il doit y avoir pour nous un avenir où nous marcherons côte à côte sous le soleil comme mari et femme, lui avait dit David en cette nuit de juin l'année précédente, quand ils avaient fait l'amour et s'étaient juré une dévotion éternelle.

Cet avenir existera-t-il pour nous ? se demanda Mona en

entrant avec Sir James dans la cuisine où Mario préparait le déjeuner. *Un avenir dans lequel David et moi pourrons nous marier sans être des parias, dans lequel nous pourrons voyager dans le même wagon de chemin de fer, entrer ensemble dans la salle à manger d'un restaurant, nous asseoir et commander un repas?* Tard dans la nuit, quand elle était couchée dans son lit avec son bébé dans les bras, l'amour ardent de Mona pour David parvenait à la convaincre que cet avenir était non seulement possible mais très proche. À la lumière du jour, toutefois, quand elle attachait le revolver à sa ceinture, quand elle entendait la radio annoncer de nouveaux assassinats, de nouvelles atrocités dans les deux camps, elle voyait ce bel avenir se faner comme une rose thé exposée trop longtemps au soleil. Au Kenya, les blancs avaient toujours voyagé en première classe et les Africains en troisième, et jamais ils ne s'asseyaient à la même table pour manger. Les rêves de Mona appartenaient à un autre univers; elle aurait aussi bien pu désirer la lune.

— *Jambo, bwana,* dit Mario en servant le thé à James. *Habari gani?*

— *Mzuri sana,* Mario. Et vous?

— Ce sont de mauvais jours, bwana. Très mauvais.

Mauvais oui, James était de cet avis, mais la situation s'améliorait journellement. Depuis l'opération Enclume, trois mois auparavant, les Anglais avaient commencé à voir un net déclin des forces Mau Mau. Bien entendu, tous les trente-cinq mille détenus n'étaient pas des Mau Mau, mais en lançant un coup de filet aussi vaste, les Anglais avaient du même coup capturé plusieurs gros poissons. S'ils pouvaient à présent cueillir le donneur de serments dans cette région et le haut commandement Mau Mau, comme Dédan Kimathi ou celui qu'ils appelaient Léopard, alors cette rébellion, James en était certain, s'éteindrait d'un seul coup. Comme une chandelle qu'on mouche.

Et après cela, quoi?

James fit fondre le sucre dans son thé, perdu dans ses pensées. Derrière les fenêtres, les abeilles butinaient les soucis et les pensées de Grace, l'habituel trafic affairé de la mission s'installait sur les allées pavées, des tommies anglais patrouillaient le périmètre, l'arme prête à tirer.

Il n'y avait aucun doute dans l'espoir de James que les Mau Mau avaient changé le Kenya sans retour. Quand cette guerre civile s'achèverait, il savait qu'il fallait s'attendre à des innovations radicales. Déjà s'était produite une chose qu'aucun colon blanc n'aurait imaginée avant la révolte : le premier Africain nommé ministre était entré au gouvernement.

Mais si les Africains obtenaient l'autonomie politique, songea James, *qui choisiraient-ils pour les gouverner ?*

— Tu as vu Geoffrey ? demanda-t-il.

— Il est passé dans la matinée, répondit Mona en commençant à donner le biberon à Mumbi. Lui et Tim Hopkins sont allés seconder l'officier de district pour chercher de nouveau le donneur de serments. Ils prévoient une rafle surprise.

James prit une tartine et la beurra. Il ne savait pas ce qui s'était passé entre son fils et Mona, sauf que c'était assez grave pour avoir causé entre eux une rupture irréparable. Ils ne s'étaient pas parlé, semblait-il à James, depuis près d'un an, et chaque fois que Geoffrey venait en visite avec Ilse et leurs cinq enfants, Mona trouvait un prétexte pour quitter la pièce. Il avait l'impression que c'était lié à David Mathengé.

— Mario, dit James, je crois que j'ai fini la confiture. N'y aurait-il pas...

Mais à sa surprise, le boy n'était plus là.

Les brumes glissaient du Mont Kenya comme des vrilles. Elles s'enroulaient autour des troncs d'arbres, engloutissaient les herbes et les buissons, chargeaient chaque feuille et chaque pétale de lourdes gouttes d'humidité. À minuit, la forêt s'était métamorphosée en un royaume obscur, brumeux — une sorte d'enfer pareil à celui où les Kikuyus croyaient qu'habitaient leurs ancêtres.

Deux hommes avançaient seuls dans le brouillard, leurs cheveux endiamantés de brume, leurs haillons trempés. Ils avaient parcouru une grande distance, depuis les landes couvertes de nuages en haut des Aberdares, où des forêts de bambous géants et des marais dangereux dissimulaient leur camp secret de la liberté ! Ils avançaient avec précaution, leurs sens pour avoir vécu tellement longtemps dans la forêt aiguisés comme ceux d'une bête sauvage. Ils entendaient comme entend un léopard, ils sentaient comme sent une antilope et ils se mouvaient comme sur des pattes de félin, d'une démarche silencieuse, avec une efficacité mortelle. Ils se savaient entourés de dangers — à cause non seulement des animaux sauvages de la forêt mais aussi des soldats anglais qui avaient commencé à s'infiltrer dans les bois montagneux selon une nouvelle tactique de guérilla.

Ces deux hommes étaient des Mau Mau. C'étaient des

hommes prêts à courir tous les risques, et ils étaient chargés d'une mission.

Ils s'arrêtèrent subitement, en même temps, et écoutèrent. Il y avait un camp pas très loin. Ils entendaient craquer les bambous dans le feu de cuisine. Le chef des deux hommes avança à pas de loup, le fusil prêt à tirer. Il marchait le pouce sur le cran de sûreté, l'index sur la détente. Si les soldats étaient soudain alertés, il tirerait au jugé.

Mais les tommies, lui et son compagnon le virent à travers les arbres, étaient en train de manger du « singe » en essayant de se réchauffer sous leurs bâches de toile. Ils avaient l'air blême, malheureux et déplacés dans cette jungle silencieuse de brumes et de lianes.

Les deux Mau Mau continuèrent leur route. Leur objectif était trop important pour être laissé en attente pendant qu'ils tuaient une poignée de tommies.

Leurs ordres étaient venus du sommet, de Dédan Kimathi en personne, le commandant suprême des Mau Mau. Le réseau de renseignements leur avait annoncé qu'il y avait un bébé blanc dans la maison de Memsaab Daktari, Grace Treverton. Kimathi voulait cet enfant, et il le voulait vivant.

Depuis l'opération Enclume, qui avait touché gravement les Mau Mau, au point que de nombreux combattants se trouvaient coupés des réseaux de ravitaillement, affamés, malades et en loques, Kimathi avait décidé de faire le plus grand recrutement. En ce moment même ses hommes faisaient des raids dans les foyers kikuyus et traînaient les habitants hors des huttes pour les forcer à prononcer le serment. Il n'avait pas d'autre moyen d'augmenter son armée. Mais parce que ces Kikuyus étaient des loyalistes à toute épreuve qui avaient résisté aux Mau Mau depuis deux ans, Kimathi savait qu'il devait les lier par un serment particulièrement puissant et virulent. La cérémonie ne se ferait pas avec des chiens ou des jeunes filles vierges, mais avec l'enfant d'une memsaab blanche. Une fois que la chair tabou aurait été mangée, aucun de ceux contraints à jurer n'oserait désobéir aux ordres de Kimathi.

Quand enfin les deux hommes, le chef nommé Léopard et son compagnon, l'homme qui faisait prononcer les serments, sortirent de la forêt, ils trouvèrent un monde baigné de clair de lune. De coquettes petites *shambas* mouchetaient les côteaux herbus parallèles à la rivière ; des doigts de fumée s'élevaient des toits coniques ; l'immense Mission Grace, pareille à une petite ville, dormait derrière ses fenêtres et ses portes barricadées. Les deux Mau Mau aperçurent des soldats en train de faire leur ronde en silence. L'un des hommes de la forêt, celui qui faisait prêter serment, montra du doigt à son compagnon la grande maison entourée d'arbres et d'un jardin qu'habitait la Memsaab Daktari. L'enfant était là, dit-il, dans la chambre en face du sycomore géant. Et cette fenêtre, il l'assura à son camarade, n'était pas fermée. Avant de descendre le sentier qui conduisait à la rivière, Léopard s'arrêta. Étendu devant lui, irréel et fantomatique sous le clair de lune, il y avait le rectangle oublié du terrain de polo embrassé à son extrémité sud par trois petites huttes kikuyus. Ses yeux remontèrent sur la colline d'en face, où la lune éclairait une magnifique maison à un étage, posée sur une éminence comme un bijou sur du velours vert foncé. Cette maison aussi était sombre. Il songea à celle qui l'habitait, endormie dans le noir ; il se rappela le lit dans lequel elle dormait. Et pendant un instant il fut accablé de chagrin.

Mais tout ceci — la rivière paisible, les trois petites huttes, la maison sur la colline — était fini maintenant, à jamais...

Mona s'agitait dans son sommeil. De mauvais rêves la visitaient, elle s'éveilla plus d'une fois, le cœur battant. Mais quand elle s'éveilla, cette fois-ci, ses yeux s'ouvrant brusquement, elle regarda le plafond sombre et écouta le silence de la maison. Dans la chambre au bout du couloir dormaient Tante Grace et Oncle James. Tim Hopkins avait étalé son sac de couchage dans la grande office à côté de la cuisine. En ces journées de l'état d'urgence, les colons qui étaient restés au Kenya se regroupaient pour assurer leur sécurité.

Mona écoutait la maison. Son cœur battait à se rompre. *Avait-elle entendu* du bruit ?

Mais la maison était solidement barricadée. James et Mario s'en étaient chargés. Et il y avait des soldats partout.

Elle souleva sa tête qui reposait sur l'oreiller pour regarder la silhouette du berceau au pied de son lit. Sa fille, la joie de l'existence de Mona, rêvait paisiblement dans son innocence d'enfant.

Puis, soudain, le clair de lune qui tombait de la fenêtre fut masqué par une ombre. Mona eut un sursaut et s'assit. Saisissant son revolver, elle sauta du lit et alluma la lumière.

Elle ne put retenir un cri.

Deux Mau Mau, les vêtements en lambeaux, l'un avec une barbe et des cheveux longs, l'autre avec une figure familière, une figure estimée, avaient fait irruption dans la pièce minuscule. Mona leva son arme, s'apprêta à tirer. Et ses yeux croisèrent ceux du barbu.

— *David?* murmura-t-elle.

Il la regarda fixement. Une expression de désarroi passa sur son visage.

Elle se tourna vers l'autre homme : Mario. Son visage n'avait pas changé, mais ses yeux ! Il y avait en eux une sauvagerie, une férocité, qui la frappa de terreur. Et tout d'un coup Mona comprit : ils voulaient s'emparer du bébé.

— Non, chuchota-t-elle. David, ne fais pas ça ! C'est notre enfant ! *C'est ta fille !*

Il baissa les yeux vers le berceau. Il avait la mine d'un homme qui s'éveille d'une profonde transe. Il paraissait désorienté, comme s'il était surpris de se trouver là.

— David ! s'écria-t-elle. Tu n'as jamais reçu mes lettres !

D'un geste vif et soudain, Mario se pencha vers le berceau et empoigna le bébé.

— Non ! hurla Mona.

Elle tira. La balle fit jaillir du plâtre du mur.

Mario brandit sa *panga* pour la lancer sur Mona. David l'attrapa par le bras mais Mario le repoussa avec violence, et David alla tomber contre le mur avec une rudesse qui l'étourdit.

La porte de la chambre s'ouvrit à la volée. James entra, une matraque à la main. Il l'assena en direction de Mario. Mais la *panga* l'atteignit le premier et il s'écroula à genoux, les deux mains crispées sur son cou.

Mona se précipita pour tenter d'ôter le bébé à Mario. Mais Mario lui arracha le revolver de la main et tira. Il la manqua.

Puis David fut de nouveau debout, luttant avec Mario ; la prise sur le bébé se relâcha ; l'enfant culbuta et atterrit entre les pieds qui martelaient le sol dans la bousculade des deux hommes.

Mona, à genoux, essaya de l'atteindre.

Le revolver de Mario partit. David bondit en arrière, les mains sur sa poitrine. Mona courut à lui. Il tomba dans ses bras.

C'est alors qu'un autre coup de feu retentit. Grace Treverton s'était soudain encadrée dans l'embrasure de la porte, son pistolet tenu à deux mains. Elle tira une seconde fois et Mario s'écroula mort sur le sol.

Le Dr Nathan referma sans bruit la porte de la chambre de Grace.

— Elle va dormir maintenant. Je lui ai donné un sédatif.

— Oui, dit Geoffrey.

Il était étourdi par le choc. Il avait quitté Kilima Simba dès qu'il avait reçu le coup de téléphone, et roulé aussi vite qu'il avait pu, pour arriver quelques minutes après que son père fut mort de la blessure de la *panga*.

Tim Hopkins, survenu sur les lieux une fois tirée la dernière balle mortelle, secoua maintenant sa stupeur et jeta un coup d'œil à la cuisine encombrée. Elle était pleine de soldats qui harcelaient de questions des Kikuyus aux yeux lourds de sommeil. Le donneur de serments, on l'avait découvert, avait été Mario. Mais ce que David Mathengé avait à faire avec les Mau Mau, nul ne semblait le savoir.

— Tiens, dit Tim, où est Mona ?

— Je ne sais pas et je m'en fous, répondit Geoffrey.

Il la haïssait sincèrement à présent. Tout ça était de sa faute. Il était ravi que son amant noir soit mort, ainsi que leur bébé sang-mêlé. C'était un juste châtiment, dans l'esprit de Geoffrey.

— Pardonnez-moi, monsieur, dit un des soldats, mais si c'est Miss Treverton que vous demandez, elle a quitté la maison il y a un petit moment et elle a monté le sentier là-bas.

Tim regarda par la porte ouverte. Le tommy indiquait Bellatu.

— Et vous l'avez laissée partir ? Quel idiot !

Il sortit en courant de la maison de Grace et gravit l'escalier de bois qui permettait d'accéder à la crête herbue.

Au sommet il s'arrêta. La nuit était claire, avec une pleine lune et des étoiles. Les caféiers aux baies flétries faute d'avoir été récoltées se dressaient sur des milliers de rangs éclairés par la lune, qui s'alignaient jusqu'à un mont Kenya argenté, voilé de brume. Il se détourna et se dirigea vers la grande maison. Elle était plongée dans le noir mais la porte de derrière était ouverte.

Tim entra et prêta l'oreille. Il entendit des bruits au-dessus. Traversant en courant le salon et la salle à manger sombres, Tim grimpa l'escalier quatre à quatre jusqu'à l'étage. Il s'arrêta et plongea le regard jusqu'au bout du couloir obscur. L'air sentait le vieux et le moisi. Tim vit un faible rayon de lumière sortir d'une des portes.

Quand il y arriva, Tim trouva Mona dans une pièce poussiéreuse, tendue de toiles d'araignées, qui avait l'air de n'avoir pas servi depuis des années. Au beau milieu, un immense vieux lit à baldaquin, dont la couverture et les garnitures avaient jauni avec le temps. Et il y avait une coiffeuse jonchée de flacons de parfum vides. Mona était à genoux, en train de chercher frénétiquement dans un tiroir de commode.

— Mona ? dit-il en entrant. Que fais-tu ?

D'une main tremblante, elle tenait une lampe torche et de l'autre elle fouillait les dentelles, la soie et le satin.

Tim s'accroupit près d'elle et dit à mi-voix :

— Mona ? Qu'est-ce que tu cherches ?

— Je ne le trouve pas, dit-elle.

— Tu ne trouves pas quoi ?

— Je... Je ne sais pas.

Des déshabillés s'envolèrent du tiroir, chemises de nuit rose pâle et lingerie aussi fine que des toiles d'araignée.

— Mais ça doit être là !

Il jeta un coup d'œil circulaire. Mona avait fouillé tous les tiroirs de la pièce. Des choses jonchaient le sol — des vêtements, des papiers, des photographies. Il se rappela, avec un frisson, que cette chambre avait été celle de Lady Rose, était fermée depuis des années. Et il se rappela la nuit de la mort du comte, la longue course affolée à bicyclette.

— Mona, dit-il doucement, qu'est-ce que tu cherches ?

— Je ne sais pas. Mais c'est forcément ici. C'était ici à un moment donné...

Elle se mit à pleurer.

Tim la prit par les épaules et essaya de la consoler. Mona se tourna dans ses bras et pleura contre sa poitrine. Il l'aida à se lever et la tint serrée contre lui, tandis qu'elle sanglotait et exprimait par ses pleurs tout son chagrin et son angoisse.

— Je souffre tellement ! Oh, Tim, quelle souffrance !

Il ne savait que dire. Mais il comprenait ce qu'elle ressentait parce qu'il l'avait ressenti une fois il y a très longtemps, quand il était revenu à lui dans l'impasse, et qu'il avait appris qu'Arthur était mort en essayant de lui sauver la vie.

— Tim, Tim ! sanglota-t-elle contre son cou. Tiens-moi ! Tiens-moi s'il te plaît ! Ne m'abandonne pas !

Il resserra son étreinte. Elle se cramponna à lui. Il sentit que des larmes lui montaient aux yeux en même temps que des souvenirs, de la compassion.

— Je souffre tellement, murmura-t-elle. Je ne peux pas le supporter.

Les lèvres de Mona se haussèrent vers les siennes. Il se laissa embrasser.

— Ne me quitte pas ! dit-elle. Je ne peux pas le supporter.

Il pleura avec elle, éprouvant de nouveau l'ancienne douleur et le vide des années sans amour qui avaient suivi la mort d'Arthur. Quand elle s'appuya contre lui, comme si elle n'était pas capable de tenir debout, il la guida vers le lit poussiéreux qui avait fait le long voyage de Bella Hill à Bellatu en 1919.

Il la fit s'allonger, la tint contre lui, et essaya de l'apaiser. Elle pleura dans ses bras. Elle se cramponna à lui. Elle couvrit son visage de baisers. Elle dit des choses qu'il n'avait pas envie d'entendre. Et elle murmura :

— La souffrance, Tim. Fais partir la souffrance. Je ne peux plus la supporter...

Et Tim Hopkins, qui n'avait jamais aimé de femme, songeant maintenant au frère de Mona, le seul amour de sa vie, et comprenant au contact de ses mains ce qu'elle désirait de lui, la réconforta à sa façon gauche et angoissée.

SEPTIÈME PARTIE

1963

53

Cela fascinait Deborah, la façon dont le soleil tachetait l'eau. De l'ambre sur des diamants, pensa-t-elle.

Elle était agenouillée sur la berge, enveloppée dans un rayon de soleil doré, petite fille aux pieds nus dont les longs cheveux noirs, échappés de sa queue de cheval, tombaient à moitié sur son dos, à moitié sur ses épaules. Elle était parfaitement immobile et semblait née de l'argile, comme les bambous, les fougères et les hautes herbes autour d'elle. Sa robe de coton blanc prenait le soleil du matin et l'adoucissait ; les myriades de tons de vert du feuillage luxuriant autour d'elle projetaient des teintes douces sur ses membres couleur noisette. Il émanait d'elle une sorte d'aura sylvestre, comme si elle était une nymphe des forêts.

Deborah demeurait aussi parfaitement immobile parce qu'elle observait deux loutres en train de faire des cabrioles dans un trou d'eau au milieu des rochers au bord de la rivière. Leurs corps marron roux luisaient au soleil ; leurs petites têtes rondes aux oreilles courtes jaillissaient de l'eau et replongeaient aussi subitement, les moustaches frémissantes. Elles jouaient en donnant l'impression d'être conscientes de la présence de la petite fille ; Deborah était certaine qu'elles le faisaient spécialement pour elle.

Comme la chaleur du soleil traversait le tissu de sa robe, la fillette de huit ans s'engourdit dans un contentement somnolent. Ses grands yeux noirs qui contemplaient l'eau ondoyante furent hypnotisés par les cailloux jaunes, marron et gris qui luisaient sur le fond de la rivière, pareils à des œufs d'oiseaux paresseux, se dit-elle, ou aux pierreries naufragées du trésor d'un roi d'autrefois. Elle plongea la main dedans. L'eau était glacée. C'était parce qu'elle venait du haut des montagnes, Deborah le savait, d'un endroit que sa gouvernante lui avait dit s'appeler les Aberdares. Cette eau avait fait tout un voyage depuis des cimes embrumées couvertes de landes, à travers des forêts si denses qu'aucun être humain n'y avait jamais pénétré, en suivant des cours secrets, de cascade en cascade, pour s'engouffrer finalement dans cette gorge où on lui donnait le nom de rivière Chania.

Deborah adorait la rivière. C'était le seul monde qu'elle connaissait.

Des babillages de singes au-dessus de sa tête la tirèrent de sa rêverie. S'abritant les yeux de la main, elle aperçut une famille de colobes qui se frayait un chemin dans les marronniers du Cap. Deborah rit. Elle les appela. Ils avaient l'air de beaux ornements sur les arbres couverts de lichens avec leurs longs manteaux blancs et leurs queues touffues qui entouraient les branches comme une mousse claire. Ils sifflèrent entre eux et considérèrent la fillette avec des yeux d'adultes. Ils étaient habitués à elle ; elle était toujours là au bord de la rivière.

Deborah s'allongea sur le dos et regarda le ciel entre les branches. Il était d'un bleu sans fin. Encore aucun signe des pluies que sa mère attendait.

Les yeux clos, elle huma les senteurs enivrantes des bords de rivière : la terre humide ; les herbes, les arbres et les fleurs ; l'air cristallin des montagnes qui descendait des Aberdares. Elle sentit une pulsation sous ses mains ; elle entendit le vent respirer. L'Afrique était *vivante*.

Elle ouvrit les yeux brusquement.

Il y avait un jeune garçon, à quelques mètres, qui l'observait.

Deborah se leva et dit :

— Bonjour. Qui es-tu ?

Il ne répondit pas.

Elle l'examina. Elle ne l'avait encore jamais vu par ici ; elle se demanda d'où il venait.

— Tu parles anglais ? demanda-t-elle.

Il la regardait fixement, avec méfiance, Deborah pensa qu'il avait l'air prêt à prendre ses jambes à son cou. Alors elle demanda en swahili :

— Parles-tu anglais ?

Il secoua négativement la tête.

— Swahili ?

— Oui.

— Bien ! Je parle swahili moi aussi. Comment t'appelles-tu ?

Il hésita et quand il parla sa voix était douce et timide :

— Christopher Mathengé.

— Moi, Deborah Treverton et j'habite dans cette grande maison, là-haut.

Elle lui montra le haut de la crête. Christopher se retourna et leva les yeux. La maison était invisible d'ici, au bord de la rivière il y avait seulement des rangées de caféiers morts.

— D'où es-tu ? demanda Deborah.

— Nairobi.

— Oh, Nairobi ! Je n'y suis jamais allée. Ce doit être grand et magnifique ! Ce que je t'envie !

Elle fouilla dans sa poche puis tendit la main.

— Tu veux un bonbon ?

Le garçon regarda le bonbon sur sa paume. Il parut indécis. Il était tellement grave, pensa Deborah.

Il finit par en prendre un.

— Prends-en deux, lui dit-elle. Ils sont drôlement bons.

Ils mangèrent les bonbons ensemble, et quand il n'en resta plus, Christopher commençait à sourire.

— C'est mieux ! dit Deborah. Tu es nouveau ici. Où habites-tu ?

Il indiqua les huttes de pisé groupées au bord du terrain de polo abandonné.

— Oh, dit Deborah avec un frisson de délice. Tu habites avec la guérisseuse. Ce doit être terriblement passionnant !

Christopher n'en avait pas l'air tellement sûr.

— C'est ma grand-mère.

— Moi, je n'ai pas de grand-mère. Mais j'ai une tante. La mission, par là-bas, c'est à elle. Tu as un père ?

Il secoua la tête.

— Moi non plus. Mon père est mort avant ma naissance. Je vis toute seule avec ma maman.

Ils se regardèrent dans la lumière diffuse du soleil, occultée partiellement par les arbres. Cela parut soudain à Deborah de grande conséquence que ce garçon n'ait pas de père lui non plus et elle sentait en lui de la tristesse. Il était plus âgé qu'elle — il semblait avoir onze ou douze ans — mais ils avaient quelque chose d'important en commun.

— Aimerais-tu devenir mon meilleur ami ? demanda-t-elle.

Il fronça les sourcils, sans comprendre.

— Peut-être as-tu déjà un meilleur ami ?

Christopher songea aux enfants qu'il avait à peine connus à Nairobi. Parce que sa mère déménageait si souvent et qu'ils avaient vécu dans tellement d'endroits depuis qu'ils avaient quitté le camp d'internement, jamais Christopher et sa petite sœur Sarah n'avaient pu avoir d'amis permanents.

— Non, dit-il doucement.

— N'as-tu donc *aucun* ami ?

Il baissa les yeux et enfonça ses orteils nus dans la terre.

— Non.

— Moi non plus ! Nous serons nos meilleurs amis l'un pour l'autre ! Ça te plairait ?

Il hocha la tête.

— Très bien, donc ! Je vais te montrer mon endroit secret. As-tu peur des fantômes ?

Il lui lança un regard soupçonneux.

— Mon endroit secret est hanté, paraît-il. Mais moi, je ne le crois pas. Viens avec moi, Christopher.

Ils suivirent la rivière ; Deborah babillait comme un moulin à paroles.

— Je devrais être en train de travailler à mes devoirs, mais Mme Waddell fait la sieste. C'est ma préceptrice, elle n'est pas très bonne. J'allais à l'école blanche de Nyéri, mais ils l'ont fermée parce qu'il y a tellement de blancs qui s'en vont du Kenya et il n'y avait plus assez d'élèves. Pourquoi crois-tu que c'est ? Pourquoi tous les blancs quittent-ils le Kenya ?

Christopher n'en était pas certain, mais il savait que cela avait quelque chose à voir avec un homme du nom de Jomo Kenyatta. La mère de Christopher lui avait beaucoup parlé de Jomo, qui avait passé autant de temps qu'elle-même en prison et qui avait été libéré à la même époque, deux ans auparavant. Christopher avait entendu dire que les blancs avaient peur de Jomo. Ils croyaient qu'il allait se venger sur eux parce qu'ils l'avaient gardé en prison pendant tellement d'années.

— En réalité, j'ai quand même un ami, reprit Deborah quand ils contournèrent le terrain de polo. — Elle marchait en balançant les bras et en poussant des cailloux du bout de ses pieds nus. — Il s'appelle Terry Donald. Il allait à l'école blanche des garçons, à Nyéri ; mais elle a fermé elle aussi. Il a deux frères et deux sœurs, tous en pension à Nairobi. Mais Terry est encore trop jeune pour y aller ; il n'a que dix ans. Il a un précepteur pour lui donner des leçons. Il habite en ville, à Nyéri. Son père possédait un grand ranch d'élevage qui s'appelait Kilima Simba, mais ils l'ont vendu l'an dernier. À des *Africains !* Tu imagines, un peu ? Terry vient s'amuser avec moi. Quand il sera grand, il sera chasseur, et il a déjà un fusil à lui.

Ils s'arrêtèrent à l'entrée de la Mission Grace. Une route pavée passait sous l'imposante arche de fer forgé puis s'élargissait en une rue bordée d'arbres, qui avait à son extrémité un signal « stop » avec un agent de police dans une guérite. De grands bâtiments de pierre s'élevaient au milieu de vieux marronniers du Cap ; il y avait des gens partout. D'une des trois écoles montaient des voix d'enfants en train de chanter.

— C'est la plus grande mission chrétienne du Kenya, dit Deborah avec fierté. Et c'est ma tante Grace qui l'a construite, il y a très longtemps. Elle est médecin, tu sais. Quand je serai grande, je serai médecin moi aussi. Je serai exactement comme elle.

Christopher essayait de ne pas trop dévisager cette étrange petite blanche bavarde, mais elle avait éveillé sa curiosité. Et il l'enviait. Elle semblait si sûre d'elle et du monde qui l'entourait ; elle savait ce qu'elle voulait être plus tard. Pour Christopher, une telle assurance était quelque chose d'inconnu. La vie dans les camps de détention changeait d'un jour à l'autre, il avait grandi dans une perpétuelle insécurité. Les gens qu'il rencontrait et qu'il en venait à aimer avaient soudain disparu le lendemain. Et il y avait eu une autre petite sœur, voilà longtemps, qui était morte dans les bras de leur mère. Lorsqu'ils avaient enfin été libérés, quand Christopher avait neuf ans et la petite Sarah six ans, ils n'avaient alors connu qu'une existence nomade, sans racines, vivant ici ou là à Nairobi, sous la surveillance de la police, avec sa mère qui faisait des ménages pour gagner les quelques shillings nécessaires pour les nourrir et les vêtir.

Mais les choses allaient s'améliorer — la mère de Christopher le lui avait promis. Elle avait finalement obtenu une place stable dans un hôpital de Nairobi, comme *ayah,* « fille de salle », bien qu'elle fût infirmière diplômée. C'était pour cette raison que Sarah et lui étaient venus habiter avec la mère de leur père. La mère de Christopher partageait un logement avec deux autres infirmières ; elle ne pouvait pas se permettre de garder ses enfants avec elle. Mais elle leur avait promis, à lui et à sa sœur, que cela ne durerait pas longtemps. Maintenant que Jomo était devenu Premier ministre du Kenya, les Africains allaient être les égaux des blancs ; la mère de Christopher allait porter son titre d'infirmière et recevrait le même salaire que ses collègues blanches.

Les deux enfants contournèrent la mission et prirent l'escalier aux marches de bois branlantes. Ils gravirent la pente jusqu'à la crête, et Christopher vit enfin la grande maison.

— Elle s'appelle Bellatu, dit Deborah. Elle est terriblement grande et vide. Ma mère n'est presque jamais chez nous. Elle travaille dans les champs. Elle dit qu'elle essaie de sauver la plantation.

Le jeune Africain contempla la maison, qui lui rappelait les magnifiques demeures qu'il avait vues à Nairobi. Cette petite blanche devait être extrêmement riche, conclut-il, ses yeux d'enfant ne voyant pas la peinture écaillée, les volets non réparés, le jardin d'agrément en train de dépérir, les bassins sans eau. Bellatu n'était plus que le fantôme de son ancienne gloire, décrépite et triste, mais pour Christopher Mathengé, elle paraissait un palais.

Il suivit l'étrange petite fille le long d'un étroit sentier forestier qui s'enfonçait entre les arbres au milieu des fourrés. Un vieux sentier, remarqua-t-il, que personne ne foulait depuis longtemps. Au bout d'un moment, ils parvinrent dans une clairière singulière au milieu d'un cercle d'eucalyptus. Au centre pourrissait une charpente de bois sans murs ; à l'autre bout s'élevait un petit bâtiment de pierre au toit de verre. Mais juste en face il y avait un monument remarquable. Il rappela à Christopher les églises de Nairobi.

— Il y a un vieux gardien, lui dit Deborah en baissant la voix, mais il est sourd. Tu aimerais aller à l'intérieur ?

Ils s'avancèrent lentement vers la façade de pierre, sur laquelle se trouvait une inscription qu'aucun des enfants ne savait déchiffrer et ils montèrent les marches. Christopher s'attendait à trouver des gens à l'intérieur, aussi fut-il surpris de découvrir que c'était vide, hormis un gros bloc de pierre au centre. Curieusement, une flamme brûlait à une extrémité du bloc de pierre.

— Regarde, chuchota Deborah.

Elle prit Christopher par la main et le conduisit vers un des murs. Dans la clarté indécise ils virent une énorme tapisserie dans un cadre de bois.

Christopher fut subjugué. Il n'avait aucune idée de ce que c'était. Cela ressemblait à une image et pourtant ce n'en était pas une. Les arbres, l'herbe et le ciel paraissaient tellement réels. Les yeux d'or du léopard aux aguets parmi les fougères géantes le firent frémir. Et il y avait le mont Kenya !

C'est juste un petit coin de la tapisserie qui captivait Deborah, sur le côté et pas tout à fait intégré, comme s'il avait été ajouté après coup.

C'était un personnage d'homme. Il se tenait debout, environné de brume de montagne, avec l'air de chercher à se cacher derrière les lianes pareilles à des cordages et les voiles de mousse. Il regardait hors de son monde de toile avec des yeux noirs à l'expression grave. Il était très beau, pensait Deborah, avec son front haut et son grand nez droit. Comme un prince, peut-être, sorti d'un conte de fées. Il avait la peau sombre mais pas comme les Africains. Elle ne savait pas du tout qui il était ni ce qu'il faisait dans cette jungle de fils de soie et de coton.

Elle regarda le petit garçon à côté d'elle. Quand elle vit qu'il était impressionné, mais qu'il n'avait pas peur de son endroit « hanté », elle fut contente.

— Tu es très brave, chuchota-t-elle. Tu dois être un guerrier !

Christopher la regarda. Puis il bomba un peu la poitrine et dit :

— Je suis un guerrier.

Ils quittèrent le mausolée avec son bloc de pierre sinistre et silencieux et ses curieuses taches couleur de rouille à peine visibles sur le sol, et se dirigèrent vers le bâtiment au toit de verre. Il était en ruine, avec ses vitres toutes cassées et rien à l'intérieur que des plantes mortes. Deborah et Christopher n'entrèrent pas mais, depuis le seuil, ils pouvaient voir quelque chose qui ressemblait à un lit, tout en loques et recouvert par des mauvaises herbes et des lianes.

— Qu'est-ce que tu aimerais faire maintenant ? demanda Deborah quand ils furent de nouveau sur le sentier inondé de soleil. Est-ce que tu as faim ?

Christopher ne se souvenait pas d'un seul instant de sa vie où il n'avait pas eu faim, aussi, quand Deborah lui proposa d'aller dans la grande maison voir ce qu'il y avait dans la cuisine, l'eau lui vint à la bouche, et il fut soudain très content d'être allé jeter un coup d'œil à la petite fille blanche étendue au bord de la rivière.

Ils trouvèrent des petits pains au lait et à la mélasse qui venaient d'être sortis du four et étaient encore chauds, ainsi qu'un pichet de lait froid. Ils mangèrent avec leurs doigts et s'essuyèrent les mains sur leurs habits. Puis Deborah demanda :

— Aimerais-tu voir l'endroit que je préfère vraiment

plus que tout ? C'est terriblement *secret*. Personne ne le connaît. Même pas Terry Donald !

— Oui, dit Christopher qui se sentait important, repu et ravi de son aventure avec la petite blanche.

Il sentait la grande maison autour et au-dessus de lui, et se demandait quel effet cela faisait de vivre dans un endroit aussi splendide, d'avoir une cuisine qui fournissait inépuisablement de quoi manger.

Ainsi donc Deborah reprit la main de Christopher Mathengé et lui fit traverser la salle à manger inutilisée, le salon, puis l'entraîna dans l'escalier vers les effrayantes, les passionnantes chambres fermées au-dessus.

Mona épousseta son pantalon et ôta son chapeau de paille. En l'accrochant à la patère, à l'intérieur de la porte de la cuisine, elle vit que Salomon n'était pas en train de préparer le déjeuner comme il l'aurait dû. En fait, hormis le plateau de petits pains au lait et à la mélasse tout chauds, rien ne démontrait que le boy avait effectué son travail habituel de la matinée. Mona ne fut pas surprise. Depuis l'élection de Jomo Kenyatta au poste de Premier ministre, en juin, le vieux Salomon était devenu de moins en moins fidèle à ses devoirs.

Mais il n'y avait pas que Salomon, Mona le savait. Une maladie rare avait contaminé toute la population indigène du Kenya, c'était la maladie de l'arrogance et de la cupidité.

Tout en examinant le courrier du matin qui consistait en avis de créanciers et de banques et d'offres d'achat pour Bellatu, Mona réfléchit au triste état où était tombée la colonie.

Les Mau Mau avaient bien été vaincus en 1956 et les hostilités s'étaient enfin achevées, mais pour les Anglais ce n'avait été qu'une victoire à la Pyrrhus. Les Mau Mau avaient peut-être perdu la bataille, mais Mona avait maintenant l'impression, à la veille de l'échéance terrifiante de l'indépendance, qu'ils avaient bel et bien gagné la guerre. En 1957, les Africains avaient voté pour la première fois et avaient envoyé un grand nombre des leurs au Parlement. La pression en faveur de l'autonomie avait commencé. Le gouvernement de Sa Majesté avait proposé un plan donnant progressivement les rênes aux Africains, en proposant une date d'accès à l'indépendance totale au bout de vingt ans. Mais les événements s'étaient conjugués pour contraindre Whitehall à revenir brusquement sur cette décision, à la stupeur et au chagrin des colons blancs, qui s'étaient sentis trahis et « vendus ».

Tout d'abord, une guerre civile barbare au Congo Belge en 1960 avait fait fuir les blancs par le rail et la route. Un grand nombre s'étaient réfugiés au Kenya, semant la panique chez les colons par la perspective que cette rébellion se répande dans toute l'Afrique. C'est alors, trois ans plus tôt, que les blancs du Kenya avaient commencé leur triste exode.

Ensuite, il y avait eu la libération inattendue de Jomo Kenyatta, alors que Londres avait promis que *cela ne se produirait jamais*. Mais le problème était que les hostilités reprenaient au Kenya et qu'il y avait du Mau Mau dans l'air. Le gouvernement de Sa Majesté informa les colons, non sans regret, que les forces militaires britanniques n'interviendraient pas une deuxième fois, qu'il valait mieux abandonner la colonie.

Et c'est ainsi que le « diable », comme il avait été surnommé, « le leader de la mort et des ténèbres », s'était soudain retrouvé un homme libre et extrêmement populaire. Les électeurs africains placèrent aussitôt Jomo Kenyatta, qui était devenu le symbole de l'*uhuru,* à la tête de la KANU, la Kenya African National Union, le nouveau et puissant parti politique africain. Et à la suite de sa déclaration que le Kenya serait bientôt intégré racialement — dans les écoles, les hôtels et les restaurants — l'exode des blancs s'était amplifié.

Une recrudescence d'actions terroristes dans le style Mau Mau, suivies par des pressions de la délégation africaine présente à la conférence de Lancaster House, obligèrent finalement le gouvernement de Sa Majesté à revenir sur sa politique d'une constitution multiraciale au Kenya, accordant à la place une majorité africaine basée sur un système de vote où un homme égale une voix. Le résultat avait été, aux dernières élections, de placer Jomo Kenyatta à la tête d'un gouvernement de coalition en tant que Premier ministre du Kenya.

Sous une telle autorité la plupart des blancs refusaient de vivre.

— Excusez-moi, madame Treverton.

Mona leva les yeux pour voir Mme Waddell, la gouvernante, qui entrait. Son visage rond était cramoisi et elle était à court de souffle comme si elle venait de marcher longtemps.

— Elle est encore partie, dit-elle, parlant de l'être aérien plein de vivacité qu'était Deborah.

Mona posa le courrier et se leva pour préparer le thé. Voilà où l'on en était dans le « nouveau Kenya » : les boys exigeaient de meilleurs salaires pour moins de travail et partaient au milieu de la journée si cela leur chantait, laissant leurs employeurs faire le thé. Depuis que Jomo Kenyatta était assis dans le fauteuil de Premier ministre, Salomon et beaucoup comme lui avaient subi un étrange changement de personnalité. Salomon ne voulait plus recevoir d'ordres de Mona et négligeait souvent ses devoirs selon son caprice.

— Dans deux mois, nous allons être égaux, Memsaab, avait-il dit quand il était venu rendre son long *kanzu* blanc et sa veste rouge. À partir de maintenant, vous me fournirez un pantalon.

Ce matin, il était sans doute parti pour Nyéri boire de la bière. Telle était la situation au Kenya à présent.

— Avez-vous cherché du côté de la rivière ? demanda Mona à la gouvernante.

— Mais oui, madame Treverton. Votre fille est introuvable.

Mona se rembrunit en mettant des cuillerées de thé dans la théière. Jusqu'au début de l'année, elle n'avait pas eu à se soucier beaucoup de Deborah. La fillette avait passé presque tout son temps au pensionnat. Mais depuis que les écoles blanches étaient menacées d'intégration raciale, et que les colons retiraient leurs enfants et faisaient ainsi fermer les écoles, Deborah devait recevoir son instruction à la maison.

Et Mona ne voulait pas de sa fille chez elle.

— Savez-vous où je pourrais chercher, madame Treverton ?

C'était la gouvernante qui avait décidé de l'appeler « madame ». Sans doute Mme Waddell se sentait-elle mieux parce que cela conférait de la respectabilité à son emploi. Elle savait sûrement que Mona n'était pas mariée et que sa fille était une bâtarde. Toute la colonie le savait.

Mona n'avait pour ainsi dire aucun souvenir de la nuit où David était mort. On lui avait dit par la suite qu'elle avait momentanément perdu la raison et que Tim l'avait retrouvée ici, au premier, en train de fouiller dans les affaires de sa mère, à la recherche de quelque chose. Mona ne se rappelait pas que Tim ait fait l'amour avec elle ; il n'en avait jamais parlé et n'avait jamais donné aucune indication qu'il désirait recommencer. Trois mois plus tard, quand Mona s'était aperçue qu'elle était enceinte, elle avait été abasourdie.

Tim avait été bouleversé par la nouvelle. Il avait marmonné une courageuse demande en mariage. À son infini soulagement, Mona l'avait refusée, disant que puisqu'ils n'étaient pas amoureux, ni taillés pour la vie de couple, c'était inutile et dépourvu de bon sens. Mona avait porté le bébé avec indifférence pendant les six mois suivants puis l'avait nommée, comme sa propre mère lui avait donné le nom de Mona, d'après un personnage de roman. De l'instant où Tante Grace avait posé l'enfant dans ses bras, Mona n'avait ressenti aucune affection pour elle.

— J'ai été tellement surprise ! disait Mme Waddell.

Mona leva les yeux vers elle. La gouvernante avait parlé, mais Mona ne l'avait pas écoutée. Sans doute c'était encore une litanie de doléances. Mme Waddell se croyait obligée de raconter à Mona les tout derniers « incidents ».

— Et nous étions là, Gladys Ormsby et moi, avec notre pneu à plat, bloquées sur la route, quand voilà que survient un camion plein d'Africains. Au lieu de nous aider, comme ils auraient fait autrefois, ils nous ont crié : « Dégagez, espèces de putes blanches ! ».

Mona posa la théière sur la table, trouva des biscuits dans une boîte en fer-blanc et se mit à table avec la gouvernante.

— Vous vous rendez compte ? dit Mme Waddell en se servant. Ils dépensent plus d'un quart de million de livres sterling pour agrandir le bâtiment de l'Assemblée législative. Les députés africains l'exigent. Je suppose que pour agiter beaucoup de vent il faut beaucoup de place !

Mona regarda par la fenêtre le soleil qui jouait sur des fleurs couvertes de poussière, le gazon jauni, les mauvaises herbes. Elle avait déjà assez de mal à avoir le nombre d'ouvriers agricoles nécessaires pour travailler aux caféiers ; son budget ne lui permettait pas d'engager un jardinier de métier.

— Avez-vous appris que Tom Westfall a vendu ? À un Kikuyu, pas moins ! C'est la fin de cette plantation-là.

Mona savait à quoi Mme Waddell faisait allusion.

À cause du changement de main, les Africains raflant les terres et les Européens battant précipitamment en retraite, la transition se révélait désastreuse pour les cultures.

Quand Jomo avait annoncé que, pour éviter une autre rébellion Mau Mau, qui couvait, il fallait installer trente mille Africains sur des terres appartenant à des blancs avant l'indépendance (qui devait intervenir trois mois plus tard), deux cents familles blanches de la Rift Valley avaient reçu des sommes du gouvernement britannique et avaient dû quitter les plantations créées de leurs mains. Les Africains s'étaient installés avec une rapidité de criquets.

— Je me suis laissé dire que c'est en ruine, dit Mme Waddell. Il y a des poulets sur le manteau des cheminées et des chèvres dans les chambres à coucher ! Et rien n'est entretenu, bien entendu. Je suis passée du côté de chez les

Collier la semaine dernière. Choquant ! Les rosiers de la pauvre Trudy ont été tout piétinés. Son potager à l'abandon. Fenêtres brisées, portes arrachées. Et un feu de charbon de bois en plein milieu de son salon ! Si elle le voyait, elle en aurait le cœur brisé. Mais Trudy est en Rhodésie à présent, loin de tout ça. Je vous le demande, madame Treverton, si cela va aussi mal dès maintenant, qu'est-ce que ce sera *après* l'indépendance ?

Mona n'en avait aucune idée, mais c'était la principale préoccupation des blancs qui restaient encore au Kenya. Chaque jour, des Africains naguère serviles et obséquieux se montraient plus effrontés et impudents. Elle avait entendu parler de blancs forcés à descendre du trottoir et insultés, de bétail volé et emmené en plein jour. Les Africains étaient soudain pris de folie. C'était comme si l'indépendance était un alcool enivrant. « Nous sommes *chez nous*, maintenant, et vous les blancs, vous feriez aussi bien de partir parce que nous ne vous tolérerons plus » était le sentiment général.

Était-ce cela, le bel avenir dont David avait rêvé pour lui-même et pour Mona ?

— En décembre, dit la gouvernante, la police anglaise va remettre ses pouvoirs aux Africains. Alors à qui ferons-nous appel en cas d'ennuis ?

C'était précisément pour cela qu'Alice Hopkins avait vendu son immense ranch de la Rift Valley, celui qu'elle avait sauvé quand elle n'avait que seize ans — et était allée s'installer en Australie. Elle avait prévu des jours terribles, où les Africains, libérés du bras de la loi anglaise, allaient se livrer à une campagne de violences anti-blancs pour se faire justice et prendre leur revanche.

Et maintenant Tim se préparait à suivre sa sœur dans sa nouvelle ferme où elle élevait des moutons.

— Vends, Mona ! lui avait-il conseillé. Tu ne survivras pas. Bellatu n'a pas fait un sou de bénéfices depuis des années. Laisse la plantation aux nègres et viens en Tasmanie, avec Alice et moi.

Mais Mona n'allait pas vendre. Serait-elle la dernière blanche au Kenya, elle ne vendrait jamais.

— Eh bien, madame Treverton, dit la gouvernante en finissant son thé et regrettant qu'il n'y ait pas eu de sandwichs convenables pour l'accompagner, je crois que je ferai bien de vous annoncer maintenant mes propres nouvelles. M. Waddell et moi, nous avons décidé de partir pour l'Afrique du Sud, nous installer chez notre fille. Nous avons vécu trente ans au Kenya, vous savez. Nos enfants sont nés ici. Nous avons changé un désert en paradis. Nous avons fait pousser des cultures où il n'y avait que de la terre dure comme pierre. Nous avons donné notre argent et notre travail pour cette colonie. Mais l'on ne veut plus de nous. Nous avons vendu la ferme à des Africains. Et je ne veux plus être là pour voir ce qu'ils en feront.

Mona ne fut pas surprise. Mme Waddell était la troisième gouvernante qu'elle engageait au cours de ces derniers mois. Le Kenya était un vaisseau en train de sombrer et tout le monde l'abandonnait.

— Quand partez-vous ?

— Dans deux semaines. Je tenais à vous avertir à l'avance, à cause de votre fille.

Comme Mona n'ajoutait rien et s'enfermait dans le silence, Mme Waddell s'octroya un biscuit de plus et haussa mentalement les épaules. Mme Treverton était une drôle de personne, songea la gouvernante, pour vivre seule dans ce vieux domaine en perte de vitesse et continuer à se battre pour l'entretenir alors qu'il suffisait d'ouvrir les yeux pour comprendre à quel point ces efforts étaient futiles. Mme Treverton ne pouvait pas engager suffisamment d'Africains pour travailler chez elle parce qu'ils exigeaient tous d'être mieux payés. En conséquence, la qualité de son café avait décliné, si bien qu'elle n'obtenait pas un prix suffisant au cours du marché mondial. Mme Waddell ne parvenait pas à comprendre pourquoi Mona Treverton s'accrochait avec tant de ténacité à une exploitation déficitaire, vivant seule dans son éléphant blanc de maison, seule sans mari et avec une petite bâtarde indisciplinée, alors qu'il y avait une foule d'Africains crédules prêts à lui acheter sa plantation.

Si Mona avait voulu expliquer sa position, elle aurait sans doute dit à Mme Waddell qu'elle restait parce que Bellatu était tout ce qu'il lui restait au monde — la terre impartiale, la terre qui ne jugeait pas. Il n'y avait pas d'êtres humains dans la vie solitaire de Mona ; elle n'avait pas d'amis, personne dont elle se souciait. Tout l'amour, toute la compassion et la dévotion qu'elle avait ressentis dans sa vie étaient morts en même temps que David et leur enfant.

Le lendemain matin à son réveil, quand on lui avait raconté sa fuite étrange dans la chambre de ses parents — sa folie temporaire — Mona avait découvert un nœud de douleur au milieu de sa poitrine. Et c'était une douleur qui ne la quitterait jamais, elle le savait.

Mona ne s'était pas remise de son chagrin comme l'avait fait sa tante Grace après six mois de deuil pour James Donald. La tante indomptable de Mona s'était accordé six mois de chagrin profond ; puis elle s'était ressaisie, avait redressé les épaules et repris la direction de sa mission et de sa population nécessiteuse. Grace avait la capacité enviable de renouveler la faculté d'aimer, se disait Mona, comme le lézard se fait repousser une autre queue. Mais la capacité d'aimer de Mona, une fois coupée, ne repousserait jamais. Et sans amour, il ne pouvait y avoir personne dans sa vie. Uniquement la plantation.

Elle comprit soudain pourquoi sa mère avait choisi le suicide après la mort de Carlo Nobili.

Mona n'avait pas eu le courage de se supprimer, mais elle s'était repliée dans une sorte de néant suicidaire. Elle voyait sa tante de temps en temps, Geoffrey et Tim rarement, mais elle s'était repliée dans une vie de recluse, se consacrant uniquement aux deux mille cinq cents hectares de terre et de caféiers affaiblis qui lui avaient été légués. Le bébé, Deborah, elle l'avait confié à une nourrice le jour de sa naissance et ne l'avait plus jamais touchée. Cette enfant, estimait-elle, était née d'un acte stérile, presque pervers, et n'avait pas le droit de vivre.

Mais maintenant Deborah était dans la maison parce que les écoles fermaient, et les gouvernantes ne restaient pas longtemps. Mona se trouvait soudain en face d'une situation très déplaisante.

— Pardonnez-moi de vous le dire carrément, déclara Mme Waddell, mais vous devriez vendre et partir comme nous tous, madame Treverton. En décembre, le climat ne sera plus sain pour quiconque a la peau blanche.

Mais Mona dit :

— Je ne vendrai jamais. Je suis née au Kenya. Je suis ici chez moi. Mon père a fait davantage pour ce pays qu'un million d'Africains. Il a *construit* le Kenya, madame Waddell. J'ai davantage le droit d'être dans ce pays que tous ces gens qui n'ont rien fait de plus que d'habiter dans des huttes de pisé toute leur vie.

Mona marqua un temps devant l'évier, puis se retourna.

— En réalité, ce sont les Africains qui devraient s'en aller, dit-elle sans hausser le ton, mais avec une flamme dans ses yeux noirs. Ils ne méritent pas cette belle terre riche. Ils n'ont rien fait pour gagner le Kenya. Ils ne sauront que le gâcher et le laisser tomber en ruine. Quand mon père est arrivé ici, ils vivaient dans des huttes bâties avec de la terre et de la bouse de vache et s'habillaient de peaux de bêtes. Ils tiraient du sol une piètre subsistance comme ils l'avaient fait depuis des siècles, sans autre ambition que la calebasse de bière du lendemain. Et ils vivraient encore comme ça, si les blancs n'étaient jamais venus au Kenya. Nous avons établi des plantations, construit des barrages et pavé des routes. Nous leur avons donné des médicaments et des livres ! Nous avons inscrit le Kenya sur cette satanée carte, *et maintenant ils nous disent de partir !*

Mme Waddell regardait avec stupeur son employeur. Jamais elle n'avait entendu Mme Treverton prononcer autant de mots à la fois. Et avec quelle émotion ! Qui l'aurait cru d'une personne que tout le monde dans la colonie jugeait dure et dépourvue de sentiments ?

Soudain, la gouvernante se rappela quelque chose qu'elle avait entendu raconter des années plus tôt : un commérage déplaisant sur Mona Treverton et un Africain. Mais même Mme Waddell, qui aimait bien de temps à autre prêter l'oreille à des petites histoires scandaleuses, n'avait pu avaler ce racontar répugnant. C'était impensable... la fille du comte se la payant belle avec son régisseur kikuyu !

Mais maintenant en entendant l'amertume dans la voix de Mme Treverton, en voyant la passion dans ses yeux, Mme Waddell se rendit compte que son employeur nourrissait une haine profonde, une haine extraordinaire pour les Africains, et donc elle se demanda si cette horrible petite rumeur n'était pas fondée.

Finalement, la gouvernante partit et Mona se retrouva de nouveau seule. Elle était debout devant l'évier, se cramponnant au bord comme pour s'empêcher de se noyer, comme si elle avait peur de tomber. La douleur froide dans sa poitrine était revenue. Elle remonta et lui emplit la gorge. Elle ne pouvait plus respirer ; elle avait l'impression de suffoquer.

Mais elle lutta contre la douleur et ne tarda pas à se ressaisir. Neuf ans plus tôt, juste après la mort de David, ces crises avaient inquiété Grace, et elle avait fait un électrocardiogramme de sa nièce. Mais le cœur de Mona — son cœur physique — était en excellente santé. La douleur constante et les accès de suffocation avaient une origine que la médecine moderne de Grace ne pouvait atteindre.

— Tu devrais te laisser pleurer, Mona, avait dit Grace. Tu gardes tout à l'intérieur et ce n'est pas bon.

Mais Mona avait perdu la faculté de pleurer. Quand David était mort dans ses bras, elle s'était réfugiée dans une sorte de stupeur grise qui s'était prolongée longtemps après que les morts avaient été enterrés et le mouvement Mau

Mau arrêté. Après sa nuit avec Tim, Mona n'avait plus versé une seule larme sur la mort de David et celle de leur enfant.

Mona entendit du bruit au-dessus de sa tête.

Elle leva les yeux vers le plafond et écouta.

Il y eut un autre bruit et le bourdonnement de voix étouffées.

Dans la chambre de ses parents !

Mona sortit en courant de la cuisine et s'élança dans l'escalier.

Deborah avait appris à la pension le fonctionnement des serrures et des clés. Cela faisait partie de la leçon sur la façon de nouer ses lacets, de verser elle-même son lait et de porter des ciseaux sans se blesser. Quelques mois auparavant, toute seule dans la maison et partie en reconnaissance, Deborah avait déniché un vieux trousseau de clés ternies, caché au fond d'une armoire. Elle les avait essayées sur diverses serrures, comme Miss Naismith le lui avait enseigné, et elle était parvenue à ouvrir la porte de cette fabuleuse chambre de conte de fées.

La première fois que Deborah avait posé les yeux sur le lit à colonnes et ses volants, sur la banquette de la fenêtre où s'empilaient des coussins de satin, sur la coiffeuse empoussiérée garnie de beaux vieux flacons de parfum, elle avait cru qu'elle venait de découvrir le donjon secret d'une princesse de conte de fées. Mais elle s'était rendu compte que personne ne vivait ici et qu'elle était donc libre d'explorer ces merveilleux trésors.

Elle avait trouvé de vieilles robes ornées de sequins et des toilettes de dentelle et de tulle, des diadèmes de pierreries et des boas de plumes. Elle avait joué avec le mascara desséché et le rouge à lèvres qui s'effritèrent quand elle y toucha. Elle avait ouvert les flacons et senti des vestiges de parfums exquis. Son imagination d'enfant stimulée par des images de Rapunzel et de la Belle au bois dormant, elle s'était demandé quelle merveilleuse princesse avait vécu entre ces murs.

Maintenant, elle partageait son secret avec Christopher Mathengé, son nouveau meilleur ami.

Ils étaient assis par terre et fouillaient dans ce que Deborah appelait la « boîte à papiers ». Elle était petite, en bois, et contenait des paquets de vieilles photos jaunies, de lettres, de cartes de vœux, de souvenirs de réceptions dont Deborah ne savait absolument rien. Et comme elle ne connaissait aucune des personnes figurant sur les photographies, elle leur avait inventé des noms et des histoires.

— C'est moi, dit-elle en montrant un cliché à Christopher.

Deborah avait choisi de s'identifier à la petite fille qui portait une drôle de robe et un casque colonial démodé, sans se rendre compte qu'elle lui ressemblait en vérité beaucoup. La fillette était assise au milieu d'arbres à côté d'une femme blonde au regard triste qui tenait un singe sur ses genoux. Il y avait sur leurs visages quelque chose qui faisait que Deborah les contemplait pendant des heures : elles avaient l'air si malheureuses. Au dos de la photo, Deborah avait lu : « Rose et sa fille, 1927. »

— Oh ! dit Deborah en tirant de la boîte un mince petit carnet. Voilà quelqu'un que tu peux être ! Tu vois ? Tu es même comme lui !

Christopher fut surpris de voir que ce que lui tendait Deborah était un laissez-passer, ressemblant tout à fait à celui que sa mère avait porté sur elle pendant des années. Il regarda le visage de la photo d'identité.

— Qui est-ce ? demanda Deborah. Tu peux lire le nom ?

Christopher fut déconcerté. Le nom de l'homme était David Mathengé.

— Mais c'est ton nom de famille à toi ! dit Deborah.

Elle ne comprenait pas bien le fonctionnement des noms de famille, ignorait qu'elle n'aurait pas dû porter le même nom que les parents de sa mère. Deborah ne savait pour ainsi dire rien sur le mariage, les pères et le changement de nom des femmes quand elles prennent un mari. Elle supposait que toutes les mères et toutes les filles se trouvaient dans son cas.

Christopher ne parvenait pas à détacher ses yeux de la photographie. Il y avait une ressemblance, oui, mais sa fascination ne s'arrêtait pas là : le laissez-passer indiquait que l'homme habitait le district de Nyéri et avait pour parents le chef Karibu Mathengé et Wachéra Mathengé.

Christopher ne connaissait rien sur son père — ni son nom, ni qui il avait été, ou quand et pourquoi il était mort. Sa mère avait toujours refusé de lui en parler. Quand elle racontait des histoires à Christopher et à Sarah, d'abord dans le camp de Kamiti, dont Christopher se souvenait à peine et où sa sœur était née, puis dans le camp de Hola où ils avaient vécu cinq ans, sa mère ne parlait jamais que de sa grand-mère la guérisseuse et du chef qui avait vécu il y avait bien longtemps, le premier Mathengé.

Mais cet homme, ce David...

— Tu peux le garder si tu veux, lui dit Deborah en voyant à quel point il semblait y tenir.

Il le rangea avec soin dans la ceinture de son short.

Au moment où Deborah plongea la main dans un tiroir pour en sortir d'autres trésors la lumière qui venait de la porte ouverte fut soudain occultée.

Mona n'en croyait pas ses yeux.

Cette pièce qu'elle avait fermée à clé neuf ans auparavant s'offrait maintenant à la lumière du couloir. Des objets familiers qu'elle avait si longtemps chassés de son esprit semblaient se dresser devant elle en vagues de souvenir pareilles à des coups de poignard. La coiffeuse de sa mère, où Lady Rose restait assise pendant des heures, sans un regard pour sa fille tandis que Njéri brossait ses longs cheveux platinés. Le fouet de rhinocéros de Valentin, accroché au mur — symbole du pouvoir totalitaire qu'il exerçait sur elle et sur Bellatu. Le grand lit à baldaquin où des générations de Treverton avaient été conçus —, Mona elle-même, en Angleterre quarante-cinq ans auparavant, et Deborah, sa fille, la nuit de la mort de David.

Mona, frappée de stupeur, baissa les yeux vers la fillette aux pieds nus, aux membres hâlés et aux masses de cheveux bruns qui maintenant levait son visage vers la lumière comme un tournesol couleur noisette.

— Bonjour, maman, dit l'enfant.

Mona fut incapable de parler. Neuf ans auparavant elle avait tiré cette porte et tourné la clé dans la serrure, enfermant à l'intérieur tous ses souvenirs insupportables, et ses démons personnels. Elle avait fui cette chambre terrible avec ses secrets poussiéreux et elle s'était sentie libérée du passé, en sécurité tant que les diables n'étaient pas lâchés.

Mais à présent la chambre était grande ouverte et menaçante, sa sécurité rompue par une enfant qui avait été créée uniquement parce que David venait de mourir.

— Comment as-tu osé ! dit Mona.

Une expression déroutée passa sur le visage de Deborah.

— Je montrais seulement à mon nouvel ami... fut tout ce qu'elle put dire avant que sa mère se baisse, la saisisse d'une poigne qui lui fit mal et la remette debout de force.

Surprise, Deborah poussa un cri. Quand sa mère commença à la gifler, elle tenta de se protéger de son bras libre.

— Non ! cria Christopher en swahili. Arrêtez !

Mona leva la tête. La lumière du couloir tomba sur le petit Africain. Elle le regarda. Sa main lâcha Deborah.

Elle fronça les sourcils.

— David ? murmura-t-elle.

Et les souvenirs affluèrent — les souvenirs les plus profonds, les mieux ensevelis : la hutte de chirurgie en flammes ; le collier de l'Ouganda.

La pièce donna l'impression de basculer. La douleur froide revint dans sa poitrine et monta dans sa gorge, l'étouffant. Elle chercha à tâtons le chambranle de la porte.

Deborah, qui se frottait le bras en essayant de ne pas pleurer, dit :

— C'est mon meilleur ami, maman. Il s'appelle Christopher Mathengé et il vit avec la guérisseuse, qui est sa grand-mère.

Mona était incapable de respirer. Elle porta la main à sa poitrine. *Le fils de David !*

Les grands yeux terrifiés de Christopher ne quittaient pas la femme blanche sur le seuil. Elle le regardait d'un air étrange, les yeux pleins de larmes. Lorsqu'elle fit un pas vers lui, il recula :

— David, murmura-t-elle.

Il pensa au laissez-passer qu'il avait mis dans sa ceinture.

Mona allongea la main et Christopher fit en trébuchant un pas en arrière. Il se cogna à une des colonnes du lit.

Elle se rapprocha. Les deux enfants regardèrent avec crainte et fascination les bras de Mona qui se tendaient vers lui, les larmes ruisselant sur ses joues. Quand elle fut à quelques centimètres de Christopher, Deborah et Christopher retinrent leur souffle.

Et Deborah fut stupéfaite de voir un sourire de tendresse se peindre sur le visage de sa mère, un visage qu'elle avait toujours vu dur et immuable.

— Le fils de David, dit Mona tout bas, un accent étonné dans la voix.

Christopher, acculé contre la colonne du lit, se raidit quand les mains se baissèrent et encadrèrent doucement sa figure.

Les yeux remplis de larmes de Mona prirent une expression d'émerveillement comme elle étudiait ces traits délicieusement familiers : le sillon entre les sourcils ; les yeux en amande ; la mâchoire en avant héritée des guerriers masaïs. Christopher n'était qu'un enfant, mais on voyait déjà l'homme qu'il deviendrait. Et, Mona le vit, il allait beaucoup ressembler à David.

— Le fils de David, répéta-t-elle avec son sourire triste. David vit en toi. Il n'est pas mort tout compte fait...

Le cœur de Christopher bondit quand elle se rapprocha encore, ses mains fraîches sur ses joues, jusqu'à ce que son visage soit à quelques centimètres du sien.

Alors elle se pencha et déposa très doucement un baiser sur ses lèvres.

Quand Mona se releva, son visage parut se décomposer et un sanglot s'échappa de sa gorge.

Elle le toucha une dernière fois — pour suivre du bout du doigt le pli qui allait de son nez au coin de sa bouche, puis elle se détourna et sortit de la pièce en courant.

54

Après toutes ces années, Geoffrey Donald désirait encore Mona Treverton. Tandis qu'ils filaient à toute allure sur la route dans le brillant soleil de l'équateur, la Land-Rover semant la panique dans les troupeaux de zèbres et d'antilopes le long du chemin, Geoffrey jetait de fréquents coups d'œil à la femme assise à côté de lui. Mona était sur le siège avant entre lui et Tante Grace, l'expression figée derrière d'énormes lunettes de soleil. Au cours de ces dernières semaines, elle avait perdu du poids et elle était devenue pâle, pour des raisons inconnues de Geoffrey, mais elle lui plaisait ainsi. À quarante-quatre ans Mona était, à son avis, plus attirante que jamais.

Sa colère et son amertume à l'égard de Mona, nées la nuit de la mort de son père, s'étaient progressivement dissipées. Les années avaient apaisé son chagrin et avaient permis à son ancien désir de renaître d'autant plus que sa femme devenait de plus en plus dodue et indolente d'année en année, depuis la naissance de Terry, leur dernier enfant. Ce n'était pas comme si Mona l'encourageait, bien sûr, ou même semblait tenir compte de lui autrement que d'une façon purement superficielle, presque machinale. Mais c'était un des éléments qui la rendaient fascinante — cette attitude distante, cette absence de disponibilité. À cinquante et un ans, Geoffrey Donald avait un corps d'une robuste maigreur, avec des touches d'argent dans les cheveux et un charme qui séduisaient ses clientes. Ses conquêtes étaient trop faciles et nombreuses ; il était lassé et excédé de toutes ces aventures. Mais l'absence d'intérêt manifeste de Mona et ses neuf années de célibat donnaient un piment nouveau à la poursuite. Lorsqu'elle avait accepté de participer à ce safari dans le désert masaï, le sang de Geoffroy avait accéléré sa course sous l'effet du désir et d'un espoir renouvelés.

Il avait une surprise pour elle au bout de la route.

Ils se dirigeaient vers le camp de safari de Kilima Simba, avant-poste isolé niché dans un affleurement de roches à une trentaine de kilomètres du pied du mont Kilimandjaro. Il se trouvait au cœur de la Réserve naturelle masaï d'Amboseli, immense étendue sauvage que possédait et administrait la tribu masaï, dont c'était le terrain de pâture. La route que Geoffrey suivait à présent sous la pleine chaleur du jour, avec Deborah et Terry qui rebondissaient à l'arrière de la Land-Rover comme des sacs de grains, n'était guère qu'un ruban de terre battue au milieu d'une savane jaune toute plate. Dans le lointain, mauve et couronné de neige, le mont Kilimandjaro s'élevait vers un ciel sans nuages. À perte de vue il n'y avait aucun signe de civilisation ; des acacias à la cime plate parsemaient le paysage ; des impalas et des guibs paissaient dans les herbes ; des girafes allaient au petit trot avec une insouciance gracieuse ; une bande de lions paressait au soleil sous un arbre. C'était l'une des plus riches réserves de gibier de l'Afrique, et Geoffrey Donald comptait l'exploiter.

— Un pavillon de chasse, avait-il expliqué à Mona. Tout le monde n'aime pas coucher sous la tente. Au bout d'un jour ou deux, il n'y a pas beaucoup de mes clients qui trouvent le camp agréable, entre les lits de camp et les moustiques, et pas de sanitaires convenables. J'ai réfléchi à ce que je pourrais faire pour améliorer les choses, pour attirer ici davantage de touristes, et l'idée m'est venue. Un centre de villégiature, en plein milieu de la brousse africaine !

Très peu d'amis de Geoffrey avaient jugé l'idée valable. La plupart estimaient qu'elle ne donnerait rien, lui rappelant que le tourisme allait disparaître du Kenya après l'indépendance.

— Les blancs n'y seront plus en sécurité, disaient-ils. Le monde entier sait à quel niveau de sauvagerie ce pays tombera quand le gouvernement de Sa Majesté va se retirer.

Mais Geoffrey voyait les choses différemment.

— Le vieux Jomo n'est ni fou ni idiot, rétorquait-il. Il sait qu'il a besoin de nous, les Européens monopolisent encore toutes les grosses entreprises, les banques et les hôtels du Kenya. Il sait qu'il doit nous garder, et nous garder contents, s'il espère stabiliser l'économie du pays. Sans nous, nos relations, nos capitaux et nos compétences, le Kenya s'effondrerait comme un château de cartes, et les nègres le savent.

C'était quelque chose qui commençait à se révéler exact. Au cours des cinq derniers mois, depuis que Kenyatta exerçait les fonctions de Premier ministre, aucune des représailles vengeresses que craignaient les colons ne s'était matérialisée.

En fait, à la surprise générale, Kenyatta avait mis en œuvre une politique de modération et de coexistence pacifique entre les races ; il avait démontré la sincérité de ses paroles en jetant les bases d'une collaboration avec l'Association des Planteurs Européens.

Néanmoins, objectaient les amis de Geoffrey, le Kenya n'était pas encore totalement indépendant. Les soldats anglais étaient encore là. « Attends le mois prochain, disaient-ils, quand tous les pouvoirs seront aux mains des Africains, tu verras ce qui se passera. »

Mais Geoffrey avait pris sa décision. Sentant la direction du « vent de changement », il avait vendu le ranch d'élevage des Donald, près de Nanyuki, et ouvert à Nairobi une agence de voyages. Quand il ne partageait pas son temps entre sa luxueuse résidence de Parklands et sa maison de Nyéri, où Ilse vivait avec le petit Terry, Geoffrey allait recevoir ses quelques vacanciers intrépides à l'aéroport et les escortait d'un bout à l'autre du Kenya dans un convoi de Land-Rover.

Malgré les Mau Mau et les craintes des colons au sujet de l'indépendance, il y avait des touristes qui commençaient à visiter l'Afrique-Orientale, mais au compte-gouttes. Geoffrey désirait transformer les gouttes en grandes larmes, et cherchait donc des moyens de rendre ses safaris plus alléchants. Les camps avaient une trop grande connotation de vie à la dure malgré le nombre d'Africains employés à planter les tentes, à cuisiner des repas de gourmet, à faire les lits et à laver le linge des touristes. L'aspect romanesque perdait vite son charme et la plupart des vacanciers rentraient chez eux avec l'impression de ne pas en avoir eu pour leur argent.

C'est alors que l'idée lui était venue d'un hôtel de tourisme dans la brousse, un *safari lodge*, comme il l'appelait, le premier de ce genre existant dans le monde — avec de vraies chambres, une salle à manger, un personnel poli et amical, et un bar depuis lequel l'aventurier paresseux pouvait observer les animaux sauvages.

— Un endroit où les touristes pourront rester propres, s'enivrer et se détendre en sécurité, déclarait-il, où ils se sentiront comme Allan Quatermain [1] sans être menacés par des animaux ou des indigènes. Comme à l'intérieur d'un poste d'observation. Un pavillon installé loin de Nairobi, loin des bastions Mau Mau, loin de tout ce qui peut rappeler la politique ou les hostilités. Mes clients vont goûter au Kenya

1. Allan Quatermain est le héros de plusieurs romans d'aventures et d'exploration en Afrique écrits par Sir Henry Rider Haggard.

d'il y a cinquante ans. Ils en auront l'expérience qu'ont eue nos parents, quand il était primitif et intact et quand l'homme blanc menait une existence toute de grâce et d'élégance. Et ils paieront le maximum pour en avoir l'occasion, je vous le garantis.

Geoffrey était alors parti en safari de reconnaissance où il avait exploré chaque recoin du Kenya, observé chaque endroit avec un œil de touriste, senti le vent, suivi le gibier et parlé avec les chefs de village. Il avait choisi Amboseli à cause de sa beauté et de l'abondance du gibier, et il avait loué aux Masaïs le site sur lequel se dressait maintenant son camp de tentes. C'est au début de la nouvelle année que devait démarrer la construction de l'hôtel.

Il était impatient d'arriver au camp. Il allait installer Mona dans la tente voisine de la sienne et dans la soirée, quand tout le monde serait endormi, il allait lui rendre une visite personnelle.

À chaque cahot de la Land-Rover sur les trous et les rochers, les deux enfants à l'arrière s'accrochaient en criant de plaisir. Deborah et Terry étaient face à face sur les banquettes latérales. Comme les bâches latérales étaient remontées, ils recevaient le vent dans toute sa force, le père de Terry poussant le moteur de la voiture au maximum de sa vitesse. Les cheveux noirs indociles de Deborah s'étaient échappés de son bandeau élastique et volaient autour de sa tête en mèches cinglantes.

C'était son premier safari ; elle avait du mal à maîtriser son excitation. Quand la Land-Rover plongeait au milieu de troupeaux de zèbres, dispersant ces créatures pareilles à des chevaux qui poussaient un aboiement, Deborah riait et battait des mains. Elle se tournait sur son siège d'un côté puis de l'autre, observant les girafes qui couraient le long de la Land-Rover, voyant des rhinocéros surpris qui changeaient soudain de route et s'éloignaient au trot en soulevant des traînées de poussière. Elle n'avait pas assez d'yeux pour tout voir : les faucons dans le ciel, les vautours qui planaient sur des courants d'air ascendants, les lions qui somnolaient, les oiseaux-tisserands en train de bâtir leurs nids dans les acacias. Jamais elle n'avait vu autant d'animaux sauvages, une telle étendue infinie de terre et de ciel. Elle en avait le souffle coupé. Jamais elle n'aurait cru que l'Afrique fût aussi *grande*.

Ils dépassèrent aussi des troupeaux de bétail et des Masaïs au corps entièrement peint en rouge, chacun debout sur un seul pied. Ils s'appuyaient sur leur sagaie — des hommes de haute taille, anguleux, avec de longs cheveux tressés et des *shukas* écarlates noués sur une épaule qui flottaient dans le vent. Au passage de la Land-Rover, ils levaient la main en salut généreux de tout le bras. Deborah et Terry agitaient le bras en retour, les trouvant terriblement étrangers et passionnants en comparaison des Kikuyus occidentalisés parmi lesquels ils vivaient, et ils faisaient aussi des saluts à l'oncle Tim et l'oncle Ralph qui roulaient derrière, dans la Land-Rover de ravitaillement.

Deborah enviait son ami de dix ans d'une façon qui lui faisait presque physiquement mal. Terry avait trop de chance. Son père menait une vie absolument palpitante ! Et il emmenait son fils en safari avec lui depuis que l'école blanche de Nyéri avait fermé ses portes — Terry n'avait pas encore l'âge d'entrer en pension à Nairobi où se trouvaient ses frères et sœurs. Terry était déjà allé au camp de Kilima Simba, et il avait chassé le léopard avec son père. Deborah aurait aimé que Christopher et Sarah Mathengé puissent venir aussi, mais quand elle avait demandé à sa mère la permission de les inviter elle avait reçu en réponse un silence qui était une fin de non-recevoir.

Deborah décida qu'à son retour à Bellatu, elle raconterait à ses deux amis cette merveilleuse aventure et leur donnerait une partie des photos qu'elle comptait prendre avec son Brownie.

Quand ils arrivèrent au camp, épuisés, affamés et couverts de poussière rouge, le soleil se posait sur l'horizon. Le personnel permanent de Geoffrey, de jeunes Masaïs en short kaki et chemise blanche propre, accueillit les voyageurs au moment où ils descendirent en chancelant et étirèrent leurs membres endoloris puis commença le déchargement hâtif des vivres et des bagages.

Deborah tendit les bras et tourna sur elle-même. C'était magnifique ! L'air mordant, les ombres longues, le silence inimaginable qui s'étendait jusqu'à l'horizon plat. C'était un monde sans murs, une terre sans rangs d'arbres bien tracés, un désert prometteur de surprise et d'aventure. Et le mont Kilimandjaro lui parut mille fois plus beau que son vieux mont Kenya. Elle regretta, plus désespérément que jamais, que Christopher Mathengé ne soit pas ici pour le partager avec elle.

— Voyez-vous, expliqua Geoffrey aux adultes en les précédant vers les tentes, une partie de ma campagne publicitaire s'appuiera sur le fait qu'Hemingway a campé ici même une fois. De plus, c'est ici que l'on a tourné *Les Neiges du Kilimandjaro* et une partie des *Mines du Roi Salomon*. Le village indigène que nous avons aperçu en arrivant, a été bâti pour le film. Tenez, c'est là, à côté de ces rochers géants, que je vais construire le bungalow.

Le dîner ne fut rien de moins qu'excellent, de l'avis général, servi par des noirs en *kanzus* et gants blancs, dans de la porcelaine et de l'argenterie, à la lumière romantique d'un coucher de soleil d'aquarelle. Comme il n'y a pas de crépuscule en Afrique-Équatoriale, on alluma vite les lanternes et tout le camp baigna dans une clarté rassurante. La tente-salle à manger, immense, avait trois parois de tulle permettant aux dîneurs de profiter du panorama sans être obligés de se battre avec les moustiques. Tandis qu'ils dégustaient le consommé, des côtelettes de gazelle et des pommes de terre nouvelles avec de la sauce, un sorbet au citron, Geoffrey continua de mettre les convives au courant de ses projets.

— J'ai plusieurs investisseurs, dit-il en faisant signe d'apporter une autre bouteille de vin. L'un d'eux est un célèbre disc-jockey.

Grace leva la tête.

— Un disc-jockey ? Qu'est-ce que c'est ?

— Un Américain, répondit Ralph, et tout le monde rit.

Y compris Mona, qui avait enduré en silence les huit heures de voyage depuis Nyéri. Elle avait fait le bref tour du camp sans prononcer un mot, s'était lavée et changée dans sa tente, puis s'était dirigée vers la tente-salle à manger pour l'apéritif du soir avec l'expression fermée à laquelle tout le monde était maintenant habitué. Mais à présent, après plusieurs verres de vin et l'intimité du groupe, elle ressentait elle aussi l'immensité des plaines, le caractère irréel de la savane isolée, et elle commençait à baisser sa garde.

Geoffrey fut le premier à le remarquer.

— Nous aurons ce que j'appelle des « rondes de gibier », dit-il en allumant une cigarette et en se renversant sur son siège.

En entendant le bruit de la nuit — le vacarme constant des grillons, le rugissement de lions dans le voisinage —, Geoffrey se félicita une fois de plus de ce qu'il considérait comme une initiative exceptionnellement avisée. En vendant le ranch de son père à des Africains impatients de l'acheter, Geoffrey avait pu investir dans une entreprise dont il était sûr qu'elle rapporterait des bénéfices énormes. À tant faire que d'être un blanc au Kenya, il était bien décidé à être un blanc *fortuné*.

— Nous réveillerons les touristes à l'aurore et nous les conduirons un peu partout en Land-Rover pour photographier le gibier, qui est toujours très actif et visible aux petites heures du matin, poursuivit-il. Ensuite, retour à l'auberge pour un solide petit déjeuner et journée passée autour de la piscine. En fin d'après-midi, quand les animaux s'éveillent et partent en chasse, nous rembarquerons de nouveau les gens en Land-Rover pour une autre ronde en les munissant de cognac et de sandwichs. Le soir, nous exigerons la tenue de soirée dans la salle à manger et nous donnerons un bon spectacle avec des danseurs masaïs de la région.

— C'est assurément séduisant, dit son frère Ralph. Si le vieux Jomo maintient la stabilité du pays, je ne vois pas pourquoi ce ne serait pas un succès.

Ralph était revenu au Kenya l'année précédente, quand l'Ouganda avait obtenu son indépendance. Le président Oboté avait décidé que le système anglais de provinces ne convenait plus à son pays et avait licencié tous les fonctionnaires blancs. Ralph Donald, encore célibataire à quarante-huit ans, était préfet de province. Il avait reçu, comme l'appelait l'agent local, le « chapeau melon en or massif » — une compensation pour ses années au service de la Couronne. Après avoir dirigé quelque temps un poste de contrôle pour accueillir les convois de réfugiés blancs du Congo Belge qui traversaient l'Ouganda, Ralph était venu au Kenya pour s'associer avec son frère dans la nouvelle entreprise de tourisme.

Chevelure d'argent et teint haut en couleur, réputé comme excellent chasseur d'éléphants, Ralph Donald était la seconde personne à la table du dîner qui avait des vues sur Mona.

— À mon avis, disait-il à présent en bourrant sa pipe, étant donné le nombre d'Européens qui désertent le Kenya, la poignée d'entre nous qui reste va faire la loi. Il y aura des bénéfices littéralement fantastiques à ramasser pour nous. Les nègres vont regarder autour d'eux, s'apercevoir qu'ils n'ont pas la moindre idée de la façon de s'y prendre pour faire marcher le pays et ils se précipiteront vers nous pour nous demander de l'aide.

Grace, qui avait à peine touché à son assiette, jeta un coup d'œil à Ralph. Il était inconcevable pour elle que cet homme imbu de lui-même et à la voix affectée soit le fils de James Donald.

— Ce que je ne comprends pas, dit-elle, c'est où les Africains dénichent l'argent nécessaire pour acheter les plantations des blancs. J'ai appris que le domaine des Norich-Hastings avait atteint une somme astronomique !

— Il n'y a aucun mystère, Tante Grace, répondit Geoffrey. L'argent n'est pas africain, il est anglais. Quand le gouvernement de Sa Majesté nous a pour ainsi dire tous laissés tomber en déclarant qu'il n'enverrait plus de troupes si les Mau Mau reprenaient leurs activités terroristes, et en acceptant de céder le pouvoir aux noirs, il a dû trouver un moyen d'apaiser ses sentiments de culpabilité et d'assister les personnes mêmes qu'il trahissait. Voilà la méthode : l'argent anglais passe par la Banque Mondiale à des intermédiaires africains et aboutit entre les mains du colon. Le colon, après s'être déchargé de sa plantation, fait ses bagages et rentre en Angleterre en emportant son argent. Dans certains cas, à ce qu'on m'a dit, l'argent ne sort même pas d'Angleterre !

Ralph dit :

— Je parierais que les nègres n'ont aucune idée de ce qui se passe.

Et il regarda Mona. Il se rappelait le jour où elle était venue à Entebbe avec sa tante pour ramener son père chez lui.

— Si vous voulez bien m'excuser, dit Grace en se levant, je suis très fatiguée. Je n'ai pas l'habitude de ce genre de voyage.

Geoffrey se leva avec elle, pensant que pour soixante-treize ans Grace avait remarquablement supporté le trajet.

— Je vais demander à un *askari* de t'accompagner à ta tente. Ne te déplace jamais dans le camp sans escorte pendant la nuit. Les animaux viennent souvent et peuvent se montrer agressifs.

— Les enfants ne risquent rien, seuls dans une tente ?

— Terry a déjà campé ici. Il veillera à ce que Deborah soit bien soignée.

Quelques minutes plus tard, quand elle fut seule, Grace soupira et s'assit sur le lit. Elle devait rendre à Geoffrey cette justice ; les tentes étaient luxueuses. Elles lui rappelaient celles que Valentin avait plantées en 1919, quand elle et Rose étaient arrivées pour découvrir que la maison n'avait pas encore été construite.

Il y a si longtemps, se dit-elle. *Tellement longtemps...*

Grace songeait que le lendemain était le jour de l'anniversaire de James et qu'il aurait eu soixante-quinze ans.

Tandis qu'un vent solitaire sifflait à travers les parois de toile et faisait danser les lanternes Coleman, Grace se prépara. Elle ne savait pas pourquoi elle avait décidé de faire ce voyage, sinon peut-être parce que Geoffrey avait tellement envie qu'elle voie et approuve sa nouvelle idée. Elle s'était dit aussi que quitter la mission pendant quelques jours lui ferait du bien. Elle n'avait pas pris de vraies vacances depuis des années ; cela lui donnerait le temps de réfléchir, d'étudier la proposition de l'ordre des religieuses africaines qui désirait acquérir les écoles de la mission. James et elle avaient toujours parlé de faire un vrai safari ensemble, mais ils n'en avaient jamais trouvé le temps. Et voici qu'elle le réalisait enfin avec ses deux fils.

Elle prit le livre qu'elle avait emporté à lire — le dernier succès venu d'Amérique : *La Nef des Fous.* Puis elle le reposa, incapable de se concentrer. Elle était absorbée par James — James emplissait toutes ses pensées ; il vivait dans son âme.

Elle se dirigeait vers la portière de la tente et tout en regardant à travers la moustiquaire le paysage serein baigné de clair de lune qui semblait trompeusement stérile et dénué de vie mais qui fourmillait de meurtres, de morts, de procréation et de vie, Grace songea à son James bien-aimé et se demanda pour la millième fois pour quoi il était mort.

C'était un monde nouveau, étrange, dans lequel elle vivait maintenant, et elle n'était pas sûre que James l'aurait apprécié. Elle-même le comprenait mal.

À Nairobi passait un film américain, *Docteur Folamour* que Geoffrey et Ilse l'avaient emmenée voir. La terre entière semblait-il à Grace, se préoccupait soudain d'annihilation nucléaire mondiale. La radio ne paraissait plus diffuser que des chansons américaines interprétées par une nouvelle race de gens — quelqu'un du nom de Joan Baez qui protestait contre la haine raciale et réclamait l'amour et la paix. Les informations ne parlaient que de manifestations pour les droits civiques en Alabama, d'émeutes et de matraquages ; de deux cent mille marcheurs pour la liberté qui se rendaient à Washington. Les jeunes dansaient quelque chose qu'ils appelaient le *watusi* ; en Angleterre, des adolescents dissolus se laissaient pousser les cheveux et se baptisaient *mods* et *rockers.* Le monde évoluait à un rythme essoufflant — un astronaute américain venait de faire vingt-deux fois le tour de la Terre en orbite ; au Texas, le Dr Michael De Bakey entrait dans l'histoire en ouvrant la poitrine des gens pour leur opérer directement le cœur.

Et, trois jours auparavant, le président Kennedy avait été assassiné.

Qu'est-ce que toute cette agitation, se demanda Grace en contemplant les paisibles plaines vierges de l'Afrique, *a à voir avec ceci ?*

Et le Kenya se trouvait lancé dans sa propre course folle, pour faire partie de ce monde nouveau et déconcertant. Soixante ans auparavant, songea Grace, ces gens vivaient à l'âge de pierre, sans alphabet, sans concept de la roue, sans la moindre idée des nations puissantes existant de l'autre côté de la montagne. À présent, les Africains conduisaient des automobiles et pilotaient des avions ; des avocats africains portaient une perruque blanche au palais de justice de Nairobi et parlaient l'anglais classique ; les femmes du Kenya découvraient le planning familial et les emplois de secrétaire. Des mots nouveaux saupoudraient la langue : *uhuru,* « liberté », *wananchi,* « le peuple ». Et le premier ministre Kenyatta avait déclaré que désormais *Kenya* se prononcerait avec un *e* fermé, et que dire « Kēēnya[1] comme avant serait illégal.

Cela avait fait un drôle d'effet à Grace, en 1957, de voter avec des Africains pour la première fois. Et quel choc elle avait reçu juste en juin dernier, quand elle avait rencontré la vieille Mama Wachéra au bureau de vote. Elles s'étaient regardées et Grace avait senti tout son corps se glacer. Cette rencontre fortuite avec la guérisseuse lui avait rappelé le souvenir douloureux du lendemain de la mort de James. Mama Wachéra était venue à la maison de Grace réclamer le corps de son fils et, sans un mot, elle avait lancé un paquet aux pieds de Grace. Accablée par les événements tragiques de la nuit précédente — la mort de James dans ses bras, la mort du bébé de Mona, la découverte que Mario, son boy, était le donneur de serments — Grace avait ramassé le paquet et découvert qu'il contenait toutes les lettres de Mona à David.

Grace les avait encore. Ne sachant qu'en faire, elle les avait rangées en attendant l'occasion de les rendre à Mona. Neuf ans s'étaient écoulés. Au début, Grace s'était dit que Mona avait trop de chagrin pour qu'elle lui donne les lettres. Par la suite, elle avait jugé qu'elles ne serviraient qu'à rouvrir les blessures de Mona. *Peut-être devrais-je les détruire,* pensa maintenant Grace, *et clore ce chapitre sombre.*

Elle entendit des pas qui faisaient crisser la terre puis une voix qui l'appelait doucement.

— Docteur T ?

C'était Tim. Il l'avait toujours appelée « Docteur T. » Quand il entra dans la zone de lumière qui jaillissait de sa tente, il s'excusa de la déranger et demanda s'il pouvait lui parler.

— En réalité, docteur T., dit-il en s'asseyant, je suis venu vous faire mes adieux. Nous partons la semaine prochaine.

1. Kēēnya avec un *i* long.

— Oui, dit-elle à mi-voix. Je sais.

— Maintenant tout est réglé, inutile de traîner jusqu'au jour de la liberté. Je n'ai guère envie de voir l'*Union Jack* descendre du mât une fois pour toutes.

— Cela ne se passera peut-être pas si mal.

Tim réfléchit un moment, en triturant son chapeau, puis il dit :

— Nous aimerions vraiment que vous veniez avec nous, docteur T. L'élevage de moutons d'Alice marche du tonnerre et la Tasmanie est magnifique. Propre et calme, si vous voyez ce que je veux dire.

Grace sourit et secoua la tête.

— Le Kenya est mon pays. Je m'y sens chez moi. Et j'y resterai.

— Je ne crois pas que je reviendrai. Je suis né ici, vous savez, mais je me sens un intrus. « Le Kenya aux Kenyans », disent-ils. Mais que suis-je donc si je ne suis pas Kenyan ? J'espère que tout se passera bien pour vous, docteur T.

— J'en suis certaine, Tim. Et je ne serai pas seule. J'aurai Deborah.

Tim évita le regard de Grace. C'était un sujet qui le mettait mal à l'aise. Deborah. Peut-être que si Mona avait accepté de l'épouser huit ans auparavant...

Mais non. Tim n'était pas de ceux qui se marient. Il avait besoin de sa liberté, il avait besoin de ses amitiés particulières, dont les femmes étaient exclues. Quant à l'enfant, ma foi, Mona pensait comme lui : Deborah était une erreur et un rappel gênant d'une nuit qu'ils auraient préféré oublier tous les deux.

— Avant de partir, docteur T, dit-il à mi-voix en regardant le tapis de sol, il y a quelque chose que je tiens à vous dire. Je ne sais pas pourquoi mais j'ai l'impression que je ne peux pas partir pour l'Australie sans dire ce que j'ai sur le cœur. C'est au sujet de la nuit où le comte a été tué.

Grace attendit.

Il finit par lever les yeux.

— C'était moi, le type à la bicyclette.

Elle le regarda avec stupeur.

— Mais je n'ai pas tué le comte ! Ce n'est pas ce que je veux dire. Ce qui s'est passé, c'est que cette nuit-là je n'arrivais pas à m'endormir, alors je suis descendu boire un verre. J'ai vu le comte dans l'allée, qui montait dans sa voiture. Je me suis demandé ce qu'il manigançait. Quand il est parti, je suis sorti et j'ai vu la bicyclette. J'ai décidé de le suivre. J'ai vu la voiture s'engager sur la route de Kiganjo. Il roulait beaucoup plus vite que je ne pouvais pédaler et j'ai mis du temps à le rattraper. J'ai vu sa voiture garée sur le côté, le moteur tournait. Quand je me suis avancé, j'ai cru que le comte s'était endormi. Il avait tellement bu, vous savez ?

— Oui, je sais.

— Je me suis arrêté à côté et j'ai jeté un coup d'œil. Puis je me suis dit qu'il était peut-être malade ou je ne sais quoi. Je suis donc descendu de vélo et j'ai glissé dans la boue. C'est pour cela qu'il y avait de la boue sur le siège du passager. Dès que j'ai vu le revolver dans sa main et la blessure de sa tête, j'ai compris ce qui s'était passé. Celui qui l'a tué avait dû filer, juste avant mon arrivée. Je n'avais vu personne, ni rien entendu. Plus tard, j'avais tellement peur qu'au moment où mon pneu a crevé, j'ai jeté le vélo dans les broussailles et je suis rentré à Bellatu en courant tout le long du chemin.

— Pourquoi n'avez-vous pas dit cela à la police ?

— À quoi bon ? Je n'aurais pas pu leur indiquer l'assassin. Et ils m'auraient arrêté comme suspect d'avoir tué le comte. Tout le monde savait que nous nous détestions.

Il regarda Grace et ajouta à mi-voix :

— Je suppose que nous ne saurons jamais qui l'a fait, n'est-ce pas ?

— Non, je ne crois pas que nous le saurons un jour. Mais quelle importance, à présent ? Presque tous ceux qui étaient concernés sont morts. Mieux vaut oublier.

— Je vais vous dire bonsoir, alors, docteur T. Geoffrey nous emmène faire une « ronde » demain à l'aube.

Grace lui tendit la main.

— Soyez prudent, Tim, dit-elle. Et bonne chance.

Dans l'expérience de Geoffrey, les femmes les plus récalcitrantes finissaient toujours par succomber à la magie et à l'enchantement de la brousse africaine. Il avait d'innombrables clientes qui pouvaient en témoigner. Aussi, lorsqu'il se dirigea dans la nuit vers la tente de Mona, se rappelant comme elle s'était animée au dîner et comme ses joues avaient flambé, il avait de grands espoirs. Et une bouteille de champagne frappé.

Mona ne parut pas du tout surprise de le voir sur le seuil de sa tente, ce qui augmenta encore ses espoirs. Mais elle dit :

— Je suis contente que tu sois venu, Geoff. J'ai quelque chose à te dire.

Le ton de sa voix le désarçonna.

— Qu'est-ce que c'est ? dit-il en faisant sauter le bouchon.

Quand il en offrit une flûte à Mona, elle la refusa.

— J'ai vendu la plantation, Geoffrey.

Il la regarda. Puis il s'assit, abasourdi.

— Ce n'est pas possible. Toutes les terres ?

— Les deux mille cinq cents hectares.

— Seigneur, je croyais que tu ne vendrais jamais ! Qu'est-ce qui t'a fait changer d'avis ?

Elle se détourna. Elle avait retardé le moment de lui annoncer la nouvelle jusqu'à maintenant parce qu'elle savait que cela tournerait en querelle. Mais du temps, il n'en restait presque plus ; elle devait l'avertir. Néanmoins, elle ne pouvait pas lui dire la vérité. Qu'elle avait décidé de vendre la plantation de café à cause d'un petit garçon.

Après le jour où elle avait trouvé Deborah et Christopher Mathengé dans la chambre de ses parents, Mona avait pleuré comme jamais auparavant. Elle s'était couchée, et elle avait enfin libéré toutes les larmes et les souffrances bloquées en elle depuis la mort de David. Puis, reprenant sa maîtrise de soi, toutes ses larmes taries, elle avait affronté la froide réalité qui était l'impossibilité où elle était de continuer de vivre à Bellatu en regardant cet enfant grandir et devenir un second David.

Alors elle avait compris qu'il lui fallait quitter le Kenya pour toujours, tourner le dos au pays de sa naissance, le seul pays qu'elle avait jamais connu, et trouver une nouvelle place quelque part.

— Tu sais que la plantation s'en tirait de justesse, Geoff. Après la récolte perdue de 1953 et l'abandon de presque tous mes ouvriers agricoles pendant la révolte des Mau Mau, puis l'année humide de 1956 où les baies ont pourri sur les arbustes... eh bien, je n'ai pas pu récupérer. Alors j'ai vendu à un Asiatique qui s'appelle Singh. Il saura en tirer profit, j'en suis sûre.

— Je ne peux pas le croire ! Des Asiatiques à Bellatu !

— Je ne lui ai pas vendu la maison. J'ai conservé ça. Après tout, la maison est l'héritage de Deborah.

— C'était une décision sage. Et je vais te dire autre chose, Mona. Je suis content que tu aies vendu la plantation. Maintenant, tu vas pouvoir venir travailler pour moi. Je vais ouvrir un bureau luxueux à Nairobi et il me faut quelqu'un capable de le faire tourner.

— Oh, Geoffrey ! s'écria-t-elle en se tournant vers lui. Quelle folie ! Des touristes ! Au Kenya ! Tu es resté au soleil trop longtemps ! Tu crois vraiment que des gens auront envie de venir passer leurs vacances ici ! Tu ne vois donc pas où va le Kenya ? C'est le retour à la jungle et aux huttes de terre ! À la minute où l'indépendance sera proclamée, ce pays va se désintégrer, tomber dans l'anarchie, et ta peau blanche ne vaudra pas quatre sous !

Il la regarda avec stupeur, d'abord décontenancé par son algarade, puis comprenant enfin ce qu'elle disait.

— Qu'entends-tu par là ? dit-il lentement. Que *ma* peau blanche ne vaudra pas quatre sous ? Où seras-tu, *toi ?*

Elle s'assit sur le bord du lit et regarda ses mains.

— Je pars pour l'Australie avec Tim.

— *Quoi ?* — Geoffrey se dressa d'un bond. — C'est une plaisanterie !

— Je ne plaisante pas, Geoff. Alice m'a demandé de venir vivre avec elle dans sa ferme. Tim avait déjà décidé de le faire il y a plusieurs mois. Nous n'avons plus envie de vivre au Kenya.

— Je ne le crois pas ! cria-t-il. Tu files avec ce... avec ce pédé !

— Geoffrey, tu es injuste !

— Est-ce à cause de Deborah ? En somme, tout le monde sait qu'elle est sa fille.

— Non, ce n'est pas à cause de Deborah. Nous n'allons pas nous marier, ni quoi que ce soit de ce genre. Simplement nous allons tous les trois habiter et travailler ensemble à l'élevage de moutons. J'en ai assez des hommes, des maris et de tout ce chagrin. Nous serons juste une famille, vivant en paix. C'est ce que nous désirons, Tim et moi. Je sais que tu as du mal à le croire, Geoffrey, mais Deborah ne signifie rien pour moi. D'ailleurs, je ne l'emmène pas. Je me suis arrangée pour qu'elle vive avec Tante Grace.

Geoffrey fut réduit au silence par le choc. Il avait soudain devant les yeux une femme qu'il ne connaissait pas, une femme qu'il ne tenait pas à connaître. Finalement, il dit à mi-voix :

— Je trouve cela monstrueux.

— Pense ce que tu voudras, Geoff...

— Bon dieu, Mona. Comment peux-tu l'abandonner comme ça ? Ton propre enfant ! Quel genre de mère es-tu donc ?

— Abstiens-toi de me faire des sermons sur mes devoirs et mes responsabilités, Geoffrey Donald, je t'en prie, et réfléchis un instant au genre de *mari* que tu es. Voyons, toute la colonie est au courant de tes escapades avec tes clientes et les femmes de tes clients ! Tu étais un homme d'honneur, autrefois, Geoffrey. Que s'est-il passé ?

— Je ne sais pas, répondit-il tout bas. Je ne sais pas ce

qu'il nous est arrivé aux uns et aux autres. Nous avons tous changé.

Il se dirigea vers l'entrée de la tente, la bouteille de champagne à la main, puis s'arrêta pour regarder Mona. Ils avaient grandi ensemble ; il lui avait donné son premier baiser. Ses lettres, lorsqu'il se trouvait dans cet avant-poste isolé en Palestine, lui avaient soutenu le moral. Où s'étaient-ils trompés ? Quelle erreur de parcours, sur leurs routes à chacun, les avait conduits à cela ?

— Bonne nuit, dit-il tristement, et il sortit.

Mona le regarda partir. Debout derrière la moustiquaire, elle vit sa silhouette se fondre dans la nuit sombre jusqu'à ce que reste seulement le bruit de ses pas, puis cela aussi s'éteignit.

Elle serra le poteau de la tente en écoutant des rugissements de lions dans la brousse à proximité. Ils avaient un accent si solitaire, si triste, qu'ils semblaient se chercher. Mona regarda le Kenya, son pays, et songea au petit train — maintenant une curiosité de musée — qui avait ahané naguère dans une nuit toute pareille à celle-ci tandis que la comtesse effrayée accouchait dans un des wagons.

Finalement Mona ferma les yeux et chuchota *Kwa heri* au Kenya. « Adieu. »

55

Mama Wachéra regarda la bête d'un air inquiet.

Elle ronronnait à présent, inoffensive, mais elle était arrivée en rugissant dans un nuage de poussière et de bruit. Elle était énorme et menaçante, et Mama Wachéra ne lui faisait pas confiance.

— Venez donc, Mama, lui dit le Dr Mwaï en lui ouvrant la portière de l'automobile. Vous avez l'honneur d'occuper le siège de devant.

Christopher et Sarah étaient déjà assis à l'arrière, de chaque côté de leur mère.

Mama Wachéra regarda le visage souriant de cet Africain vêtu d'un complet-veston européen et portant une montre en or et des bagues en or. Elle savait qu'elle devait lui témoigner du respect. C'était un guérisseur comme elle, ce que l'on appelait un docteur en médecine, mais il ne ressemblait en rien aux guérisseurs d'antan. Où se trouvaient sa gourde magique, son Sac des Questions, son bourdon sacré orné d'oreilles de chèvres ? Pourquoi ne portait-il pas la coiffure de cérémonie ? Où était la peinture rituelle à mettre sur le visage et les bras ? Connaissait-il les chants et les danses sacrés ? La guérisseuse ne pouvait s'en empêcher, elle éprouvait un léger mépris pour cet homme.

— N'aie pas peur, Mama, cria Wanjiru gaiement de l'intérieur de la voiture. Elle ne te fera pas de mal.

Peur ? Wachéra n'avait jamais eu peur de sa vie.

Elle se redressa avec dignité et s'avança vers le véhicule bourdonnant. Pendant un instant, le passé rencontra le présent, quand son petit corps sombre paré des perles et des peaux traditionnelles se tint dans le cadre de la portière de la voiture. Puis elle fut à l'intérieur, braquant stoïquement son regard à travers le pare-brise.

C'était une circonstance tellement sensationnelle — le départ de Mama Wachéra pour Nairobi en automobile ! — que les villageois de l'autre côté de la rivière et des gens de la mission étaient venus lui dire au revoir. Aujourd'hui, c'était le Jour de l'Indépendance et les Mathengé allaient assister aux cérémonies qui se dérouleraient au stade de l'Uhuru. Ce que cela signifiait — le fait que leur vieille guérisseuse, bien-aimée et révérée, soit présente pour assister à la naissance officielle du Kenya — était fort bien compris de ceux qui s'étaient réunis pour la voir partir. Quand la voiture s'ébranla, tout le monde poussa des cris de joie et courut derrière en criant et agitant la main.

Aux premiers tours de roues de la voiture, Wachéra eut envie de se cramponner à son siège. Mais parce que trahir de la crainte devant les autres aurait manqué de dignité, Mama Wachéra laissa ses mains immobiles sur les genoux. Son expression demeura sereine tandis que défilaient les arbres et les huttes, mais son cœur battit plus vite quand elle vit le monde bouger alors qu'elle-même restait assise !

Wanjiru avait essayé de la rassurer :

— Tout ira bien, Mama. Le docteur Mwaï a une Mercedes et c'est un excellent conducteur.

C'étaient des mots qui n'avaient aucun sens pour Wachéra, laquelle avait annoncé son intention d'aller à Nairobi à pied.

— Il te faudrait des semaines ! s'était récriée Wanjiru. En voiture, cela ne prendra que trois heures.

Wachéra se demandait pourtant si c'était convenable. Marcher était honorable ; c'est ce que les ancêtres avaient toujours fait. Monter sur des roues était une coutume *mzungu* et par conséquent ne pouvait pas être africain ou respectable.

Mais elle n'avait pas le choix. Si elle voulait arriver au Stade pour voir descendre l'*Union Jack*, elle était obligée de monter dans la voiture du Dr Mwaï.

Elle songea à ses petits-enfants sur la banquette arrière, transportés d'excitation. Christopher et Sarah avaient déjà eu l'expérience des camions de l'armée, mais ce n'était rien comparé à la sensation électrisante de voyager en « Benzi ». Sarah, huit ans, ne tenait pas en place dans sa robe et ses souliers neufs. Christopher s'était assis contre la portière et faisait signe à tout le monde, avec un sourire aussi éclatant que la chemise blanche qu'il portait avec son pantalon long. C'était pour eux que Mama Wachéra avait accepté de monter dans la Benzi du Dr Mwaï. Et cela lui donnait chaud au cœur de les entendre bavarder et glousser de rire sur le siège arrière, cela l'aidait à chasser sa peur d'être en voiture. La guérisseuse vivait pour ses deux petits-enfants. Elle n'avait plus qu'eux ; elle aurait fait n'importe quoi pour eux.

Ils passèrent le long du vaste champ clôturé où, d'innombrables récoltes auparavant, se dressait le figuier sacré près duquel Wachéra l'Ancienne avait établi sa nouvelle demeure, longtemps avant l'arrivée des blancs. Le champ avait été défriché par le bwana pour son jeu joué à dos de cheval, mais il n'était plus entretenu depuis des années. Mama Wachéra voyait, avec satisfaction, l'œuvre vengeresse de Ngaï dans les mauvaises herbes, les lianes et l'herbe morte.

La Benzi passa devant le portail en fer forgé de la mission, et en un clin d'œil les décennies disparurent. Wachéra vit de nouveau les bois comme ils avaient été du temps de sa jeunesse, et elle vit la première petite hutte de Memsaab Daktari — qui consistait uniquement en quatre poteaux et un toit de chaume. À présent, il y avait de grands bâtiments de pierre et des allées pavées, et la forêt avait disparu depuis longtemps.

Au début, Mama Wachéra s'était opposée à ce que ses petits-enfants aillent dans cette école — elle était fondée et dirigée par une Treverton — mais Wanjiru avait fini par la convaincre d'inscrire Sarah et Christopher à l'école missionnaire blanche. N'avait-elle elle-même pas fréquenté cette école quand elle était jeune ? avait dit Wanjiru à sa belle-mère. Et David n'avait-il pas aussi étudié ici et continué de ce fait à devenir un homme cultivé ? D'ailleurs, avait ajouté Wanjiru, tous les professeurs et tous les élèves étaient des Africains.

Et c'est ainsi que Christopher et Sarah étaient élèves de l'école de la Mission Grace, se levant chaque matin pour manger de la bouillie de maïs, avec leur grand-mère, puis partant dans leur uniforme bleu, avec leurs livres rangés dans un sac de toile.

— Dans le nouveau Kenya, avait assuré Wanjiru à sa belle-mère, nos enfants seront instruits et libres de poursuivre la carrière qu'ils désirent. Christopher fera un bon médecin. Il a le cerveau et l'esprit logique de son père. Et Sarah aura un avenir que je n'aurais même jamais pu rêver. Quand j'allais à l'école, on donnait aux filles des leçons de travaux ménagers ; on nous enseignait à être des épouses. Mais ma petite Sarah pourra devenir ce qu'elle voudra !

Le nouveau Kenya, songea Mama Wachéra avec dédain. C'était à l'*ancien* Kenya qu'ils devaient revenir ! Les Africains devaient étudier les méthodes des ancêtres et faire revivre les anciennes coutumes et traditions, car là étaient l'honneur et la fierté. Alors les Enfants de Mumbi pourraient redevenir vertueux et justes.

Mais cela ne servait à rien de discuter de ces questions-là avec Wanjiru l'obstinée. Sept ans de prison, la guérisseuse le savait, avaient durci sa belle-fille, avaient semé une obsession dans son cœur, et lui avaient même fait oublier de témoigner respect et déférence à un ancien !

Wachéra savait par quelles épreuves Wanjiru était passée depuis son arrestation neuf ans auparavant. Elle savait que Sarah avait été conçue dans un viol et n'était donc pas une vraie Mathengé ; et elle n'ignorait pas que Wanjiru avait enduré quand elle était dans les camps d'internement d'autres avanies passées sous silence qui avaient fait d'elle une femme têtue, intraitable. Et ensuite, libérée enfin et lâchée soudain dans un monde indifférent, sans un sou et sans mari avec deux enfants, Wanjiru avait subi l'humiliation de mendier pour survivre et de travailler comme domestique chez des Européens pour nourrir ses petits. Wanjiru était une infirmière diplômée, une KRN[1], une femme compétente et instruite, mais elle n'avait pu trouver aucune place respectable parce que les hôpitaux étaient dirigés par des blancs qui avaient peur d'engager une ancienne Mau Mau.

Pendant deux ans, Wanjiru avait vécu dans les quartiers pauvres de Nairobi avec des milliers d'autres femmes abandonnées, en protégeant sa vertu et ses bébés — jusqu'à ce que l'Hôpital Indigène ait un administrateur africain qui,

1. Kenya Registered Nurse : infirmière diplômée du Kenya.

non seulement n'avait pas peur d'une ex-Mau Mau, mais admirait Wanjiru pour ses activités comme combattante de la liberté. Un emploi convenable lui avait enfin été attribué.

C'était à ce moment-là qu'elle avait finalement emmené Christopher et Sarah habiter chez leur grand-mère. Wanjiru envoyait de l'argent chaque semaine, ainsi que de la nourriture et des vêtements ; et maintenant, en raison de sa promotion récente comme chef de service, elle faisait la connaissance d'hommes puissants et en vue comme le Dr Mwaï.

Si Mama Wachéra était au comble de la joie d'avoir les enfants avec elle et de savoir que sa solitude était terminée et si elle était contente du supplément de nourriture que Wanjiru envoyait — par contre, elle n'avait que faire des shillings — elle était désolée par le manque d'harmonie dans leurs vies. Jamais elles n'étaient d'accord, la guérisseuse et la femme de son fils, et Wanjiru voulait à toute force discuter jusqu'au bout. Cela ne se serait pas passé comme ça autrefois, quand la parole d'une grand-mère avait force de loi !

La Benzi monta la route de la crête et Wachéra vit la grande maison construite quatre-vingt-huit récoltes auparavant. Elle était sombre avec ses fenêtres barricadées de planches à présent, et dans un état déplorable.

Mama Wachéra savait que la Memsaab Mona avait vendu la plantation de café ruinée à un Asiatique et avait quitté le Kenya pour de bon. Ç'avait été une merveilleuse nouvelle pour la guérisseuse, qui y avait vu l'accomplissement d'une partie de son *thahu* : les blancs s'en allaient du pays kikuyu. Ce n'était qu'une question de temps, elle en était certaine, d'ici que les Asiatiques abandonnent la plantation à leur tour, et les Enfants de Mumbi récupéreraient enfin leur terre. Mais, au vif déplaisir de Wachéra, elle avait appris que la Memsaab avait laissé sa fille, la petite-fille du Bwana Lordy maudit, aux soins de la Memsaab Daktari.

Comme la grande maison disparaissait derrière les arbres, Mama Wachéra se rappela le jour où, pour la première et la dernière fois de sa vie, elle s'était rendue à la maison de la Memsaab Daktari, à la mission. Wachéra avait réuni les lettres que Memsaab Mona lui avait apportées et les avait déposées aux pieds de la Memsaab Daktari. Wachéra ne connaissait pas le contenu des lettres car elle ne savait pas lire, et elle ne désirait pas le connaître. À la mort de David, son amertume envers les blancs et sa haine pour eux avaient redoublé. Pendant que les *wazungus* se réunissaient pour pleurer la mort d'un des leurs — celui qu'on appelait Bwana

James — Wachéra s'était retirée dans sa hutte solitaire pour pleurer à l'écart le meurtre de son seul et unique enfant.

Puis, quand Christopher était rentré un jour avec le laissez-passer, Wachéra avait vu la photographie : David avait soudain revécu et elle avait cru voir aussi son bien-aimé Kabiru Mathengé, mort depuis de nombreuses années.

C'est à ce moment-là qu'elle avait raconté à sa belle-fille frappée de stupeur le rôle de David dans le mouvement Mau Mau, révélant qu'il n'était pas un lâche comme Wanjiru l'avait cru, mais en fait un héros de l'*uhuru*.

Et c'est pour lui faire honneur, songea Mama Wachéra tandis que la Benzi s'engageait sur la grand-route dans la direction de Nairobi, c'est pour rendre hommage à l'esprit et à la mémoire de David Kabiru Mathengé et de son père le Chef Kabiru Mathengé que tout le Kenya se rassemblait ce jour-là au Stade Uhuru.

L'ancienne avenue Lord Delamere, récemment rebaptisée avenue Kenyatta, s'ornait de drapeaux de tous les pays. Depuis des jours, des Premiers ministres et des chefs d'État du monde entier arrivaient à Nairobi pour assister aux cérémonies. Le ciel était encombré ; les routes étaient envahies par des Kenyans de toutes les tribus, qui avaient marché pendant des jours depuis leurs terres ancestrales pour assister à la naissance de leur nouvel État. Ils étaient deux cent cinquante mille à s'entasser dans le Stade Uhuru, avec leurs femmes, leurs enfants et leurs chèvres ; leurs nombreux dialectes et langues tribales créaient une Babel assourdissante. Le président Oboté de l'Ouganda, enlisé dans la boue, dut aller à pied de sa Rolls Royce à la tribune royale. Le duc d'Édimbourg, qui arriva avec cinquante minutes de retard, fut obligé de se frayer un chemin au milieu d'une foule excitée qui avait balayé les cordons de police. Une pluie fine tombait sans relâche sur les dames en robe du soir et les Masaïs en *shuka* rouge. La foule massée dans les tribunes buvait de la bière et mangeait des oranges en applaudissant les danseurs des tribus qui se succédaient sur la piste avec tambours, sagaies et peaux de bête. Tous les peuples du Kenya étaient représentés et la foule hurlait, prise de frénésie chauvine. Quand une poignée de Combattants de la Liberté apparut — les derniers des Mau Mau irréductibles de la forêt — Jomo Kenyatta les embrassa et essaya de les présenter au duc d'Édimbourg, qui refusa poliment de la tête.

Enfin le moment tellement attendu arriva. Juste avant minuit, le 11 décembre 1963, l'*Union Jack* fut solennellement décroché pendant que l'orchestre militaire jouait le *God Save The Queen* et le nouveau drapeau du Kenya, rouge, noir et vert, s'éleva. Il flotta dans la lumière du projecteur, exposant fièrement le blason du Kenya : un bouclier avec deux sagaies croisées, et la foule explosa en vivats. Un salut royal au duc d'Édimbourg vint ensuite, suivi par la remise officielle des couleurs au Kenya Rifles par le King's African Rifles. Une casquette noire remplaça l'ancien fez marron ; le Kenya possédait maintenant sa propre armée.

Enfin Jomo Kenyatta se leva sur l'estrade et le silence se fit dans le stade. Le vieil homme était imposant dans son complet européen sombre, avec sa toque kikuyu traditionnelle ornée de perles. Son regard vif et pénétrant parcourut les milliers d'Africains des tribunes, et sa voix retentit dans la nuit.

— Compatriotes, nous allons tous devoir travailler dur, de nos propres mains, pour nous sauver de la misère, de l'ignorance et de la maladie. Dans le passé, nous reprochions aux Européens tout ce qui n'allait pas. À présent, le gouvernement est le nôtre... Nous devons travailler ensemble, vous et moi, pour développer notre pays, instruire nos enfants, former des médecins, construire des routes, améliorer l'existence quotidienne. Ce doit être notre œuvre. Dans l'esprit de ce que je vais vous demander de répéter après moi très fort, nous agirons ensemble pour ébranler les fondations du passé, en marche vers notre nouvel objectif...

Il s'arrêta, jeta un regard circulaire sur la foule, puis tendit les bras et cria :

— *Harambee ! Harambee !*

— *Harambee !* cria le public. — *Harambee !* psalmodia le peuple d'une seule voix, « Tirons ensemble ».

Kenyatta, souriant, se tourna vers le duc et dit :

— À votre retour en Angleterre, apportez nos salutations à la reine et dites-lui que nous sommes toujours amis. Ce sera une amitié du cœur, davantage qu'auparavant.

La foule fut prise de folie. Des chapeaux et des gourdes volèrent dans les airs ; les gens s'embrassaient. Les clameurs devinrent rugissement, le rugissement d'un lion, pensèrent-ils tous, que l'on entendrait jusqu'au bout du monde.

Enfin, avec beaucoup de dignité et de solennité, l'orchestre militaire du Kenya joua les premiers accords du nouvel hymne national, et deux cent cinquante mille personnes se levèrent d'un même mouvement.

Tandis que la mélodie triste et douce s'élevait dans la nuit pluvieuse, emplissant chacun d'une sorte de fierté mélancolique et, pour la première fois dans la mémoire de tous, du sentiment d'une véritable unité africaine, ce dernier bastion de l'impérialisme britannique, ce dernier coin colonial à se détacher d'un empire désormais affaibli, entrait dans l'âge moderne.

De l'endroit où elle se trouvait, dans une tribune réservée, avec Geoffrey Donald et d'autres éminents hommes d'affaires blancs de Nairobi, Grace Treverton jeta un coup d'œil circulaire sur le stade bondé et se rendit compte qu'elle n'avait jamais vu autant d'Africains réunis dans un même lieu. Elle en fut accablée. Et aussi elle en fut glacée bien plus que par la pluie. Pour la première fois, Grace comprit vraiment ce pour quoi s'était livré le combat des Africains. Elle regarda les visages noirs rayonnants de fierté et songea à l'avenir incertain, chargé de nuages. Elle savait qu'il y avait encore beaucoup de colère et de ressentiment dans ces cœurs africains. Seraient-ils vraiment capables, se demanda-t-elle, d'oublier leur passé d'ignominie et l'humiliation subie aux mains de colons ? Ces cœurs n'étaient guère qu'à cinquante ans de distance des cœurs sauvages de leurs ancêtres guerriers. Retourneraient-ils à la barbarie et aux pratiques sanguinaires dès que la loi anglaise se retirerait du Kenya ? Grace sentait les gens ivres de leur nouveau pouvoir et avides des agréments de l'existence qui devaient, dans leur imagination naïve, découler automatiquement de l'indépendance. Se rappelant les Mau Mau, elle se demanda ce qu'il adviendrait des blancs qui restaient au Kenya si une deuxième crise éclatait. La prochaine fois, il n'y aurait plus de soldats anglais pour les protéger.

Elle regarda Kenyatta en bas sur l'estrade. À l'immense surprise générale, sa femme européenne, qu'il avait épousée des années auparavant en Angleterre, était venue le rejoindre en avion et se tenait auprès de ses deux épouses kényanes, en un geste de bonne volonté inter-raciale. Kenyatta prononçait des discours impressionnants sur la retenue et la tolérance, mais le vieux Jomo pourrait-il maîtriser sa population versatile de six millions d'habitants si une deuxième révolution éclatait ?

Tandis que l'hymne national s'achevait et que la foule recommençait à pousser des acclamations, la petite Deborah battit des mains et rit. Ses huits ans trouvaient que c'était encore mieux que Noël ! Debout, frissonnante dans la nuit froide entre Tante Grace et Oncle Geoffrey, elle aperçut de l'autre côté du stade, dans une autre tribune réservée, Christopher Mathengé avec sa sœur, sa mère et sa grand-mère.

Deborah croisa son regard. Elle lui sourit. Et il lui rendit son sourire.

HUITIÈME PARTIE

1973

56

— Cela te réjouit de partir pour la Californie ? demanda Sarah en remuant la cire fondue.

Deborah, assise au pied d'un marronnier du Cap, les genoux relevés et le dos contre le tronc, feuilletait un magazine féminin — le numéro de *Mademoiselle* consacré à la dernière mode en vogue sur les campus. Elle s'arrêta à une page qui montrait des mannequins en jupe longue et chaussures à semelle épaisse ; puis elle leva les yeux vers son amie.

— En un sens, cela me terrorise, Sarah. La Californie est si étrangère, si éloignée !

Sarah se pencha pour examiner la consistance de sa cire. Elle la renifla, puis ajouta dans le pot un petit morceau de cire d'abeilles. Tandis qu'il fondait, elle reprit :

— Je ne comprends pas comment tu as mis si longtemps pour te décider. Si on m'avait offert cette bourse, j'aurais sauté dessus.

Deborah regarda les cover-girls qui souriaient avec leur jeune assurance américaine et sentit ses craintes redoubler. Comment pourrait-elle s'intégrer à ce milieu de jeunes filles sophistiquées ?

Accepter la bourse de l'Uhuru avait été une décision importante à prendre. Cela supposait un séjour de trois ans hors du Kenya — loin de tous ses amis, loin de Tante Grace et de leur foyer à la mission, et surtout loin de Sarah qui était pour elle comme une sœur. En outre, Christopher devait rentrer aujourd'hui après quatre années d'études passées en

Angleterre. Deborah aurait juste le temps de lui dire bonjour avant d'être obligée de lui dire adieu.

Deborah enviait Sarah. Elle avait tellement d'assurance, de confiance en elle, exactement comme les modèles du magazine. Sarah avait toujours eu du courage — c'était parce qu'elle était née dans un camp de détention, disait-elle toujours. Elle n'avait peur de rien et elle était toujours prête à relever n'importe quel défi. Le fait qu'elle avait interrompu ses études, sur une simple impulsion, était typique de Sarah, une initiative qui avait contrarié sa mère, Wanjiru, au point qu'elles ne se parlaient plus. Deborah avait été choquée, elle aussi, que Sarah quitte l'université au bout d'un an. Mais son amie lui avait expliqué avec une conviction caractéristique :

— Egerton n'a plus rien à m'offrir. Je n'ai pas de temps à perdre avec ses cours qui ne servent à rien. Je sais ce que je veux. Egerton ne peut pas me le donner, alors bonsoir ! Je vais me débrouiller pour me le procurer moi-même.

Sarah se référait à son ambition de devenir dessinatrice de mode. Depuis son enfance elle savait que c'était cela qu'elle voulait faire. Au lycée, Sarah avait suivi tous les cours de dessin, de création et de couture. Puis elle était entrée à l'Université Egerton de Njoro, où dans le cadre d'un diplôme d'économie domestique — une des rares filières d'enseignement supérieur ouvertes aux femmes kenyanes — elle avait étudié les tissus, comment les reconnaître et les utiliser, la couture à la machine, la confection des patrons, la coupe, les transformations et la finition. Quand elle avait découvert que la deuxième année se concentrait sur les questions de nutrition et de puériculture, elle avait quitté l'université et elle était rentrée chez elle pour réaliser son rêve par une autre voie.

Elle travaillait maintenant comme aide-couturière chez une Asiatique de Nyéri, Mme Dar. Le salaire était très bas, les heures étaient longues et les conditions de travail difficiles, mais Mme Dar faisait des robes ravissantes pour les femmes des riches hommes d'affaires de la région, et Sarah apprenait auprès d'elle tout ce qu'elle pouvait. Mais ce n'était pas suffisant, même si elle espérait posséder un jour sa propre machine à coudre et sa propre affaire avec des employés à elle, Sarah rêvait de quelque chose de plus grande portée : créer une mode entièrement nouvelle.

C'était pour cela qu'elle se trouvait près de la rivière avec Deborah, en train de remuer un pot de cire brûlante sur un feu de bois. Sarah avait découvert récemment le batik, l'art de teindre le tissu en réservant des espaces à la cire, et elle expérimentait la technique depuis des jours.

— Je vais me sentir déplacée en Californie, dit Deborah en posant sa revue de modes. Je ne connaîtrai rien. Et je suis sûre qu'elles seront toutes plus intelligentes que moi.

Sarah se releva et planta ses mains sur ses hanches.

— Quelle blague, Deb ! Comment crois-tu que tu as obtenu cette bourse ? En étant stupide ? Sur quinze cents candidats c'est toi qui as gagné, Deb ! Le professeur Muriuki n'a-t-il pas dit que ce serait un gain pour la Californie et une perte pour l'université de Nairobi ?

Le professeur Muriuki se montrait simplement aimable, se dit Deborah. Elle avait suivi quatre de ses cours l'an passé à l'université de Nairobi, et il avait de la sympathie pour elle.

D'ailleurs, il avait poursuivi en admettant que : « Je ne saurais nier que le niveau d'instruction de l'université de Californie est supérieur au nôtre. Vous avez raison d'aller là-bas, mademoiselle Treverton. Quand vous retournerez au Kenya, à l'École de Médecine, vous dépasserez vos condisciples de la tête et des épaules. »

Les deux jeunes filles de dix-huit ans profitaient pleinement du chaud soleil d'août et du calme de la rivière. À travers les arbres, elles entendaient les cris des enfants qui jouaient au rugby sur l'ancien terrain de polo que la mère de Deborah avait cédé à la Mission Grace quand elle avait quitté le Kenya dix ans plus tôt. Tout près, à une trentaine de mètres de l'endroit où les deux jeunes filles étaient assises au bord de la rivière, un groupe bien connu de huttes s'élevait dans un décor bucolique : au milieu des champs de maïs et des planches de haricots florissants, un troupeau de belles chèvres et un grenier plein. C'était là qu'habitait Sarah, avec sa vieille grand-mère Mama Wachéra, mais dans sa propre hutte qu'elle avait rendue confortable avec un tapis et de vraies chaises. Il y avait également une hutte pour Wanjiru, où elle couchait lorsqu'elle venait de Nairobi en voiture. La quatrième hutte était celle de Christopher. C'était la hutte de célibataire de son père. Christopher y séjournerait pendant les vacances de l'École de Médecine.

Songeant à Christopher, Deborah regarda sa montre. Son vol de Londres était prévu pour arriver ce matin et il devait être attendu par sa mère et venir avec elle dans sa voiture.

Deborah avait l'impression qu'il était tard. Où étaient-ils ?

Elle n'avait pas dormi la nuit précédente, elle n'avait presque pas dormi de toute la semaine — à cause du retour de Christopher. Comment serait-ce après ces quatre ans d'absence ? Déjà son cœur accélérait sa course rien que de penser à son retour à la maison, d'imaginer les longues conversations qu'ils auraient. *Aura-t-il beaucoup changé?* se demanda-t-elle.

Sarah laissa son pot de cire pour aller inspecter les carrés de tissus étalés sur de grosses pierres. Chacun d'eux était à un stade de teinture différent ; et chacun d'eux avait été préparé de façon différente. Elle les scruta de près.

— Je crois que j'ai enfin résolu le problème des craquelures, dit-elle en soulevant un des carrés. Qu'en penses-tu, Deb ?

Deborah étudia le large carré de calicot que Sarah lui présentait. Le dessin très schématique et primitif représentait une femme et un enfant — et les couleurs étaient dans les tons ocre. Elle aima la façon dont le soleil brillait à travers le tissu, révélant des veines de teinture noire aux endroits où la cire s'était brisée.

— C'est magnifique.

Sarah reposa le tissu et recula d'un pas.

— Je n'en suis pas si sûre.

— Tu as maîtrisé la cire. Les couleurs ne bavent pratiquement plus.

Sarah plissa les lèvres en regardant son travail.

Elle avait appris la technique du batik toute seule, par une succession interminable d'essais et d'erreurs, en expérimentant sur des chutes de tissu qu'elle rachetait à Mme Dar, avec presque la moitié de son salaire. La cire et la teinture, achetées dans une *duka* indienne de Nyéri, mangeaient le reste de sa paye et Sara était en permanence sans le sou. Mais le jeu en valait la chandelle. Elle avait acquis la technique du batik et ses tissus étaient beaux.

Pourtant, il leur manquait quelque chose.

— Je ne sais pas, Deb. — Elle s'assit dans l'herbe à côté de son amie, enfonça ses pieds nus dans l'argile rouge et regarda les poissons dans l'eau transparente. — C'est comme s'il manquait quelque chose.

Deborah, qui était dépourvue de talent artistique et par conséquent admirait sans réserve la réussite de son amie, dit :

— Tu pourras faire des robes adorables avec ce tissu, Sarah. Je sais que si j'avais l'argent, j'en achèterais une.

Sarah sourit. En dépit du fait que le nom de famille de Deborah était Treverton et qu'elle possédait l'énorme maison sur la colline, en plein milieu de la plantation de café de M. Singh, et en dépit du fait que sa tante possédait la Mission Grace, Deborah n'avait pas d'argent. C'était parce que la maison n'avait pour ainsi dire aucune valeur ; l'habiter et l'entretenir aurait coûté une fortune et personne ne voulait l'acheter, entourée comme elle l'était par les caféiers de M. Singh. Et tout le monde savait que la mission était en déficit depuis sa fondation ou presque, car l'école et l'hôpital étaient gratuits pour tous ceux qui n'avaient pas les moyens de payer, et le moindre argent qu'avait gagné le Dr Treverton, elle l'investissait dans la mission, sans jamais rien garder pour elle-même. En fait, le bruit courait que si les religieuses catholiques n'étaient pas venues à son secours quelques années auparavant, la mission aurait fait faillite. Deborah Treverton se trouvait donc aussi démunie que Sarah Mathengé — c'était une des nombreuses choses qu'elles avaient en commun.

— Tu ne vas pas me croire, dit Deborah en tendant le magazine à son amie. On porte encore des minijupes en Amérique !

Sarah regarda les modèles avec envie. Le port de la minijupe était interdit au Kenya. Le gouvernement avait jugé qu'elle était « inconvenante et vulgaire et incitait les hommes à la concupiscence ».

— Jamais je ne réussirai à m'insérer, dit Deborah. Pas habillée comme je suis !

Elle portait une robe de coton toute simple et des sandales. Parfait pour la campagne kenyane, se disait-elle mais tout à fait déplacé sur un campus sophistiqué de Californie.

— Aujourd'hui, en Amérique, tu peux t'habiller exactement comme tu veux, lui assura Sarah. Regarde donc : des minirobes, des robes de grand-mère, des robes paysannes, des tailleurs-pantalons en velours, des blue-jeans avec des taches arc-en-ciel. Même un pantalon ultracollant ! L'important à se rappeler, c'est ceci — elle adressa à Deborah un regard éloquent : — Tu seras la meilleure étudiante et tu reviendras avec des notes brillantes. Comme le professeur Muriuki l'a dit.

Deborah pria qu'il en soit ainsi. Son rêve le plus impératif était de devenir le meilleur médecin possible. D'être exactement comme Tante Grace et de suivre ses traces.

— Si seulement j'avais de l'argent ! s'écria Sarah en lançant un caillou dans l'eau. Je sais que je pourrais faire mieux que Mme Dar ! Elle est tellement classique. Elle n'a pas d'imagination. Et elle ne me laisse pas donner mon avis ! La femme du Dr Chandra est venue la semaine dernière et Mme Dar l'a habillée dans un *vert* qui lui allait horriblement mal. J'ai tout de suite vu qu'il lui aurait fallu un tissu feuille-morte avec peut-être un liseré d'or. Et la façon dont les jupes pendent sur elle ! Deb, si j'avais l'argent, j'achèterais une machine à coudre et je me lancerais toute seule. Je pourrais travailler ici, chez moi. Et quand j'aurais plusieurs clientes fidèles, je pourrais acheter du calicot brut en gros et teindre des coupons de la couleur la mieux adaptée à ma clientèle.

— Ceux-là sont adorables, dit Deborah avec un signe de tête vers les batiks en train de sécher sur les rochers.

Sarah prit une longueur de tissu teint en orange et rouge, et dit :

— Laisse-moi voir l'allure qu'il a sur toi.

Deborah rit et répliqua :

— Les *kangas* ne me vont pas, Sarah.

Mais elle se leva et laissa son amie draper le tissu raide autour d'elle.

Bien que Deborah fût une *mzunga* elle était à peine plus claire de peau que Sarah, car elle avait passé sa vie entière sous le violent soleil équatorial. Alors que la plupart des blancs du Kenya cherchaient avec application à se protéger des rayons brûlants sous l'équateur, Deborah adorait la sensation du soleil sur ses bras et son visage nus. Ce qui ne voulait pas dire que les deux jeunes filles étaient semblables. Deborah, de petite taille, demeurait très européenne malgré ses cheveux noirs bouclés et ses yeux sombres, alors que Sarah était typiquement africaine. Elle portait le nouveau style de coiffure « rangs de maïs », les multiples tresses serrées réunies en une fontaine de cheveux sur le haut de la tête. Il en résultait un effet d'allongement de son cou déjà long et cela couronnait la grâce de ses bras souples et de son corps élancé. Sarah Mathengé était d'une beauté exceptionnelle, pensait Deborah, qui enviait depuis toujours l'élégance naturelle et le style de son amie.

— Ça fait rudement joli sur toi, Deb ! s'écria Sarah.

Deborah tourna lentement sur elle-même au soleil, en cherchant à voir son reflet dans la rivière. Sarah avait fixé l'étoffe sur elle à la façon d'un *kanga* — les pans croisés devant la poitrine et noués sur la nuque.

De nouveau, Sarah se rembrunit.

— Qu'y a-t-il ? demanda Deborah. Tu ne l'aimes pas ?

— Ce n'est pas ce que je veux obtenir, Deb. Ça a l'air si bigrement ordinaire ! Tu te souviens, il y a quelques années, le « look » de Liverpool ? Et plus tard le « look » de Carnaby Street. Il n'y a pas de « look » du Kenya. Aucun style qui soit uniquement est-africain.

— Mais *kanga ?* C'est une exclusivité de l'Afrique-Orientale, non ?

Et c'était vrai. Nés sur la côte du Kenya au XIXe siècle, ces grands rectangles de coton ornés de motifs aux couleurs vives, appelés *kangas,* étaient portés dans toute l'Afrique de l'Est : on en voyait partout sur les femmes, dans les champs et au marché. Le *kanga* devenait une robe simple quand il était enroulé autour du corps à hauteur des aisselles et fixé en rentrant l'extrémité à l'intérieur. Il était parfois noué sur une épaule, ou attaché derrière le cou. On s'en servait comme jupe, comme châle, comme écharpe pour porter un bébé et on l'entourait sur la tête en turban. Le *kanga* consituait une forme de vêtement bon marché, simple et d'entretien facile, et il convenait parfaitement aux besoins de la paysanne africaine. Mais Sarah n'avait pas l'intention de créer des vêtements pour les *wananchi.*

— Je songe aux femmes qui travaillent de plus en plus dans les villes, Deb. Il y a tant de femmes qui trouvent des emplois dans les bureaux ; elles apprennent à devenir secrétaires et réceptionnistes. Les femmes commencent à travailler dans les banques et les entreprises. Elles deviennent même avocates ! Elles ne peuvent pas porter le *kanga.* Alors que portent-elles ? — Elle désigna la revue de mode. — Elles achètent des imitations bon marché des styles américains et anglais !

— Eh bien, alors, dit Deborah, tu n'as qu'à dessiner du prêt-à-porter dans du tissu de *kanga.* Ce sera un nouveau style, et typiquement kenyan.

Sarah secoua la tête négativement et le soleil joua sur les grands anneaux d'or et ses pendants d'oreille.

— Je ne veux pas utiliser du tissu de *kanga.* Je déteste ces horribles petits proverbes qui sont imprimés dessus.

Pour des raisons que personne ne connaissait, une tradition s'était établie depuis des années parmi les fabricants des tissus de *kanga ;* un aphorisme en swahili était imprimé sur chaque coupon. Certains étaient d'origine si ancienne et obscure qu'ils semblaient dénués de sens : *Vidole vitano, kipi ni bora ?* « Des cinq doigts, quel est le meilleur ? » Et la plupart étaient d'une banalité désolante : *Akili ni mali* « L'esprit est la fortune. »

Sarah enleva le batik de dessus Deborah et l'étala sur le rocher.

— Je ne veux pas me servir d'un tissu du commerce. Je tiens à créer un nouveau tissu. Ne comprends-tu pas, Deb ? dit-elle en s'animant. Je veux créer un style *entièrement* nouveau. Pas seulement un tissu, pas seulement une nouvelle robe, mais une ligne nouvelle. Quelque chose qui, au premier coup d'œil, te dit « Kenya ». Quelque chose que des femmes d'Europe et d'Amérique auront envie de porter.

— Mais dans quel genre ?

— Je ne sais pas encore.

Sarah contempla son batik en train de sécher au soleil. Elle avait fait des expériences de couleur et de motif, mais elle ne parvenait jamais qu'à une imitation des *kangas*.

— Qu'est-ce qui est vraiment kenyan ? demanda-t-elle. En dehors du *kanga*, je veux dire.

Deborah haussa les épaules.

— Je n'en ai aucune idée.

— Sais-tu ce que je vais faire, Deb ? Je vais jeter un bon coup d'œil sur notre pays pour voir ce que le peuple porte. Songe donc à toutes les tribus qui n'ont pas été occidentalisées, Deb. Les Luos, les Kipsigis, les Turkanas ! Ils doivent encore porter là-bas le costume traditionnel. Je vais les étudier. Je vais les dessiner. Ils seront mon inspiration, Deb. Je trouverai mon « look » kenyan parmi le peuple lui-même !

— C'est une merveilleuse idée, Sarah. Et tu es toute désignée pour la mener à bien.

— Oh, que de choses je mènerais à bien si seulement j'avais de l'argent !

— Sarah ! s'écria Deborah. J'ai une idée superbe ! Je peux vendre une partie des meubles de Bellatu ! Alors tu auras tout l'argent dont tu as besoin.

Mais Sarah sourit et dit :

— Non, Deb. Tu ne peux pas faire ça. Après tes études de médecine, tu t'installeras à Bellatu. Tu ne veux pas vivre dans une maison vide ! — Elle se détourna et descendit jusqu'au bord de l'eau. — Je trouverai l'argent d'une manière ou d'une autre, j'en suis certaine, et je lancerai ma propre affaire.

— Oui, sûrement, dit Deborah et quand je serai médecin. Je ne m'habillerai que chez toi.

Sarah se retourna vivement et ouvrit grand les bras.

— Et tu m'enverras toutes tes riches amies ! J'aurais tellement de commandes que cinquante personnes travailleront sous mes ordres et tout le monde portera mes toilettes !

— Tu seras le Rudy Gernreich d'Afrique-Orientale.

Sarah rit.

— Je préférerais devenir Mary Quant[1] !

— Qui est Mary Quant ? demanda une voix masculine.

Les deux jeunes filles se retournèrent. Un jeune homme s'avançait à grands pas sur l'herbe de la berge. Il portait un

1. La grande couturière anglaise qui, on s'en souvient, a lancé la minijupe et le collant.

pantalon léger sombre, une chemise blanche aux manches retroussées et des lunettes de soleil.

— Christopher ! s'exclamèrent-elles.

Deborah ne bougea pas, soudain intimidée, mais Sarah courut se jeter dans les bras de son frère. Il la souleva du sol et la fit tourner en cercle.

— Te voilà revenu ! s'écria-t-elle.

— Et tu as grandi !

Il la reposa, et ils rirent, tout essoufflés. Puis Christopher se tourna vers Deborah.

— Bonjour.

— Bonjour, Christopher. Et bienvenue.

Ils se tenaient dans les taches de soleil qui passaient à travers des marronniers du Cap, se regardant, songeant tous deux que ces quatre années leur avaient paru une éternité mais paraissaient maintenant avoir passé en un clin d'œil. Christopher s'émerveillait de la métamorphose de Deborah, de la gamine de quatorze ans en cette jolie jeune femme, tandis que Deborah se demandait où était passé l'adolescent gauche et tout en jambes de dix-sept ans et qui était devenu ce bel homme.

— Tu es plus grande, dit-il à mi-voix.

— Toi aussi.

Il y eut un autre instant de silence, puis Sarah demanda :

— Où est maman ?

— Elle est dans ta hutte, en train de se plaindre qu'il n'y a pas d'*ugali* pour nous, et que tu es affreusement mal élevée.

Sarah leva les yeux au ciel avec un air de martyre, puis dit :

— Je vais chercher Grand-mère. Je crois qu'elle est au village. Oh, Christopher ! — Elle le serra de nouveau dans ses bras. — Je suis si contente que tu sois rentré. Dis-moi que c'est pour de bon. Que tu vas rester.

Il rit.

— Je vais rester.

Sarah s'en fut en courant entre les arbres, laissant seuls Deborah et Christopher.

Deborah n'arrivait pas à croire qu'il était bien là, devant elle, enfin, après quatre années de lettres et de coups de téléphone à Noël, de regrets de l'absence de son ami bien-aimé, son compagnon de jeux, quatre ans où elle avait grandi et découvert que son affection se transformait en un amour de femme, quatre ans de rêves étranges et troublants à son sujet, de désir de sa présence, de moments passés éveillée dans son lit non pas à revivre leurs anciennes aventures comme elle l'avait fait au début mais à imaginer des rencontres romanesques.

Pendant son absence, Deborah était tombée amoureuse de Christopher Mathengé, et maintenant cela la rendait timide, de façon inattendue.

— Tu m'as manqué, dit-elle.

— Tu m'as manqué aussi, Deb. Je ne peux pas te dire combien tes lettres ont compté pour moi.

Il fit quelques pas vers elle, puis s'arrêta et regarda de l'autre côté de l'eau.

— Il n'y a plus de forêt, dit-il.

Deborah jeta un coup d'œil au damier de *shambas* qui couvraient la pente jusqu'à la crête de la berge d'en face. Lorsque Christopher et Deborah étaient enfants, la forêt descendait jusqu'à la rivière. Le nouveau gouverment africain avait attribué toute cette terre à des Kikuyus sortis des réserves et réinstallés qui s'étaient aussitôt mis à déboiser pour faire place à leurs champs. Maintenant, il y avait de nombreuses huttes — non plus rondes mais carrées, à la manière *mzungu,* toujours construites avec un mélange de terre et de bouse de vache et couvertes d'herbe à éléphant. Il y avait quelques automobiles cabossées sur les chemins qui s'entrecroisaient.

Elle regarda Christopher et se dit qu'il avait changé lui aussi. D'où venaient ces muscles élancés, et ces larges épaules carrées qui tendaient le tissu de sa chemise ? Il y avait une sorte de fluidité dans sa manière de se tenir ; elle rappelait à Deborah les *morani* masaïs qui parcouraient les plaines d'Amboseli — jeunes hommes d'une beauté étonnante, agiles et anguleux, qui étaient assez hautains pour se considérer comme la plus belle race existant sur terre. Arrogance mise à part, Christopher donnait cette impression. Il se retourna et lui sourit comme aucun *moran* ne l'aurait jamais fait.

— Comment as-tu trouvé l'Angleterre ? demanda-t-elle.

— Froide et humide. Je suis content d'être de retour.

Il parlait aussi de façon différente. L'accent kikuyu qui avait toujours coloré ce qu'il disait avait été effacé. Christopher ne confondait plus les *l* et les *r* comme le faisaient les Kikuyus parce que leur langue ne contenait pas le son *r*. Il parlait comme le diplômé d'Oxford qu'il était.

— Comment va ta tante ?

— Bien. Elle travaille plus dur que jamais. Je lui rappelle qu'elle a quatre-vingt trois ans et qu'elle devrait ralentir un peu. Mais Tante Grace croit que la mission s'écroulera si elle prend sa retraite.

— Elle a peut-être raison.

Deborah regarda les lunettes de soleil. Elle y trouvait un

certain soulagement, elles la protégeaient du regard de Christopher.

— Et ta mère ? demanda-t-il. Quelles nouvelles donne-t-elle ?

Deborah avait conservé un souvenir. Elle avait huit ans, elle se trouvait au camp de safaris de Kilima Simba. Elle avait dû aller aux toilettes et était passée devant la tente de sa mère. Une voix était venue de l'intérieur. « Deborah ne signifie rien pour moi, Geoffrey. Je me suis arrangée pour qu'elle vive avec Tante Grace. »

— Maman ne nous écrit plus que rarement, répondit Deborah en songeant à la dernière lettre, impersonnelle et vide. Mais elle dit que l'élevage de moutons marche bien et elle continue de se plaire en Australie. À chaque Noël elle envoie un chandail de laine pour Tante Grace et un pour moi.

Ils redevinrent silencieux, Christopher derrière ses lunettes de soleil, Deborah qui regardait la rivière courant sur la mousse et les cailloux. La chaleur d'août était exceptionnelle ; elle donnait l'impression de s'élever du sol pour les envelopper. Les feux de cuisine kikuyus emplissaient l'air d'une odeur de fumée âcre. Des cris s'élevaient du terrain de rugby. Des bruits de moteurs qui passaient se faisaient entendre parmi les caféiers de M. Singh. Une abeille se posa sur le bras de Deborah ; elle la chassa.

Christopher regarda de nouveau, tournant lentement sur lui-même, enregistrant tous les détails, les nombreuses fermes qui maintenant parsemaient le paysage. Ceci avait naguère été une forêt touffue. Des guerres avec les Masaïs avaient été soutenues ici bien des générations plus tôt, ses ancêtres avaient vénéré les arbres et les animaux sauvages, et plus récemment les combattants Mau Mau avaient trouvé ici un refuge. Maintenant, tout ce que voyait Christopher, était des taches de verdure proprement posées sur la terre rouge. Des enfants nus gardaient des chèvres et des vaches ; des mamas, jambes raides et genoux bloqués, étaient courbées vers le sol pour désherber, pour récolter les légumes. C'était un paysage paisible, rassurant, qui lui avait douloureusement manqué pendant ses quatre années d'études en Angleterre.

Enfin il regarda Deborah, debout dans un rayon de soleil, contemplant l'eau exactement comme le jour de leur première rencontre, dix ans auparavant.

Il songea aux lettres qu'elle lui avait envoyées — une fois par semaine pendant quatre ans. Il les avait toutes conservées.

Au début, d'une part cafardeux d'avoir quitté le Kenya mais aussi grisé par son aventure d'Oxford, Christopher avait simplement regretté la joyeuse compagne de son enfance, la petite fille gracile qui avait rendu supportable sa nouvelle vie avec sa grande-mère. Deborah lui avait manqué comme lui manquaient Sarah et sa mère, comme ses camarades de l'équipe de rubgy lui manquaient.

Mais alors que la première année se terminait, puis qu'une autre s'engageait, les lettres de Deborah ayant continué d'arriver fidèlement toutes les semaines, il s'était aperçu qu'il se faisait une joie de les lire, qu'il attendait avec impatience l'instant où il pourrait s'isoler avec la lettre, pour passer — pendant un temps — quelques instants volés avec Deborah, là-bas au Kenya. Ses sentiments pour elle avaient commencé à changer, semblait-il, à mesure que les lettres elles-mêmes changeaient. Graduellement le ton enfantin s'était effacé, une sorte de maturité l'avait remplacé. Elle parlait de choses importantes — le gouvernement, les événements mondiaux, son rêve de devenir médecin — et lui posait mille questions sur lui-même, ses études et ses projets d'avenir. Les lettres de Deborah constituaient un lien direct avec le Kenya ; grâce à elles, jamais il ne s'était senti coupé de chez lui. Et jamais il ne s'était senti coupé d'elle mais au contraire il se sentait plus proche à chaque courrier qui arrivait. Elle en était venue à compter pour lui infiniment plus qu'auparavant.

Des voix querelleuses s'élevèrent de la hutte de Sarah.

— Oh ! mon Dieu, dit Deborah, elles recommencent. Ta mère est absolument furieuse contre Sarah. Elle t'en a parlé ?

— Oui. Au début, quand Sarah m'a écrit qu'elle avait quitté Egerton, j'étais contre, moi aussi. Mais je connais ma sœur. Elle trouve toujours le moyen d'obtenir ce qu'elle veut. Ma mère devrait se rendre compte que rien ne sert de discuter avec elle.

— Elles se ressemblent beaucoup à ce sujet, non ?

— Je me demande où est ma grand-mère.

— Elle est allée faire un accouchement. — Deborah se sentait gênée ; elle avait l'impression d'être obligée de parler, de combler l'espace entre elle et Christopher. — Mama Wachéra a très bien réussi depuis l'indépendance. Les gens reviennent de plus en plus à la médecine traditionnelle et les anciens sorciers, quand ils sont sortis de la clandestinité, sont devenus très prospères. Comme ta grand-mère.

Christopher parut songeur. Il serait docteur en médecine dans quatre ans, et lui aussi espérait bien devenir prospère.

— Christopher, j'ai quelque chose à te dire, reprit-elle vivement. Je ne t'en ai pas parlé dans mes lettres. Je voulais te l'annoncer de vive voix. J'ai obtenu une bourse de l'Uhuru pour faire mes études en Californie.

Elle ne vit aucune réaction en lui, seulement son propre reflet jumelé sur les lunettes de soleil. Il garda le silence un instant, puis il dit :

— En Californie. Pour combien de temps ?

— Trois ans.

De nouveau il se tut, les yeux cachés par les verres sombres. Le monde parut retenir son souffle. La rivière coula sans bruit ; les oiseaux s'abstinrent de chanter dans les arbres. Puis Christopher s'avança à grands pas vers Deborah et posa les mains sur ses bras nus. Il y eut une soudaine décharge électrique. Ils la sentirent tous deux. Christopher la regarda en resserrant sa prise.

Deborah était sa plus ancienne et sa plus chère amie. Elle l'avait sauvé de sa solitude d'enfant et attiré dans son cercle de soleil. Ses lettres l'avaient réconforté ; il s'était fait une joie de la revoir. Mais maintenant tout était différent. Quelque chose avait changé.

Deborah paraissait soudain si petite et vulnérable.

— Il faut que tu prennes garde, dit-il d'une voix pressante. Le monde est beaucoup, beaucoup plus grand que tu ne peux l'imaginer. Tu ne connais que le Kenya, Deborah, et seulement un petit coin du Kenya...

Il se ressaisit. Il avait envie de dire autre chose, d'exprimer la nouvelle émotion étrange qui s'était soudain emparée de lui. Il sentit la chaleur de sa peau sous ses mains et se dit : *Elle est tellement innocente.*

Il était bouleversé par un sentiment de protection, une envie de l'attirer à lui pour la mettre à l'abri de tout ce que lui-même venait de découvrir dans le monde. Le Kenya était un pays si petit, si isolé. Et Deborah avait été élevée dans une province rurale, retardataire. Que savait-elle de la vie ?

— Je m'en sortirai, répondit-elle avec surprise, émue par le pouvoir de son contact, par la passion de sa voix.

Que s'était-il passé en lui ? D'où venait cette intensité ? Deborah leva la main et enleva les lunettes. Il la regardait avec des yeux qui, des générations auparavant, avaient observé la marche des lions dans les hautes herbes rousses. Elle fut capturée par ce regard ; elle sentit de l'énergie passer des mains de Christopher dans ses bras. Elle eut soudain le souffle court.

— Deborah, dit-il à mi-voix, en la tenant toujours. Je ne te dirai pas de rester. Je n'en ai pas le droit. Tu dois partir.

Tu dois devenir la meilleure que tu pourras. Mais... promets-moi, Deborah, que...

Elle attendit. Une brise tiède agita les branches au-dessus de leurs têtes, du soleil bougea sur le beau visage de Christopher.

— Que je te promette quoi ? murmura-t-elle.

Dis-le Christopher. Je t'en prie, dis-le !

Mais les mots ne lui venaient pas. Tout s'était passé trop vite — c'était si différent d'aimer Deborah Treverton comme une amie, et de l'aimer comme une femme. En un instant, Christopher eut l'impression qu'un seuil terrifiant avait été franchi — un seuil qu'il n'avait pas vu venir, qu'il n'avait même pas eu conscience de franchir. Il n'était pas préparé à cet assaut brutal du désir, à cette impulsion inattendue, scandaleuse, de la prendre dans ses bras pour l'embrasser. Et davantage.

Il ne savait pas comment le dire. Il songea à la Californie. Aux hommes que Deborah rencontrerait là-bas, des hommes comme elle — des blancs. Elle s'en irait du Kenya, Christopher s'en avisa avec crainte, et elle ne reviendrait jamais.

— Deborah, dit-il enfin, promets-moi de te rappeler toujours que le Kenya est ton pays. C'est ici que tu es chez toi. C'est ici que se trouve ton peuple. Là-bas, dans le monde, tu seras une étrangère. Tu seras une curiosité, et l'on te comprendra de travers. Le monde ne nous connaît pas, Deborah ; on ne connaît pas nos façons de vivre, ni nos rêves. En Angleterre, j'ai été traité comme un phénomène de foire. J'étais assailli de gens qui désiraient me connaître, mais je ne me suis fait aucun ami. On ne peut pas se représenter ce que c'est que d'être kenyan, ce que nous avons d'exceptionnel. Tu risques qu'on te fasse souffrir, Deborah. Et je ne voudrais pas que tu souffres.

Elle était perdue — dans ses yeux, dans son étreinte. Le monde inconnu et effrayant dont il parlait cessa d'exister, il n'y avait plus que ce coin de rivière, elle-même et Christopher.

— Promets-moi de revenir, dit-il d'une voix nouée.

Elle eut de la peine à parler.

— Je promets, murmura-t-elle.

Et quand les mains de Christopher lâchèrent ses bras et qu'il se détourna brusquement, elle sentit le soleil disparaître de sa vie.

57

Sarah était en colère.

Après deux semaines passées à parcourir le Kenya à la recherche de son « look », elle était parvenue au bout de son périple ici sur la côte, et elle n'était pas plus près de la fin de sa quête que le jour de son départ.

Tandis qu'elle arpentait les antiques rues de Malindi, une ville exotique tombée en décadence qui avait été jadis un port arabe où se faisait la traite des esclaves, et tandis qu'elle regardait les murs d'un blanc aveuglant, les femmes voilées, les marchés animés et les manguiers en pleine floraison avec l'impression de se promener dans un siècle très reculé, l'exaspération de Sarah redoubla.

Elle avait commencé ses recherches près du lac Victoria, où elle avait visité la tribu des Luos. Elle les avait étudiés, elle les avait croqués — au travail, au marché, autour de leurs feux de cuisine et avait constaté que la plupart des hommes portaient un pantalon ou un short et que les femmes se drapaient dans des *kangas*.

Ensuite, elle s'était rendue chez les Masaïs et les Samburus, elle y avait trouvé des *shukas* rouges unis aussi bien sur les hommes que sur les femmes, soit noués sur l'épaule, soit enroulés sous les bras. Les femmes Kambas et Taîtas portaient aussi des *kangas,* parfois même sur une robe ou un corsage européen, et en guise d'écharpe sur la tête. Le rouge semblait la couleur dominante, et c'était dû au sol ocre du Kenya ; le marron était aussi très répandu, en particulier parmi les populations qui portaient encore des bandes-culottes et des pèlerines de cuir souple. Ici sur la côte, où l'influence arabe était très forte, Sarah avait vu des musulmanes entièrement vêtues de noir et si rigoureusement voilées qu'on apercevait seulement leurs yeux, et des Asiatiques aux saris de couleurs vives importés des Indes. Elle avait parcouru le Kenya de long en large, son carnet de croquis était plein, et l'inspiration escomptée n'était pas venue.

Elle regrettait que Deborah n'ait pas pu l'accompagner. Elles en auraient fait des vacances, de cette visite du pays au volant de la Benzi du Dr Mwaï ! Ç'aurait été une plaisante fête d'adieu avant que Deborah parte pour l'Amérique — et elle aurait donné son avis ou aurait écouté les idées de Sarah. Mais une soirée était prévue en son honneur au *safari lodge* de

Kilima Simba à Amboséli, et Deborah était obligée d'aller là-bas. Elle était donc partie avec Terry Donald tandis que Sarah avait expliqué son problème au Dr Mwaï, qui s'était montré compatissant et lui avait laissé emprunter sa voiture.

Maintenant les deux semaines étaient terminées ; il fallait rendre la Benzi. Sarah était allée partout, avait tout vu et n'avait rien à montrer hormis une centaine de croquis banals.

Elle s'assit dans l'ombre d'un palmier sur un banc qui dominait une vaste étendue de plage de sable blanc et de récifs coralliens vert-jaune, et elle suivit des yeux la marche hésitante d'un groupe d'Européennes en train d'explorer le périmètre d'une antique mosquée en ruine.

Les touristes, convaincus de la stabilité du gouvernement de Kenyatta et de la fin des troubles, commençaient à venir en foule au Kenya. De nouveaux hôtels ouvraient leurs portes, à Nairobi et ici sur la côte ; des *safari lodges* luxueux se construisaient dans la brousse ; des minibus Volkswagen sillonnaient les routes du Kenya, poursuivant les animaux sauvages et s'arrêtant dans les villages pour prendre des photos. Ils venaient même aussi loin dans le nord que Nyéri quand ils se rendaient au Treetops Hotel ; un jour, Sarah avait surpris des Américains en train d'essayer de photographier Mama Wachéra devant sa hutte.

Tandis que Sarah observait le groupe qui traversait le cimetière musulman abandonné, à la recherche de l'entrée de la mosquée déserte, elle nota leurs combinaisons en polyester, leurs blue-jeans et leurs T-shirts. *Pourquoi serait-ce* nous *les imitateurs ?* se demanda-t-elle. *Pourquoi avons-nous envie de ressembler à des Américaines ? Pourquoi ne nous imiteraient-elles pas ?*

Elle se représenta de nouveau les jeunes femmes de Nairobi toutes fraîches sorties de leur secrétariat, arpentant d'un pas vif les trottoirs, en groupes où elles se sentaient protégées, sûres d'elles-mêmes, rieuses, leurs cheveux coiffés fièrement en « rangs de maïs » comme pour affirmer au monde qu'elles étaient à l'image de leur pays, libérées et indépendantes. Mais dans leur costume, elles portaient des vêtements de style européen, d'ailleurs plutôt mal imité !

Autrefois, Paris faisait la mode, se dit Sarah en se levant du banc pour reprendre sa marche. *Il y a dix ans, c'était l'Angleterre. Aujourd'hui c'est l'Amérique. Quand viendra donc le tour de l'Afrique ?*

Elle visitait la côte pour la première fois et elle s'y sentait presque aussi étrangère que les touristes. Très peu de choses dans Malindi ressemblaient au reste du Kenya. C'était une ville extrêmement vieille, fondée par les Portugais des siècles auparavant. Elle avait été florissante sous le règne du sultan de Zanzibar. Malindi avait l'air d'une ville des *Mille et Une Nuits* avec ses vieux bazars arabes, ses coupoles et ses minarets, ses rues étroites et ses charrettes à bras. Des hommes étaient assis en longues robes blanches fumant des narguilés et buvant du café dans des tasses minuscules. Les femmes étaient des silhouettes noires furtives ressortant avec netteté sur les murs blanchis à la chaux. Sur les plages, les palmiers se courbaient sous le vent, leurs grandes palmes vertes hochant vers la ville ancienne. Au large, entre les récifs de coraux, des pêcheurs barraient leurs dhaws pittoresques, voiles blanches triangulaires peintes sur un ciel bleu outremer.

Malindi était une ville belle, enchanteresse, chargée de symboles, se dit Sarah. Mais elle n'était guère représentative du Kenya.

En se promenant parmi les hibiscus, les frangipaniers et les bougainvillées, à travers le marché animé du poisson et du charbon de bois, devant les villas d'un luxe fatigué appartenant aux riches de naguère, son carnet d'esquisses à la main, Sarah songea aux Turkanas qu'elle avait observés dans le nord. Avec leurs précieuses chamelles qu'ils utilisaient non pas comme bêtes de somme mais uniquement pour leur lait, avec leurs hommes à la coiffure bizarre faite d'argile et de cheveux de leurs ancêtres et avec leur souci de s'ornementer le corps, ils avaient paru à Sarah tellement étrangers qu'elle avait pensé qu'eux non plus n'étaient pas typiques du Kenya.

Quand elle arriva à Birdland, un vaste zoo ornithologique, elle s'arrêta pour regarder une famille d'Indiens qui piqueniquait sur l'herbe parmi les tamaris et les flamboyants. Le père portait une chemise et un pantalon européen, avec un turban sur la tête ; la mère et la grand-mère portaient des saris turquoise clair et jaune citron ; les enfants avaient une robe ordinaire ou un short. Très probablement, Sarah le savait, c'étaient les descendants des premiers ouvriers qui avaient été amenés de l'Inde pour construire le chemin de fer voilà plus de soixante-dix ans auparavant. Nul doute que ces trois générations en train de déjeuner sur l'herbe étaient nées et avaient été élevées au Kenya. Et pourtant, paradoxalement, Sarah, comme la plupart des Africains et des blancs, ne considérait pas les Indiens comme des Kenyans.

Frustrée, elle continua d'avancer. Elle se dirigea vers la plage, où les vents de l'après-midi commençaient à rider les dunes crémeuses et lançaient des reflets de lumière mouvante sur l'eau verte. Elle sentit son irritation tourner au découragement. N'existait-il personne, parmi les tribus et les ethnies de ce pays, qui fût vraiment Kenyan ? se demandait-elle. Même les Kikuyus, son ethnie, avaient abandonné la tradition. Les hommes avaient renoncé au *shuka* pour le pantalon et les femmes portaient des *kangas*.

Où donc se cachait alors le style du Kenya ?

Elle s'assit sur un muret couvert de mousse et regarda des pêcheurs dans leur long jupon blanc sortir de l'eau la pêche de la journée. Elle huma le parfum salé de l'océan Indien, écouta les cris des mouettes, sentit le soleil sur ses bras. *Le soleil kenyan,* se dit-elle, *qui brille également sur nous tous.*

Elle ouvrit son carnet de croquis et feuilleta ses dessins : des guerriers masaïs bondissants ; un sculpteur kisii en train de travailler la stéatite ; un pasteur samburu appuyé à son aiguillon. Sarah avait dessiné les yeux des musulmanes regardant timidement au-dessus de leurs voiles noirs ; elle avait croqué une mariée tharaka rayonnante qui ne portait pas moins de deux cents ceintures de coquillages cauris ; des femmes pokot dansaient sur une plage, les seins nus, leurs anneaux d'oreilles se dressant de chaque côté de leur tête. Sarah avait même dessiné un homme d'affaires africain qui descendait hâtivement une rue de Nairobi, son attaché-case à la main. Et ici, le portier souriant du nouvel Hôtel Hilton. Elle arriva finalement aux derniers croquis de son carnet : les nouvelles jeunes femmes de Nairobi dans leur faux style américain qui jurait avec leurs fières coiffures africaines élaborées.

Sarah leva les yeux et se demanda où, dans tous ces croquis, se trouvait le Kenya.

Le vent tiède prenait de la force ; il tourna les pages de son bloc. Un mince voile de sable courait sur les dunes. Les palmes bruissaient et claquaient les unes contre les autres. Sarah se protégea les yeux de la main et regarda vers l'horizon l'eau qui passait du vert au bleu. L'heure devenait tardive. Elle savait qu'elle devrait repartir pour Nairobi. Et pourtant elle était incapable de bouger.

Sarah était soudain, inexplicablement, clouée sur place.

C'était comme si le vent des tropiques la retenait prisonnière, comme si les murmures des palmiers la pressaient de *rester, rester...* Elle regarda le ciel, les vagues déferlant sur les récifs lointains, les dunes mouvantes, et soudain elle eut envie de dessiner.

Tournant hâtivement jusqu'à une page blanche, Sarah sortit un crayon de son sac et commença à dessiner.

Elle avait à peine conscience de ce qu'elle faisait ; le crayon semblait se déplacer tout seul. Sa main volait sur le papier, déposait des lignes, des courbes et des formes. Elle traçait et ombrait. Ses yeux passaient sans cesse du bloc au panorama puis revenaient au bloc, rapidement, tandis que le paysage naissait lentement sur la feuille.

Quand ce fut terminé, quelques minutes plus tard, Sarah cligna des paupières avec stupéfaction.

Elle avait capturé l'antique plage sur le papier. Non seulement sa ressemblance, car n'importe quelle caméra pouvait le faire, mais son *esprit.* Il y avait de la *vie* dans les lignes fuyantes et les courbes, on pouvait presque entendre le fracas des vagues, les cris des mouettes. L'eau crayonnée semblait onduler. Et bien que ce fût seulement de la mine de plomb grise, il y avait de la couleur sur le dessin. Sarah la voyait, la sentait. Et son cœur se mit à bondir.

Elle prit une autre page blanche, changea de position sur le muret et se mit à dessiner la jolie petite mosquée cachée dans les tamaris à une trentaine de mètres. Puis ce fut le tour de la rue étroite avec ses balcons arabes à moucharabieh. Et quand elle eut fixé sur le papier l'âme de Malindi, elle ferma les yeux pour dessiner les plaines d'Amboséli, où des lions erraient et des acacias à la cime plate retenaient le ciel. Ses mains volaient. Les pages succédaient aux pages. Elle sortit des crayons neufs. L'après-midi s'acheva, le crépuscule fugitif de l'Afrique approchait. Mais elle dessinait toujours.

Elle esquissa la côte de l'immense lac Victoria, les sommets du mont Kenya et du mont Kilimandjaro. L'œil de son esprit voyait les huttes rondes, les manyattas masaïs et les tentes turkanas, et sa main les couchait sur le papier. Elle dessina des oiseaux et d'autres animaux ; elle insuffla de la vie dans des fleurs sauvages. Puis il y eut des nuages, par immenses troupeaux, tournoyant autour d'un soleil central aveuglant. Enfin des couchers et des levers de soleil entrèrent dans le carnet d'esquisses, la façon dont la Chania dévalait dans son lit, et la fumée qui s'élevait en volutes du feu de sa grand-mère, l'autocar local de Karatina qui ramenait du marché les femmes jusqu'à leurs diverses fermes.

Quand Sarah eut couvert toutes les pages jusqu'à la dernière et qu'il ne lui resta plus d'espace, quand tous ses crayons furent émoussés, quand elle s'aperçut avec surprise qu'elle était maintenant assise dans l'obscurité de la nuit, elle sentit une émotion étrange, presque effrayante, s'emparer d'elle.

Dans une révélation qui lui fit l'effet d'un coup, elle comprit qu'elle n'avait pas cherché au bon endroit. C'est ici, dans le carnet de croquis bon marché maintenant serré entre ses mains, que se trouvait le Kenya. Le « style » d'Afrique-Orientale n'était pas — elle le comprenait maintenant avec excitation — dans la façon dont la population s'habillait, mais dans l'Afrique-Orientale elle-même. L'âme du Kenya n'était pas dans des *shukas* ou des *kangas* mais dans son soleil, ses herbes et sa terre rouge ; dans les sourires de ses enfants ; dans le dur labeur de ses femmes ; dans le vol plané du vautour, la démarche de la girafe, les voiles latines des dhaws au coucher du soleil.

Sarah se mit à trembler. Elle sauta du mur et courut vers la voiture du Dr Mwaï en serrant contre sa poitrine son précieux carnet de croquis. Elle ne vit pas les petites rues noires où elle se hâtait, ni les femmes au teint sombre qui la regardaient avec curiosité depuis leurs fenêtres. Sarah ne voyait que de vastes savanes jaunes et des troupeaux d'éléphants, les déserts désolés du nord et des caravanes de chameaux, les gratte-ciel de verre et de béton qui s'élevaient au-dessus des bidonvilles de Nairobi. Elle les vit dans les couleurs et les formes du nouveau tissu qu'elle allait créer.

Sarah Mathengé allait enfin offrir au monde un « look » du Kenya.

— Que je te raconte donc ce que fait ce type, dit Terry Donald en ouvrant sa troisième bière Tusker.

Deborah n'écoutait pas. Assise avec Terry dans le salon d'observation du *safari lodge* de Kilima Simba, elle regardait un jeune éléphant solitaire qui était venu s'abreuver à la mare. Le *safari lodge* était silencieux à cette heure : tous les clients étaient dans leurs chambres, en train d'échanger leurs maillots de bain contre des tenues de cocktail. Au coucher du soleil, quand les animaux apparaîtraient à la mare en grand nombre, une centaine d'appareils photo de touristes allaient cliqueter.

— Je t'ai parlé de Roddy McArthur, n'est-ce pas ? dit Terry pour essayer d'attirer son attention.

Il comprenait qu'elle soit distraite. Elle partait pour l'Amérique dans quinze jours.

— Bref, quand Roddy n'a pas de clients à emmener à la chasse, il y va seul et tue les plus grosses bêtes qu'il peut trouver. Il les vend à Swanson, le taxidermiste de Nairobi, qui les naturalise et qui les cache. Ensuite, quand Roddy ou un autre type a des clients qui tirent de petits animaux et ne sont pas satisfaits, Swanson échange les têtes — en douce, tu comprends — et les clients rentrent chez eux contents avec de gros trophées dont ils peuvent se vanter plus tard qu'ils les ont tués eux-mêmes. Remarque, Deborah, que je n'entre pas dans des combinaisons comme ça. Je crois que la chasse doit rester un sport honnête.

Il se pencha et lui tapa sur l'épaule.

— Deborah ?

Elle le regarda.

— Désolée, Terry. J'avais de nouveau la tête ailleurs.

— Je parie que tu as déjà tout emballé et que tu es prête à partir.

Non, elle ne l'était pas. En fait, plus le jour du départ se rapprochait, plus la répugnance de Deborah à s'en aller grandissait.

C'était à cause de Christopher.

Elle ne parvenait pas à s'ôter de l'esprit leur rencontre près de la rivière, trois semaines auparavant. Elle la revivait sans cesse, remplissant chaque instant où elle était éveillée des souvenirs de Christopher debout dans le soleil. Chaque fois qu'elle se le représentait, elle sentait l'assaut violent du désir sexuel qui grandissait en elle de jour en jour.

— Tu sais, Deborah, dit Terry, j'aimerais que tu me laisses t'emmener avec moi encore une fois avant que tu partes pour trois ans.

Elle regarda Terry Donald. Il avait vingt ans, il était maigre et basané, beau garçon dans le genre anguleux comme son père Geoffrey et son grand-père Sir James. Et il avait une passion pour la chasse. Lorsqu'il avait reçu son « permis limité », trois ans plus tôt, Terry avait emmené Deborah faire son premier safari de chasse.

Ils étaient partis en Land-Rover jusqu'au Sérengéti dans le Tanganyika. Comme son permis était « limité », Terry n'avait pu chasser aucun des Cinq Grands — éléphant, rhinocéros, buffle, lion et léopard. Mais ils étaient tombés sur un lion qui avait un piquant de porc-épic qui s'était enfoncé par la joue jusque dans sa tête : cela l'avait rendu fou et il attaquait des villageois inoffensifs. Terry avait abattu l'animal dangereux d'une seule balle et, étant donné le service rendu, il avait été autorisé à conserver la peau.

Leur deuxième safari datait de l'année précédente, juste avant l'entrée de Deborah à l'université de Nairobi pour ses études préparatoires en médecine. Elle et Terry étaient allés en Ouganda à la poursuite d'éléphants. Après de longues journées brûlantes de marche pénible au milieu d'herbes de deux mètres cinquante de haut, chargés de lourds fusils, de cartouchières et de bidons d'eau, après avoir suivi des sentiers et du crottin jusque dans une forêt dense, se sentant environnés de danger immédiat, ils avaient découvert une petite troupe de mâles avec d'excellentes défenses.

Terry avait laissé à Deborah l'honneur de la première balle ; mais elle était demeurée incapable d'un geste, il avait alors abattu le plus beau du troupeau et surveillé ensuite l'enlèvement des défenses qui avaient été détachées à coups de hache. Quand, dans un geste de générosité extrême, il avait offert l'ivoire à Deborah, elle s'était détournée.

Elle n'avait jamais réussi depuis à le convaincre qu'elle détestait la chasse et désapprouvait qu'elle soit autorisée au Kenya. Et Terry n'avait jamais été capable de lui faire comprendre son point de vue : que les chasseurs rendaient des services appréciables. Ils limitaient la taille des troupeaux dont l'importance devenait dangereuse, protégeaient les cultures et les villages contre l'invasion des solitaires — les rogues — en maraude et faisaient la police parmi les braconniers qui tuaient les animaux de façon cruelle.

Deborah secoua la tête et prit une gorgée de soda au gingembre.

— Non, Terry, jamais plus je n'irai en safari, sauf pour *regarder* les animaux.

Et elle n'était même pas certaine d'approuver cela parce que déjà de nouvelles pistes s'entrecroisaient dans les étendues vierges à mesure qu'un nombre croissant de touristes s'enfonçaient dans le Kenya à la poursuite du gibier. Elle se le demandait : cette invasion humaine, avec son nuage de vapeurs d'essence, ne risquait-elle pas de compromettre l'équilibre délicat de la nature ? Elle avait vu des voitures entières de touristes poussant des acclamations et criant à tue-tête foncer derrière des animaux, et déclencher parmi les zèbres et les gazelles des fuites éperdues. Les vacanciers lançaient leurs voitures de location au milieu des troupeaux et ainsi les divisaient, séparaient sans le savoir les petits de leur mère, chassaient un groupe d'animaux de leur territoire, les faisaient courir jusqu'à l'épuisement, les affaiblissaient au plus grand profit des prédateurs toujours à l'affût. Quel plaisir y a-t-il donc, s'étonnait Deborah, à pourchasser de pauvres bêtes jusqu'à ce qu'elles soient sur le point de tomber simplement pour enregistrer quelques mètres de film ?

Pis encore, les touristes photographiaient les gens. Elle avait vu des autocars s'arrêter dans des villages, tous objectifs braqués. Les pasteurs masaïs, offensés, remontaient leur manteau sur leur tête et se détournaient. Les femmes essayaient de chasser les intrus à grands cris furieux. Quelle ignorance, quel manque de respect. Les Africains savaient que ces *wazungus* venaient au Kenya pour photographier des animaux. Ceci signifiait-il qu'ils prenaient les habitants des villages pour des animaux ?

Deborah parcourut des yeux le luxueux *safari lodge* — il avait été le premier de son genre au Kenya, et maintenant il avait eu de nombreux imitateurs, de la frontière d'Ouganda jusqu'à la côte. Geoffrey Donald en possédait trois, ainsi qu'une flotte de minibus en pleine expansion, les mêmes qui emmenaient les vacanciers parcourir le pays masaï. Kilima Simba était calme, de bon goût, élégant. Les clients arrivaient par groupes, étaient déposés par leurs chauffeurs africains, épuisés, et pendant un jour ou deux étaient régalés de danses indigènes, de farniente au bord de la piscine, de repas de gourmet et, juste sous le balcon du salon d'observation, l'antique mare fréquentée par les animaux depuis des siècles. Des écriteaux placés partout sur les cloisons de bambou rappelaient aux clients de garder le silence pour ne pas faire fuir les animaux sauvages.

Les touristes commençaient à arriver au compte-gouttes au bar, vêtus de costumes kaki neufs tout raides, achetés à Nairobi, et dans lesquels ils avaient l'air intimidés et nerveux. Mais cela faisait partie de l'aventure du Kenya. Ils commandaient des apéritifs dont le barman n'avait jamais entendu parler — des margaritas, des thés glacés de Long Island — et flânaient dans la boutique coûteuse où une jolie Africaine vendait des vêtements importés d'Amérique.

Deborah regarda au-dehors le paysage africain. Elle entendait la terre respirer, elle sentait les bras frais des tropiques se tendre vers elle pour l'enlacer. De nouveau, le reste du monde — cet endroit redoutable contre lequel Christopher l'avait si gravement mise en garde — sembla disparaître et elle resta seule avec la terre rouge, les animaux et les montagnes lointaines.

La voix de Christopher lui revint en écho sur les vastes plaines : *Le Kenya est ton pays. Ici, tu es chez toi.*

Deborah se sentit soudain abattue. Trois ans paraissaient une éternité. Comment survivrait-elle, coupée de la terre même qui la nourrissait ? Elle se sentirait comme un oiseau en cage, privé de ciel.

Est-ce que tu m'aimes, Christopher ? demanda-t-elle au silence qui tombait des cimes neigeuses du Kilimandjaro. *M'aimes-tu autant que je t'aime ? Avec une terrible envie d'être tenue, touchée, embrassée ? Ou bien me considères-tu comme une sœur ? M'aimes-tu comme tu aimes Sarah ? L'aurais-tu tenue comme tu m'as tenue, lui aurais-tu parlé comme tu m'as parlé si c'était elle qui s'en allait en Amérique ? Vas-tu mourir quand je te quitterai, Christopher, comme je mourrai sans doute moi-même ?*

— Désires-tu un autre verre, Deborah ?

Si seulement Sarah était ici, songea Deborah. Elle avait désespérément besoin de parler à sa meilleure amie : peut-être Sarah possédait-elle la réponse à l'énigme qu'était son frère. Mais Sarah ne serait pas venue au pavillon de toute manière si Deborah le lui avait demandé ; elle parcourait le Kenya dans la voiture du Dr Mwaï.

— Non merci, Terry, dit-elle en se levant. Je vais monter un moment dans ma chambre.

— Ça va, Deborah ?

— Oui, très bien. À tout à l'heure à la réception.

Deborah se hâta de traverser le pont suspendu qui reliait au pavillon principal les chambres de « style indigène », construites sur pilotis et, une fois à l'intérieur de la pièce, elle s'adossa à la porte, contempla la plaine sauvage qui s'étendait devant son balcon et cria silencieusement : *Christopher !*

— *Asante sana,* dit Sarah à l'ami qui l'avait amenée dans sa voiture depuis Nairobi.

Elle lui fit de grands signes d'adieu, puis s'engagea sur le sentier qui descendait de la crête de la colline vers les huttes de sa grand-mère, sur la large berge de la rivière. Elle avait dit au revoir à son ami avec un sourire, mais le sourire avait été forcé. En fait, Sarah était furieuse, et quand elle arriva auprès de Mama Wachéra qui travaillait dans son jardin de plantes médicinales, elle maudit de nouveau tous les banquiers de Nairobi.

Ils avaient refusé de lui accorder un prêt pour monter une petite entreprise — tous jusqu'au dernier !

Quand la guérisseuse leva les yeux et vit sa petite-fille, elle posa sa houe et s'avança pour embrasser la jeune fille.

— Bienvenue à la maison, ma fille, dit-elle. Tu m'as manqué.

La vieille femme semblait petite et frêle dans les bras de Sarah. Personne ne connaissait exactement son âge, mais à cause de ses souvenirs de jeunesse — Wachéra avait déjà mis au monde David, le père de Christopher, quand les Treverton étaient arrivés cinquante-quatre ans auparavant — on estimait que la guérisseuse avait dans les quatre-vingts ans. Pourtant, en dépit de son âge et de sa taille, Mama Wachéra demeurait une femme solide.

— Christopher est ici, Grand-mère ? demanda Sarah avant d'entrer dans sa hutte poser sa valise et prendre deux gourdes de bière de sorgho.

— Ton frère n'est pas revenu depuis le jour de son retour d'au-delà de l'eau.

Sarah ôta sa belle robe de voyage et s'enveloppa dans un *kanga*. Pourquoi Christopher était-il encore à Nairobi ? se demanda-t-elle en ressortant au soleil avec la bière.

— Il n'a aucun respect, Sarah, dit Mama Wachéra en prenant la bière offerte. Mon petit-fils devrait être ici, avec moi. Il va entrer bientôt dans son école de guérisseurs et je ne le reverrai pas.

— Je suis certaine que Christopher n'a pas voulu te manquer de respect, Grand-mère. Il doit avoir beaucoup à faire pour préparer son entrée à la faculté de médecine.

Elles s'assirent par terre devant la vieille hutte de Wachéra, deux Africaines séparées par des générations, buvant ensemble selon un rituel ancestral d'amitié et d'intimité féminine.

— Dis-moi, as-tu trouvé ce que tu es allée chercher ? demanda Mama Wachéra.

Sarah relata à sa grand-mère la révélation merveilleuse qu'elle avait eue à Malindi et ses magnifiques projets d'avenir. Mais quand elle en vint à la partie de son récit concernant ses tentatives pour obtenir de l'argent à Nairobi, la voix de Sarah devint amère.

— C'était humiliant, Grand-mère. Ils m'ont traitée comme si je venais mendier. Un nantissement, disaient-ils ! Pour obtenir un prêt, il faut d'abord prouver qu'on n'en a pas besoin. Je leur ai montré mon carnet de croquis et le batik que j'ai fait. Je leur ai dit : « Voilà mon nantissement ! Mon nantissement, c'est mon avenir. » Ils m'ont demandé si j'avais un mari ou un père qui signerait pour garantir le prêt. Puis ils m'ont dit de m'en aller. Grand-mère, comment une femme peut-elle monter une affaire ?

Mama Wachéra secoua la tête. C'était pour elle un mystère. Les femmes étaient faites pour élever des enfants et travailler dans la *shamba*. Les choses dont parlait sa petite-fille lui étaient étrangères.

— Pourquoi ce rêve, mon enfant ? Tu dois d'abord te trouver un mari. Tu es en âge d'avoir des enfants à présent, et tu n'en as aucun.

Sarah se mit à dessiner dans la poussière. L'expérience de Nairobi avait été rude et révélatrice. Plusieurs banquiers n'avaient même pas accepté de la recevoir ; deux d'entre eux s'étaient visiblement amusés de son projet et trois lui avaient fait des avances. En échange de certaines faveurs, avaient-ils laissé entendre, ils pourraient envisager un prêt...

Sarah était tellement déçue.

Dans toute l'Afrique-Orientale, les femmes s'émancipaient. Elles entraient dans les grandes écoles, en sortaient médecins, avocats, et même architectes ou chimistes. Mais ces carrières étaient toujours tenues en lisière par des hommes. Ces femmes étaient soigneusement introduites dans des professions masculines sous le contrôle et l'autorité constante des hommes. Il y avait une sorte d'acceptation condescendante, paternaliste, des femmes qui coiffaient la perruque du juriste et plaidaient au palais. Mais si libérées qu'elles se croyaient, elles subissaient toujours la loi des hommes. Par contre, les femmes qui désiraient entrer dans les affaires étaient une autre race. Elles exigeaient une indépendance totale, et alors c'était une tout autre histoire.

— Nous sommes pour eux une menace, avait tenté d'expliquer Sarah à sa mère pendant son séjour à Nairobi. La femme qui possède son entreprise est vraiment une femme qui ne dépend que d'elle-même. Il n'y a pas d'homme au-dessus d'elle pour prendre les décisions finales. Cela effraie les hommes. Sans compter que nous entrons en concurrence avec leurs affaires. Mais ils ne m'empêcheront pas d'avancer. Je trouverai un autre moyen de me lancer.

Sarah était allée trouver sa mère avec le faible espoir d'obtenir un peu d'aide, mais Wanjiru était aussi opposée que les banquiers au projet de sa fille.

— Termine tes études, ne cessa-t-elle de lui répéter. Pourquoi crois-tu que j'ai fait tant de sacrifices pour toi ? Pourquoi ai-je divorcé, vécu dans la forêt et passé toutes ces années dans des camps de détention ? C'était pour que tu puisses bénéficier d'une bonne instruction et deviennes quelqu'un.

— Je n'ai pas envie de vivre *ton* rêve, maman. Je veux vivre le mien. N'est-ce pas cela qu'est vraiment la liberté ?

En cachette, Sarah s'était adressée au Dr Mwaï avec qui sa mère vivait dans le quartier de Karen. Il s'était montré compréhensif, mais lui avait répondu :

— Si je te donnais de l'argent, Sarah, ta mère ne me parlerait plus jamais. Dans un cas comme celui-ci, je suis obligé de prendre le parti de ta mère.

— Grand-mère, s'écria Sarah, qu'est-ce que je vais faire ?

Mama Wachéra considéra sa petite-fille qui n'était pas une vraie Mathengé mais que la vieille femme n'en aimait pas moins.

— Pourquoi est-ce si important pour toi, mon enfant ?

— Ce n'est pas important seulement pour moi, Grand-mère, mais pour le Kenya !

S'apercevant que sa grand-mère ne comprenait pas, Sarah entra dans sa hutte, sortit le carnet de croquis de sa valise et revint avec.

— Regarde, dit-elle en tournant lentement les pages. Tu vois comme j'ai capturé l'âme de notre peuple ?

Mama Wachéra n'avait jamais vu de dessins. Son œil n'était pas exercé à saisir et comprendre une image. Mais elle reconnut certains bijoux : un collier masaï, des boucles d'oreilles embu. Elle regarda les lignes déconcertantes tracées sur le papier et essaya de comprendre ce que la jeune fille ressentait. Si les paroles de Sarah étaient étranges pour la vieille femme, il y avait un langage que Wachéra entendait fort bien — le langage de l'esprit.

Et elle le sentit maintenant, alors que toutes deux étaient assises au soleil et que Sarah tournait les pages en décrivant avec animation les tissus qu'elle allait créer, les robes qu'elle allait concevoir, le « style » qu'elle allait donner à ses sœurs d'Afrique. Mama Wachéra sentit une jeune énergie jaillir de Sarah et pénétrer dans son propre corps vieilli.

— Et pour cela tu as besoin d'argent ? demanda finalement Wachéra.

— Mme Dar m'a promis de me vendre une de ses vieilles machines à coudre. Il faudra ensuite que je loue un petit local en ville — pas grand mais avec l'électricité et assez d'espace pour étaler et couper mes tissus.

Wachéra secoua la tête.

— Je ne comprends pas l'argent. Pourquoi ne peux-tu pas troquer avec Mme Dar ? Tout ce qui est dans mon jardin t'appartient. Mon champ de maïs près de la rivière n'a jamais produit autant. À moins qu'elle préfère des chèvres ? Je suis une femme riche, Sarah. Je possède presque cent chèvres !

La jeune fille se leva brusquement, exaspérée. Sa grand-mère vivait dans le passé. Troquer des chèvres contre une machine à coudre !

— Il me faut du véritable argent, Grand-mère. Des livres sterling. Si j'essaie de travailler pour mettre de l'argent de côté, cela me prendra des années. J'en ai besoin tout de suite !

Mama Wachéra parut réfléchir. Puis elle dit :

— Peut-être cherches-tu au mauvais endroit, mon enfant. Tu devrais chercher ta réponse dans la terre.

Sarah contint son agacement. Essayer de parler à sa grand-mère était presque aussi difficile que parler à sa mère. Les gens âgés ne comprenaient vraiment pas. Ils vivaient dans le passé. Si seulement Deborah revenait de Kilima Simba... elle comprendrait, elle !

Wachéra se leva lentement, ramassa sa houe et dit :

— Viens avec moi.

Sarah avait envie de protester mais ç'aurait été irrespectueux. Alors elle suivit sa grand-mère qui descendit au champ de maïs près de la rivière.

— Les Enfants de Mumbi ont vécu de la terre depuis le Premier Homme et la Première Femme, expliqua Wachéra en conduisant sa petite-fille entre les hautes tiges. Nous sommes nés de la terre. Quand nous prêtons serment, nous mangeons de la terre pour lier notre esprit à nos paroles. La terre est précieuse, ma fille, ne l'oublie jamais.

Quand elles arrivèrent au coin du champ, Wachéra se pencha et attaqua la terre dans l'ombre de grands bananiers.

— Quand on oublie les anciennes façons de faire, tout est perdu, dit-elle en commençant à bêcher. Nos réponses se trouvent dans la terre.

Sarah regarda la rivière, sentant grandir son agacement. Elle n'était pas d'humeur à écouter une leçon sur l'art de planter.

Mais quand la houe heurta quelque chose, elle fut soudain attentive.

Wachéra se courba depuis la taille, en maintenant ses jambes droites comme si elle désherbait ou récoltait, et creusa dans la terre meuble. Quand elle en sortit un gros sac de cuir, Sarah le regarda avec stupéfaction.

— Tiens, dit Mama Wachéra en tendant le sac à sa petite-fille.

Perplexe, Sarah dénoua vivement le cordon et cligna des paupières en regardant le grand trésor de pièces d'argent que contenait le sac. Il devait y avoir plus de cent livres !

— Grand-mère, dit-elle, où as-tu eu ça ?

— Je t'ai dit, ma fille, que je n'ai pas besoin d'argent. Chaque semaine depuis vingt récoltes, ta mère envoyait de l'argent pour votre entretien. Je n'en avais pas besoin étant donné que je vous nourrissais, toi et ton frère, avec de la nourriture provenant de ma *shamba*. Je n'avais pas besoin d'acheter des remèdes comme je les fais moi-même. Et quand la direction de l'école a voulu que je paie pour vos uniformes et vos livres, je lui ai envoyé des chèvres et elle les a acceptées. Je ne comprends pas les pièces d'argent. Mais je les ai gardées, sachant qu'elles contiennent un pouvoir.

Sarah continua à dévisager la vieille femme un moment encore. Puis elle s'écria :

— Grand-mère !

— Est-ce ce dont tu as besoin ? Cela te rendra-t-il heureuse, petite ?

— Très heureuse, Grand-mère !

— Eh bien, c'est à toi.

Sarah serra la vieille femme dans ses bras, puis se mit à tourner sur elle-même frénétiquement. Wachéra rit et dit :

— Que vas-tu faire à présent, petite ?

Sarah s'immobilisa, les yeux brillants. Elle savait exactement ce qu'elle allait faire avec l'argent. Mais elle devait se dépêcher. Il n'y avait pas beaucoup de temps.

Deborah partait dans deux semaines.

58

Grace ôta son stéthoscope et le rangea dans la poche de sa blouse blanche. À l'infirmière au chevet du lit, une religieuse africaine portant la robe bleu clair de son ordre, elle dit :

— Surveillez-le bien et venez me signaler aussitôt le moindre changement.

— Oui, Memsaab Daktari.

Grace jeta un dernier coup d'œil à la fiche médicale de l'enfant puis, se frottant machinalement le bras gauche, sortit de la salle des enfants.

Sur le trajet de l'hôpital à sa maison, le long de la rue bordée d'arbres, Grace fut saluée par de nombreuses personnes : un prêtre qui allait faire un baptême ; des élèves infirmières avec leurs livres sous le bras ; des religieuses catholiques vêtues de bleu ; des malades en fauteuil roulant ; des visiteurs qui apportaient des fleurs. La Mission Grace était comme une petite ville ; elle était une communauté autonome, autarcique, qui occupait jusqu'au dernier centimètre ses quinze hectares de terrain. Et l'on disait d'elle qu'elle était la plus grande mission d'Afrique. Grace Treverton en demeurait la directrice, mais une bonne partie du fonctionnement de la mission reposait dans d'autres mains à qui au cours des années elle avait délégué petit à petit son autorité.

À quatre-vingt-trois ans, Grace ne pouvait plus faire tout le travail elle-même, ce qu'elle aurait aimé.

La nuit tombait et les réverbères s'allumèrent. Les gens pressèrent le pas vers les réfectoires, les cours du soir, les vêpres à l'église. Grace monta lentement les marches de sa véranda confortable et familière, heureuse de voir en franchissant la porte que Deborah était rentrée d'Amboséli.

— Bonsoir, Tante Grace, dit la jeune fille tandis qu'elles s'embrassaient. Tu arrives juste à temps. J'ai fait le thé.

L'intérieur de la maison avait peu changé au cours des années. Les meubles, maintenant considérés comme mobilier d'époque, étaient protégés par des housses et des têtières. L'énorme bureau à cylindre de Grace était envahi comme toujours par des factures, des bons de commande, des revues médicales, des communications scientifiques venues du monde entier.

— Comment as-tu trouvé Kilima Simba ? demanda Grace en accompagnant sa petite-nièce dans la cuisine.

— Plus luxueux que jamais ! Et tellement couru qu'ils ont dû rajouter des lits dans les chambres, et ils sont encore obligés de refuser du monde. Oncle Geoffrey a dit qu'il allait construire un autre pavillon ici même, dans les Aberdares. Pour concurrencer Treetops, dit-il.

Grace secoua la tête en riant.

— Voilà un homme qui a su lire dans l'avenir. Il y a dix ans nous avions tous dit qu'il était fou. Aujourd'hui, c'est l'un des hommes les plus riches d'Afrique-Orientale.

Il y avait bien eu des incidents au début de l'indépendance — l'armée kenyane s'était révoltée, des gens sans loi avaient essayé de terroriser les blancs — mais non les troubles graves escomptés, comme une deuxième révolte Mau Mau. Grâce à un dur labeur, à la coopération et à l'esprit d'*harambee* (tirer tous ensemble) et sous le fort leadership de Jomo Kenyatta, le Kenya s'en était sorti uni et prospère, méritant le titre de Joyau de l'Afrique noire. Seul le temps dirait si cette stabilité allait continuer dans les dix prochaines années d'*uhuru*.

Tout en beurrant les petits pains, et en mettant la confiture et la caillebotte sur la table, Grace observait sa nièce. Deborah ne semblait pas aussi animée que de coutume.

— Tout va bien ? demanda-t-elle en s'asseyant à table. Tu te sens en forme, Deborah ?

Le sourire qui vint était un sourire dépourvu d'entrain.

— Je vais très bien, Tante Grace.

— Mais quelque chose te tracasse. Est-ce ton départ pour la Californie ?

Deborah contempla sa tasse de thé.
— Tu regrettes un peu de partir, c'est ça ? demanda Grace gentiment.
— Oh, Tante Grace ! Je ne sais vraiment que penser ! C'est pour moi une chance merveilleuse, bien sûr, mais...
— Cela te fait peur, c'est ça ?
Deborah se mâchonna la lèvre.
— C'est autre chose, alors ? Tu ne t'inquiètes pas pour moi, dis-moi ? Nous en avons déjà discuté. Je tiens à ce que tu partes. Je ne serai pas seule. Et les trois années seront vite passées.
Pour les dix-huit ans de Deborah, trois années étaient comme trois siècles.
Grace attendit. Depuis qu'elles vivaient ensemble, davantage comme mère et fille que comme tante et nièce, Deborah avait toujours été capable de venir trouver Grace avec ses craintes, ses questions, ses rêves. Elles avaient passé de nombreuses soirées près du feu à bavarder. Grace avait raconté à Deborah des histoires sur les Treverton, et Deborah avait écouté avec une attention profonde. Jamais il n'y avait eu de secrets entre elles — à l'exception de l'identité du père de Deborah, car Mona avait fait promettre à Grace de ne jamais la révéler. Depuis le départ de sa mère, avec seulement de rares lettres impersonnelles pour la remplacer, Deborah n'avait pas d'autre parent que sa grand-tante. Elles étaient aussi proches que deux êtres peuvent le devenir ; elles vivaient entièrement l'une pour l'autre.
Finalement Deborah dit à voix basse :
— C'est au sujet de Christopher.
— Qu'est-ce qui se passe avec lui ?
Deborah remuait son thé avec l'air de quelqu'un qui cherche les mots appropriés.
— Vous vous êtes disputés, c'est ça ? demanda Grace. Est-ce pour cela qu'il est parti pour Nairobi le jour même de son retour d'Angleterre ?
Elle se rappelait le petit garçon que Deborah avait ramené à la maison pour le thé un soir ; un garçon en qui Grace avait reconnu aussitôt une réincarnation de David Mathengé. Et de ce jour jusqu'à celui de son départ pour Oxford, Deborah et Christopher avaient été inséparables.
— Je ne sais pas pourquoi il est parti pour Nairobi, Tante Grace. Je ne sais pas pourquoi il reste absent.
— Mais il n'est plus absent, maintenant. Il faut que tu te raccommodes avec lui demain.
Deborah releva la tête.

— Comment ça, il n'est plus absent maintenant ? Christopher est de retour ?

— Je l'ai aperçu cet après-midi. Il entrait dans sa hutte, sa valise à la main.

— Il est revenu !

Quand Grace vit le regard dans les yeux de sa nièce, entendit l'excitation dans sa voix, elle comprit soudain.

— Il faut que je le voie, dit Deborah en se levant. Il faut que je lui parle.

— Pas maintenant, Deborah. Attends à demain.

— Ça ne peut pas attendre, Tante Grace. J'ai besoin de savoir quelque chose. Et j'ai besoin de le savoir maintenant.

Grace secoua la tête. L'impatience de la jeunesse !

— Qu'y a-t-il de si important que tu es obligée de courir là-bas tout de suite ?

— Parce que, dit tout bas Deborah, je l'aime. Et j'ai besoin de savoir ce que sont ses sentiments pour moi.

Grace n'en fut pas surprise. *Il y a vingt ans,* songea-t-elle avec tristesse, *ta mère a suivi la même route. Mais tu as de la chance. Aujourd'hui il n'y a plus de barrière de couleur. Mona et David étaient nés trop tôt. Leur amour était condamné.*

— Tu ne devrais pas aller le voir ce soir, Deborah. Tu devrais attendre à demain matin.

— Pourquoi ?

— Parce que lorsqu'une jeune femme non mariée va dans la hutte d'un jeune homme, elle n'y est que pour une seule raison. Les Kikuyus appellent cela *ngweko.* C'est une vieille coutume que les missionnaires ont essayé d'extirper, mais je suis sûre qu'elle est encore pratiquée en secret dans beaucoup d'endroits.

— *Ngweko ?* Qu'est-ce que c'est ?

— Une forme de cour, avec des règles et des tabous précis. Si tu rendais visite à Christopher dans sa hutte ce soir, cela ne signifierait qu'une seule chose pour quiconque te verrait.

— Je me moque de ce que pensent les gens.

— Alors, songe à ce que Christopher penserait. Éprouve-t-il pour toi les sentiments que tu éprouves pour lui ?

— Je ne sais pas, répondit Deborah tristement.

Grace posa la main sur le bras de la jeune fille et dit avec douceur :

— Je connais ce que tu endures. J'ai été amoureuse moi aussi, il y a des années. Et cela me troublait autant que toi en ce moment. Mais tu dois procéder lentement et avec précaution, Deborah. Nous sommes obligés de vivre selon certaines règles. Christopher est gouverné par la tradition kikuyu autant que nous le sommes par notre morale européenne. Si tu vas lui rendre visite dans sa hutte de célibataire, tu risques de perdre ta réputation. Et il perdra peut-être sa considération pour toi. Attends à demain. Tu l'inviteras à prendre le thé ici.

Grace se leva et, en se massant le bras, ajouta :

— Je ferais bien de retourner à la salle des enfants. Je surveille un petit garçon qui, je le crains, a une méningite.

— Il n'y a pas quelqu'un d'autre pour le surveiller, Tante Grace ? Tu travailles trop. Tu as l'air fatiguée.

Grace eut un sourire rassurant.

— Depuis cinquante-quatre ans, Deborah, sauf les rares fois où j'étais absente de la mission, je n'ai jamais manqué de faire une ronde de nuit. Ne te mets pas en souci pour moi, chérie. Repose-toi bien et pense à tout l'intérêt de ton séjour en Californie.

Après le départ de sa grand-tante, Deborah resta assise devant la cheminée froide, morne et déchirée par l'indécision : attendre ou aller le voir tout de suite ?

Elle parcourut du regard le salon. Un mur entier était tapissé de livres, la plupart très vieux, datant des premières années de Grace en Afrique-Orientale. Deborah se dirigea vers eux et lut les titres. Elle trouva presque aussitôt ce qu'elle cherchait : *Facing Mount Kenya,* par Jomo Kenyatta.

Il y avait une description du *ngweko* page 155.

Elle était couchée et restait éveillée, écoutant la nuit. La mission dormait ; la plantation de caféiers, sur la colline, s'était vidée de ses ouvriers et de ses machines. Deborah était dans le lit qu'elle occupait depuis dix ans, le lit, en fait, où sa mère avait dormi pendant l'état d'urgence, et dans la chambre même où David Mathengé et Sir James Donald étaient morts — mais cela, Deborah l'ignorait. Le vent soufflait et la lune était pleine. Des ombres bougeaient sur les murs blanchis à la chaux de la chambre : les branches tordues des jacarandas ; les lignes gracieuses des rameaux d'aulne et de peuplier. Le vent agitait les arbres, et les ombres sur le mur près du lit de Deborah faisaient penser à une scène sous-marine. Elle avait l'impression de flotter au milieu d'algues et d'herbes marines qui ondulaient et oscillaient sous l'effet de profonds courants océaniques. Le silence aussi ressemblait au silence de la mer.

Elle écouta le rythme régulier de son cœur. Elle sentait le battement du sang dans son cou, au bout de ses doigts, dans ses cuisses. La nuit était froide, mais Deborah étouffait. D'un coup de pied elle repoussa les couvertures. Elle demeura sur le dos, les yeux fixés au plafond. Le vent gémit. Un nuage cacha la lune, plongeant la chambre dans le noir. Puis la lumière revint et tout fut de nouveau baigné d'une irréelle lueur blafarde.

Deborah ne pouvait pas dormir parce qu'elle pensait à ce qu'elle avait lu dans le livre de Kenyatta, sa description du *ngweko :* « Les Kikuyus n'embrassent pas les jeunes filles sur les lèvres comme les Européens ; le *ngweko,* la câlinerie, remplace en fait le baiser. La jeune fille, en témoignage d'affection, apporte au jeune homme la nourriture qu'il préfère. Le jeune homme enlève tous ses vêtements. La jeune fille enlève uniquement le haut et garde sa jupe. Les amoureux s'allongent face à face, jambes entrelacées. Ils se caressent et se parlent d'amour. Tel est le plaisir de *la chaleur de la poitrine.*

Deborah soupira avec le vent.

Le carillon assourdi de la pendule de la cheminée monta du salon. Il était minuit.

Finalement, incapable de demeurer au lit plus longtemps, Deborah se leva et enfila vivement une jupe et un corsage. Elle passa devant la chambre de sa grand-tante sur la pointe des pieds et entra dans la cuisine où elle prépara un panier de nourriture — deux bouteilles de bière Tusker, un morceau de fromage et un pain d'épices entier, le gâteau favori de Christopher. À la porte de derrière, elle n'hésita qu'un instant — le temps de réfléchir à ce qu'elle allait faire et de conclure qu'elle était prête à risquer n'importe quoi pour connaître, avant son départ pour l'Amérique, ce que Christopher éprouvait pour elle.

Elle savait qu'il n'y avait aucun danger sur le sentier qui longeait la rivière ; les animaux sauvages avaient disparu de cette région depuis longtemps et on ne les trouvait maintenant que dans le cœur des forêts de la montagne.

Frissonnante, elle avança dans le vent sous le clair de lune ; elle contourna la hutte de Mama Wachéra, qui était sombre et silencieuse, passa devant celle de Sarah, et arriva au seuil de celle de Christopher.

Elle regarda dans l'obscurité de l'intérieur, avec crainte et une excitation grandissante. Elle avait l'impression que son corps faisait partie du vent, comme si elle venait des arbres bruissants, ou comme si la rivière l'avait créée et que sa vague l'ait déposée là. Elle agissait sous l'emprise d'une force qu'elle ne pouvait pas maîtriser, qu'elle n'avait aucun désir de maîtriser. Lorsqu'elle prononça son nom, le vent l'arracha de ses lèvres et l'emporta dans la nuit. Elle attendit une accalmie du vent. Puis elle dit :

— Christopher ? Puis-je entrer ?

Il lui sembla qu'une éternité s'écoulait avant qu'il surgisse soudain du noir — grand guerrier élancé vêtu seulement d'un short de sport.

— Deborah ! s'écria-t-il.

— Puis-je entrer ? Il fait froid dehors.

Il la dévisagea un moment, puis s'écarta pour la laisser passer.

Deborah connaissait bien l'intérieur de la hutte ; elle y avait joué avec Christopher dans leur enfance. Les murs étaient faits de terre séchée au soleil, le toit était du chaume d'herbe à éléphant. Le seul meuble était un lit, fait d'un cadre de bois avec des sangles de cuir, et recouvert de couvertures.

— Deborah, dit-il de nouveau, il est tard. Que fais-tu ici ?

Elle se tourna vers lui. Le clair de lune se répandait dans la hutte, dessinant le contour des longs membres musclés de Christopher. Deborah eut l'impression de regarder un fantôme du passé de l'Afrique. Elle songea : *Il ne lui manque qu'un bouclier et une sagaie.*

— Que fais-tu ici, Deb ? répéta-t-il plus bas.

— Pourquoi es-tu parti à Nairobi, Christopher ? Pourquoi m'as-tu évitée ?

Christopher se troubla. Il détourna les yeux.

— Es-tu fâché contre moi ? murmura-t-elle.

— Non, Deb ! Non...

— Alors pourquoi ?

— C'est parce que...

Le cœur de Deborah battait à grands coups. Il n'y avait qu'une courte distance entre eux. Elle savait qu'elle n'avait qu'à lever la main pour le toucher.

— C'était un tel choc, Deb, de rentrer après quatre ans d'absence, reprit-il d'une voix étranglée, et de découvrir que tu t'en vas en Amérique. Alors je me suis dit qu'il valait mieux que je m'éloigne jusqu'à ton départ. Cela aurait rendu le fait que tu t'en ailles plus supportable.

— Mais tu es revenu trop tôt. Je ne m'en vais que dans une semaine.

Il la regarda, regarda la façon dont la lune blanchissait sa peau.

— Je sais, dit-il. Je n'ai pas pu rester au loin plus longtemps.

Ils écoutèrent le vent siffler à travers le chaume au-dessus de leurs têtes ; ils sentaient des courants d'air froids jouer autour de leurs chevilles. Finalement, Christopher dit à mi-voix :

— Pourquoi es-tu venue ici, Deb ?

Elle lui tendit le panier.

— Qu'est-ce que c'est ?

— Prends-le.

Il prit le panier, et quand il l'ouvrit et vit ce qu'il contenait il comprit pourquoi elle était venue.

Comme Christopher ne disait rien, Deborah s'écarta. Lui tournant le dos, elle ôta son corsage et le mit de côté avec soin. Puis elle se dirigea vers le lit et s'allongea sur le côté, face à lui. Elle gardait les mains pudiquement croisées sur ses seins ; elle tremblait.

— Est-ce ainsi ? chuchota-t-elle.

Christopher, le panier à la main, la contempla un instant. Puis il posa le panier, ôta son short et vint s'allonger près d'elle.

Ils se faisaient face dans le noir. Il écarta le bras de Deborah et plaça la main sur sa poitrine.

— Si tu me demandes de ne pas aller en Amérique, murmura-t-elle, je n'irai pas.

Il posa une main sur sa joue ; il glissa les doigts dans ses cheveux.

— Je ne peux pas te demander ça, Deb. Mais, bon Dieu ! je n'ai pas envie que tu partes.

Il la prit dans ses bras et pressa son visage contre le cou de Deborah.

— J'ai envie que tu m'épouses, Deb ! Je t'aime.

— Alors je resterai. Je n'irai pas en Amérique.

Il recula et lui posa doucement la main sur la bouche. Il la regarda dans la lueur argentée de la lune qui rendait sa peau presque luminescente, et il avait la certitude qu'il rêvait. Voyons, Deborah ne pouvait pas être dans ses bras, il ne la serrait pas contre lui, il ne lui faisait pas l'amour, comme il l'avait fait si souvent dans ses rêves. Mais si, elle était là, son corps ferme pressé contre le sien, sa poitrine nue réchauffant la sienne, sa bouche qui se soulevait pour chercher la sienne.

Il l'embrassa. Il posa la main sur sa cuisse et souleva lentement sa jupe.

— Oui, murmura-t-elle.

Grace ouvrit les yeux et regarda le plafond. Le vent et les arbres dessinaient des formes étranges sur les murs de sa chambre. Elle resta ainsi longtemps, à réfléchir.

Elle avait entendu Deborah sortir, et elle se doutait de l'endroit où elle allait. Grace n'avait pas essayé de l'arrêter ; elle savait qu'il était futile de tenter de séparer Deborah de Christopher. Deborah ne pouvait pas être retenue loin de Christopher, Grace en avait conscience, pas plus que sa mère n'avait pu être retenue de rejoindre David ou sa grand-mère son duc italien. Les femmes Treverton, se dit-elle, faisaient montre d'une grande force de caractère quand il s'agissait d'aimer.

Grace, qui dormait toujours comme une souche, ne comprenait pas la raison de son insomnie. Peut-être était-ce à cause de Deborah ; peut-être était-ce seulement à cause du vent. Se levant et allant dans la cuisine faire chauffer du lait, Grace songea à sa nièce et s'avisa que ce que faisait Deborah la laissait curieusement sereine. Christopher était un homme bon, Grace le savait, et ne ferait pas de mal à Deborah. Et s'il l'aimait autant que Grace l'espérait, ils seraient très heureux ensemble dans ce nouveau Kenya multiracial.

Que pensera Mona quand elle l'apprendra? se demanda Grace en versant le lait.

Grace avait dans l'idée que cela laisserait Mona indifférente. Mona et Tim s'étaient lavé les mains de leur « erreur » depuis des années.

Se rendant compte que le lait ne lui faisait aucun bien et que, pour une raison inexplicable, le sommeil continuait de la fuir ce soir-là, Grace décida de se rendre à la salle des enfants pour jeter un coup d'œil à son cas présumé de méningite.

Elle serra contre elle son chandail en se hâtant dans la rue sombre et déserte. Curieux de songer qu'à une époque cet endroit était couvert de forêt épaisse et qu'elle n'aurait pas pu sortir ainsi en pleine nuit sans un fusil ou un *askari*. En montant les marches du bungalow-hôpital, Grace leva les yeux vers le ciel. Bizarrement, à cause des nuages, la lune avait la forme d'un cœur.

La salle était faiblement éclairée, avec une infirmière au bureau dans le fond et Sœur Perpetua assise au chevet du garçonnet. Celle-ci ne fut pas surprise de voir la Memsaab Daktari apparaître subitement. Le Dr Treverton était célèbre pour son dévouement à ses malades et elle avait parfois passé de longues heures à leur chevet. Après avoir reçu un rapport sur l'état de l'enfant, Grace dit à la religieuse d'aller prendre du thé, qu'elle veillerait un moment.

Quand elle s'installa dans le fauteuil que la religieuse venait de quitter, Grace se rendit compte qu'elle avait mal à l'estomac. *Voilà pourquoi je ne pouvais pas dormir.*

Elle réfléchit à ce qu'elle et Deborah avaient eu au dîner : des côtelettes de veau avec de la purée de pommes de terre et du jus de viande.

C'était trop pour une femme de son âge, conclut Grace qui se dit qu'elle devrait suivre un régime.

Elle baissa les yeux vers le visage endormi et songea à tous les visages endormis qu'elle avait veillés au fil des années. Était-ce seulement hier qu'elle avait dirigé la construction d'un toit de chaume sur quatre poteaux ? Ensuite, il y avait eu Chantoiseau, le petit cottage.

Grace se massa l'estomac. Le dérangement empirait.

Le vent semblait ne pas soulever que des feuilles et de la poussière, ce soir ; il ressuscitait de vieux souvenirs oubliés. Des images revinrent à l'esprit de Grace, et des visages de gens dont elle ne savait plus les noms. Elle vit même Albert Schweitzer, à qui elle avait rendu visite dans sa clinique de la jungle bien des années auparavant.

Quand la nausée se précisa et qu'une légère transpiration perla sur ses mains et son visage. Grace commença à se demander si la nourriture n'avait pas été gâtée. Pourtant Phœbé, sa cuisinière méru, se montrait d'ordinaire très pointilleuse. Grace n'avait pas eu à s'inquiéter de la nourriture depuis la mort de Mario, qui s'était montré parfois négligent. Puis sa respiration devint courte et l'inquiétude de Grace se changea en alarme.

C'était plus qu'une simple indigestion.

Finalement, quand une douleur vive bondit de sa poitrine et lui transperça le bras gauche, elle comprit.

Pas encore ! Il me reste tant à faire...

Elle voulut se lever mais retomba dans le fauteuil, étreignant sa poitrine. Elle voulut appeler, mais n'avait plus de souffle. Elle regarda vers le bureau, au fond de la longue salle. Les infirmières n'y étaient pas.

— Au secours, murmura-t-elle.

Elle essaya encore de se lever mais la douleur la cloua sur son siège comme si une sagaie lui avait percé le cœur. La salle bascula, puis tourna autour d'elle. Elle lutta pour respirer. Une incroyable faiblesse l'envahit, comme si ses os avaient soudain fondu. Et la douleur était immense.

Elle entendit des voix — lointaines et grêles, comme jouées sur un vieux phonographe.

— Ché Ché, ne pouvez-vous faire avancer ces chariots plus vite ?

— Veux-tu dire, Valentin, que la maison n'est même pas encore construite ?

— *Grace, je te présente Sir James Donald.*
— Thahu ! *Malédiction sur vous et vos descendants jusqu'à ce que cette terre soit rendue aux Enfants de Mumbi.*
Et le hurlement pathétique de la jeune Njéri pendant la cérémonie de l'*irua*.
— Au secours ! murmura de nouveau Grace.
Elle se cramponna aux bras du fauteuil. La douleur donnait l'impression de la fendre en deux. Elle imagina son cœur en train d'éclater. *Pas encore, laissez-moi finir mon œuvre...*
Mais sa seule compagnie était des voix du passé.
— *J'ai le regret de vous annoncer que M. le comte est sorti avec sa voiture au milieu de la nuit et s'est suicidé d'une balle de pistolet.*
— *Je vais avoir un bébé, Tante Grace. Le bébé de David Mathengé.*
— *Nous devons tous nous atteler ensemble dans notre nouveau Kenya.* Harambee ! Harambee !
Grace sentit la lumière baisser autour d'elle ; les ténèbres commencèrent à envahir la périphérie de sa vision. Elle eut conscience que toute sensation, excepté l'intense douleur coronaire, refluait de son corps. Elle était incapable de bouger, incapable d'appeler. Une étrange sensation de flottement l'envahit. Puis une présence aimante, soucieuse, tourbillonna autour d'elle ainsi qu'une brume chaude.
Elle inclina la tête. « James » fut le dernier mot qu'elle prononça.

59

L'éloge funèbre fut prononcé dans la chapelle de la Mission Grace où, cinquante et un ans plus tôt, Grace Treverton s'était avancée à grands pas jusqu'au révérend Thomas Masters, envoyé d'Angleterre par la Société des Missions pour prendre la direction de sa mission et lui avait dit : « Je vous prie de partir, monsieur, et de ne jamais revenir ici. Vous êtes un homme détestable, aux idées étroites, le contraire d'un chrétien et vous faites à ces gens plus de mal que de bien. Vous pouvez aussi annoncer à vos supérieurs du Suffolk que je n'ai plus besoin de leur soutien financier. »
Nul de ceux qui assistaient ce jour-là aux obsèques n'était

au courant de cet incident ; nul hormis quelques Kikuyus qui ne parlaient pas anglais et qui en avaient été les témoins. Mais dans la vie de Grace, il s'était agi d'un moment prodigieux.

Le Lord-maire de Nairobi parlait maintenant à la foule immense de la vie du Dr Grace Treverton et bien que le renvoi du missionnaire pharisien ne fît pas partie des réalisations de Grace qu'il citait, elles étaient nombreuses, celles qu'il énumérait.

Deborah, les yeux rouges et gonflés, se trouvait au premier rang des prie-Dieu avec Geoffrey et Ralph Donald. Dans le cercueil tout simple gisait la femme que Deborah avait considérée comme une mère, une source d'amour, de protection et de compréhension, aussi loin que remontaient ses souvenirs. En dépit de la peine que cela lui causait, Deborah se laissa aller à songer à l'affection avec laquelle Tante Grace l'avait accueillie chez elle quand la mère de Deborah avait quitté le Kenya. Une chambre avait été transformée pour convenir à un enfant, Grace avait acheté des jouets et des poupées. Le soir, elle avait lu des histoires à une Deborah malheureuse, abandonnée, elle avait joué à la dînette avec elle et écouté le récit de ses frayeurs et ses rêves de petite fille. Deborah se rappelait la tendresse de sa tante, la main fraîche et douce sur son front pendant une rougeole ; sa patience pour l'instruire ; son explication qui nommait les choses par leur nom au moment du passage troublant dans l'adolescence ; son rire qui parfois se déchaînait au point que des larmes en coulaient sur les joues de Grace. Et il y avait aussi les journées passées dans les différents services de la mission, où Grace avait montré à Deborah comment se servir d'un stéthoscope, la laissant assister aux soins cliniques du matin, plaçant dans sa main la première seringue hypodermique, expliquant les signes vitaux, instruisant petit à petit Deborah des secrets mystérieux de la guérison et de la médecine.

Tante Grace était toujours là pour Deborah. C'était impossible d'imaginer un monde sans elle. Deborah éprouva soudain un terrible vide à l'intérieur d'elle-même, la brutale perte de la famille, l'imprévisible solitude.

Nous devons tous mourir un jour, essaya-t-elle de se dire. Et il était dans le bon ordre des choses que Grace ait été retrouvée affaissée dans un fauteuil au chevet d'un malade. La mort au chevet d'un de ses malades. *Elle aurait souhaité que cela se passe comme ça.*

Mais c'était une piètre consolation pour Deborah.

Quand Grace fut enfin mise en terre, dans un endroit spécialement choisi le long de la chapelle où s'élèverait un jour un monument de bronze à sa mémoire, Deborah jeta la première poignée de terre rouge du Kenya sur le cercueil. Cela rendit un son mat empreint de solitude.

Deborah mit de côté le journal et se dit qu'un jour, quand elle aurait surmonté son chagrin, elle l'ouvrirait. Mais maintenant elle était trop désespérée pour lire les pensées intimes de sa tante.

S'essuyant les yeux une fois de plus avec son mouchoir, elle se demanda quand elle allait cesser de pleurer. Quand se dissoudrait enfin l'atroce sensation de perte et quand accepterait-elle le caractère irrémédiable de la mort ? *Nous devions travailler ensemble, Tante Grace. À présent, c'est moi qui serai la Memsaab Daktari.*

Assise au milieu du salon, réchauffée par les rayons du soleil qui déferlaient par les portes et les fenêtres ouvertes, Deborah avait ouvert toute la maison pour qu'elle soit claire et accueillante, comme faisait toujours sa tante. Et elle passait en revue les affaires personnelles de Grace, accumulées dans des boîtes au cours des années. Grace Treverton, apparemment, avait été incapable de jeter quoi que ce soit. Deborah trouva des photographies, des reçus pour des achats, des cartes de vœux pâlies, des lettres de Sir James.

Il y avait la décoration de Tante Grace pour faits de guerre, la Distinguished Service Cross dans son écrin de velours. Deborah trouva une petite bague qui l'intrigua parce qu'elle ressemblait à une chevalière comme en ont les étudiants mais qu'elle n'avait jamais vu porter à sa tante. Et la broche de turquoise à laquelle Grace attachait tellement de valeur matérielle et sentimentale. Une « pierre porte-chance » comme elle l'appelait, dont la couleur devait passer quand la chance serait usée. Deborah fixa la broche à sa robe, mais remit les autres souvenirs précieux dans le coffret à bijoux de Grace.

Il y avait du bric-à-brac inexplicable parmi les affaires de sa tante : une vieille coupure de journal jaunie annonçant la présence de Grace en Afrique Orientale britannique à un nommé Jérémie Manning ; un menu de l'Hôtel Norfolk ; une fleur séchée. Il y avait des lettres de personnalités célèbres — Eleanor Roosevelt, le président Nehru — et des cartes dessinées à la main, signées avec des noms écrits par des mains malhabiles.

Grace avait tout gardé. Deborah avait l'impression que chaque moment, chaque souffle de la vie de sa grand-tante était soigneusement conservé dans ces boîtes. Et à présent, elles appartenaient toutes à Deborah.

Elle avait également hérité de la maison de Grace, pour y vivre autant qu'elle le souhaiterait. Mais la mission, selon des dispositions préalables, revenait à l'ordre des religieuses catholiques, avec cette réserve que Deborah aurait le droit d'y pratiquer à la fin de ses études de médecine. Mais Deborah n'avait pas envie de vivre à la mission. Elle désirait rouvrir Bellatu, enlever les planches des fenêtres, ôter les housses des meubles et faire revivre la maison avec Christopher, avec leurs enfants. Elle laisserait la maison de Grace aux religieuses.

Une ombre apparut soudain sur le seuil.

Deborah leva les yeux et vit que c'était Sarah, un paquet à la main.

— Je suis désolée, Deb, dit-elle à mi-voix. Je viens seulement d'apprendre, pour ta tante. Je travaillais à Nairobi et je n'ai pas vu les journaux.

Deborah se leva et se jeta dans les bras de Sarah. Elles restèrent enlacées ainsi un moment. Puis Sarah dit :

— Christopher m'a raconté. Quel choc terrible pour toi. Il m'a dit aussi que tu ne partirais pas pour la Californie, que vous alliez vous marier. C'est trop, Deb. Une si bonne nouvelle après une si triste.

— Je suis contente que tu sois là, Sarah. Tout paraît si étrange sans Tante Grace. Je m'attends à chaque instant à la voir passer la porte ou à m'appeler pour le thé. Je ne parviens pas à m'imaginer vivant dans cette maison toute seule. Est-ce que je m'y habituerai, tu crois ?

— Nous t'aiderons, Deb.

— Je me sens orpheline. Je n'ai plus de famille, à présent. Je me sens terriblement seule au monde.

— Christopher et moi nous serons ta famille désormais.

— Je suis contente que tu sois là, Sarah.

— Je suis venue te montrer quelque chose. Mais je crois que je devrais revenir un autre jour.

— Entre, je t'en prie. Prends le thé avec moi.

Elles s'assirent à la table de la cuisine et prirent du thé Comtesse Treverton. Sarah n'ouvrit pas son paquet tout de suite.

— Sais-tu, Deb, que ma grand-mère a offert une prière kikuyu à Ngaï pour ta tante ?

Deborah fut surprise.

— Je les croyais rivales à tous crins. Ta grand-mère n'a jamais aimé aucun de nous. Elle a même lancé une malédiction à mon grand-père, un jour. Du moins c'est ce qu'on raconte.

— N'empêche, elle respectait ta tante. Toutes deux étaient guérisseuses.

— Qu'as-tu apporté pour me montrer, Sarah ? demanda Deborah, qui ne désirait plus parler de mort. Et que faisais-tu à Nairobi ? Christopher m'a dit que tu avais trouvé des motifs de dessin nouveaux quand tu étais à Malindi.

Sarah alla poser le paquet sur le plan de travail et l'ouvrit. Quand elle fut prête, elle se retourna et déroula le tissu comme un étendard, entre ses bras tendus.

Deborah ouvrit de grands yeux.

— Sarah ! murmura-t-elle.

— Qu'en penses-tu ?

Deborah était sidérée. Le tissu ne ressemblait en rien aux batiks que Sarah avait exécutés près de la rivière. C'était une création entièrement originale, unique au monde, Deborah en était certaine.

Comme son regard glissait sur les couleurs étonnantes, suivait les formes, les courbes, les lignes, elle commença à discerner les thèmes qui se fondaient en un tourbillon saisissant : un coucher de soleil perdu dans une mer qui s'étalait jusqu'à des palmiers verts courbés sur le dos d'une mère africaine en train de marcher sur le ruban rouge d'une route conduisant à des montagnes violettes couronnées de neige argentée.

— Que c'est beau, Sarah ! Comment l'as-tu fait ?

— J'y ai travaillé presque trois semaines. Tu n'as pas idée de tout ce que j'y ai mis.

Deborah frissonna. Le motif était hypnotique. Les personnages étaient comme le paysage et le paysage ressemblait à des personnages. C'était tellement africain. Tellement *kenyan*.

— Je veux en faire des robes, Deb. J'ai même trouvé un nouveau modèle. Je vais te montrer.

Sarah drapa le tissu sur elle-même ; il tomba en plis subtils permettant astucieusement aux scènes de paraître en continuité. La robe avait des manches larges et s'évasait à l'ourlet, qui touchait le sol. C'était une ligne simple mais élégante. Elle mettait en valeur la peau noire luisante de Sarah et sa couronne de tresses minuscules.

— Tu crois que les femmes vont l'acheter ?

— Oui, Sarah. C'est magnifique.

Sarah replia le tissu avec soin et l'enveloppa dans son papier marron.

— Je suis allée à l'usine de textiles Maridadi de Nairobi, Deb. Je leur ai montré ce tissu et ils m'ont dit qu'ils pourraient le produire si je leur garantissais des commandes. Tu comprends, jamais je ne pourrais le faire à la main. Chaque robe prendrait des semaines. Elle coûterait si cher que très peu de femmes auraient les moyens de l'acheter. Mais Maridadi peut produire le tissu en série avec ses machines, et je confectionnerai les robes. Seulement il me faut un certain nombre de commandes au départ. Je suis allée voir les magasins de modes de Nairobi, mais personne n'accepte de me donner de garantie. Est-ce que tu as une idée ?

Deborah essaya de réfléchir mais il ne lui vint qu'une chose à l'esprit : *Si seulement Tante Grace était là. Elle nous donnerait un conseil.*

— Je me suis dit que ton oncle pourrait peut-être vendre mes robes dans ses hôtels, reprit Sarah. Tu sais, aux touristes.

— Oncle Geoffrey ?

Deborah songea à la petite boutique de Kilima Simba, qui vendait des robes importées d'Europe. Maintenant qu'elle y songeait, son oncle s'était plaint récemment des restrictions à l'importation imposées par le gouvernement pour développer l'industrie et l'économie du pays. Il avait même parlé de fermer la boutique, qui ne rapportait rien, ou de la transformer en magasin d'artisanat indigène.

— Tes robes seront parfaites pour les *lodges* de mon oncle. Et les touristes les adoreront.

— Espérons-le, Deb, dit Sarah à mi-voix.

— Je dois aller demain à Nairobi prévenir le professeur Muriuki que je vais refuser la bourse. Je verrai si Oncle Geoffrey est à son bureau. Je lui montrerai ton tissu.

— Merci, Deborah. Je sais que tu traverses des moments difficiles.

— Il faut que je m'occupe. C'est ce que Tante Grace aurait fait. Je vais m'inscrire à l'université et mettre de l'ordre dans ma vie.

Elles se dirigèrent vers la porte d'entrée, où les bougainvillées pourpre et saumon lançaient des arcs-en-ciel dans le soleil de l'après-midi.

— Je suis contente que tu ne partes pas pour l'Amérique, Deb. Je serai chez moi si tu as besoin de quoi que ce soit.

— Je reviendrai de Nairobi après-demain. Sois gentille et viens me tenir compagnie. Tu aimerais peut-être venir habiter avec moi pendant quelques jours ? Tu pourrais avoir une des chambres pour faire ta couture.

— Avec grand plaisir, Deb. Merci. Je suis très heureuse que tu épouses Christopher. Nous serons sœurs.

Elles s'embrassèrent.

Deborah la regarda s'éloigner, se disant que Sarah marchait d'un pas tellement léger et confiant qu'elle semblait à peine toucher le sol. Puis Deborah revint dans le salon où l'attendaient les boîtes de souvenirs.

Deborah n'avait guère envie de s'en occuper maintenant ; elle aurait aimé remettre cela à plus tard. Aussitôt après les obsèques, Christopher lui avait donné rendez-vous près de la rivière, à leur endroit favori. Mais Deborah sentait qu'elle devait à sa grand-tante ce dernier devoir, afin que tout soit en ordre.

Ce fut dans la dernière boîte qu'elle trouva les lettres.

Curieusement, les enveloppes étaient sans inscription. Quand elle en ouvrit une, elle fut surprise de voir qu'il n'y avait pas de date et qu'elle commençait par : « Mon David bien-aimé... »

Deborah retourna la lettre et lut la signature.

« Mona. »

Sa mère.

Deborah se figea dans le soleil, la lettre d'amour à la main. Elle se rappela le jour où, dix ans auparavant, elle avait conduit Christopher dans la chambre de ses grands-parents à Bellatu pour fouiller dans le tiroir des secrets. Ils avaient découvert le laissez-passer de David Mathengé, que Christopher conservait encore.

Elle regarda la lettre, le reste du paquet et se demanda de nouveau pourquoi ce laissez-passer se trouvait parmi les affaires de sa mère.

David Mathengé et ma mère... amants ?

Fascinée, Deborah lut les lettres. Elles ne comportaient jamais de date. « Je donnerai ces lettres à ta mère, comme tu me l'as demandé, avait écrit Mona. Et elle te les transmettra. Ce lien entre nous est mon seul soulagement en ces temps d'horreur. »

Deborah était intriguée. Comment ces lettres étaient-elles venues en la possession de sa tante ?

Elle continua de lire. Les mots sur le papier rose et bleu pâle, orné du blason des Treverton, ne pouvaient pas avoir été écrits par sa mère dure et insensible ! Ces mots d'amour et d'enthousiasme avaient été écrits par une jeune femme pleine de vie et de passion ; elle avait exprimé sur le papier exactement ce que Deborah ressentait pour Christopher.

Les yeux de Deborah s'emplirent de larmes. Quelle chose horrible d'être séparée de l'homme aimé, et d'être maudite par la société parce que l'on aime un homme d'une autre race.

Elle désira soudain que sa mère soit là auprès d'elle, et

qu'elles se parlent, qu'elles remontent ensemble le cours des années et que tout recommence. Comme les choses auraient pu être différentes !

Deborah savait que David Mathengé avait été tué pendant l'état d'urgence. Mais elle ignorait quand et où. On ne lui avait jamais expliqué non plus les circonstances du décès de son père. « Il est mort avant ta naissance », disait sa mère, rien de plus.

Mon père a-t-il été tué lui aussi pendant la révolte Mau Mau ? se demanda Deborah, de plus en plus intriguée. *Ma mère l'a-t-elle connu avant de tomber amoureuse de David Mathengé ou après ?*

Pour la première fois, Deborah ressentit soudain de la curiosité au sujet de son père. Elle l'avait toujours imaginé comme un personnage souriant, une ombre fugitive dans la vie de sa mère. Il n'avait pas épousé Mona, l'avait-il seulement aimée ?

Elle continua de lire les lettres. Vers le milieu survint comme un coup de tonnerre l'annonce de la grossesse de sa mère. Deborah lut plus vite. Une fillette était née ; Mona l'avait baptisée Mumbi — le nom de la Première Femme. Elle parlait à David de leur bel « enfant de l'amour ».

Puis, mystérieusement, les lettres cessaient.

Probablement à la mort de David.

Deborah, les sourcils froncés, rassembla les lettres. *Qu'est-il arrivé à ce bébé ? Où Mumbi se trouve-t-elle aujourd'hui ?*

Jamais la mère de Deborah, ni Tante Grace n'avaient parlé d'un autre enfant. Avait-on abandonné Mumbi à une famille adoptive ? Ou était-elle morte, elle aussi ?

Saisie d'un soudain désir de savoir, Deborah se leva et parcourut le salon des yeux comme si les réponses y étaient cachées. Elle pouvait écrire à sa mère mais des semaines s'écouleraient avant qu'elle reçoive une réponse. Et peut-être sa mère n'aurait-elle pas envie qu'on lui rappelle cet épisode douloureux de son passé et refuserait d'en parler.

Qui d'autre ? Oncle Geoffrey, peut-être. Mais s'il ne savait rien, Deborah ne voulait pas lui révéler le secret de sa mère.

Tante Grace savait, mais elle n'est plus là.

Deborah se rendit sur la véranda. Il y avait une autre personne qui devait connaître ce qu'il était advenu de ce bébé. Après tout, c'était la mère de David, et ces lettres lui avaient été remises.

Mais cela intimidait Deborah d'aller trouver la guérisseuse. Elle avait toujours eu vaguement peur de Mama Wachéra, avait toujours été un peu mal à l'aise sous ce regard indéchiffrable. Mais, après tout, Mama Wachéra était la grand-mère de Christopher, et bientôt, se dit Deborah, elle serait sa parente par alliance.

Et elle voulait savoir ce qu'était devenu ce bébé.

Tandis qu'elle suivait le vieux sentier battu qui passait entre le terrain de sport de la mission et la rivière, Deborah sentit son chagrin céder lentement la place à l'excitation de la découverte. Elle n'était pas seule au monde, après tout ! Il y avait une chance que cette enfant soit encore en vie aujourd'hui. Mumbi — une demi-sœur !

Mama Wachéra était dans sa case, enveloppant des patates douces dans des feuilles, tandis que sur le foyer de cuisine extérieur mijotait une bouillie de sorgho. Deborah s'avança timidement, s'éclaircit la gorge, puis murmura les salutations traditionnelles en kikuyu. Elle parlait bien la langue ; Christopher la lui avait enseignée.

La vieille femme la considéra avec une expression glaciale. Il n'y eut aucune salutation en retour, aucune offre de bière ou de nourriture. Reconnaissant qu'elle était reçue avec le comble de la grossièreté selon l'étiquette kikuyu, Deborah se hâta de parler.

— J'ai trouvé ces lettres dans les affaires de ma tante. J'ai besoin de savoir ce qu'elles signifient. Vous êtes la seule personne à qui je puisse m'adresser.

Les yeux de la guérisseuse se posèrent un instant sur les lettres entre les mains de Deborah.

— Que veux-tu savoir ?

— Elles ont été écrites par ma mère à votre fils David. Elle lui parle d'un bébé, une fille appelée Mumbi. Ce serait ma sœur et j'aimerais savoir ce qui lui est arrivé. Vous le savez, Mama Wachéra ? Mumbi est-elle encore vivante ?

Le regard de la vieille femme était ferme quand elle répliqua :

— Je n'ai pas connaissance qu'il y ait de bébé, dit-elle.

— C'est dans ces lettres, Mama Wachéra. Ma mère annonce à David que Mumbi est sa fille. Jamais personne ne m'a parlé de cette enfant. Vous savez sûrement ce qu'elle est devenue. Je vous en prie, dites-le-moi.

— Je n'ai pas connaissance qu'il y ait de bébé, répéta Wachéra. Tu es le seul enfant qui est sorti du corps de ta mère.

Deborah essaya de trouver une autre façon de poser la question. Peut-être avec l'aide de Christopher...

— Tu es le seul enfant sorti du corps de ta mère, répéta Wachéra.

— Mais celui-ci ! discuta Deborah. La petite fille qui s'appelait...

Elle s'interrompit. Elle plongea le regard dans les yeux énigmatiques de la guérisseuse.

Puis Deborah regarda les lettres dans sa main.

Elles ne comportaient pas de date. Mais elles avaient été écrites pendant la révolte Mau Mau.

Je suis née pendant la révolte Mau Mau...

Elle regarda de nouveau la guérisseuse.

— Que voulez-vous dire ? murmura Deborah, soudain glacée de peur. Que voulez-vous dire ?

Mama Wachéra ne desserra pas les lèvres.

— Expliquez-moi ! s'écria Deborah.

— Va-t'en d'ici, répliqua finalement la vieille femme. Tu es *thahu*. Tu es maudite.

Deborah la dévisageait avec horreur.

— Est-ce que je suis... balbutia-t-elle. Est-ce que c'est *moi*, ce bébé ?

— Va-t'en d'ici. Va-t'en de cette terre à laquelle tu n'appartiens pas. Tu es *thahu*. Tu es tabou.

— Ce n'est pas possible.

— *Thahu !* cria Wachéra. Tu es un enfant du mal. Et tu as couché avec le fils de ton père !

— *Non !* cria Deborah. Vous vous trompez !

Elle recula. Elle trébucha. Puis elle se retourna et s'en fut en courant.

60

Les quatre jeunes noires avaient l'aisance et l'assurance des femmes qui savent qui elles sont et où elles vont. Elles portaient leurs cheveux coiffés selon le nouveau style Afro — des masses de boucles noires serrées, gonflées et élégamment sculptées. Leurs robes étaient taillées dans du tissu nigérian aux motifs de couleurs vives, et surchargées de broderies de soie blanche sur les manches et autour du col. Elles avaient d'énormes anneaux aux oreilles, des rangées de bracelets de cuivre, ainsi que des colliers de fer et de bois. Elles avaient des noms comme Dara, Fatma ou Rachida. Elles avaient du chic, parlaient vite, ne cachaient pas leurs opinions politiques — et elles étaient belles. Et elles avaient banni Deborah Treverton de leur groupe quelques semaines plus tôt.

Celle-ci les suivait maintenant du regard, de l'autre côté de l'immense foyer où s'entassaient les étudiants en cette soirée de Noël. Ses yeux trahissaient de la confusion, de l'envie et de la solitude. Elle n'avait pas eu l'intention de les offenser quand elle avait essayé de se lier d'amitié avec elles, mais Deborah avait découvert qu'il existait entre elle et ces Afro-Américaines un fossé qui ne pourrait jamais être comblé. Son espoir initial — trouver en elles un peu de Sarah — avait été anéanti en septembre, quand, juste deux semaines après le début du trimestre à la faculté de Californie, Deborah avait demandé de se joindre à elles.

— *Women Against Repression* est un groupe de femmes noires, lui avait répondu celle qui se faisait appeler Rachida bien que son vrai nom fût LaDonna. Pourquoi veux-tu y adhérer ?

Deborah n'avait pu exprimer l'impression d'abandon qu'elle ressentait, son besoin d'appartenir à quelque chose. Elle n'avait pas su dire à quel point elles lui rappelaient Sarah, à quel point elle se sentait solitaire dans ce nouveau pays déconcertant.

L'Amérique paraissait aussi étrangère à Deborah que le Kenya avait dû le paraître aux premiers blancs. Elle ne comprenait pas la langue bien que ce fût de l'anglais, parce que l'argot prédominait, des mots comme *bummer* et *freak-out,* ou ce « terrible » quand on voulait dire « bon ». Elle ne parvenait pas à tirer au clair les règles sociales complexes, si différentes de celles du Kenya. Et elle était plongée dans la perplexité par les nombreuses couches de sous-cultures à travers lesquelles tous les Américains semblaient si facilement nager. Deborah cherchait sa niche dans ce nouveau pays déconcertant qui semblait avoir une place précise pour chacun, aussi avait-elle répondu simplement :

— Parce que je suis noire.

À sa vive surprise, elles avaient accepté cela. Une seule goutte de sang noir, avaient-elles expliqué, plaçait quelqu'un dans les rangs des opprimés. Et pendant quelque temps elles l'avaient accueillie comme leur sœur.

Mais Deborah s'était vite aperçue que la peau noire ne faisait pas d'elles des Africaines. Bien qu'elles se soient prises farouchement pour telles, Deborah ne reconnaissait aucune de ses amies kikuyus parmi ces femmes agressives et blasées qui détestaient les hommes et parlaient librement — de façon choquante, trouvait Deborah — d'avortement, de sexualité et de l'émasculation du noir américain. Elles n'avaient rien de la naïveté africaine, du respect modeste à l'égard des aînés et de la pudeur féminine qu'elle avait l'habitude de voir chez Sarah et ses amies. Ces femmes-là étaient des femmes en colère et elles combattaient un ennemi commun : l'homme blanc — que Deborah n'avait jusqu'à présent pas trouvé aussi menaçant que le groupe le clamait à hauts cris.

Elle avait cependant essayé de rester avec elles, de garder sa place au milieu d'elles, parce qu'elle avait besoin d'une *place,* de même qu'elle devait s'entourer d'une barrière pour chasser les vagues de douleur accablante qui déferlaient juste à la lisière d'un rivage menaçant.

Elle avait quitté le Kenya sans dire au revoir à Christopher ou à Sarah.

Quelqu'un lui heurta le bras en passant et son Coca-Cola déborda. Elle recula contre le mur, pour être aussi hors du chemin que possible tout en faisant encore partie de la foule. Les haut-parleurs déversaient à tue-tête de la musique de Noël ; les longues tables ployaient sous les plats ; les deux cheminées, de chaque côté de la salle, flambaient, bien que ce fût une soirée embaumée de la Californie du Sud et que tout le monde portât des vêtements d'été.

Deborah s'adossa au mur et observa la foule bruyante, heureuse, tellement diverse, avec une sensation de vertige comme si elle regardait un manège de chevaux de bois tournant de plus en plus vite.

Elle n'avait pas l'habitude des foules. Les classes de l'université de Nairobi étaient peu nombreuses ; les soirées d'étudiants conservaient toujours une certaine intimité, mais ce campus dynamique dominant l'océan Pacifique se vantait de réunir vingt mille étudiants et Deborah avait l'impression qu'ils participaient jusqu'au dernier à cette fête de Noël.

Les foules et le rythme rapide de la vie californienne ne constituaient qu'un des nombreux chocs culturels subis par Deborah depuis son départ du Kenya à la recherche d'un refuge. Il y avait tant de choses qu'elle ne comprenait pas et craignait de ne comprendre jamais — des plaisanteries et des allusions qui provoquaient des réactions chez tous les autres mais la laissaient seulement interdite. Elle avait demandé un jour ce que signifiait la *Twilight Zone* et tout le monde avait éclaté de rire. Depuis ce jour-là, elle ne posait plus de questions. Avec le temps, elle avait découvert que la plupart des traits de la vie californienne dérivaient de la télévision — or elle n'avait jamais vu de télévision de sa vie. Elle avait l'impression qu'il lui manquait toute une tranche d'histoire et elle se sentait un peu comme Rip van Winkle, endormi pendant une révolution. Presque tout ce qu'elle observait ou entendait semblait lié en quelque manière au petit écran — le langage, les maniérismes, la musique, même la mode et les habitudes alimentaires. Mais ce qui était pour elle encore plus troublant, c'est qu'elle avait découvert que parallèlement à cet ancrage culturel profond à la télévision, ces mêmes personnes prétendaient ne jamais regarder les programmes !

Les quatre Afro-Américaines éclatèrent soudain de rire. Elles focalisaient l'attention, parfaitement à l'aise dans leur négritude et la certitude de leur supériorité. Celle qui se faisait appeler Fatma — en réalité Frances Washington — passait pour la plus militante du groupe. C'est elle qui avait exclu Deborah.

Elle appartenait aux Black Panthers et se disait amie intime d'Angela Davis. Elle prononçait des discours et s'élevait contre trois siècles d'abus raciaux. « Pourquoi les blancs, les hommes blancs, parlent-ils toujours de nous comme si nous étions comestibles ? s'était-elle écriée un jour au cours d'une réunion de sœurs. Lisez donc leurs romans ! Écoutez-les discuter ! Ils décrivent les noires avec des épithètes comme chocolat, café-au-lait, peau de réglisse, sucre brun. Nous sommes *noires*. Nous ne sommes pas des aliments. » Et au début d'octobre, peu de temps après l'entrée de Deborah dans le groupe, Fatma était venue lui demander comment elle avait les moyens de faire ses études dans une université aussi chère. Comme tout le monde, Fatma avait supposé que Deborah arrivait d'Angleterre. Elle avait été surprise d'apprendre qu'elle venait du Kenya et qu'elle était venue en Amérique parce qu'elle avait bénéficié d'une des bourses de l'Uhuru.

— Mais ces bourses sont destinées aux Africains, avait dit Fatma.

— Je suis Africaine. Je suis née au Kenya.

— Mais cet argent aurait dû revenir à un étudiant noir.

— Je suis à moitié noire.

Pas assez noire, avait répondu le regard de Fatma.

— Tu sais ce que je veux dire, lança l'Américaine. Cet argent était destiné à nos frères et à nos sœurs noirs opprimés. Des étudiants qui ont besoin de notre aide.

— Mais j'ai besoin de cette aide. Je n'ai aucun argent. Aucune famille. Et je l'ai obtenue en toute justice, contre quinze cents autres candidats.

— Tu aurais dû la donner à une sœur noire.

— Pourquoi ?

— Parce que tu as des avantages qu'elle n'a pas.

— Je voudrais bien savoir lesquels.

— Tu es blanche.

À cette époque, le hâle kenyan de Deborah s'était adouci en or foncé et ses cheveux, bouclés lorsqu'ils étaient courts, raidissaient à mesure qu'ils s'allongeaient. Elle comprit que les Afro-Américaines ne la considéraient pas vraiment comme leur sœur parce qu'elle n'avait pas l'apparence nécessaire. *Mais je suis Africaine dans mon âme !* avait-elle envie de leur crier. *Je suis plus africaine qu'aucune de vous ! Mon père était David Mathengé, le héros de la résistance Mau Mau !*

Elle les regarda sillonner la foule avec une confiance arrogante qui semblait presque du défi. Dix ans plus tôt, ces quatre-là n'auraient peut-être pas été acceptées dans cette grande école exclusive. Mais en cette nouvelle ère de libéralisme, chacun était désireux de s'insinuer dans leur amitié.

Elle s'était rendue à une petite soirée dans l'appartement de Dara, où les sœurs, Deborah et quelques blanches symboliques avaient participé à une sorte de rite inter-racial ostentatoire. C'est ce soir-là que Deborah avait fait connaissance du vin californien, en avait bu trop et avait fini par offenser les deux camps avec une des histoires amusantes que racontait Tante Grace au sujet de Mario.

— Un jour, elle l'a surpris dans la cuisine en train de rouler des boulettes de viande contre sa poitrine nue avant de les jeter dans la poêle !

Le rire de Deborah s'était vite éteint quand elle s'était aperçue que tous les visages s'étaient tournés vers elle, et que le silence régnait dans la pièce, à part la musique de *Hair* que jouait la stéréo.

— Pourquoi l'appelles-tu « le boy » ? avait demandé Dara.

Et Deborah n'avait su que répondre.

— J'ai l'impression, avait dit une autre, que les impérialistes du Kenya ne sont pas différents de ceux de Rhodésie et d'Afrique du Sud. Des salauds de racistes, tous jusqu'au dernier.

Deborah aurait aimé expliquer qu'elles se trompaient complètement. Le Kenya n'était pas comme ça. Oui, son oncle Geoffrey était raciste mais sa tante Grace et bien d'autres ne l'avaient jamais été. Elle trouvait même qu'il y avait beaucoup moins de fanatisme racial au Kenya que dans ce pays prétentieux où les gens changeaient de nom, mettaient des costumes et se prétendaient amis le temps d'une soirée parce que c'était la vogue du moment. Toute cette pose des Américains la mettait en colère, et elle avait eu envie de dire aux « sœurs » qu'elles n'étaient nullement africaines mais une parodie ridicule de l'Afrique : Sarah ne les reconnaîtrait pas, et si elles connaissaient vraiment l'Afrique, elles ne seraient pas si empressées de s'affirmer africaines car cela signifiait accepter le joug d'un mari ou d'un père, travailler dans les champs, avoir des ribambelles d'enfants et porter des fardeaux sur le dos comme des bêtes de somme. Puis elle songea à Sarah et à son beau tissu qu'elle ne parvenait pas à faire produire, elle songea à Christopher et à leur demeure près de la Chania, et elle ne put s'empêcher d'éclater en sanglots. Ainsi s'était achevée sa participation au mouvement des femmes noires.

Mais il existait sur le campus d'autres groupes au sein desquels elle pourrait peut-être trouver une place — des associations désignées par des lettres, comme SNCC ou CORE, des groupements de jeunes blancs progressistes qui ne semblaient pas juger les gens en fonction de la couleur de leur peau, de leurs vêtements ou de leur façon de parler. Deborah avait recherché leur compagnie comme une panacée pour sa solitude obsédante et son impression d'aliénation. Et là aussi elle avait été déçue.

— Salut ! lança une voix près d'elle.

Deborah se retourna pour voir un visage barbu qui souriait. Elle l'avait vu sur le campus ; il semblait tiré à des milliers d'exemplaires : il défilait contre la guerre, n'était étudiant que pour éviter de partir au Vietnam et se demandait pourquoi Nixon avait été élu alors qu'il n'avait pas voté pour lui.

— Sympa, la réception, non ?

Deborah se força à sourire. Il se tenait trop près d'elle. Elle se sentit prise au piège. Et la douleur, qu'elle emportait partout comme un petit bijou noir, se mit à gonfler.

— Alors, dit-il, vous êtes étudiante ici ?

— Oui.

— En quelle matière ?

— Je suis en préparatoire de médecine.

— Pas possible. Moi, philo. Mais ce que je ferai avec, je ne sais pas ! Prémed, hein ? Et où irez-vous en fac de médecine ?

— Je ne sais pas.

Je vis au jour le jour.

— Votre accent me plaît. Angleterre ?

— Non, Kenya.

— Pas possible ! J'ai un cousin à moi qui y est allé avec le Peace Corps. Pas duré longtemps. Trop moche, il a dit. Je savais pas qu'il restait des blancs au Kenya. Il n'y a pas eu un soulèvement zoulou, il y a une vingtaine d'années ?

— Mau Mau, dit-elle.

Il haussa les épaules.

— Même tabac. Hé, vous voulez que je vous apporte quelque chose à manger ? Ils ont un curry sensass. Hé ! Où allez-vous ?

Déborah s'enfuit à travers la foule, trouva la porte à deux battants donnant sur le patio et s'abandonna à la nuit tiède de Californie.

Elle traversa la pelouse en courant et trouva un banc désert. Elle s'assit tandis que les larmes lui montaient aux yeux, et elle sentit la pierre brute de la douleur enfler en elle jusqu'à remplir tout son corps puis le déchirer de ses arêtes vives. Une nuit étrangère l'engloutit ; l'âme d'un pays qui n'était pas le sien se déplaçait furtivement autour d'elle, comme pour prendre sa mesure, comme pour décider s'il fallait ou non lui permettre de rester.

Je ne dois pas t'aimer, Christopher. Je ne dois jamais plus penser à toi de cette manière...

Finalement Deborah laissa couler ses larmes. Elle pleura, comme presque chaque jour depuis son départ du Kenya, depuis le jour où elle avait découvert les lettres de sa mère. Deborah se souvenait à peine de ce qui s'était passé ensuite. Avec l'écho des paroles de Mama Wachéra dans ses oreilles, elle s'était enfuie vers la mission, d'où elle avait téléphoné au notaire de sa tante. « Je veux céder cette maison aux religieuses, lui avait-elle dit. Et je veux que vous vendiez Bellatu dans les plus brefs délais. Peu m'importe ce que vous en obtiendrez. Et tout ce qui est à l'intérieur ira avec. Je quitte le Kenya et je n'y reviendrai jamais. »

Elle n'avait même pas passé cette nuit-là à la mission ; il y avait trop de fantômes. Elle avait fait ses bagages à la hâte et était partie pour Nairobi, où après une nuit terrible à l'Hôtel Norfolk, elle avait pris le premier vol à destination de Los Angeles. L'université lui avait permis de s'installer d'avance dans le dortoir, et Deborah avait passé une semaine dans la solitude et le déchirement spirituel. Puis les études avaient commencé et elle avait plongé dans un programme dévorant de cours et d'études.

Elle avait essayé d'écrire à Christopher et à Sarah, mais elle en avait été incapable. Christopher ne devait jamais apprendre la vérité. L'inceste était pour les Kikuyus l'un des pires tabous, l'une des plus graves fautes. Cela le hanterait jusqu'à la fin de ses jours et le rendrait malheureux.

Elle n'avait pas écrit à Sarah non plus. Elle avait laissé le tissu à Sœur Perpétua en lui recommandant de le rendre à Sarah Mathengé et Deborah n'avait pas revu son amie par la suite.

Quelqu'un traversa la pelouse devant Deborah. Elle la connaissait — Pam Weston. Elle espéra que la jeune fille ne la remarquerait pas sur le banc et fut soulagée de voir Pam se joindre à la foule de la salle.

Pam Weston avait été une des nouvelles amies dépourvues de préjugés de Deborah.

— Mon Dieu, avait-elle déclaré un soir en pleine salle à manger, la virginité n'est qu'un état d'esprit. Les filles ne se « gardent » plus pour le mariage. Et celles qui le font se bercent d'illusions : elles se laissent manipuler par la tyrannie des idées masculines.

Cela s'était passé trois semaines plus tôt, un soir où Deborah s'attardait à table avec ses nouvelles amies, après le café. Elles l'avaient acceptée plus facilement que les militantes noires, mais on n'entrait pourtant pas dans le groupe sans satisfaire à des exigences.

— Une fille qui se rase encore les jambes n'est pas libérée, avait soutenu Pam.

Et le groupe acquiesça. Pour Deborah, qui n'avait jamais entendu parler de libération de la femme, elles constituaient une race étrange. Les nouvelles de l'étranger arrivaient en retard au Kenya et n'étaient diffusées que sous une forme censurée par le gouvernement. L'ignorance de Deborah avait surpris ces jeunes femmes, qui la croyaient anglaise à cause de son accent. Deborah ne connaissait pas Gloria Steinem ou Betty Friedan, et ne comprenait même pas ce qu'était le « machisme ». Pour ces « libérées », Deborah semblait un paradoxe : d'une part elle était blanche, vive d'esprit, cultivée et intelligente ; de l'autre, désespérément naïve et provinciale.

— Il suffit de regarder la façon dont les femmes se sont habillées à travers l'histoire pour comprendre à quel point nous étions réduites en esclavage, déclara Pam Weston. Des corsets, des baleines, des tailles de guêpe. Enfin les femmes se réveillent et s'habillent comme elles en ont envie. Nous ne laisserons plus exploiter notre corps par les couturiers.

— Ma meilleure amie crée de très belles robes, et elle fait elle-même son batik, avait avancé timidement Deborah.

— J'adore le batik ! avait déclaré l'étudiante en gestion. J'ai essayé un jour, mais les couleurs bavaient.

— Sarah a appris toute seule. Elle est très astucieuse pour ces choses-là. Ses tissus sont de véritables œuvres d'art. Elle sera sans doute célèbre un jour.

— Est-ce qu'elle pourrait me faire une robe ? demanda l'étudiante. Je la paierai, bien sûr.

— C'est que Sarah n'est pas ici. Elle est au Kenya.

— Oh, du batik africain. Encore mieux !

— Qu'est-ce qu'elle fait au Kenya, votre amie ? demanda Pam Weston. Elle est dans le Peace Corps ?

— Elle habite là-bas.

— Les blancs ont exploité l'Afrique bien assez longtemps, lança une étudiante en sciences politiques. Votre amie devrait laisser le Kenya à son peuple.

— Mais c'est que Sarah n'est pas blanche.

Toutes regardèrent Deborah.

— Votre meilleure amie est noire ? s'exclama Pam Weston. Pourquoi ne l'avez-vous pas dit tout de suite ? Ou en avez-vous honte ?

Deborah ne répondit pas. Elles ne comprenaient tout simplement pas. Avec leur souci de démontrer leur tolérance raciale, ces « esprits libéraux » perpétuaient la conscience de couleur. Jamais Deborah n'avait considéré Sarah ou Christopher autrement que comme des amis, des êtres humains.

C'est alors qu'elle s'était rendu compte que jamais elle ne s'intégrerait. Ni acceptée par les noirs, ni comprise par les blancs, Deborah était condamnée à errer dans des limbes raciaux. Les façons de penser de l'Amérique n'étaient pas les siennes ; son histoire et ses dialectes lui demeuraient étrangers. Elle était une femme sans race, sans pays et maintenant, finalement, sans famille.

Je ne pourrai jamais revenir au Kenya. Je ne dois jamais revoir Christopher. Tante Grace n'est plus là. Je suis seule. Il faut que je fasse ma vie ici, au milieu d'étrangers, dans un monde où je ne suis pas née.

— Salut. Ça vous dérange, si je m'assois ?

Deborah leva les yeux et vit une jeune fille au visage vaguement familier, en col roulé et blue-jean.

— Nous sommes en physiologie ensemble, expliqua la jeune fille. Je vous ai vue au cours, je m'appelle Ann Parker. Puis-je m'asseoir avec vous ?

Deborah lui fit place.

— Je ne sais pas pourquoi je suis venue à cette soirée, reprit Ann. Sans doute parce que le dortoir est vide. Chacun est rentré chez soi pour les vacances. Je n'ai pas l'habitude de la foule.

Deborah sourit.

— Moi non plus.

— Je viens d'une petite ville du Midwest, alors vous voyez ce que je veux dire.

— Le Midwest, où est-ce ?

— Bonne question ! dit Ann en riant. Je me demande

souvent si je n'ai pas eu tort de m'inscrire à cette université. Le campus est plus grand que la ville où je suis née. Parfois, cela me fait peur.

— Je sais ce que vous ressentez.

— J'ai envie de crier : « Remontez-moi le moral, Scottie ! »

— Scottie ?

Ann sourit.

— J'aime votre accent. Vous venez d'Angleterre ?

Deborah vit les savanes dorées d'Amboséli et les pasteurs masaïs silhouettés sur le ciel bleu. Elle perçut le parfum de la terre rouge, de la fumée et des fleurs sauvages le long de la Chania. Elle entendit le tintement des cloches de chèvres et le parler aigu et volubile des femmes kikuyus dans leurs *shambas*. Elle sentit les bras forts et le corps de guerrier de l'homme qu'il lui était interdit d'aimer.

— Oui, je viens d'Angleterre, répondit Deborah qui regarda sa montre et se permit de penser, pour la dernière fois, qu'en ce moment précis à l'autre bout du monde le soleil se levait sur le mont Kenya.

NEUVIÈME PARTIE

Aujourd'hui

61

Deborah regarda la dernière note du journal de Grace, datée du 16 août 1973.

« Deborah est amoureuse de Christopher Mathengé, avait écrit sa tante. Et je crois qu'il est amoureux d'elle. Je ne peux pas imaginer un meilleur mari pour ma Deborah. Puissé-je vivre assez longtemps pour assister à leur mariage et leur donner ma bénédiction pour un long avenir heureux ensemble. »

Tels étaient les derniers mots écrits par Grace. Elle était morte un peu plus tard dans la nuit.

Refermant le journal et le posant sur le lit, Deborah déplia ses jambes endolories et se dirigea vers la fenêtre. Quand elle écarta les rideaux, un soleil inattendu, éclatant lui perça les yeux. Surprise de découvrir qu'il faisait grand jour, elle referma aussitôt les rideaux. Deborah se rendit compte qu'elle avait lu toute la nuit et une partie de la matinée sans prendre conscience du temps.

Elle se détourna de la fenêtre et se laissa tomber sur le petit sofa aux ressorts trop durs qui complétait l'ameublement de sa chambre d'hôtel. Elle posa les pieds sur la table basse, se pencha en arrière et regarda le plafond. Derrière la porte, les bruits de la vie emplissaient le couloir : le roulement du chariot des femmes de chambre ; les appels des bagagistes qui s'interpellaient en swahili ; le ding-dong périodique des ascenseurs. Et derrière les rideaux clos de la fenêtre, Nairobi déversait sa cacophonie quotidienne de circulation, klaxons et cris de gens dans la rue.

Deborah serra ses bras autour d'elle. Elle avait des larmes au bord des yeux.

C'était vraiment trop, l'histoire de sa famille. Elle avait l'impression d'avoir été submergée par un déluge, d'avoir nagé dans une mer écumante.

Elles avaient été là tout le temps, les réponses qu'elle était allée un jour demander à Wachéra concernant cet autre bébé, l'enfant de l'amour de Mona et de David. Les réponses se trouvaient dans le journal pendant toutes ces années, exposées en toutes lettres, dans l'écriture nette de sa grand-tante Grace : « Les Mau Mau nous ont pris quatre vies cette nuit — mon James bien-aimé ; Mario qui était à mon côté depuis le début ; David Mathengé ; et le bébé, piétinée... »

Puis, deux pages plus loin :

« Mona est de nouveau enceinte. Elle dit que c'est l'enfant de Tim Hopkins, une erreur, qu'elle était hors d'elle de chagrin et qu'elle ne savait plus ce qu'elle faisait. »

Des larmes perlèrent dans les yeux de Deborah. Comme la vérité lui atteignait l'âme. *Je ne suis pas un enfant de l'amour finalement, mais une erreur.*

Deborah remonta ses jambes et les serra contre elle. La tête penchée, elle pleura entre ses genoux.

On frappa à la porte.

Elle releva la tête. Quand elle entendit une clef dans la serrure, elle se leva d'un bond et alla à la porte. Un valet de chambre se tenait dans le couloir avec son chariot de nettoyage et une brassée de serviettes propres. Il eut un sourire d'excuses et indiqua par gestes qu'il désirait faire la chambre.

— Non, merci, répondit Deborah en anglais.

Voyant qu'il ne comprenait pas, elle répéta en swahili. Il sourit de nouveau, s'inclina et poussa son chariot plus loin. Deborah chercha un carton *Do not disturb,* en trouva un qui disait *Usisumbué* et l'accrocha au loquet.

Elle s'adossa à la porte et ferma les yeux.

Pourquoi suis-je ici ? Pourquoi suis-je venue ?

Le bruit de derrière les fenêtres lui parvint à travers le verre en vagues insistantes. Elle entendit l'appel de Nairobi mais préféra l'ignorer. Soudain elle avait peur.

— Tu as peur de quelque chose, chuchota une voix dans sa mémoire.

Celle de Jonathan, qui lui demandait, six mois plus tôt :

— Pourquoi me fuis-tu ? Est-ce de moi que tu as peur, Debbie, ou bien crains-tu seulement de t'engager ?

Elle se représenta Jonathan Hayes, essaya de le faire

apparaître et lui donner vie, corps et âme, dans cette chambre d'hôtel africaine. Elle l'imagina à cet instant même, l'amenant à parler, à exprimer ses sentiments, à l'aider à traverser le labyrinthe où elle s'était perdue. C'était un soulagement de penser à Jonathan, un réconfort d'imaginer sa présence. Mais comme un spectre il demeurait trop fragile : au bruit des voix dans le couloir, il disparut.

Deborah avait l'impression d'être dispersée en morceaux sur tout le globe, la moitié d'elle-même ici en Afrique-Orientale, et l'autre moitié tournant en orbite sans but autour de Jonathan à San Francisco. Depuis le début de son séjour en Californie quinze ans auparavant, quand elle fuyait en aveugle une réalité trop forte pour un être aussi jeune et inexpérimenté, Deborah avait mené une existence fragmentaire et disparate, en se fabriquant une identité en fonction des besoins du moment.

— De quelle partie du Cheshire venez-vous exactement, docteur Treverton ? lui avait demandé Jonathan l'après-midi où ils avaient fait connaissance.

Deborah entrait ce jour-là dans l'équipe, comme assistante de Jonathan en chirurgie. Et à sa propre surprise Deborah s'était retrouvée en train de lui avouer qu'en réalité elle était née au Kenya, non en Angleterre.

Avec le recul du temps, elle savait ce qui avait provoqué cette sincérité inattendue. C'était Jonathan lui-même. Il y avait quelque chose en lui, ses grands yeux bruns, aussi compréhensifs et compatissants que ceux d'un prêtre, et sa voix de confessionnal — une voix d'ordinateur HAL, avait-elle pensé lors de leur première rencontre. Tout le monde éprouvait ce sentiment en présence du Dr Jonathan Hayes. Les gens lui confiaient leurs amours et leurs craintes ; il les écoutait avec une patience parfaite.

Mais il n'était pas de ceux qui affichent leur cœur sur leur manche, Deborah l'avait vite appris au cours de leurs deux années de travail ensemble. Jonathan n'était pas démonstratif. S'il avait des sentiments, ils étaient soigneusement tenus en bride sous un extérieur calme et souriant. Et voilà pourquoi le baiser soudain, impulsif qu'il lui avait donné à l'aéroport — quand ? hier ? avant-hier ? — l'avait tellement surprise.

Deborah frissonna et découvrit qu'elle avait froid.

Ses cheveux étaient secs depuis longtemps mais elle ne portait encore que son peignoir. La décision de s'habiller ou non dépassait ses forces.

Christopher, songea-t-elle.

Ce n'était pas son frère, tout compte fait.

Elle avait lutté pour ne pas penser à lui. Depuis l'instant où elle avait fermé le journal, elle avait tourné le dos à la situation qu'il lui fallait affronter. Maintenant elle avait l'impression que le plancher se dérobait soudain sous ses pieds. Elle s'accrocha à la poignée de la porte comme pour s'empêcher de tomber. La raison même de son combat intérieur de quinze années tout d'un coup n'existait plus.

Elle n'était pas la fille de David Mathengé. Elle n'appartenait pas à la race noire du Kenya.

Cela lui coupait le souffle. Elle se força à quitter la porte et se dirigea vers la salle de bains. Elle regarda son reflet dans le miroir — un visage qu'elle avait examiné mille fois, à la recherche de traces d'un sang qu'elle avait cru présent en elle. Combien de fois s'était-elle regardée ainsi ? Scrutant chaque cil, chaque courbe et chaque pli de sa peau, à la recherche d'indices africains — tout en priant qu'ils n'apparaissent jamais, pour que personne ne se doute de rien.

Elle s'appuya au rebord du lavabo.

J'ai fui sans raison. Je n'avais commis aucun crime. J'étais libre d'aimer Christopher. J'aurais pu rester.

De nouveau, elle sentit monter les larmes. Deborah se sentait prise au piège. Jonathan, s'il était là, l'aurait aidée à se dominer, lui aurait montré comment maîtriser sa confusion. Mais Jonathan n'était pas là. Seulement l'image moqueuse d'une femme blanche dans le miroir.

Elle se dirigea vers le lit et ramassa les photos : Valentin sur un cheval de polo ; Lady Rose qui regardait par-dessus son épaule ; Tante Grace dans sa jeunesse ; quatre enfants pieds nus au soleil. Enfin Deborah regarda les derniers clichés.

Lors de son départ précipité du Kenya, elle n'avait presque rien emmené — le journal de Grace, les lettres d'amour, une poignée d'instantanés. Elle les avait enveloppés dans un papier avec de la ficelle et ils étaient restés là pendant quinze ans. Mais les trois dernières photos, Deborah ne savait pas qui elles représentaient ni pourquoi elle les avait choisies. Maintenant qu'elle les prenait en main, elles suscitaient en elle une étrange nostalgie. Une nostalgie *du* passé.

Il y avait Terry Donald, le pied droit posé sur la carcasse d'un rhinocéros, la main droite tenant un fusil. Il était l'image même des Donald — séduisant et rayonnant d'assurance et de virilité, hâlé, passionné de safari, représentant la troisième génération née au Kenya.

Deborah regarda ensuite Sarah. Elle était jeune sur cette photo, les cheveux pas encore coiffés en rangs de maïs, son sourire encore timide et enfantin. Elle portait un uniforme d'écolière et il émanait d'elle une aura d'innocence. La photo rappela à Deborah des jours plus simples, et meilleurs.

La dernière représentait Christopher debout près de la rivière sous un soleil tamisé ; pantalon de toile sombre, chemise blanche aux manches retroussées, col ouvert. Il portait des lunettes de soleil. Il souriait. Et il était vraiment très très beau.

Deborah le regarda avec étonnement. Le tabou était levé. Elle était libre de l'aimer de nouveau.

Et elle pensa : *Que vais-je faire, à présent?*

Elle regarda le téléphone sur sa table de chevet. Elle se rappela la mission et le fait que les religieuses l'attendaient. *Je devrais les appeler et leur dire que je suis ici.* Mais quand son regard tomba sur l'annuaire bleu, Deborah se figea. Elle le contempla avec une peur indéfinissable. C'était comme si cette chambre sûre et protégée venait d'être envahie. Les tentures closes et la porte fermée à clé auraient dû repousser à l'extérieur toutes les menaces. Mais elles étaient tout de même entrées — avec cet annuaire aux pages cornées.

Elle le prit. Pensant à tous les gens qui s'y trouvaient peut-être, des gens qui constituaient des voies d'accès à son passé, Deborah ressentit un curieux élan d'excitation. C'était comme de partir en voyage.

Elle trouva l'adresse de la Donald Tours Agency.

Deborah avait complètement coupé les ponts quand elle avait fui le Kenya. Au cours des quinze années passées à construire prudemment une nouvelle personnalité et une nouvelle vie, elle s'était détournée des noms familiers et aimés du Kenya. Si elle ne pouvait pas obtenir Christopher, elle avait décidé dans son immaturité de ne plus avoir aucun lien avec le pays de Christopher et les gens qui y vivaient. Elle avait rompu avec les Donald en même temps qu'avec les Mathengé.

Un coup d'œil à l'annuaire lui apprit que le Kilima Simba Safari Lodge fonctionnait encore à Amboséli ; il y avait quatre autres Donald Lodges au Kenya. Elle vit une publicité, un minibus Volkswagen décoré de zébrures et le slogan : « Donald Tours, la plus grande flotte d'autocars et de conducteurs sérieux de toute l'Afrique. »

Oui. Ils étaient toujours ici, et apparemment prospères, les Donald. Issus de Sir James, l'homme que sa grand-tante avait aimé mais que Deborah n'avait pas connu.

Elle eut envie soudain de revoir Terry. Et l'Oncle Geoffrey, l'Oncle Ralph. Ils lui semblaient maintenant plus que de vieux amis, soudain les Donald étaient comme de la famille.

De la famille ! se dit-elle, tout excitée. Enfin quelqu'un à qui elle pourrait parler du bon vieux temps, quelqu'un qui la connaissait, qui *comprendrait.*

Deborah eut soudain peur de tourner les pages de l'annuaire. L'idée de voir le nom de Christopher imprimé en face d'un numéro de téléphone l'effrayait. Cela le plaçait trop près. Si près ! Il lui suffirait de décrocher et de composer le numéro...

Alors elle tourna les pages. Ses mains tremblaient. Elle regarda. Il y avait de nombreux Mathengé — près d'une trentaine. Elle fit courir son doigt sur la colonne. Les Mathengé sautaient de Barnabas à Ezéchiel.

Elle relut les noms, plus soigneusement. Mais il n'y avait pas de Christopher parmi eux.

N'était-il donc plus au Kenya ?

Il y avait en revanche trois Sarah Mathengé. Mais Sarah ne se serait-elle pas mariée ? Son nom ne serait-il pas différent maintenant ?

Deborah était accablée. Le décalage horaire, combiné avec deux jours sans sommeil, dix-huit heures sans manger imposaient leur tribut. L'épuisement physique s'ajoutait à l'émotion pour donner à Deborah une impression de défaite. Elle posa l'annuaire et enfouit sa tête dans ses mains.

Elle se sentait prise entre nulle part et rien, comme si au cours d'un grand voyage elle avait été déposée par le train dans une gare déserte ; elle avait l'impression qu'elle devait continuer puisqu'elle avait déjà fait tout ce chemin, mais à quelle fin ?

Pourquoi, oh, pourquoi Mama Wachéra m'a-t-elle demandé de venir ?

Quand le téléphone sonna, elle poussa un cri.

Elle regarda fixement l'appareil. Un des êtres qu'elle avait ressuscités en feuilletant l'annuaire venait-il réellement la hanter ?

— Allô ?

— Debbie ? Allô ? Tu m'entends ?

— Jonathan ?

Elle écouta le grésillement et l'étrange écho de la communication à longue distance.

— Jonathan ! C'est toi ?

— Bon Dieu, Debbie ! J'étais inquiet ! Quand es-tu arrivée ? Pourquoi ne m'as-tu pas appelé ?

Elle jeta un coup d'œil à son réveil sur la table de chevet.

Était-ce possible que son avion n'ait atterri que quatorze heures plus tôt ?

— Je suis désolée, Jonathan. J'étais tellement fatiguée. Je me suis endormie...

— Tu vas bien ? Tu as l'air bizarre.

— La liaison est mauvaise. Et je souffre du décalage horaire. Tu vas bien, Jonathan ?

— Tu me manques.

— Toi aussi.

Un silence, empli par la vibration des lignes venant d'au-delà des mers.

— Debbie ? Tu es sûre que tout va bien ? répéta-t-il.

Sa main se crispa sur le téléphone.

— Je ne sais pas, Jonathan. Je me sens dans une telle confusion.

— Confusion ! À quel sujet ? Debbie, que se passe-t-il ? As-tu déjà vu la vieille femme ? Quand rentres-tu ?

Malgré la sincérité spontanée que Jonathan Hayes suscitait chez la plupart des gens, Deborah ne lui avait jamais parlé de son secret le mieux enfoui — de l'homme qu'elle croyait son frère, Christopher, et de la nuit où elle était allée dans sa hutte. Ce terrible secret, et la culpabilité qu'il faisait peser sur elle. Comment lui en parler à présent et lui expliquer les sentiments déroutants qu'elle éprouvait depuis son retour au Kenya.

— Debbie ?

— Je suis désolée, Jonathan. Je sais que je me montre trop sensible. Mais j'ai reçu une sorte de choc. J'ai découvert plusieurs choses...

— De quoi parles-tu ?

Il avait une voix si dure, si différente de lui-même. Deborah préféra changer de conversation.

— Je vais aller à Nyéri demain, dit-elle d'une voix maîtrisée. Je louerai une voiture et j'irai à la mission par la route. Je vais retenir une chambre à l'Outspan Hotel.

— Tu repartiras donc du Kenya après-demain ?

Elle ne put répondre.

— Debbie ? Quand rentreras-tu chez nous ?

— Je... Je ne sais pas encore, Jonathan. J'ai décidé de revoir plusieurs personnes. Des amis...

Il ne répondit pas. Elle essaya de l'imaginer. Il devait être très tôt à San Francisco. Jonathan venait sans doute de se lever. Il devait avoir enfilé sa tenue de jogging pour faire le tour de Golden Gate Park pendant une demi-heure. Ensuite, il prendrait une douche chaude, enfilerait un sweat-shirt et un blue-jean, partirait pour l'hôpital. Il prendrait un café et un petit pain complet à la cafétéria puis il monterait en chirurgie passer sa blouse verte. Deborah eut soudain désespérément envie de faire ces choses prosaïques avec lui, comme ils l'avaient fait tous les matins, depuis un an qu'ils vivaient ensemble. Deborah aurait voulu se retrouver à San Francisco dans la brume et dans le confort familier de leur rituel quotidien.

Mais elle était venue au Kenya et elle devait finir ce qu'elle avait commencé.

— Je t'aime, Debbie, dit-il.

Elle se mit à pleurer.

— Je t'aime aussi.

— Rappelle-moi quand tu connaîtras ton vol de retour.

— Je n'y manquerai pas.

Il marqua de nouveau un temps, comme s'il attendait qu'elle dise quelque chose. Alors Deborah dit :

— Cours bien, ce matin.

Et il répliqua :

— Au revoir, Debbie — et il raccrocha.

Deborah se glissa entre les draps sans enlever son peignoir. Elle fut effrayée et soulagée à la fois de découvrir que, si elle éteignait la lampe, la pièce était plongée dans une obscurité presque totale ; les lourds rideaux arrêtaient bien le violent soleil équatorial. Mais ils ne pouvaient pas empêcher le bruit incessant de traverser le verre — le battement constant, insistant, du cœur de l'Afrique.

Deborah était couchée les yeux ouverts, dans le noir. Elle sentait son corps se vider de ses forces. Ses paupières s'alourdirent. Ses pensées parurent se libérer de leurs ancres et se mirent à dériver en une sorte d'incohérence paresseuse. Elle se trouva à mi-chemin du rêve et du souvenir.

Elle se retrouva deux ans auparavant, le jour où elle avait commencé à travailler à l'Hôpital St. Bartholomew de San Francisco. Elle avait trente et un ans et sortait de six années d'internat en chirurgie. C'était le premier jour de Deborah dans ce poste. Elle était enfin un vrai médecin, seule responsable de ses actes. Elle passa la blouse verte de chirurgie dans le vestiaire des infirmières puis se dirigea vers la salle 8 où elle devait assister le Dr Jonathan Hayes pour une ablation de la vésicule biliaire.

— Bienvenue à St. B., docteur Treverton, lui dit l'infirmière. Quelle taille de gants ?

— Six.

L'infirmière ouvrit le tiroir des gants.

— Zut, plus de six !

Et elle quitta la pièce.

Tandis que Deborah parcourait des yeux la salle d'opération, à la fois nouvelle et familière puisque les installations sont à peu près les mêmes partout, un homme grand, aux yeux bruns, entra en attachant un masque derrière sa tête.

— Bonjour, dit-il. Où est notre anesthésiste ?

— Je ne sais pas.

Il sourit à Deborah à travers ses lunettes d'écaille. Le masque dissimulait le reste de son visage.

— Vous êtes nouvelle ici, n'est-ce pas ? dit-il d'une voix souriante. Je suis le Dr Hayes. Il paraît qu'on me trouve facile à vivre, donc je suis sûr que nous nous entendrons bien. J'ai deux ou trois manies que vous devez connaître. J'utilise *deux* soies pour fermer le conduit cystique et j'aime qu'elles soient toutes les deux sur la même pince. Préparez-moi cela. Quant aux tampons de gaze, le grand modèle. Je ne supporte pas les autres petits bouts de rien du tout. Préparez-en des quantités, je vous prie.

Elle le regarda avec de grands yeux.

— Oui, docteur.

Jonathan se dirigea vers la table des instruments, déjà préparée, et hocha la tête.

— Bien, bien. Je vois que vous avez anticipé mes désirs. Où est la bacitracine ? Vérifiez que vous l'aurez sous la main.

Il se dirigea vers la porte, parcourut des yeux le couloir animé, puis dit :

— À propos, j'ai un nouvel assistant ce matin. Un certain Dr Treverton. Je compte donc sur un effort spécial de votre part, d'accord ? Vous avertirez les autres infirmières.

Il lui fit un clin d'œil.

— Prévenez-moi quand le patient sera là. Je vais dans la salle des médecins.

Deborah le regardait encore s'éloigner quand une jeune femme entra en coup de vent en fixant son masque. Il émanait d'elle une légère odeur de cigarette.

— N'était-ce pas Hayes que je viens d'apercevoir ? Bon, c'est le moment de lancer le spectacle. Vous devez être le docteur Treverton. Je m'appelle Carla. Quelle taille de gants ?

Quinze minutes plus tard, Jonathan Hayes finissait de se laver les mains au lavabo. Deborah faisait de même devant l'autre lavabo, derrière lui. Il ferma le robinet et traversa le couloir vers la salle 8, les deux mains levées ; l'eau tombait de ses coudes. Deborah entra à son tour au moment où il se séchait les bras. Lorsque l'infirmière entra en lui amenant sa blouse stérile, il lui adressa un regard surpris. Et quand il se retourna pour qu'elle la lui ferme dans le dos, il cligna des paupières en regardant Deborah.

— Vous connaissez le Dr Treverton, Dr Hayes ? demanda l'infirmière en tendant à Deborah une serviette stérile.

— Le Dr Treverton ?

Comprenant soudain sa méprise, il devint écarlate.

— Non, répondit Deborah en riant doucement. Nous n'avons pas été présentés.

Jonathan éclata de rire à son tour et ils commencèrent l'opération.

62

Deborah se surprit à dévisager chaque homme qui entrait dans le restaurant. N'importe lequel pouvait être Christopher.

Elle mangeait un énorme petit déjeuner. À son réveil, deux heures plus tôt, elle s'était aperçue qu'elle avait dormi quatorze heures d'affilée. Elle était étonnamment reposée, réconfortée et aussi affamée. Un bain chaud lui avait rendu sa vitalité et elle se trouvait maintenant au restaurant Mara du Hilton, où des hôtesses en uniforme vert et coiffures Afro escortaient jusqu'à leurs tables des hommes d'affaires africains. Tout en dévorant croissants et marmelade anglaise, tranches de papaye et d'ananas, puis une omelette roulée aux champignons, oignons, olives, jambon et fromage, elle examinait discrètement chaque homme qui arrivait.

Pour la majorité, c'étaient des Africains en complets d'affaires ou en vêtements tropicaux de bonne coupe, en coton vert pâle ou bleu pâle. Ils étaient munis d'attachés-cases, portaient des bagues et des montres en or, et se serraient la main avant de s'asseoir. Ils parlaient différents dialectes et Deborah s'aperçut que si elle tendait l'oreille, elle comprenait assez bien le swahili et le kikuyu.

Christopher ne devait pas être au Kenya, se dit-elle en prenant une gorgée de café. Sinon il serait dans l'annuaire. Mais où était-il allé, et pourquoi ?

Elle se dit : *Il est parti à ma recherche, il y a quinze ans.*

Mais elle se rendit compte aussitôt que dans ce cas il serait allé directement à l'université qui lui avait accordé sa bourse. Et il l'y aurait trouvée.

Quoi qu'il ait fait, où qu'il soit allé, elle décida de ne pas quitter le Kenya sans avoir découvert ce qu'était devenu Christopher.

Après le petit déjeuner, elle passa à la réception, régla sa note, demanda qu'on lui réserve une chambre à l'Outspan et commanda une voiture avec chauffeur. Il lui faudrait attendre la voiture un moment, lui dit-on, et elle chercha des yeux un endroit où se mettre.

Le hall était monstrueusement animé. Plusieurs groupes de touristes arrivaient et partaient en même temps, provoquant un embouteillage humain au comptoir, un embouteillage de bagages près des portes tournantes, un embouteillage de minibus-safaris sur l'allée. Des guides harcelés criaient des ordres en anglais et en swahili tandis que les voyageurs épuisés s'affalaient sur les nombreux sofas du grand hall. Deborah avait entendu dire que le tourisme était devenu une énorme industrie au Kenya. Sans doute la principale source de devises du pays après le café et le thé. *Grâce à des hommes comme Oncle Geoffrey,* se dit-elle en franchissant les portes.

Elle s'arrêta en haut des marches pour reprendre son souffle.

La lumière !

Deborah avait oublié à quel point la lumière du Kenya était pure et vive. Comme si l'air ne se composait pas d'azote et d'oxygène mais d'un gaz plus léger. Tout semblait si clair, si net : les couleurs semblaient être plus colorées que partout ailleurs ; les contours et les détails sautaient aux yeux. L'air sentait la fumée et les gaz d'échappement mais il lui parut merveilleusement frais et léger. C'était une des raisons pour lesquelles son grand-père, le comte de Treverton, était tombé amoureux de l'Afrique-Orientale, elle l'avait appris par le journal de Tante Grace.

L'idée lui plut : elle partageait quelque chose avec l'homme responsable de sa venue au monde au Kenya. Cela lui donnait une impression de continuité : elle héritait d'une lignée.

Elle partit vers la rue Joseph Gichéru — autrefois avenue Lord Treverton — et se trouva quelques minutes plus tard sur l'avenue Jomo Kenyatta : juste en face du siège social des Donald Tours.

Elle hésita à entrer.

Elle battit en retraite au bord de la chaussée, où un arbre qui poussait hors du trottoir craquelé et gondolé procurait un ombrage contre le soleil mordant. Le seuil de l'agence semblait une porte s'ouvrant sur son passé. Oncle Geoffrey y était peut-être. Septuagénaire mais aussi vigoureux et robuste que jamais, se dit-elle. Ou bien Terry, en train d'organiser un safari de chasse. Était-il marié à présent ? S'était-il assagi et avait-il des enfants ? Ou bien possédait-il encore l'esprit d'aventure hérité de ses ancêtres ? Deborah se rappela une phrase du journal de sa grand-tante, écrite en 1919 : « Sir James me raconte que son père a été l'un des premiers explorateurs de l'intérieur du pays. Il espérait obtenir une gloire durable et l'immortalité, comme Stanley ou Thomson, en découvrant une montagne ou un fleuve auquel on donnerait son nom. Malheureusement un éléphant l'a tué avant qu'il puisse réaliser ce rêve. »

L'immortalité, songea Deborah en levant les yeux vers l'enseigne moderne sur la vaste vitrine de l'agence. Tout compte fait, le rêve de ce premier Donald s'était réalisé.

Elle entra.

La porte ouvrait sur un bureau décoré avec goût, présentant un comptoir, une moquette épaisse, des sièges avec des porte-revues. Quand la porte se referma, le bruit de Nairobi resta dehors et Deborah entendit une musique douce. Une jeune femme détacha les yeux de son ordinateur et sourit.

— Que puis-je faire pour vous ? dit-elle.

Deborah regarda autour d'elle. D'immenses vues panoramiques des beaux Donald Lodges dans leur cadre magnifique couvraient trois murs. Sur le comptoir, il y avait un présentoir de brochures luxueuses, colorées — une pour chaque Safari Lodge — et des prospectus décrivant une diversité de visites organisées. La jeune Africaine, jolie et bien habillée, avait une coiffure extrêmement élaborée. Il émanait de toute l'entreprise Donald une impression de prospérité et de richesse.

— J'aimerais voir M. Donald, je vous prie. Dites-lui que je suis Deborah Treverton.

La jeune femme parut surprise.

— Je vous demande pardon ?

— M. Donald n'est pas là ?

— Désolée, madame. Il n'y a pas de M. Donald.

— Mais, c'est bien l'agence Donald Tours. Celle à qui appartient Kilima Simba Lodge ?

— Oui, mais il n'y a pas de M. Donald ici.

— Vous voulez dire qu'il est parti en safari ?

— Nous n'avons pas de M. Donald.

— Mais...

À ce moment, une femme sortit de derrière la cloison qui séparait la réception du reste du bureau. Une Asiatique ravissante dans un sari rouge vif, ses cheveux noirs épais remontés en chignon.

— Vous cherchez M. Donald, madame ?

— Oui, c'est un vieil ami.

— Je suis sincèrement désolée. M. Donald est décédé il y a quelques années.

— Oh, je l'ignorais. Et son frère Ralph ?

— L'autre M. Donald est mort lui aussi. Ils ont été tués dans un accident de voiture sur la route de Nanyuki.

— Tués ? Ensemble ?

La femme en sari baissa la tête.

— Toute la famille, madame. Mme Donald, les petits-enfants...

Deborah s'appuya au comptoir.

— Je ne peux pas le croire.

— Puis-je vous offrir une tasse de thé ? Peut-être aimeriez-vous parler à M. Mugambi.

Deborah, bouleversée, s'entendit demander :

— Qui est M. Mugambi ?

— Le propriétaire de l'agence. Peut-être qu'il...

— Non. Non, merci... Ne l'ennuyez pas avec ça. J'étais une amie de la famille. Merci. Merci beaucoup.

Sur le trottoir, elle se laissa emporter par la foule dense. Une nausée l'envahit — *tués tous ensemble* — et quand elle se dissipa, Deborah se sentit creuse et vide. Comme si une partie d'elle-même venait de mourir.

Elle marcha ce qui lui parut longtemps, traversa des rues animées, entendit des klaxons lui rappeler qu'on ne doit pas quitter le trottoir sans regarder d'abord vers la droite, se mêla à des Africaines élégantes en hauts talons et robes de haute couture, croisa des infirmes et des mendiants en haillons, n'accorda pas un regard aux jeunes gens insistants qui essayaient de vendre leurs bracelets en poils d'éléphant et leurs paniers kikuyus, rencontra des touristes craintifs qui se promenaient en groupes en se tenant par le bras. Deborah passa devant des gardes en uniforme postés près de l'entrée de boutiques de luxe, devant des prostituées affublées d'énormes boucles d'oreilles, devant des agents de police en uniformes mal assortis, devant des femmes assises par terre avec des enfants affamés dans les bras. Dans les rues embouteillées défilaient des Mercedes-Benz dont les glaces teintées dissimulaient les gens de l'élite assis à l'intérieur ; des taxis déglingués grignotaient le moindre espace vide ; des minibus-safaris pleins de touristes se dirigeaient vers les sorties de la ville à une allure d'escargots. Sur un autobus bondé auquel s'accrochaient des grappes d'hommes, une affiche disait :

VIOLENCE CONTRE LES FEMMES... CONTRE LA LOI !

Deborah ne voyait presque rien. Elle se souvenait de sa première nuit à Safari Lodge — quand c'était un simple camp de tentes dans le désert et elle entendait la voix de sa mère qui annonçait à Oncle Geoffrey son départ avec Tim Hopkins et... et qu'elle ne voulait pas emmener sa fille. Deborah avait pleuré, cette nuit-là, dans la tente qu'elle partageait avec Terry. Et Terry avait essayé de la consoler — il n'avait alors que dix ans — avec ses façons de petit garçon.

Deborah finit par s'arrêter en s'apercevant qu'elle venait d'arriver sur le campus de l'université de Nairobi. Seize ans auparavant elle avait suivi des cours dans ces bâtiments, avec des hommes comme le professeur Muriuki. Quand elle descendit l'allée, elle vit l'Hôtel Norfolk et comprit, non sans un frisson, qu'elle devait marcher à l'emplacement même de l'ancienne prison, sur les lieux où Arthur Treverton avait été tué. La manifestation avait été organisée pour obtenir une université africaine au Kenya, lui avait appris le journal de Grace. Ironie du sort, l'emplacement faisait maintenant partie de l'université de Nairobi.

Deborah retourna au Hilton.

La voiture de location n'était pas encore arrivée. Elle alla acheter un journal.

Elle regarda les vitrines des boutiques de l'arcade. Des antiquités de grand prix étaient exposées sous vitrine : des bibles éthiopiennes médiévales ; une selle à chameau arabe datant d'un siècle ; des chandeliers de fer du Congo ; des colliers fabriqués par les Toro de l'Ouganda. Les magasins de souvenirs offraient de l' « artisanat indigène authentique », des cartes postales, des guides et des T-shirts décorés de lions, d'hippopotames et de buissons épineux au coucher du soleil. Les boutiques de mode, chic et chères, offraient toute une gamme d'ensembles « safari » qui n'existaient pas quinze ans plus tôt.

Deborah s'arrêta devant une vitrine. Le mannequin présentait une robe de toute beauté, dans un style purement africain. Deborah lui trouva un air familier.

Elle entra.

L'étiquette indiquait des shillings. Deborah convertit en dollars : plus de quatre cents. Elle chercha la griffe, sur le col.

Elle la trouva. Il y avait écrit : « Sarah Mathengé ».

— Puis-je vous aider, madame ?

Deborah se retourna pour voir le sourire hautain de la vendeuse asiatique. Elle portait un sari lavande et ses cheveux noirs étaient tordus en une longue tresse qui lui pendait dans le dos.

— Cette robe est faite par Sarah Mathengé ? demanda Deborah.

— Oui, madame.

— Vous savez où ? À Nyéri ?

— Non, madame. Ici, à Nairobi.

— Sarah Mathengé vient souvent ici ?

La jeune femme parut interdite.

— Je veux dire : savez-vous quand vous la reverrez ?

— Désolée, madame. Je n'ai jamais rencontré Mlle Mathengé.

— Je suis une ancienne amie, vous comprenez. J'aimerais reprendre contact avec elle.

L'Asiatique afficha de nouveau son sourire supérieur.

— Essayez de vous informer à l'immeuble Mathengé, madame. C'est là que se trouvent les bureaux de la maison mère.

— La maison mère ?

— Oui. À l'immeuble Mathengé. Tournez à droite à la sortie de l'hôtel, madame. C'est presque en face. À côté des Archives.

— Merci ! Merci beaucoup !

Deborah s'élança sur le trottoir, et cette fois elle prit vraiment conscience de la foule, car elle la relentissait.

L'immeuble Mathengé !

Deborah avait imaginé que Sarah faisait ses robes chez elle, à Nyéri, et les proposait dans les boutiques. Mais des bureaux !

L'immeuble moderne, voisin des Archives Nationales, devait avoir sept ou huit étages. Une énorme enseigne, tout en haut, précisait MATHENGÉ HOUSE.

Deborah se faufila au milieu de la circulation, passa rapidement devant les boutiques et les petites entreprises qui occupaient le rez-de-chaussée, et trouva l'entrée gardée par un askari. Un petit foyer à l'odeur de désinfectant contenait un panneau et deux ascenseurs. Deborah, stupéfaite, découvrit que l'ensemble de l'immeuble était occupé par *Sarah Mathengé Enterprises, Ltd.*

Elle entra dans l'ascenseur, appuya sur le bouton de l'étage supérieur et crut que la montée durait une éternité. Les portes s'ouvrirent sur une petite réception où une jeune Africaine tapait à la machine à côté d'un standard téléphonique.

— J'aimerais voir Sarah Mathengé, lui dit Deborah.

— Je crois que Mlle Mathengé est sortie pour la journée.

— Mais nous sommes le matin. Vérifiez, je vous prie.

La réceptionniste décrocha, poussa un des boutons et parla en swahili à la vitesse d'une mitraillette. Elle se tourna vers Deborah.

— Quel nom, s'il vous plaît ?

— Deborah Treverton.

La réceptionniste le répéta à l'appareil, attendit un instant puis raccrocha.

— Mlle Mathengé va venir tout de suite.

Deborah s'aperçut que ses doigts tordaient la courroie de son sac. Comment serait Sarah après toutes ces années ? Comment allait-elle recevoir Deborah ? *A-t-elle été furieuse que j'aie disparu, que je l'aie abandonnée après ma promesse de l'aider à placer ses robes dans les Lodges d'Oncle Geoffrey ? Est-elle toujours fâchée contre moi ?*

— Deborah !

Elle se retourna. Une porte toute simple, sans aucune indication, venait de s'ouvrir. Sur le seuil se tenait une femme superbe, une vision de couleur et d'élégance.

Sarah s'avança, les bras tendus. Les deux femmes s'embrassèrent aussi naturellement et affectueusement que si elles s'étaient quittées la veille.

— Deborah ! dit Sarah en se reculant. J'espérais bien que tu viendrais me voir ! J'ai téléphoné à la mission ce matin. Ils m'ont dit que tu n'étais pas arrivée avant-hier soir, comme prévu.

Deborah était à peine capable de parler. C'était toujours sa vieille amie. Sarah avait très peu changé. Sauf qu'à dix-huit ans, elle n'aurait jamais porté une robe aussi parfaite — couleur cuivre rehaussée de noir et de violet. Sur sa tête, un turban du même tissu. Comme bijoux, d'énormes anneaux de cuivre aux oreilles, tombant sur ses épaules, et des bracelets de cuivre à ses deux poignets fins. Deborah eut l'impression d'être retournée dans leur passé heureux.

— Tu savais que je venais au Kenya ? demanda-t-elle.

— La mission m'a téléphoné il y a trois semaines, quand ma grand-mère a été admise à l'hôpital. La supérieure m'a dit que ma grand-mère voulait te voir. Elle se demandait si je savais où tu étais. Je lui ai donné le nom de l'université qui t'avait accordé la bourse.

— Comment savais-tu que j'y étais allée ?

— Le professeur Muriuki nous l'avait dit. Mais je suis si contente de te voir ! Tu n'as pas du tout changé, Deb ! Enfin, tout de même un peu. Tu as l'air plus adulte, plus sage. Tu as eu de la chance de me trouver. J'ai un rendez-vous à la résidence du Président dans un moment.

— La résidence du Président. Le président du Kenya ?

— Je suis la couturière de Mme Moï, répondit Sarah en riant. Accompagne-moi chez moi, Deb. Je dois voir quelque chose avant mon rendez-vous. Et Mme Moï me retient souvent pendant des heures. Nous bavarderons en chemin.

Une Mercedes-Benz attendait le long du trottoir. Un chauffeur africain souriant leur ouvrit la portière. En montant, Sarah lança en riant :

— Je suis une *wabenzi* maintenant, Deb. Qu'est-ce que tu en dis ?

Deborah n'avait jamais entendu l'expression mais elle savait assez de swahili pour la comprendre : *wa* signifie « gens de ».

— Nous constituons une nouvelle ethnie, continua Sarah tandis que la Mercedes bataillait pour trouver place dans la circulation. Nous autres qui gouvernons le Kenya nous sommes appelés membres de la race Benzi. L'homme de la rue utilise ce terme pour nous faire insulte, mais ne t'y trompes pas, Deb. Ils aspirent tous à devenir des *wabenzi*.

Elles demeurèrent un moment sans parler, assises dans le riche intérieur de la voiture, environnées par le parfum du beau cuir. La musique de la radio couvrait la cacophonie de la capitale africaine.

Deborah ne put s'empêcher de remarquer :

— Je ne saurais te dire à quel point ta réussite m'impressionne, Sarah. Tu as fait du chemin.

— Je préfère ne pas trop songer à la longueur du trajet ! répondit Sarah avec un rire dur. Je laisse le passé dans le passé. Et je fais en sorte que le moins de monde possible soit au courant des huttes misérables sur les bords de la Chania. Mais parle-moi de toi, Deborah. Pourquoi t'es-tu enfuie ainsi ? Pourquoi ne nous as-tu jamais écrit ?

Deborah parla d'une voix hésitante au début, mais quand elle raconta la découverte des lettres d'amour de sa mère à David Mathengé et les questions qu'elle s'était posées au sujet de l'enfant de l'amour, Deborah trouva que les mots lui venaient vite, avec une aisance étonnante. Quand elle en arriva à sa visite à Mama Wachéra et à ce que la vieille femme lui avait dit, Sarah se retourna brusquement.

— Non, Sarah, se hâta d'ajouter Deborah. Christopher n'est pas mon frère. Wachéra voulait me le faire croire pour des raisons bien à elle. Mais je l'ai vraiment cru, tu comprends. Nous avions fait l'amour dans sa hutte : comment continuer de vivre en sachant cela ! Je n'étais pas assez adulte. Je n'ai songé qu'à fuir, à me cacher. Il n'était pas question que je reste au Kenya. J'étais amoureuse de mon propre frère ! Ou du moins je l'imaginais.

Elle termina en disant à Sarah les réponses qu'elle avait trouvées dans le journal de sa grand-tante, quinze ans trop tard.

— Ma grand-mère, dit Sarah en contemplant les taudis de Nairobi où la route devenait chemin de terre et les bâtiments semblaient crouler sous le poids de la misère. Cette vieille toquée, elle détestait les blancs depuis toujours. Elle attendait toujours le moment où ils quitteraient le Kenya. Elle croyait dans ses rêves fous que nous allions tous retourner au passé quand les blancs ne seraient plus là. Je suppose qu'elle essayait de se débarrasser de toi pour que se réalise enfin sa malédiction démente.

Des enfants qui jouaient dans la rue virent ralentir la Mercedes. Sarah se pencha, fit glisser la vitre qui les séparait du chauffeur et lui dit en swahili :

— Plus vite, s'il vous plaît ! Et tu es tout de même devenue médecin ? reprit-elle en se tournant vers Deborah.

— Oui.

— Es-tu mariée ? As-tu des enfants ?

— Non aux deux questions.

Sarah haussa ses sourcils épilés avec soin.

— Pas d'enfants ? Deb, une femme doit avoir des enfants.

Ils avaient quitté le centre de la ville et la Mercedes roulait à présent dans une rue bordée d'arbres de l'un des luxueux quartiers résidentiels. Deborah aperçut derrière les hautes haies et clôtures les toits de tuiles de vieilles demeures imposantes. C'était Parklands, l'une des plus belles banlieues du Kenya.

— Et toi, Sarah ? Tu t'es mariée ?

— Si j'ai appris une leçon de ma mère, c'est de ne jamais devenir l'esclave d'un homme. Je sais tout ce que les hommes lui ont fait subir dans les camps de détention. Je sais comment j'ai été conçue. Elle m'a enseigné à exploiter les hommes exactement comme ils ont exploité les femmes depuis toujours. J'ai inversé les règles du jeu, si tu vois ce que je veux dire, et je trouve ça assez sympathique. Mais j'ai des amis particuliers. Comme le général Mazrui. En ce moment, c'est l'un des hommes les plus puissants d'Afrique-Orientale, et entretenir des relations intimes avec lui répond parfaitement à mes besoins.

Elle regarda sa montre et pressa de nouveau le chauffeur.

— J'aimerais te présenter le général Mazrui, Deborah. Je crois qu'il te fera une très grande impression. Je donne un dîner ce soir pour l'ambassadeur de France — c'est pour ça que je dois passer à la maison : si je n'ai pas l'œil constamment sur mon personnel, rien n'est jamais fait comme il faut. Viendras-tu, Deb ?

— Je dois partir pour Nyéri dans un moment. J'ai retenu une chambre à l'Outspan. Et je ne sais pas combien il reste de temps à ta grand-mère.

Sarah haussa les épaules.

— Je ne lui ai pas parlé depuis des années. Mais transmets-lui mon affection si tu veux.

Le chauffeur engagea la voiture dans une courte avenue et s'arrêta devant une clôture grillagée. Des écriteaux annonçaient en grosses lettres : CHIENS KALI ! NE DESCENDEZ PAS DE VOITURE ! Un askari, armé d'un fusil, sortit d'une petite guérite. Quand il vit la voiture, il ouvrit le grillage, le roula de côté et salua son employeur.

L'avenue tournait autour d'une vaste pelouse verte et d'un jardin d'agrément. Deborah n'en croyait pas ses yeux. D'autres gardiens tenaient en laisse des chiens qui aboyaient.

— Sarah ! Tu m'as dit que nous allions chez toi, pas chez le Président !

— Mais c'est chez moi, Deb, répondit Sarah tandis que la Mercedes s'arrêtait devant la façade.

— On dirait une forteresse !

Deborah regardait la clôture surmontée d'un rouleau de barbelés. Elle semblait faire le tour de toute la propriété.

— Ne me raconte pas que tu ne vis pas comme ça, toi aussi, Deb.

Comme Deborah lançait à son amie un regard stupéfait, interrogateur, un Africain âgé, portant un long *kanzu* blanc à la mode d'autrefois, ouvrit la porte d'entrée. Il était parfaitement stylé et très digne et, à la surprise de Deborah, portait même des gants blancs.

L'intérieur de la maison de Sarah lui coupa le souffle.

C'était une des anciennes demeures coloniales que les colons aristocratiques, tels les grands-parents de Deborah, utilisaient comme pied-à-terre lorsqu'ils venaient assister à la Semaine des Courses. Mais il n'y avait plus de portraits de la reine Victoria ou du roi George, plus d'épées aux murs, ni de drapeau anglais, ni de têtes d'animaux empaillées. C'était, pensa-t-elle, comme si Sarah avait balayé toute trace d'impérialisme colonial et installé à la place… *l'Afrique*.

Des tapis tissés recouvraient les sols de carreaux rouges

cirés ; des couvertures de l'Inde protégeaient les sofas de cuir ; les fauteuils de rotin étaient jonchés de coussins de batik. Chaque centimètre de mur était occupé par des masques africains suspendus à des emplacements de choix, des masques sculptés et peints, certains extrêmement anciens, représentant les tribus et les nations du continent. Deborah reconnut de nombreux objets présentés autour de la pièce : gourdes samburu, coiffures masaïs en crinière de lion, poupées turkana, calebasses pokot, épieux, boucliers et corbeilles. C'était comme un musée.

Sarah invita Deborah à s'asseoir.

— Il y a une dizaine d'années, je me suis aperçue que la culture africaine disparaissait très vite. Tant de choses tombaient dans l'oubli ; les vieilles techniques cessaient d'être enseignées, on abandonnait les anciennes cérémonies. Alors je me suis mise à collectionner certains articles susceptibles de prendre de la valeur un jour.

Sarah lança un ordre au vieux majordome puis s'assit sur un sofa de cuir et croisa les jambes. Mais son attitude demeurait tendue — elle semblait en mouvement même quand elle restait immobile.

— C'est une belle collection, Sarah.

— Je l'ai fait évaluer. À peu près un million de shillings.

— C'est pour ça que tu as ces gardiens et ces chiens ?

— Tu plaisantes ! J'en aurais besoin même si la maison était vide. Les gardiens et les chiens sont là pour les truands. Mais grâce à mon amitié particulière avec le général Mazrui, je suis vraiment en sécurité ici. Quoique par mesure de précaution je paie un *magendo* mensuel à la police locale.

— Des truands ? s'étonna Deborah.

Sarah regarda sa montre puis la porte de la cuisine.

— Ne me raconte pas qu'il n'y en a pas en Amérique ! répondit Sarah avec un rire dur. Partout dans le monde, on trouve de la pègre, Deb. Tu le sais. Au Kenya, nous avons nos bandes de truands. À cause du taux élevé de chômage. Le chiffre officiel des sans-emploi s'élève à quatre-vingt-dix pour cent. Nairobi est plein de jeunes sans travail, prêts à tout. Tu ne les as pas vus ?

Deborah les avait vus. Ils marchaient par paires ou par petits groupes, assez bien habillés, pleins d'instruction et d'énergie mais sans endroit où aller, sans emploi pour assurer leur subsistance.

— Ils s'attaquent aux résidences privées, expliqua Sarah. Ils se mettent à vingt ou trente pour assaillir une maison au milieu de la nuit avec des matraques et des béliers. La semaine dernière, mon voisin de droite a été réveillé par le bruit d'une attaque. Il a réussi à s'enfermer avec sa femme et ses enfants dans un réduit du premier pendant que la bande pillait leur maison au-dessous.

— Pourquoi n'a-t-il pas appelé la police ?

— À quoi bon ? Il refusait de payer le *magendo.*

— Le *magendo ?*

Sarah frotta le pouce contre son index.

— Bakchich. Aujourd'hui l'argent est la seule langue que les gens comprennent. Et l'argent est le seul moyen de survivre.

Elle tapa sèchement dans ses mains et dit :

— Pourquoi ce vieil idiot met-il si longtemps ! Simon ! *Haraka !*

Le vieux boy en *kanzu* apparut à ce moment avec le chariot du thé. Sous le regard critique de Sarah, il servit le thé avec toute l'élégance et le panache d'un majordome du bon vieux temps, et Deborah se demanda s'il avait travaillé jadis pour un maître anglais. Elle fut surprise aussi que Sarah ait adopté ce système.

— Combien de temps resteras-tu au Kenya, Deb ? dit Sarah en invitant Deborah à se servir dans les plats de sandwichs et de biscuits, de fruits et de fromages.

— Je ne sais pas. Il y a quatre jours, je ne songeais même pas à venir.

— Comment vis-tu en Californie ? Ton cabinet médical te rapporte ?

Juste à ce moment, une jeune fille en uniforme de femme de chambre se présenta à la porte et attendit qu'on lui prête attention. La voyant, Sarah lui fit signe d'avancer et dit à Deborah :

— Excuse-moi un instant.

Et elle regarda la feuille de papier que la servante lui tendait.

— Non, non, dit-elle avec une légère impatience. Dites au cuisinier que je veux le potage madrilène aux concombres, pas aux poireaux ! Et du Cabernet Sauvignon à la place du Chardonnay.

Sarah parlait en swahili et Deborah écoutait.

— Les places à table sont bien réparties, sauf...

Sarah prit le crayon des mains de la servante et écrivit sur le papier.

— L'évêque Musumbi à la droite de l'ambassadeur. Placez le général Mazrui ici, à côté du ministre des Affaires étrangères. Et vous direz à Simon que les danseurs devront être en place et prêts pour leur numéro à neuf heures précises.

Après le départ de la servante, Sarah se retourna vers Deborah en s'excusant.

— Si je ne surveille pas le moindre détail, tout va de travers. Ces filles de la campagne sont tellement gourdes.

Deborah s'avisa qu'elle dévisageait son amie avec stupeur. Cette élégante du tout-Nairobi aux manières tranchantes était-elle vraiment la même Sarah qui rêvait d'une minijupe, assise pieds nus sur les bords de la Chania ? Deborah sentit la demeure coloniale frémir autour d'elle, comme si elle aussi était soudain gênée.

— Ne te sens-tu jamais solitaire, Sarah ? À vivre seule dans cette grande maison ?

— Solitaire ! Deb, je n'ai pas le temps d'être solitaire ! Il y a toujours quelque soirée en train et chaque week-end toutes les chambres sont envahies par des invités. Bien entendu, aux vacances, mes enfants sont là.

— Tes enfants !

— J'ai deux garçons et trois filles. Les garçons font leurs études en Angleterre et les filles sont en Suisse.

— Mais tu m'as dit que tu ne t'étais pas mariée.

— Comme tu es provinciale, Deb ! Je te croyais libérée. Une femme n'a pas besoin de se marier pour avoir des enfants. J'avais envie d'enfants, pas de mari. Tu sais, Deb, les hommes du Kenya sont très macho. Si j'en avais épousé un, je serais sous sa botte. Il aurait même pu m'évincer de mon affaire ! Mes enfants sont chacun d'un père différent. C'est ce que je voulais. Et maintenant, ils reçoivent une éducation européenne. À leur retour au Kenya, ils auront une place assurée dans la bonne société.

Deborah baissa les yeux vers son thé. Il y avait dans tout cela quelque chose qui n'allait pas. Sarah semblait si dure, si compétitive. Elle parlait de libération de la femme et utilisait des mots comme *macho* tout en adoptant dans sa maison des rapports de maître à serviteur qu'elle avait jadis dénoncés. Lorsque Sarah était sortie par cette simple porte là-bas, à l'immeuble Mathengé, Deborah avait été envahie par le soulagement à la pensée que sa vieille amie n'avait pas changé. Mais Deborah se rendait compte à présent, avec tristesse, que Sarah n'était plus la même. Avec chaque minute qui passait, la femme assise en face d'elle se transformait lentement en une étrangère.

Dans une autre pièce, un téléphone sonna. Peu après, Simon entra et chuchota quelques mots à sa maîtresse. Elle répondit en swahili que Deborah put comprendre :

— Dites-lui que je viens de partir.

Mais avant de prendre congé, Deborah voulait savoir quelque chose.

— Que s'est-il passé ? demanda-t-elle. Après mon départ. Qu'as-tu fait ?

— Que pouvais-je faire, Deb ? J'ai survécu ! D'abord, j'ai utilisé l'argent de ma grand-mère pour la vieille machine à coudre de Mme Dar. J'ai fait quelques robes que j'ai présentées à des boutiques de Nairobi. Mais l'argent n'a pas duré longtemps, et après...

Elle s'arrêta pour reposer sa tasse d'un geste élégant, mesuré.

— Je n'avais pas le choix, j'ai dû retourner voir les banquiers de Nairobi qui étaient prêts à m'aider en échange de certaines « faveurs ». Au bout d'un certain temps, je me suis aperçue qu'il ne fallait pas en faire tout un plat. L'orgueil est un sentiment si ridicule !

Sarah se tut, regarda sa montre puis reprit :

— Le succès est venu. J'ai acheté des petites entreprises pour réduire la concurrence. Quand j'ai vu qu'il n'y avait pas d'argent à gagner en faisant des petites robes pour les dactylos de Nairobi, je me suis lancée dans la haute couture, et cela m'a rapporté beaucoup plus. Une bonne décision, dit-elle en faisant tourner les bracelets de cuivre autour de son poignet. Aujourd'hui mes robes se vendent dans le monde entier. J'ai une boutique qui présente ma collection à Beverly Hills et une autre à Paris, Faubourg-Saint-Honoré.

— Je m'en réjouis pour toi, répondit Deborah doucement.

— Et toi, as-tu réussi ? Je me rappelle ton idée saugrenue de prendre la succession de ta tante à la mission. J'espère que tu as renoncé à ce genre de sottises.

— Je suis associée à un autre chirurgien. Nous nous débrouillons.

Elles se turent, gênées, en évitant de se regarder. Enfin Deborah prononça le nom de Christopher.

— Il va très bien, répondit Sarah distraitement.

Puis elle demanda des nouvelles de la mère de Deborah.

Deborah ne lui avoua pas ce qui s'était passé. Quinze ans auparavant, quand elle croyait avoir fait l'amour avec son frère, elle avait conçu une telle colère contre sa mère qu'elle lui avait adressé une lettre haineuse pour lui reprocher de ne pas lui avoir dit la vérité. Deux semaines plus tard, elle avait reçu une réponse, mais elle l'avait déchirée sans la lire. Plusieurs autres lettres venues d'Australie avaient subi le même sort, puis les lettres avaient cessé d'arriver.

— Sarah, dit Deborah, sais-tu pourquoi ta grand-mère veut me voir ?

— Pas la moindre idée. Elle a sans doute envie de te secouer quelques vieux os de poulet sous le nez.

Sarah se leva, d'un geste plein de grâce et de majesté, pareille à une reine mettant fin à une audience.

— Je suis désolée, Deb. Mais il faut vraiment que je parte. Tu es bien sûre, pour ce soir ?

— Absolument. Il faut que je monte à Nyéri.

À la porte, elle s'arrêta pour regarder cette inconnue qui avait été autrefois comme une sœur pour elle.

— Où est Christopher, Sarah ? As-tu des nouvelles de lui ?

— Où il est ? Voyons. Quel jour sommes-nous ? Sans doute à Ongata Rongaï.

— Tu veux dire qu'il est au Kenya ?

— Bien sûr. Où voudrais-tu qu'il soit ?

— J'ai cherché dans l'annuaire du téléphone...

— Il est sous le nom de sa clinique, Wangari. Mon imbécile de frère a découvert Jésus il y a quelques années, après la mort de sa femme. Il est devenu prédicateur laïc en plus de médecin ! Il soigne les Masaïs, par charité. Comme s'ils allaient lui en être reconnaissants ! Je lui ai dit qu'il perdait son temps.

Un silence s'établit. Il semblait tomber des masques africains, des anciens tam-tams tribaux, des calebasses et des jupes d'*irua* en herbe à éléphant. Deborah, de nouveau, crut sentir la vieille maison coloniale remuer, comme si elle était aussi déconcertée et perdue qu'elle-même et les pas assourdis des nombreux serviteurs invisibles de Sarah semblaient dire : *Le passé est mort, le passé est mort...*

63

Le chauffeur de Deborah était un jeune Somali aimable appelé Abdi, en pantalon de toile et T-shirt des Beach Boys, coiffé d'une petite calotte blanche au crochet indiquant qu'il avait fait le pèlerinage de La Mecque.

— Où allons-nous, mademoiselle, s'il vous plaît ?

demanda-t-il en rangeant la valise dans le coffre de la petite Peugeot blanche.

— À Nyéri. Hotel Outspan.

Deborah marqua un temps, puis ajouta :

— J'aimerais m'arrêter d'abord à Ongata Rongaï. C'est un village masaï. Vous le connaissez ?

— Oui, mademoiselle, s'il vous plaît.

Ils mirent un certain temps à se dégager des embouteillages pour gagner une des grandes voies qui sortaient de la ville. Deborah était assise à l'arrière et regardait Nairobi.

Elle se demanda quel était maintenant le chiffre de la population. Nairobi semblait tellement plus peuplée qu'à son départ. Les visages blancs étaient très peu nombreux dans la marée incessante des piétons : ils ne devaient plus représenter qu'une minorité insignifiante.

Un accident de la circulation les immobilisa quelques minutes sur l'avenue Harambee, devant le Centre des Conférences Kenyatta. Deborah eut l'occasion d'observer plus longuement le bel édifice récent et remarqua ce qu'on ne voit pas sur les cartes postales : les signes de négligence et le manque d'entretien, l'aspect minable général d'une œuvre architecturale par ailleurs remarquable. Comme partout dans la ville elle vit les gens de la rue, des infirmes, des mendiants et des petites filles avec des bébés mourant de faim dans leurs bras. Mais de l'autre côté de la clôture, sur l'aire centrale de stationnement du Centre, il y avait des files de limousines étincelantes.

Abdi prit l'avenue Haïlé-Sélassié, qu'il suivit jusqu'à Ngong Road. Ils passèrent peu à peu de la ville dense à un paysage de moins en moins développé, plus rural. Ils entrèrent bientôt dans le Karen, une région de fermes vertes, de bois et de résidences de gens fortunés. Tandis qu'ils roulaient vite sur des routes au macadam craquelé et troué de nids-de-poule, Deborah regardait les vieilles demeures coloniales devant lesquelles ils passaient, bâties derrière des arbres protecteurs avec de hautes clôtures et des gardiens en uniforme.

Puis apparurent les simples *shambas* où des femmes s'échinaient, courbées vers la terre. Jadis ces vastes étendues appartenaient à des planteurs européens ; elles étaient à présent divisées en fermes africaines pas plus grandes qu'un timbre-poste.

Ils arrivèrent à la hauteur d'un groupe de minibus de touristes stationnés devant une *shamba* apparemment comme toutes les autres. Deborah demanda à Abdi de quoi il s'agissait.

Il ralentit aussitôt.

— La tombe de Finch Hatton. Vous avez vu *Out of Africa*, mademoiselle ? Vous désirez vous arrêter ?

— Non, continuez, je vous prie.

Elle regarda par la glace arrière les touristes qui tournaient en rond avec leurs appareils de photos. Le besoin de pèlerinage, songea Deborah, semblait un trait humain universel.

La route descendit, traversa une forêt, ressortit sur des hectares et des hectares de fermes minuscules, entre des villages misérables, avec, sur le bas-côté, des « tavernes », cabanes carrées en tôle ondulée et carton où des hommes s'asseyaient par petits groupes oisifs, une bouteille à la main.

Deborah s'interrogea sur son inexplicable impression d'être en terre étrangère, comme si elle était dans un pays où elle n'était jamais venue. Avait-elle donc oublié, en quinze ans, toute l'étendue de la pauvreté du Kenya, ses classes sociales brutalement séparées, avec à la base une énorme population de femmes et d'enfants ayant à peine de quoi survivre ? Quinze années d'absence avaient-elles peint une patine trompeuse sur les plus laides réalités de l'Afrique-Orientale — à la manière des guides touristiques ?

Elle arriva enfin à Ongata Rongaï, village masaï constitué de masures bancales et de chemins boueux. Tourné vers la route, le « centre ville » typique des villages kenyans : des bâtiments rustiques en parpaings recouverts de tôle ondulée, décorés d'horribles teintes turquoise et rose, l'un avec une enseigne annonçant BAR HÔTEL MATHARI-BOUCHERIE ET ALIMENTS POUR BÉTAIL. Des vieux flânaient autour des seuils sombres ou étaient assis par terre, leurs vêtements guère mieux que des haillons. Le village proprement dit n'était qu'un groupe anarchique de constructions grossières, la plupart sans portes ni fenêtres, toutes orientées vers un ruisseau où des vaches étaient debout dans l'eau pleine de leurs bouses — l'eau que puisaient les femmes dans leurs gourdes, pour la boire. Sur tout était répandue une atmosphère de défaite et de désespoir.

Tandis qu'Abdi pilotait la Peugeot entre les cabanes de pierre et les carcasses rouillées d'automobiles abandonnées, des enfants nus se mirent à les suivre, leurs visages couverts de mouches, bras et jambes maigres comme des bâtons, le ventre gonflé par la faim. Ils regardaient la femme blanche dans la voiture avec des yeux trop grands pour leur tête.

Quand Deborah trouva ce qu'elle cherchait, elle fit arrêter la voiture. Elle dit :

— Arrêtez ici, s'il vous plaît.

Abdi coupa le moteur et sortit pour ouvrir la portière mais Deborah secoua la tête. Déconcerté, il se remit au volant et attendit.

Deborah regardait un simple bâtiment de pierre avec une croix de bois sur son toit de tôle. Devant l'entrée était garée une Land-Rover avec, sur la portière, les mots : CLINIQUE WANGARI. L'ŒUVRE DE DIEU. Sarah avait appris à Deborah que Wangari était le nom de la femme de Christopher.

Il devait être à l'intérieur, car il y avait un attroupement devant la porte fermée. Deborah surveillait cette porte. Elle avait peur que si elle clignait seulement des yeux, la porte allait disparaître.

Enfin elle s'ouvrit. En voyant l'homme qui en sortait, Deborah sentit son cœur battre plus vite.

Il n'avait pas changé, pas du tout. Il marchait avec la même grâce que dans sa jeunesse ; il semblait plus mince et ses gestes donnaient l'impression d'une force virile contenue. Il portait un blue-jean et une chemise ; un stéthoscope pendait à son cou. Quand il se tourna, Deborah vit le reflet du soleil sur le cercle d'or de ses lunettes.

La foule se rapprocha en le voyant, et Deborah remarqua alors que chaque enfant portait quelque chose. Quelques-uns serraient des bols dans leurs petites mains ; beaucoup des bouteilles vides ; certains, elle le remarqua avec surprise, tenaient ce qui ressemblait à des enjoliveurs de roue de voiture. Elle en découvrit aussitôt la raison : deux femmes sortirent de la maison avec de grandes marmites, qu'elles posèrent sur une table de bois. Les enfants s'alignèrent dans un silence étrange, sans précipitation ; leurs mères, qui avaient presque toutes des nouveau-nés dans les bras, demeurèrent respectueusement à l'écart.

Puis tandis qu'un jeune Africain, assis en tailleur par terre, frappait un accord sur sa guitare et se mettait à chanter, la distribution de nourriture aux enfants commença.

La scène semblait irréelle. Aucune bousculade, aucune rivalité, aucune hargne. Rien que la distribution sans un mot d'une sorte de bouillie de maïs dans le récipient que l'enfant avait apporté. Pendant que ceci se déroulait, les deux femmes qui servaient chantaient en même temps que le joueur de guitare — un hymne en swahili que Deborah reconnut — et Christopher examinait les malades avec son infirmière.

L'infirmière, une Africaine jeune et jolie, chantait l'hymne elle aussi tout en s'affairant.

Abdi regarda sa passagère dans le rétroviseur.

— Voulez-vous repartir ? demanda-t-il.

Deborah leva les yeux.

— Je vous demande pardon ?

Abdi tapa du bout du doigt sur sa montre-bracelet.

— Nous allons à Nyéri mademoiselle, s'il vous plaît ?

Elle se tourna de nouveau vers la portière. Elle songea à descendre, à se diriger vers le dispensaire et à dire : « Bonjour Christopher. » Mais quelque chose la retint. Elle n'était pas prête encore à l'affronter.

— Oui, dit-elle, nous allons à Nyéri maintenant.

La route de Thika traversait une plaine de culture en parcelles minuscules. Deborah aperçut une modeste petite mosquée entre des acacias. Plus loin, quelques usines simples : les Brasseries du Kenya, les pneumatiques Firestone, des papeteries, des tanneries, des conserveries. Plusieurs, curieusement, semblaient abandonnées.

Des lignes électriques et téléphoniques suivaient la route. Il y avait des stations-service Shell et des panneaux publicitaires COKE IS IT ! Une affiche des cigarettes Embassy recommandait : SAFIRI KWA USALAMA, « Voyagez en paix ». La route semblait un fleuve de voitures, des Audi, des Mercedes et des Peugeot. Beaucoup avaient des auto-collants I LOVE KENYA sur le pare-chocs. Les *matatus,* véhicules à neuf places où s'entassaient jusqu'à vingt personnes, avançaient d'une allure poussive. Un autre panneau, sur le bord de la route, invitait à la prudence : ATTENTION : VINGT-CINQ PERSONNES SONT MORTES ICI EN MAI 1985.

Quand Abdi quitta brusquement la route et s'engagea sur le parking de l'Hôtel Blue Posts, Deborah dit :

— Pourquoi vous arrêtez-vous ?

— Endroit historique, mademoiselle. Tous les touristes s'y arrêtent.

Elle regarda le vieux bâtiment bas qui n'illustrait guère que l'ombre de son ancienne gloire coloniale. Le Blue Posts, ancien hôtel de luxe des colons blancs, offrait maintenant à son menu des cous de poulet rôtis et des côtelettes de chèvre.

— Je n'ai pas envie de m'arrêter ici, dit Deborah. Allons à Nyéri.

Abdi lui adressa un regard perplexe, puis haussa les épaules et ramena la voiture sur la route. À plusieurs reprises, il regarda sa passagère dans le rétroviseur.

Il mit la radio. Une publicité pour la crème dermatologique éclaircissante Mona Lisa, puis le speaker de la Voix du Kenya : « Notre bien-aimé président, l'Honorable Daniel

Arap Moï a déclaré aujourd'hui que l'objectif du gouvernement était la création de services médicaux pour tous les citoyens en l'an 2000. »

Deborah revit le village d'Ongata Rongaï, les enfants affamés, malades, la saleté, les mouches, et Christopher qui essayait d'apporter un peu d'espoir et de soulagement dans leurs vies sordides. Elle songea à Sarah dans la Mercedes que conduisait son chauffeur dans les rues de Nairobi où les truands vidaient ouvertement leurs querelles. Elle revit les mendiants assis dans l'ombre du Centre de Conférences, ostentatoire et mal entretenu. C'était presque comme si deux univers séparés occupaient le même espace, se dit-elle.

Elle tapota l'épaule d'Abdi et dit :

— Si ça ne vous dérange pas — et elle montra la radio.

— Oh pardon, mademoiselle, s'il vous plaît.

Il coupa le son, sortit de sa poche un morceau de feuille de *miraa* et le glissa dans sa bouche. Le *miraa* passait pour un stimulant, mais Deborah savait qu'en réalité il s'agissait d'un euphorisant ; les Kenyans en mâchaient pour s'aider à supporter leurs problèmes.

La Peugeot roula pendant des kilomètres dans une région de culture. Il y avait des femmes dans les champs et des femmes le long de la route avec d'énormes fardeaux sur le dos. Presque toutes, Deborah le remarqua, étaient enceintes ou portaient de jeunes enfants sur le dos. Certaines attendaient aux croisements, avec des marmots accrochés à leurs jupes. D'autres se penchaient pour remplir leurs gourdes à boire sur des marigots sales où pataugeait du bétail. Elles allaient à pied aux éventaires où se vendaient des légumes sur le bord de la route ou bien faisaient la queue pour monter dans les *matatus* déjà dangereusement surchargés. Au-delà des limites de Nairobi, Deborah s'en rendit compte, le Kenya était un pays de femmes et d'enfants.

— Les pluies ne vont pas tarder, dit Abdi, interrompant le cours de ses réflexions.

Elle regarda le ciel sans nuage.

— Comment le savez-vous ?

— Les mamas sont dans les champs, en train de bêcher.

Deborah avait oublié. Mais maintenant elle se rappelait que les femmes dans les shambas constituaient la plus fiable des prévisions météorologiques. Même avec un ciel bleu et l'air sec, on savait que les pluies étaient proches quand les femmes se mettaient à travailler dans les champs.

La pluie ne va pas tarder. Comment avait-elle pu oublier cela ? Habituée dans son enfance au rythme des saisons sèches et des pluies, Deborah avait fini par sentir venir le changement de la même façon que ces Africaines. Mais elle avait perdu cette intuition en Californie, où elle avait connu pour la première fois de vrais étés, suivis d'automnes aux couleurs de feuilles mortes, de janviers hivernaux et printemps en fleurs.

Qu'ai-je perdu d'autre? se demanda-t-elle en regardant les champs de maïs et de thé.

Le décor commença à changer et le cœur de Deborah devint de plus en plus anxieux. La route plate et droite rétrécit et se mit à serpenter au milieu de collines couvertes de carrés de champs luxuriants. Le mont Kenya se rapprochait et Deborah vit les nuages sombres commencer à se répandre dans le ciel.

— Bientôt arrivés à Nyéri-ville, mademoiselle, dit Abdi, en rétrogradant pour doubler un camion de bière Tusker.

Un accident de la route les retarda. Tandis que la Peugeot avançait au pas au milieu de la scène chaotique, Deborah regarda les policiers et les ambulanciers indifférents, cependant qu'une foule énorme de femmes et d'enfants s'était rassemblée pour regarder les épaves incroyables de quatre voitures. Elle songea à Oncle Geoffrey et Oncle Raph. *Toute la famille tuée...*

Soudain, elle se rappela un autre accident, l'année précédente à San Francisco.

C'était le soir de la première d'un ballet de Baryshnikov. Toutes les places étaient réservées depuis des mois. Jonathan, par des amis bien placés, avait pu obtenir des corbeilles et une invitation pour le banquet après la représentation. Ils se faisaient une joie d'assister à cette soirée depuis des semaines et Deborah avait acheté une robe neuve pour l'occasion. Jonathan était passé la prendre à son appartement. Ils virent l'accident au croisement de Mason et de Powell. Un homme perdit le contrôle de sa voiture sur la rue ruisselante de pluie et percuta un tramway.

Aussi calme que s'il organisait un pique-nique, Jonathan avait pris la situation en main, séparé les blessés des morts, donné des ordres aux premières personnes venues porter secours, rassuré les victimes, crotté son smoking, pris son écharpe blanche pour faire un pansement, évité la panique et accueilli les agents de police et les infirmiers. Puis ils étaient partis pour l'hôpital avec la première ambulance. Deborah avait travaillé avec lui. À eux deux ils avaient sauvé des vies et évité des crises de nerfs. Ils avaient manqué le ballet et le banquet, la robe de Deborah était perdue. Mais elle estimait qu'elle avait eu une compensation plus que généreuse car ce soir-là elle était tombée amoureuse de Jonathan.

Dans la banlieue de Nyéri, ils passèrent devant une école de filles. Deborah l'avait fréquentée dans son enfance. Elle se demanda si la sévère Mlle Tomlinsonan était encore la sévère directrice — puis elle se souvint que l'école devait être « kenyanisée » depuis longtemps. Une noire en assumait la direction. Deborah tendit le cou. Les bâtiments et les cours avaient l'air négligés, et parmi les élèves qui jouaient sur le terrain de sport poussiéreux, elle ne vit pas un seul visage blanc.

Enfin, une grande pancarte aux lettres fanées apparut, au-dessus d'une route non goudronnée : COOPÉRATIVE AFRICAINE DU CAFÉ, DISTRICT DE NYÉRI.

L'ancienne plantation Treverton.

— Prenez ce chemin, je vous prie, dit-elle.

La route longeait la Chania, qui suivait, sur leur gauche, une gorge que Deborah connaissait si bien. À la hauteur de la plantation, elle fit arrêter la voiture sur le bas-côté. Une fois le moteur coupé, un silence impressionnant les enveloppa.

Elle regarda par la portière, la plantation était exactement comme dans son souvenir. Des rangs bien droits de caféiers couverts de baies, vertes à cette saison, couvraient deux mille cinq cents hectares de coteaux ondulant doucement. À droite, sur l'horizon, le mont Kenya dressait un pic parfait au-dessus de la plaine — « comme un chapeau de Chinois », avait écrit Grace dans son journal. Sur la gauche de Deborah, il y avait Bellatu, apparemment restaurée et pleine de vie.

Deborah descendit de voiture. Elle fit quelques pas sur la terre rouge. Elle tourna le dos au vent annonciateur de pluie et regarda la grande demeure.

Qui l'avait achetée ? Qui y vivait ?

Puis elle vit quelqu'un sortir de la porte principale et s'arrêter un instant sur la véranda. C'était une religieuse catholique portant le costume bleu de l'ordre qui avait repris la mission de Grace.

Bellatu, une résidence de religieuses à présent ? Peut-être un couvent ?

Deborah se détourna et traversa la route. Du haut de la crête herbue, elle regarda la large dépression qui contenait la Chania. Elle était complètement déboisée ; la terre avait été dépouillée, balafrée et partagée entre d'humbles shambas. Elle regarda les huttes de terre, toutes carrées, et les femmes qui s'affairaient dans les champs.

À ses pieds, le terrain de rugby qui avait été autrefois un

terrain de polo — deux équipes de jeunes Africains s'y affrontaient. Elle essaya d'imaginer son grand-père le comte, sur son poney, galopant pour marquer un but, en conquérant.

Contre la clôture de grillage se trouvait un groupe modeste de quatre huttes carrées coiffées de tôle ondulée, avec de petits potagers bien soignés et un enclos pour les chèvres. Plusieurs femmes avec des nouveau-nés travaillaient la terre. Deborah se demanda qui elles étaient.

Enfin elle plissa les paupières pour regarder la rivière au cours lent. Elle vit un fantôme qui se tenait sur la rive : le jeune Christopher, les yeux cachés par ses lunettes de soleil. Un rire de fantôme — le rire d'une Sarah plus douce et plus innocente — parut tinter au-dessus de l'eau.

Deborah voulut tourner le dos à cette scène douloureuse. Mais elle était clouée à cet endroit, à la terre rouge que ses pieds nus avaient si bien connue dans son enfance. Elle frissonna. Le vent releva ses cheveux, qui lui giflèrent la joue, remontèrent devant ses yeux. Elle les écarta et resta sur la crête herbue.

Cette terre était encore si belle, l'air si frais, si pur, si plein de la magie qui avait nourri son âge tendre. Deborah se sentit de nouveau petite fille, courant en liberté le long de la rivière, amoureuse de l'Afrique, avec pour seule compagnie une famille de singes colobus et un couple de loutres. Il n'existait ni laideur ni pauvreté dans ce monde-là. C'était dans ce Kenya-là, éblouissant et plein de fantaisie, que Deborah avait espéré revenir pour retrouver le commencement et repartir de zéro — avec l'espoir de se découvrir elle-même en chemin.

Mais ce pays ne semblait plus exister et Deborah commençait à se demander s'il avait réellement existé un jour. Or si elle ne pouvait pas recommencer au point de départ, comment retrouverait-elle ses racines ? Les indices qui lui permettraient de vivre en paix avec elle-même ?

Elle posa enfin son regard sur la mission, où une vieille guérisseuse mourante l'attendait.

64

À la surprise de Deborah, la direction de l'Hôtel Outspan l'avait logée à Paxtu Cottage, la dernière maison occupée par Lord Baden-Powell, le fondateur des Boy-Scouts.

Dans ce bungalow, composé d'une chambre à coucher, d'un

salon, de deux cheminées et de deux salles de bains, le fondateur du mouvement des Éclaireurs avait passé la fin de sa vie et y était mort. Il était enterré à Nyéri, face au mont Kenya, dans le même cimetière que Sir James Donald. L'hôtel était plein à craquer, avait expliqué le directeur. Normalement, la maison de Baden-Powell demeurait vide, car c'était un mémorial national très aimé, mais il n'y avait pas d'autre chambre libre. Le directeur s'appelait M. Ché Ché, et Deborah se demanda si ce n'était pas un descendant du Ché Ché qui avait commandé la caravane de chars à bœufs de sa tante, soixante-neuf ans plus tôt.

Paxtu se trouvait au milieu de pelouses vertes en pente, avec un périmètre de forêts. C'était un endroit isolé et silencieux, et Deborah fut contente d'y être. Pendant que le porteur déposait sa valise et ouvrait les rideaux, ce qui révéla une spacieuse véranda donnant sur le mont Kenya, la jeune femme parcourut des yeux les photos et les lettres historiques, fixées au mur dans des cadres qui les protégeaient. Baden-Powell avait baptisé sa demeure d'après sa résidence ancestrale d'Angleterre, Pax ; Deborah se demanda s'il s'était inspiré de Bellatu, qui était voisine.

Comme l'heure du déjeuner était passée, les cargaisons de touristes étaient venues, avaient déjeuné puis étaient reparties vers la montagne passer la nuit au Treetops, la salle à manger et la terrasse-belvédère étaient calmes et presque désertes ; Deborah s'assit en face du mont Kenya dont les pics charbonneux, sur fond de nuages métalliques, semblaient se moquer de son retour en Afrique-Orientale. Un garçon à la voix discrète, portant pantalon noir et veste blanche, lui apporta une théière et lui indiqua la grande table où se trouvaient les pâtisseries et les sandwichs à l'anglaise.

Malgré l'« africanisation » et la « kényanisation », initiatives officielles pour effacer toute trace de l'ère coloniale dans le pays, la tradition du thé semblait trop profondément enracinée. Deborah avait vu servir des *high teas* au Hilton et elle ne doutait pas que comme bien d'autres coutumes typiquement britanniques, séquelles de la colonisation, l'*afternoon tea* et les garçons en gants blancs resteraient.

— Le diable m'emporte si ce n'est pas Deborah Treverton !

Elle leva les yeux, stupéfaite. Un inconnu, au milieu de la pelouse, la regardait.

Elle le dévisagea à son tour. Puis elle dit :

— Terry ?

Il s'avança, la main tendue.

— Terry ? répéta-t-elle, incrédule.

Elle croyait voir un fantôme. Mais la main qui serrait la sienne appartenait à un homme bien vivant.

Il prit une chaise et s'assit.

— Ça, c'est un choc ! Je t'ai vue là et je me suis dit : *Qu'on me coupe un bras si cette femme ne ressemble pas à Deborah Treverton.* Puis j'ai pensé : *C'est elle !*

Elle continua de le regarder, sans voix. Il avait à peu près la même allure que dans son souvenir, sauf qu'à présent il y avait une plus grande ressemblance avec l'Oncle Geoffrey dans le visage hâlé, l'impudente confiance en soi. Terry Donald était très séduisant avec sa chemise de coton beige, sa veste et son short vert foncé, ses grosses chaussures et ses chaussettes tricotées remontant au genou. Ses cheveux châtains lui parurent beaucoup plus clairs que dans son souvenir, sans doute à cause des années passées au soleil ; et ses yeux semblaient plus bleus.

— Bon Dieu, Deb ! À ne pas croire ! Ça fait combien de temps ?

Le garçon s'avança.

— *Nataka tembo baridi, tafadhali,* lui dit Terry, commandant une bière. Comment se fait-il que tu n'aies jamais écrit, Deb ? Viens-tu d'arriver, ou es-tu au Kenya depuis longtemps ?

— Je te croyais mort, fut tout ce qu'elle sut dire.

Il éclata de rire.

— Quelle idée ! Blague à part, Deb, si je me souviens bien, aux obsèques de ta grand-tante, ne m'avais-tu pas dit que tu ne partirais pas pour l'Amérique ? Et le lendemain, tu avais filé. Qu'est-ce qui s'est passé ?

Deborah essaya de se souvenir. Les obsèques de Grace. Elle avait dû annoncer à tout le monde sa décision de refuser la bourse d'études. Elle se força à sourire.

— La prérogative des femmes est de changer d'avis. Je suis tout de même partie pour la Californie.

— C'est la première fois que tu reviens ?

— Oui.

Elle le regarda, encore sous le choc. Quels souvenirs il déclenchait !

— Terry, je ne comprends pas. Je te croyais vraiment mort. À l'agence, on m'a dit que toute ta famille avait été tuée dans un accident de voiture.

Son beau sourire disparut.

— Oui, c'est vrai.

Le garçon apporta la bière. Terry ouvrit la bouteille, en versa le contenu dans un grand verre. Puis il prit une cigarette et l'alluma au briquet qu'il gardait dans un étui de cuir suspendu à un cordon autour de son cou. Il souffla la flamme, aspira une gorgée, puis tourna la tête courtoisement pour rejeter la fumée.

— Papa, maman, Oncle Ralph et mes deux sœurs, dit-il. D'un seul coup, c'est arrivé sur cette satanée route de Nanyuki. Ils allaient au Safari Club. Un de ces maudits *matatus* leur a foncé dedans en essayant de doubler un autre *matatu*. Douze morts dans l'autre véhicule. Ce qui me souffle, dit-il avec un bref rire amer, c'est que j'aurais dû me trouver avec eux. Seulement, j'avais crevé à la sortie de Nairobi, alors ils sont partis sans moi. J'étais en route pour le Safari Club quand je suis arrivé sur le lieu de l'accident : on venait de les mettre dans l'ambulance.

— Oh, Terry, je suis vraiment navrée.

— Ces damnées routes ! dit-il en faisant tourner son verre sur la table entre ses doigts. Ils ne les entretiennent pas, tu comprends. Elles deviennent de plus en plus mauvaises chaque année. Bientôt, il n'en restera plus.

— Alors tu as vendu l'agence ?

— Vendu l'agence ! Jamais de la vie ! Donald Tours est l'une des entreprises les plus prospères d'Afrique-Orientale ! Pourquoi l'aurais-je vendue ?

— Je suis allée à l'agence ce matin, on m'a dit qu'elle appartenait maintenant à un certain M. Mugambi.

— Oh, ça !

Terry rougit, puis ajouta avec un petit rire :

— M. Mugambi, c'est moi. J'ai changé de nom. Je ne m'appelle plus Donald.

— Pourquoi donc ?

Il leva les yeux de sa bière et examina discrètement la terrasse.

— Écoute, Deb, répondit-il en baissant la voix. Tu as quelque chose de spécial à faire ? Viens donc à la maison avec moi. J'aimerais que tu connaisses ma femme. J'habite ici, à Nyéri, ce n'est pas loin.

Deborah suivit le regard de Terry, se retourna et vit deux Africains en simple costume de toile qui prenaient le thé à une table d'angle en bavardant à voix basse.

— Qui est-ce ? demanda-t-elle.

— Viens, ma belle. Ma Land-Rover est devant la porte.

Quand ils furent seuls sur l'allée de l'hôtel, Terry expliqua :

— C'étaient des hommes de la Brigade spéciale. Il faut faire attention à ce qu'on dit, ces temps-ci, au Kenya.

Comme la Land-Rover s'engageait sur la route, Terry demanda :

— Comment es-tu montée ici ? Tu ne conduis pas toi-même, j'espère !

— J'ai loué une voiture avec chauffeur. Je lui ai donné sa liberté pour la journée.

— Au fait, pourquoi es-tu venue ? Des vacances ? Envie de revoir les vieux décors ? Tu trouveras des changements énormes. Oh, peut-être pas en surface, mais au fond, le Kenya n'est plus le même.

Deborah, pensive, regarda l'église où le grand-père de Terry, Sir James, avait été enterré. Sa grand-mère Lucille, que ni l'un ni l'autre n'avaient connue, était enterrée en Ouganda avec sa tante Gretchen. Terry était-il le dernier des Donald ?

— As-tu des enfants ? demanda-t-elle.

— Un garçon et une fille. Mais tu n'as pas répondu à ma question. Qu'est-ce qui t'a amenée au Kenya ?

— Te souviens-tu de Mama Wachéra, la guérisseuse qui vivait dans la case à côté du terrain de polo ?

— Cette vieille bique ! Mais oui, je m'en souviens. Elle est encore en vie ? Mon Dieu, ce doit être le dernier vestige de la vieille garde.

Deborah lui parla de la lettre des religieuses.

— Que crois-tu qu'elle veut de toi ? demanda Terry entre deux cahots de la Land-Rover sur la piste.

— Aucune idée. Je compte aller à la mission demain matin pour le découvrir.

— Es-tu revenue au Kenya pour de bon, Deb ? demanda-t-il en lui lançant un regard curieux.

La question surprit Deborah. Elle se demanda : *Suis-je revenue ici pour de bon ?* et elle répondit en toute sincérité :

— Je ne sais pas.

Ils s'arrêtèrent devant une haute clôture de grillage où des pancartes disaient : HATARI ! DANGER ! CHIENS KALI. RESTEZ DANS VOTRE VOITURE ET KLAXONNEZ.

— Même ici ? dit Deborah, tandis qu'un askari leur ouvrait la grille.

— Partout au Kenya, Deb. Et la criminalité ne cesse d'augmenter. Le problème démographique, tu comprends. Le Kenya a le taux de natalité le plus élevé du monde. Tu étais au courant ?

— Non.

— Il n'y a pas assez de terre pour nourrir tout le monde, pas assez de travail offert. Nous devenons un pays de jeunes.

Tu as dû les voir, à Nairobi, tous les jeunes Africains qui n'ont rien à faire. Tu n'imagines pas toutes leurs combines pour plumer le touriste innocent. Je ne cesse de prévenir mes clients de n'avoir aucun rapport avec les inconnus qu'ils rencontrent. Je ne sais combien de mes clientes se font voler leur sac à main.

— La police est donc inefficace ?

— Inefficace ! Seulement si tu ne leur paies pas un *magendo* assez élevé. Mais j'ai un meilleur système pour m'assurer de l'honnêteté de mon personnel. S'il manque quoi que ce soit à un de mes clients, je fais courir le bruit que je vais convoquer un sorcier. Ça ne rate jamais. Le lendemain, ce qui a été chapardé réapparaît discrètement.

— Ils sont encore superstitieux à ce point ?

— Plus que jamais, je crois.

Ils s'arrêtèrent dans une cour de terre battue où des Africains rassemblaient les chiens méchants. La maison était très vieille ; Deborah reconnut le style des premières demeures de pionniers aux murs de pisé blanchis à la chaux et toit de chaume. Elle était vaste, longue et basse, avec un air tassé, mais en bon état et apparemment bien entretenue.

— J'ai trois résidences, expliqua Terry en entrant. Une à Nairobi et une sur la côte. Mais je laisse mes enfants ici. C'est l'endroit le plus sûr. Pour le moment.

L'intérieur était sombre et frais, avec un plafond bas à poutres apparentes et un parquet ciré, des sofas de cuir et, partout, des trophées de chasse. Un Africain en pantalon et chandail kaki mettait le couvert pour le thé.

— Nous le prendrons ici, Augustus, dit Terry.

Puis il conduisit Deborah vers les fauteuils disposés autour de la plus immense cheminée qu'elle ait jamais vue.

Quand ils furent assis, Terry alluma une autre cigarette et dit :

— Quand es-tu partie, Deb ? Il y a quatorze, quinze ans ? Tu n'es pas revenue au vieux Kenya que tu as connu. Tout d'abord, le gouvernement est une galéjade ! Regarde ce qu'il fait pour limiter la croissance démographique. Les femmes sans mari, c'est-à-dire à peu près toutes les femmes de ce maudit pays, reçoivent des allocations pour chaque marmot qu'elles mettent au monde. Pour limiter les naissances, le gouvernement de Moï a décidé ne plus donner d'allocations qu'aux quatre premiers-nés ! Les suivants se débrouilleront tout seuls. Tu parles d'une solution.

Augustus posa le plateau du thé sur la table basse.

— *Asante sana,* lui dit Terry avant de reprendre : Les

organismes internationaux de la santé et les médecins missionnaires essaient de promouvoir une politique de contrôle des naissances, mais les Africains ne veulent rien savoir. Les hommes, je veux dire. Alors les femmes, si elles en ont envie, doivent agir en douce. Mais si un homme découvre que sa femme prend la pilule ou utilise un diaphragme, il la bat comme plâtre — et il en a parfaitement le droit.

Terry écrasa sa cigarette et adressa un grand sourire à Deborah.

— Bon Dieu, Deb ! Je ne sais pas comment te dire quel plaisir c'est de te voir. Comment tu trouves la vie en Californie ?

Elle lui en parla un peu, sans approfondir.

— Le type que tu vas épouser, il a envie de venir vivre au Kenya ?

— Il n'est jamais venu ici. Je ne sais vraiment pas si cela lui plairait.

Aussitôt, elle se rendit compte d'une chose qui ne l'avait pas frappée jusque-là : Jonathan ne connaissait pour ainsi dire rien du Kenya. *Mais dans ce cas, comment peut-il vraiment me connaître ?* s'étonna-t-elle.

— Miriam est sortie pour le moment. Elle est allée voir sa sœur. Mais elle va revenir d'une minute à l'autre. Je tiens à te la présenter.

— Et les enfants ?

— Tous les deux à l'école. Attends une seconde.

Il se leva, prit deux photos sur l'appui de la cheminée et les tendit à Deborah.

— Voici Richard. Il a quatorze ans.

— C'est un beau garçon, dit Deborah en contemplant une vision de Terry en plus jeune.

— Et voici Lucy. Elle a huit ans.

Deborah n'en crut pas ses yeux. Lucy était africaine.

Comme s'il lisait dans ses pensées, Terry se rassit, alluma une autre cigarette et dit :

— J'ai eu Richard avec ma première femme. Nous avons divorcé peu de temps après la naissance du bébé, quand je suis entré dans l'affaire de mon père. Anne n'a pas pu supporter mes longues absences en safari. Et elle était jalouse de mes clientes. Elle m'a quitté pour épouser un exportateur de Mombasa. Richard passe la moitié de l'année avec moi, l'autre moitié avec Anne.

— Et Lucy ?

— C'est la fille de ma deuxième femme, Miriam.

— Kikuyu ?

Terry hocha la tête et souffla la fumée.

— En fait, j'ai pris le nom de famille de ma femme. Mugambi.

Deborah reposa les photos sur la table.

— Pourquoi ?

Il haussa les épaules.

— Surtout une question de survie. Il y a des pressions qui s'exercent pour chasser les blancs du Kenya. Beaucoup de préjugés contre les hommes d'affaires européens. Je te passe les détails, mais j'ai compris que je ferais mieux de diriger l'agence sous un nom africain.

— Je croyais que tout cela était terminé depuis des années.

— Depuis la mort de Jomo Kenyatta en 1978, le Kenya n'a pas connu de stabilité réelle. Bien entendu, certains prétendront que j'ai tort, mais je parle par expérience personnelle. Prends, par exemple, le cas de l'éducation de mon fils.

Mais avant de poursuivre, Terry appela Augustus pour lui demander, en swahili, d'apporter une bouteille de vin.

— C'est l'occasion ou jamais, dit-il à Deborah en souriant. Le vin de papaye du Kenya. Il n'arrive sans doute pas à la cheville de tes fameux vins de Californie, mais nous n'en avons pas de meilleur.

— Tu étais en train de me parler de Richard.

— En ce moment, il se trouve en pension, à Naïvasha. Mais il a quatorze ans, il faut qu'il change pour quelque chose de mieux. L'ennui, c'est que l'école où je voudrais le faire entrer a été totalement africanisée. King George, à Nairobi. Tu te rappelles ? Maintenant c'est l'Académie Uhuru. Le nouveau directeur, un Africain, refuse catégoriquement d'admettre un seul enfant blanc. Ce qui m'écœure, c'est que mon père a fait ses études dans cette école dès l'année de sa fondation en 1926. À l'entrée de l'établissement, une plaque indique les noms des élèves fondateurs. Geoffrey Donald se trouve en tête de la liste. J'y ai fait moi-même mes études en 1967. Mais à présent, l'école est interdite aux blancs, et le pire c'est qu'aucun autre établissement secondaire du Kenya n'accepte des élèves blancs.

— Que vas-tu faire ?

— Je n'ai pas le choix. Je l'enverrai en pension en Angleterre. Je peux me le permettre, bien sûr, mais c'est une question de principe. Richard n'a jamais mis les pieds en Angleterre. Zut, Deb ! Son arrière-grand-mère est née au Kenya.

Augustus apporta le vin, posa deux verres à pied sur la table et desservit le thé. Terry emplit un verre et le tendit à

Deborah. Elle prit une gorgée de vin. Il avait un goût âpre, amer.

— Que fais-tu à présent, Terry ? lui demanda-t-elle doucement pour désamorcer sa colère. Tu escortes encore des groupes ou tu te cantonnes dans le travail administratif ?

Il rit, alluma une autre cigarette et s'adossa à son fauteuil avec son vin.

— Je dirige les safaris de chasse.

— Je croyais la chasse illégale ici.

— En Tanzanie. Là-bas, c'est légal. J'emmène surtout des Américains.

— Et ça marche bien ?

— Tu n'imagines pas à quel point ! Je suis retenu jusqu'en 1991. Quand la chasse a été interdite ici, il y a dix ans, les chasseurs comme moi sont partis chercher du travail dans d'autres pays. J'ai fait pas mal de surveillance de troupeaux au Soudan. J'éliminais les sujets malsains, tu vois, au nord de Juba, sur le Nil. La population des éléphants, devenue trop nombreuse, détruisait les récoltes. Ces défenses-là, dit-il en en montrant une paire plus haute qu'un homme, disposée de chaque côté d'une porte, viennent d'un vieux solitaire blessé par une décharge de chevrotines. Il était complètement fou. Il a tué une trentaine de personnes dans la tribu Dinka. Je l'ai abattu d'une seule balle et j'ai demandé les défenses en paiement, à la place des livres soudanaises, qui ne valent rien.

Il goûta son vin.

— De toute façon, je fais maintenant de bonnes affaires en Tanzanie. Et je suis payé en dollars américains.

— Mais n'est-il pas illégal d'importer des trophées de chasse aux États-Unis ?

— Il y a quelques années, Jimmy Carter avait interdit l'importation du léopard, du jaguar et de l'ivoire. Mais l'administration Reagan permet d'importer des trophées venant de pays où la chasse est autorisée. Je garantis à mes clients un lion, un léopard, deux buffles et deux gazelles de Grant. Je les emmène vingt et un jours, je leur fournis les camps et les pisteurs, et ils me paient trente mille dollars.

Deborah ne dit rien.

— Je sais que tu n'approuves pas la chasse, reprit Terry à mi-voix. Tu ne l'as jamais approuvée. Mais les chasseurs comme moi sont utiles. Nous empêchions les braconniers de détruire la faune du Kenya. Nous formions une sorte de police occulte. Quand la chasse a été interdite en 1977, les chasseurs sont partis et les braconniers ont eu le champ libre. Peu leur importe les quantités qu'ils tuent, ni comment ils s'y prennent.

Le résultat ? Un massacre de gibier sans précédent et des souffrances atroces. Sais-tu qu'il reste à peine cinq cents rhinocéros au Kenya ?

Deborah regarda les photographies des enfants de Terry.

— Je suis contente de te voir si prospère, dit-elle. Je me suis souvent demandé...

— Oui, je m'en sors bien, répondit Terry en remplissant de nouveau son verre. Mais pour combien de temps ? Le Kenya est bougrement instable, Deb. Tu n'es pas aveugle. Tu as vu la situation. Les Africains ne parviennent pas à faire marcher les choses. Ou bien ils s'en fichent. Je n'ai pas déterminé lequel des deux. Au sommet, tu as une poignée d'élitistes scandaleusement riches qui font la nique aux vingt millions d'autres qui sont en train de crever lentement de faim. Regarde ce qu'ils ont fait au mont Kenya. Ils ont abattu tous les grands arbres sans aucun plan d'afforestation. Ils n'étudient pas l'écologie ; ils ne replantent jamais ; ils ne pensent pas aux conséquences climatiques de la destruction de forêts entières. Or à mesure que les montagnes se dénudent, les lits des rivières s'assèchent et les plaines deviennent stériles.

Il secoua la tête.

— Les Africains ne pensent pas à l'avenir. Ils n'y ont jamais pensé, même au temps de mon grand-père. Ils épuisent leurs ressources et continuent de faire des gosses. Il ne leur vient pas à l'idée de préparer quelque chose pour le lendemain. Regarde Kilima Simba, l'ancien ranch de mon père. Mon grand-père avait créé un système de rigoles pour distribuer l'eau des puits forés. Mais les Africains qui y vivent à présent, sur des centaines de petites *shambas,* n'ont pas entretenu ces rigoles et maintenant ils n'ont plus d'eau et leurs fermes se changent en poussière.

Terry regarda Deborah de ses yeux bleus intenses.

— Le Kenya est un baril de poudre, Deb. Une bombe à retardement dont on commence d'entendre le tic-tac. Avec le taux de naissances qui monte en flèche, la famine ne peut que s'aggraver.

— Je croyais que les autres pays aidaient.

Il écrasa sa cigarette à moitié fumée et se versa d'autre vin.

— Tu penses à *USA for Africa ?* Crois-tu vraiment que cet argent arrive jusqu'au peuple, Deb ? Je tiens de source sûre que moins de dix pour cent des millions de dollars généreusement donnés par les Américains ont été employés à nourrir les gens. Le reste ? Il te suffit de compter les Mercedes-Benz dans les parcs de stationnement du gouvernement. Il se produira une autre révolution un jour, Deb, tu verras. Et à côté, l'insurrection Mau Mau fera l'effet d'un joyeux pique-nique.

— Dans ce cas, pourquoi restes-tu, Terry ?

— Où irais-je ? Le Kenya est mon pays, j'y suis chez moi. Arap Moï peut se brosser s'il se figure qu'il va nous chasser par la peur.

Terry se tut brusquement. Il regarda par-dessus son épaule, en direction de la cuisine, puis reprit en baissant la voix :

— Je vais te dire, Deb. Quand viendra la prochaine révolution, je passerai pour un sale colonialiste et je servirai de bouc émissaire. Même si j'ai fait tout ce que je pouvais pour m'intégrer — j'ai épousé une Kikuyu et j'ai changé de nom — je suis prêt à filer au premier signe. Et tout blanc qui a un grain de bon sens est prêt à faire de même. J'ai envoyé de l'argent en Angleterre, discrètement. J'ai acheté une maison dans les Cotswolds. Quand la merde se mettra à pleuvoir, je filerai avec mes gosses, sans rien d'autre que nos chemises s'il le faut. Et je recommencerai à zéro en Angleterre. Le fait d'être Kenyan m'a enseigné une chose, Deb : l'art de survivre. Et si tu as un peu de plomb dans la tête, cesse de rêver : ne reviens jamais vivre ici.

Les chiens se mirent à aboyer dans la cour. Quand Deborah se tourna vers la fenêtre, elle fut surprise de voir que la nuit était tombée et qu'il commençait à pleuvoir.

— C'est sans doute Miriam, dit Terry en se levant. Reste dîner avec nous, Deb. Je te promets de me montrer un peu moins croque-mort. Nous avons tellement de choses à nous dire !

Il la raccompagna à l'Outspan quelques heures plus tard. Comme il était trois heures de l'après-midi à San Francisco, Deborah décida de téléphoner à Jonathan.

Elle essaya d'abord leur appartement.

En attendant que la standardiste de l'hôtel lui passe la communication, elle prit un bain chaud. Dans l'eau, elle pensa à sa soirée avec Terry qui avait été à la fois révélatrice et terrifiante. Mais plutôt que d'effrayer Deborah comme il y semblait décidé, les prévisions apocalyptiques de Terry avaient eu un effet contraire. Plus elle en apprenait sur les difficultés du Kenya, plus elle se sentait le devoir d'intervenir pour les alléger.

Elle s'emmitouflait dans son peignoir de bain quand un employé de l'hôtel vint allumer le feu dans sa cheminée. Pendant qu'il le faisait, Deborah, devant les portes-fenêtres donnant sur la véranda, regarda la pluie fine tomber comme de la poudre d'argent dans le halo provenant des fenêtres. Elle se rappela une autre nuit froide et humide, où un feu crépitait aussi et le monde extérieur et ses dangers étaient repoussé de l'autre côté des fenêtres. C'était la nuit où Jonathan et elle avaient fait l'amour pour la première fois.

— J'ai toujours évité les relations sérieuses, avait murmuré la voix douce de Jonathan. Jusqu'à maintenant.

Deborah, dans ses bras, regardait le mouvement bondissant des flammes et se sentait, pour la première fois, complètement détendue et à l'aise avec un homme. Elle avait écouté Jonathan se confier, peu à peu, comme il ne l'avait jamais fait au cours de leur année d'amitié.

— Pourquoi ne l'as-tu pas épousée ? demanda-t-elle, à propos de la femme qui l'avait fait souffrir, des années auparavant. Que s'est-il passé ?

Ce n'était pas un sujet facile à aborder pour lui. Deborah avait senti de l'hésitation, de la gêne, les mots soigneusement choisis d'un homme qui confesse peut-être pour la première fois une douleur secrète. Et Deborah comprenait ce qu'il ressentait : son propre passé était enfoui sous de semblables confessions informulées. Même cet homme dont elle était en train de tomber amoureuse ignorait le crime commis dans la hutte de Christopher ; et elle ne lui avait pas avoué le mélange de races dans son sang. Exposer ses démons intimes en public ne servait à rien, à son avis. Deborah avait eu énormément de mal à enterrer le passé ; elle avait même inventé des choses fausses pour justifier certaines situations. Par exemple, le problème des enfants. Jamais elle n'en aurait à cause de ses antécédents. Elle avait peur d'envisager ce qu'un groupement imprévisible de gènes pourrait produire en elle. Pouvait-elle prendre le risque d'avoir un bébé qui soit moins blanc que son père ? Quand et dans quelles circonstances intempestives la partie africaine de son moi allait-elle soudain se révéler ? Elle avait donc fabriqué de toutes pièces un obstacle médical : « Je ne peux pas avoir d'enfants. Endométriose... » Elle l'avait si souvent répété — y compris à Jonathan — qu'elle le croyait presque.

Pendant des mois, ils avaient travaillé ensemble dans la salle d'opération, ils s'étaient souri par-dessus les masques verts, ils avaient partagé les mêmes blagues, s'étaient battus au coude à coude pour sauver des vies, avaient discuté des avantages que représentait pour tous deux l'ouverture d'un cabinet médical, puis ce jour-là, après le ballet manqué et deux heures merveilleuses devant la cheminée de Jonathan, ils avaient franchi le pas décisif. Ils s'étaient engagés l'un envers l'autre avec leurs corps, et Jonathan préparait la voie à un engagement spirituel — en avouant ses secrets et son passé caché.

— Pourquoi ne l'as-tu pas épousée ? avait demandé Deborah par cette nuit de pluie à San Francisco. Vous étiez si proches. Le mariage devait avoir lieu une semaine plus tard. Que s'est-il passé ?

Et il avait répondu. D'une voix tellement tendue que Deborah avait ressenti la douleur qu'il avait vécue, même après tant d'années.

— Parce que j'ai découvert qu'elle avait fait une chose impardonnable. Une chose que je ne peux pas admettre d'une femme qui prétend aimer un homme. Elle m'avait menti.

La sonnerie du téléphone la fit sursauter. Deborah se retourna. Elle était de nouveau seule, l'employé s'était retiré discrètement après avoir allumé le feu. Et le téléphone sonnait.

Jonathan !

Elle décrocha, parce qu'il lui manquait soudain, mais ce fut pour entendre la standardiste de l'hôtel qui disait :

— Désolée, madame, le numéro que vous avez demandé ne répond pas. Voulez-vous que j'essaie dans une heure ?

Elle réfléchit un instant. Leur cabinet était fermé le mercredi après-midi, mais il était peut-être à l'hôpital. Elle donna à la standardiste le numéro de leur service de réponse en dehors des heures de bureau. On le préviendrait et on lui demanderait de rappeler.

À quoi bon rester à côté de l'appareil ? Obtenir une ligne pour la Californie prenait une bonne demi-heure. Elle alla s'asseoir sur le divan, replia ses jambes sous elle et regarda le feu.

Au cours de l'autre nuit de pluie, un an auparavant, elle avait également regardé le feu dans la cheminée de Jonathan, encore sous le choc de ce qu'il venait de dire.

— Je suis comme ça, avait-il expliqué, de plus en plus décontracté maintenant qu'il se sentait en confiance auprès de Deborah. Toute ma vie, depuis mes premiers souvenirs, j'ai détesté le mensonge. Peut-être à cause de mon éducation catholique très stricte. Je peux pardonner presque tout à une personne, du moment qu'elle est parfaitement sincère. Mais me dire qu'elle m'aimait et me faire croire un mensonge ! Surtout un mensonge que, de son propre aveu, elle n'avait pas l'intention de corriger. Cela m'a mis hors de moi. De colère et de chagrin.

— Quel était ce mensonge ? avait demandé Deborah.

— Peu importe. Ce qui comptait c'est qu'elle allait se présenter à l'autel avec moi sachant que je croyais en des choses fausses. Et qu'elle était prête à mener une vie de couple avec moi sous un manteau d'insincérité. Peu importait le mensonge, Debbie. Elle avait menti, et j'avais appris la vérité par une autre source.

Deborah avait fermé les yeux et s'était blottie contre lui. *Quel mensonge ?* s'était-elle demandé. *Je dois savoir s'il était aussi énorme que le mien.*

Après cela, ses propres mensonges l'avaient affolée. Ce soir-là, elle avait vraiment failli tout dire à Jonathan. Mais leurs relations, qui venaient de passer du monde insouciant de l'amitié à celui si fragile et si précieux des amants, lui avaient paru trop nouvelles, trop faciles à briser. *J'attendrai,* s'était-elle dit. *Je lui parlerai quand ce sera sûr.*

Mais ce ne serait jamais sûr. Deborah découvrit, bouleversée, qu'elle avait laissé passer une occasion qui ne se représenterait jamais : leur amour était devenu trop fort, leurs relations s'étaient resserrées, rien en dehors de Jonathan ne comptait maintenant dans sa vie. Ils avaient enfin fixé la date de leur mariage et elle se présenterait à l'autel avec des mensonges.

Quand le téléphone sonna de nouveau, elle regarda sa montre. Cinq minutes seulement s'étaient écoulées.

— Dr Treverton à l'appareil, dit-elle à la secrétaire. Pouvez-vous prévenir le Dr Hayes que j'aimerais lui parler ?

— Désolée, docteur Treverton. Nous ne pouvons pas joindre le Dr Hayes. C'est le Dr Simonson qui prend ses appels.

— Savez-vous où se trouve le Dr Hayes ?

— Désolée. Non. Voulez-vous que je transmette un message au Dr Simonson ?

Deborah réfléchit un instant.

— Non. Non, merci.

Et elle raccrocha. Elle essaierait de joindre Jonathan dans la matinée. Il ferait nuit à San Francisco et il serait à l'appartement. Elle demanda à la réception de la réveiller tôt, puis s'abandonna à un sommeil agité.

— Je me demande si vous vous souvenez de moi, docteur Treverton, dit la supérieure tandis qu'elles suivaient l'allée qui conduisait à l'ancienne maison de Grace. J'étais Sœur Perpétua à l'époque. Je crois que je suis la dernière personne qui a vu votre tante vivante.

— Je me souviens de vous, dit Deborah qui s'émerveillait des souvenirs que faisaient naître les quelques pas depuis la grille. La Mission Grace avait été son premier foyer, le seul foyer qu'elle ait vraiment connu dans son enfance. Et cela lui parut en quelque sorte déplacé de voir sur cette véranda familière une religieuse en robe bleue à la place d'une femme aux cheveux blancs, en blouse de médecin blanche, avec un stéthoscope en permanence autour du cou.

Il y avait une plaque de bronze sur le mur près de la porte d'entrée, qui rappelait : GRACE HOUSE — 1919. Deborah fut surprise de voir que la maison n'était plus habitée.

— Nous y avons installé nos bureaux administratifs, dit la supérieure, et un petit centre d'accueil pour les visiteurs. Vous ne vous doutez pas du nombre de gens qui viennent du monde entier visiter la maison du Dr Grace Treverton.

Le salon avait été converti en un petit musée, avec des vitrines et, suspendues aux murs, des lettres et des photographies sous verre. Dans une vitrine fermée à clé, il y avait la médaille militaire de Grace ; à côté, l'insigne de l'Ordre de l'Empire Britannique décerné à Grace par la reine Élisabeth en 1960, lorsqu'elle avait été anoblie. Il y avait même une armoire vitrée d'époque, remplie de vieux instruments médicaux, de flacons de médicament et des notes manuscrites à l'écriture passée.

Deborah s'arrêta devant une photographie de Tante Grace, au pied de Treetops en compagnie de la princesse Elizabeth en 1952 et ses yeux s'embrumèrent. C'était comme si Grace n'était pas morte, comme si elle continuait de vivre.

— En réalité, tout ceci vous appartient, docteur Treverton, dit la supérieure. Après votre départ pour l'Amérique, j'ai trouvé des boîtes pleines de souvenirs. Je me suis dit que vous reviendriez les chercher. Je vous ai même écrit en Californie. N'avez-vous pas reçu mes lettres ?

Deborah secoua la tête sans rien dire. Elle avait jeté ces

lettres sans les ouvrir, comme toutes les enveloppes qui portaient un timbre du Kenya.

— Alors nous avons décidé de partager ces souvenirs avec tout le monde. Bien entendu, si vous désirez emporter quoi que ce soit, c'est votre droit absolu, docteur Treverton.

Quinze ans auparavant, Deborah avait quitté le Kenya avec les seuls souvenirs qu'elle désirait emporter. Entre autres, la broche de turquoise de sa grand-tante. Malheureusement, cette pierre avait été volée à Deborah pendant sa première année de médecine. Une camarade étudiante, une des rares autres jeunes filles de la classe, et une jeune fille malheureuse, avait admiré la broche au point de demander à Deborah de la lui vendre. Quand le bijou avait disparu, Deborah avait compris qui le lui avait pris, mais sans avoir aucune preuve. La jeune fille abandonna ses études quelques semaines plus tard et retourna chez elle, dans l'État de Washington. Sur le moment, la perte de la pierre avait chagriné Deborah, mais avec le passage des années, elle avait fini par accepter le caractère transitoire de toutes choses — les biens matériels, les relations personnelles — et elle avait conclu que la turquoise était faite pour être transmise à quelqu'un d'autre.

Deborah se tourna vers l'aimable religieuse, dont le visage noir tranchait sur le blanc de sa cornette.

— Ces choses-là appartiennent à tout le monde, comme vous venez de le dire. Je n'en ai nul besoin. Puis-je voir Mama Wachéra maintenant ?

Tandis qu'elles traversaient la pelouse, Deborah dit :

— Savez-vous pourquoi elle désire me voir, ma mère ?

La religieuse fronça légèrement les sourcils.

— Vous demander de venir, docteur Treverton, n'a pas été pour moi une décision facile. Parce que, voyez-vous, je ne suis pas sûre que ce soit vous qu'elle réclame. La pauvre femme est terriblement confuse. Elle est venue ici d'elle-même, vous savez. Elle s'est présentée un jour, très fatiguée et en mauvaise santé — nous pensons qu'elle a beaucoup plus de quatre-vingt-dix ans — en disant que les ancêtres lui avaient ordonné de venir mourir ici. Elle a quelques moments de lucidité, mais la plupart du temps elle n'a plus sa tête. Son esprit saute d'une époque à l'autre. Parfois, en s'éveillant, elle réclame même Kabiru Mathengé, son mari ! Mais elle a prononcé si souvent le nom de Treverton, elle insiste tellement chaque fois, elle s'agite au point de nécessiter l'administration de calmants, si bien que j'ai pensé que vous écrire pourrait être bénéfique. Je prie pour qu'après vous avoir vue, elle repose plus facilement.

Dans le bungalow, elles furent accueillies par une jeune sœur infirmière en uniforme bleu et voile bleu et conduites à un lit, au fond de la salle baignée de soleil. Wachéra dormait, sa tête sombre posée paisiblement sur l'oreiller blanc.

Deborah la contempla, s'attendant à éprouver de la colère et de l'amertume à l'égard de cette femme qui s'était montrée si cruelle pour elle. Mais curieusement, Deborah ne vit qu'une vieille femme, frêle, qui n'avait rien de menaçant. Elle ne se rappelait pas que Wachéra était si menue...

— En général, elle s'éveille un peu plus tard dans la journée, dit la jeune infirmière africaine. Pouvons-nous vous prévenir par téléphone ?

— Je vous en prie. Je suis à l'Outspan.

— Permettez-moi de vous offrir le thé, docteur Treverton, dit la supérieure. Votre visite nous fait honneur.

Deborah bavarda un moment avec la supérieure, buvant du thé Comtesse Treverton et parlant de Wachéra.

— Son petit-fils vient très souvent la voir, dit mère Perpétua. Le Dr Mathengé est un brave homme. Sa femme est morte il y a quelques années. Vous étiez au courant ?

— Oui. Mais j'ignore comment elle est morte.

— Du paludisme. Juste au moment où nous pensions en être débarrassés : il y a maintenant une nouvelle forme qui résiste à la chloroquine. Le Dr Mathengé continue l'œuvre qu'il assumait avec sa femme. Nous prions pour lui tous les jours. Le Dr Mathengé apporte la santé et le Seigneur au peuple du Kenya.

Ensuite Deborah visita le bosquet d'eucalyptus où le Sacrario Duca d'Alessandro était toujours entretenu par un vieux gardien. À l'intérieur, la lumière brûlait toujours. Deborah se plut à penser que sa grand-mère et le duc italien reposaient unis en une sorte d'éternel amour spirituel.

À son retour à l'hôtel, la pluie tombait à verse. Elle se rendit directement à son bungalow, sans passer dans la salle à manger où l'on servait le déjeuner. Quand elle eut refermé la porte sur le vent et la pluie battante et qu'elle commença à enlever son chandail trempé, Deborah reçut un choc.

— Jonathan !
Il se leva du sofa.
— Bonjour, Debbie. J'espère que tu ne m'en veux pas. Je leur ai dit que j'étais ton mari. Avec un pourboire, j'ai obtenu la clé de ta chambre.
— Jonathan, dit-elle de nouveau, que fais-tu ici ?
— Tu avais l'air tellement bizarre au téléphone, la dernière fois que nous avons parlé, que je me suis inquiété. J'ai décidé de venir voir ce qui se passe.

66

Jonathan ouvrit les bras pour la recevoir.
Mais Deborah hésita près de la porte. Elle n'avait pas prévu de lui parler si tôt. Elle avait besoin de temps, pour réfléchir et se préparer. Alors elle se dirigea vers le téléphone et appela le restaurant. Tout en commandant de la salade, des fruits, des sandwichs et du thé, elle ne quittait pas de l'œil Jonathan. Il avait l'air fatigué.
Quand elle eut raccroché, tandis qu'elle enlevait son chandail, Jonathan s'était agenouillé pour allumer le feu.
C'était une scène familière, qu'ils avaient jouée très souvent dans leur appartement de Nob Hill. Ils rentraient par un jour de brouillard ou de pluie, ils enlevaient leurs vêtements mouillés, Jonathan allumait le feu, Deborah préparait le thé, et ainsi commençaient des heures d'intimité douillette, eux deux seuls ensemble, bavardant paisiblement, évoquant la journée — les malades, les opérations, leur projet d'un nouveau cabinet. C'était dans un de ces cercles dorés de lumière venant de la cheminée que leur amour avait grandi, s'était consolidé, les avait liés l'un à l'autre.
Mais ici, le feu n'avait pas la même odeur, parce que le bois était étranger, et Jonathan avait gardé son blouson de cuir. Le thé fut apporté par un steward africain qui servit en silence tandis que Deborah demeurait debout, prête à donner le pourboire de cinq shillings qu'elle tenait à la main ; puis quand elle fut de nouveau seule avec Jonathan, elle n'alla pas s'asseoir près de lui sur le sofa, elle ne se glissa pas sous son bras, relevant ses jambes et se blottissant contre lui. Elle resta près de la cheminée à le regarder, soudain.
— Que s'est-il passé, Debbie ? demanda-t-il enfin.
Elle lutta pour reprendre son sang-froid.

— Jonathan, je t'ai menti.

Son expression ne changea pas.

— Tu m'avais demandé ce qu'était pour moi une vieille guérisseuse africaine mourante. Je t'avais répondu que je ne savais pas. C'était un mensonge. Il s'agissait de ma grand-mère.

Il resta parfaitement immobile, sans cesser de la regarder.

— En tout cas, ajouta-t-elle, je le croyais à ce moment-là.

Le feu crépita et une pluie d'étincelles rouges monta dans la cheminée. Au-dehors, la pluie battante avait changé le jour en nuit. Elle tombait à seaux sur le toit de la véranda ; elle inondait la forêt qui poussait au bout de la pelouse en pente. Deborah se dirigea vers la table basse et servit deux tasses de thé. Mais elle n'y toucha pas et Jonathan non plus.

— Ta grand-mère ? dit Jonathan. Une Africaine ?

Deborah évita son regard. Il était plus facile de regarder le feu. Elle s'assit à l'autre bout du sofa, à distance de lui et reprit :

— Je *croyais* qu'elle était ma grand-mère. C'est ce qu'elle voulait me faire croire. J'ai quitté le Kenya à cause d'elle.

La voix douce de Deborah se joignit aux murmures du feu et de la pluie. Elle parlait à mi-voix, sans émotion, sans rien dissimuler. Jonathan écoutait. Il ne bougeait pas. Il contemplait son profil tendu, le flot des cheveux noirs retombant sur son dos, décoiffés par le vent et la pluie. Il écoutait un incroyable récit de combattants pour la liberté Mau Mau, d'amour multiracial interdit, d'amoureux adolescents, l'Africain et la blanche, d'une hutte de célibataire, d'un enterrement, de la découverte de lettres d'amour et de la malédiction d'une vieille femme. Jonathan était fasciné.

— J'avais le journal de ma grand-tante pendant toutes ces années, dit Deborah en parvenant au terme de son récit. Mais je ne l'avais jamais lu. Je l'ai ouvert à mon arrivée au Hilton de Nairobi. Et c'est là que j'ai découvert — elle regarda enfin Jonathan, ses yeux inhabituellement sombres aux pupilles dilatées reflétant la clarté du feu — que Christopher n'est finalement pas mon frère.

Il soutint un instant le regard direct de la jeune femme puis ce fut à son tour de détourner les yeux.

Pendant le récit de Deborah une bûche avait roulé des chenets. Jonathan se leva, prit le tisonnier et remit la bûche au-dessus des autres. Il se redressa, juste en face du portrait d'un homme âgé, à la moustache blanche, en uniforme d'Éclaireur : Lord Baden-Powell, qui avait renoncé à son existence confortable en Angleterre pour vivre dans la nature sauvage du Kenya.

Jonathan était perplexe. Qu'avait donc ce pays pour faire perdre la tête aux gens ? Quelle magie particulière les incitait à renoncer à leur vie facile ?

Il se retourna pour regarder Deborah. Elle était assise au bord du sofa, tendue, comme prête à s'enfuir. Elle avait les mains crispées sur ses genoux, les traits tirés. Il connaissait bien cette expression. Elle l'avait toujours au chevet d'un malade dans le service de soins intensifs. Elle regardait les cadrans des monitors avec une passion singulière.

— Pourquoi ne m'as-tu jamais parlé de tout cela, Debbie ?

Elle leva la tête, les yeux pleins de chagrin.

— Je ne pouvais pas, Jonathan. J'avais tellement honte. Je me sentais tellement... sale. Je ne songeais qu'à oublier mon passé et à recommencer à zéro. À quoi bon le ressusciter ? Je n'avais aucune intention de revenir au Kenya.

— Tu ne m'as pas dit de mensonge, reprit-il doucement. Tu as simplement gardé le secret sur un mauvais souvenir.

— Pas seulement, Jonathan. Je me croyais en partie noire, et je ne t'en ai jamais parlé. Je t'ai dit aussi que je ne pouvais pas avoir d'enfant. C'est faux. Je ne *voulais* pas avoir d'enfant. J'avais trop peur que mes origines réapparaissent.

— Tu aurais pu m'expliquer tout cela, Debbie. Tu sais bien que ces questions de race ou de couleur ne me touchent pas.

— Oui. Je le sais à présent. Mais au début, quand nous avons commencé à nous fréquenter, je n'en étais pas sûre. Alors je t'ai dit le même mensonge qu'aux autres.

— Mais plus tard, Debbie ! Quand nous nous sommes aperçus que nous nous aimions, quand nous avons décidé de nous marier. Tu aurais pu me le raconter.

Elle baissa la tête.

— J'allais le faire. Et puis tu m'as parlé de Sharon, la femme que tu n'as pas épousée parce qu'elle t'avait menti.

Jonathan fut stupéfait.

— C'est moi que tu accuses ? Tu prétends que c'est ma faute si tu as continué de mentir ?

— Non, Jonathan.

— Bon Dieu, Debbie !

Il se détourna de la cheminée et se dirigea vers les portes-fenêtres. Les poings dans les poches, il regarda la pluie grise.

— J'ai eu peur, murmura Deborah. J'ai eu peur de te perdre si je t'avouais que j'avais menti.

— Tu croyais nos relations si fragiles ? demanda-t-il en la regardant en reflet dans la vitre. Tu avais si peu confiance en moi ? Tu me croyais assez superficiel pour...

— Mais Sharon...

Il se retourna brusquement.

— Debbie, c'était il y a dix-sept ans ! J'avais vingt ans à l'époque ! Je n'étais qu'un jeune salopard intolérant et arrogant ! Nom de Dieu, j'aime à croire que j'ai tout de même changé depuis. Et en tout cas je le pensais. Je me croyais raisonnable et je croyais que tu t'en étais aperçue.

— Mais quand tu m'as parlé d'elle...

— Debbie ! dit-il en venant s'asseoir à côté d'elle. Sharon et moi étions deux gamins égoïstes. Et elle m'avait fait des mensonges honteux, dans le but de me tromper et de me faire souffrir. Ton mensonge, Deborah, ne cherchait qu'à te protéger, et me protéger aussi. Ne vois-tu pas la différence ?

Elle secoua la tête sans rien dire.

— Bon sang, tu devrais me connaître un peu mieux, Debbie. Tu devrais savoir que je t'aime trop pour te juger sur ton passé. Je regrette que tu ne m'en aies pas parlé plus tôt, parce que j'aurais pu t'aider à le surmonter.

— C'est ce que j'essaie de faire en ce moment, Jonathan. Si je suis revenue au Kenya, en fait, c'est moins pour voir Mama Wachéra que pour découvrir qui je suis. La lecture du journal de Tante Grace m'a aidée un peu. Au moins, je connais à présent l'histoire de ma famille. Mais je conserve encore cette impression de... d'être *sans racines*. Je ne sais pas où est ma place dans la vie.

Il scruta son visage, lut la sincérité absolue de son regard. Il prit ses mains dans les siennes et dit :

— Bon Dieu, je t'aime, Debbie. J'ai envie de t'aider. Je l'ai bien senti au téléphone. Tu n'avais pas l'air bien. Je me suis inquiété. Alors j'ai annulé mes rendez-vous et demandé à Simonson de s'occuper des urgences. Tout le long du trajet, dans ce maudit jet, je n'ai cessé de me demander ce qui n'allait pas. Dieu sait que je m'attendais à tout sauf à ça ! Mais au moins n'est-ce pas aussi grave que je l'avais imaginé.

Comme Deborah ne répondait pas, il demanda :

— Il y a autre chose ?

Elle hocha la tête.

— Quoi ?

— Le Kenya, Jonathan. J'ai le sentiment impérieux que je devrais rester pour aider les gens. Dans ces quelques derniers jours j'ai vu tellement de pauvreté et de maladie, des gens vivant dans des conditions inhumaines. Hormis quelques rares individus généreux, comme les religieuses de la mission (*et Christopher,* songea-t-elle, se rappelant combien il lui avait paru dérisoire avec son sac de médicaments en face de tous ces gens désespérés), personne ne semble se soucier de la souffrance qui accable ce pays. Je ressens cet appel inexplicable, Jonathan. Pour rester, pour appliquer mes compétences médicales ici comme l'avait fait Tante Grace.

— Il existe partout dans le monde des gens qui ont besoin de notre aide, Debbie. Pas seulement au Kenya. As-tu songé à nos malades de San Francisco ? Ont-ils moins besoin de toi parce qu'ils sont blancs et vivent en Amérique ?

— Oui, répondit-elle gravement. Parce qu'ils disposent de davantage de médecins et de meilleures installations.

— Qu'est-ce que cela signifie pour Bobby Delaney ?

Deborah détourna les yeux.

Bobby Delaney avait neuf ans et luttait pour vivre dans le service des brûlés graves. Sa mère, mentalement instable, l'avait brûlé volontairement, et Deborah appartenait à l'équipe de médecins qui tentait de le sauver. Après avoir subi des brûlures au troisième degré sur plus de quatre-vingt-dix pour cent de son corps, Bobby éprouvait maintenant des souffrances incroyables ; le traumatisme n'était pas seulement physique mais mental et il vivait dans une bulle stérile, avec pour seul contact humain des gants de caoutchouc et des visages masqués. Pour des raisons que nul ne comprenait, Bobby avait choisi le Dr Debbie comme amie. Il fallait voir, chaque fois qu'elle entrait, comme ses yeux, au milieu de ce pauvre visage défiguré, se tournaient vers elle...

— Tu sais qu'il ne veut parler à personne d'autre, dit Jonathan. Tu sais qu'il vit dans l'attente de tes visites. Mais il y en a d'autres aussi. Tous nos malades méritent tes soins, Debbie.

— Je ne sais plus, dit-elle lentement. Je me sens si bizarre, si indécise. Où est ma place ?

— Avec moi.

— Je le crois, Jonathan. Mais d'un autre côté... — elle regarda au-dehors la pluie kenyane — je suis née ici. Ne dois-je pas quelque chose à ce pays ?

— Écoute, Debbie. Nous avons tous deux vies : celle dans laquelle nous naissons, et celle que nous cherchons à construire. Je te sens prise entre les deux. Tu as besoin de t'en sortir.

— Si seulement Tante Grace était encore là. Je pourrais lui parler. Elle m'aiderait.

— Laisse-moi t'aider, Debbie. Nous trouverons la sortie ensemble.

— Comment ?

— Pour commencer, donne-moi à lire ce journal.

Ils s'installèrent sur le sofa. Jonathan se mit à lire sous une lampe de chevet et Deborah se blottit de l'autre côté, le dos calé par des coussins. Au moment où Jonathan tourna la première page du vieux manuscrit, Deborah se sentit bercée par une étrange impression de sécurité. Le fait que Jonathan lise les notes de sa grand-tante constituait déjà un réconfort. Elle écouta la pluie et ferma les yeux.

La sonnerie du téléphone la tira d'un sommeil profond, sans rêve.

Jonathan s'était déjà levé pour répondre. Il raccrocha.

— C'était la mission. Mama Wachéra s'est réveillée et te réclame, Debbie.

Deborah s'étira et se frotta la nuque.

— Quelle heure est-il ?

— Tard. J'ai lu plus de la moitié du manuscrit. On vient de trouver le comte mort dans sa voiture. Quelle famille tu as là, Deborah !

Elle prit son chandail, qui avait séché devant le feu.

— Je n'ai pas envie de te quitter, Jonathan.

— Ne t'en fais pas. Va régler les choses avec la vieille femme. Je serai encore là à ton retour.

— Je ne sais pas combien de temps cela me prendra.

Il sourit et lui montra le journal.

— J'ai de quoi me tenir compagnie.

À la porte, il la retint contre lui un instant et dit à voix basse :

— Je veux que tu rentres avec moi, Debbie. Je veux que tu trouves ce que tu es venue chercher ici, que tu règles la question, puis que tu enterres le passé. L'avenir nous appartient, Debbie.

— Oui, murmura-t-elle, et elle l'embrassa.

Deborah s'aperçut qu'elle était soudain très nerveuse. En suivant l'infirmière de nuit dans la salle faiblement éclairée, elle sentit son pouls s'accélérer, son anxiété grandir.

Wachéra était adossée à des oreillers qui avaient été équilibrés pour la soutenir dans une position à demi couchée confortable. Deborah vit qu'elle avait du mal à respirer. Les yeux marron foncé se posèrent sur elle et la suivirent quand elle s'avança au pied du lit; ils restèrent posés sur elle quand elle contourna le lit pour s'asseoir dans un fauteuil à son chevet.

— Vous... dit Wachéra d'une voix frêle. La memsaab. Vous êtes venue.

Deborah fut surprise. Elle n'avait pas entendu ce mot depuis des années; il avait été banni au moment de l'indépendance. Elle remarqua aussi que la vieille guérisseuse ne l'employait pas pour témoigner du respect. *Quelle memsaab?* se demanda Deborah. *Me prend-elle pour ma mère?*

— Vous êtes venue, continua la voix usée. Il y a eu tant de récoltes. Avec vos chariots et vos coutumes étranges.

Ma grand-mère!

— Vous étiez la seule de tous les *wazungus* qui comprenait les Enfants de Mumbi. Vous avez apporté des remèdes.

Alors Deborah devina : *Elle croit que je suis Tante Grace.*

— Vous m'avez fait venir, Mama Wachéra, dit-elle doucement, en se penchant davantage. Pourquoi?

— Les ancêtres...

Wachéra parlait en kikuyu, et Deborah fut surprise de la facilité avec laquelle elle saisissait les mots, puis de l'aisance qu'elle-même mettait à parler la langue.

— Les ancêtres, Mama?

— Je serai avec eux bientôt. Je retournerai dans le sein de la Première Mère. Mais je pars avec des mensonges et un *thahu* sur mon âme.

Deborah se contracta. Elle regarda le visage noir, vieilli mais toujours empreint de dignité après presque un siècle. Il avait l'air étrangement nu et vulnérable sans les bandeaux de perles et les grands pendants d'oreilles que Wachéra avait toujours portés. À présent, elle était allongée entre les draps blancs, dans une simple chemise d'hôpital, ses longs bras nerveux posés sur la couverture bleu pâle. Deborah se demanda si la guérisseuse savait à quel point elle paraissait dépouillée, à quel point privée d'autorité et de pouvoir.

— Il y avait la dernière fille, dit Wachéra, respirant péniblement. Je lui ai fait croire que mon petit-fils était son frère. C'était un mensonge.

— Je le sais, dit Deborah doucement.

— Tant de péchés... dit la vieille femme d'une façon si décousue que Deborah se demanda si elle était même consciente de sa présence à son chevet.

— La fille de mon mari a tué le bwana. Je lui ai fait jurer de garder le silence pendant que la femme du bwana passait devait un conseil qui devait décider si elle vivrait ou mourrait.

Deborah ne comprit pas tout de suite ; puis elle se rendit compte que Wachéra parlait du meurtre du comte. Elle se rappela ce qu'elle avait lu dans le journal de sa tante. Njéri. La femme de chambre de Rose.

— Comment ? demanda Deborah. Mama Wachéra, comment Njéri a-t-elle tué le bwana ?

— Elle l'a entendu sortir de la grande maison. Elle a quitté la chambre à dormir de la memsaab et l'a suivi. Il est monté dans la bête qui marche sur des roues. Il est allé à la maison de verre de la forêt et Njéri a vu ce qu'il a fait à l'inconnu là-bas. Elle s'est accrochée à la bête et elle a roulé dans la nuit. La fenêtre du bwana était ouverte. Elle l'a poignardé. C'était un juste châtiment. Mais elle a pris peur. Elle l'a abattu avec sa propre arme.

Deborah imaginait aisément la scène. La jeune Africaine accrochée à la voiture de Valentin, peut-être accroupie sur le marche-pied, à l'affût d'une occasion. Le tuant parce qu'elle craignait pour la vie de sa memsaab.

— Pour une femme, mourir avec des péchés sur son âme est très mauvais, dit Wachéra. Son esprit ne connaît pas de repos, elle ne dort jamais. Et elle hante les bois et partage la demeure des bêtes sauvages. Moi, Wachéra, je désire la paix.

Elle garda le silence pendant longtemps, sa respiration devenant de plus en plus pénible, le battement de son pouls sur son cou à peine visible. Puis elle reprit :

— Les voix des ancêtres deviennent faibles. Avec la venue des blancs, les ancêtres ont commencé de quitter le pays kikuyu. Pour les apaiser, j'ai combattu l'homme blanc. Mais maintenant que le pays kikuyu est rendu aux Enfants de Mumbi, les ancêtres reviendront.

Wachéra prit une inspiration profonde, saccadée. Quand elle relâcha l'air de ses poumons, Deborah entendit le râle bien connu de la mort.

— Le *thahu* est terminé, dit la guérisseuse, comme je l'ai promis. La terre appartient de nouveau aux Africains ; l'homme blanc est parti.

Wachéra regarda Deborah et, pour la première fois, parut réellement la voir. Les vieux yeux sages devinrent soudain perçants et les lèvres de Wachéra se plissèrent en un bref sourire de triomphe.

— Memsaab Daktari, murmura-t-elle. J'ai gagné.

Et alors elle mourut.

Deborah resta quelques instants à son chevet. Elle était

venue au Kenya pleine de haine pour cette femme qui l'avait forcée à fuir ; à présent, elle ne voyait plus que le visage paisible d'une vieille femme dont la mort symbolisait la fin d'une époque.

Quand elle finit par se lever, les yeux de Deborah tombèrent sur le crucifix au-dessus du lit de Wachéra. C'était Jésus attaché sur sa croix. Mais le corps était africain. Deborah le regarda attentivement. C'était la première fois qu'elle en voyait un. Du vivant de sa tante, toutes les statues religieuses de la mission avaient été importées d'Europe et étaient blanches. Ce Jésus noir parut à Deborah déplacé, presque blasphématoire.

Mais, comme elle regardait de nouveau le visage sombre sur l'oreiller de l'hôpital, et les rangées de visages sombres d'un bout à l'autre de la salle endormie, et quand elle songea aux infirmières africaines dans leurs habits bleus, elle se rendit compte que dans son bref séjour à la mission, elle n'avait pas vu un seul visage blanc.

Et soudain Deborah comprit que le Jésus noir était finalement tout indiqué.

Quand elle retourna à sa chambre de l'Outspan, la pluie avait cessé. À sa surprise, Jonathan se préparait à partir.

— Simonson a téléphoné, dit-il. Il faut que je m'en aille. Le corps de Bobby Delaney est en train de rejeter la dernière série de greffes de la peau. Il a une infection qui se déclare avec violence et son état est critique. Je vais à Nairobi réserver des places dans le premier avion en partance. Il faut que tu partes avec moi, Debbie. Je t'attendrai à l'aéroport.

Il l'embrassa, puis :

— Tu m'as dit que tu regrettais de ne pas pouvoir parler à ta tante. Ouvre son journal aux pages que j'ai marquées. Cela t'aidera peut-être. Je t'aime, Debbie. Et je t'attendrai.

Après son départ, elle s'assit sur le sofa et prit le journal. Jonathan avait marqué un passage qu'elle trouva assez insignifiant. Il était daté de 1920. Grace écrivait à propos d'une lettre qu'elle avait reçue de son frère Harold, de Bella Hill. Mais comme Deborah relisait maintenant le paragraphe avec plus d'attention et avec un œil plus neuf, elle commença à voir ce que Jonathan voulait dire. L'élégante écriture moulée de Grace disait :

Encore une lettre de Harold. Il continue de s'obstiner dans son idée que nous ne pouvons pas être heureux ici, en Afrique orientale anglaise, et que nous devons retourner au plus tôt dans le Suffolk. Son raisonnement est toujours le même vieux leitmotiv qu'il répétait quand il a essayé la première fois de me dissuader de partir. « Le Suffolk est ton pays, répète-t-il comme un perroquet. C'est ici que se trouve ta famille et non au milieu d'inconnus qui te considéreront toujours comme une intruse. Ils ne connaissent pas ta façon de voir les choses. Ils ne te comprendront jamais. »

Deborah leva les yeux du journal et regarda l'aube bleue embrumée qui s'annonçait à travers la forêt. Ces paroles lui semblaient si familières ! Où donc les avait-elle déjà entendues ?

Et elle se souvint : Christopher, quinze ans auparavant, debout près de la rivière et disant : « ...Souviens-toi toujours que le Kenya est ton pays. C'est ici ta place. Là-bas, dans le monde, tu seras une curiosité et on ne te comprendra pas... Promets-moi de revenir. »

Elle se remit à lire.

J'ai répondu aussitôt à Harold d'abandonner le sujet une fois pour toutes. J'ai choisi pour foyer l'Afrique orientale anglaise et j'y resterai. C'est ce que j'ai décidé de faire. Si l'histoire était peuplée de gens comme Harold, où en serions-nous aujourd'hui ? Si personne ne suivait jamais l'appel de l'esprit ni ne s'aventurait dans des mondes nouveaux, comme la vie serait ennuyeuse ! Par sa nature même, l'homme va de l'avant, expérimente, regarde l'horizon et se demande ce qu'il y a au-delà. Quand viendra le moment, j'espère que je ne me montrerai pas aussi fossilisée que mon frère, et que j'aurai le courage de dire à un futur Treverton : Va chercher ton destin où te conduit ton cœur. N'oublie jamais le lieu de ta naissance et continue de l'aimer, mais va ton chemin, comme un enfant doit quitter sa mère.

Deborah demanda à Abdi de l'attendre à l'entrée. Elle se rendit d'abord au monument de bronze qui s'élevait à côté de l'église de la mission, dont la tombe de Grace Treverton était voisine. Deborah vit que le petit emplacement était soigneusement entretenu : les religieuses maintenaient le gazon sans une mauvaise herbe, et sarclaient les fleurs. L'inscription était simple : DR. GRACE TREVERTON O.B.E.[1] 1890-1973 — mais le monument faisait honneur à l'artiste qui l'avait moulé autant qu'à la femme qu'il représentait d'une façon si vivante.

1. O.B.E. : Chevalier de l'Ordre de l'Empire Britannique.

Deborah contempla le personnage sur le piédestal. Elle portait une jupe longue à l'ancienne mode, des bottines à boutons et un corsage à manches longues avec une broche au col. Curieusement, elle était tête nue. Elle tenait dans une main son casque colonial et dans l'autre un stéthoscope. Et elle faisait face au mont Kenya pour l'éternité.

Deborah resta quelques instants dans la paix du cimetière, puis poursuivit son chemin jusqu'à Grace House.

— J'espérais bien vous revoir, dit la mère supérieure en l'accueillant dans le petit musée. Je tenais à vous remercier pour votre présence auprès de Wachéra pendant ses derniers moments. J'ai prévenu le Dr Mathengé du décès de sa grand-mère.

Deborah expliqua la raison de sa visite matinale :

— J'ai décidé de prendre au mot votre offre généreuse, ma Mère. J'aimerais emporter une chose qui se trouvait parmi les affaires de ma tante.

— Je vous en prie. Que désirez-vous ?

Deborah se dirigea vers une vitrine.

— Ce collier. Voyez-vous, il n'appartenait pas à ma grand-tante mais à ma mère. Une personne qui lui était très chère le lui avait offert, il y a bien des années.

— Une belle pièce, dit la religieuse en ouvrant la vitrine pour retirer le collier. Il est éthiopien, n'est-ce pas ?

— Ougandais. Je vais écrire à ma mère pour l'avertir que je l'ai.

À la porte, alors qu'elles se disaient au revoir, la religieuse hésita, comme si elle avait envie de dire quelque chose.

— Je me demandais, docteur Treverton, si je pouvais vous poser une question.

— Certainement. Posez toutes celles que vous voudrez.

— Voyez-vous, je ne savais pas si j'avais bien fait de vous écrire en vous enlevant à vos occupations, et vous imposant tout ce trajet. C'était bien vous à qui Wachéra désirait parler ?

Deborah réfléchit un instant, puis elle sourit et répondit avec calme.

— Oui, c'était bien moi.

Deborah avait demandé à Abdi de la conduire à Ongata Rongaï et ils s'étaient garés au même endroit que la veille, à bonne distance du bâtiment de parpaings qui abritait la clinique Wangari. Une foule nombreuse attendait patiemment que le médecin les examine, une personne à la fois, avec l'assistance d'une infirmière et du jeune homme qui chantait des chants swahilis à la gloire de Dieu en s'accompagnant sur sa guitare.

Deborah descendit de voiture mais resta près de la portière, regardant Christopher travailler.

L'air était frais. Des *kangas* colorés, suspendus à une corde sur la petite place du marché, claquaient comme les oriflammes d'une fête. L'odeur de fumée se mêlait aux senteurs de chèvre, de nourriture cuite et de crottes d'animaux. C'était l'odeur du Kenya, songea Deborah.

Elle vit Christopher prendre des bébés dans ses bras, les examiner puis les rendre à leur mère, en donnant des instructions d'une voix sévère. Elle le vit inspecter la bouche et les oreilles de vieillards et écouter les plaintes pudiquement formulées de femmes. Elle le vit se servir de ses instruments, mettre en place des pansements, faire des injections, appuyer son stéthoscope contre des poitrines émaciées. Elle l'observa qui souriait parfois et parfois fronçait les sourcils, mais sans se départir jamais de son air de médecin digne et autoritaire qui en imposait à ses patients. Et elle observa comment sa jolie infirmière, à son côté, travaillait en si bonne harmonie avec lui, prévenant ses besoins, riant parfois gentiment avec lui et avec les enfants. Ils priaient ensemble avec les gens et, de temps à autre, l'infirmière et Christopher échangeaient un certain regard.

Deborah songea aux paroles apocalyptiques de Terry Donald sur la fin des blancs au Kenya ; elle se rappela les dernières paroles prononcées par Mama Wachéra ; elle revit le Jésus noir sur la croix. Mais Deborah savait que les traces des pionniers de la colonie, comme son grand-père, ne s'effaceraient jamais totalement de l'Afrique-Orientale. La main de l'homme blanc avait laissé une marque indélébile.

Car elle était là, au milieu de cette foule en quête d'espoir, dans la personne du Dr Christopher Mathengé. C'était lui le véritable, le durable legs de Grace Treverton.

Kwa héri, articulèrent les lèvres de Deborah en un adieu muet.

Puis elle remonta en voiture et dit à Abdi :

— Emmenez-moi à l'aéroport Jomo-Kenyatta, s'il vous plaît. Je rentre chez moi.

Achevé d'imprimer en décembre 1990
sur les presses de l'Imprimerie Bussière
à Saint-Amand (Cher)

PRESSES POCKET - 8, rue Garancière - 75285 Paris
Tél. : 46-34-12-80

— N° d'imp. 3732. —
Dépôt légal : décembre 1990.

Imprimé en France

BARBARA WOOD

SÉLÉNÉ

Babylone, la Perse, Alexandrie, Rome, lieux mythiques de l'Antiquité : telles sont les étapes du formidable périple qui va conduire Séléné vers sa destinée... Elle a seize ans lorsque sa mère, une guérisseuse de renom, l'arrache à sa ville, Antioche, et surtout à l'homme qu'elle aime et auquel elle s'est vouée corps et âme.

Les deux femmes se lancent sur les routes peu sûres de l'empire de Claude. En plein désert, Méra révèle à Séléné le mystère de sa naissance, et meurt... La jeune fille retrouvera-t-elle ses véritables parents ? Parviendra-t-elle à rejoindre l'homme qu'elle ne peut cesser d'aimer et qui semble perdu à jamais ?

Un éblouissant roman d'aventures au cœur de l'Empire romain, de ses mœurs pittoresques et de ses usages les plus surprenants, où l'on découvrira le secret de médecines inconnues, l'immense savoir du monde antique et la destinée des femmes à l'époque.

GILLIAN BRADSHAW

LE PHARE D'ALEXANDRIE

Ephèse, Asie Mineure, en l'an 371... Charis, seize ans, est passionnée par la médecine. Elle lit Hippocrate, soigne les chevaux et dissèque les oiseaux morts. Mais la médecine est un art interdit aux femmes.

Charis décide de se rendre à Alexandrie en se faisant passer pour un eunuque. Commence alors une incroyable carrière : médecin attitré d'un archevêque, chef d'un hôpital militaire, prisonnière des Goths qui apprécient ses talents, Charis vole de victoire en victoire.

Mais sous l'habit de l'eunuque bat le cœur d'une jeune femme qui n'est pas insensible au charme du bel Athanaric. Charis devra-t-elle éternellement dissimuler ses sentiments ?

MARIE-REINE DE JAHAM

LA GRANDE BÉKÉ

Martinique, début du siècle : l'éruption de la montagne Pelée anéantit le superbe domaine de la famille Mase de la Joucquerie. Fleur, dix-sept ans, unique héritière, se jure de lui rendre sa splendeur.

Pour y parvenir, elle luttera plus d'un demi-siècle, n'hésitera pas à abandonner l'homme qu'elle aime et à chasser son fils... Elle devient la grande Béké : une femme dure, puissante et respectée.

Lorsqu'elle s'aperçoit que ses propres enfants s'apprêtent à détruire l'œuvre de sa vie, la grande Béké rappelle Mickey, son petit-fils français, celui qu'elle a toujours ignoré. Mais le jeune homme dépassera toutes les espérances de l'aïeule...

SHELLEY V. ASHLEY

L'ENFANT EN HÉRITAGE

Comment Cecil Gutman aurait-elle pu se douter qu'une petite annonce anodine allait bouleverser le cours de sa vie ? Du jour au lendemain, cette jeune et belle étudiante texane se retrouve « mère porteuse », pour l'une des plus riches familles françaises : les Schomberg !

Délicat et hasardeux en soi, cet « emploi » devient une véritable aventure lorsque les futurs parents périssent dans un accident d'avion... Voilà donc Cecil encombrée d'un héritier dont personne ne veut et que tous ont intérêt à faire disparaître !

Seule, menacée, poursuivie à travers toute la France par une bande d'héritiers avides, Cecil voit peu à peu les mailles du filet se resserrer sur elle...

JANET DAILEY

L'HÉRITIÈRE

Belle, fougueuse, indomptable, Abbie se retrouve à vingt ans à la tête de l'empire Lawson. L'héritière des champs de pétrole texans, des écuries de courses et de River Bend, la superbe demeure familiale, c'est elle... Jusqu'à ce qu'un scandale révèle l'existence d'une demi-sœur, Rachel, qui prétend posséder un testament en sa faveur.

Haine et jalousie : dans les soirées mondaines, sur les champs de courses, en amour comme en affaires, les deux sœurs ne cesseront de s'affronter...

CAROLINE GRAY

1re CLASSE

1930 : au large des côtes de l'Angleterre, là où le bleu de l'océan devient le noir des abysses, gît le « Northern Wind ». A bord, un fantastique trésor : l'or et les bijoux de la famille impériale russe !

La belle et conquérante Brenda Maddox, présidente de la « Maddox Line », caresse un rêve insensé : récupérer à tout prix ce trésor qui a fait naufrage avec le plus beau navire de sa compagnie ! Pour cela, Brenda est prête à tout, jusqu'à plonger elle-même s'il le faut, au risque de sa vie.

Un seul homme acceptera de la suivre dans cette aventure : Tom, un plongeur chevronné. Parviendront-ils à retrouver la fortune des Romanov alors que tant de pièges leurs sont tendus ? Devront-ils sacrifier cet autre trésor : leur amour ?